粮战

上册

洛明月 著

青岛出版集团 | 青岛出版社

图书在版编目（CIP）数据

粮战/洛明月著.—青岛：青岛出版社，2021.11
ISBN 978-7-5552-9253-1

Ⅰ.①粮… Ⅱ.①洛… Ⅲ.①长篇小说－中国－当代 Ⅳ.①I247.5

中国版本图书馆CIP数据核字(2020)第112785号

书　　名　粮　战
作　　者　洛明月
出版发行　青岛出版社
社　　址　青岛市崂山区海尔路182号（266061）
本社网址　http://www.qdpub.com
邮购电话　18613853563　0532-68068091
责任编辑　李文峰
特约编辑　崔　悦
校　　对　耿道川
装帧设计　蒋　晴
照　　排　李红艳
印　　刷　三河市良远印务有限公司
出版日期　2021年11月第1版　　2021年11月第1次印刷
开　　本　16开（640mm×920mm）
印　　张　39
字　　数　600千
书　　号　ISBN 978-7-5552-9253-1
定　　价　59.80元（全2册）

目 录

下册

目 录

第一章

分道扬镳

秋分将至，大地的体温开始逐日下降，出行的路人有意无意地套上了秋衣，奔向各自的旅途。

秦怀春作为省农业委员会的副主任，又是北川大学水稻研究所的所长，也加入了这浩浩荡荡的奋斗大军中。

省农业委员会大楼的多功能报告厅里拉起了红色横幅。林海省农业口的各方代表从四面八方赶来，为的是听秦怀春解读《国务院办公厅关于推进种子管理体制改革加强市场监管的意见》的政策文件。

种子行业终于迎来了政企分开和市场监管的双向改革。秦怀春在水稻育种行业摸爬滚打了四十多年，见证了我国种子行业的诞生和发展，他的发言具有跨时代的意义。

大会上，他梳理了从改革开放初期种子市场机制的引入，到20世纪90年代产业化种子企业的初步建立和2000年《中华人民共和国种子法》的诞生，及现在改革监督意见的形成和发展历程。

秦怀春做梦都没有想到，临近退休的他盼来了种子管理体制改革政策的诞生。改革意见的提出标志着新时代育种行业的崛起，也点出了其现状和问题所在。

秦怀春知道，一次关于林海省种业的大洗牌即将开始，一股新鲜血液即将注入这次改革浪潮中。

但偏偏这时候，不如意之事接二连三地袭来。

2006 年的凤凰城面临着一场前所未有的考验，台风“沧海”已经登陆林海省三天了。十月金秋，正是稻黄米香的时节，但刚刚过去的一周对北川大学水稻研究所的所有师生来说，却是灾难性的。

雨已经下了整整一周，尹振功坐在办公室的电脑前愁眉不展。他双手抱着后脑勺，靠在椅子上，瘦弱精干的外表下透着师者风范，沉着的目光穿过镜片落在电脑显示屏上。

天气预报显示，未来十天刮东南风，风力将继续维持在六级到七级的强度上，雨量中等，没有晴天。

再等下去，今年他们将颗粒无收。

作为秦怀春的助手，尹振功马上带着五名研究生做最后的抢收工作。

秋收虽来到，但喜悦全无。长时间降雨，加上水稻进入完熟期，部分稻秆上的稻穗因湿度过高已经出现发芽现象。尹振功看着穗上的白色芽尖，脸色异常难看。

“老师，稻子都发芽了，咱们今年的种子还能卖出去吗？一百多亩的育种圃再不抢收出来，这十年来的育种工作就全白费了。”

说话的人叫崔挽明，高高瘦瘦的，生了一对充满智慧的眉眼，在尹振功的几个学生里，数他专业觉悟性最高。望着穗上的白色胚芽鞘，他的心如万蚁噬咬般难熬。

尹振功直起腰，雨水从草帽檐淌到脸颊上。他甩了几下脑袋，勉强睁开眼。

“着急也没用，老天爷不关照，咱们只能辛苦点儿。女同学都回大棚里避雨，男同学跟我干，没有办法，再不干真来不及了。”

崔小佳和苏慧望了望对方，异口同声地跟尹振功说：“老师，我们不累也不歇，既然选择了这个行业，我们就要坚持下去。再说了，多我们两个人，你们也能加快进度。”

见崔挽明和刘君什么也没说，秦志杰擦了一把嘴角的雨水，半眯着眼对苏慧说：“要不你俩回大棚吧，我们仨跟尹老师干就行，你们女生在水田里泡的时间太长不好。”

“女生怎么了？科研又不是男生的专利，更何况咱们做的是关于粮食安全的大事，我一点儿都不觉得苦。”

崔小佳看了一眼苏慧，表示赞同她的意见。

一行六个人——一位教授带着他的五名硕士研究生——承受着无情的雨点，穿着雨衣，手里拿着剪刀和橡皮手套，开始他们一年一度的品种选育工作。对育种家来说，这本应是一年中最高兴的时候，只不过今年的选种情况比较特殊，优中选优是水稻系谱法育种的原则之一，但要想在这么恶劣的环境下从大量的株系中挑出好的品种，难度显然很大。

这是秦怀春老先生一辈子的心血，上万份的水稻品系累积了数十年，到现在却抵不过老天的一个玩笑。无论如何种子都要收回来，无论如何都不能断种，穗发芽的品种就多收点儿。只要保证一个穗上有一粒种子不发芽，这个品种就能在来年延续下去。

雨水浸透了他们的衣服。尹振功的眼睛里只有这一百多亩的水稻育种基地，他忘记了他的学生，忘记了他们泡在雨水里。大家不分你我、不分师生。虽然近两年他的心慢慢偏向了学术研究，对大田育种的热情开始淡化，但在紧要时刻，他还是会冲在第一线。

也许这就是科研者的勤奋和探索精神，更是对成果的珍惜和继承的情怀所在。

两个小时后，尹振功放在衣兜里的手机响了，他没有接，过了一分钟手机又响了，他还是没接，但手机铃声就像催命一般纠缠着他，让他十分难受。他只好把手机从衣兜里掏出来，毫不客气地骂过去。

“干什么？一天到晚地催命啊，不知道我在忙吗？”

说完这句话，尹振功突然没了声音。他拿着手机迈出了水田，走到百米之外，背对着五个学生站着。他佝偻着脊背，脊背上冒着一丝丝凉气。

“崔挽明，你说老师怎么不雇工人干这活儿呢？偏偏要咱们来。”

崔挽明没有理会苏慧，因为秦志杰在旁边，所以他不好表达自己的想法，说白了就是不想骂人。

刘君可不怕这个：“苏慧，你都研究生三年级了，还问这种幼稚的问题。你以后怎么工作？就你这样的觉悟，我看哪，你还是尽早改行吧。”

“刘君，你什么意思？我问崔挽明，你插嘴干什么？多管闲事！”

“好了，吵什么吵，不嫌累呀？”秦志杰和苏慧从研究生一年级就开始谈恋爱，到现在已经快三年整了，不出意外，毕业后两人是打算结婚的。

“你平时下地的时间少，要知道咱们搞育种和普通的收获是有区别的。这是一门学问，也是艺术，遵循的是大自然优胜劣汰的规律。咱们要做的就是耐着性子把表现好的品种选出来。要是雇工人，咱们还学什么？毕业了咱们什么都不会，哪家单位敢要咱们？”秦志杰解释得很正统，也是为了缓解苏慧和刘君的冲突。

尹振功一走，他们五个就失去了主心骨，站在那里不敢动了，面对成片的水稻，不知该选择哪一株好。

尹振功回来的时候，脸色煞白，跟下雨没关系，跟这要人命的水稻也没关系。他站在田埂上看着自己的五个学生，半天张不开嘴。

“老师，怎么了？”崔挽明似乎看出了什么。

尹振功把帽子摘下来，眼镜上面都是水痕，他的眼睛下方有着两道重重的黑眼圈。

“同学们，董俊芳老先生走了，我得回去一趟。现在是三点钟，你们五点半出地返回学校，我给你们预订了马师傅的面包车，到时候他会来接你们。”

“老师，你走了我们怎么干哪？我们不敢下手哇！”崔挽明没有问董俊芳老先生的事儿，而是关心起这片遭了殃的水稻来。

尹振功道：“你们跟了秦老师和我三年，也学了三年，难道这点儿魄力和决断力都没有吗？林海省需要什么样的品种？咱们的育种目标是什么？我平时怎么跟你们说的？好好想想，你们马上就要毕业了，未来你们将在水稻育种行业里摸爬滚打，再不拿出点儿冲劲是不行的。工具和台账留给你们了，自己看着干。”

尹振功之所以这么严肃，是因为一来他相信这几个孩子，虽然这是他带的第一届研究生，但他相信在未来的几十年里，这几个人将成为林海省水稻育种行业的翘楚；二来是时候放手了，他觉得该让孩子们独当一面，学着有主见，学着去判断品种的好坏。只有这样做，他们才能真正成长。虽然这些育种材料得来不易，但尹振功不怕败在他们的手中。没有牺牲，是培养不出优秀的科学家的。

望着尹振功离开的背影，崔挽明意味深长地说：“上个月我还跟秦老师去拜访了董俊芳老先生，怎么说没就没了？可惜了，林海省又少了一位农业将才。”

“董俊芳是谁呀？我怎么不认识？”苏慧接过崔挽明的话。

“你能认识就怪了，一个没下过几次地的人，怎么可能认识董老先生！”

刘君心里是看不起这位女同学的，也一直对秦志杰和苏慧的恋爱关系表示疑惑。在他心中，苏慧就是个花瓶。秦志杰是谁？秦怀春唯一的儿子。秦怀春何许人也？林海省水稻界唯一的首席科学家、北川大学生命学院院长、省农业委员会副主任，还是品种审定专家组组长。苏慧这样一个不学无术的人，怎么可能入得了秦怀春的眼？

“董老先生前段时间身体就不舒服了，我爸去看望过几次，可惜怎么劝董老先生他都不愿意去医院。他今年都八十五岁了。他呀，是咱们林海省水稻发展的大功臣，没有他，咱们林海省的水稻亩产量起码要少三百斤。”秦志杰很少因为苏慧的事儿跟刘君或崔挽明顶嘴，但每次都会出来打圆场。

“真的假的？那么牛的人，我怎么不知道？”

刘君瞥了苏慧一眼：“你知道什么？当年董老师留学国外，把国外的旱育苗技术引进到林海省，解决了咱们的直播稻积温不足而导致产量上不去的问题，当年就获得了国家科技进步一等奖。这个栽培技术将老百姓的饭量从半碗变成了一碗。一晃都过去四十多年了，如果没有他老人家，咱们现在还在搞直播稻呢。”

“没错，直播稻少了育苗环节，以林海省的气候条件来讲，就少了近 100℃的积温，这对水稻壮苗来说是很重要的温度。董老先生实至名归，没想到说走就走了。”崔挽明也跟着感慨地说道。

“好了、好了，你们都是将才之后，能不能说点儿我和苏慧听得懂的东西？你们几个大男生，这么大的雨，也不照顾照顾我们两个女生。你看你们，说的话我们一句也听不懂，你们再这样，我俩可不干了。”

“小佳，别闹！老师在的时候你不提要求，现在你跟我们说没用。再说了，刚才是谁说的干一行爱一行，现在反悔了？”

“你们兄妹俩就别顶嘴了，再不抓紧干，育种材料全在地里发芽了。不能保存下来种子，你看尹老师和秦老师会不会处分咱们。”

“刘君，那可不是处分的事儿，那是闹笑话的事儿。堂堂北川大学科研院所的研究生，连成熟的种子都没有能力保住，以后还能干点儿什么？全省几十家育种单位都看着咱们，要是真把笑话闹到了外面，咱们也就出名了。”崔挽明说。

对崔挽明他们来说，这样拌嘴的机会不多了。学生时代眼看就要结束，他们即将奔赴专业领域，为林海省粮食产业的健康发展添砖加瓦。不管是泥巴地还是风雨天，他们都将义无反顾。

崔挽明和崔小佳的老家在长沙，兄妹俩一起考到北川大学，又读了同一个专业的研究生，还拜在了同一个导师的门下。这种羡杀旁人的事儿在他们二人看来，却没那么值得骄傲。

别的不说，崔小佳的志向一直都是回乡支教，而崔挽明自从读了研究生之后，就彻底被水稻育种事业吸引了。这三年来，崔挽明跟着秦怀春老先生，跟着尹振功，跟着钟实，掌握了水稻育种技术的精髓，可以说现在的崔挽明已经是一个成熟的水稻育种人。

然而崔小佳对他的选择难以认同，所以兄妹俩只要遇到专业上的问题，肯定要拌嘴，严重的时候甚至会“大动干戈”。但对崔小佳来说，这都不是最要命的，要命的是刘君。

她和刘君从大学二年级就一直在一起，算起来已经有五个年头了，本来说好毕业就往一个方向努力的，但现在刘君的状态让崔小佳很担忧。种种迹象表明，刘君的心慢慢偏向了水稻育种，他说好的陪她回山区支教，现在看来也渐渐成了不可能实现的事儿。

五点半，马师傅的面包车上传来了喇叭声，就像是吹响的冲锋号角——回家的冲锋号。两位女生率先冲出水稻地，她们已经脏得不成人样，下半身被泥浆裹成了一幅画。

马师傅摇下窗户，露出他光秃秃的牙床，点了根烟。

“哟，瞧你们搞的，科学家也不懂科学嘛，干起活儿来不要命，下雨了也不知道避雨？你们是读书读傻了还是怎的？洗洗脚上的泥巴再上车。”

他们一上车，马师傅就从脚边的塑料袋里掏出一根甜玉米。

“拿着吃，孩子。你们学校门口的老张家的烤玉米，好吃着呢。”

“不、不、不，马师傅，我们不能要你的东西，你挣钱不容易，我们到学校吃食堂就行。”秦志杰推却着，但一旁的苏慧直咽口水，眼睛盯着马师傅手里的甜玉米。

崔挽明一把就将玉米抢了过去，一分为二，一半递给苏慧，一半给崔小佳。

“有东西都不知道吃，连吃都不会，还能干点儿什么？吃，给我使劲吃。”

苏慧倒是不客气，一边谢谢崔挽明，一边瞪着秦志杰。崔小佳就不一样了，一把推开崔挽明递来的玉米。

“我不吃。”

"你都泡在水里半天了，别死犟行吗？"

"不行。"

崔挽明使劲咬着牙，将玉米扔给了秦志杰。

"她不吃，你吃。"

接下来的半个小时，崔挽明和刘君虽然都闭了眼休息，但心里都在想着同一件事情。

董俊芳的去世对林海省来说影响巨大，这宣告了一个时代的结束。一切来得太快、太遗憾，他们刚要踏出校门，就赶上了老先生去世。这个追悼会他们说什么都要去参加，虽然不够资格和辈分，但尊重董先生的心不比别人差。董先生和秦怀春是林海省水稻界的两座大山，董先生一走，就只剩下秦怀春一人了。

到了晚上，大家都在准备周末的秋季招聘会，崔挽明和刘君却来到秦怀春的家里。虽然他们手里拎着秦怀春最爱喝的小烧，但秦怀春一点儿也高兴不起来。

"每次来都带酒，你们两个读了三年研究生，别的本事没练好，喝酒的本事倒是一天比一天强。以后啊，少喝！"

"秦老师，北川大学的水稻研究室是您一手创立起来的，种粮人哪有不爱酒的？我和刘君是穷学生，也没钱给您买好酒。您是不知道，每次干完活儿跟您喝酒哇，那是一天中最高兴的时候。"

"你们俩呀，不学无术。"秦怀春站起身来，取来三个二两半容量的玻璃杯，将烧酒从崔挽明手里接过去。

"四十多年一晃而过啊，那时候老董刚从国外回来，意气风发，浑身一股子干劲。"

"老师，我们只知道董先生留学的事儿，回国之后的事儿就不清楚了，您跟我们讲讲。"

"也罢，我跟你们说说。那时候哇，他还是个帅小伙子，一回国就选了林海省。你们要知道，他是上海的知青，可当他看到林海省的老百姓吃不饱饭，就决定留在这儿搞粮食生产了。唉，他呀，放弃了家里的好条件不说，连自己心爱的姑娘也没有留住。"

"难怪不见他的家人，他真的一生未娶？"

“挽明、刘君，老董骨子里的奉献精神再也找不到了，在那段困难时期，是他站出来解决饭碗问题的。那时候的北川大学叫北川农工学院，专门培养工农子弟，学生们表面上在读书，其实呀，大多数时间在搞大田实践。他回来的那年，是林海省水稻事业转型的一年。为了在林海省搞旱育苗栽培技术，为了见到主管农业的副省长，他硬是在省委大院的门口站了一天一夜。”

“省里不支持吗？”

秦怀春端起酒杯：“不管支持不支持，这一切都过去了。来，咱们师徒三人敬老董，就当是为他送行了。明天的追悼会，省内外的专家都会赶来，过了明天，老董的理想也算走到头了。挽明、刘君，我们的时代过去了，属于你们的时代来临了。虽然这是一个沉重的日子，但也是辞旧迎新的时刻，我相信你们有能力完成这个交接。你们跟在我的屁股后面学了三年，‘水稻遗传育种’这六个字可谓字字值千金，但我们在水稻分子遗传改良上还没有找到新方向，所以只能走传统育种的道路。我们这代人没吃完的苦，你们要接着吃了。这是一份事业，有人说我们伟大，有人说我们顽固，但事业伟不伟大，要用一代人的时间去证明。老董证明了，救活了林海省三千八百万人，让我们的饭碗沉甸甸的，让老百姓的心里美滋滋的。以后就看你们的了。”

秦怀春把酒杯里的酒洒落到桌上的那盆刺球上，他的眼睛有些模糊了，看不清面前这两张年轻人的面孔。他忧伤、彷徨，但一颗看似将死的心又在新鲜的空气中活了过来。

崔挽明和刘君知道，秦怀春对他们抱着极大的期望。作为尹振功的第一届研究生、林海省的第一批正统的水稻遗传育种科班生，他们不接这盘棋说不过去。他们不接，传承就将断送于此。

两人看了一眼彼此，没有回答秦怀春，因为他们不敢承诺，更不敢推诿。但他们彼此知晓，明天过后，他们将披荆斩棘，走上一条充满奋斗和牺牲的道路。

那一夜崔挽明一分钟都没睡着，他的脑子里想的全是毕业后的工作问题。到底是留在北川大学，还是去外企搞产业育种化流程？

这个问题让他突然回忆起中秋节的晚上，秦怀春跟他说的话。

“挽明，林海省的水稻事业的大门已经打开。你看，我们一个个都老了，你的导师尹振功呢现在又一门心思地扎到学术研究中，大田育种这一块呀不能没有后人。我不知道你有什么想法，你跟着我们辛苦地干了三年，我想听听你的意见，也好给你拿主意。”

崔挽明知道，这种私密的话只有两人单独在一起的时候才可以说。从技术和实践经验来讲，刘君不比他差，秦怀春却单独找他谈这个事儿，让他心里既感动又歉疚。歉疚是因为他怕刘君知道后心生不快，毕竟刘君是与他一起奋斗了多年的兄弟，又是妹妹的男朋友。他单独吃老师的小灶，实在没有颜面面对这份没有掺杂利益的友谊。

他想了想，道：“谢谢老师这么想着我，其实我也想过不少，但终究想不透彻。我进入企业工作的话，资金足，干什么事儿都有基础支持，可能实现理想要容易些，一切按照企业的流程走就行，挣的钱也多。留在学校的话，也不是不好，我也不是嫌弃工资开得少，就是怕让老师失望。您也说了，尹振功老师现在把心思都放在学术理论上面，我一个人搞育种，害怕搞砸了。”

“你啊，还是年少无知。这两种选择各有利弊那倒是没错，关键在于你怎么想，你的理想在哪里。梦想和财富之间其实是可以相互兑换的，但有的人选了财富，再回过头来想选梦想，可就不赶趟儿了。困难肯定会有的，好在这两年国家没在指标上给林海省施压，你们还有时间摸索。现在提高水稻的产量肯定是我们首先面临的问题。林海省的水稻产量潜力是什么水平？谁也不知道。那这个问题就要靠你们来解答了。毕竟现在国家粮食储备不足，粮食进口总量一直降不下来，我们手里的饭碗就不能保证全装自己的粮食。不管你是在企业还是在高校，只要你的目标不变，方式可以不一样。”

“老师，你说的方式不一样，我不懂。”

“挽明啊，企业是利益化的组织，高校呢，虽然也搞点儿经营，但毕竟是小打小闹。咱们这些搞育种的老师呀，都是老实人，勤勤恳恳、一门心思地做事。有的老师呀，一辈子培育不出一个品种，但人家还是在坚持做育种。为什么？因为热爱。有时候你理解不了这份热爱，但当你深入研究这门学科、爱上这个职业的时候，你就会义无反顾地奉献自己，什么利益、名誉都不重要了。留在高校，你能图个清静。大门一关，政策上的事儿有学校替你把关，不用你操心。如果你想搞市场经营，挂的是学校的牌面，不想搞也没人强迫你，相对自在。”

秦怀春说了这么多，但内心真正想说的话一句都没说出来。他之所以放不下心，是因为在这几个学生当中，崔挽明是最务实、细心的一个。刘君虽然有能力，但过于逞强显能。因此，秦怀春虽然也很器重刘君，但并不放心把自己几十年积累下来的东西交给他。

此时的崔挽明回想起这些话，似乎体会到了老师的良苦用心。老师一生勤恳，手中握着数万份育种材料。这么大的一个摊子，要选择一个继承人，先不说能力，倘若在品格上有瑕疵，秦怀春怎敢托付？

尽管崔挽明明白过来，但他内心还是不自信。特别是董俊芳老先生走了，这座大山倒下后，全省的水稻育种家们都把视线聚焦在秦怀春这边，等过两年秦怀春一退休，崔挽明自然就成为大家关注的对象，这样的压力实在不小。

当然，崔挽明虽然不承认，可他骨子里是有一股韧劲的。他当年之所以从偏远山区来到这里，是因为立志要让爹妈不饿肚子。可当真正走进育种领域，他才发现天底下饿肚子的人不止自己的爹妈。在富裕到来之前，偶尔吃饱不算饱，中国人不应该遏制自己对食物的需求，而是要摘掉“偶尔”这顶帽子。

崔挽明站在清华苑里，看到前来吊唁的育种领域专家无不为董俊芳的去世而伤怀。因为董俊芳没有家眷，与上海的老家又早断了联系，所以这次的追悼会由省农业委员会出资，省农科院操办。

"挽明，你别看这些人一副伤心样，出了这道门，我保证他们该怎样还怎样，你信不信？"

"刘君，小点儿声，瞎说什么？！"

正当两人偷偷地小声议论时，秦怀春作为嘉宾正要上台致悼词。他刚往上走，省农科院育种所所长于向知就带头轻轻地鼓起了掌。于向知长得不高，却有一身结实的肉，而且脸上始终保持着微笑，双眼放射出令人生畏的光芒。

"董俊芳走了，秦怀春还这么硬朗，也不知道吃了什么龙参。"

"你乱说什么呢？如果这话传到他耳朵里，你还想不想在林海省混了？"

"那又怎么样？他这么大岁数了，早不成气候了。"

要不是考虑到是在这样一种场合，且死者为大，崔挽明早就扑过去和那些地方来的专家干起仗了。他只是瞪了对方两眼，一个字都没说。

不过崔挽明从这件细微的事情中就能看出，虽然平日里秦怀春在大家口中是德高望重的角色，但实际上因秦怀春在林海省水稻界太过鹤立鸡群，并没有赢得所有人的尊敬，反而引来了一些同行的妒忌与揶揄。

想到这样一种大环境，以及今后可能要在这样复杂的环境里拼搏，崔挽明对这条还未启程的道路有了些许迷茫的心情。

秦怀春一边上台，一边将眼镜摘掉。他脚步轻快，身轻如燕，一点儿不像悲伤过度的样子。

这个时候秦怀春不能露怯。他知道，自己培育的高产优质的水稻品种"北川稻 1 号"，已经在林海省市场经营了二十多年。虽然他把经营权捐给了省水稻所，但这个品种在林海省的统治地位直接导致了无数育种家的梦想的破灭。也可以说，下面站着的许多育种家都视他为眼中钉，恨不得他赶紧"金盆洗手"，离开育种界，把希望还给他们。

秦怀春对自己的"北川稻 1 号"备感骄傲，这样一个划时代的品种凝聚了他半生的心血，一入市场便引发疯抢，解决了水稻产量高与口感好不能兼具的问题。这在林海省可谓前无古人。

“同志们，同行们，今天是一个特殊的日子，国庆假期的第一天就让大家从五湖四海赶过来，实在是令人始料未及。恐怕老董自己也没想到，会是在这样一个日子来举办他的追悼会。同志们呀，一个时代结束了。在座的很多人跟我很熟，有我的朋友，当然恨我、怨我的人也不在少数。你们心里憋屈，很多人在下面议论我，咒骂我赶紧死掉，但我从来没说过什么。因为‘北川稻1号’给老百姓带来了希望和创收，这就是我的初衷，我无怨无悔。这些年省水稻所的同志很辛苦，在种植推广上下了很大的功夫。起初我是抵触这个的，按理说我对自己的品种应该自信才对，但真正把东西拿出去、交到老百姓的手中的时候，才知道身上的担子有多重。没有人敢保证品种的稳定性能维持很多年，特别是我们搞的常规水稻不像杂交种一年一供种。这几年，有的老百姓已经意识到这个问题了，一旦他们学会了留种，问题就很严重了。我不是怕我们的种子卖不出去，而是担心品种在老百姓的手里发生病虫害污染。我们没有权力要求老百姓必须买我们的种子，但可以把这个问题的严重性告诉他们。这也是老董生前反复跟我提到的问题。大家今天不用顾忌，林海省的粮食产业靠一家、两家是绝对不行的。大家不要灰心，作为一个育种家，培育出大品种是可遇不可求的事儿。大家不要有名誉上的负担，把这些条条框框放下来，真正摆正心态去琢磨，就算是小品种又如何？只要你给老百姓带来了收益，就是在为国家做贡献。这一点，我们都要向老董致敬，他是咱们林海省行开天辟地之举的第一人，将咱们的水稻栽培模式手把手地教给农民，这打的不仅是农业战，还是一场良心战。那时候我们每年有大半年的时间在下面跑推广。旱育苗技术是怎么来的？那是老董带着我们这辈人一寸土地一寸土地地走出来的，是真正走进了百姓心中。今天我们齐聚一堂，说是给老董送行，其实也是为大家鼓劲加油，这种精神不能断了，该传承的东西一定要保留下来，我想这也是老董希望看到的结果。”

秦怀春洋洋洒洒地说了这么多，下面的人却无动于衷。

“真把自己当教书先生了，说起来没完没了，得了便宜还卖乖，他再牛我也不服气。”

“你是哪个单位的？一进门就在说我老师的不是，你要是有胆子，就站到台上去说，背地里伤人算什么！”

“挽明，不要多事儿。”刘君一看崔挽明的脾气上来了，赶紧试图压住，但了解崔挽明的人都知道他认定一件事儿就不回头的性子。刘君一把拉住崔挽明，怕他做出什么不合时宜的事儿。

“我是哪个单位的？哈哈哈哈，年轻人，我干了二十年的育种，今天还是第一次见到你。怎么，北川大学出身的人都这么牛气吗？老师牛就算了，学生也跟着犯浑。怎么，你们真把林海省的水稻产业当作你们自己家的了？”

“有多少能力吃多少饭，自己没有像样的碗，还赖上别人了！你不服气的话，干脆出去抢得了。”

“挽明，你给我出去！”秦怀春虽然对这些道貌岸然之辈心存抵触，但没想到自己的爱徒这么沉不住气。

刘君一看情形不对，赶紧拉着崔挽明往外走。

“挽明，你说你，今天是什么日子？你跟他们计较什么？那些人都是老油条，嘴皮子都是从油锅里练出来的，你犯不上与他们浪费口舌。再说，秦老师还在那儿呢，你这样做，让老师怎么下台？”

“怎么，这个时候你还考虑面子？秦老师是我的恩师，也是你的恩师。他们这样说老师，我受不了。”

“忍不了？小不忍则乱大谋。挽明，以后你是要在林海省水稻界工作的，免不了要跟这些人打交道，能不发火就尽量不发火。”

“结交他们？你以为我崔挽明是垃圾，没人要哇？我就是再混不下去，也不会跟这种小人往来。”

刘君知道是劝不住崔挽明了，崔挽明要说就让他说吧，发发牢骚也好。刘君虽然也为老师抱不平，但懂得人情世故。

追悼会上后来发生了什么，崔挽明就不知道了。但秦怀春在心里为崔挽明预设的方向更加清晰了。

这样一个耿直的人，倘若离开了高校，定会在复杂的社会里被折腾得筋疲力尽，留在学校恐怕是最适合崔挽明的选择。

国庆长假对崔挽明和刘君来说成了“劳动节”。董俊芳逝世后不久，连绵的阴雨便转走不见了。这次持续不断的阴霾天仿佛是一种无言的预示，预示着结束，也预示着开始。

接下来的一个星期，崔挽明和刘君便在水稻地里度过。他们早上六点起床，下午五点出稻田，雨一走，太阳一晒，蚊虫便排着队从地里钻出来，别说是干活儿，就是在埂子上信步而行，也不见得抵挡得住蚊虫叮咬。与其说是抢收种子，不如说他们在与蚊虫搏斗。一周下来，崔挽明和刘君的脸上全是包。

苏慧和崔小佳已经十天没出现在实验室里了，等她们过完假期回到学校，再次看到两位男同胞的时候，吓得半天合不上嘴。

虽然秦志杰有个好爸爸，但他的心思并不在水稻育种上面。这也是秦怀春内心矛盾的地方，儿子一心想搞经营，其实是违背秦怀春的初衷的。不过当苏慧看到秦志杰的脸时，又看看崔挽明的脸，马上觉得秦志杰的选择是对的。

“看看你哥和你家那位，脸都变成马蜂窝了。”

“苏慧，你别得意，没听过‘吃得苦中苦，方为人上人’吗?你家秦志杰的脸再好看，又有什么用呢?你想想看，就算他毕业后做种子营销，如果没有秦老师在凤凰城的人脉，他能混下去才怪。”

“哼，那也比那两位强。”

虽然崔小佳嘴上替刘君和哥哥的勤奋用心争辩，其实内心是极其不愿意他们这样的。

晚饭的时候，崔小佳把刘君约了出去，还有八个月他们就要离校了，她必须让刘君给她一个痛快的答复。

这也是最近折磨刘君的一个大难题。自从参加董俊芳的追悼会后，刘君就被省农科院育种所的于向知看中了，并跟秦怀春指名道姓地要人。秦怀春私下里把这个消息告诉了刘君，让他自己做决定。

“说话呀，半天不出声，这样下去可不是办法。你到底怎么想的？你是跟我回去支教，还是留在这里等蚊子吃了你？你痛快地告诉我，再拖下去对谁都没好处。”

“小佳，你看，我家的条件不好，你那边的情况也挺糟糕的，我是怕回去支教……”

“好了，你别说了！你不就是嫌支教不挣钱吗？当初你怎么答应我的？山盟海誓时是怎么说的？”

“小佳，这是现实问题，你理智点儿。”

“现实问题？我看不是，倒像是态度问题。刘君，我问你，说好的话你怎么说变就变？我以为我了解你，看来我没看准你。”

刘君想要去拉崔小佳的手，心里又缺乏底气：“小佳，你哥看准的东西肯定没错。咱们这几年大事儿都是你哥拿的主意，哪一件事儿出过差错？我们听他的没错。”

“听他的？刘君，搞了半天这都是他的主意。咱们俩定好的事儿，被他的一个主意就改变啦！你真行！”

崔小佳对刘君显然是失望的。她是一个颇有决断、说一不二的女孩，心里装的是最纯真的理想，可以说走就走。她以为刘君也会一直这样，但没算到中间多了个崔挽明——一个她最亲的人，临到头来硬生生地干扰了她对幸福的追求。

“不是这样的，你哥只是建议我留下来搞水稻育种，毕竟咱们都入行三年了，就这样扔掉怪可惜的。”

“住口！刘君，你以前可不是这样的，你什么都听我的。怎么，跟我到山区支教不好吗？你不是说你有一腔抱负要实现吗？你说你要让更多大山里的孩子走出来，要跟我走遍每一个被遗忘的村庄，你都忘了吗？”

“小佳，对不起，我还没想明白。我想，在这个问题上我跟你哥的态度恐怕是一致的。你留下来跟我们一起搞水稻育种不好吗？大家能在一起，这里是我们生活了快七年的地方，就这样走掉，我们留在这里的记忆都会烂掉的。”

“我就不明白了，为什么水稻育种让你这么放不下？林海省有那么多育种专家，少了你一个，地球就不转了？你从来都是这样，一点儿主见都没有，别人说什么好你就做什么。不是每个人都适合干这个，秦老师的成功是有机遇在里面的，你不要盲从好不好？”崔小佳伸手去拉刘君的胳膊。刘君没有拒绝，也没有靠拢，只是冷冰冰地站在那儿。

“是，我是没主见，你从来都看不起我，觉得我不如别人。既然这样，你还跟着我干什么？天下有主见的男人多的是，你去找哇！”

刘君从来没对崔小佳说过这样伤人的话，正如崔小佳从来没触碰过刘君脆弱的自尊心一样，两个人捏着对方的软肋不放手，结局就是冷战或不欢而散。

前面到底是怎样一条路，刘君不清楚。他找不到合适的理由来回答崔小佳的逼问，只能将崔挽明搬出来当枪使。他这决非陷兄弟于不义，而是抓住困境中的一根稻草。而刘君内心里的天平到底偏向何方，只有他自己清楚。

接下来的半年时间里，这对令人羡慕的情侣完全进入了冷战的状态。崔挽明也因为对刘君的几句不经意的劝告，和妹妹的亲情淡了不少。

毕业前的这段时间对水稻研究所的这几位同学来说，可谓异常煎熬。但在秦怀春的心中，他早已将几个孩子的命运掂量好了。

其他人的事儿都好办，唯独崔挽明留校的事儿遇到了前所未有的阻挠。生命科学学院的副院长胡全安对秦怀春向校长上报的学院用人计划一事，提出了很强烈的抗议。

这天他和秦怀春前后脚来到校长办公室，就崔挽明留校一事展开了言辞激烈的辩论。

“王校长，咱们学校现在处于原地踏步阶段，教职工水平低的问题很严重。年年从咱们学校选拔留人，根本实现不了人才交流的目的。没有交流，咱们就永远停在旧的理论上做文章，永远接触不到外面的新东西和新技术。去年我就找您谈过这个问题，您说以后会考虑。到了今年，用人计划还是没有变。我们的秦怀春院长不但不做好带头作用，还明知故犯，非要把他的学生崔挽明留下来。这个问题，我希望王校长谨慎地处理，这关系到学科建设和发展，也关系到我校综合实力的提升，不是小事儿。”

“老胡哇，你把问题考虑得复杂了。我秦怀春也不是草包、糊涂虫，留人自有留人的目的和用意。不管是学科的建设还是综合实力的提升，违反原则的事儿我保证不做。但你要说崔挽明能力有问题，老胡，我可以这么说，在整个林海省的高校里，哪怕是地方市县级科研院所里，你都找不出几个像他这样优秀的人。我是真的认为这个孩子不错。能够踏实地搞大田育种的人不多啦。育种学不仅是生命学院的重点学科，也是省级重点学科，要想干事业，没有人手怎么干？”

“老秦，你别扭曲我的意思，你留人可以，但我的建议是也要从其他高校引进人才，形成学科上的互动和交流，这对你们水稻研究所也是好事。”

秦怀春一抬手，打断胡全安的话。

“王校长，老胡的意思我理解，心里也很支持，谁不想往好的方向发展？可问题是咱们的水稻育种学科在林海省是特色学科。首先，咱们不搞杂交稻，你数着手指头看看，全国有几家高校在搞常规稻育种研究？我们的选择面越来越窄了。我自己也有个底线，我留的人必须对我搞的东西熟悉。其次，要有事业心，选择工作不是选择生活，这个人如果只是单纯为了留在高校，把高校当成一个工作的平台，我坚决不要。我之所以留自己的人，是因为一来他是我一手培养起来的，我做了什么他都清楚；二来就是信任问题，这样的人用起来顺手。从学科发展的角度来讲，崔挽明最适合不过。”

王校长谈不上为难，但两位各执一词，都有几分道理。他端起水杯，半天不喝一口水，望着主楼下面那块大石头上的校训——博闻强识，富民强国。

“人才，何为人才？英雄应有用武之地，适合的即合理的。

我同意怀春同志的看法，咱们一个萝卜一个坑儿，但一定要相互契合，相互作用，才能发挥出人才效应。反过来便是损人不利己，北川大学不干这种缺德事儿。”

“王校长，这……”

“老胡哇，这两年你在生命学院主抓科研，心思都花在学术理论建设上了，咱们的老本行可丢不得呀。有时间你就多到下面看看，看看咱们的育种基地，看看这些育种家都在做什么。学科发展离不开理论研究，但解决林海省的吃饭问题也是个很有意义的主题呀，我们不但现在不能放，而且以后将继续加大这方面的扶持力度。我希望你回去后好好想想，你的顾虑我们校党委会已经讨论过了，近期会有通告出台。不同学科不同对待，引进人才也是，我们会考虑你的建议，但育种学科这方面的事儿还是让怀春同志自己定夺。专业的事儿他比我清楚，在留人的问题上，他恐怕比你我都要明智，这件事儿就到这里为止。”

虽然王校长的决定没有让胡全安信服，但他算是站在中间立场，对两边均有顾及了。

对这样的结果，秦怀春是满意的，对胡全安的质疑，他根本不放在心上。学校还没出通告，秦怀春便大张旗鼓地在实验室宣布了崔挽明留校的事情。

这一刻对崔挽明来说得来不易。这是他用七年的青春换来的一个新起点，但同时他又感到痛苦，因为没有办法说服妹妹留在林海省从事专业领域的工作，没有办法和刘君继续在同一个战壕工作，更没有办法挽回刘君和崔小佳的爱情。

崔小佳领完毕业证，没参加毕业典礼就要走，幸好被崔挽明及时发现，才在火车站堵住了她。

“你真是不听哥哥的话，事到如今说什么也没用，你也不是孩子了。只是你连句告别的话都不说就要走，怎么，你就这么讨厌我？”

刘君站在兄妹俩跟前，站在陪伴了他六年的女孩面前，深深地垂下了头。

崔小佳看了眼刘君，又看看她哥。

“我不讨厌你，我恨你！我恨你做了不该做的事儿，要不是你，刘君不会留在这儿。”

“我说过，这件事儿——”

“我不想听你解释。我知道，你们兄弟有情义、有理想！你们是有抱负的人，是要干大事的人，是要保障国家粮食安全的人，是林海省的未来和希望。你们多牛哇！一个被老师争着抢着留在学校，一个被老师推荐到省农科院。哦，对了，还有苏慧，就连苏慧都被安排到了农科院品质检测中心。我是最不让老师操心的一个了，不用老师管我，多好哇！你们就活在你们的宏图伟业中吧，我走了。”

崔小佳说完，转身就要上火车。

“小佳。”刘君大喊一声。崔小佳没有回头，只是稍微顿住脚步。

“我会去看你。”

她冷笑了一声，噙着冰凉的眼泪上了火车，把刘君手里拎着的一兜水果和零食拒之车外。从这天起，刘君将成为崔小佳此生最大的遗憾和痛苦，而崔小佳将成为刘君最沉重的负担和悔恨。

她怎能不恨她的哥哥？怎能不恨这段糊涂的情感？当理想遇上生涩的爱情，这段不成熟的感情迸发出的火花必将落到他们的内心深处，在他们的青春的尾巴上留下一道永恒的烙印。

“刘君，后悔吗？”

“挽明，火车走了，你说，她真的不回来了吗？”

“她？她去追求自己的梦想，我为她高兴，就像你和我也为自己的梦想而活。何必要她回来呢？”

“秦老师有了你，可以慢慢地退下来了。你要加油。”

“使命远大，吾辈望洋兴叹，恐怕要辜负老师的栽培了。”

“你发什么神经？说你胖你还喘上了。我马上要去农科院了，走前兄弟嘱咐你一句，多跟咱们的钟实老先生学学。他虽然不是北川大学的正式职工，但在秦老师跟前干了三十多年水稻育种，咱们研究所有今天，他功不可没，你要拿他当榜样。”

“啰啰唆唆，这还用你说？你以为我瞎呀还是聋啊，这点儿事儿我还看不明白？在他们面前，我永远是个小学生就对啰。”

两人望着火车离开的方向，那是他们梦想的背面，而一回身，属于他们的真正的现实生活才迎面袭来。

于向知向秦怀春要人可不像他的作风。他向来是耍滑头的行家，这么多年也没买过秦怀春的面子，这次却在董俊芳去世的节骨眼儿上主动向北川大要人，心里打着什么算盘只有他自己知道。秦怀春嘴上不说，但林海省搞水稻的这些人的脾气、秉性如何，他了如指掌。

像于向知这种无利不起早的人，秦怀春从来不主动结交。秦怀春虽然和省农科院来往密切，但只在一些省里组织的农业专家座谈会上和于向知有过照面的机会，论说私下里的交情，几乎没有。若不是看中省育种所在水稻上面打下的坚实基础，以及农业农村部和科技部在科研项目上对省农科院的倾斜力度大，他是不会让刘君到于向知手底下去做事的。

总之，对刘君，秦怀春从职业规划和个人发展上都进行了细致入微的考虑，刘君的灵活能够让他很快融入育种所的体系中，只要他干好了，挣钱的事儿根本不用担心。这恐怕是秦怀春唯一能补偿刘君的地方了。按理说，对刘君和崔挽明，秦怀春留谁在身边都无可厚非，但再三权衡后，他还是选择了后者。

但不管秦怀春如何决定，他对崔挽明和刘君可谓仁至义尽。

第二章
承　接

崔挽明留校后刚忙完十月收获，随着秦怀春的一声令下，他便赶忙准备好南繁的种子，在钟实老先生的陪同下，一起来到了三亚市崖州区的南繁育种基地。因为北川大学的名下没有育种基地，他们只能租借农科院的一块园圃进行种植。

这是崔挽明第一次来三亚，说实在的，要不是钟实带他过来，很多事儿他还应付不过来。落脚的第一天晚上，崔挽明刚把行装放入钟实租赁的三居室小屋里，外面就有人过来敲门。

“钟叔，是谁啊？”

“还能有谁？一群马屁精。去开门。”

门一被打开，三五个人推搡着进来，差点儿把崔挽明挤倒。他们一进门，便朝钟实走去。

“大教授哇，才知道你们过来，快、快、快，庆春楼的鲜羊锅已经炖上了，就等你过去指示工作。”

“别、别、别，你们可别来这套，我可不是什么大教授，就是北川大学的一个临时工。另外，喝酒的事儿就免谈了，工作要紧，明天我们就要耙地、划小区，本来时间就紧张，耽误不得。”

“哎呀，我说钟教授，工作要干好，酒也要喝好嘛。我们的育种材料也没育苗呢，今年气候好，后期温度肯定能上来，不着急这三五天的，咱们吃饱肚子好干活儿嘛。”

“我说小峰，你们该干就干，你们省农科院和我们的理念不同，你不着急我着急。”

“老教授哇，你们不干，我们哪里敢干哪，都等着您指示呢。”

“放屁，我看你们一个两个的天天跟在于向知的屁股后面，专业的事儿没干好，拍马屁的本事倒是飞上了天。你们年轻人要抓住机会好好务实，不要把心思花在这些耍滑头的事儿上面。”

崔挽明站在旁边看了半天，一句话都插不上。作为刚进行业的晚辈，他心里有自己对行业的看法。

“峰哥，我叫崔挽明，很高兴认识你。”崔挽明明知钟实不喜欢这样的交际方式，还是放下脸面去与何峰攀谈。

“哟，你好哇。崔挽明？你就是秦老师刚留下来的崔挽明？”

“嗯，我第一次来三亚南繁，很多事儿不懂，还要靠大家多照顾。”

“哎呀，照顾什么呀，咱们就是一家人嘛。在咱们林海省，谁不知道省农科院和北川大学亲如兄弟？你来到这里呀，比在家方便，领导不在，没人管咱们，媳妇也见不着咱们，自由得很。我听我们于所长说呀，要不是秦老师护着你，他都想把你抢到省农科院来。你是人才啊，还没出校门就名声在外了。我听说这几年你帮着秦老师开发了几个品质不错的高产品种？”

“何峰，别张口闭口秦老师，那不是你叫的。秦老师跟你们于所长也从不往来，别往一起扯。”钟实一面教训着他们，一面盯着崔挽明。

钟实也知道这南繁大队的文化。这丁点儿大的崖州区，遍布着全国数十家育种单位的繁种基地，从南到北、从东到西，这些人不管是来自高校还是企事业单位，平时都没有在一起交流的机会。但来到这里就不一样了，大家以前隔了几千里的距离，现在走几步路的工夫就到了，从不认识到认识，从不熟悉到熟悉，有时候就是一顿酒的事情。

崔挽明刚接触这个行业，虽然有些人干事不踏实，有相当一部分人拿着纳税人的钱在这里不务正业，但崔挽明要是真不去接触他们，就等于自断门路。沟通是每个力求发展的行业必不可少的行为，虽然钟实对此深恶痛绝，但崔挽明还年轻，钟实不能断了他发展的路。

“挽明啊，你跟何峰去吧，少喝点儿，我就不去了，明天早上六点要准时起床。”

“钟叔，去吧，咱们简单吃点儿就回来，不会耽误太长时间。”

“何峰，我可告诉你，挽明是秦老师亲自留下来的人，你给我好好照顾，少打歪主意，否则我饶不了你。”

“老教授，您放一万个心，别人我敢糊弄，但我就是长了天大的胆子也不敢打秦老师的主意呀。”

崔挽明到崖州区的第一夜就这样献给了他日夜向往的事业。到了庆春楼他才知道，除了林海省农科院的三位哥们儿，还有来自湖南、河北两家单位的五位同行，加上他一共九人。

到了崖州区南滨农场，众人当然要用当地的酒菜为崔挽明接风。菜上齐之后，何峰从桌子底下掏出来二十斤装的塑料桶，装的全是当地人酿的米酒。崔挽明看着这桶酒，再看看在座的各位，他们一个个脸上透着一股杀气，顿时心中发毛。

他突然意识到，这个行业隐藏着一种可怕而戾气十足的怪象。

酒过三巡，入口的米酒甜得发苦。崔挽明在北川大念书的时候喝的都是纯粮小烧，属于高度酒。突然换成这种“饮料”，他还真有些不适应。

“哎呀，诸位，再多的话我也不说了，‘北川稻1号’不但在我们林海省有名，在全国也是一个划时代的品种啊——国家一级米，亩产量突破常规。秦老师作为林海省的首席专家，不虚此名。今天呢，秦老师不在场，但挽明来了，大家可以看看，熟悉秦老师的人可能也看出来了，挽明从上到下，言谈举止，就连酒量都跟秦老师一模一样，名师出高徒哇。我看哪，将来林海省的水稻育种事业就要交给挽明这样的人了。”

“峰哥，你这是折杀我呀。我一个小年轻，初生牛犊，你们都是我的前辈，今后少不了要让大家操心。我别的本事没有，但有一身使不完的劲儿。当然了，更欢迎湖南和河北科研所的几位前辈，欢迎你们到北川大学做客、指导工作。我的南繁育种圃就在中国农科院的基地里，大家没事儿可以多聚聚，这一杯我干了。”

谁也没想到，一个刚出校门的大学生酒量居然如此惊人。在座的各位都是从事相关行业十多年的老手，今天遇到了对手。特别是何峰，抱着看笑话的心态想教训一下秦怀春的弟子，没想到搬起石头砸了自己的脚。

何峰踉踉跄跄地走去埋单的时候，没想到被崔挽明一把拦了下来。

“哥，今天必须让我来埋单，这顿饭老弟我受益匪浅，就当老弟交的学费。”

“你小子，看不出来呀，秦老师眼光不错，终于挑了个会来事儿的人，有前途，有前途。”

九月和十月的工资刚发下来，崔挽明一个月有七百块钱。属于崔挽明的第一个教师节刚过去两个多月，他没有用这笔钱报答他的恩师，也没给家人邮寄回去，而是拿来请了一群不相干的人吃饭。

崔挽明清楚，方才这些人跟他称兄道弟，看的都是秦怀春的面子，大家各怀小九九。他不想欠这些人什么，也不想活在秦怀春的影子里，想有朝一日可以凭借自己的能力得到别人的尊重和认可，这也算没辜负恩师寄予的厚望。

“峰哥，于所长怎么不把刘君派来南繁啊？”

“他？所里那么多事儿，他当然要忙着那头了。再说了，他年纪轻轻的，来这里干吗？我们于所长通情达理，还是很照顾年轻人的感受的，让他在所里熟悉熟悉业务，贸然出来恐怕会出差错。”

何峰的这几句话说得崔挽明气从心来，他不但把秦怀春否定了，也把崔挽明否定了。何峰的言外之意就是秦怀春不照顾年轻人的感受，年轻人也不该来这个地方。

不管怎么说酒局散了，天一亮，一切又回到了现实中。酒桌上劝人的话只能是一种虚拟世界里的遐想，谁都会说雄心壮志的话，但真正去做就不是那么简单了。

崔挽明虽然准时起床了，但昨晚米酒的后劲上来后，他一连跑出去吐了好几次，生平第一次吃进肚里的马鲛鱼就这样可惜地被吐掉了。

钟实约好的农机已经在地里作业了半小时，锅里的面条也刚刚煮好。钟实煮好面，往锅里扔了一把地瓜叶，过了几分钟水，将地瓜叶拌进面条里，递给崔挽明。

“喝多了吧？这些人哪，我之所以不愿意接触，是因为对他们犯恶心。我让你跟他们去喝酒，也是想让你看看目前的行业环境。秦老师的‘北川稻 1 号’虽然被无偿捐给了省水稻所经营，但期限马上就要到了。你以为这帮人无事献殷勤是为的什么？他们都打着‘北川稻 1 号’的主意呢。”

“原来是这样。钟叔，秦老师是什么意思？把品种的经营权收回来自己干？”

“挽明啊，这些事儿还轮不到你考虑。你就记住了，不管什么时候，咱们的秦老师永远是站在人民的立场上看问题的人。他和董俊芳老先生一样，视百姓如亲人，一辈子什么都不怕，就怕老百姓吃不饱肚子。现在种子行业还没有形成规模，但照现在的情况看，暴风雨马上就要来了。我听说咱们林海省有几家私企正在搞合资经营，做的就是粮食种子的事儿。一旦有企业参与进来，市场竞争会加剧。”

“有竞争反而能激发市场的活力，对老百姓也是有好处的。”

“嗯，道理是这个道理，就怕形成垄断局面。唉，这些事儿都太宏观了。挽明，把心打开，平静下来好好看看咱们的育种圃。今年你我二人的担子不轻啊，咱们带了三千份种子材料，除了低世代遗传不稳定的品系，还有高世代鉴定材料。海南岛气候潮湿，冬天在这里搞繁育，最容易发生低温冷害和稻瘟病，所以说在这里搞抗性鉴定是最适宜的。要想通过品种审定，耐低温和抗稻瘟病这两道门槛一定要跨过去，否则产量再高、品质再好的品种也没有发展前途。”

“是呀，钟叔，不光这些，明年三月中旬之前，咱们就要往省种子管理局提供品种申报的原种，预备试验、区域试验和生产试验的种子量要求也都不一样。秦老师还等着咱们把繁殖好的种子邮寄回去呢。钟叔，我第一次来，对各方面的业务也不熟悉，你就多带带我，什么事儿都让我接触接触，跑腿出力的事儿都交给我。”

“农机耙完地之后，咱们俩就抓紧时间把苗育上。这里不是林海省，海南岛的水稻都是水田育苗，跟咱们的旱育苗不是一回事儿，但水育苗相对简单，咱们做好苗床，把种子按照号码顺序排上，往里灌水就行了。我带着你干一次，你就都会了。”

接下来的半个多月时间，钟实和崔挽明便进入了工作状态。每天早起简单吃点儿早餐，一直干到十一点半，回来炒个饭，一人一瓶啤酒，然后休息二十分钟，便一直干到太阳下山。

这个时间段是各育种单位最忙的时候，谁都没有闲工夫喝酒、闲聊。但就在这火烧眉毛的关键时候，何峰大中午拎着两瓶白酒闯进了北川大学租借的试验基地的大门。刚进去两步，他就被门卫拦了下来。

“同志，你找哪位？”

“我找钟实，林海省搞水稻的，在你们这儿租了十多亩地的那个。”

“是他呀，你找他干什么？我们这里是科研重地，没看见门口贴的大牌子吗？‘科研重地，闲人免进’，你还是不要往里走了。现在大家都在播种，丢了育种材料，我可负不起责任。有什么事儿，你们出了这道门再谈。”

“大叔哇，通融通融嘛，我是林海省农科院的，也是南繁大队的一员。钟实是我的老师，我来看看他，五分钟，就五分钟。”

门卫大爷盯着何峰看了半天，叹了口气：“你们这些南繁大队的人，要不是看你们这么辛苦啊，我才不想帮你。说好了五分钟啊，我让你进去，要是丢了东西我就把饭碗砸了，等你出来的时候，我要好好检查检查，要不然不能让你走。”

“好说、好说，感谢大叔了。”

何峰的到来让钟实提高了警惕，这是秦怀春这几年特意强调过的，外来人不得接触他的育种材料，别说是走近看一眼，就算是站在地头他都不允许。没想到何峰自己撞上枪口来了。

“谁让你进来的？你给我出去，行业规矩不懂吗？我们在这里育苗呢，你来干什么？”

“不要紧张嘛钟叔，我看两眼你们又不会丢东西，也不会把它看死。这不，前两天他们种业来人，给我带了点儿精酿，我就给你和挽明带两瓶过来尝尝。这段时间干活儿累，晚上你们俩多喝几杯。”

“精酿？哼，我们可喝不惯这个，本地小烧就很好，快点儿拿走，不要影响我们干活儿。”

“这个……钟叔，你看这样行不行？我们那边呢，也干得差不多了。我为什么过来呢？我走的时候于所长千叮咛万嘱咐，说一定要照顾好钟老师。我呀，专门过来帮你们育苗，给我一双水靴子，多一个人多一份力。”

“你还想下地？何峰，我看你是昨晚喝多了没清醒吧？这是我的育种材料，别说不让你摸，我连信都信不过你。这些东西该怎么干我们心里有数，你就不要来掺和了。你要是实在没事儿干，建议你到农科院的基地负责人那里举报一件事儿。”

“什么事儿？”

“你就说门卫大爷不遵纪守规，放了不该进的人进来。”

“你……哎哟，好嘛，我好心帮你，不求你领情，最起码于所长的面子你得给吧？大家都是兄弟行业，话说得太死也不好。

对吧，挽明？”

“峰哥，喝酒是喝酒，工作是工作。你看哪，育种家的材料一向都是对外保密的，不是我们信不过你，行规不能从我们这里破了，你说是不是？酒就不喝了，峰哥要是实在想喝，等我们忙完这阵儿，我组局安排大家喝酒。”

何峰也不是无赖到极点的人，没想到崔挽明也是根难啃的骨头，就知难而退了。出门的时候，何峰自然被门卫折腾了一番，倒没发什么脾气，毕竟人家是在工作。临走的时候，他把没送出去的酒塞给了门卫廖大爷。

廖大爷笑得合不拢嘴，一边骂何峰偷奸耍滑，一边拍着他的肩膀和他称兄道弟。何峰是什么人？他在这个行业摸爬滚打了十多年，对人情往来的套路早就了然于胸。要是能让他随意进出这道门，别说是两瓶酒，就算是两沓钱他也不觉得可惜。

到了晚上，钟实才语重心长地跟崔挽明说：“看到了吧，他来这里干什么？无非想顺手牵羊，这帮豺狼虎豹，没一个好东西。哪天我要是见到于向知，非得好好骂他几句。好好的正规单位他偏偏要搞见不得人的事儿，真是给同行丢人。”

崔挽明没有接话。在此之前，他对这些事儿并没有具体的概念，只知道认真做事，服从领导安排。但经过这段时间的工作，他才明白利益无处不在，人心险恶，处处是关卡，务实和投机倒把之间隔着的仅是“良知”二字。同时他也感到肩上的担子在一点点变重，平静的水面下暗流涌动，这样的现实让他有种前所未有的触动。

这就是上学和工作的区别。

除此之外，令崔挽明揪心的还有刘君的处境。若于向知真的是个无赖，那刘君就可惜了。不过话说回来，在崔挽明心中，刘君的为人处世之道绝不比他差，就算是领导不作为或乱作为，刘君也能够摸清事实，绝不会行小人之事。

接下来的几个月时间，水稻进入了营养生长阶段，病虫害草的防治成了这个阶段的主要工作，但总的来说，时间还是很充裕的。秦怀春在经费投入上很舍得，虽然钟实手里的钱不算充裕，但起码的人工费和生产费是不成问题的。

空闲的时间，崔挽明几乎走遍了三亚市周边的所有地方。钟实已经五十多岁了，早就对这个地方不新鲜了。崔挽明在去遛弯儿的时候，就找院里的几个老专家下象棋，大家一起讨论育种的事儿，说说当下和未来的走向。

也就是在这段时间，崔挽明认识了周边十几家单位的同行朋友。只要没什么事儿，他都会跟大家聚在一起，虽然吃的都是小饭馆，但听老前辈讲他们在南繁的故事本身就是种享受。因为在这座岛屿上，大家都是为了同一个目标做着同一件事儿，每个人都想培育出令人震惊的大品种，有的人想借此发家致富，有的人想一举成名，也有人一生无功却还是勤恳耕耘。

最近崔挽明接触到的印象最深的一位同志，是一位来自青岛的老人，他七十五岁高龄，满头银发，把一生都耗费在小麦高产育种上面，是一个不折不扣的老育种家。他五十岁那年，妻子忍受不了他年年跑南繁，最终和他分道扬镳。

“白老师，你后来后悔吗？你为了事业抛弃了家庭。”崔挽明问道。

白老师摆了摆手，表情苦涩却目光坚定：“不是我抛弃了家庭，而是家庭抛弃了我。我一个勤勤恳恳的人，哪里有错？从小到大我都没吃饱过肚子，我为老百姓多付出点儿有错吗？自己的家庭大还是国家大？罢了，她理解不了也正常，我常年往这边跑，哪个女人受得了？她走了也算解脱了。你看看，我现在不是很好嘛，了无牵挂，干自己喜欢的事儿，成果在政府手里得到了转化和推广，那就够了。育种家是干什么的？我们根据老百姓的需求选育他们需要的品种，一来达到国家的要求，二来获得市场的认可，就这点儿东西。”

崔挽明后来单独找过几次白老师，对他的工作态度从心里头竖起了大拇指。他这不只是在干自己的事业，也是在干人民的事业；站的立场也不是家庭美满幸福，而是老百姓吃饱喝好。很少有人能做到完全无私奉献。董俊芳走了，秦怀春算一个，但秦怀春是国家手里的指挥棒，除了育种，还在省农业委员会兼任副主任，干的是领头羊的事儿。只有这位白老师是绝对的育种家，一生只做一件事儿，不争不抢，不求功名。

崔挽明对这样一种人有着至高无上的敬意，他从心里奉行这样的行事思想，但他不敢拍着胸脯说自己也能做到。他才刚刚开始，还没有资格谈论崇高与否的问题。

但这么一次接触，无疑让他对工作有了更进一步的看法和理解。

年底前的最后一周，水稻进入抽穗开花期，崔挽明和钟实早早地准备好品种杂交的工具，每天太阳还没出来就开始给母本去雄，采用硫酸纸袋来隔绝花粉污染。上午十一点到十二点是父本花粉最好的时候，他们便开始做授粉工作，授完粉之后套袋处理，第二天再用同样的花粉授一次粉，以保证杂交的成功率。

"挽明啊，虽然你在研究生阶段也干过这个，但我还是强调一遍，去雄工作一定要仔细认真，马虎不得。水稻花药一个都不能留，只要留下一个就可能造成花粉污染，带来的直接后果就是生产出伪杂交种。这样的杂交粒混在后代群体中，很容易被当作优良单株给选出来，到时候品种鉴定时很容易出洋相。"

"明白了，钟叔，这个细节我一向很注意，这是水稻杂交成功的关键，你放心吧。"

过了一会儿，钟实站起来，一个人回到了屋子里，过了几分钟又出来，隔着老远看着崔挽明。崔挽明觉得奇怪，平时钟实的话没有这么多，干活儿的时候从来没有中途停顿过，今天怎么回事？

"钟叔，你身体不舒服啦？"

"没有，别看我岁数大，身体不比你差。"

"那你有什么心事？家里来电话了？"

"唉，挽明啊，我不知道该怎么跟你说。昨天我刚接到通知，本来不打算告诉你的，但昨晚我一直没睡着，出了这么大的事儿，也不知道省里是怎么考虑的。”

一连串的叹气让崔挽明有些毛躁起来，他丢下手里的镊子和纸袋，从小凳子上站起来。

“叔，到底出了什么事儿？你快告诉我。”

钟实望着崔挽明，眼神中透着无奈。

“挽明啊，省里把秦老师调到省农科院任职院长了。”

“啊？什么？”

崔挽明站在太阳底下，放眼望去，稻香扑鼻的田野上本来充满着希望的色彩，但这个消息就像是无端生出的噩耗，将他死死地钉在了土地上。

要不是有秦怀春带着，崔挽明不可能留在这里。但没想到他好不容易做出选择，等来的却是老天开的这样一个不怀好意的玩笑。

秦怀春的离校意味着他在北川大学的事业的终结，他把手里一摊子的东西交给谁来接管，成了最大的问题。

崔挽明担心的不止这个，没有了秦怀春，他就成了众目睽睽之下的一只小鸟，随时会遭受袭击。

崔挽明当然不愿相信这个事实，但不敢给秦怀春打电话，知道如果事实确实如此，秦怀春心里恐怕不比他好过。毕竟北川大学是秦怀春的老根据地，北川大学水稻研究所是他用血汗搭建起来的，省里现在把他调走，无疑是有人逼他将成果拱手让出去。

刘君在电话那头证实了这件事儿。崔挽明在刘君面前没有任何抱怨，只是觉得造化弄人，本以为可以在秦怀春身边做好本分工作，但现在看来，他不得不面临另外一种可能。

秦怀春亲自打来电话已经是半个月后的事儿了。接通电话的一刹那，老先生泪如泉涌。

“挽明，老师对不住你呀，你刚入行我就被调走了，还有很多事儿我没做，你还处在起步阶段，还没接触到林海省的整体育种环境。我这个时候走，对你是不公平的。”

“老师，是学生没有这个福气报答您的恩情，您千万不要自责。能留在北川大学，对我这样一个穷小子来说已经是莫大的恩赐了，我不敢奢求太多。倒是您，干了一辈子，到头来还是要告别水稻研究所。老师，您可千万要想开，这不是您的错。省里需要您到省农科院是件好事儿，董俊芳老先生干的工作也只有您能接过来，换了其他任何人，省里都不放心。”

“挽明，你能这么说，老师已经很欣慰了。我接下来说的话希望你能记住，也一定要认可和接受，你听见没有？”

“老师您说，我一向都听您的。”

“挽明，我走之后，地里的育种材料就交给你了，老钟那头我已经交代完了，他会帮助你把工作做好。你要有信心和勇气，虽然一开始很难，但是等你熟悉环境之后，一切都会好起来的。”

“老师，千万不可，这怎么可以？地里的育种材料是您近十年来的辛苦付出换来的，您应该带走。这些东西本来就是您的，为什么要留下来？我不同意，也不能接受。”

“挽明，你不听老师的话了？我说了，交给你你就拿着，我还不知道那些材料是我的？但考虑事情不能光想着自己，你想想，这些东西是花学校的钱一点点开发出来的，省里的项目也好，国家的项目也好，凡是投入到育种里面的钱，哪一分不是学校牵头向国家和省里要的？说到底这个东西有公家的一份，我要是带走，相信没有人会站出来反对，但挽明你要知道，一旦我这么做了，你的脊梁骨会让人戳断的。我走了倒是不怕，但人家会怎么评价咱们水稻研究所？你好好想想老师的顾虑。再者，只要东西还在你手中，我的成果就会在北川大学一直传下去。我不只是你的老师，从学校方面来讲，我还是你的同事。以后你也会有家庭，需要养家糊口，我把东西带走了，你怎么办？白手起家？挽明，你不是不知道，要育成一个品种，如果没有基础累积，至少需要十二年的时间。你觉得老师在这个时候蹬你一脚合适吗？”

“老师，我……”

“好了，就这样，男子汉大丈夫，这点儿事儿算什么？以后你要面对的困难还很多。记住了，不管我走到哪儿，我还是你的老师，工作上有什么困难你一定要跟我说。另外，老钟这个人接受不了新思想，做事风格想必你也体会到了，和他在一起不会做错事儿，但你要学会自己分清事情的轻重，该结交的人还是要结交，老师我在这方面没做好，水稻研究所的将来就靠你了。尹老师能帮你的不多，你也别有什么想法，一个团队想要干事情，首先就是要团结，如果大家各怀鬼胎，只想满足自己的私欲，肯定办不成事情。”

秦怀春明显是将事情想得很透彻了才打来这通电话的，崔挽明做梦都没想到秦怀春会将这么重要的育种材料拱手送给他管理。这已经不是简单的信任问题了，而是秦怀春将他当作水稻研究所的接班人来对待。

才离开校园就天降这么大的机遇，在外人看来，崔挽明等于中了百万大奖。但他不是这么想的。首先，在这个小组里，从资历和能力上来说，他都是最小的。钟实虽然没有教师编制，但在研究所帮了这么多年忙，算得上是元老级人物了。尹振功就更不用说了，他是秦怀春一手带出来的研究生，虽然这两年他的心思不在常规育种上，但对这方面的工作，他还是比崔挽明要更有见地。无论从哪方面来讲，崔挽明都不占优势。

地里的三千多份材料，加上没有从北川大学带来的那些，落在崔挽明身上的担子可谓不轻。秦怀春手里的东西在林海省是公认地好，过去这么多年，不知多少人想打他的主意都没能成功，现在材料到了崔挽明的手中，可想而知崔挽明会遇到多大的麻烦。

但既然尘埃落定，崔挽明也只能硬着头皮往前冲。好在钟实是个不求名利的人，秦怀春怎么安排他就怎么接受，否则的话，崔挽明的工作更难干了。

这次简单的人事变动，牵动着林海省水稻界无数人的心。董俊芳走后,大家都在揣测下一任院长花落谁家。于向知作为育种所所长，当然也日夜琢磨着这个事儿。这关系到站队问题和发展前途问题。

当然了，他是众多居心叵测的人中为数不多的猜对的那个人，要不是他有先见之明，也不会主动招聘刘君入所。现在好了，秦怀春刚上台，于向知就打起了自己的小算盘。

在秦怀春主持的第一个农业专家座谈会上，大家谈到的一个问题就是品种的垄断问题。这个问题可以说是无数育种家的噩梦，一个品种一旦形成垄断，其他的品种想要进入市场便不可能了。

但话又说回来，一个品种能占领市场，主要在于品种本身被老百姓认可，加上老百姓历来谨慎，一旦习惯了某个品种，让他们改变想法接受其他的品种是很难的事儿。这是品种本身带来的连锁反应，也可以说是市场自己形成的评价标准。靠政府调控不是不可以，但政府没有权力干涉老百姓做出的选择，哪个政府也不会拍着脑门说谁家的品种有多好，因为一旦出问题，谁也负不了责。

这样一来就形成了恶性循环，政府让市场自由分配和调控，完全放开老百姓的手脚，让他们自己去决定，导致品种垄断市场的问题长期存在。

这次会议对秦怀春来说，可以说是大家给他的一个下马威。这么多年大家一直在说憋在心里的苦，问题却始终没得到解决。省水稻所靠着“北川稻 1 号”，在过去的二十多年里创下了数百亿的利润。省农科院的十七个研究所绝大多数靠国家的拨款活着，要不是“北川稻 1 号”创下这么多利润，省农科院根本养不活这么大的一个体系。

但问题是市、县级科研单位就得不到什么好处了，也正是这些人在会议上发起了牢骚。

于向知是第一个站出来批评他们的。

“你们口口声声地说品种垄断，我问你们，要是你们手里真有像样的品种，老百姓能不接受吗？今天秦院长在现场，大家也不用藏着掖着，谁敢站出来拍着胸口告诉我，你们的品种有‘北川稻 1 号’好？要是没有的话，你们今天没有资格谈这个问题，还是回去抓紧时间努力吧。要是谁真有这样的品种，那么拿出来看看，咱们作为省农业院所，肩负着全省的农业发展和品种改良的重任，难道会不考虑老百姓的利益？”

于向知的话切中要点，他也清楚在座的这些人衣兜比脸都干净，果然这话一出，再没有一个人敢出来叫板的。

秦怀春一直没机会站在这样的场合说话，现在身在其位，是时候说说自己的想法了。

“同志们，这些陈年旧事还是不要谈了，如果说我秦某人在过去二十年做了对不住大家的事儿，那么我给大家赔个不是。但有一点，我的良心清白，我对得起林海省生我养我的老百姓，在省水稻所的工作干得很漂亮，成功推广了‘北川稻 1 号’，给农民带来了创收。从这方面来说，我一点儿都不亏欠大家。咱们是干什么的？大家不考虑清楚这个问题就贸然决断，恐怕不妥。你们当中的一些人为什么心怀不满？以为我不知道？你们是在替老百姓不满，还是替自己不满？成果得不到认可，不代表咱们一事无成，只能说明咱们做得不够，但不管做到什么程度，要是放下人民的利益去谈公平的话，我想都不会有好结果的。老董没做完的事儿我会继续做下去，单一品种的栽培风险问题我会向省里汇报，尽量从政策调控上调动老百姓的积极性。你们一个个的不就是想把成果变成利润吗？你们走出去问问，‘北川稻 1 号’的利润上百亿，我拿过一分钱吗？今天你们跟我要成果，我可以负责任地告诉你们，只要我在这里一天，你们不静下心来好好干事的话，钱的问题就不用跟我谈了。”

秦怀春的发言让在座的同行的心蒙上了一层望不到头的阴影，他的决绝和坚韧、他的立场和方向，完全将这些人心中的如意算盘打翻了。

不过，于向知不这么认为，所谓“近水楼台先得月”，虽然秦怀春现在不搞育种了，但很快“北川稻 1 号”的授权期限就到了。他不相信秦怀春对这么大的一块蛋糕不动心。二十年前，秦怀春就算是一时糊涂把品种权无偿捐了出去，但现在它变成了利益和财富，秦怀春不可能还这么干净和无私。毕竟这钱就算他拿了，也拿得合情合理。

怀着这样的想法，于向知一直在找合适的机会，却迟迟等不来。他知道这件事儿一旦成功，他们育种所便会如日中天，告别以前那种勉强度日的岁月。

于向知能想到的只有刘君，这是他和秦怀春之间唯一的桥梁。在秦怀春来省农科院之前，刘君一直在实验室做些测量的事儿，但秦怀春来的第二天，于向知马上把刘君调到生化栽培科室做了副主任。

于向知的行径自然令下面的人不满，但大家也不好说什么，副主任一职一直空缺着，人事部那边当然也知道秦怀春和刘君的关系，如果不给于向知面子的话，得罪的就会是秦怀春。当然了，那是他们自以为是的看法，至于秦怀春是什么样的人，他们不敢轻易揣测。

“怎么样？小刘，在这边工作还习惯吧？”

“于所长，习惯，怎么会不习惯？”

“那就好、那就好，咱们这里呀，场面没有你们学校的水稻研究所铺得大，你来这儿真是屈才了。”

“于所长言重了，能来您这里是我的荣幸，我感激都来不及，怎么敢委屈呢？我就怕工作干不好，拖所里的后腿。”

“太谦虚了，你们北川大学出来的人都这样吗？你呀，跟你们的老师一模一样，什么样的老师教出来什么样的徒弟，没别的，就是优秀。”

于向知的嘴开始跑火车，刘君虽然初出茅庐，但也不是愣头青，听得出于向知话里话外的意思，不禁在心中骂道：我怎么跟了这么一个势利眼？

“于所长才是我们的标杆，来育种所的每一天我都在进步。”

刘君心里骂着于向知，嘴上却不得不奉承人。

“对了刘君，你的恩师如今成了咱们省农科院的院长，你怎么看？”

“怎么看？我自然是替老师高兴了。”

“噢？除了高兴就没有别的了？我可听说秦院长走的时候，把手里的育种材料都给了崔挽明，真有这事儿？”

刘君心里一掂量，悟出了于向知的心思：“于所长，秦老师的事儿我还真不清楚，毕竟我不在那边，他们怎么处理的我也没打听过。我现在是育种所的一员，不能总想着北川大学的那档子事儿，对吧？”

“你小子，人不大，脑瓜子倒是转得挺快，我就是跟你简单闲谈，你用不着紧张。不过说实在的，秦院长的‘北川稻1号’可惜了，这么多年你们做学生的也不劝劝他拿回来呀，若是品种权落到你们北川大学的名下，一年下来可有那么多利润。你们学校的领导也太不会算账了，给省水稻所干什么，你们一分钱捞不着，不白干这么多年工作了吗？”

刘君这才听出来于向知想要什么，为了不继续讨论下去，只好借故离开。

“所长，我忘了个急事儿，先出去一下。”

刘君的逃走也让于向知清楚地意识到做成这件事儿的难度有多大，要想劝说秦怀春从省水稻所拿回“北川稻1号”的品种经营权，并下放到他们省育种所，恐怕不是件容易的事情。

接下来的那段时间，于向知坐在办公室里如同热锅上的蚂蚁，怎么都觉得不自在。他几次想请省水稻所的张所长吃顿饭都被拒之门外。张所长最近也在挠破头皮地想“北川稻1号”经营权的事儿。按理说，他们省水稻所经营了二十多年，挣得盆满钵满，期限到了应该把经营权还给秦怀春才对，但现在张所长无疑是起了野心，这么大的肥肉不争取一下，怎么知道留不下来？

秦怀春这些年岂会不知道省水稻所的盈利情况？他只是不关心也不过问，只要老百姓的收入上来了，中间谁赚了钱，他一概不管。只要省水稻所合法经营，没有损害品种的名声，他就绝对不会追问。

正是因为这样，秦怀春的无私换来了他今天在林海省的地位。听说最近省里正帮他组织材料申报国家科技进步奖，而且他得这个奖已经是板上钉钉的事儿。其实这个奖发不发都无所谓，秦怀春的功绩摆在这里，谁都撼动不了，也无人怀疑。

但于向知想打他的品种的主意这事儿，他还是听到了一些风声。而这个时候的于向知已经连续两天没来单位了，去了一个他认为很有意义的地方。

凤凰城的百优米业离省农科院也就十五分钟的车程，这家米业的注册法人代表不是别人，正是秦怀春之子秦志杰。

于向知老谋深算，动不了老子，就开始从儿子身上下手。据于向知了解，秦志杰自毕业半年来，一直忙着这家米业的事儿，但忙到现在连成本都没赚回来，他这次过来就是雪中送炭的。

“志杰啊，最近生意怎么样？”

秦志杰坐在柜台后面翻看一本杂志，听见有人叫自己，略微抬起了头。

“你是？”

“哦，不好意思，我还没有自我介绍，我叫于向知，你父亲是我的——”

“知道了，原来你就是刘君的领导，找我干什么？”秦志杰一向这样，他爹在处级干部位置干了这么多年，他早就习惯了这种人的套路。

于向知以前只是听说秦志杰是个怪人，但没接触过，现在算是领教了。

“不干什么，我听说你在这儿开了家店，过来看看能不能帮上忙。”

秦志杰把杂志往桌上一拍，不客气地说：“好哇，既然于所长这么给面子，那我就不客气了。既然你走进这里，想必这里的情况你比我都清楚，你要怎么帮我？你来拿主意。”

于向知做梦都没想到，秦怀春一身浩然正气，居然生出这么一个儿子。不过，这也正合他意。

“做生意嘛，当然要跟市场衔接，咱们都不是干这个出身，做起来当然吃力了，不过，咱们可以跟别人合作嘛。”

“跟谁合作？”

于向知点了根烟，胸有成竹地说：“不知道你听没听说过金怀种业？”

“金怀种业？干什么的？”

“哎呀，你看，你早就应该出来跑跑市场。金怀种业现在是林海省农业市场数一数二的大公司，去年刚刚上市，做的就是种子的生产、销售和大米的回收、加工。你要是跟他们合作，这点儿米还愁卖不出去？”

“怎么合作？你说说看。”

“巧了，他们的销售总监是我的朋友，他要是肯帮忙，不说别的，从他手里随便分点儿客户，你这点儿东西都不够卖的。”

“好，那我等你的消息。”

秦志杰明知于向知在打小算盘，还是接纳了他的示好。他明白，不管于向知做什么，肯定是想从他父亲手中得到点儿什么，要不然凭什么来这里无事献殷勤？他们俩之前都不曾照过面，初次见面于向知就要帮这么大的忙，没有鬼才怪。

也好，反正秦怀春一直都反对他做大米生意，因为这个事儿父子俩现在闹得很不愉快，更别提想办法帮他提高销量了。既然于向知送上门来，他又何必拒绝呢？反正人情都是他爹的，他用不着操心。

于向知离开百优米业后，马上来到金怀种业在凤凰城的销售点，如果不是销售旺季，辛威基本会在这边。

于向知送来的这份贴心“便当”，对长期从事销售运营的辛威来说简直是个难得的机会。要知道，想接触到省农科院的一把手可不是那么容易的事儿，更别提替他办事情。省里只要是事关农业的大小事宜，秦怀春都有话语权，金怀种业要想在林海省壮大，没有政府事业单位的扶持根本做不到。

“老哥哥呀，他的儿子跟我是同行，你怎么不早说呀？我们公司做那么大，拔一根汗毛就能把他救活，委屈谁也不能委屈领导哇。这件事儿得亏你来得及时。”

“辛老弟，我就知道没找错人，你就费费心，我也是替领导分忧。”

“这都是应该的，领导为咱们做事不求回报，咱们也该腾出手解领导的燃眉之急吧。你去跟秦志杰说，明天我就派人过去跟他签订单，他的米有多少我要多少。”

“哎呀，老弟，你们企业就是气派，一张口就显得阔绰，不愧是办大事儿的人，老哥佩服。”

“气派什么呀，我们能在林海省做点儿事儿，不也是造福老百姓嘛。我们虽然挣了钱，但对老百姓绝对忠诚，至少没有坑蒙拐骗，每一份回报的后面都有十分付出。可是啊，你们总觉得我们把老百姓的钱都赚了，我问你，你说我们赚钱有错吗？”

辛威好长时间没见于向知了，上一次见面还是因为于向知手里的一个水稻品系。辛威一口气花了二十万买了过来，经过公司包装运营，如今这个水稻品种的价值翻了数十番。这两年来，金怀种业在林海省悄无声息地崛起，的确让众多眼红的人视为眼中钉，辛威向于向知发几句牢骚也属正常。

“老弟消消气，你们把钱挣了，不挣钱的人当然不痛快了，你要理解嘛。不过这些事儿咱们都管不着，说难听点儿，你我都是打工的，咱们图个什么？不就是多挣点儿棺材板的钱嘛。所以说啊，辛老弟，咱们日后还得继续合作，要‘可持续发展’嘛。”

“也罢，不过你说的合作的事儿，我可要先给你打预防针。这件事儿咱们说好了，现在我们金怀的管理不像以前那样，类似的合作咱们可以有，但最好是公对公地洽谈比较好，你我私底下的那套交易就不能干了。”

“老弟啊，你也太谨慎了吧！怎么，害怕公司查你？你多心了，你拿着我的品种给公司挣了钱，公司感谢你还来不及，又怎么会怪你呢？”

“这件事儿没有商量的余地。老哥哥，你们所一共三个科室，我不管你到手的钱怎么分配，但今天我之所以跟你提这个要求，是因为听到一些不好听的话。老哥呀，不是弟弟说你，品种是大家一起搞出来的，你多少分给下面的人一点儿，这样才能保人心啊。”

于向知这才知道辛威的意思，想来自己偷卖所里的品种的事儿让下面的人知道了，这可就不光彩了。他以为自己和辛威做的天地不知的事儿可以蒙混过去，现在看来，这个行业没有不漏风的墙。当然，他不能质问辛威消息是怎么漏出去的，但辛威肯把情况转告给他，也算是对他厚道。他现在没有选择的余地，要想谈合作，只能公对公，也就意味着所得的利益须大家共同分配。于向知不想拿自己的前程开玩笑，只能接受这样的结果。

很快，秦志杰同金怀种业合作的事儿就传到了秦怀春的耳朵里，这可不得了，亲自来到百优米业的秦怀春二话不说，上去就揪住秦志杰的脖领儿。

“你不听话，你知道你在做什么吗？”

“爸，既然你不想管我，就永远都别管。我做生意怎么了？我不明白你怎么考虑的，难道在你心中，只有默默无闻地付出才算成功吗？我就是想挣钱，生来就对育种不感兴趣，为了迎合你，我读了研究生，但我现在长大了，不想再活在你规定的梦想里了。我以后也会有家庭，不想以后的家像你现在的这样。妈跟你过了一辈子，没有享过福，妈能体谅你的无私，但我做不到。”

“挣钱的事儿我不管，只要光明正大，我无权过问，那是你的价值观问题，但现在我要跟你谈的是原则问题。你知道金怀种业为什么帮你吗？你就坦然接受？”

“当然，他们不就是为了拍你的马屁嘛。”

“知道你还干这种事儿？你这样做，就是给我的工作找麻烦。你知道我平生最恨跟这些人打交道还这样做，怎么这么没出息呢？”

“别说了爸，你不就是为了保全你的一身清白吗？你何必说得那么高高在上？你就是怕我给你的事业抹黑。”

“畜生！怎么跟我说话呢？！”

秦怀春扬起手就要打下去，被冲进来的苏慧制止。

“秦老师，您消消气，志杰不懂事，您别跟着上火。我们不跟金怀种业合作了，以后我们凭自己的本事经营。您先回院里去，您那边还有重要的会要召开。”

秦怀春走后，秦志杰就跟苏慧吵了起来。

苏慧恐怕是唯一支持秦志杰的人了。虽然省农科院品质检测中心也是看在秦怀春的面子上才要了苏慧，但苏慧这个孩子确实也能胜任其职。她到了单位后，先从样品实验员开始做起，愿意在一线服务，算得上是很有骨气的孩子。

只是秦志杰跟秦怀春的关系一直不好，她夹在中间很不好做人。她理解秦怀春，也理解秦志杰，所以谁都不能批评。秦志杰发火就让他发吧，这件事儿很快就会过去，总有一个人要主动忍受。在爱情关系里，智慧很重要，牺牲也在所难免。

于向知没想到秦怀春会主动到育种所找他，所里的人见秦怀春气势汹汹地过来，赶紧找理由出去避难。刘君慢了一步，被秦怀春一摔门，关在了里面。

"秦院长，您过来——"

"于向知，我早就想找你了，要不是最近忙，我真想好好收拾收拾你这个人。平时在会上你都怎么说的？表面一套背地一套。今天我就让你死了这条心。'北川稻1号'的事儿你想都别想，人家省水稻所经营得好好的，你非要掺和进来干什么？你们育种所活不下去了还是怎么了？每年你的年终奖哪儿来的？不都是'北川稻1号'创下来的红利吗？你还不知足，这样下去会犯大错的。"

于向知没想到秦怀春会主动提出此事，正愁找不到合适的机会呢，赶紧说道："秦院长，省水稻所的经营做得好，这个没错，但有一点不知你注没注意，自从"北川稻1号"到了省水稻所，你查看一下，二十年来他们审定过品种吗？我的秦院长啊，他们懒惰了，手里握着尚方宝剑就不作为了。但你看看下面的这些兄弟院所，审定了这么多品种，却还是一穷二白，即便咱们拿的是纳税人的钱，但这点儿钱哪够养家糊口哇？要是没有横向课题和自主经营，大家根本就活不下去嘛。不是我非得争取这个经营权，最起码应该均等分配嘛，这么大个院所，搞出贫富差距来，局面多难看。"

秦怀春确实没留意到于向知反映的问题，这个问题值得深思和追究。

"我不是搞一言堂的人，你说的问题我会查实。咱们农科院不允许养闲人，如果是‘北川稻1号’滋长了省水稻所众人的惰性，我可以把经营权收回来。我不能让真正的育种家饿着肚子，也不能让育种家变成纯粹的企业家。”

“秦院长，你终于看清事实了，终于——”

“不过，就算拿回来，它也不会落在你们育种所，你以为我不知道你在打什么如意算盘？于向知，你作为咱们省院育种所所长，可以说代表了全省育种行业的最高点，你这里要是出了问题，全省的育种家都不会罢休，这个责任你负不了，我也负不了。省里设下这个研究所，你要明白其用意，搭建这么一个平台不容易，耗费了几代人的血汗，你可不能在原则问题上毁了台面。”

“秦院长，你也说了我们所是全省育种业的标杆，那‘北川稻1号’放在我们所怎么就不好了？盈利归院里分配，我们所做的是服务大家的事儿，又不多拿一分，我只是想替院里做点儿事儿，秦院长你误会我了。”

“行了，别说了，这件事儿没有商量的余地。‘北川稻1号’在部分地区已经开始发生轻微病害，我打算让它退市。省里现在也要实施宏观调控，解决目前林海省粮食种植业存在的品种单一化问题。我看你就死了这条心，好好搞你的育种，哪一天你有了好品种，咱们一起推广嘛，人心不可钻到钱眼儿里，否则容易出不来。”

秦怀春看了眼站在窗户边的刘君，叹了口气。

“老于，还有件事儿我希望你尽快处理。刘君刚来这儿半年，怎么就成了科室副主任？我希望你好好核实，有些事儿该做，有些事儿不该做。他是我的学生，刚刚踏入这个行业，你少往他身上抹狗屎，赶紧撤了。”

说完，秦怀春摔门离开了，没有给于向知回嘴的余地。刘君胆怯地看了眼于向知，于向知抬手将他赶了出去，心中的无奈可想而知。

第三章

过　招

秦怀春进入于向知的办公室不到半小时，就办成了两件大事儿，而这两件事儿无疑让于向知丢尽了面子。于向知本以为从秦怀春身边的人下手能得到秦怀春的认可，现在看来，秦怀春油盐不进，不管是打人情牌还是亲情牌都不管用。

这座大山重重地压在于向知的心上，辛威那头又跟他提合作上的要求，这一切都跟秦怀春调到省农科院有关。现在的于向知不但没有了希望，在秦怀春那里也留下了很不好的印象，要想再翻身弄出点儿花样，恐怕没那么容易了。

于是，他把唯一的希望寄托在秦怀春对省水稻所的调查一事上，就算他拿不到经营权，省水稻所也别想有好日子过。

刘君就像一条活在大海里的鱼儿，来一个波浪，就跟随着颠簸，自己该去哪儿，完全不是自己说了算。他一会儿是副主任，一会儿是普通科员；一会儿进实验室，一会儿进办公区。

他算是很了解秦怀春的人，对于这样的安排，并未怪罪恩师。

秦怀春也知道自己过于爱惜羽毛，才让刘君遭受这些动荡，但有些话他还是决定私下里跟刘君谈谈。

“怎么样，工作不好干吧？”

“秦老师，也没有想象中的难。”

“你看看，连说话都没有底气了。你呀，虽然是个精明人，但在领导面前，要学的东西还有很多。老师不让你做副主任，你没怪老师吧？”

“怎么会呢？老师也是为我好。”

“嗯，你有这样的觉悟，我就欣慰了。我之所以让于向知把你撤下来，就是因为我驳了他的面子，断了他想做的事儿。你既然明白副主任这个位子是怎么来的，就应该知道我要是不把你弄下来，日后他定会找你的麻烦。我太了解于向知这个人了。你也别有想法，当时我让你来这里，的确是看中育种所的前景和平台，你要是想在林海省搞水稻，这个平台算是很好了。别的不说，你看看你们现在的国家课题一共有五项，这是什么概念？有这些钱做支撑，什么样的事业你干不成？但有一点，你是你，于向知是于向知，领导有领导的想法，但工作上的事儿我希望你有自己的主见和坚持，这样你才能有发展。你一味地躲在后面，难成大事，领导也是人，也希望你们把工作干好。育种这方面的事儿，我还是很信任你的，好好干。”

“嗯，谢谢老师跟我说这么多，我会努力的。”

“你看看，还是无精打采的，工作了应该精神才对，这个状态可不行。怎么，崔小佳那边还没消息？”

秦怀春算是对他的几个学生最了解的人，刘君和崔小佳因梦想而分手的事儿一度让秦怀春很忧虑，但他没有办法劝崔小佳留下来。她不是秦志杰，秦怀春没有理由强行将她留下。

“来过一次信，她在那边应该安置好了。”

“她真不回来了？”

“是吧。”

秦怀春拍了拍刘君的肩膀，道：“好男儿志在四方，有缘你们还会再见。梦想和爱情在你们这个年龄同时出现是件很残忍的事情，不过，一切终究会沉淀下来，相信老师。”

刘君从自己租的屋子里将秦怀春送走，看着桌子上恩师拎来的两瓶酒和一箱牛奶，热泪喷涌而出。他不知道这个地方适不适合自己，但秦怀春对他做的事情已然足够多。不知怎的，他突然想念起他的兄弟崔挽明，想起了他们在一起的时光。

进入三月份后，崔挽明和钟实便着手收获的事儿。为了将参加品种审定试验的种子提前准备出来，两人加班加点地干。此时正逢雨水多的季节，他们往往是一下地就湿了衣裤。

选种属于技术活儿，就算工人也帮不了他们，他们只能耐心地慢慢选种。他们以前用的脱粒机一直都是跟别的单位借的，崔挽明知道钟实活得仔细，但不想这么干事情。

“钟叔，咱们买个脱粒机吧，总跟人借也不方便。”

“有什么不方便的？机器一年就用一次，等咱们收获完就回林海了，东西扔在这儿反倒会放坏，能不买就不买。”

“叔，这个事儿不能听您的，机器一定要买，您要是不愿意掏钱，这钱我来出。连个像样的工具都没有，咱们怎么做事？咱们的经费还不至于这么紧张，老百姓过日子也不至于这样。”

钟实知道，崔挽明已经开始学着在这块地盘上拿主意了，心里有种怪怪的感觉，但一想到秦怀春对他的嘱托，这种感觉又慢慢淡化了。

他清楚地意识到，自己的那一套准则和崔挽明内心的想法相去甚远，也许正如秦怀春所说，他们这代人的故事就要结束了。

在这种带着传承色彩的时刻，钟实突然有种自己已然老去的感觉，仿佛沉淀了数十年的理想一下子被这个年轻人否定了，本本分分的工作方式注定要在崔挽明这里被改变。

他感伤，也无奈。他无奈的是他别无选择，因为他已经献身稻海，再无回旋的余地。

第二天天还没亮，钟实就一个人骑着电动摩托出了门。崔挽明起床后，才从门卫老廖那里得知钟实去买脱粒机的事儿。

崔挽明自知昨天说话着急了些，恐怕伤了钟实的自尊心，但看到钟实这么理解和支持他，内心不觉有些感动。于是崔挽明拿着镰刀先干起来。

田地里每个小区大概二十平方米，一共有十个小区，两人工作量不算多，但马虎不得。收割之前崔挽明要先逐行走一遍，将杂株去掉才能单小区混收，一旦漏掉一棵杂株，第二年省里的预备试验地里就会多出上百棵杂株。如果出现这种情况，十年的育种工作就等于白做了，所以崔挽明检查得异常仔细。他告诫自己，宁可错杀三千，也不可放走一个。

中午时分，钟实才把机器买回来。崔挽明早早地做好饭，把电线准备好，吃完饭就拿着工具将脱粒机接上，下午就开始脱粒工作。

门卫老廖一个人坐在门口喝何峰送给他的酒，见崔挽明在田里忙活了三个小时都没有歇息，摇了摇头，不禁叹气道："这哪里像个大学教师，分明就是农民嘛。"

老廖炒了一盘海螺蛳和二两花生米，从下午一直喝到太阳落山。他的生命再不刺激一下就要彻底安静下去，他已经厌倦了这份如一潭死水的工作，活得像个生锈的机器。

那一晚老廖睡得很死，甚至忘记把大门的锁挂上。他太大意了，白天的那几杯酒让他失去了理智和良知，他明知道有人会进来，可还是没有履行自己的职责。

何峰带着一位同事，手里拿着好几十个信封，摸到了崔挽明的水稻地里。根据老廖提供的线索，靠近南墙的那边很可能就有高世代的好品种。何峰没有时间怀疑情报的准确性，所以方向明确，直接来到了南墙。

本以为一切都能顺利完成，但何峰做梦都没想到，就在傍晚老廖睡觉的时候，崔挽明在地上布设了电猫。何峰刚迈脚在地上走了一步，屋里的报警器就响了起来。

刚睡着没多久的崔挽明一下子从梦中惊醒过来，他起初认为触发电猫的是一只大耗子，但仔细一听，感觉声音不对。他一拍脑门，血液直往脑门冲，衣服都来不及穿便冲了出去。

何峰的脚腕被铁丝电到了，跑起来很吃力，不过他一点儿都不担心，只要出了大门，就算崔挽明抓住他，也拿他没办法。

可他没想到，老廖在这个要命的时候给他来了个落井下石。听到电猫报警的声音，老廖也蹿了起来。崔挽明的屋子里的灯一亮，他就知道出了事儿。他不能再站在何峰这边，而是要为自己的前途考虑考虑。

何峰发现大门被锁上之后，一个劲儿地敲老廖的门。老廖从床底下拿出一根铁棍，追出来就给了何峰几下子。

“哪里来的毛贼，竟然敢跑到基地偷东西！”

这个时候崔挽明也追了过来，被前后夹击，何峰再也无处可逃。不过何峰也不是傻子，带来的信封早就被他扔到草丛中，身上什么都没剩下。

“是你？大半夜的不睡觉，干什么来了？还带了同伙？”

“哟，挽明啊，不好意思呀，打扰你睡觉了。我找老廖有点儿事儿。”

“谁跟你有事儿？别血口喷人。”

老廖反咬一口的行为让崔挽明很快明白其中的玄机。

“偷东西偷到这里来了。你比我年长，我敬你是我哥，但今晚这件事儿怕是说不过去了。是我亲自联系于所长还是怎么办，你说？”

“挽明啊，你说的什么话？我偷什么东西了？你哪只眼睛看见我偷东西了？你可不能乱说话呀，会把哥害死的。”

“没偷？那你来干什么？大半夜的，莫非你梦游了？看在你没得逞的分上，今晚我就不给派出所打电话了。你要是还跟我嘴硬，咱们现在就可以调监控录像。这里是中国农科院的南繁基地，不是你们林海省农科院基地，你想来就来想走就走。”

何峰一听到有监控，腿都软了半截，差点儿跌倒在地上。这件事儿要是让崔挽明在业内传开了，不仅会毁了林海省农科院的名声，折损于向知的面子，恐怕他何峰这辈子也别想再在水稻界混了。

漆黑的夜漏下来一道长长的影子，紧紧包裹住何峰的脸颊，他作为育种人同行，被崔挽明抓个现行，丢脸自不必说，眼下要考虑的恐怕是如何脱身的事儿。这便是小人落难时的第一想法，他永远不会将自己的过错放在首位来反思，甚至不会去反思，而是逃难似的去规避身败名裂的风险。

再长的夜终究会过去。

何峰呆若木鸡地在崔挽明面前站了十多分钟，经过激烈的思想斗争，终于放弃了他剩余不多的信誉，一把拉住崔挽明的手往门卫室里挤进去，鼻孔呼出滚烫的热气。

“兄弟，你哥我鬼迷心窍，今晚糊涂了，你看在我什么都没拿的分上，就饶我一次。这份恩情我何峰一定铭记在心，将来兄弟有用得着哥的地方，只管来找哥，就算再难的事儿，我也想办法给你办。”

“哼，现在知道错了，早干嘛去了？谁让你来的？我说你怎么这么好心，又是请吃饭又是要帮忙的，原来你小子的肚子里没憋好屁呀。一肚子坏水还能在省农科院里混，你们所长怎么会留你这种人？”

“是、是、是，我就是老鼠屎。不管怎么说，给我留条生路，挽明，你要是把这件事儿捅出去了，你哥我这辈子就完了。你高抬贵手，这次就放了我吧！”

“你还没回答我，是不是于向知让你来的？”

“不、不、不，怎么会？！领导哪会像我这样龌龊，都是我自己的主意。你们北川大学的水稻资源出了名地好，谁不动心呢？”

“动心你就来偷了？我看你是得了失心疯。”

“是、是、是，你说什么就是什么，只是……”

“行了，何峰，你记住了，我放你走不是要给你人情，你也千万别记我的好。从此以后，不管你在哪儿工作，咱们两个井水不犯河水，再让我逮到一次，决不轻饶。”

“哟，挽明啊，你说的是真的？哥会记在心里的，从此以后，我一定老老实实地搞育种。”

何峰做梦都没想到，自己明明已经是掉进油锅里的麻雀，却被崔挽明给放了。在他心里，唯一能揣测出来的理由便是崔挽明有意结交他。或许他理解不了崔挽明的善良，只能用这种低级的方式在内心说服自己。

老廖算是开眼界了，崔挽明的大度不但救了何峰，也算把他给救了。这件事儿要是让院里的基地领导知道了，他肯定得卷铺盖走人。虽然他厌倦了这份工作，但真要让他走，他还真没有这样的气量。

“小崔，我……”

“廖叔哇，以后少喝点儿酒，贼进来了你都不知道，多危险？要不是我醒得及时，东西丢了谁负责？”

“小崔，这件事儿怪我，是我——”

“叔哇，有些话还是不说出来的好，就当我不知道，反正东西没丢，就当作没发生。”

崔挽明何尝不知其中原委？但他没惩治何峰，更没有责怪老廖。关于何峰的为人，崔挽明虽然清楚一二，但没想到何峰胆大包天到这种程度，居然贿赂门卫给他提供便利，干出这种败坏行业规则的丑事。虽然于向知躲在后面，但这件事儿崔挽明不会就此作罢。擒贼先擒王，要抓就抓大鱼，只是现在崔挽明还没有足够的地位，跟于向知对抗也捞不到便宜，只能把人情卖给何峰，也算是从侧面给了于向知一个响亮的耳光。

三月十二号，崔挽明带着晒干的种子，从海口上了火车，留下钟实收拾地里的残局。

他到了凤凰城，刘君在出站口等着他。这是兄弟俩自工作后的首次见面，匆匆忙忙。崔挽明来不及同刘君喝酒畅谈，还有一大堆给省种子管理局提供试验种子的材料等着他写。秦怀春不在，他只能亲自来办这些。

当天晚上，崔挽明就把书面材料准备出来了，第二天打印好材料，到院里盖了公章，又把种子统一打包之后，才给马师傅打了电话。

马师傅家就在北川大学院里，他一直在干拉活儿的生意，生命学院好几个实验室的老师在他那里有账目，他基本上随叫随到。

老马看见崔挽明站在学院门口，直接将车开到他跟前。车一熄火，老马从驾驶室出来，伸手就帮崔挽明把种子抱到了后备厢里。

“马师傅，我自己来就行。”

“崔老师，这点儿东西还不够我拿的，你检查检查，别把东西落下了。”

崔挽明上了车，老马的嘴就开始闲不住了。

“种子管理局？”

“嗯，每年到这个时候都要跑一趟。”

“海南岛的气候怎么样？我看你晒黑了不少哇，你们干这个真不容易。”

“啊，气候挺好。不晒黑也不出成绩呀，工作嘛，干什么都一样。”

“错了，那可不一样。你看，去年你在我的车上还是个学生呢，现在呢，我得改口叫你崔老师。这就是待遇，这就是不同。你再看我，开了一辈子车，到老了也改变不了身份。都说知识改变命运，看来是没错。”

“马师傅，你叫我小崔就行了，你的年纪跟我父亲差不多，你叫我老师，我有些不习惯。”

“不习惯？不习惯也要习惯哪，我就该这么叫你，咱们得尊重知识分子不是？”

两人闲聊不到二十分钟，就到地方了。这是崔挽明第二次来送种子，对这个地方不算陌生。但奇怪的是，明明是上班时间，品种申报科的主任付京却不在岗位上，没有人知道他去了哪儿。

崔挽明站在门口一直等到下午四点十分，付主任才上楼，隔着老远付主任就把眼镜摘掉，眯着眼往这边瞅。

崔挽明也不好干站着，赶紧上去搭话。

“付主任忙着呢？”

“你是？”

“哦，付主任，我是北川大学的崔挽明，过来给您送试验样品。不好意思，耽误了您一天时间。”

“你就是崔挽明？你老师走了，把摊子都交给你了，这么多事儿，你能整明白吗？”

“能整明白，谢谢付主任关心。”

“我是说，你们北川大学最拖沓，别人家的种子早就送来了，我一直在等你这边，今天你要是再不过来，我真不想让你申报了。你们老师在北川大学的时候，从来都是提前准备好，你可不能丢了秦院长的脸哪。”

才见到付主任就被教训一顿，崔挽明真不知脸该往哪儿搁。不过话又说回来，他姓付的干好自己的本职工作就行了，怎么突然管起别人的事儿来？

“付主任说得是，秦老师一走，我这边就乱套了。我缺乏工作经验，以后一定努力。”

“嗯，不过，小崔，我看了冬天你给我发来的申报表，你们要参加十个品种申报，会不会有点儿多？你想啊，在水稻方面，省农科院的下属地方单位就有十二家，再加上县级科研院所，少说也有二十家，你们一家就占了十个品种。要是大家都像你们，省局的工作量实在太大了。再说，这对别人家也不公平，不知道的还以为我们省局偏袒你们北川大学呢。所以说呀，我建议你拿掉几个，不好的品种就不用申报了。增加工作量事小，主要是怕做无用功，到时候省里的专家进行田间鉴评，还不是一句话就把不好的品种淘汰了，是不是？”

“这……付主任，您的意思我明白，我们确实报得有点儿多，不过我对我们的品种是有信心的，不好的东西不可能拿出来。这是将来要给老百姓的东西，我们怎么会乱申报呢？这十个品种，每一个都很不错，拿掉哪个我都觉得可惜。这样，付主任，您让我试试，十个品种布点三个积温带其实也不算多，我知道的几家单位申报品种都比我们北川大学多，我们也想多方面尝试一下。”

付主任也清楚，尽管秦怀春离开了北川大学，但崔挽明手里的品种基本是秦怀春的，实在是犯不着因为这件事儿得罪秦怀春，说了几句就同意了崔挽明的要求。

崔挽明离开付京的办公室的时候，瞅了一眼桌子上的一张打印纸，上面统计了各单位申报品种试验的情况。

农科院育种所于向知：申报品种二十个。

崔挽明下了楼，一楼的门卫正在跟扫地大妈闲聊。

“四楼的付主任又喝酒去了？”

“这已经是连着第四天了，每天来找的人都不同。”

“今天谁来了？”

“农科院于所长。”

崔挽明站在那儿正听得入神，被扫地大妈骂了一句：“干什么你？办完事儿赶紧走。你们这些人，办事儿就办事儿，成天找领导喝酒，喝完酒就吐得哪儿都是，害得我到处收拾。”

崔挽明笑了一下，出门的刹那，只觉得浑身发冷。马路对面有家杂货店，他走进去要了包烟，这是他人生中买的第一包烟。

办完这件事儿，崔挽明心想该抽时间去看看恩师了，也算是对自己的工作做个总结汇报。至于眼下遇到的不快，他只能暂时搁在心里。

见秦怀春之前，崔挽明先到秦志杰的百优米业看了眼。也巧，他去的时候苏慧也在。苏慧看见崔挽明，高兴得差点儿扑过来。

苏慧捂着嘴道：“志杰，你快来看看，挽明都被晒成巧克力了。”

“多谢。怎么样？你们两个什么时候结婚？”

秦志杰从柜台旁边的冰箱里拿出两听啤酒，扔给崔挽明一听。

“天这么冷，怎么喝？你居然还放在冰箱里？”

“怎么，跑到海南岛锻炼半年就㞞了？不敢喝了？”

“谁怕谁啊？”崔挽明拉开盖子就往嘴里倒，“爽。”

"哈哈，说说吧，什么风把你吹来了？我听刘君说你回来了，我这边太忙，要不然昨晚非让你趴在桌子上。"

"你别说，我还真想蹭吃蹭喝，但我跟刘君说了，喝酒的事儿过两天再说，今天刚到省局交完种子，学校还有一大堆糟心事儿要处理。所以我决定先来看看你们几个，好不容易回来一趟，不打招呼怕你们挑理。"

"唉，你也知道我挑理。挽明，说别的没有用，今天晚上在我家楼下的烧烤摊聚聚，酒管够。一会儿苏慧回去联系刘君，谁不来谁认尿。"

"志杰，我还想先看看秦老师呢，你这……"

"老爷子现在太忙，哪有时间管你？你这点儿尊师重道的孝心还是留着明天再发挥吧，今晚你不把哥儿几个陪好了，就是你的不对。"

对他们几个来说，这样的场合并不像寻常的哥们儿酒局。他们是从一个泥潭里走出来的兄弟，情浓于水，喝酒的目的不过是追忆往昔青春。

秦志杰从家里搬出两箱啤酒，让苏慧去熟食店割了两斤熟牛肉。楼下的羊肉馆是一家清真烧烤店，虽然门面陈旧，内部装修也简单，但这是他们在北川大学时的"根据地"。这里的肉串也不知抹了什么，味道非同寻常。

"志杰，你看，都到你家楼下了，要不把秦老师叫下来？咱们这样不太妥当。"

"哎呀，挽明啊，你怎么工作不到一年就变得这么多事儿？以前咱们喝酒吃饭，跟老爷子汇报过吗？没有必要。"

"志杰，要不我上去叫老师一声？挽明放心不下。"刘君是最能走进崔挽明心中的一个人，知道崔挽明的顾忌，毕竟崔挽明接了秦怀春这么大的摊子。

"啰里啰嗦，你们两个怎么回事，工作后都变得婆婆妈妈的，吃个饭也要汇报？他是你们的老师，是我爹，还能吃了你们不成？"

“志杰，你就别逗他们了。”苏慧接过话，“挽明啊，秦老师昨天就出差了,现在还没回来呢,他要是在家,志杰早就叫他下来了。”

“你这浑蛋，在这儿跟我装了半天，得自罚三杯。”

酒喝到一半，近半年来的苦水也倒得差不多了，崔挽明正说到于向知这个人的时候，外面进来个年轻姑娘。苏慧放下筷子，表情慌张地站了起来。

“苏玉，你怎么来了？”

几个男人看了看彼此，被这个透着文艺气质的美女勾走了魂，可惜的是居然没一个人认识她。

“妹妹，你跟我出来一趟，我有事儿跟你说。”

“妹妹？苏慧，你什么时候多出来一个姐姐，我们怎么不知道？”刘君问。

“多管闲事。”苏慧的脸阴沉得都快滴出水来，她拉着苏玉就出了烧烤店。

“我说志杰，怎么搞的，你也不知道？这么漂亮的姐姐也不给咱们挽明介绍介绍，你不厚道哇。”

秦志杰两手一摊，说道：“哥，我也很无辜好不好？我也想知道这个姐姐是从哪儿冒出来的。”

“你跟苏慧相处了这么多年，不知道她有姐姐？也对，你连她家都还没去过。”

“刘君，这事儿我也很纳闷。你们等着，我出去问问。”

秦志杰站起来要走，被崔挽明拉了下来。

“你没看见人家姐妹有私密话要说？坐下、坐下，等会儿问问就知道了。”

他们这一等就是半小时，好在苏慧回来了。

“志杰、挽明、刘君，真是不好意思，我有点儿事儿，先不陪你们了。”

“哎，什么事儿呀？我们几个跟傻子似的在这儿坐了半天，你也不把事儿说明白，你那个姐姐是什么情况？怎么没听你说过家里有姐姐的事儿啊？”

“哎呀，我现在没时间跟你们解释。我那边的事儿挺急的，以后再跟你们说。”

苏慧的反常让秦志杰的心很不踏实，她一定是有什么着急的事儿，否则不可能连解释的时间都没有。

“哥儿几个还坐着干什么？是不是得跟着去看看哪？”秦志杰提高音量，用意很明确。

“当然要去了，那是你媳妇，是我们的弟妹。”刘君和崔挽明马上接话。

秦志杰走出门去，又把头伸回来：“老板，桌子给我们留着，等我们办完事儿，回来接着喝。”

姐妹俩打了车，朝着大学城的方向去了，哥仨也上了秦志杰的破捷达。

“你小子可以呀，刚工作就开上车了，你让刘君和我怎么混？”

“人家有个好爹，你有吗？”

“放屁，不懂就少给我说话。你们那位抠门的秦老师衣服兜比脸都干净。我这辆车是找人贷款买的，搞大米经营，没代步工具很不方便。你以为我想买辆车养着呀？没办法的事儿。”

“秦志杰，你长点儿心好不好？你媳妇现在遇到麻烦事儿了，咱们集中注意力好不好？”

“崔挽明，我发现你跟刘君现在都一副无赖样儿呢，是你们先跟我扯车的话题的好不好？”

“行、行、行，我们错了。你好好开车，盯着前面。”

十分钟后，姐妹俩的车在林海师范大学的北门前停了下来，哥仨下了车就紧随其后。崔挽明抬起手看了看表，现在是十一点四十。

马上就到凌晨了，这苏家姐妹到底要去干什么？

苏慧的姐姐在学校美食城附近的 KTV（唱歌娱乐的场所）门口停下，捂着嘴蹲了下去。

“哭了，看见没？准没好事儿，不是被哪个男人欺负了，就是家里出事儿了。”

“刘君，闭上你的臭嘴，吐不出好话。”

“啧，你——”

“别他娘的吵了，苏慧进 KTV 了，赶紧跟上去。”

秦志杰第一个冲出去，不忘回头骂了崔挽明一句：“就你这样还大学教师？满嘴脏话，我爹看上你哪里了？”

“苏玉，你叫苏玉？”秦志杰将蹲在地上的姑娘一把拉了起来。

苏玉捂着嘴巴，拼命点头。

“怎么回事儿？你倒是说话呀。”

这时候，苏慧从 KTV 里跑了出来，像一只惊慌的兔子，被崔挽明一把逮住。

“怎么啦？”

“快跑，跑！”

秦志杰和刘君一回头，就见 KTV 里面跑出来三五个青年，手里拎着啤酒瓶。秦志杰把苏玉往身后一挡，顿时明白了一二。

“想干什么？打架？”

“苏玉是我的女朋友，你们是谁呀？少在这儿管闲事，都滚开！”

“志杰，他欺负了苏玉，我要报警。”

“不！妹，不能报警！”

“苏玉，你疯了？！他睡了你，你知不知道？你的肚子是不是被他搞大的，是不是？”

“妹，我不要你管，别说了！”

“不要我管，你找我干什么？你让我来替你出气，结果呢？你别躲在后面，站出来，怕什么？他一个大男人，我不信他还能动手。”

苏玉拉着秦志杰的肩膀瑟瑟发抖，手越缩越紧，指甲都快陷进秦志杰的肉里。

“苏慧，你别说话，上一边待着去。”

刘君赶紧把苏慧拉到一边，和崔挽明走上前去。

“小子，情况我们也明白了。打女人，是不是？你看看她，肚子是不是被你搞大的？”

“是又怎么样？”

“是的话，你就得对她负责。”

“什么？你再说一遍，我没听清。”

秦志杰将苏玉的手从肩上拉下去，走了上去。

“哥，今天我们既然过来了，就是要个说法。我不管你和苏玉是怎么认识的，但现在你的做法让我们很不满意。你说吧，要怎么解决？”

“你们是脑子有病吧，也不打听打听我是谁？苏玉跟了我是她的荣幸，不就是肚子被搞大了嘛，多简单的事儿？你们自己看着办吧，反正我也不想要了。”

秦志杰回过头看了苏慧一眼：“带她先走。”

苏慧领会了秦志杰的意思，拼命地朝他摇头。秦志杰眨了眨眼，看着刘君和崔挽明：“还记得研究生一年级时元旦的那个晚上吗？”

“当然，终生难忘。”刘君摸了摸脸上的刀疤，开始摩拳擦掌。

崔挽明倒是有些犹豫，不管是兄弟情义还是姐妹感情，办事情可以，但他总觉得这样的方式解决不了问题，更关键的是，他们现在都是正经的事业编制人员。打架斗殴都是学生时代的事儿，他们要是真动起手来，进了公安局，铁饭碗保不住不说，这事儿传出去了他们就没办法再在这行混了。考虑到刘君和自己的不易，崔挽明站出来换了种解决问题的方式。

“年轻人，我们不怕打架，你如果想用这种方式解决问题倒也可以。不过动手之前，我想知道你跟苏玉到底是怎么一回事儿。”

“挽明，你没事儿吧，问他这个？跟他废什么话。”也不知是喝了酒的缘故还是怎么，秦志杰异常兴奋，仿佛不打不行似的。

崔挽明把手一抬，道：“实不相瞒，来的时候我报警了，等警察来了，你自己跟他们说是怎么回事儿。”

刘君惊讶得下巴都快掉下来，瞪了崔挽明一眼，心中骂道：你可真是张嘴就来。

秦志杰虽然表面上威风，内心多少有些忌惮，毕竟对方人多，听崔挽明这么一说，赶紧接过话来。

“报警怎么了？照样打，大不了咱们上局里说。”

“你们敢报警？给我等着。”

虽然崔挽明的机智免去了多生事端，但对秦志杰来说，这件事儿办得很不光彩，也极为不痛快。事情没解决不说，还留下了大的隐患。但不管怎么说，苏慧和苏玉没有出事儿，这就是最大的安慰。

回去的途中，大家的脸色都很难看。城市灯光绚丽，隔着玻璃车窗一道道飞过，就像青春的尾巴一点点消逝。伴随着出租车上温暖柔和的情感电台主播的声音，每个人都默默怀念着不再属于自己的青春时光。

几人各自返回住所后，已是凌晨一点多，崔挽明的脑子里一片糨糊。他刚从海南回来，一件正事儿没办，就遇上这些糟心事儿，他还没来得及看望恩师，还没有跟尹振功交流工作。

“志杰，对不起，我不该瞒着你。”苏慧当晚就向秦志杰道了歉。

秦志杰坐在租住的屋子里，神情有些恍惚。

“你说过家里没有姐妹，现在你向我道歉是什么意思？咱俩这么多年关系，你跟我撒谎？”

“不是你想的这样，志杰，这件事儿是我的错。你不知道，苏玉从小就比我优秀，比我漂亮，学习成绩也比我好，所以我爸妈对她特别好……”

“所以你就妒忌你的姐姐？”

“志杰，我……”

“你呀，让我说你什么好？苏玉优秀你应该替她高兴，你怎么还骗我呢？”

“哎呀，我就是怕在你们面前抬不起头，其实我跟她的关系很好的。只是现在……这都怪我没照顾好她。”

苏慧显然是有些埋怨自己的。苏玉在林海师范大学被保送了硕士，又被保送了博士，怎么就跟外面的地痞流氓牵扯在一起了？

这是苏慧想不明白的地方。

“现在她是什么意思？把孩子拿掉还是生下来？”

“生下来肯定不行，那个男人是她的大学同学，你们也看到了，苏玉跟他在一起是不会幸福的。孩子一定要拿掉。”

“苏玉是什么意思？”

“我不管她是什么意思，这件事儿由不得她。”

“你好好跟她说，态度别这么恶劣，我以后再找机会收拾那个男人。”

“她活该，明天我就请假带她去医院。”

尽管舍不得，苏玉还是走进了手术室。出来的那一刻，她才知道什么叫青春的代价，因为自己一时糊涂沾惹了麻烦，苦了身体不说，还连累了一条无辜的生命。

接下来的一个星期，为了方便照顾苏玉，苏慧把她接到了自己和秦志杰租的小屋里。

苏慧也因为经常请假引来了同事的议论。

“没有听说吗？人家可是秦院长的儿媳妇，想不来上班当然可以，不像咱们，迟到半小时都要挨批。”

“可不是嘛，听说呀，她有个姐姐怀孕了，还是个野种。我看哪，她也好不到哪儿去，能不能做秦院长的儿媳妇还不好说呢。”

同事们正说着，于向知过来办事儿从这边路过，刚好听到这些话。

“你们几个，上班时间也不好好干活儿，你们品质检测中心作为农业农村部在林海省唯一授权的分析化验科室，可不能像你们这样干活儿。”

“知道了，于所长。于所长怎么有空过来了？”

“嗯，我找你们主任。怎么，我听你们在讨论苏慧？她家怎么了？”

“于所长也知道？她姐姐……”

“小玲，别瞎说……你……”

“好、好、好，那你们忙，我去找白主任。”

秦志杰的女朋友在品质检测中心传出了不好的消息，这对于向知来说可谓惊喜。自从被秦怀春拒绝之后，他心里憋了十足的火没地方出。既然秦怀春不让他舒坦，他也不能让秦怀春好过。

崔挽明这边等了三天才把秦怀春等回来。秦怀春回凤凰城的第一天，崔挽明就登门拜访。崔挽明没有买什么贵重的东西，只从海南带了点儿秦怀春最爱吃的灯笼椒。

师徒相隔半年后首次相聚，师母李婉琴做了一桌子饭菜。虽然崔挽明只是他们的学生，但夫妻俩待他如亲子。李婉琴从北川大学图书管理员的岗位上退休后，一直主抓家庭内务，可谓明德贤惠。

“老秦，你给志杰打个电话，让他带苏慧回来一起吃饭。”李婉琴想借着崔挽明到来的机会跟儿子吃个团圆饭。

“少跟我提他！你就让他在外面折腾，他到处借钱，到处鬼混，这个家不欢迎他。你要是想见他，别让我知道。”

秦怀春恨铁不成钢，崔挽明是知道的，但他不好评价他们父子之间的关系。在他看来，秦志杰的选择虽然另类和大胆，但也没有什么错。但是站在秦怀春的立场上看，凡是不沉下心来搞基础研究的，都和他的价值观相违背，都要遭到抨击。因此崔挽明只好用别的话岔过去。

“每个行业都不好干哪。老师，今天我是当面来感激您的，您把这么重的担子交给我，我实在没有十足的信心搞好。以前我不知道，自从前几天去了一趟省局，才明白育种这一行实在太难干了。”

“哟，怎么，刚开始就泄气啦？挽明啊，你记住，这个世界上没有完全的光明，也没有完全的黑暗。有时候你感觉自己清白，其实你已经处在黑暗中，可当你发现自己深陷黑暗的时候，你的心又保持着那份清白。所以说，你看到的东西和你没看到的东西都不重要。国家在发展，人民的生活水平在提高，靠的是什么？难道是世态炎凉？绝对不是。行业规矩自古以来就有，总的来说，大的环境一定是积极的，否则这些年咱们国家怎么进步？粮食产量怎么提升？所以你不要只盯着事物的一面看，要学会在夹缝中求生。哪个行业不讲手段？一个行业如果没有内部矛盾刺激，就不会有新的东西产生。当然了，我不是说矛盾好，没有人希望在矛盾的环境下工作，只是你要理性地看待这些事儿，看好你的底线，原则性的东西决不能触碰，其他的东西可以不用管。”

“老师，每次听您说话都是种享受，也都受益匪浅。您放心，我会跟尹振功老师沟通行事，不给北川大学丢脸。这些事儿今后我也不好再麻烦老师，倒苦水的话我以后就不说了。”

“该说还是得说，你不用考虑我的位置，他们还不至于把咱俩的关系牵扯到单位的层面上，也不敢。”

崔挽明顿了顿，道：“老师，于所长这个人……”

“挽明，你也听说啦？哈哈，一开始我是想让‘北川稻1号’退市的，因为它在西边出现了一些病害，说明这个品种的抗性不稳定。种了二十年，它终于抵抗不了林海省的病菌小种了。现在我打消了这个念头，再种种看吧，把纬度降下来，积温升上去，减少推广面积，我看这个品种还能维持几年，但绝对不会长久。于向知这个人居心叵测，我不会让他得逞。你好好研究我留给你的品种材料，我想，从里面还能选出一些好东西。过去我们解决的是让老百姓吃饱饭的问题，现在要把老百姓吃好饭的问题交给你们。”

这次拜访对崔挽明来说等于吃了颗定心丸，以前秦怀春总说崔挽明不了解林海省的育种环境，这次算是给他定了方针和思想。不过崔挽明知道，就如自己说的那样，从此以后这样的事儿恐怕再也不能来找秦怀春了。这次过后，崔挽明才算真正走上了属于自己的奋斗道路，秦怀春笼罩在他身上的影子也将随之消失。

苏玉住在苏慧家的第五天，苏慧才到品质检测中心报到。秦志杰为了给苏玉腾地方，只得回家跟父母住，但因为跟秦怀春不和，又不得不搬回来。

苏玉的身体好了不少，但精神状态依然如初。趁着苏慧上班的空隙，苏玉拉开了窗帘，让阳光洒进来。她已经好些天没出门了，身体沉浸在阴暗的屋子里，开始发出一股难闻的味道。她突然感觉自己很脏，于是走进浴室关上门，打开热水器开关。

温暖的水包裹着她冰凉的身体，她的肌肤仿佛慢慢地和水融合在一起。她闭上眼，在水流声中放松，仿佛要睡去。

秦志杰掏出钥匙开门的时候，并未想到苏玉会在浴室里。

苏玉听到外面的开门声，倏然竖起耳朵，将水关上。

"苏慧，你回来了？"苏玉略带疑惑地对着门缝儿问道。

秦志杰听到声音，半天没好意思回答。他打算收拾东西赶紧离开，避开这不合时宜的场面。但他越不回应，苏玉就越是紧张。

"谁在外面？"苏玉提高嗓音问道。

秦志杰看了眼浴室门，憋了一口气，道："是我，秦志杰。"

苏玉听到这句话，只觉浑身不适。和一个不熟悉的男人仅隔一门之遥，这个男人又是妹妹的男朋友，关键是自己一丝不挂，这种怪异的尴尬感让她恨不能钻到地缝里。

"你能先出去吗？我的衣服在外面。"

"啊？哦，不好意思。"

秦志杰慌忙逃出去，庆幸自己没赶上苏玉出浴，要不然事情就闹大了。即便这样，两人心里也留下异样的难堪感觉。

秦志杰走后，苏玉一个人在浴室待了半个多小时，她的脑海中出现了那天晚上秦志杰将她护在身后的画面，不知怎的，心里多出一种奇怪的感觉。苏玉从林海师范大学博士毕业之后是打算结婚的，谁知和自己相恋了三年的男友居然背着自己在外面搞女人。苏玉情急之下想讨要说法，本以为自己怀孕了对方会把心收回来，谁知他非但不承认孩子，还跟她断了往来。这样一种伤害对她来说好比晴天霹雳，她心里对爱情美好的印象忽然崩塌了。

但不知道为什么，秦志杰的出现，让她多了种特殊的温暖感觉。当她发现自己的思想出现偏差的时候，她很快在内心告诫自己，不许将这个男人扯进自己的生活。方才秦志杰进到房间里的那一刻，她明显感到，虽然那道浴室门关着，但她觉得自己仿佛裸露在秦志杰的视线中。

她被一种可怕的心理负担压迫着、诱惑着，这种强大的压力让她陷入了一种难辨是非的处境。

苏慧当然不知道家里发生了多么尴尬的事儿，此时正在接受白主任白露微的思想教育。白露微对待品质检测中心的每一位科员都极为严厉，要不是看在苏慧和秦怀春的关系上，就凭苏慧请假这几天，早就让她走人了。为了证明自己秉公办事，白露微将苏慧带到了接待大厅训话。

这个时候，全省搞粮食作物和经济作物的研究所都在为了品种申报的事宜奔走，而品质检测中心正是不得不来的地方。

苏慧低着头，接待大厅里前来交样品的人来来往往，很快排起了长队。

“看见没有？这个时候多忙，地方院所都为了品种特异性检测过来交样，转基因检测那边也忙得不可开交，更别提品质分析了，样品都堆满实验室了。你呢？为了你姐，你连工作都可以不顾。我看你刚进来的时候还挺积极的，怎么，现在就没有动力了？你是要继续干下去，还是收拾东西走人？”

“白主任，对不起，是我没有处理好家人和工作的关系。我姐姐的情况特殊，所以耽误了两天。您放心，这周我一定加班加点把落下的工作补上，白天在接待大厅帮忙收样和出单，晚上回实验室做品质检测。”

“这不是工作量的事儿，这是态度问题。你好好看看咱们这个单位——农业农村部谷物及制品质量监督检验测试中心，这是农业农村部在林海省授权的唯一质检单位。咱们做的是权威认证的事儿，你却犯这么低级的错误，玩忽职守，简直不像话。”

苏慧根本不敢抬头看白露微，除了道歉和保证，好像也没有别的能说的话。

这个时候柜台来了个电话，是找白露微的。白露微拿着电话听筒聊了几句，很不情愿地走到苏慧面前。

“下不为例，下班前给我写份检讨书。另外，你去一趟育种所，于所长找你。”

“谢谢白主任，我知道了。”

苏慧没想到事情就这样过去了，但想不出于向知找她的理由。上次他牵线让金怀种业帮秦志杰卖大米的事儿已经过去了，按理说他们不会再有什么瓜葛。不管怎么说，苏慧走出品质检测中心的办公区后，心情好多了。

她进育种所的时候，正好路过刘君所在的办公室。刘君正想站起来打个招呼，苏慧就拐进了于向知的办公室。

“她找于所长干什么？”刘君疑惑起来，虽然好奇，但不好出去打探。

看见苏慧神情紧张，于向知赶忙倒了杯热水，往水里扔了两片柠檬。

“在那边挨骂了？”

“让于所长见笑了，我没做好工作，挨骂是应该的。”

“哎，你和刘君是同学，又跟志杰关系特殊。你们白主任哪，骂人有瘾，你这个刚来的小姑娘啊，肯定受不了她的坏脾气。不过我看你没哭鼻子，说明你还是不错的。是这样的，你进单位的时候我正好看见了，那天我找白主任谈点儿事儿，她一直在说你没来上班的事儿，我一猜她就饶不了你。我想吧，打个电话问问，你看，猜对了吧？所以说呀，你得谢谢我，是我打电话让白主任放你过来的。”

苏慧一听是这样，赶紧把手里的热水放下，站起来鞠了一躬：“感谢于所长关心。”

于向知抬起手往下压了压：“我找你过来确实有点儿事儿。这也是省里最近的意思，我受命对林海省的种子行业搞摸底调查。省农业委员会那边已经批示了，省里搞品种经营的个体户需要配合省里搞好这次调查。这次调查的主要目的是看看目前品种种植单一化的严重程度。”

“这是秦院长向省里提的想法？”

“嗯，要不怎么说你和志杰的关系特殊呢？亲人之间就是无话不说。”

“于所长误会了，秦院长想办这个事儿已经有很长的时间了，所里的同事也都知道。秦院长没跟我说过这些话。”

“啊，那也没事，反正就是这个意思。我的想法是这样，你看，志杰在外面也经营大米生意，你现在就回去取点儿米样过来，把样品给我，我汇总之后统一在品质检测中心做个简单分析，也好完成省里交代下来的任务。”

“要送品质检测中心？干什么？做 DNA（脱氧核糖核酸）测试还是转基因检测？”

“不、不、不，全省数百家个体户，有那么多样品，怎么做得起？就是做点儿简单的米质分析，测一下食味品质。”

“哦，原来是这样。那行，我现在回去取样。”

“嗯，去吧。哦，对了，这事儿不要让志杰知道。”

“不让他知道？为什么？”

“你也知道，志杰这个人清心寡欲，最不喜欢这些麻烦事儿。他和秦院长为什么总闹别扭？就是因为志杰的个性，他呀，最烦我们事业单位的这些办事程序。你在他身后不容易呀，该为他分心的地方要做到位。”

苏慧之前没有深入接触过于向知，这么一次简单的对话，让她对于向知有了种被理解的感激。

苏慧回到百优米业的时候，秦志杰不在店里。她取钥匙开了门，将店里经营的三种不同的大米分别装了一斤，写上品种名，送回了育种所。

刘君已经等了苏慧好半天，她从育种所出来就被刘君一把拽到了隐秘的后院里。

“苏慧，你怎么跑到我们所来了？找于所长干什么？”

苏慧不屑地看了刘君一眼：“要你管？不要随便打听领导的事儿，做好你的本职工作。”

“哎，你这个忘恩负义的人，忘了那晚谁救的你们姐妹二人？怎么，老同学之间连私密话都不敢说了？”

“你怎么这么好奇呢？真是服了你。我找于所长能有什么事儿？无非工作上的事儿，你真无聊。”

尽管刘君还没有彻底看清于向知的为人，但从崔挽明明里暗里的闲谈中不难发现，于向知这个人不简单。于向知在“北川稻1号”经营权上失利一事，整个农科院的人都知道。于向知和秦怀春的对立，也让刘君在农科院有了不少敌人。

刘君不希望苏慧着于向知的道，但也没弄清状况，有些话说出来，人多嘴杂，传出去了对自己没什么好处，只能点到为止。

回到家之后，苏慧发现姐姐已经收拾东西走了。她拨打电话，那边没有人接，秦志杰又一天都没见着人。苏慧在单位受了委屈，回家后连个倾听她的烦恼的人都没有，心情一下子变得糟糕起来。

她给秦志杰打了三次电话，那边都没接，只好给崔挽明打，也是没结果。

“苏慧，你问问秦老师，说不定志杰回家了。”

“唉，挽明，你不是不知道，秦老师对我和志杰的关系一直不满意，我也从来没给秦老师打过电话。要不你帮我问问？”

“也好，不过苏慧，你们两个的问题还是赶紧解决的好，时间长了更不好办。需要我在中间做什么的话，你尽管找我，我跟秦老师还是能说几句心里话的。”

“谢谢你，挽明。”

崔挽明并未在秦怀春那里得到任何有关秦志杰的消息，店里没人，秦志杰也不接电话。苏慧开始慌了，没有办法，只好让崔挽明和刘君出来帮忙。

刘君过来的时候，二话不说先给苏慧上了一课。

“白天谁跟我说的不用管她的事儿？啊？怎么，你家男人丢了，你又想起我们了？你这个势利眼，真想给你几脚。”

“怎么，你俩在单位遇上了？”

“挽明，岂止是遇上，咱们这位老同学今天找于所长办事儿去了。我就问了她几句，哎，你没看见她那副德行，以为我想知道她的什么秘密似的。我是关心她，真不识好人心。”

“是吗？苏慧，你还去找于所长了？”

苏慧哪里敢不换态度，忙解释道：“你们两个上学的时候就欺负我，工作了还这样。我找于所长怎么了？还不是为了秦志杰这个大浑蛋。现在好了，找不到大浑蛋，要你们两个帮忙，你们还跟我一般见识，你们是不是男人哪？！”

“你说什么？你找于所长是为了志杰的事儿？苏慧，你把话说清楚。”

崔挽明当然知道于向知指使何峰在海南岛对他做的事儿，其人品在崔挽明心里早就一钱不值。现在只要于向知接触他身边的人，崔挽明就会很敏感地做出反应。

苏慧无奈，只得把事情的来龙去脉告知崔挽明。

“什么？”崔挽明张大嘴，“你真的把米样给他了？”

“给了，怎么了？”

“你呀你，你这个女人真是没脑子。你也不想想，他一个小小的所长，省农业委员会下达的事儿会直接落在他头上？”

“我怎么知道？他是领导，我不听他的听你的呀？”

“猪脑子一个，我实话跟你说，这事儿秦老师刚报到省里去，省里根本没开会讨论，怎么就会要下面提供样品呢？你赶紧给于向知打电话，我来跟他说。”

“不好吧，用我的电话？还是算了，我看没什么事儿，就是点儿样品。”苏慧哪里敢用自己的电话打，这不等于暴露自己嘛。

“你！真是气死我了！秦志杰跟了你真是倒大霉了。我跟你说，搞不好这件事儿就是专门给志杰设的陷阱，你要是害了他，我饶不了你。”

“听见没有？你这个女人哪。”刘君也在一边对苏慧施压。

“别以为没你的事儿。把于向知的电话号码告诉我。”崔挽明不想为难苏慧，只得拿刘君开刀。

这是崔挽明第一次正面和于向知对话，正好何峰在他的试验地犯错的旧账，他还没跟于向知清算。不过崔挽明也看出了刘君的为难，他们是兄弟，两肋插刀倒无可厚非，但兄弟有自己的领导，哪怕是提供一个小小的电话号码，刘君都会觉得这是种出卖和不忠的行为。

看刘君有些迟疑，崔挽明拨通了尹振功的电话。

第四章
陷　阱

崔挽明从尹振功手里把于向知的联系方式要了出来，避免让刘君为难。崔挽明拨通电话，走到了稍微安静的地方。

于向知正在家里吃饭，看见陌生号码，直接挂掉了。崔挽明又打过去，于向知又给挂掉。

“怎么不接电话？”妻子柳敏有些不高兴。

“你这个人怎么老管着我？在单位有人管，回家了你也要管，还让不让我吃饭了？”

“你心里没鬼，干吗不接？”

于向知把筷子往桌上一拍：“这家没法儿待了。”

于向知拿起电话给崔挽明打了过去，崔挽明将电话接起。

“你谁呀？大晚上的让不让人休息了？”于向知当着柳敏的面开始自证清白。

“于所长，冒昧打扰了，自我介绍一下，我叫崔挽明。”

于向知摸了一把脑门，回过神来。

“挽明？挽明啊，我以为是谁呢，怎么，这么晚有事儿？”

“于所长，我就长话短说，今天苏慧把样品提供错了，明天我让她先拿回来，你看这事儿……”

“啊？挽明，你怎么管起我们农科院的事儿了？你呀，不听你老师的话，好好干好你自己的工作。她提供的样品没有错，正是我要的，不用换了。”

于向知说完就挂了电话：“反了、反了，一个刚毕业的毛头小子也爬到我头上指指点点。我于向知今年是怎么了？是个人都欺负我，明天你去给我烧烧香，我总觉得今年会发生点儿什么。”

“哼，今年是你的本命年，明天我给你买条红腰带，帮你驱驱邪。”柳敏一看来电是工作的事儿，态度一下好转了不少。

崔挽明将电话揣进兜里，指着苏慧的脑门说道：“你闯祸了，苏大小姐。这事儿志杰知不知道？”

“我连人都没见着，他怎么可能知道？哎呀，先不管这些了，找到人再说。”

“怎么找？这么大的凤凰城！”

苏慧挠了挠头，想了想今天发生的一连串事儿，突然大叫一声。

“怎么了？一惊一乍的，你想吓死人哪？”

“我姐今天也联系不上，这段时间她住在我家，志杰是不是回过家，他们两个……”

“你有病吧，什么都敢想。”刘君一巴掌拍到苏慧的头上。

“我是说志杰会不会送我姐回师范大学去了？”

“就算是，那他也不可能不接电话呀，除非……”

“除非什么？”苏慧有些紧张了，那个在心中涌现出来又不愿承认的猜测让她突然心生惧怕。

“除非你姐把志杰给拐跑了。”

“刘君，看我不掐死你！”

闹归闹，三人唯一能想到的地方也就是苏玉在师范大学的单身教职工公寓。崔挽明买了一包烟，拦下一辆出租车，三人朝师范大学奔去。

一路上苏慧的心提到了嗓子眼，她的脑海里浮浮沉沉地飘散着的不是思绪，而是身体里散发出的垃圾和毒素。

苏玉屋里的灯果然亮着。

“上去呀，等什么呢？”崔挽明提醒道。

苏慧掰了掰手指，稍显犹豫地道：“要不别上去了？”

“你真㞞，在这儿等着。”崔挽明点了根烟就往上冲。

苏慧一看没办法，只得跟上去。

一阵急促的敲门声响过后，苏玉来到门前。

“谁？”

“苏玉姐，苏慧来看你了，赶紧开门。”

苏玉打开门，看了眼气喘吁吁的三人，回头走进屋：“进来吧。”

地上乱糟糟的，纸巾、穿过的衣服、吃剩的零食堆得满屋都是。

“姐，你也不收拾收拾。不是我说你，忘掉那个男人，重新开始新的生活吧！你要这样到什么时候？”苏慧一边说，一边往屋里寻摸着。

刘君手插着兜，看着苏玉漂亮的脸蛋儿，眼珠都忘了转动。

“看什么看，还不帮姐收拾收拾？”崔挽明踹了刘君一脚，去卫生间找笤帚和拖把。

苏玉戴上耳机，把音量调到最大，闭上了眼睛，听着广播里不断推送的北京奥运会倒计时广告。

“姐呀，给你打电话你也不接，你从我家走了也不告诉我一声，你以后不许这样啊，会急死我的。真不知道咱们两个谁是姐谁是妹。”

“不用管我，你们也不用来看我，收拾完麻烦帮我把门锁上。”

苏玉慵懒的姿态让崔挽明觉得这个女人与众不同，一看就是文学系熏陶出来的“佛系”女生。

苏慧他们扑了空，也折腾了几个小时，之前所有的揣测都被现实推翻。

“说不定志杰死在外面了，别找了，咱们回去睡吧，他又不是第一次不回家。”刘君倒是想得开。

“那就散了吧，明天还要工作。这么大个人丢不了，他是做生意的，朋友多，说不定上哪儿喝酒去了，回吧苏慧。”

虽然有些失落，但经崔挽明这么一说，苏慧的心舒服多了。

苏慧回到家后，见秦志杰果然在家，只觉一股子气蹿了上来，张嘴就开骂。

“你去哪儿了？一天都联系不到你，我们找了你好几个小时。你怎么不接电话？”

秦志杰喝得有些迷糊，睁不开眼睛，扶着椅子勉强站起来，指着苏慧笑了笑：“你怎么穿衣服了？你怎么……”

苏慧一把将他推开：“你乱说什么？”

苏慧看他在地上可怜，又将他扶到床上。

看着这个小窝，从一开始的幸福到现在的无奈，苏慧心中压了说不出的苦。秦志杰表面上敢跟秦怀春叫板，但在关键时刻就会表现出软弱的一面。就拿他们结婚一事来说，李婉琴其实是没什么意见的，虽然秦怀春不太赞同他俩在一起，但只要秦志杰争取一下，成功的可能性还是很大的。但就是这么一件事儿，秦志杰一直拖着不办，说好的跟她回去见父母也一直没有下文。

再看看这坨“烂泥巴”，苏慧心中笼上了一层浓浓的疲惫感。爱情在他们之间已经被磨成了薄片，如果他们再不进入下一阶段，等待他们的恐怕只有分道扬镳的结局。

繁杂的事务让她忘记了崔挽明给于向知打电话的事儿，等第二天爬起来才想起来。来到单位，她给刘君发了条短信：“于所长在吗？”那头的人回道：“在，你要来？”

十五分钟后，苏慧就找了过来。正好于向知的办公室里没外人，她没敲门就走了进去。

“你有什么事儿？”

“于所长，昨天提供米样的事儿，我……”

“不管你有什么事儿，也该先敲门。你这是什么态度？你是哪个所的？”

苏慧当即就蒙了，于向知翻脸的速度让她咋舌，不禁在心中骂了句“无耻”。

“不好意思于所长，我有些着急了。我是苏慧，品质检测中心的。”

于向知抬了一下眼皮，不耐烦地道：“米样已经送上去了，你回去吧。”

“于所长，可他们说省里的意见还没下来，你怎么……”

“这叫提前做好工作，你懂什么？回去等着吧，有消息了我再通知你。”

被于向知这般对待，苏慧总算领教了什么叫官大一级压死人，也被于向知翻脸不认人的作态给恶心到了。所以她出了育种所，就给崔挽明打了个电话。

崔挽明正在火车站，准备接从海南归来的钟实。崔挽明让她先别着急，也别让秦志杰知道这件事儿。不管于向知在搞什么鬼，他们一定要在内部解决问题，绝不能将秦老师牵扯进来。

崔挽明知道，于向知越权操作一定是在干什么见不得人的事儿，而这件事儿绝对和秦志杰有关，若只是这样还好办，就怕牵连到秦怀春。

“你回到品质检测中心打听一下三个种品的去向，拿去做了什么检测、要干什么用，都要问清楚。”

“种品都统一编号了，具体是什么情况我也看不着账本，怎么查呀？”

“那我就管不着了，你在那里比我方便，这两天就告诉我准确的消息，我好想办法解决。另外，把你们白主任的电话号码给我，我要单独联系一下她。”

和钟实回到北川大学之后，崔挽明没有给白露微打电话，因为他清楚这件事儿在电话里恐怕不容易说清，既然牵扯到品质检测中心，白露微肯定同于向知有私密的话不愿外露。

崔挽明打车来到酒庄，让服务员帮着挑了一瓶红酒，白露微好这口，这酒送女同志最合适不过。

接到崔挽明电话的时候，白露微一开始是拒绝出来的，但崔挽明已经来到楼下，她不下去见一面也说不过去，毕竟有秦怀春的面子在那儿摆着。

“白主任，我读研究生的时候到你们单位送过米样。你对我可能没印象了，这也算是我们初次正式见面了。”崔挽明说着，把红酒递给白露微。

“这是干什么？你有这份心，留着给你的老师，我一个女人，喝酒的时候不多。”

“我早就听说白主任是女中豪杰，以后有机会给你换白的。”

“你这小伙子还挺会说话的，行吧，你来都来了，我也不能让你再拿回去。”

白露微揣着明白装糊涂，手上拿了东西，嘴上却什么也不说，等着崔挽明开口。

“呃，是这样的，白主任，我听说前几天于所长给你们送了三个米样，你能不能让下面的人帮我查查检测编号？”

白露微将红酒放到地上，从兜里掏出电话：“有这回事儿？我帮你问问。”

她将电话打到接待中心前台，负责品种检测建档的小同志很快查到了崔挽明想要的信息。

“于所长确实来找过我，做的是品种特异性检测。怎么，你打听他的事儿干吗？”

“白主任，这件事儿可能跟秦志杰有关，你看能不能先把检测工作停下来？你知道的，于所长跟秦院长之间有些不太愉快的事情，我担心他在这件事儿上为难秦志杰。”

“他们俩闹得不愉快那是全院人都知道的事儿。不过我可没有这个权力，于所长花钱在我这里做鉴定，我们可以说是主客关系，检测中心负责的只是样品的检测和评估工作，至于他拿这个东西干什么，我们是不过问也管不着的。所以你这个忙我恐怕帮不上了。”

"白主任，你再考虑——"

"行了，崔挽明，你再多说，就把酒拿回去。有些事儿不该管你就不要管，咱们做好本职工作，问心无愧就行。"

白露微的老到算是让崔挽明长见识了，他本以为花点儿钱就能解决问题，现在不但赔了钱，还把自己暴露了。这是崔挽明下了很大的决心才做出来的事儿，没想到他道行尚浅，做费力不讨好的买卖。

秦志杰前几日出去应酬，把自己灌醉，接待他的正是金怀种业的销售总监辛威。秦志杰和辛威来往这事儿已经让秦怀春动了雷霆之怒，现在秦志杰死性不改，反复作怪，也让苏慧起了担忧之心。

崔挽明那边又迟迟没进展，谁也不清楚于向知到底在搞什么鬼。

"下周我们单位就要准备播种，这段时间学生都在实验室里测产量指标，咱们只有一周的时间办这个事儿。"崔挽明对苏慧说。

"我看没这个必要了，志杰不听他爸的话，还在跟金怀种业的人来往。我也不想管他了，他喜欢干什么就让他干去吧。挽明，你也不用操心了，你刚工作，很多人咱们尽量别得罪，谢谢你了。"

苏慧的无奈是刻在脸上的，自从苏玉住进他们家之后，秦志杰对她的态度就发生了很大的改变。以前在周末苏慧都会到店里帮忙，现在也不去了。两个人从毕业到现在，婚姻的事儿一点点成为泡沫，秦志杰对爱情的不作为也让苏慧的心渐失色彩。

崔挽明能力有限，还没有办法从根本上帮到秦志杰，但能做的他都做了。接下来的一周，他开始准备北川大试验地春播的事儿。

尹振功手里有三届硕士生，一共十二人，全都交给了崔挽明支配。为了在四月中旬将种子播下去，崔挽明亲自带学生来到试验基地的育苗棚。

两座大棚占地面积一共一千平方米，光是将好几百斤的大棚膜覆盖到大棚顶上众人就折腾了一上午。基地职工老梁和老梁婶挖了一上午的土，等学生们弄好大棚，便招呼他们往苗床里运筛好的细土。

崔挽明刚参加工作，挣的钱不多，好在是光棍一条，省去了不少花销。但对待学生——说白了都是师兄弟——他很讲究。四月的天冒着冷风，大家干了一上午的力气活儿，没有点儿油腥进肚子，下午根本运不动土。崔挽明骑着老梁的破摩托车，去基地附近的镇里买了两只烤鸡，又拎了几瓶烧酒。

学生坐在他的摩托车上，手里拎着酒肉，风呼呼地从他们的领子灌进衣服里。他们眯着眼，腿紧紧地夹在一起。摩托车哐当哐当地上下起伏，像一条响尾蛇穿梭在辽阔的试验地上。从学校到试验地距离不算太远，他们却换了一种身份和心情。

大家吃着崔挽明买的肉，喝着崔挽明倒的酒，老梁婶去年秋天腌制的韭菜花经热油一炒，整个屋子顿时被香气笼罩了。

吃完饭，崔挽明看了看外面的天，又看了看一大堆没干完的活儿，心里开始盘算了。如果活计拖到第二天，来回的路费加上伙食费又是一笔不小的开销。考虑到自己刚当家，他必须把活儿安排妥当才行。

“咱们就不休息了，我看，咱们要是歇上半小时，今天就要摸黑儿回去了。大家坚持坚持，辛苦点儿，咱们一年就一次，把活儿干利索了再回去休息。”

崔挽明在吃的、用的上面从来不亏待学生，但他的要求也非常严格，大家既然是来干活儿的，就一定要像模像样。

因为大家的年龄相差不大，为了在一起沟通方便，崔挽明给大家定了个规矩。

“大家从今以后不要再叫我老师，我比你们大几岁，你们叫我哥就行了。”

“明哥。”一个叫张玉祥的三年级学生带头叫了一声，于是大家都跟着叫起来。

崔挽明要的就是这样一种气氛，大家在一起是为了共同的事业，既然要干就把它干好。放下身段的崔挽明很快和学生打成一片，大家真成了兄弟。那天的活儿干得很漂亮，装完苗床土之后，大家又用砖头将大棚分成了五个小区。浇水的事儿就交给老梁办了，他们则趁着天没黑尽量往回赶。

马师傅跑了两趟才将他们接回学校，崔挽明让张玉祥先带大家到学校的接待楼点菜，由于酒不在接待楼点，崔挽明去校门口打散装的高粱酒。

干完活儿上接待楼吃饭是秦怀春在北川大学的时候就定下的规矩。每年收完地里的粮食之后，百分之十的钱会存到接待楼的账户上，专门用于田间活动的开销。崔挽明继承师风，也带大家来喝酒吃肉。

巾帼不让须眉，女生说喝就喝。崔挽明走进包间，从外套里摸出四五瓶白酒，哐的一声按在了桌子上。

“兄弟们辛苦了，晚上好好喝点儿。白天太冷了，大家都被冻坏了吧，喝点儿白酒暖暖身子。明天准时集合，张玉祥找几个男生明早跟我先走，咱们到试验地先把泡好的种子捞出来晾着。其余人等马师傅送完我们再来接你们。我先说好了，没有大的事儿不许请假，咱们这个活儿耽搁不得，既然干了大家就要坚持到最后。”

那晚大家喝得都很好。同学们一个个长得都跟竹竿子似的，跟崔挽明勾肩搭背、抽烟喝酒，没有一点儿学生和老师的样子。

这就是农业人的情怀和样子，干活儿的时候不怕累、不怕脏，喝酒的时候也不用藏着掖着。他们穿着迷彩服走进接待楼和走出来的时候，校园里其他专业的人看他们都像看猴子，但他们昂首挺胸，根本不在乎大家的眼光。他们的衣服上全是泥巴，他们的脸上黏着一层厚厚的灰，他们的鼻孔喷出浓烈的酒精味。

但这些都不重要了，他们知道自己在做什么，特别是对一年级的研究生来说，这是他们进入水稻研究所以来的头一次经历。

所以说，他们遇上崔挽明是幸运的——一个严厉而善良的老师兼兄长将是他们接下来的三年硕士时光中最忠诚的伙伴。

第二天，他们按部就班地工作，催芽后的水稻种子有一股浸种药和发酵的臭味，不习惯的同学差点儿被这股臭味熏晕过去。

“别光捞出来呀，男同学，地上都是桶，赶紧拎水来好好地冲冲种子，把药液都冲干净，再拿到通风口晾一晾。一个个手插在兜里不知道干吗，让你们来是干活儿的，不是当背景的。”

崔挽明一看见大家闲着就浑身不得劲，一看见满地的活计就着急上火。这十二个学生素质参差不齐，悟性好的还好办，悟性差又没有眼力见儿的人，只要闲下来被崔挽明看见，准被骂一通。

这个性情变化无常的崔老师让大家很是费解，喝酒的时候称兄道弟，干活儿的时候又严肃得吓人。

崔挽明没有办法，不得不这样。如果他做不到严明，今后的工作将会异常艰难。他不是一般意义上的老师，他的工作几乎接触不到黑板、纸笔，和学生的交流只能在田间地头里进行。作为一个科研编制的青年教师，能做到像他这样的不多，能摆正自己位置的更在少数。

上午大家一边晾种，一边往小区里播种。低世代材料一个号对应一个稻穗，稻穗和标签用曲别针固定，播种的时候每个号都有对应的小区，号码从小到大排列，保证不会出错。高世代材料一个号对应多个稻穗，虽然稻穗和标签也用曲别针固定，但容易混杂。崔挽明反复强调要注意这个问题。

等将所有的种子铺到小区之后，他们把标签统一取下来放到了稻穗的右侧，平行插入土里；然后开始将稻穗在湿润的土面上压实，覆土两到三厘米；最后覆膜。这样整个播种工作就算结束了。

“明哥，咱们为什么要压稻穗，不压它不是也能发芽吗？”

“不懂了吧？你想，不压的话，你们撒土的时候肯定会移动稻穗。”

“哦，为了防止稻穗跑到别的小区，造成混杂？”

“没错，水稻育种的每个环节都不能马虎，尤其是播种，一旦稻穗混杂，把后代的亲缘关系搞乱了，以后的麻烦事儿就多了。”

那天晚上崔挽明躺在床上久久不能入睡。这是他参加工作以来第一次带学生下地干活儿，他把事情从头到尾捋了好几遍，就怕哪里出了纰漏或者没干好。但细节的东西太多了，他实在考虑不过来。

崔挽明正要拉被子睡觉，手机来电声响起——是秦志杰。

事情果然如崔挽明担心的那样发生了，林海省工商局的相关人员已经拿到品质检测中心开具的品种特异性报告单，秦志杰贩卖的三个大米品种，和苏慧提供给于向知的品种名完全对不上。如果不把情况说清楚，秦志杰很有可能会因此事而引火烧身。

着急的不止崔挽明，秦怀春从来没有想到这种事儿会发生在自己人身上。他知道秦志杰早晚有一天会给他惹麻烦，不承想会这么快。

李婉琴平日里总说秦怀春不关照儿子，但这个时候就看出秦怀春对秦志杰的重视程度了。秦怀春一上午都坐在客厅里，一直在打电话，从省农业委员会到省科技厅再到省商会，最后打到市工商局，又咨询了专业律师。唯独秦志杰没有接他的电话。

秦怀春知道，崔挽明和刘君为了秦志杰的事儿也在着急上火。他放下电话，表情稍微放松了一些，烧了壶水，取出一套茶具。具体的情况，他想当面跟几个孩子说说。

面对秦怀春和李婉琴的时候，大家面色凝重，不知该从何说起。

“刘君，你先回去，这件事儿涉及你的领导，你不方便插手，有我跟老师在就行了，放心吧。”

“志杰也是我的兄弟，他被人算计了，这笔账我替他要回来。”

“刘君，你在于向知手下做事儿，最好不要过问这些事儿，志杰的情况我心里有数，没有外面传的那么严重。你们坐下来，我跟你们说说。”

刘君坐了下来。崔挽明拉着师母李婉琴的手不停地安慰她。

“志杰卖的是米，属于食品行业范畴，跟销售种子是两种不同的概念。他刚入行，不知道大米的品种，被人蒙骗了也正常，只要消费者吃到肚里的东西没有危险，就不会有问题。大米改名换姓很正常，要是种子改名换姓，那就是大问题了，很可能会把老百姓坑了。大家买米和买种子的目的不一样，上面说志杰卖假米，本身就犯了概念性错误。大米讲究的是品牌，品牌是可以随时换的，种子则不一样。所以说这事儿好办，明天我上一趟工商部门说明情况就没事儿了。”

“老师，您不早说，这么简单的问题我们应该早点儿想到的，你看把您着急的。”

“挽明，我着急的不是这个，我担心的是于向知。‘北川稻1号’是福也是祸，他是在公报私仇。这次只是给志杰一点儿教训，我担心他以后还会有什么大的举动。”

“老师，这件事儿不能轻饶于向知，一定要找他好好谈谈。”

“罢了，我老了。挽明，过不了几年我就退休了，这件事儿就当给志杰点儿教训。我唯一担心的就是‘北川稻1号’落到居心叵测的人手中，只要守住这个底线，我这辈子也不图什么了。现在金怀种业在林海省已经建立起育种基地和销售网，这是林海省前所未有的现象。以前企业从来不插手育种行业，专门搞销售，现在看来形势要发生变化，这几年很关键，你们能不能迈出这一步就看这几年了。”

从秦怀春那儿出来之后，两人去找了秦志杰，苏慧没有过来，哥儿三个随便在街边小吃摊坐了一会儿。

“志杰，你也太大意了！以后你尽量小心点儿，离小人远点儿。”

令秦志杰恼火的不是于向知，而是苏慧，他把所有的罪责都算在了苏慧身上。

“要不是她，我能这样？挽明，你们说，她为什么要给于向知提供米样？现在店面被关了，我以后怎么办？”

“志杰，我不是跟你说了嘛，这件事儿跟苏慧没关系，是于向知在后面搞的鬼，你不要责备她了。再说，你爸说了，你的事儿没有问题，最迟后天就能恢复营业。”

“营业？怎么营业？左邻右舍都知道我现在诚信出了问题，我还怎么做事儿？这件事儿跟苏慧脱不了干系。”

“苏慧在后面帮了你不少忙，你应该换个角度想问题，她那么做也是为你好。”

“她帮忙？是，帮了不少倒忙，于向知让她干什么她就干什么！”

“于向知毕竟是院里的领导，苏慧上学的时候没有接触过这个行业，上班了脑子也一根筋。你不是不知道这些，就不要责怪她了，她也是情非得已。”

别人劝归劝，苏慧也知道她和秦志杰避免不了要吵一次。两天后她回到这个小屋时，秦志杰很不讲情面地骂了她一通。苏慧再也忍受不住，鼓足了勇气跑到秦怀春的面前哭诉了整整两个小时。

“是我们家对不住你，以前是我跟他妈不好，总觉得志杰心智不成熟，心里不赞成他谈朋友。苏慧，你是个好女孩，也是我看着成长的学生。志杰这个人是匹野马，你性格温和，我和他妈之所以不同意你们在一起，是因为怕你吃亏，你和他在一起拿不住他。他呀，应该找个厉害的女人管管才行。我们教育了他二十多年，结果失败了，我们做老人的从心里希望他婚姻幸福，但你不是能让他沉稳下来的女孩。”

秦怀春已经将意思表露得相当明白了，苏慧如果再不懂，那就活该遭罪了。这种事儿做老人的本不该过问，但秦怀春确实站在希望苏慧幸福的角度在看问题，没有看不起她的意思。只是和秦志杰相处了这么多年，就这样说散就散，苏慧舍不得，也不甘心。

秦志杰的店又恢复营业了，于向知的如意算盘虽然没有得逞，但起码他让秦怀春感觉到了压力，也算是对秦怀春的一次小小的警告。

苏慧明知秦志杰看见自己会不高兴，但还是要找他谈一次，就算是结束爱情长跑，有些话也要讲清楚。

看见苏慧走进店里，秦志杰从凳子上站了起来，背过身去。

“怎么，现在连见我一面都不愿意了？”

“苏慧，咱们之间的问题很大。我刚起步，你就给我挖这么大一个坑。于向知给了你多少好处，能让你出卖咱们这么多年的感情？”

“好了、好了，我最后再跟你解释一遍，这件事儿我真不知道是于向知设的套儿。我要是知道他想害你，能这么做吗？你就这么不相信我？”

“别说了，事情已经发生，再怎么说也没用。你跟以前不一样了，在事业单位上班，享受国家一类拨款；我呢，一个不成功的个体户，哪有你受人尊重啊？！”

“秦志杰，请你说话不要这么难听，我从来没觉得自己的工作有多优越，请你不要往我身上扣帽子，我承受不起。”

“你当然承受不起了，品质检测中心是什么地方？你以为你想进就能进？”

苏慧这才听出秦志杰的话外音：“你什么意思？秦志杰，你是说我靠秦老师的人情才进的品质检测中心，是吗？”

“这是你自己说的。”

“没想到你是这种人，我告诉你，我工作的事儿从来没主动找过老师帮忙，是我自己投简历到这边的，你少诬蔑我。”

“投简历的人多了，他们凭什么就要你，还不是老爷子在背后打了招呼。”

“秦志杰，请你不要再说了！给秦老师留点儿名节，也给自己留点儿口德，求求你！”

“也罢，在那儿工作没什么不好。苏慧，你知道咱们两个为什么会走到今天这步吗？”

“你还好意思问我？”

“因为你对我从来不说实话。你从来不跟我讲你的家庭情况，我跟你相处了这么多年，连你家里有谁都不知道。你为了自尊，对我隐瞒了家人的情况；为了工作，把我出卖给于向知。以后呢，你还会为了什么出卖我？”

“秦志杰，该解释的我都解释过了，你要是连这点儿信任都没有，我也无话可说。但要论在这段感情中的付出，你根本没资格说我。你一个男人，连婚姻的事儿都做不了主。秦老师确实好，但他在这些事儿上把你管得太严。我一个女人能做什么？你不出头跟父母商量，让我这么等下去，你觉得这对我公平吗？”

“他管不了我，也轮不到他管我，我自己的事儿自己说了算。”秦志杰最烦苏慧看低他，作为一个男人，一旦在女人面前成了“妈宝”，自尊心会怎样可想而知。

“好了，这种话我已经听过无数遍了，不想再听了。既然你把话说得这么明白，那我也告诉你，没有你秦志杰，我以后照样能过得好。”

苏慧说着，就开始收拾留在秦志杰这儿的东西。秦志杰的脸像一张面饼，没有一点儿活力。他看着这个陪伴了自己多年的女人就要离开自己，心里虽然有些酸楚，但没有挽留的力量和渴望。

他们之间的感情在漫长而不成熟的时光中被磨成了一片灰尘，风轻轻一吹，就再也聚不起来了。

得知秦志杰和苏慧分手的事儿后，崔挽明亲自跑来百优米业找秦志杰理论。作为两人的好朋友，崔挽明一方面是觉得太可惜，另一方面是要对男方进行责备。

“志杰，你这浑蛋，你这样等于把苏慧害了，你知道吗？”

“你一个没谈过恋爱的人，有什么资格对我的感情指手画脚？”秦志杰恼火的不是崔挽明多管闲事，而是自己没能把握住这份爱情。

他恨自己的无能和软弱。他的朋友都进了事业单位，只有他的心驰骋原野不愿归家。他始终相信在无垠的天空之下，终会有一片绿草属于自己。但他这诗一般的愿景却以牺牲亲情和爱情为代价，可谓惨重。

苏玉在一周后才得知妹妹和秦志杰分手的事儿，恼羞成怒地从林海师大打车来到秦志杰的店里，准备替苏慧主持公道。

苏玉的到来让秦志杰很是意外，他一时间找不到一个合适的状态来面对这个人。

“你来了，进来坐。”

“坐什么坐，秦志杰，你什么意思？我妹妹哪里对不起你了？你们秦家简直欺人太甚！”

“不是，你不知道我和苏慧的情况，我们……”

“你们什么？我怎么不知道？你不就是有个当官的爹嘛！当官就了不起啦？当官就能随便欺负人？”

“是我们实在不和，走到了尽头，没有办法继续了。有些情况你不了解，我是一个自在惯了的人，理想对我来说就是实实在在地生活，挣钱过日子。我不像挽明和刘君那么有志向，也考虑不了那么远。老百姓吃饭的问题我哪里管得了？我能做的就是凭自己的努力，尽量不拖累政府。你说，像我这样做一个自给自足的普通公民不是挺好嘛。可家人偏偏觉得我不务正业，在他们眼中，我就是一个利己主义者，眼中只有钱而没有人民得失的大事。没有办法，我就是这么一个人，你妹妹离开我是对的，她和我的生活格调相去甚远，我们俩勉强在一起，只会害了她。”

秦志杰的这番话说得很像回事儿，其实也很在理，他并没有矫情，而是说出了事情的真相。

“照你这么说，我还得替我妹妹感谢你了？感谢你饶她一命？”

“不敢，大家都不小了，不适合就是不适合，早看开对谁都好，何必捆绑在一起呢？”

苏玉本来是想好好收拾一下秦志杰的，可听他说完这些话，心里有些同情他。秦志杰身上的放荡不羁让他散发出一种独特的气质，正中她的心坎。

这个危险的信号一跳出来，就像罂粟花里的生物碱死死地黏附着苏玉的嗓子眼儿，让她陷入了难以戒掉的诱惑中。不管她是清醒着还是迷糊着，都逃不掉这种感觉。

失恋之后的苏慧自然搬到了姐姐这里住，单身教职工公寓一人一间屋，有独立的卫浴、厨房，做什么都方便。两姐妹已经很多年没在一起住过了，这也算是一个小小的契机，让姐妹俩能团聚在一起。

生活的苦恼永远不会有尽头，但大家不会因为生活而耽误了工作。

时间进入七月下旬，试验地的温度开始一天比一天高，埂子上的杂草把根扎到了水田里，吸收着水田里的肥料，噌噌地往上长。崔挽明站在一百多亩的育种圃边上，心里直发毛。

从开春播种到插秧，再到前期的扬肥和灌水，电费，柴油机、拖拉机、旋耕机、耙地机等所有机耕费和油费，加起来已经花出去好几万块。秦怀春固然留下了一个大蛋糕，但往里投的材料也贵得惊人，崔挽明算是领教了什么叫“不当家不知柴米贵”。

现在是水稻的拔节孕穗期，如果用除草剂除草，恐怕会产生不可修复的药害；如果用人工除草，又得花好几百块钱。

“明哥，除草的事儿好办，你交给我摆平，我保证三天之内把它弄干净。”张玉祥几乎一直跟在崔挽明后面，真正做到了学一行爱一行，时间一长，崔挽明心里想什么，他一眼就能看出来。

“怎么弄？你可别胡来呀。”

“我在农机专业那边有认识的人，一会儿我就去借一台除草机。”

“除草机？那东西你会用？”

“不会呀。这还不简单？拿过来自己舞弄几下就明白了。”

张玉祥的果敢和勇于闯荡的精神让崔挽明为之振奋，他看着张玉祥一个人背着除草机，连帽子都没戴，顶着烈日一干就是一下午，心也终于踏实下来。

在崔挽明心中，只有这样深入实践，才可能真正掌握水稻生产的整个流程。品种选育的前提是要有过硬的栽培技术，一个栽培学领域的专家不一定要学育种理论，但一个育种家如果不懂栽培，就保证不了作物的正常生长，就等于盲人摸象。

张玉祥负责除草，崔挽明便穿着水靴子下地调查。作物育种在这个时候关注的重点是开花期，开花期的早晚决定了将来品种适应的种植区的选择。除了他们自己的育种圃，崔挽明还分了一半的心思在省里的品种试验上。今年，省种子管理局对他的试验点下达了通知，要求他进行品种比较试验、区域试验和生产试验，以及试验品种的耐冷性鉴定和抗病性鉴定。现在正是进行抗病性鉴定的时候，他除了要调查好开花期，还要记录长势、品种纯度等生长指标。

这是崔挽明一年当中的又一个繁忙时期。为了提高工作效率，他只能在试验地吃住，早上早起准备杂交授粉工作，下午到地里调查，晚上写报告、做表格，整理完资料后将报告发送给省种子管理局。

而大学里悠然自得的时光，他一天都没有享受到，也就是从那时候起，崔挽明的皮肤从来没白过。他已经习惯了这样，学校对他来说只是个平台，他不插手学生实验的事儿，全身心地投入到育种工作中。在这一点上，尹振功在背后给了他很大的支持，很多时候崔挽明不在学校，院里的大小事务尹振功一概替他办了，也算是让他能静下心来搞育种。

后来好不容易有了计划内的外出学习机会。原本北京有个植物育种大会，大家都报了名，还从未去过北京的崔挽明，想着能出去放松两天，但最终希望却落了空。

八月底到九月初那一阵，崔挽明基本上没回学校住过。他自己没有交通工具，若来回用马师傅的车，成本在无形中就变高了。

参加品种试验的单位这个时候都会从全省各个地方涌来，专程来看看自己的品种在各个试验点的田间表现。崔挽明留在这里，就是为了迎接这些人的到来。

那天，崔挽明的试验点来了一辆考斯特，从上面下来了十多个人，隔着挺远的距离就朝崔挽明打招呼。崔挽明还没怎么和学校外的同行接触过，对前来的人并不熟悉，只能掏出手里的香烟不断地往外送，以此来弥补这种尴尬。

“你们是哪家单位的？我刚工作一年，以前没见过大家。”

“我们是省水稻所的，来看看我们的品种怎么样。你就是挽明吧？”

“这是我们的李副所长。”旁边站出个人帮着介绍，生怕崔挽明怠慢了。

“哟，李所长，你怎么亲自来了呢？你看我这个地方破破烂烂的，见笑了。”

“哪里、哪里，秦老师在的时候这里就已经建设得很不错了，今年我再看，比以前更好了。”

老梁和梁婶抱着胳膊靠在铁皮墙上，目不转睛地看着这群人，交叉在一起的脚掌时不时地敲几下地面。

“梁叔，泡一壶茶去。”崔挽明也只能这样招待一下。

“李所长，咱们到地里看看去？”

“走，去看看。”

李国华和崔挽明在前面走，其余人跟在后面。崔挽明在心里嘀咕道：都说省水稻所挣了不少钱，看来是真事儿，这么小的事儿，所里出来这么多人，不是明摆着出来花钱嘛。

“你们的地真大呀，比我们做得好。”李国华赞叹了一句，转头对着自己的下属说：“你们几个好好看看，学学人家北川大学，人家地里一根杂草都没有，这才叫种庄稼，你们种的都是草。”

“李所长言重了，是我们要跟省水稻所学习。我们这两年经费有限，能做的事儿不多，等以后宽裕了，我打算朝着园区的方向好好设计发展，到时候再请李所长来指导工作。”

“听见没有？看挽明这魄力，你们以后工作也要像挽明这样，心里要敢想才会有下一步。不错，外面都在传秦老师的眼光了不得，今天见到你，你让我另眼相看。挽明，你可不像一个刚工作一年的人哪，有的同行在地里摸爬滚打了五六年也不见得有这几下子。看来以后你得常去我们那里给指导指导工作。”

两人你来我往地相互吹捧，很快就来到了试验地边。

“李所长，到了，你看看，哪个材料是你们的？”

李国华把手一背，说：“你们下去三个人看看，好不容易来一趟，可别认错了。咱们的材料偏高，分蘖多，粒长。”

崔挽明看着三个人跳进地里，像搜索宝藏一样开始找他们的品种。省里一共申报了八十个比较试验的品种，他们要从这么多品种里挑出一个来，难度不小。

三个人在地里来来回回地找了半小时也没有结果。

“完蛋了，看见没？这就是我们所里的育种家。唉，真头疼啊。”

“李所长，今年的品种太多了，确实不好找。不过你们所的品种都有个特点，你别看有这么多偏高的品种，但你们的品种稻秆的第一节间都很长，不知你发现没有？”

“有这个特点？我怎么不知道？挽明，你没去过我们的试验地，怎么知道我们的品种长什么样？”

“我们的地里种了一千多份品种资源，都是从各地收集的。你们所就有十来个品种在我们的地里，我一看哪，全都是这个特点。你不信的话，我下去帮你找找。”

崔挽明说着就下了地，果然，不出十分钟就找到了他说的类型。

“你们过来看看，是不是这个品种？”

“哎，神了！别说，这个最像咱们的。挽明，不得了哇！你什么时候把我们的底细搞得这么清楚了？”

“我怎么敢？都是平时的一些经验。”

李国华虽然嘴上感激崔挽明，但面子被崔挽明给抢去了。这么多人浩浩荡荡地就为了辨别一个品种，最后却被外人抢了先。

考斯特上一个空座都没有了，崔挽明只好骑着老梁的摩托车，带着客人到附近的镇上点了一桌子菜，陪大家喝了几杯。临走的时候，李国华从考斯特上拿下来两条烟和一瓶酒。

“挽明，辛苦了，干这个不容易呀。咱们为了林海省粮食的增产保质，面朝黄土背朝天地搞品种研发，吃了不少苦。这个你拿着，小伙子有前途，不愧是秦老师的得意门生。八月节的时候来我们这边，我给你弄点儿新出的功能稻米尝尝。”

“不、不、不，李所长，东西我不能要，你们跑这么远也都是为了工作，这样不好。”

"有什么不好？单位不给你补助，我给你发。你李哥我多余的钱没有，让你抽两包烟的钱还是能掏出来的。再说，秦老师慷慨捐赠'北川稻1号'的恩情，我们省水稻所的人都不会忘的。"

"那是老师所为，跟我没什么关系，东西我真的不能要。秦老师要是知道我拿了这个，怕是会寒心。我们也是给公家干事，请李所长理解。"

"好嘛，崔挽明啊崔挽明，你小子别的没学会，倒是把秦老师的那套学到了。也罢，洁身自好也是德，你小子不一般，以后常来我们单位。"

崔挽明拍了拍旁边张玉祥的肩膀："李所长，以后有的是机会，等我的学生毕业了，你们可要想着我呀。"

李所长看了看张玉祥："马上要毕业了？"

"明年六月毕业。李所长，实话跟你说，我这个兵前两年是秦老师带的，最后这一年是我带的。你要是把他招到了省水稻所，别的我不敢保证，就算你拿他当工人使唤，那也能一个顶俩。"

"好，好、好，你们北川大学出来的水稻人才没有孬种，到时候有机会我联系你。"

"玉祥，还不快感谢李所长。"崔挽明拍了一下张玉祥。

"谢谢李所长赏识，玉祥以后就鞍前马后地为您和省水稻所效力了，祝李所长节节高升。"

"这虎小子，晒得像个煤球，不错、不错，等我的消息。"

崔挽明见缝插针的本事全依仗他的精明。能够上李国华那儿工作，张玉祥能很快完成身份转化，也能马上挣钱成家，不会像他这样，从贫困的地方来，又从贫困的起点开始。虽然他把梦想留在了北川大学，留给了秦怀春的一番栽培之情，但希望身边的师弟能够走上更好的舞台，去做更大的事业。

在他心里，只有身边的人好起来，他才觉得生活是充满幸福的。张玉祥虽然不见得能体会崔挽明的良苦用心，但他心里对崔挽明有了感激之情。

一顿简单的饭，崔挽明就把张玉祥半年以后面临的工作问题给抛出来了，虽然不确定能成功，但起码这是个机会。

不过李国华他们的这次来访，也让张玉祥学到了不少东西。其中很多事情，他百思不得其解。

“明哥，我有个事儿到现在都不明白。”

“说。”

“这些人为什么要来认自己的品种？省局重新编号肯定就是为了不让大家知道自己的品种数据。”

“哼，都是些不守行规的老狐狸，现在的育种行业之所以有失公平，这就是问题之一。你没看见吗？他又是送烟又是送酒，为什么？还不是为了我冬天给省局提交试验数据的时候，能为他们改改数据？要是他们不来认自己的品种对应的编号，各地方的试验员怎么帮他们修改数据？”

“原来是这样，看来品种试验很难做呀。”

“难做也要做，在林海省，这种人不算多，但个别的老鼠屎很容易坏了一锅汤。你记住了，不管别人怎么做，今后工作了你千万不能做有失道德的事儿。谁的品种好，就应该被往上推，数据不好的品种，就应该被淘汰掉，这是对老百姓负责，也是对国家负责。”

“可如果下面的试验点都这样做，那真正的好品种岂不是要遭殃了？”

“不完全是，优势明显的品种，各试验点不敢轻易淘汰。过两天省里的大田鉴评专家组会对试验点进行调查记录，专家组不管对哪个打钩哪个打叉，都具有一票否决的权力，下面的人即便再想办法也不敢随意捏造数据，因为专家组的鉴评报告等于给出了一个标准。”

“哦，还是很公平的嘛，起码有专家组出来主持公道了。”

崔挽明没再说什么，站在埂子上望着自己申报的品种。和别人的品种相比，自家的品种优势自然明显，但究竟能不能杀出重围，从比较试验升级为区域试验，那就看专家组的眼光和各试验点的数据情况了。一想到品种审定的路困难重重，崔挽明只觉得双腿酸痛，索性坐在地上，仰着脑袋看青天，只求这祥和的奥运年能带给他一星半点儿的福祉。

稻香四野，青云卷舒，在这万众一心迎奥运的八月，苏家姐妹也关注起运动健儿的事儿来。

经历了属于自己的人生境遇，姐妹俩就像是一根绳上的蚂蚱，体会到了世间冷暖。电视里转播的赛事一场接着一场，两人吃着零食，悠然自得地躺在沙发上。

就在这时候，苏玉的手机亮了起来。苏慧不由自主地看了一眼，是一个她不认识的备注。苏玉放下手中的薯片，拿着手机回到了房中。

“谁啊？姐。”

“一个朋友，你自己先看，我聊一会儿。”

“姐呀，你可别再跟不三不四的人来往啊。”

苏玉最近的举动确实反常，苏慧不用想也知道，苏玉在外面又有人了。为了搞清楚状况，周末的时候苏慧跟了出去。

苏慧怎么也没想到，这个人居然是自己的前男友秦志杰。她顿时感到身体里那丝剩余不多的精神隐患被彻底唤醒。苏玉什么时候跟秦志杰接触上又怎么和他搞到一起去的，她无从得知，但这个人是自己的前男友，是一个靠不住的男人，苏慧是不会同意他们交往的。

事发之后，姐妹俩在家里大吵了一架。

“姐，没想到你是这种人。我说秦志杰怎么对我不冷不热的，原来是你在搞鬼。我是你的亲妹妹，你怎么可以这样？为什么？你为什么要这样对我？”

“苏慧，不是你想的这样，你们分手后我才跟志杰在一起的，我没有破坏你们的感情。”

“志杰？我们才分手几天，你就这么亲密地叫他，你这样子让我觉得很恶心你知道吗？”

“你们之间的事儿已经过去了，秦志杰跟你分手，说明你们不合适。”

“你们就合适？你以为他是什么好东西吗？”

“至少我比你了解他，我知道他需要什么，但你做不到。”

“你比我了解他？我都认识他七年多了，你才接触他。姐，你想男人想疯了吧，居然说了解他？你赶紧离开他。”

“你怎么这样说我？我是你姐。”

“哼，你也配当我姐？天底下有哪个亲姐姐会抢妹妹的男朋友，你说？”

“我都解释了，你们分手之后我们才在一起的。”

苏慧的脑海里只有姐姐无耻的背叛和秦志杰龌龊的表情，她无法接受苏玉的简单解释。一方面，她觉得姐姐跟了秦志杰是一件很荒唐的事儿，姐姐明明知道秦志杰伤害了自己，却还选择跟他在一起；另一方面，秦志杰的种种不是让她感到苏玉的这段感情将是一场没有下文的荒唐演出。

不管怎样，姐妹俩的关系已经降到冰点，这件事儿关乎的不仅是谁的感受，还涉及良知和作风问题。

崔挽明得到消息的时候，差点儿没气得昏过去。他把秦志杰约到北川大学生命学院门口，指着门口的那棵常青树说：“你还记得你在上面刻了什么吗？你说你会照顾苏慧一辈子。秦志杰，以前我怎么没发现，你就是个浑蛋。”

“崔挽明，我发现你这个人有个毛病，不管别人的闲事你没法儿活还是怎么的？我的事儿我自己处理，在家我爹管我，出来外面你也要管我，凭什么？”

“我不是管你，也不想管你，只是替苏慧感到不值。你愿意跟谁相处我都没意见，今天的话我只说一遍，你跟那苏玉的事儿我不会再过问。可你一味坚持的话，志杰，咱俩之间的感情就完蛋了。”

秦志杰纯然一个洒脱派的代表，断不可能被崔挽明的几句埋怨话坏了心情。这是他自己的选择，他不会感到半点儿不对。相反，那些站出来与他作对的人，反而让他反感和厌恶。

从那天起，崔挽明再也没联系过秦志杰，时间一长，刘君也渐渐离开了秦志杰的交际圈。大家言行一致地靠向了苏慧这边，与秦志杰形成对立局面。

但秦志杰就不一样了，与朋友的决裂没有影响到他按部就班的生活。和苏玉确立关系不久，他就把人领到家里去了。

李婉琴是不希望儿子这样的，但这个儿子她管不了，秦怀春又从来不教育孩子，望子成龙的想法在李婉琴心中早就破灭了。李婉琴唯一希望的便是秦志杰能有个安稳的生活状态，本来这个希望她已经在苏慧身上看到了，没承想沦为一场空。

“妈，这是苏玉，我的女朋友。”

“阿姨好，我叫苏玉。”

“苏玉？”李婉琴一听这个名字就感觉不对劲。

“妈，她是林海师大汉语言文学专业的老师，苏慧的姐姐。”秦志杰不加掩饰地直述着，丝毫不考虑母亲的感受。

“什么？”李婉琴听到“老师”的时候心情还好好的，等到后一句话蹦出来，整个人都不好了。

“你这个挨千刀的，造了什么孽啊你？！妹妹不成你找姐姐，你不要脸我还要，我不同意你们在一起。”

“阿姨，我和志杰是真心在一起的，不是你想的那样。”

“你不要打断我们母子的谈话，这里没你说话的份。”

“妈，你就不能好好说话？”

李婉琴再也忍受不了儿子的行为，伸出手就是一巴掌。秦志杰从小犯错不少，但从没受过这样的待遇。

“妈，你打我？”

“儿子，今天你爸不在家，他要是在家，打你都是轻的。听妈的话，咱们不和这苏家姐妹谈了好不好？你要什么样的姑娘，妈去给你找。”

“用不着，既然你们都不同意我们在一起，我做什么你们都觉得不对，那以后的事儿我自己决定。”

秦志杰说完就拉着苏玉的手离开了。他一走，李婉琴就赶紧给远在外地进行大田鉴评工作的秦怀春打电话。

秦怀春已经出门两天了。他所在的省局组织的水稻品种审定专家组第二小组，正在地方市级农科院下面进行品种试验的现场打分。秦怀春接到这样一个电话，身体突然不适起来。

作为专家组组长，他走在最前面，由试验点的试验员领着介绍情况。秦怀春将手里的本子和笔递给小组的其他成员，拿着电话绕到了另外一边。

每个小组都有省局的人跟着，加上各地方推选出来的审定委员会专家，五六个人一组，由小组长牵头，负责具体试验点的现场考核工作。秦怀春一向严谨，也从来没出过差错，每个试验点都亲力亲为。这个糟心的电话来得太不是时候，他蹲在田埂之上，感觉脊背被秦志杰的作为压得直不起来。

“老伴儿哪，事已至此，你也别着急，咱们上辈子作了孽，这辈子还账来了。如果秦志杰冥顽不灵，继续这样下去，就当我没这个儿子。回去后我也不想跟他谈话，那是他自己的选择。他做什么人咱们当父母的可以知道，但他要选择什么，我就管不着了。”

“老头子，不管你怎么有原则，志杰是咱们的儿子，你得教他做人。你的学生你都费尽心力地管教，怎么到了自己的儿子身上，你就不管管呢？”

李婉琴的埋怨是可以理解的，秦怀春的家教确实和别人不太一样。他对儿子从来都是点到为止，觉得每个人都该学会思考，而不是一味地告诉儿子该怎么做。他不希望自己的儿子变成一根不会思考的木头。所以秦怀春几乎没限制过秦志杰的行动。

生你养你是我的责任，做人是你自己的责任。

这就是秦怀春的家教，也是秦志杰放浪形骸的根源所在。只是秦怀春行事刻板，父子互不理解，自然就成了如今的局面。

第五章

所谓爱情

崔挽明一直在试验点等着秦怀春带专家组过来。他已经买了好几个大西瓜，让老梁从井里现抽出来几桶冰凉的水，将西瓜泡在里面。

下午的时候崔挽明才接到秦怀春的电话，专家组到试验地时已经两点多了。崔挽明带着专家组往试验区走去。这是秦怀春离开北川大学后第一次回到自己的“革命老区”，亲切感自不必说。重要的是，崔挽明接手他的摊子之后，地里一根杂草都找不到，这可不是一般人能办到的，对一个入职不久的人来说，很不容易。

“大家看看这片地，一共一百五十亩，一大半是育种材料，剩下的都是挽明大量繁殖的一些好品种，一会儿带大家看看挽明干的成果。咱们先把工作做了。”

秦怀春一回来就开始为崔挽明树名声，对崔挽明的工作成果的满意度可见一斑，至少崔挽明没有砸了北川大学水稻所的招牌。

“这是咱们的最后一站了，前几个试验点大家也都看到了，今年的品种质量普遍比往年好，有几个品种的表现确实很出色。大家在汇总报告的时候，一定要本着实事求是的原则，不好就是不好，好就是好。倒伏严重、熟期不达标、冷害超标和稻瘟病严重，这些制约生产的重要因素一定要清楚地记录在案，这样种子管理局才好评比打分。”

“秦院长，干脆你来定一下到底哪个好哪个不好，这样也好有个标准。”省种子推广站的何彬彬起了头。

“不像话，要是我一个人说了算，还要你们干什么？我说的是大家一起来决定这个事儿。该淘汰的品种就要淘汰，咱们要是手下留情，不但这些试验员的工作不好做，恐怕省局报告也不好出，到时候责任都是咱们这些老东西的。”

秦怀春的言外之意很明显了，就是要大公无私，他虽然没有在明面上下指示，但话里话外都在给小组成员打预防针。

“大家跟我一个组，确实不太好受，我秦怀春敢拍着胸口保证，在整个林海省，哪怕是全国，敢站出来没收专家组的手机的人没有第二个。你们也别不服气，为什么要没收你们的手机？不是信不过你们，咱们这个圈子的好同志还是很多的，但有些同志总喜欢在背地里动手脚。那些手机短信是谁发过来的？一到鉴评的时候，这些申报单位就挠破头皮地靠近咱们，咱们能干昧良心的事儿吗？能在不好的品种后面打钩？不能。所以，我这么做是防微杜渐，防的不是大家，而是给你们发短信的人。这些人的品种要是好，咱们自然会让他们升级试验。但他们心里有鬼，这样的品种今后一旦推广到老百姓的手中，粮食安全的事儿谁负责？”

“对、对、对，秦院长教育得是呀，现在确实有这个现象，但不影响大的形势，形势还是一片大好的。”

“好什么好？一个点坏了，就会由点及面地扩张开，到时候就会烂一盘。你说，到时候这盘菜谁吃？难道让老百姓吃？”

下面的地方专家不说话了，大家以前没跟秦怀春一个组，没有领教过他行事严谨的行业素质，这下算是开眼界了。

教授出身的农业专家就是不一样，知识面广不说，关键有教书育人的嘴皮子，一般人都搪塞不过。这句窝在心口的话恐怕是大家共同的心声，既是对秦怀春的敬仰，也是对他工作态度严苛的一种无奈。

正能量的话谁都会说，但具体落实到做就没那么容易了。这不，专家一走，崔挽明的电话就响了，是李国华打来的。

“喂，李所长啊，有什么指示？”崔挽明明知故问的本事在一点点见长。

“挽明啊，给你打了那么多电话，你怎么也不接呢？听说专家组到你那儿了？怎么样，我那品种没被他们拿下吧？”

“李所长啊，我也看不着专家组的记录本哪，只知道他们记了个五级倒伏达百分之四十。”

“什么？倒伏了？怎么可能？我去你那儿的时候还一根是一根的，怎么说倒就倒呢？挽明，你后期是不是施肥了？”

“李所长啊，都什么时候了，我还施肥做什么？这个情况我也跟专家组的人解释了，我说今年肥量用得大，前期营养过旺，倒伏不是品种特性，完全是栽培措施不当造成的，这种情况省局会酌情考虑的。”

“关键是还有一个试验点的品种也倒伏了，五级倒伏达到百分之四十，那品种就直接被淘汰了，还有什么余地呀？”

李国华的抱怨让崔挽明不知该说什么好。两个试验点都出现倒伏，说明品种确实有问题，但这件事儿发生在他的试验地里，他等于直接得罪了李国华。

“李所长，你别着急，我托人在省局打听一下，我有同学在品种审定科，让她留意一下。”

崔挽明虽然这么说，但其实不想管这些事儿。李国华的这个品种，目前来看基本被判了死刑，如果有回旋的余地，那就不是崔挽明能力范围内的事儿了。

这边崔挽明还没理出头绪，秦怀春的电话紧接着就打过来了。崔挽明一接通电话，那头的人就劈头盖脸地开始训话。

“你现在翅膀硬了？你是真不听我的话，刚入行就开始行为不端？你再这样，就给我退下来。”

秦怀春的一席话让崔挽明不明所以，还没等他想明白，那边的人接着道：“省水稻所的事儿你最好不要管，李国华给你什么好处了，你当着那么多专家的面给他求情？你现在就跟李国华说，他的那个品种我们谁都不会让它通过，让他准备明年参加试验的品种，这个品种被拿下了。”

崔挽明没有想到秦怀春会发这么大的火，自己在田间不经意的一句话居然让秦怀春如此敏感。

“老师，不是你想的那样。我崔挽明是什么样的人，你是清楚的，违规的事儿打死我我也不会做。”

“你说你不会做，那你在地里说肥力大的话是什么意思？你替李国华找什么借口？我当时给你面子，要不是有那么多专家看着，我真想给你几下子。你好自为之，自己检讨检讨。”

“老师，我记住了，今后坚决杜绝再发生这样的事儿，您消消气。”

秦怀春生气之余，把正事儿忘了，于是又打电话过来。

“有个事儿，那天刘君给我来电话，今年他要去三亚南繁。我想你还是带带他，他跟了于向知这样的领导，我有一定的责任。将来是你们这代人的，你们俩心要齐。于向知那头你不要考虑，他对志杰做的事儿我心里有数，但刘君是刘君，于向知是于向知。你明白我的意思吧？”

“知道了，老师。”

就算秦怀春不发话，崔挽明也会帮刘君去做一些事儿。更何况现在秦怀春对他发号施令了，他就更得将事情提上日程了。

不说秦志杰还好，一说到他，秦怀春就喘不上气。秦怀春回到家，先不做别的，马上下楼在小区广告栏上撕了一张修锁换锁的名片，当天就让人把门锁给换了。

“老头子，你疯了？你这是干什么呢？”

“这个畜生，就当我没这个儿子，以后我不许他再踏进家门半步。”

秦怀春当机立断，也可谓狠心十足，对自己的亲儿子也是这样，越是亲近的人就越是严加管教。就好像对崔挽明一样，只要崔挽明犯了错，秦怀春一定要落到明面上教训一番。

就在这个秋天，省里替秦怀春申报的国家科技进步一等奖下来了。秦怀春来到省农科院出任院长一职，也就是暂时替董俊芳把未尽之事做完，要不然按照他的年龄，可以直接从北川大学离退。现在有风声传出，秦怀春来年春天就会离开省农科院，甚至会直接退休。

作为省农科院最大的研究所所长，于向知对这个职位可谓垂涎已久，但想要坐上省农科院院长的位置，若不是本领过硬，根本不可能做到。

刘君临行之前，于向知也是再三嘱咐："刘君哪，生化栽培室搞育种是头一遭，既然你想把这个头牵起来，那所里是完全支持的。你到三亚之后，有困难及时沟通，咱们一起解决。实在不行的话，你去找崔挽明，那是你的朋友，他在三亚那边有经验。"

"领导放心，保证完成任务，决不给领导添麻烦。"

对于向知的居心不良，刘君早就料到了，这个光说话不办事儿的领导他也领教过。因此，于向知口中所说的那些什么"有困难及时沟通"的话，刘君只当是耳边风，就当于向知放了个屁。

院里的传言越来越多，于向知要当院长的事儿传得很邪乎。别人跟于向知开玩笑的时候，他有时候会对号入座："你们哪，马屁精，我当个院长你们也吵吵嚷嚷。"

秦怀春当然也知道下面的议论声，不过他的心思不在这上面。退休之前，他还有一件关乎民生大计的可持续发展的事儿要做。

林海省作为粮食大省，大量的秸秆焚烧产生的污染物成为近几年林海省环境污染的罪魁祸首。为了解决秸秆焚烧问题，秦怀春已经起草了一份解决预案。这是一个科研机构、高等院校和企业共同合作的研发项目。项目以目前已取得的秸秆还田技术为基础，致力于研发微生物无污染降解技术，靠生物菌剂的催化作用快速分解秸秆纤维，达到降解和生肥的目的，既能解决秸秆焚烧的污染问题，也能对土壤起到肥化的效果。

但这个项目被报送省科技厅之后，还要经过好几个部门的多重讨论和论证，才能决定能否被批准。所以这个冬天，秦怀春基本在忙着开专家研讨会，对项目的可行性进行细致入微的探讨。至于项目花落谁家，要到来年才会有结果，所以下面的人又对这个项目打起了主意。秦怀春在项目书里是明确写下了参与研究开发的单位的具体信息的，但最后这个项目省里会不会批下来，又会批给谁，就不是他能主导的了。

这个冬天异常冷，于向知手里的电话却热得发烫。每年的这段时间，是经销商和种业公司活动最密集的时候。虽然金怀种业的辛威跟他立了合作上的规矩，但于向知明知故犯，把给辛威的分成上调了几个百分点，事情就水到渠成了。

"于所长，我从来没见过你下地，你手里的水稻品种从哪儿来的？跟你合作，我心里一点儿底都没有。"

"辛总监，你们这么大的种业公司，还怕消化不了我的这点儿东西？再说了，有谢局长给咱们撑腰，你怕什么？"

"谢局长？你说谢正言？"

"还能有谁？咱们林海省要审定哪个品种，还不是谢局长一句话的事儿？我给你拿的品种绝对是质量过硬的东西，至于从哪儿来的，你就不要问了。善后的事儿我来做，你只要把品种给我卖出去，咱们的事业就算成功了。"

"都说你是老滑头，真是没错。于所长呀，既然你这么说了，那三个百分点不太好看，给我加到五个百分点如何？"

于向知嘴一歪道："你可真是吃人不吐骨头，一开口就把我的利润吃了一半，不愧是企业员工，算账精明。好，这件事儿可以商量，等我以后当了院长，还有大把的机会等着咱们。"

"哟，传言是真的？于所长真的要升上去了？"

"还在运作，还在运作。有人给了我一些建议，我也在写材料，结果还不好说，但希望很大。”

另一边呢，刘君初到三亚，对一切都不适应，三亚的饮食、民风都跟林海省差异巨大，就连当地的米酒他也喝不习惯。但最重要的是繁种问题，科室主任曹海亮本来是不想搞育种的，但无奈有于向知在背后支持刘君，曹海亮不好插手也不愿插手，刘君就只能自己过来。

不过他跟何峰不是一个科室的，而是一个所的两个不同科室的成员。他在生化栽培科室，何峰在种植资源创新科室，因此谁也管不着谁。

好在有崔挽明在，刘君的工作才轻松了不少。从租地到办理南繁许可证，这一套下来，全是崔挽明联系当地人帮刘君办的，刘君可谓省去了不少麻烦事儿。

种子播下去的第二周，稻苗已经长出三五厘米高。刘君坐在田边的杨桃树下，打开手机上的收音机，听了听当地的新闻广播，顿时愁云笼罩心头。

“这都十一月份了，怎么还有台风？”

他又看了眼手机上的新闻，确实无误，台风将在三十六小时后登陆海南岛。刘君忧心忡忡地给崔挽明拨了个电话。

“赶紧找两个工人挖好排水沟。”这是崔挽明给刘君的唯一建议。

果然，狂风暴雨如期而至，不幸的是，刘君的地块地势偏低，虽然挖了排水沟，但四周的水还是灌了下来，现在他的那块苗床地已然成了一片深不见底的湖泊。

刘君连雨衣都来不及穿就纵身跳下去。水没过了膝盖，他想抢救品种，但无能为力。他手里拿着洗脸盆，拼命地将水往外舀，但他舀水的速度赶不上地里进水的速度，希望就这样溺死在暴风雨中。

这可是于向知第一次派他出来南繁，他就遇上这么大的事儿。不管是天灾还是人祸，事情没有处理好，品种没有被抢救回来，就是刘君的过错。

崔挽明这边也损失惨重，但他每年往海南带种子的时候都会在林海留个备份，怕的就是遇到难以抵挡的天灾。即便他在这边有损失，也顶多算是白忙活，不会将种子资源丢失掉。但于向知就不一样了，他一个搞外交的育种人，怎么会知道这些细节的重要性？

付出了如此惨重的代价，恐怕所有南繁人都要吸取经验教训。于向知可不管这些深刻的教训，抓着崔挽明替刘君选地一事不放，将天灾强行算到了崔挽明的头上,这让远在三亚的崔挽明有苦难言。

南繁失败的惨痛经历也让崔挽明听取了秦怀春的意见，和刘君二人来到凤凰城的中国人寿保险公司总部，对农业保险一事进行了咨询和办理。

接待他们的经理刚好是北川大学金融系毕业的研究生，和崔挽明年纪相差无几。这个名叫海青的女人人如其名，不但长得清秀靓丽，打扮得也十分端庄。一听说崔挽明两人和自己是校友，她马上亲切起来。

“两位既然想买农业保险，咱们就到外面谈吧。今天公司的卫生间搞装修，环境不便谈话。”

“你方便就行。”崔挽明答道。

海青领着两人出了保险大厦，左转后直行两百米进了一家咖啡店。这里适合闲聊和看书，也是海青入职以来一贯招待客户的地方。

刚坐下，她就把名片递过去。崔挽明接过名片：“海青，名字起得真好，很特别。你真是 2007 年毕业的？”

“如假包换，你不信？”

“那倒不是，刚工作不到两年就成了经理，你让我们这些搞农业的人怎么活？”崔挽明变相夸着海青，目的就是在保险金上占点儿便宜。

“你们生命学院水稻所在咱们北川大学很出名，没想到你们都是从那儿出来的，今天我可算见到真人了。”

崔挽明有些诧异：“真的假的？你看我俩一个比一个黑，你知道外行都叫我们什么吗？”

“叫什么？”

“农民知识分子。”

海青捂嘴一笑，马上言归正传：“我们这儿有三种农业保险模式，你们选择哪种？”

“老校友，你比我们了解，看在你崇拜我们的分上，给我们推荐一个实惠一点儿的保险。”

“我推荐的你也敢选？你不怕我坑了你们？”

“不会，就凭你这气质，不像是骗子。再说了，你忍心欺负农民知识分子吗？”

海青又是捂嘴一笑。她抬手看了看表，皱了皱眉头：“这样吧，我简单地给你们讲讲这几个模式的具体情况，过一会儿我还有点儿事儿，你们把这张表填一下，我会根据表上的个人信息联系你们。”

“啊？你们的服务质量太不好了吧，我们刚来，你就赶我们走？”刘君显然不满意了。

“两位哥，我确实有点儿事儿着急去办，你们体谅体谅。这样，我保证你们这一单我亲自办，到时候我登门造访，怎么样？”

崔挽明动了动脑瓜，突然问道：“海青经理，你难道是要去办私事儿？这可是你的工作时间，你不担心我上你们单位举报你？”说完，崔挽明露出坏坏的微笑。

海青急得站起身来：“哎呀，哥，算我求你们了！不跟你们开玩笑，我妈昨天做了阑尾炎手术，医生让她下午过去打消炎针，我得赶过去照顾她，实在是情况特殊，还请你们高抬贵手。”

“嗯，看不出来你还是个孝女。好吧，看在你为人孝顺的分上，我们就给你一次机会。不过我可跟你说好了，到时候给我们最大的优惠呀？”

“谢谢大哥，我先走一步了。”

海青走后，崔挽明还盯着她的背影看。

“哎，干什么呢你，眼睛往哪儿看呢？你是没领导管，想什么时候办事儿就什么时候办事儿，今天我空手回去，于所长又该骂我了。”

“少跟我提你那位领导，他还说要我赔偿他，你没帮我解释解释呀？”

“我怎么没解释？我都跟他说了那是天灾，他非说是人祸，你说怎么办？”

崔挽明只觉得惹上了一个无赖，要不是看在刘君的面上，他早就跟于向知翻脸了。

崔挽明回到学校的时候，还没进办公室，就听见里面传来尹振功的谩骂声。

“你一个主管领导，自己的下属没把事儿办好，居然跑到我们这里发火来啦？这里是北川大学，不是你们省农科院，事情也不是在我这里出的，你跟我说不着。”

“尹教授，我那品种确实是你们崔挽明帮着种的嘛，现在我颗粒无收，你说是不是他的责任？”

“于向知，我再说一遍，你自己的工作自己解决，少来我这里闹。你们的事儿我也知道，亏你还是个领导，你好意思吗？啊？你怎么不去怪老天爷呢？有本事你跳到天上去骂呀！你走吧，我这里是做科研工作的地方，不欢迎你来。”

于向知自恃是个即将晋升为院长的所长就不把尹振功当回事儿，来到这儿就开始针对崔挽明，朝尹振功索要损失费。虽然尹振功不插手育种的事儿，但崔挽明和他是一个团队里的人，而且他生平最恨这些急功近利者，当然不会给于向知好脸色。

于向知气冲冲地从办公室里走出来，撞上了崔挽明。

“你小子给我等着，敢背地里动手脚，我不会就这么算了。”

“哼，于所长，那我就等你咯。”

崔挽明进办公室之后，尹振功脸上的怒色还没消退。

“挽明啊，你坐下，我有几件事儿要跟你商量一下。”

“尹老师，有事儿您说。”

“是这样的，我打算把育种这块的事情全都交给你，以后我就不再管这块了。你要是想搞科研发论文，我这里有经费，你能花就花；要是不想搞科研，那就一门心思地搞你的育种。咱们手里的东西可以说很丰富，现在就是想明确分工问题，这样你也好做事。秦老师在育种上立的账户是咱们的一个横向课题在支持，每年有十万块的经费，这张卡就交给你保管了。怎么花这些钱你自己决定，不用跟我商量，把事情做好就行。”

崔挽明没想到尹振功的度量如此之大，居然真的把育种的事儿全权交给了他。这是好事儿，也是坏事儿，好的方面在于他可以百分之百地实现自己的想法，坏的方面则是他少了个帮手。

不过崔挽明不觉得这是大问题，尹振功不但站在前面替他赶走了于向知，还放权让他做事情，可见秦怀春离开的时候没少替他铺路。

有了这样的后盾做支持，崔挽明压抑的心情终于得到释放。

第二天，崔挽明按例到省局提交品种材料，顺便到审定科科长芮静那儿打听了一下去年品种试验升级的名单。当看到李国华的品种从比较试验升级到区域试验的时候，他心里不觉笼上了一层灰色的阴影。那个品种明明被以秦怀春为首的专家组现场否定了，不但没被淘汰，还升到了区域试验，到底哪里出了问题，崔挽明不好问芮静。

“老同学，虽然以前咱们是一个学院的，但我跟你不熟，没想到你爬得这么快，两年时间就坐上了科室主任的位置，真是女中豪杰。”

“过奖了。崔挽明，你们去年的品种也不错嘛，我看有一个进区域试验了，要再接再厉呀。”

崔挽明还想打听点儿内部的消息，但这里是省局办公楼，很多话不能在这儿说，只能择日再谈。

“改天请你吃饭。咱们生命学院 2007 届留在凤凰城的老同学得多聚聚，长时间不交流，大家就都忘了对方。”

芮静能在省局就任品种审定科科长一职，完全是因为前一任退休给她留下这么个机会，可以说她相当幸运。自从今年她主管林海省品种审定的相关事宜之后，私下找她的育种单位排成长队。不过芮静有自己的原则，不会徇私舞弊，所以当崔挽明邀请她吃饭时，她很敏感地将其归在了那类人之中。只是有些上层决定下来的事儿，她往往是没有办法改变的，就比如李国华的那个品种明明被她拿下去了，但不知为什么，最后又添了上来。

崔挽明的心情很不好，他这么尽心尽力地工作，到头来结果却这么不公平，自己申报的十个品种只有一个成功晋级，其中发生了什么他根本不知道。但让他欣慰的是，张玉祥这小子进了省水稻所工作，李国华也算够意思。不管张玉祥是不是真有本事，能够进省水稻所都让人羡慕。想到自己的兄弟有了好去处，崔挽明由衷地感到开心。

从省局出来后，崔挽明正要上公交车，却接到一个陌生电话。他接了电话才知道原来来电的是保险公司的海青。要不是这个电话，崔挽明早忘了自己还有没办完的事儿。

不过这个电话跟他的保险业务一点儿关系也没有。

“什么？你妈妈的情况糟糕？什么意思？”

“你能过来帮帮我吗？家里的事儿我不好意思叫同事，我又没什么朋友，正好你的客户资料在我手上，我就给你打电话了，实在是不好意思。”

“别说这些了，我过去后再说。你在哪家医院？”

“省医院住院部402病房。”

二十分钟后，崔挽明到了指定地方，看见海青手里捏着一大把单子和文件夹。

“公司那边要我回去处理个紧急情况，我不回去不行。我妈就交给你了，你帮我看一下，我回来请你吃饭。”

崔挽明还没来得及多说一句话，海青就跑下楼了，看样子是客户上门闹事，她不得不去处理了。

崔挽明看了老人一眼。老人已经睡着了，刚从手术室出来，脸色苍白，显得很是消瘦。他帮老人拉了拉被子，来不及揣测海青的情况，倒是突然想起了自己远方的爹娘。

毕业两年了，他一直没回过家，给崔小佳写信她也没回复过。一种罪恶感爬上了崔挽明的心头，为了理想，他没把时间留给家人半点儿。现在理想又失去了方向，前面是刀山火海，后面是万丈悬崖，他要么粉身碎骨，要么百炼成钢。

但不管怎样，他打算抽时间回家一趟，一来是看看年迈的父母，二来是想缓和跟妹妹的关系。这两件事儿在过去的两年里一直牵动着他的心，让他隔三岔五地陷入负罪感中。

海青一直到晚上八点多才从公司赶来，到医院的第一件事儿就是拼命地给崔挽明鞠躬表达感谢。她的手里拎着为母亲打包好的热乎饺子。

“海青啊，我吃过东西了。你的这个同学人很好，给妈妈买了粥和水果。你们俩出去吃吧，我自己待一会儿。”

“妈，我忙了一天才回来，女儿对不起你。今晚我哪儿也不去，就在这儿守着你。”

“你说你，光顾着妈，人家在这儿陪了我一天，连口水都没喝，你带人家吃个饭去。这么点儿眼力见儿都没有吗？”老婆子说这话的时候，眼睛里全是闪亮的星光，想来她是被崔挽明的热心肠打动了。

海青这才反应过来，拍了拍脑门：“你看我这脑子，忙糊涂了。”

尽管崔挽明一直推却，还是拗不过海青的盛情邀请。两人走进了一家火锅店，海青进门就跟服务员谈笑自如。

“看来你总来这里？”

“你不知道，这是咱们的一个校友开的，跟我一个专业。我经常来这儿吃锅子，特别解乏，东西还好吃，一会儿你尝尝。”

“噢，谁啊？说来听听。”

“方旭，听说过吗？”

“方旭？你说的是那个‘富二代’方旭？”

“别说得这么难听，人家不就是家里有钱嘛，跟咱们在一起，就是同学关系。你等着，我给他打电话，他不经常来店里。”

海青的电话果然奏效，不到二十分钟，方旭就走进了店铺。他穿着简约，从上到下散发着一股香水味。服务员见了这位骨感高大的美男子，都点头哈腰地向他问好。

方旭离老远就看见海青在朝他打招呼，一看她身旁多了位男士，眼睛里的神采顿时消失。

“海青，这是？”

“大老板，什么时候能不往身上抹那死人味？这是咱们北川大学的同届校友，今天他帮了我大忙，我请他吃饭，你来帮我选几个菜。”说着，海青把菜单递给方旭。

方旭看了看崔挽明黝黑的皮肤，露出皓齿：“哥是哪个专业的？”

“不值一提，水稻育种。”

“啊？你是搞育种的？”方旭站了起来，嗓门陡然拔高。

“是呀，怎么了？”

“这么说，你对大米行业很了解了？”

“谈不上了解，我主要做品种选育和推广方面的工作，米业的事儿参与得少，但也了解一些。”

“好哇，我正要找这么个人。海青，这顿饭我来请。哥，你跟我说说，现在林海省的米业市场该往哪个方向走？”

海青一巴掌打了过去：“方旭，你有没有搞错？我请人吃饭，你跑来蹭便宜了。你爹的房地产搞得那么好，你上农业口凑什么热闹？去、去、去，让服务员上菜。”

那天晚上，方旭把自己要转行投资的事儿跟海青和崔挽明说了，现在缺少的就是市场洞察力和行业经验，所以海青的感谢宴变成了方旭打造林海省粮油名企的一次试探性的调研会。

“目前来说，林海省的米业主要在优质米上做文章。你既然要做这行，之前应该了解了不少，咱们林海省的优质米不多，想要在这里做，市场可能是个问题，除非你能自己解决货源问题。再一个，市场上大米品种的包装花样百出，你要想好怎么做到与众不同。还有一点，我建议你考虑做副食品加工，三大粮食产业里，小麦和玉米的副食品都比水稻做得好，现在林海省在这一块还有所欠缺。”

“海青，你看看什么叫术业有专攻？难怪人家能当大学老师，咱们只能混迹市井。”

三人讨论到晚上十点多钟才散去，方旭先开车把崔挽明送回学校，然后送海青回医院。

第二天老太太醒来的时候，问起了昨天晚上吃饭的事儿，得知方旭掺和进来后，气了个半死。

“你怎么不长心呢？让你带他去吃饭，你怎么还叫上你那同学？我早就跟你说过不许跟你那同学来往。咱们家是什么家庭？你不要跟他走得太近。”

“好了，妈，你都说过多少次了，我们就是普通同学。再说了，我对他没意思。”

“你都多大了，也不谈个朋友，我看哪，昨天照顾妈的那个小崔就很不错。”

“妈，你不会看上他了吧？”

“他有什么不好的？昨天你不在，我都给你打听好了。他是湖南长沙人，有个妹妹，关键他是大学老师，搞什么水稻，我也听不懂。反正这个人很正派，是妈妈喜欢的类型。”

“那你不问问我的意思，就私自做主了？妈，你可不能这样。我答应你，这些事儿都不用你操心。这次你伤口复发都怪我没照顾好，等你出院了，我一定给你找个准女婿。”

“这可是你说的。哪天你把小崔叫到家里来，妈给他做饭吃。”

“妈，你能不能矜持一点儿，谁说我要找他了？哼。”

母女俩相依为命多年，中间没有隔阂，关系一直很融洽，从来不隐藏什么。那天之后崔挽明总接到海青妈妈的电话，一开始他还婉拒，总觉得上人家家里吃饭很不好，但那边的电话打个不停，他只能上门拜访一次。

崔挽明去的时候特地洗了个澡，换了身衣服，整个人看上去比先前精神多了。他不但买了菜和肉，还给海青的妈妈带了一盒阿胶浆。

崔挽明进屋后，海青的妈妈盯着他看了半天："好、好、好，快请进来。我们家海青啊从小就调皮捣蛋，以后你们在一起呀，你要多担待她。"

"阿姨，你说什么呢？我们还没在一起。"

"啊，你看我，老糊涂了。我是说如果，哈哈哈，来、来、来，吃点儿水果。"

崔挽明从进门起就享受着金龟婿般的待遇，但还是跑到厨房跟海青的妈妈一起择菜做饭。海青的妈妈一边忙，一边跟崔挽明说她们母女这些年来的辛酸史。家里男人去世早，两个女人过成今天这个样子，其中的艰难可想而知。

炒菜的时候，老太太特意给海青打了个电话。

"乖宝贝，下班后快回来呀！家里来重要客人了。"

"妈，咱们家还能来什么人？"

"回来你就知道了。"

海青回家后看到崔挽明，扑哧一下笑了出来。

"你怎么来了？"

"女儿，快洗手摆碗。"

海青翻了翻白眼，无奈地将手里的包往地上一扔。她知道，接下来的这顿饭将会是她生平最难熬的一顿。

席间的尴尬情形可想而知，海青的妈妈的主动表现让海青无所适从，没吃几口饭就跑到房间去了。

崔挽明走的时候，海青追了出来。她是个直爽的人，今天却出奇地羞涩。

"你的农业保险办好了，哪天去我的单位签个字。"

崔挽明一边下楼，一边回过头来，什么也没说，只是笑了笑。

崔挽明很久没有这种轻松的感觉了。过去的这些年里，除了和水稻打交道，他没有别的体验，而这一次他找到了一种全新的生活感受。

他从楼里来到马路上的时候，抬头看了眼楼上的那扇窗户。他看见一个人影迅速地从窗户边缩了回去，随即哐当一声，那扇窗被关上了。

崔挽明摸着自己的胸口，感觉属于他的那扇窗被打开了。这可是一扇从未开启过的窗户，窗户里塞满了无数的可能和遐想、无数的阳光和能量。他正陶醉其中，秦怀春的电话就打来了。

“秦志杰回来了，这个畜生把家里的门锁撬了。挽明，你快去他店里帮我留住人，我马上报警。”

“秦老师，你先冷静下来，等把事情弄清楚了你再决定。我看报警不太妥当，志杰毕竟是——”

“我没有这么个儿子！”

秦怀春把电话摔了下去。

崔挽明没去找秦志杰，而是去了老师家。两位老人坐在沙发上掩面而泣。

“他回来把家里的户口本取走了，估计是要和苏玉领证了。这个畜！挽明，你说说看，我怎么会有这么个儿子？！他居然把门撬了，这是什么？强盗，强盗儿子！”

崔挽明不知该说什么，等老人平静下来他才劝道：“志杰是个特立独行的人，很多想法超出常人，咱们的立场跟他不一样，但我想他的选择也无可厚非。”

“挽明，你支持志杰这么做？”秦怀春万万没想到崔挽明居然站在秦志杰那边。

“老师，我不是支持他这么做，是说他有自己的选择。你们对他期望了这么多年，结果呢？他还是按照自己的路在走，你们越是干涉他的事情，他越是不听。这次他跟苏玉恐怕是动真格的了。”

“哼，我看这小姑娘也不是什么好东西！”李婉琴在一旁插了一句。

“不见得，师娘，以我对志杰的了解，他是个很决绝的人。你们想，他和苏慧在一起六年都没有结婚的冲动。现在呢？他跟苏玉才相处多长时间，他就做出这么疯狂的事儿？说不定这个苏玉真就是适合志杰的那个人。”

“真的？”秦怀春瞪大了眼睛。

“老师，我只是凭我对志杰和苏慧的了解在判断这件事情，不敢打包票。您的儿子什么样您最清楚，他虽然调皮捣蛋，但从没做过违纪违规的事儿。老师，志杰做事是有原则的，只不过他太有个性，认准的事儿谁也扭不过来。”

“没错，儿子太有个性，随你，脾气又臭又硬，说什么是什么。”李婉琴对秦怀春发了这么一句牢骚，恐怕也是多年来在他们父子身边受了太多的委屈所致。

秦怀春来了句“你懂什么”，将李婉琴眼里的泪花逼了回去。

那天过后，秦怀春对秦志杰的态度发生了一些改变。秦怀春这辈子硬气地工作，也硬气地做人，就是没好好地顾及一下亲人的感受。他把工作态度完全带入家庭生活中，让家人一直活在紧张而疲惫的状态下。

两个月后，李婉琴把儿子和儿媳妇接到家中，简单地找来亲戚朋友，摆了几桌家庭宴，秦志杰和苏玉的婚礼就算是完成了。秦怀春不许大操大办，也是考虑到自己的职位问题，怕影响不好。

崔挽明和刘君喝完喜酒走出来的时候，脸上的表情都不是太好。尹振功背着手跟在他们身后，把崔挽明叫住了。

“挽明，我那辆面包车你拿去开，以后上试验地也方便。”说着尹振功把钥匙扔了过来。

崔挽明伸手从空中抓住车钥匙：“尹老师，这我不能要。”

“拿着吧，这还是当年秦老师从经费里省出来的，属于公家的车。我自己买了一辆车，这辆就是你的了。”

崔挽明不知该说什么好了。大家都这么帮他，他没有理由不好好干事业。好在他读研究生的时候就把驾驶证考下来了，也经常给秦怀春开车。现在车钥匙和车都在身边，他可以直接开车。

“谢谢尹老师。”崔挽明坐在驾驶座上，满脸的幸福表情，感觉又回到了那个单纯的学生时代。

“别光想着谢我，志杰都结婚了，你也该考虑考虑自己的事儿了。”

听尹振功这么一说，崔挽明突然想起件事儿来，一拍脑门道：“刘君，快、快，赶紧下车，我要出去一趟，不能送你回去了。”

“什么事儿这么着急？你别废话，赶紧把我送回去。咱们不是要去找苏慧吗？”

“安慰苏慧的事儿，你去就行了，替我带个好。我有更重要的事儿要做。”

刘君骂骂咧咧地下了车：“老师，你说崔挽明这小子一天到晚都在干什么呢？他也不搞教学，成天在地里混。这样的人北川大学也要？”

“我可听说他最近在谈朋友，你不知道？”

刘君一回头，车已经消失在路的尽头：“这小子，看我下次怎么收拾他，居然敢瞒我。”

海青见崔挽明开着车过来，极为震惊。

“别这个表情，没见过车呀？”

“不是，崔挽明，你这么一根木头也会开车，真没想到哇。”

“你看不起我？对了，你带我来看什么，这么着急？”

海青站在路边，指着对面新开的楼盘：“看见没有？以后我要在这里买房子，东边是环岛公园，西边是高尔夫球场，南边有全市最好的小学和医院。我们在这里买房子，以后不但生活舒适，孩子的教育质量问题也能得到解决。”

崔挽明攥着车钥匙的手渗出一层细汗来。他毫不客气地道：“你疯了吧？！这是什么地段？在这儿买房子，像咱们这种小老百姓就不要做白日梦了，又是教育又是医疗，你光考虑享受了，钱呢？”

“你去挣啊！”海青开玩笑的一句话让崔挽明的心咯噔了一下。

他突然意识到，想要在这座省会城市安家是件多么困难的事情。刚刚尝到爱情的甜蜜，一下子就坠入苦涩的现实当中。他把海青的手拉过来，认真地说道：“我现在没有你想要的东西，也给不了你要的房子。我现在住在单身公寓里，如果你愿意，以后我会三倍、五倍地对你好。咱们认识的时间不算长，我不能跟你讲太多，请你谅解。”

“崔挽明，你真逗，我跟你开玩笑呢。咱们努力地工作，以后会越来越好的。我妈那么喜欢你，不能让咱俩受委屈。她说她会看人，谁知道呢？你要是打算跟我结婚，以后的事儿以后再说吧。”

崔挽明从来没想过自己进入婚姻的节奏会那么快。他对海青的印象还停留在初次见面时，那个干练朝气、积极向上的职场女性上。

和刘君的恋情相比，和秦志杰的曲折爱情相比，海青带给他的是一种波涛汹涌般的感觉，似乎恋爱都成了多余。

崔挽明绝不是一个草率的人，但在冥冥中认定了海青。没有过多约会和交往，没有半句甜言蜜语，海青看中了他的务实和勤奋，他看中了海青的贤惠与知性。

对崔挽明来说遇上爱情这件事情本身是痛苦的，他作为一个外来人，跟本地姑娘对上了眼，要克服的困难不只是现实里的那些零碎东西，更有心理上的负担和脆弱的自尊心。

二十天后，崔挽明带着海青去了民政局，两个人从谈恋爱到领证，不足两个月。崔挽明的这一举动，让熟悉他的人都极为震惊，他这么一个做事稳重的人，在婚姻一事上却出奇地快。

“你真的要结婚了？挽明，有没有搞错？我知道你这人做事不拖沓，但婚姻大事你也该慎重考虑一下吧，最起码两个人得多了解了解呀。我不赞成你们这么快就结婚。”

“了解多了有什么好处？你和崔小佳就是明摆着的例子。你俩相互了解得够多了吧，结果呢？我跟你说，你要是看中哪个姑娘，下手，结了婚以后慢慢过，你要想婚前试探哪，你们多半成不了。”

“你少给我提小佳的事儿，哼。”

刘君和崔小佳的故事已经结束了，但在刘君心中，他始终放不下这段遗憾。只要一提到崔小佳，他的心又会撕扯般疼起来。

不过现在要解决的是崔挽明的事儿。丈母娘已经发话了，婚后两口子跟她住一起，但崔挽明不同意这样的安排。他不是不愿意孝敬老人，只是觉得跟老人住一起免不了要闹矛盾。

为了崔挽明的婚事，秦怀春和尹振功也在想解决办法。秦怀春已经在职工房住了二十多年，马上要退休了，因为他对林海省做了那么大贡献，政府又给他分了住处，所以他决定把职工房借给崔挽明。

“挽明，听说老师要把房子借给你住，你要吗？”刘君问道。

“怎么不要？老师给我是因为他想帮我，我现在正需要房子，这不是挺好吗？”

“挽明，你可什么都敢要哇！这么大的恩情，你怎么还老师？”

“刘君，就算老师不借房子给我，我今后也会报恩。我跟老师从来不隐藏内心，有资源不利用好，受苦的是自己。等将来我站起来，会加倍对老师好。你要知道，我有这样的魄力，就有这样的胆量。”

崔挽明不觉得受老师的恩惠是件被人戳脊梁骨的事儿，在他的心里，这就是能屈能伸的表现。敢于承认自己的能力不足，也不怕暴露自己的短处，逆境时受人恩惠，顺境时报以恩情，这便是崔挽明的磊落之处。

而对于那些在背后讨论他结婚冒失的人，他则放在一边不去理会，因为他对自己的感受很重视，远远超出了对别人的视线和评判的在意。

对于秦怀春突如其来的这份恩情，崔挽明是有巨大压力的，即便在结婚那天，他都没告知自己的父母这事儿，想一个人解决这些困难。本来结婚一事儿就搞得负债累累，他更不愿再让父母沉浸在这样的氛围当中，所以不如不告诉的好。

那天来了很多同行，有的人看的是秦怀春的面子，有的是冲着崔挽明来的。崔挽明在业内的名声、人品，都得到了大家的认可。

作为证婚人，秦怀春当着所有人的面把海青认作了干女儿，承诺只要崔挽明敢欺负她，他一定会教训崔挽明。

崔挽明已经毕业的师弟们从四面八方赶来，苏慧也来了。她一个人远远地坐在门口，婚礼一结束就拿着包走了。

距离饭店两百米的地方停着一辆超跑，车子藏在树荫下，死气沉沉的。车上的方旭抽着香烟，将金属乐的音量调到最大。

他在北川大学的时候就惦记着海青，但海青一直没同意这件事儿。他做梦都没想到自己会输给一个穷小子。他没有送上祝福，也没有悲伤遗憾，只是拿出手机，对电话那头的人说了句话。

“一个月内，我要的人手都要到齐，林海省的米业我来做，不相干的人都给我清出去。”

挂了电话，方旭便驱车驶离了这个地方。

那天崔挽明喝多了，什么也不知道。他躺在婚床上，想着兜里所剩无几的钱，想着新婚妻子脸上的笑容，恨不能马上爬起来工作。

当他再次到三亚时，一位叫郭达的农民企业家找到了他，希望他能帮忙在三亚繁殖一个品种，并向他支付了一笔成本钱。他果断地把钱退给了郭达，将自己的试验地给郭达匀出了一块。

郭达的眼睛泛着纯净的光，朴实的面孔上刻着一道道皱纹，像阳光下的巧克力条，充满能量和活力。

“郭叔，你看在我老师的面子上从天源县来参加我的婚礼，就是看得起我崔挽明。你的事儿就是我的事儿，这点儿事情还不到谈钱的地步，我顺带就帮你办了。”

那年冬天，海青挺着大肚子从林海坐火车到达海口，又转车到了崖州区。她没想到婚后会是这样一种生活状态，刚刚结婚崔挽明就离开了她，一走就是小半年，中间两人一面都见不上。她若不来相见，崔挽明只能到来年三月底才能回去。

郭达也来了，来跟崔挽明学习杂交技术和品种选育方面的知识。快六十岁的老头儿，精气神依旧不减，大字不识的他对水稻有着一颗矢志不渝的心，这让崔挽明万分感动。

那年春节，崔挽明不再孤单，有妻子陪着，有远道而来的郭达跟他探讨行业内外的事儿，还有始终如一的钟实。他们四个人度过了一个温馨而简单的春节，尽管年三十早上还在忙杂交工作，但这一点儿都不影响他们对生活的喜悦和知足。

春节一过，崔挽明便将工作交给钟实和郭达，带着海青回了趟湖南老家，一来是看望老人，二来是带海青回去认亲戚。

年迈的老人扶着门框，翘首等来了归家的崔挽明。他们没有费丝毫心力，就看到了善解人意的儿媳妇，又是洗衣做饭，又是打扫卫生。

崔挽明在爹妈面前跪了半天不肯起来。他没有办法向老人解释自己做的工作，这是一件漫长且很难见成效的事儿，所以他的内心复杂而痛苦。他没有看到妹妹崔小佳。崔小佳远在大山里支教，过完春节就走了，父母腿脚又不便，也不清楚崔小佳的具体位置。

这恐怕是崔挽明唯一的遗憾。临走的时候，他把身上的钱都留给了父母，又带母亲上市医院检查了常年疼痛的膝盖，做了磁疗，买了中药和西药。

尽管他拼命地在做这些事情，但总觉得做不完，就好比有积累了数年的作业要写，不是一天两天能写完的。老人的承受能力有限，他不可能把所有的缺失一口气补回来，他们消化不了。

从那天起，崔挽明告诉自己，以后每年要回来一趟。

崔挽明和海青就在长沙机场告别了，一个继续回海南岛收获水稻，一个则回到凤凰城按时上班。这是崔挽明买的第一张飞机票，他觉得愧对海青，不忍她再颠簸着坐火车回去。海青一走，他便到了火车站，回到属于他的轨道上。

生活对他俩来说，就好比赶场和应付，赶着见面，赶着工作，应付迟来的孝道，弥补婚姻的残缺以及婚姻里即将出世的那颗果实。

还没从与海青离别的伤感中恢复过来，崔挽明就在海口下了火车。当回到试验地看见从林海省组队前来观光的种植大户们站在他的试验地里的时候，他一阵头晕目眩。

“干什么呢？哎，说你们呢，干什么？”崔挽明大声朝观光团吼道。

他一进院门就质问老廖：“怎么又放人进来了？老廖哇老廖，你真能给我找麻烦哪。”

“钟叔，钟叔人呢？”崔挽明叫嚷着，不知道该顾哪头了。

观光团的人看见崔挽明就忙不迭地跑过来，又是递烟又是握手。崔挽明阴沉着脸，毫不客气地说：“你们从哪儿来的？谁让你们进来的？手里是哪里来的稻穗，赶紧给我扔了。”

崔挽明一眼就看出这群手不干净的人顺手掐了几穗他的稻子，这还了得？不等他们解释他就要将人往外赶。

郭达从人群中站出来，脸上带着一丝歉疚之色。

“挽明啊，这事儿怪我，我不知道情况这么严重。他们都是咱们林海省的种植大户。现在农忙时节过去了，村里组织大家出来玩，他们知道我在这儿，就顺便来看看。大家都是种了一辈子稻子的农民，见到好东西都管不住自己的手，你体谅体谅。”

崔挽明停顿了一下，换了个态度：“既然是这样，郭叔，带大家进屋坐。冰箱里还有点儿菜，我去弄，老乡们来到这儿，再怎么样也得把饭吃了。大家不了解情况，不知者不怪。”

崔挽明的态度让这帮种植大户起了敬意，他们也意识到了自己的错误，在酒桌上连连向崔挽明赔不是。崔挽明也不是揪着问题不放的人，说：“我以为大家是哪个育种单位的，说话着急了些。不过我们辛苦地搞品种选育，平生最记恨的就是不劳而获的人。他们顺手牵羊，投机倒把，我们辛苦十年才选育出来的好材料，他们说拿走就拿走。没有办法，如果我们不监管，吃亏的是我们。既然大家也是种粮食的，刚才也看了我地里的材料，怎么样？我的东西还行吧？”

“嗯，你这个北川大学的老师不一般。我看有几个品种特别适合在我那儿种，我们那儿积温低，需要熟期早的品种，正好你有几个品种还是长粒高产型。你要是种子量多，卖给我点儿？”

崔挽明摆了摆手：“大哥，不是我不想卖，你说的那几个品种我也知道，但现在还没有审定。品种没有审定，我就没有推广权，不敢随便给你种，要是种子出了问题，我担不起责任。”

“哎呀，不要你负责，我们种的也不多，就是拿回去跟以往种的品种比较比较，要是行，以后我们就从你这儿拿种子。”

“原则性的问题要坚持，你们的意思我明白。这样吧，既然你们看中了我的品种，我一个品种送你们一斤，你们明年种上看看，到时候我到你们地里测产，看看具体表现如何。”

双方达成共识，崔挽明的这几个品种整体表现占优，也是同积温带里表现偏上的。崔挽明之所以肯把东西送给他们，是因为想看看品种的地域差异性，也算是免费的试验鉴定。

除了这事儿，还有件事儿他一直没跟钟实说。自从他接手秦怀春的水稻材料，来三亚的第一年就一直在关注一个品种。当时他那块试验地比四周高出一块，所以总缺水，但这个品种不但没受影响，还比正常供水的稻子好出一大截。崔挽明核对了该品种的系谱，发现其母本正是“北川稻 1 号”，父本是“丰优530”——一个株形理想的香稻亲本。

崔挽明将其挑出来单独编号，种在了试验地中间，就是怕被有心之人发现。经过这两年的产量和抗性鉴定，他发现其遗传稳定性较好。去年他把样品给了苏慧，分析了直链淀粉含量和蒸煮食味值，结果超出了“北川稻 1 号”，重要的是它继承了父本的香味基因，成了一个品质拔尖的香型米品种。

在崔挽明心中，这个品种已经超越“北川稻 1 号”，很可能会成为林海省继“北川稻 1 号”之后的第二个国家一级米。关于这件事，他单独找过苏慧，让她无论如何也不能说出去，在品种进入省里试验之前，必须隐瞒住米质分析的相关信息。苏慧在品质检测中心这么长时间，这点儿能力还是有的。

经过这几年的反复验证，崔挽明终于按捺不住内心的激动，决定把情况告诉秦怀春。这批材料是从秦怀春的手里接过来的，功劳属于他老人家，崔挽明不敢独享。

第六章

王牌品种

当然，这样一个振奋人心的消息少不了要让钟实知道。当崔挽明把细节对钟实言明之后，钟实一晚没睡着，跟崔挽明一直说到半夜。

“挽明，不管是谁的功劳，这个品种如果出现在大众的视野里，起码价值八百万元。这件事情干系太大，必须向秦老师汇报，只靠你自己，要想审定这个品种肯定难上加难，到时候品种落到别人手里，咱们多年的工作就功亏一篑了。另外，咱们一定要做好保密工作。”

“您放心吧，钟叔。明天我就跟秦老师说明情况，如果可能，我想请他亲自来看看。”

“嗯，秦老师没告诉你，年前他从省农科院退休了，现在他一身轻松，什么负担都没有了。你可以让他来看看，也让他知道咱们这几年的工作没白做。”

“老师退休的事儿刘君跟我说了，我在电话里没跟老师提起。

另外，老师申报的秸秆还田项目，省里批下来了。全省布了五个试验示范点，其中就有咱们一家，主要为第三方提供用地和大田管理。这也算是一个项目。钟叔，到时候您要是愿意，我把这个项目给您做。”

“有项目大家一起做，分什么你我？你没时间，我就多操心一点儿。现在的关键是怎么运作你的这个品种。这事儿我还要细细琢磨，你也要多想想，错一步，咱们就有全盘皆输的风险。”

睡前，崔挽明难掩内心的激动，将这振奋人心的消息告诉了妻子海青。他的目的很明确，就是让妻子放心，让妻子相信他的事业和即将到来的回报。

次日清晨，崔挽明才给秦怀春去了一通电话。秦怀春让他们先不要动，他要亲自过来看看。

离开林海省之前，秦怀春去了次省医院住院部，又在北海道大学给秦志杰争取了一个攻读博士的机会，让秦志杰出国深造。苏玉嘴上鼓励秦志杰出去，但心里很舍不得，可考虑到他的米业生意日渐萧条，他只得劝他放弃生意，先到国外深造再说。

秦怀春来到海南岛，看见崔挽明所说的品种，手抖了起来。秦怀春被崔挽明搀着站在田里，亲手摸着一粒粒透着清香的饱满的种子，眼眶发红。

“挽明、老钟，林海省水稻事业的春天又要来了，赶紧收了，咱们研究研究怎么审定。”

“老师，我已经观察三年了，各方面表现稳定，我看明年可以申报了。”

“不行，挽明，这件事儿要做就一定要让它成功。沉住气，你再鉴定两年，没有多点示范，千万别妄下结论。我的意思是你一边把品种繁殖起来，一边做产量和品质验证，到时候连同品种申报和推广一起做。”

崔挽明自觉没这个必要，但这个材料是秦怀春给他的，他没有权力拿主意，只能听秦怀春的安排。

三天后，秦怀春返回林海，崔挽明和钟实留下来做最后阶段的收获工作。每个人的心里都充满了能量和信心，但秦怀春除外。

李婉琴被查出患乳腺癌，已到了晚期，入住医院的时候，正是他退休之后的第二周。老伴儿遭此噩运，让秦怀春几近失去活下去的动力。这件事情的保密工作做得很好，就连苏玉都不知道，秦怀春对苏玉只说李婉琴跟社区外出活动去了，因为不想让秦志杰知道此事。

这个名誉满身的老头儿，如今成了天下最可怜之人。他不能让李婉琴就这么离开，要搏一搏。他一生都在忙事业，熬到退休才有时间陪家人，不该这样认命。他的内心追悔莫及，也在咒骂自己为什么没有把时间多分点儿给李婉琴。

收拾好心情，秦怀春带着李婉琴秘密地去了北京接受治疗。

秦怀春的退休让于向知找到了钻空子的机会。别的不说，他终于把秦怀春熬走了，不管现在的这位院长什么时候走，最起码不会像秦怀春那样对他。加上他跟金怀种业的业务往来一直很顺利，手头钞票充足，办什么事儿都不在话下。唯一的遗憾就是没把“北川稻 1 号”的经营权搞到手，私下里于向知找了秦怀春那么多次，甚至拿着钞票上门拜访都无济于事。他虽然不死心，却也无可奈何。

直到最近他得到了一个东西，是邮局送来的信件，这封信的含金量之高是他未曾想到的。信里写道：“想得好品种，明日万达影城见。”

信上没有落款，也没多余的话。于向知看了半天，想不出谁会写来这么一封信，但上面提到了好品种，这就吊足了他的胃口。于向知没有犹豫，第二天如约而至，在影城张望了好半天也没看见可疑的人，又过了一会儿，一个戴着鸭舌帽和口罩的男子在后面拍了拍他。

两人对视了几秒钟，于向知才开口。

“你是谁？为什么要给我写信？”

口罩男没回应，转身往楼下走去。于向知看了看周围，感觉暗地里有双眼睛正盯着他，浑身毛发瞬间立了起来。

一楼的咖啡厅里，两人点了两杯原味咖啡，相对而坐。

“你不是想要‘北川稻1号’吗？我手里有比它更好的品种，怎么样，想不想买？”

于向知一听这话，站起来就要走。

“你可想好了，今天你走出这道门，这事儿跟你就没关系了，到时候你别后悔。”

于向知停了下来，回头看了眼口罩男，又乖乖地坐了下来。

“我凭什么相信你？”

“你只能相信我。”

“哼，你们这种人我见多了，想阴我？别做梦了，除非你把东西拿出来。”

“笑话，于向知，你现在还不配看这个品种。你要是有意向，我可以带你去见一个人，要是没意向，以后我也不会再见你。”

“哎，等等，你带我去见谁？”

“那是你们自己的事儿，我这里有他的电话，事成之后给我三万块。”

“你疯了？！你们真是什么事儿都敢做！我是事业单位的正式职工，你们竟然明目张胆地这么跟我说话，你不想活我还想。”

见于向知站起来就要走，口罩男说了一句话：“想通了来北川大学找我。”

“你说什么？北川大学？你是北川大学的？我们认识？”

口罩男笑了笑，先行离开了，桌子上留下了一张名片，被于向知一把抓过来揣进了兜里。

一提到北川大学，于向知首先想到的就是秦怀春，以他对秦怀春的了解，秦怀春不像是会做这件事情的人，但既然这个品种能跟“北川稻1号”媲美，就让他不得不往秦怀春身上联想。

于向知那天晚上怎么都睡不好觉，自己在育种行业摸爬滚打了这么多年，一直以来都靠经营养活育种所，而真正称得上王牌的品种，一个都拿不出来。

既然主动找到他，那对方一定是对他很了解的人，纵观整个林海省，能当面跟他这样谈事儿的人他还没见过，也没人这么办过事儿。就算是金怀种业的辛威，跟他说话也得客气几分。

凭借种种推测，于向知敢断定对方的来头肯定不小。第二天他就约见了口罩男，拿到了联系人的号码。

于向知接通电话的时候，表情有些僵硬，随即他露出阴险的微笑，看上去像一只笑面虎。

对方接通于向知的电话的时候，打开了录音功能，将两人的对话全程录了下来。于向知和对方仅通了一次电话，连面都没见，凭借对方提供的品种试验数据和相关照片，就花钱拿到了对方手里的品种。如果对方不是绝对信任的人，凭于向知的为人，他不可能这么痛快大方。

这件事儿过后，整个春天于向知走道儿的姿势都变了许多。他像是手里多了一把尚方宝剑，走到哪儿心里都自信。他觉得自己终于等来了扬眉吐气的机会，“北川稻 1 号”的经营权对他再没有吸引力了，他要亲手将“北川稻 1 号”在历史上的辉煌成绩从他的时代里抹掉，再画上属于他的一笔。

而这一切，崔挽明还不得而知，让他意外的是，从海南岛回来之后，他居然接到省种子管理局的通知，北川大学省品种试验点被临时取消了。这样大的一件事儿，对崔挽明来说绝对是个重大的打击，他们做试验做得那么好，老老实实，兢兢业业，怎么说取消就取消了呢？他赶紧给品种审定科科长芮静去了电话，想从侧面了解发生了什么事儿，但芮静也帮不上忙，只说是局里的决定，具体什么原因她也不清楚。

崔挽明开着车即刻赶到省种子管理局，直接找到一把手谢正言。崔挽明虽然脸色非常难看，但还是控制住了情绪。

“谢局长，打扰您了，我接到通知，说我们……”

“你们试验点的事儿是我批的。情况是这样的，考虑到你们的试验点和省育种所的试验点之间距离太近，积温和土壤条件差异不大，省里临时决定把你的这个点取消，也算是精简工作，你不要有想法。”

谢正言梳着中分，穿一身休闲西服，无名指上戴着一枚玉戒指，说话的时候，戴着戒指的那只手就伸出来指着崔挽明。

崔挽明不干了："谢局长，这些年我们一直做得很好，我们的耐冷性鉴定和抗病鉴定圃前期投入了大量的成本，这还没怎么利用就被取消了，这对我们太不公平了。我们那儿熟土层薄，和育种所的地理情况还是有差异的，虽然两个试验点同在一个积温带，但我觉得还是能代表不同的稻作区类型的。您看看能不能帮我们留住这个试验点，要是我们的工作有做得不好的地方，还请谢局长明示。"

"这件事情已经在省局官网上公示了，怎么撤销？再说，这件事情我是经过深思熟虑后决定的，你不用再说了，先回去吧。"

崔挽明怀着极为糟糕的心情回到家中。妻子海青的肚子一天比一天大，还有四个月就到预产期。而他即便是回到凤凰城，也抽不出太多时间待在家中。

试验地的农机坏了要买零件，春天苗床要用药、用肥，坏掉的大棚薄膜也要更换，下面几个农科院的地方分院还等着他提供答应好的品种资源，他还要带研究生把春播需要的种子准备出来，今年又多了秸秆还田的项目，又要分去一些精力去做。所以说，现在的崔挽明恨不能变成八爪鱼，将生活中的所有事情都兼顾过来。他原以为尹振功将这一摊事儿全部交给他能促他成事，现在看来，事业可不是一个人能干出来的。

可目前崔挽明找不到合适的人跟他一起干，这种理想式的奢求只能留给未来的某个时机。

一波未平一波又起，因年前崔挽明托人给新农村发展研究院的老同学送去了几十斤新出的大米，人家马上把他拉入了"三农服务专家"的队伍。他有一大堆材料等着写，还要到帮扶的村镇进行实地考察，撰写《帮扶策划书》。可以说，他已经没有任何精力留给家庭了。

越是这样，生活越要刁难他。最近，海青的产前抑郁症较为严重，脾气也大了很多。这些崔挽明都能忍受，问题是海青现在出现了前所未有的恐慌情绪。她觉得自己不能一直住在秦怀春借给他俩的房子里，没有安全感，总觉得说不定哪一天秦怀春就会把房子给收回去，会将她扫地出门。

“我跟你说，咱们家孩子以后得到省重点学校上学，咱们得考虑买学区房的事儿。眼看孩子就要出生了，你怎么考虑的？”

崔挽明捂着脑袋靠在椅子上，重重地呼出两口气：“海青，我跟你说过，我手里有个品种，如果成功了，我们能得到好几百万，到时候就有钱考虑这些事儿了。”

“如果、如果，你除了说如果还会说什么？你干了三年多了，到现在都没看到回头钱。这种日子我们要过到什么时候？”

崔挽明一听这话，顿时恼火起来：“你是什么意思？海青，你现在跟我说你过不了这种日子？结婚之前你怎么不想好？你当时怎么跟我说的？”

“当时是当时，现在是现在，我现在有孩子了，不能让他跟我一样，他必须上最好的初中和高中。”

“学区房不是咱们这种家庭买得起的，你看看全市有多少孩子，多数孩子还不是上的普通中学？”

“崔挽明，你说过我嫁给你之后，你会加倍对我好的。现在我只是替孩子提个要求，你就开始搪塞我？”

崔挽明不想再回答，上卫生间洗了脸，倒在床上睡了过去。现在他所有的希望都在手里的那个品种上，他只能抱着仅有的这点儿希望才能勉强睡上几分钟。

秦怀春一直不在凤凰城，谁也联系不上他，崔挽明从苏玉那里也得不到实质性的消息。

直到四个月后，也就是海青临盆那天，传来了孩子呱呱坠地的哭声，也传来了李婉琴因病去世的消息。刘君和苏慧请了几天假回来陪秦怀春，崔挽明一面是开心和感动，一面是悲伤和难受。

师娘的去世对崔挽明他们几个来说，既突然又难以接受。

崔挽明在医院陪了海青和孩子两天，李婉琴出殡的时候才赶过去看了一眼。

秦怀春的头发白了一半，那个儒雅的老教授成了一根颤颤巍巍的朽木，干涩的眼袋包不住残生的孤独。

学生们一句安慰的话都说不出来。李婉琴是秦怀春的一生所爱，她这一去，带走的是秦怀春的精魂。

秦志杰因航班晚点，最终错过了和母亲见最后一面。苏玉苦苦地等在家中，总算与秦志杰团聚了。婆婆一走，就剩下她自己和秦怀春住在一个房子里，这样很不方便。趁着秦志杰回来，苏玉也提出了自己的顾虑。

秦志杰在外面给苏玉租了房子，承诺她等自己从日本回来后就买新房。母亲的离世让秦志杰尤为伤怀，他本不打算再走，但敌不过秦怀春的坚持。秦志杰这次没有责备父亲。当他看到秦怀春满头白发的样子时，突然明白了父亲这么多年的苦衷，尽管自己不喜欢走这条路，但他愿意为形单影只的白发人去改变自己。

奇怪的事儿一件接着一件，秦志杰刚走不到四个月，苏玉就出事了。被人发现的时候，她已经昏倒在自家床上。报警的是过来给苏玉换窗帘的房东，由于苏玉还有呼吸，救护车赶忙将她拉到医院抢救。刑警检查了苏玉的房间和生活用品，并没有发现什么异常。一切只能等医院的诊断结果。

四十八小时过去了，苏玉一点儿醒来的意思都没有。放射科送来的脑部扫描图片显示，苏玉的脑部有一大块血块，很可能伤到了脑干，她成为植物人的可能性很大。

究竟是什么原因造成的脑内出现血块，专家还在讨论。由于苏玉没有心血管疾病，医生排除了脑出血的可能。像这种程度的颅内出血，一定是内压过高导致的。

医生从手术室里走出来，表情很严肃，也显得很生气。

“谁是家属？”

秦怀春的眼镜在反光。他举了举手：“我是家属，医生。”

“你是她的丈夫？”

“不，患者是我的儿媳妇。”

“你的儿子呢，让他过来。”

“他出国了，暂时回不来，有什么情况我来处理。”

医生看了眼刘君和崔挽明他们几个，无奈地摘掉了眼镜。

“你们家属怎么搞的？患者肚子里有孩子了，怎么还发生这种事儿？一旦她恢复不了意识，孩子怎么办？”

秦怀春听到苏玉的肚子里有孩子时，嘴唇颤抖了几下，眼角的褶皱无力地松弛着。

“医生，你说什么？我儿媳妇怀孕了？”

“四个月了。现在我们需要见到你儿子，肚里的孩子是拿掉还是留着，这事儿你决定不了，尽快让他回来。”

崔挽明心疼地看着秦怀春，拿出手机：“老师？”

秦怀春抹了把眼泪，原本是不打算告诉秦志杰的，但现在苏玉的肚子里怀了他的孙子，他只得朝崔挽明点了点头。

接到崔挽明的电话的时候，秦志杰泪眼迷离。苏玉脑部受损成为植物人已经是既定的事实。

“医生，孩子不能拿掉，这是我和她唯一的希望。”

“你要知道，以你妻子现在的情况，怀孩子是很危险的，药物治疗会影响胎儿发育，母体营养的缺失也会影响胎儿发育，我们院方是不建议留孩子的。”

“既然 B 超检测结果为胎儿正常，我想孩子暂时没有受影响。”

“理论上确实没受影响，我们担心的是随着胎儿的发育，母体长时间维持这个状态，到了后期很可能会威胁母体和婴儿的生命安全。随着后期对母体的用药，我们无法预知胎儿会不会出现不良反应。”

“志杰，你考虑考虑，这件事情关系到苏玉的安危，她已经这样了，别让她承受太多痛苦。”崔挽明在一旁劝道。

秦志杰陷入了两难境地。他不知道苏玉能否醒过来，也担心她的安危。孩子和母亲都是无辜的，他真的不知该如何做出选择。

“等我回去！拜托医生替我保住母子！等我回去！”

当天晚上，秦志杰就赶到了苏玉身边。他整个人看上去很糟糕，几乎是踉跄着走进病房的。秦志杰看见苏玉躺在那儿一动不动，脸都快塌了下去。他深吸一口气，在她耳边轻声说道："苏玉，你要挺过来，等你醒来就能看见我们的小宝宝了。"

秦志杰说完这句话，转身就到医生那儿签了字。然后他找到秦怀春说道："爸，苏玉发生了什么事儿，我要留下来查清楚。这件事儿不弄明白，我是不会回日本的。"

"你能查什么？查案子是刑警的事儿，跟你没关系。苏玉你不用管了，等她稳定之后我就送她到理疗院。你现在正在关键阶段，就算留下来又能做什么？你能有专业护理人员做得好？"

"我不管，别的事儿可以听你的，这件事儿不能商量。"

"你妈刚走，你就开始气我，是不是想让我也早死？"

"爸，这是两码事儿，你不要混为一谈。"

"为了这个女人，你看看你把家弄成什么样了？到了现在你还不知悔过，不知道上进。你怎么就不知道学学挽明，学学刘君，静下心来好好做点儿事儿？"

"少跟我提崔挽明，爸，我是你儿子，他不是。你做了什么？你把房子给了他，让你的儿子和儿媳妇跟你住在一起。为什么呀？为什么要这样对我？"

秦怀春怒火攻心，抬起手中的拐杖就要打秦志杰，还没打出去，老爷子就被心口的气憋住，一头栽倒下去。

真是屋漏偏逢连夜雨，自秦怀春退休之后，秦家仿佛遭到了诅咒，糟糕的事情一件接一件，就连上门看望秦怀春的人都少了。以前秦怀春在职的时候，家中油米不断，客来客往，现在真的印证了什么叫树倒猢狲散。除了北川大学的一些老教授赶了过来，省农科院过来的人寥寥无几，但在这寥寥无几的人当中，就有于向知。

于向知被秦志杰拦在了门口。

"这里不欢迎你，请你离开。"

"志杰，好歹秦院长也是我的老领导，让我进去看看他。"

“我说了，我爸不想见你，你别去打扰他。”

于向知踮着脚看了眼病床上的秦怀春，脸上一副忧心忡忡的模样：“秦院长这是怎么了？严重吗？”

“跟你没关系。走！”

秦志杰终究没让于向知进去。于向知看见刘君也在这儿，朝他招了招手。

“于所长，你过来了。”

“嗯，你小子比我跑得快嘛。你老师是什么情况，说倒下就倒下了？”

“于所长，秦老师最近太过操劳，家里出了一连串大事，这么大年纪，身体哪里受得了。”

“可不是嘛！老爷子还要干大事，可不能倒下。对了刘君，有件事儿我正要找你，昨天我跟你们主任曹海亮说了，这次生化栽培科室的副主任推荐你上去，你先准备好材料。”

“于所长，我怕我做不好工作，我——”

“好了、好了，以前工作上出的问题都不是问题，哪个年轻人不走弯路？你别谦虚了，让你干你就干，只要你把你们科室的水稻搞起来，就是咱们所的功臣。另外，过段时间去三亚南繁我陪你去，你连续去了这几年，各方面条件也都成熟了，我过去看看情况。”

“好哇，于所长亲自过去就更好了。”

两人正聊得热闹，崔挽明拎着一盒给秦怀春买的热乎的小米粥进来了。于向知扬着眉毛叫了他一声。

“挽明，最近瘦了，我听说省局今年把你那儿的试验点拿下去了。他们怎么搞的嘛，不看僧面看佛面，现在他们连秦院长的面子都不给了，说拿下就拿下。你别着急，等冬天我找找谢局长，让他通融通融。”

崔挽明侧着脸，很不客气地回了一句：“这件事情背后到底发生了什么，我会查清楚。于所长，你好自为之。”

“你……”

于向知的话还没说完，崔挽明就进去了。

“刘君，你说我的话有错吗？我也是为他好，他什么态度？！工作这么多年了，他还是这个样子，牛脾气一点儿都没改。你说呢？”

见刘君半天吐不出一个字，于向知一摆手道：“算了、算了，你和他穿一条裤子，我懒得跟你说。我跟你说的事儿你别忘了呀，我先走了。”

“谢谢于所长提携。”

于向知的老到和圆滑让刘君瞠目结舌。为什么于向知明明知道自己和崔挽明感情至深，还敢提携自己？刘君在心里琢磨这事儿，但想要把于向知琢磨透，可不是那么容易的事儿，也只能是简单地过过脑子。

秦志杰帮老爷子办理好住院手续之后，一个人去了苏玉租住的屋子。他要从这里开始查找线索。这里已经没有苏玉生活的气息了，一切显得死气沉沉，窗台上的多肉植物就快死去，靠近墙的位置落了一层灰。

秦志杰站在苏玉的卧室门口，开始扫视屋里的东西：电视机、热水壶、保温杯、一双拖鞋以及门口鞋架上的三双运动鞋。衣柜里的衣服没怎么穿，跟他上次离开时相差无几。最特别的东西就是那一大盒她最爱听的卡带。苏玉这个汉语言文学专业毕业的姑娘有着强烈的怀旧感，虽然手机听歌比较方便，但她还是喜欢老式复读机里卡带在工作时发出的沙沙声。这一点，秦志杰感触最深。

他把屋里的东西检查了一遍，没发现什么不对的地方，但他接受不了苏玉暴病这个说法，始终觉得这件事情蹊跷得很。

他目光呆滞地看着盒子里排列整齐的卡带，发现其中一盘上下颠倒了。苏玉有强迫症，卡带颠倒了不正常！他立刻取出这盘卡带塞进复读机，按下播放键。

他就这样躺着。这是苏玉最喜欢的一盘卡带，张信哲的歌声带着浅浅的哀伤，像一颗烧烫的玻璃珠，在秦志杰的喉咙里滚来滚去，使他张不开嘴巴。他等了三十年，这个女人才出现，他不求别人眼中的圆满，不求感情道义的无愧，不求亲人的理解，选择了她。但这个女人没有福分，也顺便带走了他的福分。

他忘记听到了哪首歌的哪句词，甚至怀疑自己睡了过去，音乐声停了足足二十几秒，整个屋子里只有冰冷的阳光和复读机齿轮的转动声，将秦志杰的身体抛向了空中。

磁带终于又发出声响，那是一种很独特的声音，没有人在唱歌，也没有背景音乐。那是一段短暂而令人窒息的对话，秦志杰倒回去听了十几遍，一屁股坐到地上，感觉整个人生都塌方了。

复读机在光洁的地板上躺着，秦志杰手里捏着这盘卡带，眼睛里盛着无限的悲苦之色。他的双腿打战，怎么都站不起来。他不想待在这里，也不想待在这座城市，这里的一切让他感到残酷和绝望。他陷入了一种极度扭曲的痛苦之中，没有办法跟任何人讲他听到的一切，这个秘密就像是强行闯入他的世界的钢针，向他的身体注射着令人痛苦的毒药。

他拿出打火机想要烧掉卡带。但他的情绪极为不稳定。最后他把其他的卡带烧了，将这盘卡带揣进了兜里。

他跌跌撞撞地下了楼梯，像一个意识模糊的醉汉，把准备上楼的苏慧撞倒在地。这是苏玉出事儿后，苏慧第一次出现在秦志杰面前。

她从地上站起来，给了秦志杰一巴掌。

“人渣！”苏慧的眼睛红红的，心里装的全是对秦志杰的厌恶。

秦志杰没有正眼看苏慧，摸了摸被打的脸，阴阳怪气地笑出了声。苏慧上了楼，他则捂着脸，手指捏着那盘卡带，走了。

苏慧一个人静静地坐在苏玉的卧室的窗台上，看着窗外片片秋叶往下坠。她的嘴角挂着一丝痛苦的笑，她想着自己是被人抛弃的石子，想着她们姐妹的决裂。她又想到如今躺在病床上的苏玉，想到抢走她的爱情的女人如今也无福消受这份爱情了，突然觉得失衡的天平又往她这边倾了倾，于是嘴里涌出一丝苦涩的甘露。

她算是彻底失去了这个至亲的姐姐，无论是从精神上还是身体上，她都失去了。她不想去看苏玉。在这之前，她对姐姐的恨刻进了骨子里，但此时此刻，她又希望姐姐有一天能够再站起来。

苏慧陷入了煎熬之中，但这种煎熬只属于她，她是安静的，也是孤独的。

崔挽明的心绪还沉浸在秦家发生的一系列事情中，他为秦怀春难过，为秦志杰难过，也为苏玉和苏慧难过。

但他的生活不能停留在伤感之中，郭达已经给他打了三次电话。崔挽明让种植户带走的几个品种在天源县已经进入成熟期。郭达来电特地邀请崔挽明亲自去看看品种的田间表现，言外之意就是品种表现很好。

但海青刚产下孩子，这两天闹得很凶，崔挽明只要见到她，听到的都是有关孩子的教育问题。对这个问题崔挽明已经明确表达过意见，他以为海青会在理解的基础上慢慢将问题考虑清楚，但现在看来事情仍旧朝着不好的方向发展。

他一开始还回嘴，现在变成了一根木头。他认为“爱情”这两个字本身就不存在，作为丈夫，对妻子和家庭负责，那就是爱；不负责，就没有爱。所以现在的崔挽明觉得自己对家庭和妻子是没有足够的爱的，占据他的脑海深处的不是温馨的暖床，而是他有待实现的那个贫穷的梦想。现在他已经摸索到了林海省水稻生产的脉搏，他的心已经迷失在这片深蓝的大海中。

“海青天天这么骂你，妈看着也心疼你。挽明，她现在心里乱，要不你先出差，也好让海青静一静？”丈母娘在医院里照顾海青，面对他们夫妻二人的争吵，终于站出来发表了观点。

“妈，我不能走，孩子还这么小。”

“你的心念着孩子，也念着你的水稻，你总要顾一头。这里有妈在，你走吧。”

“妈，你别劝我了。”

海青从床上爬起来，站在屋门口冷冷地看着崔挽明。

“你不要假惺惺了，你的心在什么地方你自己知道。妈，让他走。”

“海青，你怎么能这么说我？咱俩是夫妻。”崔挽明对妻子的埋怨感到无奈，为了据理力争，不得不抬高音量。

“我没有你这么窝囊的男人。你别在这儿气我了，你快走。”

崔挽明的眼睛里流露出一股强烈的酸痛感，他活了快三十年，从来没有人说过他窝囊，结发妻子说出这种话，无疑是对崔挽明的自尊的痛击。考虑到孩子，他咬着牙出了门，不想再回嘴争执。他想看着自己的孩子长大，但被这个婚前知书达理的女人当成了一个小丑。崔挽明当晚就买了火车票。

这是他头一次来郭达的水稻地。水稻地一望无垠，足足有五百多亩。金黄的稻穗沙沙地摇晃着脑袋，每一株水稻都热情洋溢。

崔挽明的心情一下子好了很多。他了解水稻比了解自己都多，看见水稻就像看见心底的知己，一高兴直接坐在了地上。

远处的火烧云红彤彤一片，和水稻的金黄交相辉映，照在崔挽明的身上和那颗忠诚而勤奋的心上。

崔挽明以前没机会走出来，所有对林海省水稻大生产的印象都来自秦怀春的描述，现在他身临其境，稻田的波澜壮阔久久地振奋着他的心。

“郭叔，这就是养活咱们林海省四千万人口的大粮田哪，你们老百姓了不起，我要给你们鞠躬，你们天源县立大功了。”

“崔老师你言重了，没有你们育种家，哪里有好品种；没有好品种，老百姓怎么增收创效，该鞠躬的是我们老百姓。”

“不管怎么说，只要大家的日子越过越好，我们的工作就是有意义的。不过郭叔，您有这么多水稻地，还大老远地跑到三亚跟我学习育种，图什么？您经营好您的稻子，比什么都强。您看看您种的东西，多好！好品种交到像您这样的老百姓手中，我们也放心。”

“让崔老师见笑了，我呀，一直对育种好奇。二十多年前我就去过你们北川大学，那时候看见你们的秦教授在给水稻做杂交，他见我好奇，就把我叫过去传授杂交技术。后来我回到家自己琢磨，琢磨了二十多年都没有摸清门道。干一行爱一行，我能把水稻种好，但要是不知道关于水稻的理论知识，总有一天会栽跟头。所以啊，我也想自己搞搞育种，一来是培养兴趣，二来嘛，咱们林海省还没有出过农民育种家。我就不信只有你们教授、老师才能干这个，我就想当林海省第一个实实在在的农民育种家。”

崔挽明听郭达这么说，内心一下子激动起来。

“郭叔，您真是不一般哪，竟会有这样的想法，挽明要向您学习了。”

“我还没入门，看来以后我闲下来就得跑去找你。我夏天的时候上凤凰城，冬天的时候上三亚，一年跑两次，多跑几年不信学不会。”

“郭叔，您要是真有这个心，我会不遗余力地把水稻育种理论教给您。不过，郭叔，您可要知道，十年才有希望育成一个稳定品种，也就意味着前十年会一直投入；运气差的话，一个品种都审不上。干我们这行，没有国家项目和财政的扶持，谁都干不动，也没有那么多的资金。换句话说，我还没见过个人投资搞育种的，这完全是往里面砸钱的买卖，也是风险极大的游戏。我不是看不起您，只是实在不建议您搞这个。您挣钱不容易，每一分都是从泥巴里抠出来的，不必那么冒险。”

“照你这么说，农民还真当不了育种家咯？”

郭达将手背在后背，他的背有些佝偻，像夕阳里的一座拱桥。听完崔挽明的话，他不但没有妥协的意思，心中的信念反而更坚定了。

两个人没再说话，而是静静地望着远处的天，天边风过处缓缓摇动的稻穗汇集成一把巨型扇子，扇子上镌刻着老百姓洒下的汗水和心血，流淌出一面金黄的旗帜。

崔挽明看着这面旗帜，倍感责任重大。

回村的路上，郭达始终在琢磨育种的事儿。他边开车边想崔挽明跟他强调的种种困难。一咬牙，郭达把车挪到路边，回过头来继续跟崔挽明探讨。

“我有五百亩水稻，一年拿出四分之一的利润来搞育种总够了吧？论栽培技术，我谁都不服，但搞育种的话，我缺像你这样的人带路。你是大学老师，我是一个农民，把关的事儿你来帮我定夺，花钱的事儿我来，我就想把这事情做成。”

“郭叔，赔钱您也干？不后悔？”

“我一把年纪了，钱留着干什么？！我从十四岁就开始种水稻，种了五十多年，我太了解林海省了，这么多年过去了，我们的水稻产量翻了几番，现在老百姓不饿肚子了，但稻米口感问题一直没得到解决。崔老师，这些东西我不懂，说错了你别多心，我就觉得你们育种家近十年来都没有进步。”

“请郭叔指教。”

“你师父秦怀春当年育成‘北川稻 1 号’之后，林海省的水稻在过去二十年里单产仅提高了不到一百五十斤，这难道不是原地踏步吗？你们都在搞产量育种，有几个人在搞高品质育种？你说育成品种的周期是十年，十年前如果大家想到现在的人对口感和味道的追求，林海的一级米就不会只有‘北川稻 1 号’了。”

郭达的话透着一种对育种家的遗憾和惋惜，也让崔挽明羞愧难当。

“那是一个时代的记忆和伟大成果，我们也在探讨水稻产量提高缓慢的问题，大家都觉得控制产量表达的基因已经基本实现了聚合，至少在林海省是这样的。在不改变营养器官大小的前提下，水稻很难再有产量突破了，如果想突破，恐怕就要看机遇了。”

“你不用跟我说什么基因，我也听不懂，我只知道老百姓只认好东西，至于怎么好，那是你们的事儿。不过呀，明天你看完那几个示范品种就知道，林海省水稻的发展空间还是很大的。”

崔挽明笑了笑。那天晚上他住在郭达家，心里五味杂陈，一方面想着家里的妻子，一方面想着郭达对育种家的殷切期望。

第二天，崔挽明坐在郭达的小汽车上，逐一看了自己的品种在种植大户田里的表现，同时进行了现场测产。崔挽明被邀请到村委会，见了主管新农村发展的村支书。大家把他当成了一个大教授，每个人都过来跟他握手，让他第一个发言。大家眼睛里的光都是一样的颜色，他们看崔挽明的样子就像看见了一个新生的希望。

“崔教授，按照你说的施肥量和播种期，你的那个品种比我每年种的品种多收一百八十斤，真是神了。关键，蒸出来的米饭泛着一层油光，一会儿吃饭的时候你尝尝。”

“你们还煮成饭了？”

“你的东西嘛，也要让你亲口尝尝。老郭总跟我们说你的东西好，我们不信，以前这样的人多了，没一个靠谱的。这次我们就是抱着侥幸心理试一试，没想到你的这个东西真行。今天你也来了，我们村现在想搞土地流转，准备引几个好品种过来，现在暂时决定用你的品种了。”

崔挽明一下子紧锁眉头：“这不行，千万不行。这几个品系还没有申报品种试验，不能称作品种，我也没有合法推广权，不能让你们种。我给你们种子的时候就说得很清楚了，这件事是绝对不行的。”

“哎呀，崔老师呀，你说你们读书人有时候就是死脑筋。我们老百姓认准的东西，那肯定是没错的，这是我们自己的选择。稻子长在地上，谁也不来查，谁知道是什么品种？只要对老百姓有利，它就是好东西。”

“你们搞土地流转是好事儿，思想很超前，我也支持你们，但我有我的原则。你们种水稻可以，但一定要是经过严格审定的品种。具有品种权的种子才能往地里种，不然存在风险。老百姓种东西，没有品种名的东西尽量别种，否则一旦种子出了问题，就会造成粮食绝收的情况，你们找谁说理去？”

“崔老师放心，出了事儿我们自己负责。别的不说，我们村的水田加旱田一共八千亩，我们的水稻种子这几年都是在经销商手里买的，一大半是假种子，但我们照样种，也没出过事儿。”

“假种子？你们知道是假种子还种？”崔挽明不来不知道，要不是听老百姓亲口讲出实情，还天真地活在公道和法理并存的世界里。

“怎么不知道呢？去年的水稻和今年的水稻就长得很不一样，株高差了五厘米左右，但经销商说了，这就是同一个品种。我们也不瞎，稻子摆在我们面前，谁是谁一眼就能分辨出来。他们就用一个品种名反复更换种子卖给老百姓，这种事儿大家都心知肚明。”

“你们既然知道，怎么还要买他们的种子？你们这是违法经营，知道吗？”崔挽明有些生气了，突然感到林海省的粮食产业里多了一颗老鼠屎，让他痛心。

“我们都习惯了种一个品种，只要品种名不变，种的是什么就无关紧要了。说来也奇怪，他们拿来的种子也都过得去，这么多年没出过事儿，产量也能得到保证。”

“哪家公司卖给你们的？”

“好像叫什么金怀种业，听说是现在林海省最大的种业公司，起步的时候做的就是水稻生意，现在也开始搞玉米了。”

一听到这个名字，崔挽明就想到秦志杰和金怀种业的事儿，想到于向知和金怀种业的关系，心头顿时燃起怒火。

“老郭，你们心中有数我就不多说什么了，我刚才的话你们要记在心里，有些人想要把林海省的粮食市场搞臭，这种挂羊头卖狗肉的公司不会有好下场。不把老百姓的风险当回事，他们就是在无视老百姓的利益，大家应该站出来抵制假品种，不要让风险有可乘之机。”

“大家都说种子好，我们就买了。我们就是小老百姓，哪里有能力跟人家企业闹？经销商是为种业公司服务的，市场上主推的品种就那几个，我们若是把经销商得罪了，拿不到种子，遭殃的还是我们自己。所以呀，只要他们保证种子的质量，我们是很放心的。他们也要挣钱，不会随便开我们的玩笑的。”

崔挽明此次下来真是收获颇丰。他没有想到老百姓和经销商、种业公司之间的微妙关系居然这么引人深思。为什么会有假种子？没经过审定的品种为什么会流到市场上？品种套包的事儿为什么这么明目张胆却无人过问？老百姓的唯命是从和经销商的为所欲为是谁导致的？

一连串的问题堵在崔挽明的心头，在他返程的途中重重地积压在他的身体里。他还在火车上就接到了孩子高烧不退的消息，看了看时间，还有三个小时火车才抵达凤凰城。他感到“人生艰难”这四个字无处不在，令他感到生不如死。

他觉得自己面对的东西太多、太复杂，之前所有对水稻育种和生产的理解，放在现在来看都显得太过狭隘。他工作了几年，却未能真正走进老百姓的世界中。

他从这种奇怪的遗憾中跌入对妻子海青既爱又恨的矛盾情绪里，恨不能从火车上纵身跳下，跳进波涛滚滚的林海江中。

孩子的出生掩埋了崔挽明和海青那短暂的爱情时光，他把孩子托在手里，就像托住了一种希望，继续奋斗的希望。孩子卧在他的手心里像一块宝玉，让他的手掌暖暖的。这个时候他突然理解了海青跟他谈的教育问题，体会到了母爱的伟大至深。此时此刻，他感受到这么暖和的一团肉在他的手心里颤抖着，能不想给孩子最好的家庭环境和教育条件吗？这块肉从海青的肚子里掉出来，直接落在了他的心上，重重地压着他。

一种难以描述的责任感从他的心底冒了出来，他就连看海青的眼神都变得温和了许多，眼里的那些芒刺开始一根根变软。他明白过来，当一个男人变为父亲的时候，他对社会的责任感注定会分一部分给孩子，他也必须明白这个道理。

崔挽明想到内心发生的微妙变化，一下子联想到秦怀春和秦志杰之间的关系。他从心里告诫自己，无论工作有多忙，都要将孩子纳入生活中，且要作为重点来对待，他们父子的关系万不可演化为秦怀春父子那般。

一周后，海青带着孩子出院回到家里，崔挽明这才正式回到工作岗位。这一周对海青来说尤为难得，这是她嫁给崔挽明之后过得最舒心的一段时光，崔挽明从来没有像这样陪伴过她。所以海青的心得到了极大的安慰，她对婚姻和家庭的未来也多出了几分信心。

可崔挽明一离开这个家，心就转向别处。带去南繁的种子已经准备好。走之前他打算再去看看秦怀春。

那天的空气异常清新，秦怀春习惯性地没锁门，崔挽明进来的时候，秦怀春正在读一封信，见爱徒来访，随手将信件合上。

“听说你到下面看品种去了？钟实跟我说，你让老百姓帮着搞了点儿示范。不错，品种好就应该拿出来，审定之前先让老百姓心中有数，真正看到品种表现，再去谈购买种子的事儿这符合逻辑，也是负责任的做法。”

“老师，今天我不是来讨论这些问题的。我听说志杰又出国了，可苏玉她还……”

“志杰有自己的想法，苏玉的事儿我来操心，我已经联系好一家疗养院，条件、规格都很好，我打算给她请个专人护理。不管婚前志杰和苏家姐妹如何，苏玉毕竟嫁到了秦家，我们没有照顾好人家，出了这种事儿，我们有责任照料她。”

秦怀春的自责写在脸上，崔挽明看得出来，虽然秦怀春平时对秦志杰不加管教，但内心还是很护着他的。

崔挽明盯着桌子上的那封信，这让秦怀春有些不适。

“哦，这是志杰走的时候留给我的，都是些嘱咐的话。苏玉出事儿后，志杰变了很多，你没看到他的样子，真的像换了一个人，都学会在信里关心我了。我跟他这三十年来争吵不断，现在家庭支离破碎，我们的关系反倒好了不少，你说怪不怪？”

秦怀春边说，边将信纸塞进信封，顺便将桌上的一个未拆封的快递收了起来。

“现在就剩我一个人了，上午快递员来，我还拉着人家说了半天话。你马上又要南繁去了，我就又少了一个说话的人。”

"是呀，刘君也要跟我一起去，家里真就只剩老师您了。依我看哪，您多到外面走走，北川大学的校园里有很多退休教职工，要不你上离退休老干部中心活动活动，就当锻炼身体了。"

"我才退休，还没到养老的时候。"

崔挽明看出了秦怀春如青山不老松，故不再劝他出去活动。

"老师，苏玉的案子查得怎么样了？怎么突然就出了这事儿？过了这么长时间，警方总该给个说法。"

"查无可查，什么结果都没有，最后定性为颅内突发出血。"

"就这样了？"

"好了，不提这些事儿了。说说你，你那个品种怎么样了？今年在凤凰城的表现如何？"

"老师，我正想跟您说这事儿呢。我觉得来年可以申报品种试验了，应该没有大的问题。"

"报吧，挽明，既然你心里有数，老师也不给你拿主意了。"

"是这样的，老师，既然说到这个品种了，我有个想法，希望征得您的同意。"

"你看你，说话吞吞吐吐，咱们是自家人，有话就直说。"

"嗯，明年要是报品种试验，我想以老师的名义申请这个品种。"

"你这是干什么？绝对不行，东西是你的，怎么能给我呢？！再说了，我一个退休的老头儿，要这个有什么用？"

"老师，这些材料是您去省农科院之前留下来的，属于您的心血。您能让我经手，我已经感到很满足了，绝对不敢有私心。要不是有您的前期付出，也不会有这个品种，是您利用理想株型'丰优530'改良了'北川稻1号'的株型和香味，这是画龙点睛的一笔。老师，如果这个品种能出世，种业的发展必将如虎添翼。我和钟叔对这个品种进行过市值估价，起码值八百万。"

秦怀春岂能不知道它的价值？所以他才三番五次地让崔挽明谨慎对待。

"值钱不值钱要让市场来说，你们的脑子里不要有这个想法，要谨记咱们干这个的初衷。”

“一切为人民，一切为国家口粮安全。这是师训，挽明不敢忘。”

“你知道就好，‘水稻’这两个字跟了我一辈子，但从今天起，我不会再踏进这个领域了。我说了，未来是你们的，我们这代人真的退出了。”

崔挽明听秦怀春这么说，心里多少有些难过。他没有办法让秦怀春回来主持这个品种的申报，也没有办法阻止秦怀春告别舞台。

秋意浓浓，落叶归根。从老师家里走出来，崔挽明内心平静了很多。只是崔挽明猜不透秦志杰离开的原因。苏玉那么需要他，他居然就这么走掉了。崔挽明不明白老师为何会让秦志杰就这么走掉，为何要让照顾苏玉的责任落到自己头上。最让他疑惑的是，苏玉无缘无故地成了这样，居然简简单单地被判为突发性脑出血，实在让他难以接受。

站在秦怀春家楼下，崔挽明一动不动地看着小区栅栏门口的那个人，心中疑惑起来：她怎么会在这儿？

崔挽明跟了出去，随苏慧来到闹市街口。

“你怎么在这边，没去上班？”

“我怎么不能在这边？你又去看老师了？”

“这不又要南繁了，每年都来看一眼，习惯了。”

“咱们几个之中就你跑得最勤，难怪老师当年把你留在了北川大学，他的眼光不错。”

“说这些做什么？问你呢，你怎么也过来了？你也要去看老师？”

“本来想看一眼的。”

“那怎么不上去？来都来了。”

“因为看见你了呀，见到你我就不想去了。”

“苏慧，你怎么赖到我头上了？我还把你的脚捆上了？”

“算了、算了，你这个人真没劲，上学的时候就一根筋，工作几年了还这样。我们主任调到省食品监督局了，我刚刚升了副主任，本来想跟老师说一声。但你知道我们的关系有些复杂，想想还是不上去的好。”

“你都成副主任了？你看看，一个你，一个刘君，都节节高升了，就我还在泥巴地里打滚，看来还是你们选对了路。以后我再到你们品质检测中心交样品，是不是能给我打个折了，苏副主任？”

“想都别想，你跟他们秦家人穿一条裤子，当年是怎么把我从秦家撵出来的？忘了？”

“哎，苏慧，你别血口喷人。你和秦志杰情意不合，怨不得别人。再说了，我虽然尊敬老师，但在你的事情上从来没插过手，你可别往我头上扣屎盆子呀。我刚才是认真的，你们品质检测中心要价太不合理了，做一个DNA检测就收一千五。我们做品种审定试验的，从比较试验到生产试验，每年都要做DNA检测，又要做转基因检测，现在又搞什么品质分析，每样要价都上千元。一个流程下来，品种审定成不成不说，光测试费就要花好几万，哪家单位受得了这个？你回去应该跟你们的领导提一提，不能因为你们是林海省的独家认证机构，就不拿我们育种家的钱当回事儿。”

“崔挽明，上学的时候你就爱管闲事，恨不得别人穿什么衣服出门你都要发表一下意见，现在工作了还要对别人的工作指手画脚，我看你脑子不开窍，活该在泥巴地里扑腾。”

“你什么意思？我的话就是群众的呼声，你不可不听。”

“好、好、好，你就等着，等着我回去帮你反馈。”

苏慧就这么走了，可崔挽明清楚，苏慧没有对他说实话。她站在小区门口看他的表情显然没有那么轻松，一定是找秦怀春有什么事情，但崔挽明猜不出来。

告别苏慧之后，崔挽明到花店选了几束花，来到苏玉所在的凤凰康疗中心。

苏玉一动不动地躺着，还不如木头有灵气，负责照顾她的人叫楚一茹，是秦怀春拿出退休金从金牌家政中心请来的护理专员。

崔挽明把花放在床头柜上，静静地看着苏玉。

“你说你，刚跟志杰结婚没多久就成了这个样子。你身上到底发生了什么事情？”

崔挽明以为楚一茹走了，跟苏玉说了半天话，一回身发现楚一茹在身后站着，吓得跳了起来。

“你怎么没走？有我在这里，你可以下去做点儿别的事儿。”

“秦先生交代，让我一刻不离地照顾苏小姐。”

“那是平时，我是苏小姐的朋友，是来探望她的，请你放心。”

“我不能听你的，先生，请谅解。这是我的工作，也是职业素养。”

崔挽明并不觉得苏玉受到了多好的照顾，这么一个人在她的身边，不像是照顾，更像是将她看管起来。

一整天下来，崔挽明都觉得不痛快，从见到秦怀春到遇见苏慧，再到看到这个护理专员，无不透着一种道不清的别扭感觉。但让他说，他又无从说起。

孩子满月那天，崔挽明到银店买了一对银手镯给孩子戴上，温馨的一家三口度过了一个幸福的周末。

等海青一觉醒来，崔挽明已经到了三亚。

第七章
首　战

刘君说好来车站接他，结果崔挽明等了两个小时也没见到人影，实在等不及，只好先打车回崖州。他到了试验地，还没放下包，刘君的电话就来了。

崔挽明接起电话就大骂道："你上哪儿去了？办事儿太不靠谱了。"

"有点儿事儿，先忙着处理了，等哪天我登门道歉。"

"没用。"

"请你喝酒。"

"那要看喝什么了。"

"茅台、五粮液我也请不起呀。"

玩笑归玩笑，刘君挂了电话，看了眼远处的于向知，心里十分不痛快。他想不明白于向知为何不让他暴露行踪。于向知不就是来海南参与一下南繁播种工作嘛，有什么见不得人的？

于向知见他打完电话，才走了过来。

“怎么样？今天让你上机场接我，没去接你的好兄弟，他没怪你吧？”

“他怪不怪我不重要，重要的是成功将于所长接到这儿来了。您大老远跑来给我指导工作，给于所长竖大拇指。”

“你呀，典型的马屁精，说话永远拣好听的说，滑头一个。”

“也是实干家、实干家。”刘君赶忙为自己辩解。

“好了、好了，明天你先安排工人把田收拾出来，做好苗床，我要去市里取点儿种子。”

“这种事儿我去就行，不用于所长亲自跑。”

“我来一趟也让我参与进来，你就听我安排，咱俩一起干。”

这可是刘君进入育种所以来最感动的一次。于向知能态度积极地冲在前面，简直是太阳从西边出来了。

刘君也纳闷儿，于向知哪里来的动力和激情，一下子换了种工作态度？这种改变反而让他无所适从起来。

不过更让他疑心的是，计划内的南繁种子都已经准备出来了，于向知为何还要到市里去一趟呢，难道于向知还有别的种子要播？

第二天，于向知起了个大早，来到崖州古城附近的快递点收取了他的种子。东西不多，也就十斤左右，但包装显得较为金贵，严严实实地包裹在一个铝制的盒子中。

他打开包装，检查了一遍东西，确认无误后才离开。

半小时后，他回到南滨试验地，路过刘君的试验田后又往东骑行了二十分钟才停下来。

于向知将电动摩托车停在路边，拎着他的种子来到了一栋二层小楼里。出来搭话的人，从口音上不难辨认是地道的林海人。

“于所长怎么亲自过来了？打个电话，我们过去接你多好。”

“本来就麻烦你们两口子了，正好我没事儿就过来看看。”说着于向知便将种子交给他俩。

“这几年你们夫妻俩在海南帮我种地，很不容易，从今年起我打算每月多给你们两百块，也该给你们涨涨工资了。这个种子你们帮我好好种着，选一块好地种上，千万别让人来看。”

"哟，于所长，这怎么还涨工资了呢？搞得我们怪不好意思的。我们在这儿住你的、吃你的，待遇已经很好了。种子的事儿你放心，这几年你安排的事儿，我们哪件办错过？肯定给你找一块最好的地，来年春天你等着收种子就行。"

"嗯，种子量不大，但每一颗都价值千金，千万别给我搞砸了。"

"放心，一定种好。"

这几年于向知转型开始搞经营，做的都是自己的买卖。何金贵夫妇是他从林海省特意雇到海南来繁殖种子的，花费不可谓不高。但这两年他和金怀种业的买卖一直没停过，在这件事儿上，何金贵夫妇功不可没。要不是有他们二人在这里繁种，于向知也没有足够的供种量，更别提挣钱了。

尽管夫妇俩种得一手好庄稼，也深得于向知信任，但这次于向知总觉得心里不踏实，走的时候又看了他的种子一眼，然后将何金贵夫妇叫到屋里嘀咕了半个多小时才离开。

回到刘君的住处，于向知一副心事重重的样子。

"于所长，你取的种子呢？多大量啊？咱们的地够不够用？实在不行我再找一块地。"

"刘君，你先把手里的活儿放下，跟我进屋一趟。"

于向知点了根烟，靠在椅子上愁眉不展。刘君穿着拖鞋，衬衫的袖口被泥水弄得脏兮兮的，哪里像什么副主任。

"我在东边有个老乡，正好老两口在那边种地。我想了想，还是把种子放到他们那儿去，一来是怕你照管不过来，二来他们的土地充足，也省得你再费心找地。"

"哎呀，我的于所长，这是咱们自己家的事儿，麻烦外人多不好？再说你交给老百姓能行吗？咱们这一套工作他们也不懂，万一搞砸了，那……"

"所以需要你过去监管一下，后天你就跟我过去一趟，咱们亲自把种子播上，后面的事儿就交给你了。我这两个老乡是种水稻的能手，病虫害问题你可以多向他们学习，别以为你是研究生就了不起，论种地水平你和他们差远了。这个品种你一定帮我看住了，一丁点儿差错都不能有。最重要的一点是，这件事情除了你，谁也不能知道，明白？”

于向知也是到了万不得已的地步才带刘君过来的。面对突如其来的任务，刘君心里恍然大悟：难道这就是于向知亲自到海南来的原因？这是个什么品种，为什么他这么谨慎对待？

“于所长，我办事儿您放心，这件事儿包在我身上。”

“哼，我这次可没跟你开玩笑，要是再发生上次的事儿，你这个副主任恐怕连我都保不住了。”

“上次是天灾，今年年景好，肯定丰收。”

“不管是天灾还是什么，总之不能给我出差错。还有你那好同学崔挽明，记住了，咱们是两个单位，在省里育种方面，咱们是竞争对手，我不反对你跟他走得近，但育种是一种保密性工作，要是让外面的人知道了咱们的底细，审品种的事儿就跟咱们没关系了。还有育种科室的何峰，你要留心，别以为咱们是一个所的同事你就对他掏心掏肺。这个人鬼点子多，这些年我虽然提携他做事，但有些东西我对他还是有所顾忌的，这一点你要守好原则，明白？”

刘君就知道于向知会给他打预防针，在这方面刘君还从来没犯过错。虽然他跟崔挽明情同手足，但大家对手里的育种材料的保密工作做得都很好。谁也不会去试探对方，更别提当面打听了。这是育种家之间不言而喻的行规，守规矩的人都明白，到了刘君这儿，他就更当回事儿了。但于向知让他防着何峰，这就让刘君不理解了，也给刘君提了醒，于向知毫不顾忌地在他面前防着何峰，正说明于向知为人之阴狠。

“这个于所长可以放心，该让外人看的，不该让外人看的，咱们都尽量别外露。这个我懂。”

于向知亲自将他的品种播上之后，便乘飞机回到了凤凰城。他没有花太多时间在这些琐事上，家里还有更重要的事儿等着他去办。

这两年于向知虽然在所里干了些出卖良知的勾当，把大家的好品种卖给了金怀种业，但这些事没有留下把柄。重要的是，于向知有个常人不具备的本领。育种所之所以能在省农科院的这么多所里出类拔萃，绝不是因为他于向知的研发精神和创造力有多强大，全在他有一张利索的嘴和不要脸的精神，加上三杯不倒五杯不醉的酒量。凭着这三点，他硬是能跑到省里将项目要回来。

说他是林海省农科院的“外交家”一点儿不为过，近三年国家重点研发专项的大头全让育种所拿了，更别提科技支撑计划和省里的一些重大专项。这样一来，其他研究所也能分一杯羹，于向知做的是利好大家的事儿，私底下当然受大家待见。

这不，省里现在要搞节水灌溉的项目，他又瞄上了这块肥肉。这次他急着回去，不但要往科技厅跑，还要跟省农业委员会的人叙旧情。海南的事儿要是没有刘君坐镇，他根本不放心。

不过刘君也不是傻子，虽然于向知口口声声在讲信任问题，但很明显，对刘君来说，何金贵夫妇就是于向知放在他面前的监视器。自于向知走后到插秧的这段时间，刘君三天两头地往这边跑，每次来手里都带点儿东西。

“怎么想到上这里种地呢？林海省多好哇，跑这么远过来图什么呢？”刘君一边将手里拎着的猪蹄递给何金贵，一边打听。

何金贵呵呵一笑，露出不齐整的两排牙齿：“哪里种地都一样，还不是老农一个，不像你们，走到哪里身份都是干部。”

“地里种的是什么品种？海南这个地方，冬季可以用作南繁，但要是生产粮食，那可是要冒风险的。这里的冷害和稻瘟病发生率很高，你们还不如种点儿豆角之类的蔬菜，我听说春节前后豆角能卖到十几块一斤，去年很多人靠这个发了。”

“我们不懂种蔬菜呀，一辈子只会种水稻，也不知是什么品种，随便买了点儿就种上了，有收成就行。”

刘君虽然没有挑明，但能感觉到何金贵没有道出实情，从地里种的东西就能看出来，十有八九是育种材料。不过他也清楚，于向知这么老到的一个人，能不知道他的眼力？于向知之所以不说穿，是因为一来给自己留住底线，二来也是对刘君的信任。

尽管刘君和崔挽明的关系非同寻常，但于向知在秦怀春退休后不久便将刘君又推到副主任的位置，其用意是很明确的。就刘君本人来讲，嘴上不说，心里怎能不记于向知的好。别管于向知的人品如何，他对刘君从来没有使过心思，换句话说，于向知的那些手段针对的多数是外人，对自己人他还是很有保护意识的。

有了这样一种体会，刘君也不去计较于向知私下里在这儿搞繁种的事儿，但他知道这些事儿于向知是不希望他外露的，作为下属，这点儿意识还是有的。

播种后的一个月，迎来了插秧，那几天崔挽明几次说要来找刘君，都被刘君推拒了，因为刘君不想让崔挽明知道于向知的私事。刘君也开始察觉自己的变化，以前他对崔挽明从来都是有话直说，但现在留了心眼儿，学会了撒谎。

崔挽明没有留意到刘君的变化，离家的每一天都在想念孩子和妻子。插秧结束的那段时间是最难熬的，每年的这个时候他都会跟五湖四海的育种家结交，但今年没有这个心思了。接下来的这一年对崔挽明来说尤为重要，他必须全力以赴。

他已经跟秦怀春谈过品种的事儿，也得到秦怀春的允许，可以在来年参加品种试验。他现在想的是如何让这个品种在预备试验里脱颖而出，产量和品质他都不担心，就怕有人在背后做手脚。这个品种如果进不了区域试验，再怎么优秀都没用。

因此，钟实也跟着他操心起来，两个人一闲着就站在埂子上望着那片稻子。经过上次的事件，何峰再没来过这里。崔挽明的严谨作风也在附近传开了，一般人不敢接近他的水稻地。

崔挽明现在担心的还是省局那边。他依然记得工作第一年省局给他吃的闭门羹。付京作为品种申报科主任，居然当着崔挽明的面玩把戏，也不知收了于向知多少好处费，才会对于向知另眼相看。说实话，虽然付京最后看在秦怀春的面子上让崔挽明申报了十个品种，但这件事情让崔挽明也从中学到了很多东西。

要不是品种审定科的芮静和他是校友，很多消息他是得不到的。经过这两年的摸索，他也清楚了品种审定过程中的猫腻。以前的崔挽明，别人做什么他都不管，只要不损害自己的利益，怎么弄都行。但现在他开窍了，再不融入这个环境，恐怕真要变成边缘人物了。

“挽明，实在不行今年花点儿钱找省局的几个科长通通气，还有咱们北川大学试验点被取消的事儿也要处理一下。要不你过段时间回去一趟？不拿回试验点，以后咱们干什么都不方便。”

“钟叔，你的意思我理解，但秦老师从来不赞同花钱办事儿，咱们可不能在原则上犯错。”崔挽明突然意识到钟实身上发生的变化。钟实在他心中一直是个实干家，从来不会在这些事儿上存有心思，但这个品种的发现让钟实逐渐改变想法。

“咱们不能再像以前那样了，别的不说，你看看育种所的何峰，尖嘴猴腮，成天就琢磨上别人地里偷品种，就他那样的人去年还在第二积温带审定了一个品种，卖了九十万。咱们呢？从秦老师那时候起就勤勤恳恳，每一分钱、每一滴汗都花在正当之处，可结果呢？一个‘北川稻 1 号’正了名声，但后来你也看到了，咱们水稻研究所审定的品种根本没有推广面积。为什么？是咱们的品种不如别人？是咱们没有找到窍门。”

钟实的一番话让崔挽明感到了世事无常，也感到物是人非。一个人的好品质可以用坚贞来加以概括，那是一整段人生结束才可以做出的评价。

他现在对钟实的信念产生了怀疑，自从这个品种有了利益潜力，人心也慢慢地被侵蚀了。但他无从劝告这样一个为水稻事业奉献了几十年的老实人，如今的他满头白发却什么都没留下。站在外人的角度来看，这样的人生无疑是伟大而充满遗憾的。可钟实现在显然想从遗憾的尾巴上醒过来，做一回有欲望的普通人。

崔挽明深知钟实的感受，只朝他微微笑了笑。

“这些事儿我会考虑，你放心。”

崔挽明本以为会一直待在三亚，直到过年才能见到海青跟孩子，但现在着急回省局办事儿，所以给尹振功打了招呼，提前回来了。

本来想给海青一个惊喜，但他回到家却扑了一个空，无奈之下来到丈母娘家中，也没找到海青。打了几个电话都没人接，崔挽明着急了。

“今天是周末，她可能带着孩子出去玩了，你别着急，过一会儿我再给她打电话。”丈母娘一边劝，一边在厨房烧起了饭菜。

“妈，不用麻烦了，我不饿。”

“你呀，一年四季在外面跑，回家的时候少，外面的饭菜都不健康，能在家吃就吃一口，家里的饭菜卫生。”

崔挽明拿着手机，心里很不踏实，但丈母娘在热心肠地给他做饭，他走也不是，不走也不是。就这样一直待到饭菜做好了，他简单地吃了几口就往家里赶去。

快进小区门口的时候，崔挽明远远地就看见了海青，她的后背上背着的应该就是孩子。她身边多了个男人，这个人崔挽明觉得有些眼熟，但一时半会儿记不起是谁。海青是从男人的车上下来的，两人有说有笑，举止亲密。

崔挽明哪里受得了这个，直接跑了过去，堵在海青面前。

崔挽明的突然出现让海青的脸色迅速变得如白纸般苍白。她微张着嘴巴，想要说什么又说不出来。背上的孩子已经睡着，她的头发稍显凌乱，眼睛像熟透的石榴，她像是经历了一场漫长的跋涉。

崔挽明也说不出话来，看了那个男人一眼，终于想起来这是谁了。

崔挽明和海青对视了足足几十秒钟，突然，海青举起拳头朝崔挽明身上砸过去。

“你这个挨千刀的，你回来干什么？！你怎么不死在外面，这个家不需要你，你走！”海青的眼泪就这样从石榴般的眼睛中挤了出来，每一滴都贵如珍宝。

“你发什么疯？！你跟这个男人上哪儿去了？我给你打了那么多遍电话，你怎么不接？”崔挽明直指事情的重点，准备对海青发难。

崔挽明此话一出，便引来方旭的极度不满：“崔挽明，你有什么资格责怪海青？你知道她一个人在家里有多难吗？孩子这么小，她一个人照顾，还要去上班，家里、单位两头忙，你要是个男人，就帮她分担一下。”

崔挽明本来打算过一会儿再收拾方旭，没想到他先找上门来了。崔挽明一把将方旭抓过来推到墙上，冷声喝令道：“我警告你，离海青远点儿，我们家的事儿不用你管，否则别怪我不客气。”

“你放开他。”海青在一旁劝道。

她不说话还好，海青的这一举动明显让崔挽明的自尊受到了严重创伤，他下意识地认为自己的女人胳膊肘往外拐，完全没有顾及他的感受。他一拳打到了方旭的脸上：“浑蛋！”

方旭笑了笑，没有还手，而是冷静地回道：“崔挽明，我没有心思管你们之间的事儿，要不是海青给我打电话说孩子发烧急着去医院，我今天不会出现在这里。”

崔挽明听到这话两眼发黑，手慢慢松开方旭的衣领，一把将海青抓了过来。

“孩子怎么了？”崔挽明一边说，一边要看孩子。

海青捂着嘴，撒腿就往家里跑，心中的酸楚只有自己能体会。崔挽明回身看了方旭一眼：“兄弟，我太冲动了。不管怎么说，谢谢你。”

“算了，海青是我的老同学，我不可能计较这些。对了，忘了告诉你，我的粮油公司注册成功了，今年就开始在林海省运营，到时候请你过来指导。”

“是吗？恭喜，有时间我会去。”

他哪有心思在乎方旭的事儿，自己的家庭还满头大包等着他挠。

崔挽明没想到孩子会染上肺炎，回到家后，海清一直在抹眼泪，也不跟崔挽明说话，只听他一个人说。

“明天办个住院手续，肺炎不是小事儿，大意不得。明天你在家休息一天，我去单位帮你请假，顺便带孩子上医院。”

“不用你管！”

“怎么不用我管？他是我儿子，我对你、对这个家一直心怀愧疚。海青，我求求你，给我次机会。要不了几年，咱们家就会有好日子了，相信我。”

海青一听到这话，立即将脸转到一边。她对这句话已经度过了从惊喜到麻木再到厌恶的阶段。她的心等不到那个时候了，否则她不会这么绝望地流下眼泪。

“我以为我会坚持下去，但现在不行了。挽明，你知道吗？我快坚持不住了，你不在身边，我一个人真的很难。咱们不干这工作了好吗？你是大学老师，像尹振功一样搞搞科研和教学不好吗？为什么你非要选择这样一种工作？再这样下去，咱们这个家就完了。”

崔挽明的眼睛干巴巴的，他本来是怀着一腔热血回来的，看到妻儿孱弱地坐在面前，心瞬间没了方向。

但他仍然能够摸到内心的信仰。虽然他不愿承认，可他仍旧矢志不渝。对他来说，坚持搞粮食生产的前端工作就是件很伟大的事儿，也是梦想所在。

没有理由为了困难而放弃，离校的时候，他对自己的职业做过规划和设想，将自己的个人成长和事业上升放在了很严肃的位置来思考，不到迫不得已恐怕很难放弃。

崔挽明带孩子办完住院手续，心也安稳了许多。他已经很久没这么近距离地看看儿子了。海青的艰难他都知道，守在病床边上，望着窗外茫茫凛冬的景象，崔挽明突然生出一个想法。

“什么？你让我离职？那我靠什么活着？靠你那死工资？我不同意，全职妈妈不适合咱们这种家庭。”

“孩子总需要人照顾，我那边的摊子太大，不是说放就能放的。你回家带孩子，一来对孩子的成长有好处，二来也不用两边忙，那样太操劳。挣钱的事儿不用你担心，我不会让你们母子饿肚子。海青，咱们家现在是关键时期，我的事业在上升期，家里有了孩子，他马上面临上学问题。你照顾好这个家，我在外面跑也就没有后顾之忧了，咱们需要相互理解和分工，这个家才能好起来。”

这样的谈话随着孩子的出院，最终不了了之，这艘处于风雨飘摇中的家庭小船也终于迎来了短暂的一片蓝天。

有些话崔挽明一直没跟海青挑明，她的那个同学方旭始终是崔挽明心中的一片阴影。方旭在他们婚前婚后频频介入他们的生活，这一点，崔挽明作为一个男人是很难忍受的。但一直以来，他都相信海青，所以这件事情他从未严肃地提出来过。

不过崔挽明知道，事情总要有解决的时候，但现在他不想将由家庭问题引发的情绪带到工作中去，尤其是这次回来办事所承受的压力超大。

去省局找付京之前，他先把芮静约了出来。芮静之所以愿意出来，不是想要从崔挽明这里捞什么好处费，而是因为最近的工作遇到了许多困难。近两年，局长谢正言的工作重心从统领全局转移到对各科室的具体工作上，给下面的人工作的开展造成了极大的不便。

虽然崔挽明点了芮静最喜欢的海鲜拼盘，但今天她一口都吃不下。

“为了你们育种家的这点儿事儿，我每天真是操碎了心。你说我一个品种审定科科长，决定权却捏在谢局长的手里，这工作我是一天都干不下去了。”

“领导也是关心你们的工作，换个方式想问题就没有那么多烦恼了。我们比你更可悲，生死大权都在你们手里，说杀就杀，说让谁过就让谁过。工作哪儿有好做的？都很难。”

“哼，你不用在我面前说这些。直说吧，今天什么事儿？你不是在海南吗？怎么突然跑回来了？”

“唉，还不是为了申报来年品种试验的事儿。我跟付科长关系一直不太好，这两年他总在申报一事上对我发难，真是搞不懂。

我想能不能约他出来一起吃个饭，也好沟通沟通。”

“崔挽明，都说你光明磊落，怎么也学会这些偷偷摸摸的事儿了？”

“你误会了，不是你想的那样，就是简单吃个饭，我没有别的意思。他不是爱喝酒嘛，我想请他一次。”

“简单吃个饭？你要是真想简单，我劝你还是算了，你那点儿‘简单’恐怕填不饱付科长的肚子，你那点儿酒也解不了他的酒瘾，还是别给自己找麻烦了。”

“我也知道你的意思，可我不是那样的人，而且我有几斤几两，你们还不知道吗？我住我老师的房子，在林海省育种家的眼里恐怕没有比我更穷的人了。你这么说，我心里更没底了，本来还想办件事儿，这样看来可能也没希望了。”

“还有什么事儿？说说看。”

“就是我们试验点的事儿，我想——”

“停、停、停，别说这个。这个事儿我了解得比你多，我就提醒你一句，要是为了这件事儿，我劝你还是死心，这个不是下面科室的意思。你想要恢复试验权，没有上面的人点头根本不可能。”

“我到现在都弄不明白，凭什么说拿下就拿下？为了这事儿，我还专门找过你们局长，怎么说都不行。”

“你还敢找他？我们下面的人见到他都绕道走，除了开会的时候不得已，平时没有人想见他。既然你找过他没结果，那么这件事儿基本上没希望了。按理说你们北川大学一直是省品种试验的重点单位，说取消就取消，有些说不过去。我看大豆和玉米的试验点还在你们学校，唯独水稻被取消了，你是不是得罪什么人了？”

“得罪人？那就不好说了，前两年我初生牛犊不怕虎，确实做了些冲动事儿。行业里的人都知道我跟于向知不和，要说得罪人，那就只有他了。”

“他跟付京的关系可是近得很。你知道他们是什么关系吗？”

“什么关系？”

“大学的时候，他们是一个宿舍的，关系好得很。你要是真把于向知得罪了，付京能不在品种申报一事上找你的麻烦？这事儿你还得好好想想，更多的话我不便说。以后审定方面的事儿你也别找我了，我是一点儿办法都没有，现在我们局长一人说了算，你要是能跟他搭上话也成，反倒省事儿了。不过以你的条件，还是不要接触的好，你也挨不上边。好好搞你的育种吧，对好东西他们还是相对公平的，哪天你有像样的品种再来找我，我给你想办法。”

崔挽明听了这些话，心里一阵冰凉，感到事情已经到了举步维艰的地步。他的心中顿时生起对于向知的恨意。

和芮静告别后，他一个人站在省局大楼底下，感觉这座楼就快将自己压倒了。现在他连芮静都不敢完全信任了。崔挽明知道，越是这时候越要沉住气，只要熬过这个凛冬，春天总会来的。只要品种通过了预备试验，剩下的事儿他再一步步想办法。

返回海南之前，崔挽明去品质检测中心找了一趟苏慧，把来年参试的种子送去做品种特异性检测。

“以后这些事儿直接上前台办理，那里有专人给你办入库登记。”

苏慧对崔挽明的态度的变化是明显的，不仅因为她做了副主任，还因为她和姐姐苏玉的悲惨遭遇，而崔挽明和秦怀春走得太近，所以受到了牵连。

崔挽明不好说什么，拿着样品要去前台。苏慧犹豫了一下道：“算了，放我这儿吧，下不为例。”

崔挽明本以为有个同窗在这儿上班，今后办事儿能方便不少，谁知道苏慧这么小肚鸡肠，把家事牵扯进来。

崔挽明的空手而归让钟实一连好几晚睡不踏实。他们不跟省局打招呼就贸然地把这么重要的品种报上去，万一折了，一切就无法挽回了。可崔挽明担心的是如果向省局透了自己的老底儿，品种很可能被小人惦记上，到时候便是“此地无银三百两”，引人觊觎就糟糕了。

这是崔挽明和钟实度过的最难熬的一段时光，铁打的革命友谊就在这样的意见分歧上出现了裂痕。那段时间两人几乎不怎么说话，干活儿也是单独行动。

门卫老廖手里端着收音机，坐在门口的凳子上已经观察了好几天，早就注意到他们俩的问题。老廖也跟着上火，为他们破裂的关系干着急，拎着茶壶在他们的地边上来回走了两圈。

“你们俩出来喝杯茶，刚沏上的，解渴。”

钟实看了老廖一眼，没有搭理他。崔挽明摘下草帽，脱掉迷彩服，穿着背心从地里走出来。他接过老廖的茶水，倒了一杯喝起来。

“老廖,你可别管闲事儿,看好你的门,我们的事儿自己处理,谢谢你的茶，好喝。”

“这……你小子，不识抬举。”

老廖重新回到凳子上，放下茶杯，从床底下摸出半只火腿，起火开做。到了吃饭点，他又到地边上喊他们两个。

“今天我请客，到我那儿喝几杯。你们两个大男人，因为点儿屁大的事儿闹不痛快，丢不丢人？快点儿出来，酒倒好了。”

崔挽明看了钟实一眼，抹了把脸上的汗水，主动走了过去。

“叔，走吧，喝两杯。”

钟实咧了一下嘴：“你先去，干完这一排我就去。”

一张一弛间，矛盾就自然解开了，崔挽明的主动换来了这次僵持的结束。

老廖看他俩挨个儿走过来，脸上露出了笑容。

这是崔挽明和老廖第一次近距离接触。上次老廖收了何峰的两瓶酒，将其放进试验地的事儿还隔在他和崔挽明之间。作为一个孤寡老人，能有一份稳妥的工作已经很不容易，但通过上次的事儿，老廖才觉得这份工作的职责和压力重大。

他端起酒杯，说道：“老钟、小崔，我在这儿快十年了，也见证了你们育种人的不易。从这个院子里出来的成果，我都看在眼里。你们搞育种，还有的在这儿搞科学研究，虽然我不懂，但那些教授、专家每年都来，还带着研究生一起，有时候为了一棵苗，好几天都睡不好觉。大家都称你们是南繁队伍，一点儿都不假，没有你们一年两头跑的干劲，我们国家的粮食产业恐怕要倒退好多年。来，这一杯我敬你们！”

崔挽明微微一笑，什么也没说，端起酒杯和钟实碰了一下。两人四目相对，这几年的各种辛酸也只有他们自己清楚。

于向知让曹海亮把加工好的三千斤优质米做了精包装，包装上印着“林育稻1号”五个金字。按照于向知事先准备好的名单，接下来的这一周，曹海亮的主要工作就是开着育种所的专车开始往各家送春节大米。光是科技厅和省农业委员会就分走了其中的一大半，另外一千斤米被送到了项目专家组成员的手里。

这一场项目公关战，于向知可谓出了不少血。但这笔钱于向知已经想办法从院里要了出来，这也算是用公家钱办公家事儿。于向知肯定不会花冤枉钱，这种办事儿方式无非借花献佛。拿着公家钱出去办事儿，结交下来的人脉都笼络在自己的名下，这一点于向知算计得很精明。

曹海亮作为刘君的主任，这几年来一直不主张他们生态研究室搞水稻育种，对刘君也是多方劝解，但最终还是没能斗过于向知。

坐在面包车里同何峰一起送大米的时候，曹海亮不断发着牢骚。

“何峰，你说这两年于所长到底在干什么？咱们所三个科室，分工这么乱，他不但不管，还从中挑拨。就拿我们科室来说，人员本来就紧张，刘君还跑去搞育种，搞得我这边很多工作开展不了。”

“老曹哇，你不要抱怨。别忘了刘君可是于所长亲自从秦怀春手里要的人，这小子在北川大学的时候就是水稻育种出身。你还不明白这是什么意思？刘君只是在你们科室占个名额而已，做什么事儿得看于所长的安排，你就当是送顺水人情给于所长，睁一只眼闭一只眼算了。”

“唉，这算什么事儿？你们育种科室这两年倒也出成绩，你看看你，去年一个品种卖了近一百万，看来你小子没少做工作呀。”

“曹科长，你这叫什么话？什么叫没少做工作呀？怎么，我何峰十年出一个品种不算，在你眼里就非得做点儿什么才能成？我们很辛苦的。”

“算了、算了，我还不知道你呀？你我虽然同进育种所，但你是于所长的人，育种也是你的本职，跟着于所长也有了成效，这些年没白干。”

“老曹哇，你今天怎么这么情绪低落？我是有成效了，但咱们同在一个所，你不是不知道情况，所里那点儿成果还不是靠于所长在外面拼身体、拼脸面赢回来的？你呀，光看到我们吃肉，没看到我们挨刀。别的不说，你以为我挣点儿钱就痛快了？你我都四十好几的人了，好歹也是正科级干部，如今还不是屁颠屁颠地下去跑腿？没有办法，于所长要拿省里的节水灌溉项目，我们不跑能行吗？”

“什么没办法？我就不信他们不吃这儿盒米会死。还‘林育稻 1 号’，我怎么没听过这个品种，又是于所长自己定的？”

“老曹哇老曹，说你顽固你还不信，谁离了这儿盒米会死？跟你说了半天，你都不明白。算了、算了，总之，这是于所长的办事风格，咱们这些做下属的能做的就是给领导分忧，不管是林育稻几号，都跟咱们没关系。”

曹海亮目前的心态有些不稳定，何峰刚刚换了辆奥迪 A4，他呢，还在跟老捷达较劲。眼看同一批人都进入事业上升期，就他还在原地打转，他有些牢骚也正常。尽管对于向知的行事作风不认同，但于向知拿回来的项目，曹海亮照样心安理得地接受，想不陷入自相矛盾的境地都难。

节水灌溉项目的提出主要是为了解决林海省近年来地下水水位下降的问题，说白了，省里就是在给林海省的水稻生产打预防针。

于向知受命来到省政府，专门参加了主管农业的副省长主持的专题报告会。大会重点提出了近十年来水稻田的大面积扩张引发的地下水水位下降问题，现在要把解决问题落到实处，他们这些搞理论基础研究和应用研究的专家、教授当然要冲在前面，当然要有所作为。

"林海省坚决杜绝因盲目追求粮食产量而忽略生态失衡、水资源浪费、农药化肥超标超量、重金属污染等现象。在可持续发展道路上，政府在努力行动，在座的各位领域专家，你们的责任重大。本次大会的任务就是要让大家拿出切合实际的解决方案，怎么节水，怎么保收，怎么环保，怎么确保健康。过去咱们追求的是产量问题，现在这个问题基本得到了解决。土地不能再过度开发，有的人还在打湿地的主意，这个坚决不行。湿地是林海省的肾，不能为了粮食总产量而蓄意开垦湿地，湿地是林海省水稻生产的最后一道防线，希望大家做到心中有数。该拿主意的拿主意，现在是林海省需要你们的时候，在节水项目方面，杜绝不作为、乱作为……"

会议结束的时候，于向知还没睡醒。谢正言坐在他的附近，过来将他推了起来。

"谢局长？您也来了？我怎么没看见您？"

"你的胆子太大了，来省里开会，你还睡过去了？"

"实在太累，太累了。"

"下午还有事儿？"

"没有，我能有什么事儿？谢局长有什么吩咐？"

"找个地方，谈谈你的品种的事儿。"

"品种？什么品种？"

"于向知，你现在越来越不老实了，别以为付京跟你穿一条裤子，我就不知道了。他是我的下属，你们那点儿猫腻还能瞒过我？"

"让谢局长操心了，我的事儿都是小事儿，哪敢让谢局长亲自操心？"

"真不让我操心？你可要想清楚了。"

于向知本不想这么快将事情张扬出去，但没料到事情会这么快就传到谢正言的耳朵里，不禁在心中骂了付京几句。

两人来到小饭馆，一坐就是一下午，说了什么只有他们自己知道。但可以确定的是，现在的于向知更有信心了。于向知以前没直接跟谢正言接触过，就是因为谢正言是领导，于向知不好当面接触，可没想到现在谢正言主动找到他，那以后品种审定的路就宽了很多。

海南的收获进入了收尾阶段，崔挽明上报的几个重点品种也过了付京那关，眼看就要往省局提供参试种子，但偏偏这个时候出了问题。

收到品质检测中心发来的电子分析报告时，崔挽明差点儿昏倒在地里。他两腿一软，坐在埂子上动弹不得。

“怎么了？”现在的钟实但凡见到崔挽明情绪上有变化，都会跟着紧张，生怕出差错。

崔挽明把手机递给钟实，自己仰面躺在埂子上，安静地看着头上的天。

钟实发黄的眼睛突然鼓了起来，手在颤抖，干瘪的下巴微微颤动。他咽下嘴里不多的口水：“这……”

“钟叔，你抬头看看这片青天，为什么要跟我们过不去？”

“不可能，品种特异性检测肯定错了！那个品种绝对不是我们的，那么大的表型差异，怎么可能是同一个品种？他们肯定搞错了。这件事情必须弄清楚，你赶紧联系品质检测中心，让他们重新检测一遍。特异性检测要是过不去，咱们还怎么申报试验？”

崔挽明一直望着天。样品是他亲自交给苏慧的，他不可能把样品提供错了。苏慧也不知道他今年的重点品种是哪个，就算是有意弄错，怎么可能正好落在那个品种上？这里面一定有什么人动了手脚。

他想起芮静问过他的那句话，在凤凰城，除了于向知，没有人跟他作对。但于向知又怎么会知道他的品种的事儿呢？这两年在三亚，刘君根本没接触过他的水稻，不可能知道他的底牌。

崔挽明实在想不出来是什么人在搞鬼，能做的就是再花一次钱做检测。但这一次为了十拿九稳，他决定准备两套相同的样品，一套继续送到品质检测中心，一套送到凤凰城的创世生物技术有限公司，交给他们的技术主管薛为民。

“挽明，你认识这个人？”

“认识，尹老师在基因组测序上跟他合作过多年。我打算让尹老师帮我这个忙，我要是以自己的名义做这事儿，恐怕会引起别人的注意。如果我没猜错，咱们的品种情况应该是泄漏出去了。”

“不可能，知道这件事儿的人就这几个——你、我、秦老师。就我们仨，不可能传出去的。”

崔挽明没敢告诉钟实，这件事儿其实海青也知道，而且崔挽明不止一次在她面前提起过。既然事情传出去了，就一定是哪个环节出了差错。他不相信这件事情跟他们当中的任何一个人有关，更不可能让钟实知道还有海青知晓此事。

尹振功当然愿意为崔挽明做这件事情。尹振功和薛为民打交道已经不是一两年的事儿了，光合作项目尹振功就花了几十万。鉴定两个品种特异性，对薛为民来说就当是给尹振功送人情了。

本来育种工作和尹振功没有直接关系了，崔挽明也就没必要跟他谈品种的事儿，但他们是一个学科团队的，有些事儿还得合作共赢。崔挽明几次想对尹振功开口，但考虑到现在的不良处境，考虑到钟实的反应，决定还是不说的好。

但这样一来，他的心里就像是堵了块石头，他对自己的举动感到极其不满和厌烦。尹振功是他的硕士导师，现在为了稳定大局，他对尹振功连起码的信任都没有了。

但这是没办法的事儿，他已经感受到钟实的敏感和对这个品种的重视。这不是他一个人的品种，他不能私自决定这么做，只能自己承担这种折磨。

半个月后，薛为民出的报告和品质检测中心的报告同时到了崔挽明的手中，他拿着这两份报告直接去了省农科院院长姜维的办公室。这一次崔挽明不想给品质检测中心好脸色，也不想费口舌。

崔挽明一进门就将报告扔给姜维："姜院长，我是北川大学的崔挽明，找你有点儿事儿。"

姜维看了桌上的报告一眼，说："你就是崔挽明？我早就听说过你了。秦院长在职的时候，我还在玉米所就任所长一职，是他在退休的时候亲自把我举荐上来的。说起这事儿，我还得感谢他老人家。"

崔挽明懒得听这些官腔，直接进入主题："姜院长，你们省院有的科室不好好做事情，我是不是该跟您反映反映？"

"哦，有这种事儿？哪个科室？说来听听。"姜维站起来，到饮水机那儿接了杯热水递给崔挽明。

"你们省院的品质检测中心最近就乱作为，也不知谁在搞鬼，给我出的报告全是假的。"

"假的？哈哈哈，挽明啊，你肯定是对我们的工作有想法了。你说的情况不可能发生。我们的品质检测中心是农业农村部直属机构，做的是权威鉴定工作。我们的技术人员都基本功过硬，否则进不来这个单位。我想啊，会不会是你们的样品自身有问题？"

"姜院长，这个样品我还在生物公司做了分析，但结果跟你们出的完全不同，怎么解释？"

"生物公司？有国家授权的认证资格吗？他们做的都是商业营销，检测结果跟我们的不同是有可能的，但是要以我们的为准，毕竟外面的公司做的都不权威，没有说服力。这种情况，我怎么判断你说的是真是假？我对我们的工作还是有信心的。你随便去一家生物公司，怎么判断他们做出的报告的真伪性？不权威是不行的。"

崔挽明被姜维的太极拳打得晕头转向，但现在看明白了，既然姜维有意袒护自己人，那他也没必要对品质检测中心客气。

崔挽明从姜维的办公室离开的时候，心情很不好。省农科院这么多年来还没出过像姜维这样的院长，单位内部出了问题，他非但不排查清楚，还将反映情况的人一竿子打走。

来到品质检测中心，崔挽明二话不说，先将苏慧拉了出来。

“崔挽明，你干什么？你动手动脚的，想干什么？”

崔挽明将她拖到卫生间的拐角处，咬牙切齿地问道：“我问你，我给你的米样，中间谁插手过？”

“米样？我一直按照正常流程走的呀，先登记做账，送到样品库，然后检测人员领样品进行检测，最后记录数据和整理校核，都是我们中心自己的人做的呀。”

“我的样品出了问题，你知道是谁在里面搞鬼吗？谁换了我的米样？”

“崔挽明，你胡说什么？！我不知道你的情况，检测报告不经我的手，这些事儿都是样品登记员负责联系的。出了什么事儿？”

“你少装蒜！你们品质检测中心的人拿着那么高的工资，私自提高测试费不说，居然还不讲职业操守。我要见你们的主任。”

“你别血口喷人！我们主任出差了，一时半会儿回不来，你见不着。”

“见不着是吧？那好，我现在就报案。你们既然负责我的样品，为什么会出假报告？你不给我说法，我只好报案进行调查。”

苏慧一看崔挽明是真遇到了事儿，但个中情况她真的一概不知。

“你说的是真的？凭什么说我们出了假报告？”

“别以为品种特异性检测就你们能做，我给生物公司送了一份样品，结果人家和你们出的报告完全不一样。苏慧，有人在背后搞鬼。”

崔挽明的情绪十分激动，这件事儿要是黄了，他的梦想和家庭就会受到颠覆性的影响。品种申报权要是被人剥夺了，一切都不用谈了。这不是他一个人的利益和辛苦付出，还有秦怀春的前期投入、钟实的心血付出以及一届又一届研究生的参与和探索。如果这事儿就这样完了，崔挽明难辞其咎。

他从来没有对一个品种这么在乎和激动过。以前也受过不公平待遇，甚至连试验点都丢了，他也只是微微一笑。可这个品种意义非凡，作为一个育种人，他考虑的不单是自己的回报，还有品种本身产生的价值。这个品种对林海省地方经济的拉动和老百姓的增收也具有十分重要的意义。

林海省的优质高产的香米很稀缺。优质和高产在水稻上集中表现，一直以来都是个假命题。育种人们多年摸索总结出来的结论就是优质和高产不可兼得，但崔挽明的这个品种做到了这两点。不管是遗传上基因连锁产生的小概率事件，还是其他什么原因，总之这个品种打破了常规。

优质米和普通大米的市场价相差很大，这就决定了它拥有极大的推广潜力，老百姓一定会买单。如果在产量不变的情况下，水稻品质得到了提高，赚回来的就相当于纯利润。这样一种巨大的市场潜力，崔挽明怎么可能会放过？就算是头破血流，他也要争取下来。

苏慧感受到了事情的严重性，看了看手表："马上要下班了，你到楼下等我，这里不方便说话。"

崔挽明急得如同热锅上的蚂蚁，现在唯一的指望就是苏慧。他现在虽然谁都不相信，但没有更好的选择了。崔挽明把情况和苏慧讲了一遍之后，苏慧才终于明白是怎么回事儿。

"照你说的情况，如果你确定样品没提供错，人为的可能性不是没有，从接待大厅到样品库，再到检验员，每个人都有可能做手脚。但问题是他们为什么要这么做？你知道，我们这里的管理很严格，这种事儿一旦被查出来，后果非常严重。他们凭什么冒险？"

"有人给了他们好处费。"

"你总该有个怀疑对象吧？证据呢？这些都是你自己的猜测，就算是立案又能怎样？过几天省局就要你们提供报告了，你今年恐怕是报不上了。这件事儿我劝你还是不要打草惊蛇，你要想查到幕后的人，那就做好放长线钓大鱼的准备。明年你把样品交给我，我亲自帮你登记送样，亲自帮你检测。"

"你让我今年就这么算了？"

"明知道有人整你，你还能怎样？你知道省局那边有什么安排？既然品种这么重要，你早该跟我说，现在出了事儿你才来找我，我怎么帮你？是不是去年你送来做品质分析的那个品种？"

"没错，就是去年让你分析的那个品种。要是我现在提供样品呢？几天能出报告？"

"来不及了，品质检测中心和省局在品种申报这边是互相通气的。为了避免个人造假，去年省里就出了新规，检测结果一出来就发到省局。这件事情已经尘埃落定了。你还是等明年再说吧。"

苏慧的话让崔挽明唯一的希望都破灭了，他从来没想到育种工作这么难。

得知此事的刘君特地来到北川大学安慰崔挽明。崔挽明没有多说什么，考虑到于向知跟自己的个人恩怨，在对待刘君方面，他还是保持着一定距离。

"我们以后不要经常见面了，你那头的领导要求严格，秦老师退休之后，育种所和北川大学的关系越来越远了。"

"挽明，你和于所长的关系我也清楚。于所长针对你，其实是针对秦老师，那是他们上一代人的恩怨。你应该敞开心胸跟于所长多接触接触，他没有你想的那么糟糕。有的方面你真该向于所长学学，我知道这两年你交了不少朋友，但都帮不上你的忙；你看看于所长，眼睛都往上看，接触的都是上面的人，这样办起事儿来才方便。"

听完刘君的话，崔挽明更不痛快了。他明显感到此时的刘君已经发生了很大的变化，居然叫他向于向知学习为人处世，看来时间长了，刘君的思想也慢慢变得跟于向知同道了。毕业的时候他们还都是怀着纯粹梦想的人，转眼间就有了各自对人生的看法和追求。这是环境所致，选择所致。

崔挽明没有理会刘君的教诲，算是给了刘君暗示。崔挽明这次在品种申报上吃了大亏，憋了一肚子的火，虽然没有证据指明这是于向知干的，但除了他，崔挽明想不到别人。刘君这个时候在崔挽明的面前吹捧于向知的人格魅力和处世哲学，无疑是在加重崔挽明内心的不满。

“以后我的事儿你不用管了，刘君，你好好干你的育种，我这边的事儿你最好不要操心，免得被波及。有些事儿我不方便跟你说，但对于向知这个人，你最好留个心眼儿。”

在崔挽明看来，这是他在刘君和于向知的关系界定上说的最后一句话。他在心中告诫自己，类似的话不会说第二遍。

失去了品种申报权的崔挽明来到秦怀春家中负荆请罪，一脸沮丧的表情。

秦怀春已然步入了退休生活，在过去的四五十年的育种生涯中，什么样的事儿他没见过？但他都挺过来了。

“挽明，不要泄气，发生这样的事儿正好说明一个问题。”

“老师，您指的是？”

“这说明咱们的品种确实过硬，才会遭人惦记和使诈。幸好你拿的是精米而不是稻子，万一被人调了包，品种落到了别人手里，后果不堪设想。这件事儿你办得很谨慎，不过这既然跟品质检测中心有关，说明你要做的事儿早就被人盯上了。姜维在玉米所的时候还是很有作为的一个人，怎么到了院长的位置反倒不作为了？现在谁是品质检测中心的主任？”

“徐丽，从省植保所调过来的，我没接触过。”

秦怀春从茶几上抓起手机，翻出一个他好久都没打的电话号码拨了过去。

苏慧一看是秦怀春的电话号码，一时慌了手脚。

“秦老师……院长……”

“叫老师，院长那是外人叫的。我问你，你们的主任徐丽的电话是多少？告诉我一声。”

还没等苏慧回答，秦怀春就挂断了电话，不到二十秒钟，短信就过来了。秦怀春想都没想就拨了电话过去。

徐丽没怎么接触过秦怀春，自然没存他的号码。电话响了半天，她以为是骚扰电话，接起来的时候被秦怀春一连骂了好几句。

“徐丽，你搞什么鬼？！我的学生辛辛苦苦地搞育种，你们的人是怎么办事儿的？样品检测说出错就出错，赶紧给我解释解释。”

秦怀春煞白着脸，崔挽明从来没见过老师生这么大的气，而且是为了他的事儿，不禁觉得老师变了。

徐丽听了半天，没猜出来对面的人是谁。她在想：敢直呼我的名字，态度还这么严肃，肯定是上面的人。但她最近没听过品质检测中心出了什么样品检测差错，不知该怎么回话了。

“请您息怒，您反映的事儿我这边还没了解到，等我下去查看一下再给您回电话，您看成吗？”

“成什么成？！徐丽，你知道我说的是谁吗？”

徐丽又停顿半天。秦怀春更生气了：“我是秦怀春，你好好下去查一查。情况苏慧都知道，一周之内你把情况查清楚，我们北川大学的样品怎么就被人换了？你要给我个说法。”

下达完命令之后，秦怀春又挂了电话。徐丽这才反应过来打来电话的人是老领导，于是边联系苏慧，边往实验室赶去。

崔挽明坐在旁边，被老师的办事儿风格吓了一跳。他在秦怀春身边这么多年，从未见过他这么办事儿，以前的秦怀春温文尔雅，讲究的是方式方法，退休后怎么脾气还上来了，学会了以权力办事儿的风格？

崔挽明嘴上不敢说，心里却有了一丝后怕。他从来没有这么惧怕过秦怀春，因为今天的秦怀春让他有种满满的陌生感。

“老师您消消气，这事儿是我自己没处理好，否则也不会出这么大的差错。我今天来就是觉得挺对不住您老人家的，原先跟您商量好的事儿可能要到明年才能实现了，您就再等我一年。这事儿省局已经定下来了，就算现在弄清楚情况，也改变不了结果了。”

“省局？是不是谢正言又搞鬼了？我在北川大学的时候，谁敢在申报一事上难为人？现在可好，他们都反了天了，就没有人监管他们了？北川大学是教育部直属高校，他们敢明目张胆地欺负人？我给谢正言打一个电话，问问他们想干什么。”

“老师，别、别，这件事儿尘埃落定，无可挽回了，打电话也解决不了问题。”

“怎么，你都被别人欺负成这样了，也不回句嘴？咱们做人光明磊落，怎么就落得个任人欺负的命？这事儿你别管，我来办。”

谢正言正在开会，看到秦怀春的来电，赶紧从会议室退了出去。

“秦院长您好哇，您老有什么指示？”

“你还知道我呀，我以为你把我忘了。”

“哪里敢、哪里敢？您是林海省的水稻首席专家，我把谁忘了也不敢把您忘了呀。您这么大火气，是谁惹您老不高兴了？”

“品种申报科现在还是付京在负责？”

“是呀，一直是小京同志在负责这事儿。怎么，他惹您不高兴啦？”

“我不是倚老卖老，今天我也不是什么专家，就想问问，我们北川大学哪里做得不好了？你们省种子管理局凭什么处处刁难我们，连个品种都不让申报？品质检测中心的报告有权威，怎么，生物公司的报告就说明不了问题？”

“有这种事儿？小付怎么这么糊涂呢？！哎呀，老院长，他可能忙忘了，把您老给忘了。您看这样，我现在就去找小京，好好批评他，不就是一个品种申报权嘛，一个名额的事儿。品种特异性检测出了问题也情有可原，实在不行来年重新做一份。今年的试验该做还得做，不能耽误了审品种啊。”

“你少给我来这套，该是什么就是什么，我还没老糊涂，少给我下套，过去的事儿就是过去了，补不了。我就是要说说你们的工作态度问题，我们这些育种人不图别的，有个良好的品种审定环境就是最大的公平。好了，今年的事儿就这样，明年的事儿我会看着。”

秦怀春干净利索地将谢正言教训一顿之后，心里终于舒坦了许多。他闭上眼一动不动。崔挽明看着他，大气都不敢出，过了半天才看到秦怀春睁开眼睛。

“挽明，不是老师不帮你说话，他们也给这面子了，但咱们做事图的是光明磊落，他们给的面子咱们不能要。这事儿你记住，省局欠咱们一个名额，明年你光明正大地申报，他们不敢再难为你。”

“老师，让您费心了，是挽明没用，净给您添堵。”

“这是大事儿，跟我说是有必要的。过去这几年我没怎么过问你的事儿，你也成长得很不错，但今天听你这么一说，好像不是那么回事儿。这事儿就这样了，你也收收心，试验点被取消了，你就该多出去跑跑了，多到别的试验点看看自己的品种表现。下面的试验员工作不好开展，该意思的地方还是要到位，大的环境摆在这里，咱们没钱就少出点儿，虽然办不了事儿，但也能交下一两个朋友。今后你在这条路上还要走很多年，人际和人情往来缺不得。你跟我比不了，当年我也是个平平无奇的育种人，但‘北川稻1号’大火之后，我自然而然地得到了大家的重视。虽然我不用跟这些人打交道、攀虚情，但他们照样会给我行方便，即便有时候我不见得领情，总体来说我算是比较幸运的。你就不同了，虽然技艺满身，但需要从头开始打拼，你要认清状况，不要效仿老师。”

“老师教训得是，我确实不太变通开窍，很多事情的立场没站对，有人在背后整我也不奇怪。既然事情到了这个地步，只能等明年再说了。”

看着崔挽明泄气的样子，秦怀春摘下眼镜，倒了杯茶水，语重心长地说道：“不用灰心，前几天国务院《关于加快推进现代农作物种业发展的意见》出来了，你关注了吗？”

“还没来得及细看，尹老师上省农科院听学习讲座了，会议材料我还没取回来看。”

“你好好看看，国家现在重视咱们哪，目前咱们国家的超级杂交稻育种取得了重大进展，看来今后你要往品质上下功夫了。国家在品种的育、繁、推一体化上已经正式提出目标，市场要规划合理，提到了成果转化和对企业扶优扶强的政策导向。以前我认为育种工作是咱们这些高校科研院所的专职，现在看来，一切都在变化。五年前，国家在种业发展上做出了‘政企分家’的改革方针，给行业环境进行了一次大清洗，现在又推出新动作，说明时代变化的幅度越来越大。前几年我就注意到林海省的企业动向，他们资金足，对市场运转轻车熟路。‘金怀种业’刚在林海省落地开花的时候，还只是家卖种子的小公司，我听说现在也开始搞育种了。”

“没想到他们切中了政府导向，刚起步没几年就赶上了国务院政策下达。这一次，他们不会放过机会的。”

“狭路相逢勇者胜，再窄的路，只要有能力，也有你的一份成绩。别灰心，市场是大家的，永远捏在老百姓的手中，谁也抢不走。”

崔挽明没想到秦怀春在品种申报的事情上居然发这么大的火，让他更加意外的是，一向远离行业诟病的秦怀春居然劝他学着跟别人打交道做事情。崔挽明察觉到了老师的变化，不知道该怎么行事了。自从师母离开之后，老师就像变了一个人，不爱出门，也不爱说话，偶尔去趟疗养院看看苏玉，跟秦志杰沟通苏玉的状况，仅此而已。

至于这次国务院下达的《关于加快推进现代农作物种业发展的意见》，崔挽明感到自己不是孤独的个体，他们这些奋斗在一线的工作者，背后还有强大的祖国在支撑着。

第八章
浮出水面

品种申报权事件让崔挽明和钟实上火的同时，也让尹振功跟着烦心。正好创世生物的薛为民打来电话，通知他项目打款的事儿，内心不爽的尹振功一下子把气撒在了薛为民头上。

“打什么款？今年在你那儿做的两个项目给我弄得乱七八糟，一个 DNA（脱氧核糖核酸）重测序，一个 RNA（核糖核酸）测序，你自己看看结题报告，这样的数据能写论文吗？你们不拿出个差不多的结果，我很难接受。”

“尹教授哇，你这不是难为我吗？咱们做项目，完全是按照当时合同里的约定来的，一项都没少，该分析的我们都分析了。我们只负责对客户提供的样本进行分析，至于结果如何，我们负责不了的。你跟我合作这么多年了，该理解我们生物公司。”

“理解什么理解？结果不好，你们为什么没有责任？我在你们那儿花了十万块做这两个项目，你跟我说结果好坏你们不负责？”

“请你理解，既然大家都是搞科研工作的，就该知道样品质量和结果好坏之间的关系。这个东西跟你的实验材料关系很大，出不出结果不是分析能决定的。但我们投钱做了这个项目，你就该按照合同打款。合同里没有说明测序结果必须达到什么程度，你可以到国内任何一家基因生物公司问问，没有人敢保证客户的东西一定会出满意的结果。这个风险我们不承担。”

“不承担？好吧，但你总该帮我想想办法呀。你们是换换计算方法，还是调整一下显著性阈值？不能让我白花这么多钱哪。”

“尹教授，你这次的样品确实很不好，提供的水稻种子的基因背景不理想，有很多杂合片段不说，跟参考基因组的比对率也很低，50G 以上的数据量，我们没有办法帮你逐一过滤。”

“你的意思是就这样了？没有办法了？我的十万块白花了？”

“尹教授，现在的情况确实是这样的。”

“那你把数据给我，我自己想办法分析，我就不信弄不出来。”

“尹教授，我们完成了分析工作，需要你们客户打款之后才能把数据给你，能够提前给你发结题报告已经是在照顾老客户了。请你理解。”

“理解什么？不理解！”

尹振功一气之下挂了电话，坐在办公桌旁一脸无奈，忘记了前来修改论文的学生还在等他。

“尹老师，您让我来改论文，我……”

“好了、好了，你先回去，我这里还有点儿事儿，等过两天再帮你看论文。你自己再细心琢磨琢磨，好好看看别人是怎么写的，别每次帮你看完你都不改。”

尹振功从来没有在学生的论文上放松过，一直以来都严格把关，但这次实在被薛为民气坏了，哪里还有心思修改论文，遂把学生打发走了。

学生刚离开办公室就开始破口大骂：“装什么装？让你看个论文就这么牛气。”

尹振功在办公室坐了半个小时，感觉怎么都不爽，本来科研经费就有限，现在又出了这样的事儿。十万块钱说没就没，他能不着急吗？即便现在还没打款，但他心里清楚，这笔钱赖不掉。

尹振功简单地收拾了一下，带着项目合同书，开车直接去了创世生物的办公区。

这次拜访，对尹振功来说必须成功。科研人员的每一分钱都是国家给的，他必须让它发挥出该有的价值。

在离开1号电梯门，准备拐进办公区的时候，他看见一个熟悉的背影进入了2号电梯。尹振功盯着那个背影，直到对方进电梯转回身来。

“于向知？”

尹振功和于向知的目光相互落在对方的脸上，随着电梯门徐徐关上，尹振功看见于向知的脸上露出了陌生的笑容。

他怎么会在这儿？尹振功在心里嘀咕道，他一个专门从事外交工作的冒牌育种家，怎么会跑到这个地方来？莫非他也另辟蹊径，开始走基因分子生物学的路子了？

尹振功立刻否定了这个荒唐的想法，料定于向知远没有到达这个境界。尹振功摇了摇脑袋，二话不说就推开了薛为民的办公室门。

薛为民没有防备，立刻将手里的文件夹合上，重重地摔在桌上。这一来是表示他对尹振功的无礼的不满，二来也想建立起心理优势，毕竟来者不善，他不能乱了阵脚。

“尹教授，你怎么亲自过来了？”

“我来拿我的数据。”

“哦，款打过来啦？”

尹振功很自觉地坐下，放低姿态问道：“真的一点儿办法都没有了？”

薛为民笑了笑道：“你是我的老客户了，能帮你我肯定帮了。你这次的情况我们确实搞定不了，等你想清楚了，咱们再说打款的事儿。咱们有合同在先，你又是高校教授，不会在这种事儿上让我们难堪吧？”

“唉，半个月后我回复你，但我要见见你们的项目主管，有些问题我要当面请教他。”

“这好办，我现在就可以帮你约他。不过尹教授，你的情况我们小组专门讨论过好几次了，相信你也看了结题报告了，出现问题的可能原因我们也做了推断。像你这样的深度测序结果，还是能说明问题的。你就算见了项目主管，他也帮不了你。况且你也知道，我们的生物信息学工程师很忙，你要跟他聊太具体的内容，他未必有这个时间。要不这样，你先打一半的款过来，我们再帮你做一次分析，从头梳理一遍，看看结果能不能有所改善。实在不行，你再找其他人帮你分析，我们可以承担百分之二十的费用，就当是给你打折了。到时候你再把剩下的钱打过来。”

尹振功想了想，也只能如此，但还是想见见项目主管。薛为民没有办法，只得出办公室去帮他请人。

尹振功站起来在办公室里转了两圈，心情稍微好了点儿。突然他扫到桌上合上的文件夹，顺手拿起来翻了翻。这一翻着实把他吓了一跳，心中跳出无数个惊叹号：四十万测序费，五百多的样品量，哪个实验室项目居然一下子花这么多钱？他翻到项目的甲方联系人那一页，“于向知”三个大字跳了出来。

尹振功的心一下子跳到了嗓子眼儿，他没有理由相信一个搞大田育种的人会把钱花在这种事儿上，无数的疑问涌上了心头。于向知为什么要测五百多个品种的基因组碱基序列？他测的又是什么品种？崔挽明刚在薛为民这里做了品种特异性检测，于向知就很快地出现在这里，这之间会不会有什么联系？

一切都像谜团，他不只是单纯好奇，还有一丝不安。

出了创世生物大楼，尹振功便给刘君打了个电话。

刘君从海南回来之后，心情就一直不太好，工作状态严重下滑。尹振功的来电倒是让他产生了些好奇心，毕业后的这几年，尹振功并没有主动联系过他，这还是头一次打电话给他。

“刘君，最近你们所搞水稻基因组测序了？”

“老师，没有哇，我没听说谁在搞基因组测序。”

"于所长没搞这个？"

"没听他说过呀，我不是很清楚。老师，下午我帮你打听一下。"

"不、不、不，我就是随便问问，你不用打听。刘君哪，你也不小了，该找个人结婚了，你看挽明都有孩子了，你也抓紧吧。"

尹振功的突然袭击，无疑是在刘君的旧伤口上撒了一把盐。他顿时变得有些吞吐："老师，我天生……就这个命，可能还没到时候吧。"

"胡扯，再过两年胡子都白了，还不到时候？怎么，你还没忘了那崔小佳？"

"这……没有，怎么会？忘了、忘了。"

"我还不了解你们两个？要我说你们那时候就不该分开工作，好好的一段感情，硬是让工作耽误了，图个什么？"

挂了电话，刘君又想起几天前崔小佳的回信。这封信，他等了两年多，想要崔小佳的一句话。他还没忘掉她，但崔小佳的回应彻底断了他的念想。

不管怎么说，曾经深爱的女人嫁给了别人，心中失去的不只是那个长久的信仰，还有他再也找不回来的青春时光。

刘君没有等到她。他以为毕业时的诀别不会让他跌进剧烈的痛苦当中，以为各走一方后的纵马天涯终会等到那珍贵的回头。现实从他幻想的花园中脱身而出，将分别时的痛加倍地泼回了他的身上。

崔小佳嫁人了，直到此时此刻，他也没想明白自己当年的选择是对是错。这样一种现实摆在他的面前，将他深埋心底的那个童话故事戳破了。他真的错过且无法挽回她了。

在这段失败的感情中，刘君总觉得自己有些冒失，毕业时的不成熟和浮躁让他轻易地被育种工作的表面给蒙蔽、带偏了。如果现在让他再选一次，很难说他还会继续留在林海省从事育种工作。

这件曾经让他觉得光荣和充满意义的事情，现在看起来远没有达到心中的期望，反而演化成了他情感失利背后的一个推手。

带着心中剩余不多的念想，刘君还是找到了崔挽明。

刘君已经好久没见到崔挽明了。那天晚上，刘君坐在崔挽明的家中喝得死去活来。他问崔挽明信里的事儿是不是真的，崔挽明接过信读了两遍，摇摇头说："你知道的，因为你们俩的事儿，小佳已经不联系我了。她是个走了就再也不会回来的人。"

"滚蛋，你有必要安慰我吗？你们是亲兄妹。"

"是又如何？她和我一样不常回家，父母连她在哪儿教书都不知道。我们两兄妹说是孝子，其实不是。这几年我每次从海南回长沙都见不到小佳。她总是能算准我回去的日子，好像在专门回避着我们的相逢。"

"不行，今天你一定要告诉我，就算是猜，你也要给个答案。她说她结婚了，是真是假？"

"如果是真的，我一点儿也不惊讶，小佳永远都冲在前面，做自己认为对的事儿，你别指望她会记你一辈子；如果是假的，说明她还没忘了你。但我不希望是假的，我希望她找到幸福。你我都知道，从你决定留在林海省的那天起，你们就注定不会有结果。她是个女人，到了这个岁数还不成家，我心里疼，也比她还苦。"

"那就是都有可能了。"

"你清醒一点儿，刘君。尹老师说得对，你该找一个人了，就当她已经结婚了。难道你要一直等下去不成？刘君，你可没这个种，我也不同意你这样做，这样太残忍，也不是一个成年人该做的事儿。"

刘君躺在崔挽明家的沙发上仰天大笑，把屋里的孩子都吓醒了。海青抱着孩子走出来，恶狠狠地看着崔挽明。崔挽明将手里的烟头按灭在烟灰缸里，朝海青摆了摆手。

"回去睡你的，这里我看着。"

海青又瞪了崔挽明一眼，眼中透着一股酸溜溜的气息。不管刘君怎么考虑自己的情感问题，总之经过他一晚上的折腾，崔挽明终于迎来了一次海青的小小爆发。

令崔挽明厌倦的话题再次被海青提起，直戳他的脊梁骨。这一次他终于开始反抗了。

“不要再说了，我承认我现在拿不出钱来，如果你实在想要学区房，我可以出去借，也能借到钱。你不用隔三岔五地提醒我。”

“家不像家，一个男人说出这种话，你好意思吗？”

崔挽明没有回话，在这件事情上，他早已疲惫和乏味。他回身打开台式电脑，开始整理田间水稻的电子台账。结婚这几年来，记录电子台账的事儿一直是海青帮他完成的，他原以为海青会是他背后的最后一道防线、最后一个港湾，在他累了、倦了的时候可以回来歇息片刻。但现在他感到不是这么回事儿，婚姻的力量并没有让一个人被驯化为另一个人的忠实信仰者，相反，他们还会像相识之前那样，有着陌生人之间的那些猜疑。

这样一种感受让崔挽明感到极为惊恐，倘若婚姻都无法消除心与心之间的距离，那么这和陌路有何区别？这是不是可以理解为婚姻对情感的收录取决于自我的渴望和索取，一旦渴望和索取消失，婚姻里便再容不下情感的东西，只能释放给对方无情的冰冷和绝望？

崔挽明受够了。他不在乎学院同事的眼光和非议，不在乎别人说他靠秦怀春的房子过活，唯独这个枕边人、这道破裂了的防线，让他刚强的外表再也包不住那颗坚强的心脏。他好久没感受过心凉的痛楚，像瞬间释放出的高浓度乙酸一下子浇进心窝，让他把对美好世界的渴望全部收缩进那个狭小的房间里，心变得肿胀、酸痛，进而麻木。

他找过秦怀春，想要将房子还回去，打算出去租房子，但这样做只会加速和海青的婚姻的破裂。

他恼怒不已。从来不抱怨世间美丑的他，终于开始寻找这些事端的根源，最后把账算到了破坏市场规矩的人的头上。

钟实劝他不要冲动，再给自己一点儿时间。刘君拿自己举例，说他连媳妇都没有，依然活得好好的，而崔挽明在处于人生低谷的时候遇到一个愿意托付一生的女人，应该知足，应该想尽办法报答她。

那个秋天，崔挽明没怎么回过家，丈母娘为了这事儿专门跑到学院里找尹振功。尹振功觉得影响不好，只得亲自将崔挽明送回家去。但崔挽明往往是今天回去，明天又走。

崔挽明在办公室里置办了一张折叠床，下班了就在办公室里学习。有时候老同学找他喝酒，没有酒喝的时候，他就静静地坐在办公室里，给郭达编写高产优质水稻种植技术的材料，为普及农技做准备。他把办公室当成自己的家，学院的学生之间流言传得很凶，说他是一个怕老婆的男人，说他吃软饭被老婆赶出来了。凡此种种，应有尽有。

但对崔挽明来说，只要他能精神饱满地投入工作中，这都无关紧要。他的每一天都在算计中度过，没事儿的时候他就去看看苏玉。算下来，他已经两个月没去疗养院了。

崔挽明走在路上，想着秦志杰对苏玉的冷漠和无情，想着自己的婚姻的艰难，还有刘君那未修成正果便夭折的爱情，顿感他们这几个人福浅。

崔挽明刚走进疗养院大厅，就听到门口救护车的警报声，疗养院里负责照顾苏玉的楚一茹急急忙忙地从楼里跑了出来。

“这边，医生，快点儿！病人的生命体征就快没了！”

崔挽明来过几次，认得这性格怪异的楚一茹。看到她的这个反应，崔挽明感到有不好的事儿发生了。

“怎么了？”他一把将楚一茹拽了过来。

楚一茹瞪了他一眼，回道：“苏玉好像要生了，人快不行了。”

随救护车前来的大夫还从未遇见这么特殊的产妇，面对苏玉微弱的脉搏和就快分娩的孩子，不敢擅自做主。大夫要求崔挽明一定要找来家属，但苏玉的爸妈远在山区，肯定是过不来了，秦志杰又远在海外，只能让秦怀春过来了。

电话接通的时候，秦怀春的情绪很激动。说实话，苏玉在这种状况下怀有身孕，他是非常担心的，也没指望孩子能顺利产出。但令人惊奇的是，肚子里的生命并没有因为苏玉的昏迷而停止发育，他就像一个正常的胎儿，过了鬼门关，即将迎来新生。

“挽明，告诉大夫，我签字！签字！让他们抓紧时间想办法，要保大人，更要保孩子，谁都不能出事儿。”

崔挽明没能取得医生的同意，一直等到秦怀春赶到医院，事情才得以落实。

“老人家，按理说这种情况我们不建议要孩子，弄不好就是一尸两命。这在国内还从来没有临床病例，成功与否，谁都说不好。”

“胡说！你们是干吗的？孩子一直都很健康，这几个月以来一直在做检查和护理，孩子不会有问题的，一定要让他出来。”

“你考虑过妈妈会因此丧命吗？她是个丧失意识的植物人，她的生命属于她自己，这个选择权到底交给谁来执行？我们不好说。你这样，打电话给你的儿子还有患者的亲生父母，三方同意了，我们才能做这个手术。”

如果不是情况紧急，秦怀春差点儿忘了自己还有个儿子。他没有犹豫，立刻将电话拨过去。崔挽明负责联系苏慧，让她想办法联系老家的亲人。

秦志杰正在分子实验室里做细胞切片，手机响了好几遍，他都没理睬。秦怀春急得满头大汗，恨不能顺着手机电磁波钻到秦志杰身边。一旁的研究生看了看秦志杰的手机，示意秦志杰先停下来，随即将手机递给他。

秦志杰一看是秦怀春的号，眼睛里的刺仿佛被人猛地拔了出来，只觉一阵生疼。他颤抖着手，冷静地接过手机接通电话，还没等他说话，那边的人不淡定了。

“志杰，苏玉要生了，你要当爹了，我要当爷爷了。你赶紧跟医生说你同意剖腹产，医生等着你签字。”

秦志杰的手心渗出一层滚烫的细汗，他痛苦地将眼睛闭上，陷入了艰难的抉择。他疯狂地做实验，就是为了忘记苏玉的不幸，就是为了能痛改前非、衣锦还乡。但面前的这个决定，让他无从抉择。他听到电话那头崔挽明和苏慧在对话，听到现场嘈杂的争论声和非议声，眼睛久久没睁开。他不肯吐露只言片语，就像是任何一种选择都会让他罪恶缠身一般。他已经让苏玉身陷泥潭，不能再乱下决定。

秦怀春等来的是秦志杰挂掉电话的声音，所幸联系上了苏玉的爸妈，那边也是含着热泪，勉强地点下了头，手术才得以进行。

孤独的苏玉躺在无声的世界里，孩子在拼命地踢她，她感觉不到疼痛，脸色变得有些红润。她的汗腺还在工作，皮肤渗出了汗珠。在她安静的皮肤下面，无人知道她在感受和经历着什么，直到刀片划开她的腹腔，取走属于她的唯一的宝贝。

在手术灯熄灭的那一刻，苏玉的眼角流下了一滴咸咸的泪。楚一茹站在两米之外的窗边看着这一幕的发生，激动又惶恐。她感到苏玉要醒过来了，感到那具安静了数月的身体就要拿回自己失去的东西。

在秦怀春灿烂如意的笑容之下，在崔挽明复杂而感动的表情之中，她转身离开了病房。

苏玉成功产下孩子的消息登上了《凤凰城日报》《生活报》，上了热门电台，吸引了各方记者前来关注。

秦怀春将这些人赶了出去，不允许孩子受到惊吓。这是他用余生不多的时间换来的感动和福祉，这是奇迹，更是上天的眷顾。

很快电视上也插播了这则新闻，于向知端着手里的饭碗，被这条新闻惊出了冷汗。他摘下眼镜，擦了擦眼角的汗渍，从桌上拿起手机，买了一大箱奶粉直奔医院。

没有人阻拦他，他不是记者，只是作为秦怀春的老部下过来问候一下。

秦怀春的眼睛不愿抬起来。从于向知进门起，秦怀春的视线就没离开过孩子的婴儿床。孩子出生后，由于严重缺乏营养加上血清内胆红素浓度升高，很快就起了黄疸，现在已经被送到婴儿培养箱照顾。

“老领导，祝贺呀，您当爷爷了。”于向知把奶粉往秦怀春跟前一放，一屁股坐了下来，准备和他长谈一番。

“出去，这里不欢迎你。”

“老领导，您……您都退休了，还因为以前的事儿生我的气啊？以前，都是我不对，工作粗糙，那时候您教育得是。但我现在好了，刘君也自己支起了一摊事儿，育种干得像模像样的。”

秦怀春正了正眼镜，毫不客气地说道：“别以为我不知道你做的事儿，有些事儿不要过分的好，你把肉吃了，也给别人留条活路。”

“哟，瞧您说的，没那么严重，大家都是同行。林海省的水稻事业要做大做强，不是我一个人说了算，要靠大家的力量嘛。这还是老领导您告诉我们的，我一直没敢忘。”

秦怀春一下子站起来，指着病房门道：“给我滚！”

于向知一看秦怀春的脸色这么糟糕，起了惧心，遂放下东西自顾自地逃了。他一走，秦怀春将他送来的奶粉全摔到了地上，很快血压也上来了。秦怀春赶紧掏出降压药往嘴里倒，这才平静下来。

视野模糊中，他看见苏玉的家政护理楚一茹从外面向他走来。

楚一茹将秦怀春扶到床上，倒了杯水，看外面没人，小心地走到秦怀春面前。

“秦老师，那天我看见苏玉流眼泪了。”

秦怀春手里的水杯哗啦一声打翻在地，原本眩晕的头脑一下子被这个消息刺激到，变得异常清醒。

他扶了扶眼镜，颤抖地掏出纸巾擦了擦眼角的细汗。

“把门关上。”

楚一茹关上门，双手放在两腿间，候在秦怀春身边，等待他发令。

“什么时候的事儿？”

“她产下孩子的那天，我在产房亲眼看见的。”

秦怀春站起来，背着手，弯着脊背，在窗户边来回踱步，半天才停下来。

“你为什么不早说？这几天她的状态怎么样？”

“忙忘了，秦老师，怪我粗心了。现在她还是老样子，没什么变化。”

“先不要跟外人说，你去把医生叫来。”

楚一茹慌张地离开，去请苏玉的主治医师过来。秦怀春穿上鞋和衣服，匆忙赶到苏玉的病房和医师碰面。

了解到这个情况后，医师极为震惊，马上召开专家诊断会，对苏玉的身体做了次全面检查。秦怀春等在诊断室外面，不停地擦汗，谁也不知道里面发生了什么。过了半个小时，出来个助理医师，表情不太好看。

秦怀春一把将他拽住：“苏玉的情况怎么样，医生？”

助理医师将秦怀春的手扒开，皱着眉头道：“不清楚，刘医生在做最后的诊断。”

助理医师的反应让秦怀春捉摸不透，只要刘医生不出来，他就始终安心不了。又过了一个小时，诊断室的门才被打开。

刘医生脸上的表情很平静，秦怀春看不出什么名堂。

“还是老样子，没有好转的迹象。”

“不可能，我明明看见她流眼泪了。”楚一茹辩解道。

“分娩前后，身体内部代谢肯定较平时旺盛，即便病人流眼泪，也是不由自主地流出来的，不奇怪。”

“刘医生，脑部的扫描结果呢？”秦怀春紧盯着刘医生问。

“嗯，这倒是有点儿变化，不过不明显，对病情好转起不到作用。”

秦怀春终于一屁股坐在走廊的靠椅上，长长地叹了口气。楚一茹将随身携带的毛巾盖在秦怀春的腿上，被秦怀春大骂了一顿。

“我还没老呢，别把我当废人！”

说着秦怀春起身就走，想了想又停下来，回头对楚一茹说道：“以后有类似的情况及时告诉我，耽误了治疗，后果不堪设想。你今后要注意。”

楚一茹双手捏在一起，拼命地点头回应。看着秦怀春离开的身影，她感觉这个老人家不像是大家口中那位德才兼备的大教授。她摇了摇头，回到了苏玉身边。

今年是秦怀春的秸秆还田项目实施的第二年，由北川大学负责的子课题被交给了钟实负责。七月份做完杂交工作，地里的活儿就没那么多了，收获之前钟实的主要任务是到微生物研究所学习秸秆降解技术的相关理论，好为课题中期考核做准备。

崔挽明也终于腾出时间，打算到下面的试验点看看品种的生长情况，顺便到天源县看看郭达的育种圃，好提供一些指导意见。

刚上火车，崔挽明就联系上了张玉祥。

“玉祥，怎么样？最近忙什么呢？”

“明哥，没忙什么。哥有什么指示？”

“我到你们所了，赶紧给我出来。”

“什么？哥，怎么不提前联系我呢？你到我这儿是大事儿，我现在就联系李所长，让他找人安排。”

“别、别、别，吃饭可以，别叫那些乱七八糟的人，李所长就不要通知了吧。我就是到你们的试验地看看我的品种表现情况，看完就走。”

“那怎么行？省水稻所离凤凰城有三百多公里，你好不容易来一趟。你想想弟弟能饶了你吗？”

“别给哥整事儿啊，你们所的那些人都是酒蒙子，在一起没法儿喝。”

“行了，哥，我现在就出去接你，十分钟，等我。”

“哎，别着急呀，三个小时后你再出来吧，我刚上火车。”

“我的亲哥哥，能不能有句实话了？我现在就到车站等你。组局的事儿交给李所长了，你来了得李所长出来陪。”

“玉祥，你不听话了呀，行吧，见面再说。”

崔挽明坐在火车上，想起了张玉祥和自己在地里干活儿时的种种场景，只觉时光飞逝。

张玉祥都毕业两年了，在省水稻所的两年时间里，那个敢想敢干的张玉祥如今脱去了学生时代脸上的茫然，变成了一个圆滑老到之人。

简单的两分钟通话时间，崔挽明就将他的变化悉数捏在手中。

但不管他变成什么样，他还是崔挽明的兄弟。

崔挽明到站的时候已经中午了，张玉祥穿了一双干活儿的鞋就跑过来接他。见到崔挽明的时候，张玉祥像兔子一样跳了过来。

“哥，来、来、来，把包给弟弟。”

“干什么？不用。”崔挽明一下子将他推开，不适应他的这种作风。

“你是我哥，怎么不用？赶紧拿来。”张玉祥一把将包抢过去，挎在了自己肩上。

崔挽明跟着他出了车站，正要伸手拦出租车，被张玉祥拽了回来。

“干什么哥？咱有车，不坐这个。”

崔挽明还没反应过来，张玉祥就掏出兜里的车钥匙，嘀的一声，右边广场上的蓝色马自达 6 的门锁开了。

“哥，上车。”

崔挽明愣在车旁边，一动不动地看着车，就像看别人家的宝贝那样，微张着嘴，一时不知说什么好。张玉祥买车的事儿他不知道，更无法相信这是真的。张玉祥才工作两年，一个穷人家的孩子，怎么有能力买马自达 6？

为了不过于怯场，崔挽明拉开车门，一屁股坐了进去。

刚才崔挽明还把张玉祥当兄弟，现在却有种低人一等的感觉。

出现这种感受，对崔挽明来说太正常了。他一个高校教师，工作比张玉祥早，住的是秦怀春的房子，开的是尹振功的面包车，打着鲜红的大旗干人民的事业，到头来什么都没捞着，还要在兄弟面前接受自尊心的考验，真是难为他了。

“你小子现在行啊，我没骗你吧？到了省水稻所，吃喝不愁，没两年你就翻身做主人了。”

张玉祥听出了崔挽明心中未道出的无奈之意，说道：“没有哥的提携，就没有我张玉祥的今天。不管在哪儿工作，我永远是你的兄弟，你永远是我哥。李所长在海鲜城订了包房，大家都等着哥过去，为哥接风。”

“你们现在的风气越来越不好了，这样可不行啊。虽说你们单位的成果转化优势强，挣得多，也不能这么花钱哪。”

“哎，这都是领导的安排，我就是个小跟班，吃什么、喝什么还不是领导说了算？咱们都是穷人家的儿子，见多了这些场合心里也不舒服。慢慢改善吧，没有办法。”

进海鲜城包间的时候，张玉祥在前面开门，让崔挽明先往里进。

他们刚推开门，李国华就站了起来，在座的各位也都跟着站了起来。

“挽明，来、来、来，上哥这儿坐。菜都齐了，知道你饿了，没等你点菜，不挑哥的理吧？”

崔挽明一边往里挪，一边脱外套，顺带扫了一遍桌子边的人，多数人他认识，但一起喝酒还是头一次。

“我什么都吃，有吃的就行，我不挑。”

“那就好，挽明，今天是你头一次上我们省水稻所来。我等了你两年你才来，这就是你的不对了，所以今天不好好陪陪哥，哥可不让你走了。”

“李所长，不敢、不敢，我也是没有办法，省局把我的试验点拿了，我不下来试验点看看也不是办法。我来之前就在想，林海省的十多个试验点，我该先到哪个点看呢？最后我决定先来向李所长学习。”

“挽明，越来越会说话了，来、来、来，我还没给你介绍。”

接下来，李国华便挨个儿介绍了一遍桌边的人：市农委的黄主任、市农业推广站的何站长、市科技处的张哥、省水稻所下设科室的四个主任。

最后才到崔挽明，李国华介绍说：“大家有的见过挽明，有的没见过，今天我隆重介绍一下。崔挽明，秦怀春院长的爱徒，现北川大学水稻育种所副所长，我李国华的好兄弟，张玉祥的大师兄。你们几个，推广站的，农委的，以后想要搞成果转化合作，挽明手里有的是好品种、好材料，能不能要到手，就看你们喝几杯酒了。”

李国华说这样一段开场白，直接宣示了这个饭局的氛围和目的。崔挽明还没开始喝酒，已经感到全身被麻醉了，心中自语道：这帮老狐狸，一个个都狡猾得很。

崔挽明在酒杯的碰撞声中渐渐迷糊了，失去了意识和定力，大家的笑声和议论声将他紧紧包围住，让他的呼吸越来越紧，越来越紧。

等崔挽明的意识再次回来的时候，已是凌晨两点多钟。他从床上爬起来，到处找水喝。张玉祥一直没睡踏实，赶紧起来给崔挽明递水。

“哥，怎么搞的，喝这点儿就多了？以前在学校的时候你可不是这个水平，你看，弟弟我不陪你，你的酒量都掉下来了。”

崔挽明的脑袋有些疼，昨晚经历了什么，他一点儿印象都没有。

“这是哪儿？”

“酒店哪，你忘了？昨晚李所长亲自送你回来的，从饭店出来，咱们几个又去烧烤店喝了几瓶啤酒，然后回的这里。”

“又去烧烤店了？我一点儿印象都没有。还发生什么事儿了？”

“哥，我说带你去洗浴中心放松放松，你打死不去。我看你太累了，你好好休息，等晚上我安排你放松。”

崔挽明喝了几口水，吐了口气：“玉祥啊，你现在变得不一样了，胆子越来越大，净把你哥往火坑里带，是不是？”

“哥，你说的什么话？老弟是看你工作太累了，好不容易出来一趟，不放松放松？”

“去、去、去，少给我来这套。要去你去，别以为我不知道你搞什么花样，告诉你，别给我乱来，把工作干好不算本事，把人做好了才算牛气。”

“那上午你好好睡一觉，下午我带你上地里看品种。”

“睡什么睡？上午就得下地，下午我还要去一趟天源县办点儿私事儿。”

“你这么着急干吗？在这儿待几天啊，现在也不忙，你一个科研编制的老师，又没有教学任务，回学校也是干待着。”

“别啰唆了，睡觉。”

崔挽明睁着眼睛，根本想不起来昨晚在酒桌上说过什么，到了六点就爬起来洗漱。李国华六点半准时到达酒店接待处，购买了几份早餐券，上二楼餐厅等着崔挽明。

见到李国华，崔挽明实在是不好意思，连连握手言谢。早餐虽丰盛，但崔挽明肚里的酒精还没完全被吸收，他只能吃点儿清淡的东西。

二十分钟后，崔挽明上了李国华备好的车，直接到了试验地。

“挽明啊，你生产试验的那个品种，家里还有种子吗？来年给我点儿，咱们哥儿俩研究研究，把它繁殖起来，来年让农委的同志帮着推广推广？”

“有哇，种子能没有吗？但现在能不能过生产试验这关不好说。”

“放心，有你李哥在，我们的试验点还能不让你过？我现在就敢说，地里生产试验的六个品种，没一个比你的好。你的品种要是过不了，天理难容，老百姓也不干。这么好的东西不让过审，那省局想要什么样的？”

“李哥，太夸张了，哪有那么好？我的东西我知道，很普通。现在大家都在努力地做这件事儿，也都成果斐然，谁的东西也不差，还是先看看再说。”

李国华顿时变了脸色：“也好、也好，推广的事儿咱们再聊，先想办法让你过审，拿到品种权再说。”

张玉祥带队，领着崔挽明来到他们的省试验区。

“明哥，前面这两亩地做的都是今年的生产试验，省局让每个品种按两百平方米准备，我种了两亩。你左边的这块是做的区域试验，一共十五个品种，一个品种种二十平方米，三次重复；右边的就是比较试验，一共五十个品种。咱们先看哪个？”

“我先看看生产试验。”

崔挽明说着就从兜里掏出田间记录本，开始挨个儿调查。张玉祥手里拿着品种编号的解码表，逐个向崔挽明汇报。

“四号是对照品种？”崔挽明问。

“嗯，‘北川稻1号’。”

“这么多年了，省局还拿它当对照，现在很多品种的产量已经超过它了，应该换一换对照品种。二三十年没变过，育种目标怎么提高？”

“咱们哪管得了这些？省局提供什么就是什么，可能还是有它的不可替代性呗。”

崔挽明继续往前走，把目光放在了五号品种上面。突然，他感觉眼睛被刺痛了几下，被这片水稻反射出来的光线惊住了。

他的瞳孔越来越小，目光越来越尖锐，死死地盯着这个品种。

“玉祥，你拿着。”崔挽明颤抖着手，将手里的记录本递给了张玉祥。

崔挽明腾出手来，从茎秆上掐了一穗水稻，放在掌心里一粒一粒地扒拉着看，恨不能将其塞到眼睛里。

他看了半天，把稻穗扔了，重新掐了一穗，看了第二遍。

“把尺子给我。”

张玉祥从兜里掏出钢尺，崔挽明接过来，开始测量这个品种的株高，连续测了十多株。太阳被云彩遮挡了一上午，空气温度一直没上来，崔挽明的脸颊上却渗出豆大的汗珠。他收了卷尺，又开始数植株的叶片。

等他做完这一系列动作，只觉天昏地暗，胃里的酒菜在情绪的带动下来回翻滚，他一下子没收住嗓子，吐了出来。

伴随而来的胃部抽搐的痛感开始向全身蔓延，还没等张玉祥过去搀扶，崔挽明两眼一黑，倒在了水田里，将水稻压倒了一片，全身泡在了水里。

“快、快、快，压到水稻了。”李国华推了推张玉祥，让他赶紧把人拉起来。

“哥，你怎么了？”张玉祥连鞋子都来不及脱就跳了下去，赶紧将崔挽明拉出去。

李国华着急得直挠头：“怎么搞的嘛，人家好好的稻子硬是被压倒一片，到时候省里的专家组鉴评的时候，怎么跟人家解释？要是因为这一片倒伏，这品种过不了审核，不等于得罪人吗？这是谁的品种？玉祥，你快看看解码表。”

“李所长，你等等，我先送我哥去医院。”

张玉祥说着，先将崔挽明身上的衣服脱了，在试验基地找了一身迷彩服给他换上，又帮他洗了洗脸。张玉祥正要将崔挽明抱上车，崔挽明徐徐睁开了眼睛。

“哥，这是怎么了？”

崔挽明从张玉祥手里翻爬起来，脑袋晃来晃去，勉强站起来，要朝着刚才的水稻地跑过去，被张玉祥一把抱住了。

“哥，你倒是说话呀，这是怎么了？”

崔挽明微张着嘴，眼睛里干巴巴的，没有一点儿湿润的色彩。他踉跄几步险些跌倒在地，幸好有张玉祥扶着。

崔挽明脸上写满了落魄和失望之色，有气无力地勉强挤出的几个字都带着浓烈的哭腔：“玉祥，我……被人……算计了。”

说完这句话，崔挽明重重地喘了口气，瘫坐在试验地院子里，什么也不想说了。

李国华不知道崔挽明怎么了，还在那边安排工人将被压倒的水稻挨个儿扶起来，肚里憋了不小的火。

张玉祥夹在领导和师兄之间，不知该顾哪头。

“你帮我跟李所长解释解释。下午我先不走了，有事儿找你，咱们找个地方谈谈。你先去帮李所长。”

张玉祥感到崔挽明遇到了重要的大事，只得听从安排，先去顾着领导那边。

十五分钟后，张玉祥以送崔挽明去医院为由，向李国华请了假，开车带崔挽明上了市里的一家茶庄。

崔挽明喝了一壶水都没有说话。张玉祥看着他冷静的样子，着实有些担忧。

“五号品种是谁的？”崔挽明太能沉住气了，憋了半天的气到现在才吐出来。

“五号？我想想，嗯，好像是‘林育稻1号’，育种所于向知的。”

听到“于向知”三个字，崔挽明端在手里的茶杯哗啦一声落在地上，他最不希望的事情还是发生了。

“你说实话，这个品种怎么样？”

“哥，你怎么关心起别人的东西了，还这么大反应？我实在搞不懂。这里没有别人，‘林育稻1号’大家都看在眼里，说实话，比‘北川稻1号’强，这个品种可不一般哪。我听说去年年底于向知就打着‘林育稻1号’的牌面开始往外送米了，看样子早就做好了推广的准备。”

“哼，你也认为它好？”

“难道哥不觉得吗？上周省里刚把生产试验品种编号解密，我想，拿到这份表单的试验员肯定和我一样疑惑。”

“一个品种居然跳过了预备试验和区域试验的鉴定，直接来到了生产试验阶段，没有人觉得奇怪吗？”

“哥，于向知真有这个本事？省局都成他家开的了，他想怎么审就怎么审，品种权都让他拿走了，咱们哥儿几个玩什么？”

崔挽明顿了顿，说道：“他玩什么我不管，但是玩到我的头上就不行。”

“哥，你什么意思？于向知还一直跟你过不去？”

崔挽明点了一根烟：“知道五号是谁的东西吗？我的。”

“啊？哥，你是说于向知他……”

“这件事我还要确认，还不知道到底是谁把我的东西给了他，想拿着我的东西审品种，我不会让他得逞的。”

“哥，我支持你，只要东西是你的，你要兄弟做什么都行。于向知太缺德了，大家都知道他手脚不干净，没想到他偷到哥的头上来了，不能便宜了他。我现在就联系省局，看他们管不管，实在不行就报案。”

“哼，你以为省局向着咱们？他们早就跟于向知一个鼻孔出气了，我们找省局解决不了问题。”

“那就报案，于向知的行为已经构成了犯罪。”

“不可轻举妄动，咱们必须弄清事情的来龙去脉，贸然行动会吃亏的。在品种申报上他就给我下了套子，现在又整出这事儿。”

“那怎么办？就让他这么乱来？今年冬天之前要是不解决这事儿，明年品种过审了，咱们可就补救不回来了。”

崔挽明清楚这件事情的严重性，但现在有很多问题没想明白，也没有思路。最可能出问题的地方就是在他往品质中心送样品之后，除了这个环节，他没有把这个品种暴露在外面过。要不就是海南试验地遭人下手了，但这可能性也小，这个品种他连号都没编，即便别人偷走了，也不知道品种的亲缘关系。没有亲缘关系，品种申报是过不了关的。

既然于向知把东西弄到了生产试验这一步，就说明他拿到了品种的父、母本信息。但这个信息只有他、钟实和秦怀春知道，要说是他们俩出卖了他，崔挽明怎么也不相信。

隐藏在品种背后的阴谋到底牵扯了什么人？其间又发生了多少不为人知的事儿？一个个疑问压着崔挽明的身体，让他极度痛苦。他甚至不知该相信谁了，在这有限的行业圈子里，居然找不到一个可以信任的人。这样一种情形，让他身心俱疲。

离开省水稻所的时候，崔挽明反复交代张玉祥，让他务必保密，在找到证据之前不能把这件事往外捅。

就算心情再不好，崔挽明也只能等回到凤凰城之后处理此事，答应郭达的事儿还没去办。按照计划，他来到了天源县。

郭达早早地就在地里等着他，并按照他的要求准备好了选种的工具。崔挽明一到，郭达就帮他打下手，一边听崔挽明讲解选种经验，一边看他行动，这可谓言传身教了。

但郭达也看出了崔挽明的状态，每次崔挽明来自己这里，心情都很好，这次却出奇地差。

在地里干了一个半小时的活儿，崔挽明一句玩笑话都没有，口里念叨的一直都是什么株型和产量的选择、粒形和品质的选择，非专业的话一句没说。

郭达终于忍不住问了一句：“小崔老师，你好像心里有事儿啊，遇到问题了？”

“没有、没有，能有什么问题？”

“不说实话，你可骗不了我。你这个人哪，‘老实’两个字都写在脸上，我还看不出来？”

崔挽明把手里的剪刀一收，开始从地里往埂子边上走，沉重的背影透着一股无助感。郭达明白，崔挽明马上要说掏心窝的话了，便跟了出去。

郭达掏出烟，递了一根给崔挽明：“再大的问题也就是一顿酒的事儿，好解决。你还年轻，愁什么？晚上叔陪你喝几杯。”

崔挽明点着烟，将身子放倒在埂子上，像一条饥饿的蛇，软弱无力地躺着，一动不动。

金秋的天有了一丝灰色，和崔挽明吐出的烟圈混在一起，渐渐被稀释得透明。

郭达憋着心里的气，听崔挽明说完品种被人窃取的事儿，再不说喝酒解愁的话了。

“崔老师，这是大事儿呀，你要找政府，让政府出来解决问题。我是个农民，懂的东西不多，但起码知道德行。于向知的德行有问题，我这辈子最恨的就是这种人。小崔老师，不管有多难，你一定要把品种夺回来。你郭叔帮不上别的忙，需要钱办事儿你就跟我说，我全力支持你。”

崔挽明报以微笑，以示感谢。但他又怎会要一位农民朋友的钱呢？尽管郭达是一个农民企业家，但也是从底层爬起来的，每一分钱都夹带着血汗。

崔挽明本来想好好选种，但现在也集中不了精力了。郭达出于理解的心，早早就收了工。

回家途中，郭达的电话响了起来。崔挽明就坐在副驾驶座上，郭达看了看手机，又看了看崔挽明，还是接起了电话。

"老李，什么情况？"

"老郭呀，听说崔老师来啦？我们上你家去呀，顺便带崔老师看看他的那几个品种。"

"嗯……嗯……这事儿晚上再说，我没时间……"

还没说完，郭达就慌张地挂掉电话，崔挽明看了他一眼，郭达撇嘴笑了笑。

"嘿嘿，天天找我吃饭，这帮人不务正业，咱们不理他们。"

崔挽明没有回应他，过了五六分钟，郭达才又张口："哎，崔老师，要不这样，今天不上家里了，我带你到镇里吃泥鳅，秋天刚下来的，纯野生的，怎么样？"

"上家里坐会儿吧，不上饭店了，太麻烦。"

"不、不、不，我突然想起来，这个泥鳅呀，是我们这里的特色，在你们省城根本吃不到这么健康的东西，都是老百姓从泥巴里捞出来的，咱们尝尝去。"

郭达借故不上家里，怕的就是老李他们几个见到崔挽明，但他哪里想得到，这个时候的老李也正和几个朋友在这家饭店吃饭呢。

刚进门，郭达就看到了老李，正拔腿要跑，老李站了起来。

"哎呀，老郭，怎么，你带崔老师过来啦？你怎么知道我在这里呢？我还说喝完这杯我们就过去，还麻烦你自己过来了。来、来、来，拼桌。"

一看这架势，老郭就知道走不了了，只能硬着头皮坐下，想办法不让老李他们几个多嘴。

崔挽明一进门就给几个乡亲递烟，拉了把凳子坐了下来。

刚倒上酒，老李就收不住嘴了。

"崔老师，你总算来了，你还不知道吧，你那个——"

"老李，崔老师刚从地里出来，一口饭都没吃你就端起酒杯，有你这么招待客人的吗？"郭达抢先说了一句，想堵住老李的嘴。

"没事儿，郭叔，让老李说话。跟大家坐在一起聊天吃饭是种享受，我也能听听大实话，算是做一回真实的自己。老李，你接着说。"

郭达捂住脸，恨不能趴到桌子底下去。他多希望老李别瞎说话，但事到如今已经不是他能控制得了的了。

“崔老师，那我说了。我要说什么呢？你还记得去年给我们的品种吗？”

“当然，你们还说效果很好，怎么了？”

“去年秋天你走之后，老郭跟我们商量了一下，把它们都收了。今年我又在外面包了五十亩地，把你的那几个品种全种上了，今年大丰收，一点儿病灾都没有，好得很。种子我都预订出去了，等地里的水一干，中秋之前我就把它端上饭桌。”

崔挽明放下酒杯，眼睛一动不动，拿起筷子夹了一条泥鳅喂到嘴里。突然，他一伸手啪的一下猛拍桌子，将大家伙儿吓得激灵了一下。

“老郭，你搞什么搞，瞎搞什么，啊？”崔挽明的声音是从胸腔中发出来的，他已经气得难以呼吸了。店里的人，包括老板在内，都被他吓了一大跳。

郭达将手从脸上拿开，站起来对老板示意没事儿，然后看了崔挽明一眼，低着头又坐了下去。

“你行啊老郭，我去年走的时候怎么交代的？我说我的这些品种还没审定，不能在下面发展生产，你倒好，我前脚一走，你后脚就给我来这么一下子。林海省的老百姓如果都像你一样，谁还种真正的品种？谁来维护我们育种家的权益？你糊涂哇老郭。”

“崔老师，你的东西真的很不错，没有问题的。”

“老李，你给我住嘴。”老郭终于说话了。

“崔老师，实在对不住你。我们农民见不得好东西，尤其是好品种。这么多年了，我们种过省里主推的品种，也种过种业炒起来的品种，但相比之下，还是你的品种能说服人。我们老百姓现在就图产量，土地就摆在那里，不会多也不会少，可要想多挣钱，除了赶上好市场，那就得靠产量来充啊。所以这次我才没收住心，给你添麻烦了。”

崔挽明刚刚经历了品种被盗的事儿，还不知道怎么跟家里人交代，怎么跟钟实和秦怀春解释，现在农民又在背后打算盘。糟糕的事儿接连不断，崔挽明简直恼火至极。

“谁也不许卖种子，全部加工成大米充当杂粮，稻米的水分降到百分之十四开始收获，到时候我联系米厂，你们直接把米拉过去。”

“不行啊崔老师，我跟种业有订单，不按期交种子，要付违约金的。”老李还在喋喋不休地道。

“你跟种业合作？你卖的是我的东西，没有我的授权，你怎么就敢这么干？你们简直不像话，都不懂法吗？”

崔挽明显然是被气坏了，否则不会这么跟老李说话。

“哪家种业？”

“金怀，他们去年来地里看到了品种，说让我们帮忙繁殖一片，五块钱一斤。我们也不清楚什么该做什么不该做，但这个价比粮食价高了三块多，我们哪里有理由不种？现在听你这么一说，我们才知道犯错了。”

“又是金怀种业，哼，他们谁联系的你？你把电话给我。”

“我以前就认识他，他是金怀种业在天源县的区域经理。我以前拿种子都是从他这个经销商的手里拿的。”

崔挽明将杯里的酒倒进肚子，接过老李的手机，准备火攻对方。

“喂，哪位呀？”

“你就是金怀种业的区域经理？”

“是，你是哪位？”

“告诉你们的销售总监，我叫崔挽明，以后我的品种让他少打主意。另外，天源县老郭这里的种子我收走了，你们别来了。”

“你是谁呀，我们的销售总监也是你能叫的？”

崔挽明一句话都不多说，直接挂掉电话，起身就要走。

“你们吃，我走了。收种子的时候告诉我一声，我有空的话就过来。”

“崔老师，你看这事儿让我们弄的。事情也出了，你怎么骂我们都行，好不容易来一趟，你把饭吃了再走哇。”

“不了，只要你们听我的话，比什么都好，我等你们的电话。”

老郭拉不住崔挽明，只得追出来，生拉硬扯地将他按到自己的车上，又让老李去找饭盒，给崔挽明打包了几盒饭菜，亲自将他送到车站去。

一路上两人谁也没说话。老郭一脸臊红，在地里的时候他还帮着骂于向知，现在马上就变成自己不是东西了。

也就是这一次，让这位农民企业家真正理解了育种家的坚守和不易，明白了正是因为他们这种严明守法遵守行规的态度，才保住了种粮人的饭碗，保住了粮食生产的安全和稳定。

站在火车站外的广场上，郭达的心情十分沉重，他无法想象像崔挽明这样一个清贫的育种家是如何凭借意志力坚持下来的。在市场混乱加被同行欺压的情况下，崔挽明居然还坚持着自己的初心。

这样的人值得百姓尊敬，也值得百姓支持和推崇。但郭达也清楚，崔挽明势单力薄，要想靠自己战胜强大的于向知，制止金怀种业的乱作为，必须与支持他的百姓合力。

第九章
负重前行

一路颠簸，一路惆怅。崔挽明还没想好如何开口，出了这样的事儿，追究责任已经解决不了问题。

崔挽明最难以面对的人就是妻子和秦怀春。他曾不止一次地对海青许下承诺，等品种权拿到手之后，就能实现大面积推广，就能取得丰硕的回报。

可现在什么都没了，他连开口解释的勇气都没了。一想到钟实还在家等他，他就不想回去。但这件事情是瞒不住的，越往后推，挽回的余地就越小。

下了火车，他连家都没回，直接去了生命学院，找到尹振功。

“尹老师，钟叔人呢？”

“在隔壁呢，秸秆还田项目要做中期汇报，他忙着呢。怎么，有事儿？”

崔挽明垂下头，实在不知该如何开口。尹振功是他的硕士导师，虽然已经不过问育种方面的事儿了，但对崔挽明的事业发展还是一直很关注的。基于这种信任，崔挽明道出了品种可能被人盗走的论断。

尹振功摘掉眼镜，眼睛里满是火："去把老钟叫过来，这件事情太大了，咱们仨马上开会，商议解决办法。"

钟实做梦都没想到事情会出现这样一种转折，这个十拿九稳的品种，他们已经很细心地照料，也尽可能地保密，可还是没有保住。

他比崔挽明还激动，听到消息后，直接将崔挽明顶到墙上，短小的胡须颤抖个不停。

"我问你，品种的事儿你都跟谁说了？"

崔挽明被钟实的手腕压得喘不出气。他不明白为何近年来钟实像变了一个人，以前钟实淡泊寡欲，现在脑子里想的全是成果转化的事儿。

"没有外人知道，除了咱们俩和秦老师，就连尹老师我也是刚告诉他的。"

"不可能，如果别人不知道，品种怎么会丢了？到底是谁出卖了咱们？"

崔挽明纷乱地思考着，从约秦怀春来海南看品种开始往后回忆，这件事他告诉了妻子海青，做米质分析的时候告诉了苏慧。如果事情真的是从别人口中传出去的，只能是这两个人。

他先在心中排除掉了妻子，海青一直在保险公司上班，对他的事儿从不关注，也没理由出卖他。苏慧的嫌疑最大，特别是品种特异性检验一事在她手里出了问题，就更让崔挽明难以信任她。

但一切都是推断，如果说是苏慧出卖了他，那她针对的只能是秦怀春，且完全是出于报私仇的目的，想从惨烈的结果中找回心理的安慰，所以她有这个动机。

"苏慧。"

也不知怎么的，崔挽明居然在钟实面前说出了这两个字。

"你还跟她说了？难怪DNA检测过不去，挽明，你简直疯了！你不是不知道这个品种对咱们北川大学有多重要，怎么能随便跟外人讲呢？你赶紧联系她，我要亲自问问。"

“问什么问，都冷静点儿，这不是解决问题的方法。”

尹振功站在门口听二人争执了半天才走进来，一脸的不高兴。

“你们这么怕别人知道，还跟我说干什么？干脆什么都不要跟我讲最好。”

尹振功分明是有了挑理儿的心，开始对他们两人发难。崔挽明当然意识到自己在这件事情上的处理方式有问题，嘴上不说，心里却觉得对不住尹振功。他本来只是本着缩小消息传播范围的原则来处理这件事，加上尹振功不参与育种流程，当时也就没通知尹振功品种的事儿。

现在说什么都晚了，崔挽明只得乖乖地听尹振功训话，一点儿反驳的底气都没有。

将两人叫到会议室后，尹振功把门一锁，脸上愁云弥漫开来。他端着茶水喝了好半天，才开口说话。

“本来嘛，我不该插手你们这边的工作，但这个家业是秦老师一手创立下来的。咱们是一个大家庭，现在分工明细化之后，很多事儿我也不便过问了，秦老师也单独找我谈过，让我能放手就放手，多给年轻人一些机会。但这不代表你们什么事儿都可以瞒着我，说难听一点儿，你们现在手里的水稻资源，很多是早些年秦老师和我从外地引进的。我就算不参与育种工作，也对这些事儿有责任。你们手里有这么一个好品种，应该早跟我说，我比你们的工龄长，在行业里也有不少人脉。现在出了这么大的事儿，还怎么挽回？”

尹振功奚落两人一顿之后，非但没说怎么解决问题，还把问题原封不动地抛了回来。

“尹老师，这件事情我负全责，不管是哪个环节出了问题，我都难辞其咎。”

“负责？你怎么负责？如果你说的属实，那你怎么改变目前的状况？于向知连预备试验和区域试验都没有参加就直接跳到生产试验，省局那边不用说了，恐怕市种子管理处也参与了此事。情况很不乐观哪。”

“我就不信，他们还无法无天了。林海省的品种审定还从没出现过这种事情，这分明是违法乱纪行为。怎么，连司法部门也拿他们没办法？”钟实难掩情绪，一下子激动起来。

“真要把事情捅到司法部门那儿，北川大学今后就不用审定品种了。不管怎么样，不能跟省局站到对立面上，咱们不能犯糊涂，搬起石头砸自己脚的事儿绝对不能做。”

“那就这样了？任由于向知作威作福？”

“问题的关键是，他怎么知道你的品种的事儿的？谁传出去的？”

“你进来之前也听到了，现在苏慧的嫌疑最大。”

“她？怎么可能？她是咱们实验室出去的学生，欺师灭祖的事儿她不会做，我对苏慧还是比较放心的。”尹振功说道。

“但按现在的情况来看，她的可能性最大。难不成是我和挽明跑去跟于向知说的？”

“苏慧更不可能。你们想，当初要不是于向知从中作梗，她和志杰也不会分开。她恨于向知还来不及，怎么会帮他呢？”尹振功分析得在理，将苏慧彻底与此事剥离了。

崔挽明沉默了半天，说：“白露微，她一定有问题。于向知陷害志杰的那次，白露微肯定插手帮忙了。”

“她现在已经不在品质检测中心了，早就被调走了。她有问题你怎么不早追究？”钟实道。

三人静坐着，谁也不看谁，都在想着哪里出了纰漏。突然，尹振功拍了一下手：“哎，我想起件事儿。”

崔挽明眼皮跳了跳：“什么事儿，老师？”

尹振功皱着眉头，略作沉吟，说道：“春天的时候我上了一趟创世生物，你们猜我碰到谁了？”

“哎呀，我的老哥，你就别卖关子了！你让我猜，我哪里猜得到哇？！”

“于向知。”

“他？他去那儿干吗？”

“我也奇怪呢，后来我才知道，他找薛为民做了一个项目——

基因组测序。”

“他弄这些东西干什么？”

“我到现在都没想明白，我还给刘君打过电话，刘君对此事也一无所知，看来于向知没告诉别人。”

“他既不搞学术研究，也不搞基础应用，为什么要花钱做这事儿？老师，你知道于向知具体做了什么吗？”

“我看到了项目书，好像是五百多个品种的基因组序列比对。”

崔挽明慢慢站起来，脑海里开始沸腾，想让这两件事情充分地联系在一起，企图找到突破口。

他望着窗外苍黄的柳叶，只觉片片割心。突然，他找到一个很能说服大家的可能。

“我明白了！”崔挽明就像侦破了一桩案子那样，有些激动。

尹振功和钟实跟着站起来，迫不及待地想要从崔挽明接下来的阐述中找到事情的转机。

“于向知之所以要做这五百个品种的基因组比对，很可能是想找出‘林育稻1号’的亲本。”

尹振功脑袋一炸，坐了下去，醍醐灌顶一般说道：“对、对、对，挽明，你说得对。他既然要审定品种，不提供亲本信息肯定是不行的。如果东西真的是从你那儿偷的，他肯定要想办法找出亲本。不过，四十万的测序费，代价太大了。”

“跟这个品种的价值相比，四十万根本不算什么。”钟实插了一句。

“他没有别的办法，亲本信息我从来没对外说过，也没在台账上写过，他想偷也没地方偷。唯一的可能就是通过基因组比对来找出‘林育稻1号’的亲本。难怪他连刘君都隐瞒，肯定是这么回事儿。”

“那就好办了，找薛为民问清楚就行。他们公司负责这个项目，为于向知做了什么数据分析，一打听就知道。”

“老师，你把事情想得简单了。于向知既然花了这么多钱，就不会让薛为民开口的。指望薛为民，根本行不通。”

“好了，白高兴一场，弄了半天还是没办法。”钟实显得有些丧气。

“至少掌握了一些线索，总比没有进展强。我现在犹豫的是，这件事情要不要告诉秦老师。”

尹振功喝了口茶：“按理说不该再打扰他老人家了，他辛苦一辈子，好不容易清闲下来，咱们这些晚辈的事儿就该自己解决。但听你们的意思，秦老师对这个品种的期望很大，前期也帮你们出谋划策过，我想还是让他知道的好。”

崔挽明思考了一会儿，说：“那好，我去跟老师说。”

离开学院，崔挽明才想起自己还没回家。时间也不早了，他打算先回家简单洗洗，然后拜访秦怀春。

但他一想到要面对海青，心就像被注入了一股冰凉的药剂，整个身体僵硬起来。

两个人的争吵已是寻常之事，不过这一次尤为激烈。

“行了，崔挽明，我不想听你解释了。你就说现在怎么办？这个房子难道要一直住下去？你能屈能伸，我不能。孩子满一岁了，这一年来你一直让我活在期待中。现在呢？你告诉我出了事儿，这就是你要给我的结果吗？”

海青说出这样的话，对崔挽明来说无疑是令人心寒的。夫妻之间没有信任和理解是一件多么可怕的事儿，她心里只有利益，而没了感情。

这样的感受，崔挽明早就体会过，但这次不一样，他察觉到海青内心升起的那个希望开始崩塌。她对家庭唯一的爱就是孩子，对他，除了埋怨已然没了夫妻之情。

崔挽明失去了解释的力量，找不到挽回感情的理由。他手里唯一的筹码被于向知抢走了，他的希望和家庭都因为这次事件发生了剧烈的震动。

夺门而出的时候，他挂念的不是让夫妻之情如何长久的事儿，而是孩子的无辜和可怜。

他几乎流出眼泪，几乎丧失了存活下去的决心。本来想找秦怀春，但他改变主意了。这一切都跟于向知有关。崔挽明一直在做一个勤恳老实的人，一直远离争吵，但现在他意识到不能再这样下去了。

晚上八点整，他来到于向知家的小区门口，把电话拨了过去。

此时的于向知正在跟远在海外的儿子于宪伟视频通话，妻子也在跟前有一句没一句地说着，三口之家享受着难得的天伦之乐。

崔挽明的来电打断了这次视频，于向知看到来电显示，心里咯噔一下，脸一下子白了。他拿着电话进了屋子。

"你干什么？有什么事儿等跟儿子通完话再处理，儿子重要还是工作重要？"

于向知没有理会妻子，哐当一声把门摔上了。

"挽明，这么晚了，有事儿？"

"于向知，你少跟我装糊涂，我问你，'林育稻 1 号'是谁给你的？你知不知道那是我的东西？"

于向知停顿了一秒，整理了一下思路，把姿态立了起来。

"崔挽明，你是怎么跟我说话的？！我好歹是你的长辈，你简直不像话。"

"跟你这种人，我用不着客气。你现在出来，这事儿我要当面问清楚。"

"好哇，既然你想知道，那我就告诉你。"

于向知挂掉电话，马上联系了几个人。他怎么也没想到崔挽明居然会这么不理智，直接上门找自己来了，这样一种情形于向知还从没预想过。在这场较量战中，谁先露怯，谁就先输了一步。

于向知的车从地下车库驶出来，停在了崔挽明身边，于向知伸手打开了副驾驶座的门。

"上车。"

崔挽明点了根烟，没看于向知，跨步上了车。

"我叫了刘君他们，城东有家火锅店，味道正宗，入秋了，带大家驱驱寒。"

"这是你和我的事儿，跟别人没关系。"

“挽明啊，既然你不相信我，今晚我就请大家来做个见证。我知道你对我的误解很深，其实我早就应该找你谈谈，这些年你始终跟我保持距离，这样不好。”

崔挽明把头扭过去，没有接话。他心里一点儿底都没有，于向知稳如泰山般的阵势让他对接下来的这个饭局很是忧心。

车停下来的时候，刘君慌忙跑过来给于向知开门，一眼就看到了面色铁青的崔挽明。

“挽明，怎么……”

“没想到吧，刘君，你这个老同学主动要让大家聚聚，我就把局组起来啰。”

于向知自顾自地走了进去，同等在前台的何峰、付京一起去了包间。

“你搞什么鬼？出什么事儿了？”刘君知道崔挽明和于向知的关系一直很僵，见到他们两个坐在一辆车里，自然会惊讶。

“你真不知道？”崔挽明的脸始终紧绷着。

“知道什么呀？知道我还问你？”

“于向知今年申报了一个品种，直接上了生产试验，你知道吗？”

“我也是前几天才知道的，省局解码之后，这件事都传遍了。”

“这么说，他之前没告诉你？”

“绝对没有，我要是骗你就一辈子打光棍。”

“希望你说的属实。”崔挽明不想多说，推门进了饭店。

刘君摸不着头脑，不明白“林育稻1号”和崔挽明有什么关系，居然让他生气成这样。

进了包间，看到付京和何峰都在，崔挽明顿时明白了于向知的用意。于向知不是要向崔挽明证明什么，而是来示威的，也是要把早已准备好的戏唱给崔挽明听。

崔挽明的心情一落千丈，他感觉来到了鸿门宴，掉进了陷阱。但后悔已来不及了，他只能硬着头皮把这场戏演下来，既然来了，就不能空着手回去。

服务员把菜逐一端了上来，锅里的汤漂着厚厚的一层油，安静的油面下，即将翻滚的辣汤就要迎来沸腾的时刻。

崔挽明看看对面的于向知的脸，又看了看付京。

“既然相关人员都来了，我就不绕弯子了。付主任，你能不能告诉我，‘林育稻 1 号’没经过预备试验和区域试验，连跳两级上到了生产试验，这事儿怎么解释？”

“哎，挽明，别着急嘛。大家刚来，酒还没打开，你的性子就上来了。”于向知插了一句话。

刘君坐在崔挽明旁边，用手捅了捅他，让他不要乱说话。

“刘君，今晚没你的事儿，你不要说话。”崔挽明提示完刘君，继续针对付京：“付主任，你还没回答我的话。”

“‘林育稻 1 号’之所以有这么个待遇，自然是省局的意思。最近这几天我接到了不下十个电话，都是各地方的育种家发来的疑问。我也理解这种感受，但没办法呀，从我们拿到的米质分析和食味评分的结果来看，‘林育稻 1 号’基本可以确定超出了‘北川稻 1 号’。它的市场潜力不用我说，大家心里都清楚，‘北川稻 1 号’推广面积最多的时候达到两千万亩，产生的直接经济收入达到百亿元。我们没理由不推广‘林育稻 1 号’。”

“你们这是违规行事，考虑过育种家的感受吗？”

“噢，忘了告诉大家，省局已经拟定品种审定绿色通道的相关规程，这两天就会正式发布，‘林育稻 1 号’的审定程序，正是走的绿色通道。”

“绿色通道？”崔挽明做梦都没想到省局会给他来这么一下子。

“没错，林海省的品种审定一直在原来的路子上走，早就该学学其他省份。好的品种就应该早点儿进入市场，早点儿拿到品种权，磨磨蹭蹭地在预备试验浪费时间，不合理，旧思想应该被革除。”

崔挽明脊背一凉，往椅背上一靠，感到大势已去。省局为了于向知的“林育稻 1 号”居然出台了新规程，纵观林海省种业兴起的这三四十年，还从来没有过这样的案例。

“你们为了这件事情，真是煞费苦心哪！付主任，你们省局这么干，我们也无话可说。这件事情，我想全省的水稻育种家都看在眼里，事情既然到了这一步，我也只好跟你们摊牌。”崔挽明不想再憋屈着，这件事情说开了对谁都好。

“于所长，你的‘林育稻1号’本来是我的东西。不管你从哪里弄来的种子，但我希望在问题大面积发作之前，你能就此停手，免得到时候收不了场。”

“哟，挽明，我没听错吧？怎么，见我的东西好，你心里不舒服了？啊，只允许你们的‘北川稻1号’好，我就不能育成好品种了？真是笑话。”

刘君听到这里，心中所有的未解之谜都解开了。他没想到在于向知和崔挽明之间居然隐藏了这么大的过节儿。刘君瞪大眼睛看着他们，不知道谁的话可以相信。

“那我问你，你说‘林育稻1号’是你的，你敢当着大家的面，告诉我它的亲本都是什么吗？”崔挽明抛出最后一根救命稻草，企图扳倒于向知。

于向知也掏出一根烟，悠然自得地点上，眼睛一眯，笑着说：“很多人想知道我这个品种是用什么材料选育出来的，说实话，一开始我还心存芥蒂，毕竟这样优势明显的杂交组合很难遇到，轻易告诉别人对自己没好处。后来我想通了，谁干不是干呢？毕竟大家都是为老百姓干事业嘛。今天我就当着付主任的面告诉大家，‘林育稻1号’是六年前我用‘北川稻1号’和‘丰优530’做的杂交，经过南繁加代选育出来的。”

于向知此话一出，崔挽明的最后一根救命稻草被付之一炬，可谓再无生还之机。崔挽明的面色已经不能用煞白来形容，于向知的这句话，等于将‘林育稻1号’的所有权牢牢地攥在了自己的手里，崔挽明想要夺回去已经不可能了。

崔挽明也由此验证了自己的猜想，薛为民跟于向知合作项目的目的果然是从五百个水稻品种里找出“林育稻1号”的父本和母本。

不管基于什么样的原因，或者出了怎样的结果，现在的崔挽明可谓前功尽弃，输得彻底。

崔挽明忘了自己是怎么被送回刘君的住所的，忘了自己是怎么躺在床上。他不敢回家，无颜面对秦怀春，就像打了败仗的逃兵，承受着他人谴责和自责的双重压力。

秦怀春得知此事的时候，已经是第三天了。崔挽明在刘君那儿躲了一天后，就回到试验田着手收获的事儿。他面对朗朗晴天，心却沉到了谷底。

秦怀春坐着尹振功的车来到了试验地，远远地看着稻海中的崔挽明，沧海一粟般立在那儿，孤独、脆弱又倔强。

“老师，你看看怎么劝劝挽明？这件事儿对他的打击很大，听说他和媳妇的关系也闹得很僵。”

“在他俩的婚姻一事上，当年我该多说两句的。他们结婚过快，造成现在这种局面，他们都有责任。品种的事儿省局在把关，于向知釜底抽薪，做下这样的事儿，就算我不收拾他，老天也不会放过他。”

秦怀春说着，走向了阳光下的崔挽明。

见到老师亲自过来，崔挽明终于低下了头：“老师，我对不起您！”

秦怀春拍了拍他的后背：“要沉住气，不要乱了方寸。”

这样的话，秦怀春已经对崔挽明说过无数次了，但崔挽明不想再这样下去，沉着冷静有时候解决不了问题。

“真的就这么放弃了？我就不信，去查薛为民肯定能找到于向知的把柄。”

“找到又如何？就算证明了于向知跟薛为民的合作目的又如何？你能解释品种不是他的？解释不通的。”

崔挽明万万没想到，秦怀春来见他竟然是来送安慰的。

“老师，这个品种关系到北川大学的未来。”崔挽明还在争取。

“挽明，我老了，有些东西可遇而不可求，没把握住机会就是没把握住，不管出于何种原因，错过了就没办法了。你不该跟付京起争执，今后的工作离不开和省局打交道，因大失小也好，因小失大也罢，都不是明智之举。”

钟实听到秦怀春这么说，心一下子死掉了。钟实期待了两年的品种，说没就没了，这对一个老育种人来讲，简直就是对工作的一种毁灭性打击。

崔挽明以为秦怀春会一如既往地支持他，现在看来，秦怀春真的老了，已经不愿掺和这些斗争。秦怀春一走，钟实就生了一场大病。钟实的老伴儿心疼他这么多年的工作付诸东流，将钟实接回了家。

所有的问题都压到了崔挽明一个人身上，下一步他该怎么迈出去，决定了今后的发展和转机。

他站在金黄色的大地上，感受着世态的不公和道德的沦丧，但一想到老百姓能买到优质种子，品种能带来经济收益，能为林海省的稻米品质的提升做出贡献，心便不那么难受了。

很难想象他会有这种豁达的胸怀，若像钟实一样，恐怕崔挽明早就气死过去了。他唯一的遗憾就是，他本人这么多年来的付出、流下的汗水和投入的精力，全都化成了泡影。

这样一种损失不是谁都承受得起的，崔挽明也承受不起，但他没有办法。他不可能改变初心，他相信苍天终究会开眼，公道自在人心。市场和百姓会在特定的时间做出自己的抉择。但同时，崔挽明也在心中埋下了一颗坚硬的种子，这件事情不会就这么算了的，他需要时间去努力，去让自己变得更强大，等待一个机遇，尽全力去做力所能及之事，最终将于向知扳倒。

很快，他又精神焕发地投入收获的战场，送走一届又一届研究生，每年都有新同学加入育种实践中。崔挽明不厌其烦地教授学生，同时培养出了几个悟性好的孩子，帮他分担了很多事儿。

但崔挽明明显感受到，现在的孩子再也没有张玉祥那样精明能干的了。让他们在学校看文献、做实验没问题，但一下地，大家的眉毛都拧在一起，脸上多数是痛苦的神色，他们一边干着活儿，一边抱怨着。他们远不知要学好一门专业，需要付出多少汗水和时间。在他们多数人的眼里，下地干活儿和当农民没有区别。

所以，崔挽明对学生从来都不勉强，不愿下地的同学可以永远都不来，愿意下地的同学，他会认认真真地传授经验。

“林海省的育种家会越来越少，时代不一样了。”

“也许，时代不需要这么多育种家了，大豆、玉米的海外市场都放开了，大米的国门还没向海外市场打开。”尹振功回应道。

“因为国内基本达到了自给自足状态，人们对大米的口感的追求还处在上升期，离最高点还有一段时间。如果我们完成不了国内大米整体优质提升的问题，那么，人们在不久的将来选择吃国外的优质米，也不是不可能的事。”

“生活水平正在改变人们的思维模式，传统大米的竞争压力已经凸显出来了。尹老师，您有什么建议？”

“建议？哈哈哈，我能有什么建议？我的初衷是远离斗争、做回自己。”

这句话让崔挽明十分不认同。不能一味地远离斗争，于向知已经抢走了他的劳动成果，已经构成了侵犯行为，自己不可能放过于向知。

当然，这是崔挽明最后一次在这件事儿上征求尹振功的意见。从那天起，他再没有提起过这件让他痛彻心扉的事儿。

这一年，选种结束正好是十月一日。在这举国欢庆的日子里，崔挽明接到了郭达的电话。那边收割机要下地了，郭达通知他过去看一眼。

海青回娘家已经有一段时间了，崔挽明中间去找过几次，但效果都不理想。久而久之，他便不再去了。

来到天源县之后，崔挽明将他的品种全部收割干净，给方旭打了个电话。以前他对方旭心存芥蒂，但经历了这些事儿，崔挽明的视野和处世原则发生了改变。

接到崔挽明的电话，方旭是震惊的，没想到会有这么一天。

“方总，早就听说你开始在林海省干米业了。怎么样？这一年下来，效果如何？”

“马马虎虎，只捞回了成本，头一年，不赔就算赚了。”

“方总谦虚。我打听件事儿，你现在做大米加工用的是哪些品种？”

“当然是优质米了，‘北川稻1号’占了六成，剩下的用其他品种掺和。”

“你刚入行就学会套包了？这可是种业才干的事儿，你怎么也学起来了？”

“你不知道，‘北川稻1号’品质太高，虽然食味值好，但口感太腻，不往里面掺点儿其他的米，口感不柔和，客人吃几顿就吃不下去了。”

“真有你的，不错。是这样的，我这里有点儿稻子，米质肯定没问题，你信得过我的话，我找人给你送去，你拿去市场上试试水。”

“哟，我哪儿敢哪？你们的东西我可买不起，质量我不担心，但今年的订单量太大，我实在弄不过来了。”

“你这么大一个老板，还怕十万斤稻子？帮帮忙，这都是老乡辛苦种出来的，当杂粮卖的话可惜了，毕竟品质有保证。”

方旭在电话那头迟疑了几秒钟，答应了崔挽明。郭达万万没想到崔挽明会帮忙解决这件事儿。在崔挽明来之前，他和老李几个就在为卖稻子的事儿发愁。崔挽明不让他们卖给金怀种业的经销商，他们只能想办法自己出手。崔挽明要是不帮忙，这事儿指不定会变成什么样子。

“崔老师，太好了，这下我们心里有底了。我们现在就准备装粮，然后给汇德集团送去。”

“老郭，记住了，咱们送去的是稻子，可不能让别人当作种子留下来。你知道怎么做吗？”

“加工成大米再拉过去？”

“亏你还是农民企业家，你这不是在往里填钱吗？”

“那还是听你的。”

“嗯，你们这里有我的三个品种，这三个品种的粒形没有差别，只是株形存在不同，你……”

“崔老师，我懂了，你是要我们把三个品种混在一起，然后再送过去。”

崔挽明笑了笑道：“大米混在一起吃不死人，既然他做的是米制品，混样也无所谓。”

“崔老师，你这招真高哇，就算他想留种自己繁殖，也不会得逞。”

“市场上的老鼠屎到处有，咱们要做的就是坚决打击和铲除这种行为，不给他们留余地。”

崔挽明在天源县待了四天，收获工作才完成。他本来决定要走的，但这时候老郭突然收到一个噩耗。他从村里流转过来的三千亩水稻田，种的水稻全是经销商和他签的订单，但现在经销商突然接到通知，金怀种业在他这里的订单取消了。

这样一个消息如同重磅炸弹。如果三千亩的水稻种子卖不出去，郭达的银行贷款就还不上，也就意味着郭达会满身负债，很可能赔个底儿朝天，他这个“农民企业家”的头衔也就没有了。

崔挽明脑门一凉，意识到问题的严重性。这件事情一定是金怀种业的辛威对他采取的报复行为，纯属私人恩怨。崔挽明把区域经理在这儿签订的订购合同给抹掉，又把种子卖给了方旭，即便这点儿东西对金怀种业算不得什么，也影响了企业形象，辛威肯定不会手软。

崔挽明的大意和坚守原则的作风让他吃尽苦头，重要的是，他把老百姓的利益牵扯进来了。所以这件事，崔挽明必须站出来承担责任。

“你们有合同在手，他想不依法行事？他不敢。”崔挽明想先稳住郭达的情绪。他知道金怀种业既然敢这么干，一定是抓住了什么把柄，否则单单为了和他的私人恩怨，还不至于冒着损害公司形象的风险做这个决定。

“他们说了是因为什么吗？”

郭达的嗓音明显沙哑了很多：“他们说我们没按合同要求种植，影响了种子的品质。按照合同，他们可以不接收这样的种子。”

“放屁，他们收回去是要精选之后当种子卖的，又不是卖大米，品质好坏有什么影响？只要不影响来年发芽就行。”

“那你说现在怎么办？东西是好是坏，合同里没有明确的指标，好坏还不是他们说了算？”

“郭叔，这件事儿我有责任，你不用着急，这么大的合同订单，他不会说不要就不要。你们在家等我两天，我回凤凰城去具体落实一下，争取帮你们把订单的事儿解决了。”

“崔老师，要是他们坚持取消订单怎么办？刚才经销商在电话里的语气很不好，恐怕事情没有那么好办。”

“放心，如果他们不要，我来帮你卖。”

崔挽明简简单单地答应下来，背后要做的事儿可就没那么简单了。这件事情在崔挽明心中已经有了个大概头绪，他刚把种子给了方旭，辛威就给他来这么一下，针对性是显而易见的。所以他要想解决此事，不见到辛威恐怕不行。那边打的什么算盘，他还无法得知，只有等回到凤凰城一切才会明了。

这是崔挽明第一次来金怀种业。虽然他对金怀种业的口碑不是太看好，但因为没有业务往来，也没机会深入接触。

可这次不一样了，辛威拿郭达的事儿来做文章，表面上是为难郭达，实际上是针对他崔挽明。不过崔挽明很敏感地将这件事儿和于向知联系到了一起，因为于向知和金怀种业不成文的合作内幕早就决定了他和辛威的友好利益往来。崔挽明刚跟于向知结下梁子，辛威那边就开始有动作，很难让他不产生联想。

崔挽明到金怀种业总部的时候，辛威正在给各地区的销售经理开动员会。秋天一过，入了冬就是每年卖种子的黄金时节，不把握住这个时间，就保证不了来年的销售业绩。

崔挽明在会议室门口等了两个多小时，辛威才散会。

“哟，崔老师，你过来啦。你看，我一天到晚净忙些没用的事儿，把你给怠慢了，见谅、见谅。”

崔挽明笑了笑，没有应答，跟着他进了会客室。

“怎么样，听说今年你有个生产试验的品种表现还不错？”

辛威递上一杯水。

"马马虎虎，哪有于所长的好。"崔挽明接过水，开始跟辛威展开博弈。

"是吗？这事儿我还不知道，于所长也有好品种啊？"

崔挽明放下杯子，手指在桌上敲了几下，道："老郭的良种是和你们公司签了订单的，你们不能说不收就不收哇，咱们可不能砸了老百姓的饭碗，是不是辛总监？"

辛威方才还咧着嘴，听崔挽明道出来意，突然拉下了脸。

"崔老师呀，你别把我们神化了，再怎么说，我们也是给市场打工的，能做的事儿有限。再说了，我也了解过他们的良种，质量是不达标的，没有达到订单合同规定的标准，我想帮忙也无能为力。"

"质量？什么质量？有相关的权威认证吗？你们说不达标就不达标，这还不是砸老百姓的饭碗？"

"我们的专家都具备多年种子经营经验，还用什么认证？老郭种的那稻子，好坏一看便知。"

"辛总监，这样可不行啊，你们独断专行的处事风格，恐怕老百姓接受不了吧。"

"崔老师，我劝你还是别多管闲事，有时间多处理处理自己的事儿。"辛威一看崔挽明没完没了，开始改变谈话态度。

"我有什么事儿？老郭的事儿就是我的事儿。咱们干这个图什么？这个时候不为老百姓着想，还等什么时候？"

"行、行、行，我不跟你犟。但这事儿我帮不了你，责任在种植方，收购方有权根据种子的质量决定收与不收。还有，你是大学教师，请你不要干涉我们公司的业务，老李的事儿我不跟你计较了，但以后我不希望再看到类似的情况。"

"你们自己做了亏心事，还不许我管了？"

"崔老师，你自己都火烧眉毛了。你把品系下放到老百姓手中的事儿，上面已经知道了。我就不留你了，你还是想想怎么应付省局的调查吧。"

辛威的话让崔挽明的心惊了一下，他死死地盯着辛威："好哇，你们金怀种业真行，居然在背后搞小动作。"

"崔老师，人在做天在看，你自己做的事儿，跟我们可没关系，侥幸心理是不能有的。"

崔挽明不想跟辛威解释和争论，知道自己已经掉进他们设下的陷阱里，说什么也无济于事了。

"辛威，你记住了，你们金怀种业这么干事业，是不会有好下场的，老百姓不会放过你们的。"

崔挽明离开的时候心情非常沉重。像他这样将农民的利益考虑在前的人，当然见不惯类似的作风，但他怎么也没想到自己会因此被卷入其中。

出了金怀种业的办公楼，他就给芮静打了电话，但那边还没收到他贩卖水稻品系的消息。钟实已经离开了课题组，秦怀春也淡出了这个圈子，尽管崔挽明之前对刘君心存芥蒂，但现在看起来，唯一能帮到他的人就是刘君了。

刘君得知崔挽明的情况之后，恨不能找于向知当面问清楚。但刘君苦于自己角色的两难境地，只得先见了崔挽明再作打算。

"你还是单独跟于所长碰碰面吧。你们俩现在的矛盾很严重，再这样下去，情况只会越来越差。"

"刘君，你让我去求他？他偷了我的品种，你不知道？"

"好了、好了，不说这事儿了。现在他到省局把你贩卖品系的事儿抖出去了，这事儿你要怎么摆平？要是真有人下来查你，你怎么解释？"

"什么叫不说了？你到现在都不相信他偷了我的东西？"崔挽明抓住刘君的小辫子开始攻击。

"挽明，现在不是争论这个的时候，眼前的事儿着急，你看看能不能先主动上省局解释解释？"

"让我去解释？凭什么？我崔挽明光明磊落，哪件事儿做错了？我没有贩卖品系，他们愿意怎么查是他们的事儿，我不会解释。"

"你呀，怎么就是这么倔呢？有些事儿咱们放下身段就很好办了，你说你能屈能伸，就这样啊？你要实在磨不开面子，我替你跑一趟。”

“付京和谢正言都不是什么好人，我只要一见到这两个人就想发火，让我向这种人低头认错，除非我死了，否则休想。”

“那你说怎么办？提心吊胆地在这儿坐着就能解决问题？你叫我出来不就是为了摆平这件事儿嘛，我可没闲工夫跟你扯淡。”

崔挽明低着头半天不说话，两根烟下去，他掏出电话给谢正言拨了过去。

“谢局长，我是崔挽明。”

“什么事儿？”谢正言的语调稍显冷淡。

“我没贩卖品系，这事儿你们可以下去调查，至于你们怎么收到消息的我不管，但要想往我身上安罪名，我不认。”

“你说的事儿我不清楚哇，有这事儿？”谢正言假惺惺地问了问坐在他旁边的付京。付京回了一句：“没有这事儿，没有。”

“你听到了，我们没有收到你说的这个消息。”

“那就好。”

崔挽明纳闷地正要挂电话，谢正言开口说道：“崔老师，你们北川大学的工作一直很出色，只是人家于所长选出了好品种，这事儿你们的心胸应该宽阔些。同行没有竞争是不可能的，但你们也不能因为竞争而弄得两败俱伤。毕竟林海省的吃饭问题还要看你们这些育种家，和气生财嘛。”

听完谢正言的话，崔挽明才幡然醒悟，省局的人肯定早就知道天源县种了他的水稻品系的事儿，只是想借此事儿压着他，好让他对于向知审定“林育稻 1 号”的事儿保持沉默。这样卑劣的计策让崔挽明心中生出一股发酸的凉气。

“你看到了？这就是我们北川大学的处境。”

刘君把脑袋靠在椅子上，长长地叹了口气：“挽明，说真的，我不是不站在你这边，但于所长的事儿我不好多嘴。关于‘林育稻 1 号’，你们坚持自己的看法就行，我以后不参与评论。省局肯给这个面子，也是想看你的态度，他们和于所长交往密切，这事儿咱们管不了。我是为于所长干工作，你呢？你自己当家，比我困难，以后行事尽量谨慎吧。”

崔挽明没有说话，给他递了根烟就转身走了。

今年崔挽明可谓一败涂地，尊严和人权都搭进去了，但他不能回头。他还要再次回到天源县，郭达的三千亩水稻还等着他想办法。这件事儿他若不管，老百姓走投无路之下，肯定翻不了身。

一路上，他绞尽脑汁地想着办法，恨不得火车慢点儿开，恨不得时间停下来。三百多万斤水稻，这么大的量，谁能一口气吞掉？一开始他想到了方旭，但考虑到刚让方旭出手帮忙没多久，不好再麻烦人家。在林海省，崔挽明没有这么大的人情可用。

火车停下的时候，崔挽明心里才稍微有点儿眉目。见郭达之前，他很保守地给一位在三亚认识的朋友廖常杰发了条短信，本来没想着会有结果，但对方很快把电话打了过来。

“崔老师呀，你好、你好！我一看到你的短信，就给你回电话过来了。你说的这事儿啊，也是去年在三亚的时候我跟你提过的事儿，没想到你说话算话，真给我办了，十分感谢呀。”

“廖叔跟我很熟，你是他的侄子，既然在那边有大米生意，该照顾的我肯定照顾。价钱比市场上低三毛，三百万斤你都要的话，我免费给你烘干，水分保证在百分之十五左右，把大米的口感给你留住。”

“不、不、不，价钱咱们按照市场价走，本来我在这边也能买你们林海省的大米，但走的都是商道，货源情况我心里没底。从你这儿拿货就不一样了，品质方面我肯定放心。等我这边清仓清得差不多了，你就可以发货了，最多等一周时间。这批米我打算留到新年的时候上市，挣个好差价。”

“廖总，有你这句话就够了，我替老百姓谢谢你。我马上也要回三亚了，到时再细聊大米储存的事儿。这是门学问，你要想留到春节前后卖，没有像样的仓储条件，口感肯定受影响。”

“我做了这么些年的大米生意，也在摸索和借鉴经验，但始终解决不了这个问题。既然崔老师不吝赐教，那我就在这边等你了。”

崔挽明没想到廖常杰居然在这个节骨眼儿上帮了大忙。郭达虽然不清楚崔挽明在辛威和谢正言那里受的窝囊气，但一听说水稻找到买家，高兴得跳了起来。

“崔老师，你是我们天源县的功臣哪，我刚把土地流转过来就遇到了这样的事儿，要是没有你，我怎么给大家伙儿开工钱？怎么还银行贷款？这样，这批货你提百分之五的利润，就当是我代表大家对你的感谢。我们给你添了麻烦，你不但不计较，还处处为我们着想，有你这样的育种家，是林海省老百姓的福气。”

“老郭，那是大家伙儿的血汗钱，你怎么能随便分给我呢？我虽然比你们多读了几年书，但也是国家培养的，也是从老百姓中走出来的。我跟大家一样，活在同一片天空下，我如果有你们需要的东西，绝对义不容辞地支持。”

“崔老师，你一定要接受……”

“老郭，你不要说了。你这么做，是在给我崔挽明的脸上抹黑，要么听我的，要么自己想办法。”

郭达能有什么办法？他只能将崔挽明留在村里歇上一天，听崔挽明交代完后续事宜，才在次日的清晨送崔挽明到车站。他们这帮老百姓，连句感谢都来不及多说，就见崔挽明奔向了另外一个让他牵肠挂肚之地。

崔挽明没有急着回凤凰城，而是去了他帮扶的胡同镇。胡同镇位于距离天源县七十多公里的平和县，坐车不到两个小时就到。

自从跟新农村发展研究院接轨之后，作为三农服务专家，崔挽明春、夏、秋三季都要往下跑几趟，跟村民讲解水稻高产栽培技术。从苗床管理到大田管理，从播种到收获，各个环节需要注意的病虫草害问题，都在他的脑海里装着。因此在大家心中，他是一位从来不带幻灯片讲课的农业专家。

这次崔挽明除了给大家讲授知识，主要还是进行品种推荐和政策解读。

国务院对农作物种业发展提出了重大改革意见，为加强我国种子行业在国际上的竞争力，将企业纳入了品种培育的重点扶持范围。这样振奋人心的好事儿，崔挽明迫不及待地想要跟大家分享。

可他没想到，话没说几句，下面的老百姓坐不住了。

“企业还是搞好自己的经营吧，你看看这几年，老百姓手里的假种子越来越多了，还不是这些企业搞的鬼？现在还好，至今没出什么生产错误，可万一哪天出了状况，谁来负责？老百姓的损失找谁要去？”

崔挽明稍微平静了一下，道：“你说的这件事儿有它的道理，但我想，大家对种业存在一定误解，总不能一概而论，咱们可不能做一竿子打翻一船人的事儿。企业搞育种的优势还是比一般的科研单位强的，事业单位搞育种，没有科研项目做支撑，根本进行不下去。企业就不同了，他们手里有钱，投入育种的这点儿钱，对人家来说就跟玩儿似的。投入多，回报肯定也多，国家将部署点分给企业一块，这样的考虑很有全局观和发展观，我们都很赞同。未来我国大农业的发展离不开冲在前面的企业家。经济带动发展，这句话不会过时。”

“都说要提高产量，可产量上去了又如何？国家的收购价上不去，地方企业又拿捏着市场，老百姓还不是照样翻不了身？”

崔挽明听了大家的话，心中五味杂陈。国家站在宏观调控的角度，为国家粮食维稳运筹谋划，老百姓在现阶段并没有理解到位，只看到了眼前的利益。崔挽明知道，尽管祖国在现代化道路上已经迈出了很大的一步，但老百姓的大局观和眼界仍旧停留在几十年前；根植在他们心中的小富即安的思想已经开始瓦解，但要想令其折损利益，是件难上加难的事儿。

崔挽明眉头紧锁。他并未对大家丧失信任，只是觉得中国农民整体素质的提升空间是很大的。他们的爱国情怀还在，只是缺乏正确的引导，缺乏一束看得见的光线。这束充满能量的光线能够打开他们的思维，增加他们的气量，带他们快速地走向另一片能量带。

想到这些，崔挽明在心中斟酌、考察了两年的东西终于到了不得不用的境地。他深吸一口气，从凳子上站起来，俯身将手放在桌子上，看着下面一张张灰迹斑斑的脸。

"我们知道大家的难处，大家算账比我们都精明，一年到头赔了还是赚了，我们说了不算，科学数据说了不算，你们的账本子说了算。以前种地，大家能算一手好账，但现在账不好算了。国家在布局，大家也要布自己的局，但前提是别跳出国家的这个局，也就是学会科学发展。"

"崔老师，你就别卖关子了。自从你来到我们这里当三农专家，给我们引来了不少好品种，也在栽培技术上对我们进行了不少指导和纠正，我们是很感激的。现在种地难，但我们手上有泡，脚上有茧，再苦再累的活儿都干得下。老百姓不怕苦，怕的是付出了没回报。你要是有好点子，就算是打断腿我们也要跟着你冲上去。"

这样一种坚定和诚恳的态度正是崔挽明想要看到的，只要老百姓还有斗志，一切都不晚。

"好，说得好。既然大家肯干，那我就说说想法。"

下面的人齐刷刷地点头、鼓掌，让崔挽明的精神瞬间提了起来。

"高产大米的门槛，这几年基本迈过去了，国家不缺大米是现状，也是国情。但问题是国家缺好大米，优质、口感上占优的品种少之又少。这就是我们要进口泰国大米的原因，人家的米好吃呀。咱们国家现在富裕了，一些条件好起来的人都在追求口感，当然要吃国外的好米了。咱们也有自己的优质米，但库存远远不够，供不应求的局面一时半会儿得不到缓解，所以只能靠进口。这两年我们北川大学开始在优质米的品种选育上下功夫，手里也有不错的品种，但优质米市场在我国还没有真正站住脚，真正的高品质大米未必能获得市场的认可，其中原因你们比我都懂。但凡跟市场沾边的东西，以假乱真的现象就很难杜绝。所以说，现在还不是大力发展优质米种植的绝佳时期。"

崔挽明发表了半天长篇大论，又绕回问题的起点。就连主持会议的村支书都有些憋不住了，难为情地挤了挤眼，以试探的口吻对崔挽明说："总要寻一个口子走出去。现在虽说咱们没到弹尽粮绝的时候，但如果不未雨绸缪，等市场崩塌的那天，一切都来不及了。"

崔挽明点了根烟，放下大学老师的身份，跟农民朋友一起抽了起来。半截烟下去，他才语重心长地说道："做不了优质米，咱们就做特种稻。我们北川大学有几种不错的特种稻，林海省的特种米市场还没引进来，我认为这是个不小的口子。大家要是有心，我想打开这个口子，以后盈利应该不成问题。"

大家听了这话，瞪着眼看着崔挽明，对他口中所讲的特种稻一知半解。

"啊，是这样的，现在大家吃东西都讲究养生，补充这个补充那个，都开始关注健康和饮食问题。我想开发具有保健功能的大米，然后引入市场来做。"

"保健功能？那东西靠谱吗？不会是骗人的东西吧？电视上的这种广告我们看多了，都是顶着专家的名号在欺骗消费者。这种事儿我们可不做，就算经济再上不去，我们村也决不干这种缺德事儿。"

一听这话，崔挽明抿了抿嘴，端起玻璃杯把凉茶灌进肚子里。

"跑市场的事儿不用你们操心，我敢保证，咱们要做的事儿对得起天地良心。你们只负责把稻子种出来，剩下的事儿交给我，怎么样？"

崔挽明抛出的问题落在下面一颗颗低垂的脑袋上，发出沉闷的声响，没有一个人敢随便发表看法。崔挽明看了村支书一眼。村支书将话筒正了正，咳嗽两声，说道："既然崔老师有想法，你具体谈谈？"

"好，我知道大家心里没底，被电视上的虚假广告欺骗怕了。我的初步想法是多元化发展，一条路是发展绿色有机大米的种植和生产，一条路是打造功能大米品牌，针对不同的人群发展不同的大米类型。比如针对两岁以上、六岁以下的儿童群体，咱们推出幼儿米，特点是米粒细小，口感柔软不糙，适合幼儿食用，品质指标不能低于国家二级米标准。功能米主要推出两款，分别是以低谷蛋白含量为主和以巨胚稻为主的大米品牌。这两款米主要针对高糖患者群体，因为它们的淀粉含量低，作为主食，在填饱肚子的前提下不易增高血糖含量，我认为市场前景还是不错的。”

崔挽明终于把最重要的话讲了出来，下面的气氛开始有了松动，大家的脑袋渐渐晃动并抬了起来。大家你看看我，我看看你，对崔老师重新树起了希望。

“崔老师，你说的这是真事儿？”

“哈哈哈，大哥，话都说出来了，怎么还有假？”

“绿色有机稻我们多少懂点儿，你说的功能米，我听了半天也没弄明白。这么问你吧，你说的这几种米，上哪儿弄去？”

崔挽明伸出手往下压了压：“这位大哥，你问我上哪儿弄米？等来年夏天，你去我们的育种基地看看就知道了。我们地里的品种材料，从低世代到高世代少说也有一万份，什么类型的品种没有？但不用你去看，我现在就可以告诉你，我的同事，也是我们研究所搞分子遗传的教授，已经在我们的这些材料中找到了我说的这几种特种稻。我提到的只是一部分，还有富含微量元素的、富含氨基酸的类型。我之所以有所保留，是因为市场还没形成。大家要是想改变现状，不妨试试。”

大伙儿听得心里热乎乎的，但脸上平静得吓人，因为他们还是不放心。

“种倒是可以种，我们老百姓种什么都行，只要你们专家说这个东西好，我们就信得过。问题是这个东西怎么卖，会不会砸手里？”

“没错，不能搬起石头砸自己的脚，咱们肯定不能干这种事儿。现在我能做的就是帮大家解决市场的事儿，销售不是问题，但我不能做百分之百的保证，做什么都有风险，所以选择权在大家。”

发表完言论，崔挽明也算是完成了此次帮扶的主要任务。他把想法立在这儿，大家选不选就跟他没关系了。尽管他强烈地希望大家能够从创新上打开口子，走出传统农业生产思维的限制，但不能将想法强加给老百姓。

虽然事情暂时没有定论，但他相信这件事儿会成的。离开平和县返回凤凰城的途中，他给张玉祥打了个电话。

第十章

市场推广

掏出电话的时候，崔挽明还是有些犹豫的。自上次见到张玉祥之后，崔挽明心中的那丁点儿自卑感便时不时地折磨他，他看着电话簿上的“祥子”二字，想到的竟是张玉祥的那辆蓝色马自达。

崔挽明觉得自己真的落伍了，居然输给了自己的好兄弟，虽然志气还在，但经济基础已然崩溃。这种情况下还要求助于张玉祥，对崔挽明来说，痛苦程度可想而知。

但崔挽明没有第二个选择，纵观整个林海省，在刘君受制于领导的前提下，除了张玉祥，没人能帮他。更何况这件事儿关系到天源县老百姓未来的发展走向，就算崔挽明再张不开嘴，这个电话也得打。

电话铃响的时候，张玉祥正在市里的一所幼儿园门口等人。他抬起手腕看了看时间，再看了看幼儿园的教室那头，接起崔挽明的来电。

“哥，有什么吩咐？”

“少给我来这套，我问你，认不认识靠谱的经销商？”

“经销商？怎么，你要卖种子了？”

“这件事儿等我有时间跟你见面谈，认识的话你给我留两个，要信得过、踏实能干的人。”

“有。哥，别的不敢保证，这些年我们省水稻所为了推广‘北川稻1号’，经销商可以说遍布咱们林海省，你想要什么样的都有。”

“我没跟你开玩笑，我不是跟你借人，是跟你要。”

“哥，你要玩什么呀？北川大学从来不搞经营，你怎么突然想跟经销商扯在一起了呢？”

“天源县老郭的事儿，一句两句说不清。总之你先把人给我找好，上三亚之前我要是没时间跟你见面，那就等年后，到时候再细说。”

“好，我给你找人。不过，哥，别怪老弟多嘴，现在你自己都满身虱子，咱们就别给自己找事儿了。老郭有本事从农民手里把土地流转过来，什么事儿解决不了？你就别瞎操心了。你那事儿后来怎么样了？我看于向知那边没什么动静，就这么算了？”

“你废什么话？你小子自己倒是吃饱了，别人还饿着呢。你睁开眼睛看看周围的百姓，一天不上学，思想就落后了？”

“不是，哥，你看你——”

“好了，‘林育稻1号’的事儿以后不要再问了，我自有打算。现在你不给我找麻烦，就算是帮我的忙了。”

崔挽明虽然觉得低人一等，可当他面对张玉祥的时候，居然鼓足了信心和底气。他不想在口舌上输给张玉祥，这样他的自尊心也能占据一些优势。

“怎么了，祥子？来挺长时间啦？”

问话的女孩名叫何菲，二十三岁，省师范大学毕业之后，直接回到老家从事幼师工作。她的父亲在市农业局任书记，和李国华住在一个小区，又是球友，六年来两人下班后都在小区里打篮球，关系不可谓不好。

因为有这层关系，加上张玉祥在李国华心中还算是个能干精明、有潜力的小伙子，李国华自然想到了牵线搭桥的事儿。张玉祥处事得体，第一次见面就给何菲留下了不错的印象。

今天是他俩认识一个月的纪念日，何菲就亲切地称呼他为“祥子”。这个称呼只有像崔挽明这样同他有过患难之交的人才会叫，何菲却早早地建立了这层关系，两人算是对上眼了。

张玉祥叹了口气：“小菲，我哥现在有难了，你说做兄弟的是不是该帮帮他？”

“什么哥？亲哥？不对呀，你说过没有亲哥的。”

“那可比亲哥还亲，这么说吧，要是没有他，你可能这辈子都遇不到我了。你想想，真要是那样的话，对你来说该是多大的不幸啊？”

“你还真把自己当香饽饽呀？我可跟你说好了，你在外面的那些哥哥弟弟，以后可别掺和到咱们的生活里来，要不我跟你急眼。”

“我跟你说真的，少给我嬉皮笑脸，严肃点儿。你还记得我跟你说过的挽明哥吗？”

“啊，是他呀，那你不早说？你说得也对，要不是人家托关系帮你跟李国华叔叔说好话，你能进省水稻所还开车谈恋爱？早就回家刨土种地了。”

“这算什么！你等明年，明年我给你换辆四十万往上的车，小意思。”

“张玉祥，你要是再这样，看谁敢跟你谈朋友。”

小小的甜蜜时光对张玉祥来说称得上是工作之余的一道风景。虽然何菲同他交谈甚欢，两人又相互仰慕，加上自己在工作中如鱼得水和不菲的收入，幸福的生活指日可待。但不知怎么的，崔挽明的到来让他的心中多了一丝不安。

张玉祥是了解他这个哥的，崔挽明很少会张嘴求人办事儿，这一次一定是遇上了难事儿，加上崔挽明和于向知的恩怨纠葛，张玉祥不得不重视起崔挽明的要求。

张玉祥同何菲吃完饭，随便逛了逛，便将其送回家。他把车停在市文化公园大道旁，开始联系他们所里的销售代表。

“张哥，给老弟介绍生意呢？”

接电话的人名叫董安平，是省水稻所这些年来“北川稻1号”的主推手之一，曾创下年销售额高达五千万元的光辉成绩，在单位的名望可谓不低，其生活也过得有滋有味。此人为人厚道，生了一张能说会道的嘴自不必说，关键在于勤奋不忘本。即便现在生活好了，他还是不忘给单位跑业绩。

“董老哥，有件事儿恐怕要请你帮忙了。单位的这十几个销售代表，我考虑了一圈，还是觉得你靠谱。”

“张哥，你们是搞技术的，是单位的正规军，端的是铁饭碗。我就是一个跑业务的杂牌军，一个打工仔，你怎么能叫我哥呢？什么事儿？只要是人能办的事儿，在我这里都可以试一试。”

“现在还不好说，具体的情况我还拿不准，不过我觉得和销售有关，你在林海省客户资源充足，我想借你的手推广推广。”

董安平迟疑了几秒，迅速反应过来：“哥，你让我推广的这个东西，不是咱们省水稻所的品种吧？”

“哈哈，还是你聪明，一点就透，要不怎么找你呢？不过呀，我也知道这样做不妥，毕竟这不是咱们单位自己的事儿，不厚道地讲，我这是让你接私活儿，所以这事儿需要和你商量。你要是有顾虑，咱们就不接着往下谈了。”

“张哥你说笑了，你这样说话就太小看我董安平的气量和为人了。没错，单位给我开保底，我就是单位的一员，接外面的活儿确实不太合适。不过，哥，我这个人不敢忘本，我之所以有今天，是因为有单位的栽培，这几年张哥你也没少照顾我，帮你等于帮我自己，你不需要顾虑这么多。”

“好，有你这句话就够了。最迟年后，我安排一次见面，到时候具体如何运作大家一起定夺。不过，这件事儿……”

“张哥放心，这件事儿到我董安平这里，绝对就烂在肚子里了，绝不会外传。”

有了董安平给的定心丸，张玉祥也算是给了崔挽明一个交代。

没有办法，崔挽明是他事业起步的大恩人，不管崔挽明要做什么，他都不得不出手相助。

带着无比坚定的信念和勇气，崔挽明在返家途中心脏狂跳不止，就好像孕育中的希望之种埋藏在他的胸膛中，只等他借来东风就可开出希望之花了。

自海青回娘家之后，崔挽明就没怎么在家吃过饭，每次回家家里都冷冷清清的。不过他宁可被这种可怕的冷清吞噬，也不愿在海青的唠叨中度日。

他来到自家楼下，抬头看了眼平日里那黑乎乎的窗户，家里的灯居然亮了。崔挽明的心咯噔一下，他意识到海青可能回来了。想想年幼的儿子，崔挽明只得硬着头皮回去。不管他和海青的关系多么恶劣，孩子都是无辜的。他对待婚姻的态度一度伤害到了孩子，对这一点崔挽明既自责又悔恨，但没有办法为了孩子而完全放下事业，尤其在海青不理解的前提下更难做到。

崔挽明刚要掏钥匙，发现门没锁，顿时警惕起来，于是小心翼翼地踱步进了屋。厨房的灯虽亮着，厨房里却无半点儿烟火味，客厅漆黑无光，只从书房半掩的门缝儿里透出来一丝光亮。他走了过去，把眼睛贴在门缝儿边上，观察着里面的动静。

他看见海青在翻他的东西，十多本关于育种工作的记录资料被海青找了出来。她像是研究玩物一样，一页一页地翻看着。

崔挽明不明所以，以前海青不过是帮他录一些东西，现在怎么主动关心起这些事情了？

他推门进去，毫不客气地站在海青面前。田间记录本从海青的手上掉了下去，她的脸上出现了从未有过的惊恐表情。

两人四目相对，眼中毫无夫妻恩爱之情。崔挽明什么也没说，走过去捡起地上的本子递给海青。

“没想到你还对这个东西感兴趣。”

海青眼圈泛红，不知该如何解释，低头敷衍了一句：“我看你的书架落了灰，进来收拾收拾。”

崔挽明没有回话，进屋看了儿子一眼，亲了亲他的额头，随手拿了被子，到客厅沙发上躺了下去，眼睛却久久闭不上。他知道事情没这么简单，但又不敢往坏处想。他刚认识海青的时候，她是那么率真，那么单纯，如今却当面跟他竖起了一道隔墙，竟在背后做出些鬼祟之事来。

崔挽明的日子一下子跌进了谷底，所有的不顺当接二连三地找到他的头上，就快要将其活生生地压死。但他告诫自己一定要翻过身来，一定要沉住气。

崔挽明离家前，像往常一样给家里留下了一大半工资，给儿子买了两个月的奶粉，在冰箱里装满了蔬菜和水果。

来到三亚之后，崔挽明仿佛找到了他的那片自由之地。这里没有硝烟弥漫的斗争，即便有，也不会那么惨烈瘆人。

在这里，他可以做一个纯粹的育种人。但事情总是不尽如人意，崔挽明在这块试验地搞育种，租住的这层小楼的水电费是同其他几家单位公摊的，大家都是寄人篱下，算是合伙过日子，时间久了，纠葛自然产生了。

对停电停水的状况，崔挽明不是第一次遇上了，但由于这次带着诸多不快来到这里，他没有了之前的容忍和退让。

“叔，我那屋的水没有了，电也停了。你看看，能不能帮我供上？”

坐在楼下吃西瓜的大叔五十来岁，也是外来户，崔挽明的屋子就是从他手里租过来的。他把手里的扇子放下，看了崔挽明一眼。

“干不起育种就别干，没钱就不要出来嘛。你上次走的时候，水电费还没有结清，就你这个态度，我看你还是别用了。”

崔挽明虽然穷，但还没受过这样的侮辱，僵着脸说道：“上次临走前我都跟你说了，我有事儿走得急，回来就给你补上。没多少钱的事儿，何必闹这么僵？”

“欠一天都不行，还有你放在一楼公用冰箱里的东西，被我扔出去了。占着茅坑不拉屎，你不用别人还用呢。另外，你要想继续在这儿住，以后从地里出来的时候，别穿着脏靴子从我的门口过，全是泥巴。”

这样有攻击性的言语对崔挽明来说简直是巨大的打击，他再穷再苦的时候也没受过这种委屈。不过崔挽明不屑于跟这种人叫板，直接一个电话打到了北川大学科研处。徐处长听到崔挽明反映的情况，简直火冒三丈。

“咱们好歹也是一所正规大学，还能差他那点儿钱？不像话，简直欺人太甚！他们针对的不是你，这是跟咱们北川大学过不去。挽明，你别急，下午我亲自找书记汇报这事儿，一定帮你们解决问题。不光你们水稻课题组，还有玉米、大豆和园艺课题组，大家有什么问题一并反映到我这儿。你负责出个报告，我去找领导解决问题。”

徐处长的话还算是暖人心。本来嘛，林海省南繁指挥部就是给林海省的各家育种单位提供吃住的，也是省里牵头搞的工程建设。但有限的资源基本让农科院系统给霸占了，北川大学的育种家想要挤进去，根本不可能，否则也不至于寄人篱下，看人眼色苟活。

不管徐处长那头有什么结果，崔挽明都有了决定，宁愿自己出去找一块地，也不继续留在这里了。为了找其他课题组的老师交流意见，他从早上忙到下午，一口饭都没吃，但好在最终把大伙儿的问题一并反映给了徐处长。

刚干完活儿，电话便响了，是门卫老廖打来的，崔挽明这才想起来还有一桩极大的人情没还。

“廖叔，我到院里了，怎么没看到你呢？”

“唉，我也是听说你回来了才给你打个电话。我不在那儿干了，帮你们这些育种家看东西呀，我老头子承受不了这个压力，正好我那侄子开米厂搞包装，我就过去帮忙。他还问你什么时候过来，等着请你喝酒呢。”

“哈哈哈，好、好、好，喝酒、喝酒。晚上我安排你们吃饭，就在南滨，那儿有一家脆皖鱼和东山羊火锅，味道很独特。”

“不、不、不，崔老师，我们来安排，我那侄子特意嘱咐要在湖南饭店为你接风。”

“下次、下次，这次说什么也要听我的，晚上六点到地方见。”

崔挽明说完就挂掉电话，就怕那头的人再寒暄个没完。紧接着他订了包间，又约了刘君和来自青岛的搞小麦育种的白老师作陪。

老廖和侄子廖常杰到的时候，崔挽明已经把酒满上了，锅里先煮了三斤东山羊和半斤山药，旁边摆放着切好的四斤脆皖鱼，就等羊肉开锅后下鱼。

崔挽明安排这个饭局，就是想和廖常杰建立一个长久的合作关系。既然廖常杰对林海省的优质米感兴趣，那崔挽明完全可以为老郭他们的大米打开一条销路。

人齐酒满，崔挽明才开始说话。他念书那会儿非常痛恨那种虚情假意的场合，但仅限于虚情假意，现在他跟大家喝下的每一杯酒都是有情意在里头的。即便如此，崔挽明还是觉得自己走进了这个不成文的俗套规则里。

“今天能和大家聚在一起，首先要感谢这个行业，大家因为同样的事业走到一起，这是缘分，也是情意所致。在场的各位，白老师就不说了，这么大岁数还在坚持。我记得我来三亚的第一年白老师就跟我讲这里发生的事儿，他说这里是咱们国家的育种家的圣地，是保障我国粮食安全不可或缺的一块土地。以前我不理解这句话，四年过去了，现在我理解了。但我还想补充一句，圣地也好，宝地也好，没有育种家在这里耕耘，一切都无从谈起。在座的除了育种家，还有廖总这样的企业家。我要说的是，我和刘君还有白老师，我们做的是粮食产业链上最前端的工作，如果没有好的企业家和经营者，我们育种家的成果将毫无价值。今天咱们有幸坐在一起，我和廖总是有话要说的。”

“崔老师，你还是抬举我们这些搞经营的人了，要是倒退四十年，我就是一个投机倒把者，实在是跟什么粮食安全没有半点儿关系，就是挣点儿小钱罢了。”

崔挽明摆摆手，提议大家把杯中的酒喝掉，接着说：“目前国内的优质米市场不是很景气，这些年也一直受进口大米的影响。一方面是普通老百姓吃不起优质米，另一方面也是因为咱们的优质米库存有限。说到底还是我们育种家没把工作做好。至于经营这块，我想我们的市场潜力还是很大的，虽然大米的整体品质不如国外，但很多优质米其实并没有流向高端市场，一个是市场缺乏接纳能力，一个是受地方市场调控导向影响。怎么说呢，廖总在做优质米，其实是合我心意的，优质米市场现在的处境可以用两个词来概括——机遇和挑战。”

“机遇和挑战？”

“没错，市场空缺就是机遇，打开市场便是挑战，二者被绑在一起。廖总想要做优质米，首先要有足够的货源。”

“怎么才算足够？”

崔挽明笑了笑，看了刘君一眼：“老同学，你认为呢？”

“多少才算多，我回答不上来。不过我知道，要想让老百姓都爽快地掏腰包购买优质米，除非价格降下来，而价格下来的前提是什么？那就是让吃优质米成为一种潮流。”

“潮流？”廖常杰问。

“没错，如果中国超过一半的水稻地种优质米，那市场自然就形成了，价格自然也就降下来了。这样不仅能基本解决大米的口味问题，还能照顾到绝大多数人。”

“哈哈哈，还是我这老同学了解我呀，我也是这个意思。当天下的大米都是优质米的时候，就是老百姓的口感需求得到满足的时候。”崔挽明总结道。

“嗐，说了半天，还是没有解决问题嘛。咱们不就是优质米有限吗？照你们所说的，什么时候才能达到那一步？你们育种家不努力，问题就难解决啰。”廖常杰道。

崔挽明看着锅里咕嘟咕嘟地往外冒的热气，不禁感叹道：“这么大的事业，岂是一代育种家就能办到的？科学探索需要时间，也需要坚持。”

大家酒足饭饱后各自散去。崔挽明看刘君走了，赶紧打电话又将廖常杰约了出来。廖常杰回过头来，找了家路边烧烤摊，要了一大壶热茶，听崔挽明说着方才未道出的话。

“看来崔老师没有尽兴？”

“廖总，我跟你喝了几个小时的酒，竟然把正事儿忘了。”

“哦，正事儿？”

“廖总忘了？我给你发大米的消息时，说好了要指导你如何储藏大米的。”

廖常杰一拍脑袋，道：“哦，看我这脑子，我都忘了，崔老师还帮我记着。快、快、快，我正为这事儿发愁呢！海南岛湿气大，大米水分太高，口感肯定保不住。”

“哎，廖总，你既然知道海南岛湿气大，为什么还选择在这里建厂呢？怎么不去内地？”

“就是因为这个，我才选择留在这里。你想想，大家都不敢在这儿建厂，不是因为这里没有市场，我要是把问题解决了，这里的市场不就是我的了？再说了，从内地运到海南岛的大米，不管好不好吃，成本都不是一般百姓负担得起的。我在这里搞产销一体化，就是为了节约成本，为老百姓省钱。”

“好哇，没想到廖总这么精明，生意人要是都像你一样，还愁老百姓没好日子过？”

“过奖、过奖，咱们言归正传吧。”

“好，储藏技术不用我多说了，廖总可能比我都要懂。现在国内一贯用的都是稻谷水分下降之后的低温储藏办法，无非是建冷库的事儿，不过这针对的是普通大米。对优质米来说，这还远远不够。”

“崔老师接着说。”

“低温储藏是肯定没错的，但廖总想没想过，现在多数低温粮库是从仓库的上方进粮，也是从上面出粮。这样带来的问题就是，入粮口的平均温度要比粮库的整体温度高，这样一来稻谷肯定会受影响。再加上从粮库到加工厂的运输耗损和粮仓内外的温度差，很容易导致口感发生变化。”

“哎呀，我怎么没想到这事儿？崔老师，你不愧是专家，想问题就是透彻。你提到的问题确实很关键。看来要在粮库上下功夫了。”

“没错，我建议廖总把粮库的出粮口设在粮库下端，进粮口设在上端，这样每次出米都能保证出来的是最新鲜的米。另外，出粮口必须制冷，最好将加工厂和粮库建在一起，否则的话廖总恐怕要让运输车也安装制冷系统了。只有全程低温，直到大米被加工完成到包装到位，才能最大限度地锁住米的口感。”

“好，太好了！这个地方又湿又热，你这个办法可以考虑。”

崔挽明喝了一杯茶，起身道：“那就等廖总的好消息，等你建完厂，我还有生意要跟你做。”

廖常杰还想问个痛快，崔挽明却已拦下出租车走了。

本来崔挽明甩开刘君是为了和廖常杰谈谈特种米市场的问题，但又琢磨了一下，毕竟自己还没摸清廖常杰这个人的路子，所以尽量不对其和盘托出。

这次来三亚，除了每年必有的选种材料，崔挽明还特地带来了他精挑细选出来的特种稻。没错，这是他对天源县百姓的一个承诺。不管是三农帮扶专家的身份还是育种家的身份，他都会履行好他的社会职责。

第三天，崔挽明正准备播种的时候，老郭赶来了。这对崔挽明来说简直就是雪中送炭。钟实因为崔挽明将手中的好品种搞丢一事而负气离开，到现在都没有回来，留下崔挽明一个人在这里带领着一帮工人，实在难以应对。

崔挽明也不客气，把老郭支使得团团转，一天下来老郭的腿都快站不稳了。正当崔挽明感慨的时候，工人们告诉崔挽明第二天不来了。

“那怎么行？你们得来呀！大家伸伸手，帮我把播种的活儿干完，到插秧的时候我还找你们。”

“不干了，我们有事儿来不了。你让我们干活儿都不让休息，太累了。”

“你看你们说的，我出钱，你们出力。我要是让你们歇着，那不是花冤枉钱吗，你们不傻，也不能把我当傻子呀。”

尽管他费尽口舌，但这帮工人显然不想再给他面子了，纷纷背起自己的挎包，跟崔挽明结了工钱就走了。

第二天，崔挽明只好到崖州古城附近的农民工市场招工，老郭也跟了过来。但大家一听说他的活儿要干得非常细致，给的钱却不多，都不愿来。两人六点到市场，七点钟的时候，市场仅剩下寥寥无几的工人还在徘徊着，但都入不了崔挽明的眼。

“我看哪，随便挑两个得了，有总比没有强。”

“不行，哪儿有要那么多钱的？他们这分明是抢钱嘛，不能把他们惯出毛病。”

“挽明啊，现在各家育种单位都在用人，人家给得多，工人自然去别的地方了，随行就市吧。多出的钱我来掏，咱们先把种子播上再说。”

“绝对不行，咱们是缺钱的人吗？缺钱咱就不干这行了，该省的钱得省，该花的钱得花。我来三亚的这些年，这里的工价一年比一年高，咱们凤凰城的工钱都没到他们的一半，即便是公家的钱，咱们也不能这么花。”

崔挽明的话让老郭无可奈何，也让老郭更清楚地了解到崔挽明的为人。

就在这时候，从崔挽明后面走过来一位中年妇女。她戴着顶竹帽，手里捏着皱皱巴巴的手套，身高大约一米五，有些瘦弱，但一看就是在这农民工市场中历练出来的。

“老板，做什么工？找我去嘛。”

崔挽明回头看了看她，问道：“水稻播种干不干？一天一百。”

“哎呀，老板，人家都开一百五，你给一百太少了。”

崔挽明立即把头转回来，不想再搭话。这妇女犹豫了两秒，绕到他前面来，道：“干就干嘛，我还有三个朋友，你要带着她们，一百就一百。”

崔挽明没有犹豫，抬手叫了辆三轮摩托：“赶紧上车，赶紧上车。”

崔挽明将工人叫到了车上，生怕时间溜走了耽误干活儿。对他来说，花出去的每一分钱都要用在刀刃上。

一路上他和这位前来打工的大姐简单地交流了一番，得知她是个苗族人，家里有三个孩子。大儿子在海南大学念书，最小的孩子还没上学，丈夫是个酒罐子，成天晃荡，不务正业。她午休时间还会去挖点儿野菜，收工后到菜市场买点儿肉，然后回家伺候她那男人吃喝，日子过得很是可怜又可气。

崔挽明虽然对工人要求严格，但也是一个有情有义的人。面对处在这样一个家庭中的女人，他显然有些不忍，收工的时候给了女人一兜子白菜。

女人乐开了花，做这么多年工，从来没有多拿过别人一分钱，雇主主动送东西的事儿还从未遇见过。

“崔老板，以后有什么活儿你叫我就行。我不怕累不怕苦，什么活儿都能做。”

崔挽明笑了笑：“会的，你这么勤劳的人，不会缺工干的。”

女人把自己的联系方式留在了崔挽明的记工本上，在这之前，崔挽明已经留下过无数个电话号码，但往往都是有去无回。大家就像流水一般，没有半点儿缘分可言。所以他对这种事儿早已司空见惯，从来到南繁的第一天就面临着这个问题。

播种完之后，老郭也买了回程的票。崔挽明送走老郭后，从火车站打车去了刘君的育种地，找刘君询问发展特种稻的意见。

但今天显然不是时候，远远地，崔挽明就看见刘君的育种地埂子上站了密密麻麻的人，除了人，还有五颜六色的旗子。

搞什么鬼？崔挽明心中疑惑，但又不好直接问刘君。本来由于于向知的卑劣无耻行为，崔挽明和刘君之间就有了隔阂，眼下的情况又不像是刘君能整出来的。因此崔挽明躲在远处，等大客车将一行人接走之后才去找刘君。

崔挽明的突然到访让刘君猝不及防，车轮扬起的灰尘还没落定，崔挽明就走了进来，刘君想隐瞒都不可能了。何况那彩色旗子上明晃晃地打着金怀种业的标语，道明了于向知和金怀种业正式合作的事实。

见崔挽明有些不知所以，刘君抽出根烟递给他。

“领导现在跟院里谈妥了，要正式跟金怀种业合作了。”

“姜维果然不是好东西，想当初董老先生出任院长的时候，决不允许这样的事儿发生。后来咱们的秦老师在任的时候，也对这个问题把关很严。事业单位不好好干事业，尽琢磨怎么挣钱，那不得乱套了？”

“挽明啊，话虽这样说，但你说说，谁工作不想挣钱？谁愿意平平淡淡地过一辈子？咱们的确是高学历，但这几年你也看到了，每次和那些企业职员在一起吃饭，他们表面上抬高我们的身份，实际呢，哪一个不是在炫耀自己的资本？现实如此，你不入流，就真的不入流了。”

“少给我灌迷魂汤。刘君，我知道你身不由己，但于向知和你不一样，别的我不想说，只希望你别违背了咱们离开校园时的初衷。”

“我不会忘。对了，挽明，你来这儿有事儿？”

“本来有事儿，现在看你这么忙，还是算了，就不麻烦你了。”

崔挽明的离开让刘君有些不安，刘君知道自己在于向知这条船上越行越远，到现在想回头已绝非易事。而随着这几个月关于“林育稻 1 号”和于向知的事儿传得沸沸扬扬，即便刘君想撇开此事也有心无力了。现在的刘君内心也偏向了崔挽明这边，对于向知偷盗崔挽明的品种一事有了大概的定论。

可一看到地里插满了金怀种业的旗子，刘君又陷入了痛苦当中。也不知于向知从哪里找来这么多经销商，居然将人从林海省带到海南岛来度假，全程包吃包住包玩，足足有四十余人。这么大的花销，若不是有金怀种业在背后撑着，仅凭于向知肯定做不到。

从这件事上，刘君也看到了于向知的野心和胆魄，为了推广

“林育稻 1 号”，于向知可谓出手阔绰。晚上在三亚市还有个品种推介会，刘君收拾完育种地里的零碎活儿，就坐车赶了过去。

崔挽明本来已经把这件事儿慢慢放下来了，但谁知道于向知趁热打铁，居然搞出这么大的动作，将一个小小的品种推介会放在三亚的五星级酒店里举行，其用意不是一般人所能想到的。

刘君坐在台下，身后站着的不是人，而是一台台摄像机。这都是金怀种业花钱邀来的各大媒体朋友，在座的除了林海省农科院的相关领导，还有三亚市的农委领导。经销商和各大销售代表纷纷前来助阵。

主持人的开场白结束后，于向知登台致辞。

“各位领导，各位业内朋友，媒体朋友们，大家晚上好。正如大屏幕所示，我们林海省的育种家在经历数十年的奋斗后，今天终于取得了可喜的成绩。我们的‘林育稻 1 号’成功跻身国家一级米行列，是国内现存的唯一的一级高产香米，攻克了高产、优质难两全的难题。这一成绩的取得，离不开长久以来支持我们远来南繁的海南省政府，离不开三亚市政府、市农委等领导的支持，是你们把土地借给了我们育种家，把有限的资源贡献给了祖国的育种事业，才使得我们有了今天的小小成绩。另外要感谢的就是我们的育种家朋友，是大家的前赴后继，是一代又一代育种人的守望和坚持，才换来了这个难得的成果。下一步，品种能不能为老百姓带来切实可行的利益，能不能立足长效，给咱们国内的优质米市场牵好头，就要看我们销售界的翘楚了。大家肩负重任……”

于向知的场面话让下面坐着的刘君双耳嗡嗡作响，直到此刻他才明白于向知的野心有多大，也清楚了于向知为得到“林育稻 1 号”而不择手段的诸多传闻为何如此盛行。刘君没有听完报告会，更没有参加晚宴，而是一个人来到了三亚湾的沙滩上看海听浪，回想起崔挽明提醒他勿忘初衷的劝言。

他面对着波涛汹涌的大海，面对着夜色下的海滩，陷入了沉思。当年的理想志向，当年的佳人愿景，似乎成了越来越远的一叶扁舟。

这个时候的刘君又想起了崔小佳，只是海风拂面，带给他的是咸咸的海水，青春里的幽梦亭却是永远地沉到了深海里。

接受了金怀种业和于向知的示好，这些销售代表自然是要有所作为的。晚宴结束后的第二天，于向知就匆匆赶回了林海省跑关系。他知道，虽然省局局长谢正言有意扶持“林育稻1号”上台，但“北川稻1号”的市场还在，秦怀春几次想要让“北川稻1号”撤出市场，但都未见效。于向知想要在年后的销售竞赛中领跑，有些关系不疏通是不行的，毕竟老百姓对“林育稻1号”的接受程度需要时间来提升。

招待经销商和销售代表的事儿由销售总监辛威负责。公司在环海公路边租了几套别墅，白天大家自行娱乐，打麻将、足疗、按摩、游泳，各种放松方式应有尽有，过的是“到点吃饭、饭后娱乐”的神仙日子。到了晚上，大家又开始举行香槟酒宴或是海边烧烤，两天下来就产生疲惫感了。

“曹主任，你看看，我就说嘛，这种日子不是一般的老百姓消受得起的。你看看大家，头一天还兴致勃勃的，现在都不新鲜了。”

曹海亮被于向知留在这里陪辛威应付招待的事儿，可谓一分钟都不得闲。曹海亮干了二十多年理论研究工作，自刘君来了之后被迫搞育种，却一不小心走了狗屎运，得了“林育稻1号”的便宜，心里的美好滋味不言而喻。

“我这个小老百姓就无福消受哇，天生命苦。这是仙人的日子，咱们没长一身仙骨，怎么消受？”

“曹主任，你得习惯哪。你也知道你们于所长为了‘林育稻1号’倾注了多少心血，可以毫不谦虚地说，这个品种在我们金怀种业的运作下，不出两年肯定红透天。到时候曹主任得到的回报可不是你现在想象得到的，所以呀，老弟劝你现在就要学会享受，否则到时候钱多了怎么办？‘无福消受’这四个字是无能之人说的，你作为于所长的下属，应当能接住这个饼。”

“唉，不瞒你说，这几年我辛辛苦苦地搞育种，连个屁都没捞着。我这个人很有想法的，就是领导不采纳，不过我坚持下来了。于所长也是看我对事业忠诚，才带我出来开会，以后哇，我还得加油干。”

“加油是肯定的，但曹主任，你这个人的性格我还是了解一些的，有时候人太有想法不是什么好事儿，尤其在领导面前，还是要学会适应领导的作风。好在于所长不计较这些，你也算跟了好领导。”

“是吗？要真是那样，我还真得好好适应适应。走，咱俩也去按摩按摩，光顾着伺候这帮跑腿的人，咱们也放松放松。”

这次花费不菲的高档旅游给足了大家面子，大家从三亚回来后的第一件事便是直达金怀种业办公楼。于向知在那里等着大家，把打印好后摞在一起的订单合同每人发一份，按照之前的口头协议，这个订单是必须签订的，这也是大家伙儿对金怀种业的承诺。

足足一万吨的种子订单就这样分配到各大代表手中。根据辛威的意思，签了订单就要完成销售指标，大家就算是跑断腿也要把业绩跑出来。地方政府的工作由单位出面来做，大家只管负责好自己的一摊子事儿就行了。

于向知从未有过这样的舒爽感受，一万吨种子，五块钱一斤，那就是足足一亿元人民币，扣除原种的生产、加工和运输成本，所得利润可想而知。

当然了，这么巨大的经济利益并不属于于向知一人，甚至可以说，这些利润跟他一点儿关系都没有，因为他同金怀种业签订的是两年的品种经营买断权合同，金怀种业一次性支付八百万给他。

而现在的于向知恐怕是后悔的。他没想到订单量会这么大，虽然与鼎盛时期的“北川稻1号”比不了，但这个成绩足以让他兴奋不已了。从大楼里走出来的时候，于向知一阵眩晕，熙熙攘攘的人群仿佛都成了他脚下的渺渺尘埃，他们的痛苦、眼泪、欢笑和喜悦，都不及他如今拥有的利益。

这种忘乎所以的状态甚至让于向知连秦怀春的来电都没听着，还是在回单位的途中，曹海亮抽空替他开车的空当，于向知才给秦怀春回电过去。

“老领导哇，你好哇，哈哈哈哈！”

“于向知，你怎么不知道收敛？林海省自己的事儿，你居然跑到海南岛耀武扬威去了，真是不嫌丢人。林海省搞水稻育种这么多年，还没有出过你这种狂妄之徒。我劝你见好就收，免得引火烧身。”

“哎呀，老领导哇，你就别怪属下啰，我现在有老天相助，想不成功都不行啊。你放心，你做过我的领导，待我不薄，我不会给你丢人。只是老院长啊，依照现在的情况，我可跟你打好招呼了，说不定哪天我的‘林育稻 1 号’就把你的‘北川稻 1 号’给取代了，到时候你可别怪属下不留情面哪。长江后浪推前浪嘛，你要理解，要理解。”

“于向知，你怎么这么不知廉耻？实话告诉你，虽然你得到了崔挽明的品种，但这个品种是有缺陷的，你千万不能大面积推广，否则一旦引发灾害，坑害的是老百姓。”

“行了、行了，我有没有廉耻之心，你比我清楚，随便你怎么骂，我无所谓。这个品种好是公认的，你就不用再说风凉话了，留点儿精力安度晚年吧。你要是缺养老钱，我这个下属还是很懂事儿的，给你拿点儿都不成问题。你说呢，秦院长？”

“畜生，你会遭报应的！”

于向知挂了电话，脸色一下子就黑了下来，这一幕正好被曹海亮从后视镜里逮个正着。

“没事吧，于所长？”

“哼，现在有些人对咱们是嫉妒得红了眼，一些自命清高的老专家见我好了，就要跳出来挖苦我几句，真是人红是非多。海亮，现在咱们已然成了林海省水稻育种界的公敌，你要做好应对的准备，有什么困难跟我说，现在咱们不缺钱，什么事儿摆平不了？我就是要趁热打铁，一鼓作气地冲上去，这么多年的委屈不能白受了。一个北川大学，一个省水稻所，这些年我被这两座大山压得日夜难安。现在好了，崔挽明扑腾不动了，自己该做什么做什么去了，就剩下李国华了，我看他那‘北川稻1号’还能挺多久？”

“于所长，你说的我都同意，咱们这些年过的日子确实窝火，品种审不上不说，经营这块也做得不好，好在有你领着大家往外冲，这才杀出一条血路来。我还是有信心的。不过于所长，对崔挽明这小子你可不能放松警惕，别看他现在跟生病的恶狗似的，往往这样的狗咬起人来才厉害，咱们不能完全无视呀。”

“放心，一两年里，谅他不会有什么作为，有我在的一天，就不会让他羽翼丰满。有了‘林育稻1号’，他还搞什么优质米育种？胡扯淡。”

曹海亮没有接话。他太了解此时的于向知了，于向知的心早就脱离躯壳，飞到九霄云外去了。曹海亮跟于向知讲危机感，等于对牛弹琴。

秦怀春被于向知气得连着两天都未出屋，可一想到他那可怜的学生崔挽明，不得不给钟实打了个电话。

“老钟啊，闹也闹了，事情也出了，现在挽明处在最困难的时候，你应该站出来帮帮他。育种的事儿不是一个人就能干好的，事业是大家的。回来吧，你不回来，挽明不敢叫你。他自知做了错事，你就原谅他这一回。于向知从中作梗，虽然没有证据，但你们比我明白是怎么回事。你回来和大家一起把这个难关渡过去，我说过，林海省的粮食安全问题不是一个人或一家单位能决定的。”

“秦老哥呀，我也不全是责怪挽明的粗心大意，之所以离开，是因为对林海省的育种行业失去了信心。咱们抛家舍业地干事业，结果却不得好果。小人横行，咱们这些老实人什么时候才能见到青天白日？回去不是不行，但恐怕我没有以前的底气和干劲了。”

“你千万别这么说，小人不分时代，哪里都有小人，咱们把自己的事业做好，总有一天会迎来属于自己的好时机。世界上最难的两件事情是什么，你知道吗？”

“什么？”

“一个是坚持，一个是勤奋，简简单单的两个词，放到育种家身上，那可是十年磨一剑的考验呀。能走到最后的人，一定能见到阳光。挽明很有想法，你再帮帮他，把这个摊子扶持起来。”

秦怀春的话还是很有用的。他之所以打这个电话，是因为太了解钟实了，知道钟实不可能说撇下就撇下，钟实对育种的热爱超过生命中的其他事情。可当初钟实是负气离开的，若没有秦怀春给他台阶下，他不可能就这样回去。

该回来的人都回来了，该发生的事情也都发生了。虽然刘君没有参与到于向知的宏图霸业中，但那种掩饰不住的滚烫热浪已然翻腾在刘君那片水稻疯长的育种地里。

如今的崔挽明显然已经从失去品种的悲痛中逐渐恢复过来了。直到钟实突然来到三亚与他会合，他才又想起此事儿来。

看着老搭档回到自己身边，崔挽明自是高兴，加上秦怀春嘱咐过他，他自然是放下了身段，一边将钟实手中的行李箱接过来，一边赔不是。

“你小子入行没几年，亏倒是没少吃，也不错，就当是花钱买教训了。好在咱们基础好，跌倒了还能再爬起来。不过今后可要事事小心哪，咱们做这点儿事儿不容易，该珍惜的地方要加倍珍惜。”

“钟叔您放心，这是血的教训，下不为例。”

两人进入院内，还来不及将行李放到屋里，钟实便背着手在田埂子上走了两圈。崔挽明跟在后面，对田间部署做了详细介绍。

“小崔，你真要跟老郭合作了？”

“谈不上合作，我能力有限，能帮忙就帮忙。”

“你要考虑清楚哇，这个时候搞特种稻，各方面的时机都不成熟，林海省还没有这方面的市场经验，你可要做好万全的准备才行。”

“您说对了，时机不成熟才是最好的时机；等时机成熟了，那才叫没有时机。”

“你没理解我的意思，我知道你不愿听，但还是要提一句，现在于向知跟金怀种业建立了项目合作关系，明显是要在林海省大搞优质米市场。你不疼不痒地搞一摊特种稻，能有市场吗？毕竟不成规模。”

“万事都是从无到有。咱们不开这个头，永远都不会有进步。况且咱们手里也不是没有优质米资源，但现在我在等一个机会，机会一来，咱们就可以马上进入优质米市场。”

“什么机会？”

崔挽明看着眼前的水稻地，使劲吸了一口烟，又慢慢地吐了出来，熏得他热泪盈眶。

“到时候您就知道了，现在还说不准。”

崔挽明的故弄玄虚让钟实很不踏实，但同时他又为此感到窃喜，因为深知成功需要冒险精神，而崔挽明正好具备这点。钟实总觉得这个年轻人不一般，其思想和谋略远不是他所能及的。

眼下这条平静的道路正等着崔挽明和钟实一步步地踏过去。在平静中坚守，在平静中忍受屈辱，这恐怕不是常人所能做到的。对崔挽明来说，面对的问题不仅如此，当他怀疑妻子海青有盗窃他的育种资料的嫌疑时，这层厚重的忍耐又多了一道痕迹。最要命的是，他竟大胆地将品种丢失一事同海青联系在了一起，不放过任何的可能和嫌疑对象，试图去拼凑出心中那块空缺的图，找到这局游戏的出口。

这些倒不出的苦水，他只能暂且放在心中。这不是简简单单的小事儿，在把问题弄清楚之前，他不会找海青问罪。

然而就在他沉稳的势态之下，老郭却反其道而行之，准备和金怀种业来一次硬碰硬的对决。

于向知在林海省的种子销售大战已然拉开帷幕，金怀种业的销售代表们领受恩泽之后便各自奔赴战场，准备为“林育稻1号”的推广、种植打响第一枪。

辛威也没闲着，销售代表出力是一方面，现在他要做的是在凤凰城市中心的华南城买下一个位置上好的商铺。其实像金怀种业这样的大企业完全没有必要靠这种小打小闹的方式来揽客营生，他们在凤凰城有自己的粮库和销售点，但之所以要过来凑热闹，是因为要让林海省的各大种子公司感受到压力。关于这一点，辛威早就设计好了营销方案，只等门市房到手，后续手段便会逐一上台。

金怀种业的老总杜德松和凤凰城在华南城分管处的财务总监蒋苏苏有过业务往来，自然把这层关系用在了这次门市房的购买中。

辛威牙尖嘴利，被杜德松最先选中派去谈购房一事。

辛威进入华南城的办公大楼之后，由保安引着到了二楼的财务处，还没等他打招呼，大老远地蒋苏苏便朝他招手。

辛威走南闯北这些年，也算是阅人无数。眼前这个不到四十岁的女人透着一股逼人的英气，齐耳短发，身上找不到一件首饰，修身的白衬衫将她的整个身形衬托得玲珑有致。

蒋苏苏将辛威引到她的办公室里，示意他坐下，然后磨了一杯咖啡摆在他面前。

“辛总要加糖吗？”

蒋苏苏的眼睛像颗透明的玻璃球，与玻璃球不同的是，她的眼睛发着一道耀眼的光。辛威看了她一眼，便将目光移到咖啡杯上。

“糖就不加了，我这个人说话办事儿讲究痛快，杜总和你这边已经提前沟通过，今天我过来就是想把这件事儿敲定，所以有些事儿不得不当面请教蒋总。”

蒋苏苏二话没说，将桌上的咖啡杯移到一侧，站起来从办公桌上取来一张白纸和一支铅笔，将门市大楼所在区域利落地画了出来。

“辛总请看，我们是这样规划的，目前我们的这片区域已经开发出两个部分，都在西面，一半给了农药公司，一半给了种子公司。你刚才进来的时候也看到了，市周边的老百姓都过来买种子，客流量不成问题。现在的关键是市中心的主干道靠这片区域的东面，位置是最好的，你们也想要这个位置的门市。但你也知道，我们其实一直没把种子市场放到这边来做，这是上层领导的决定，我们也没有办法。”

“是呀，我们就想买一个靠近主干道的门市，如果藏在西边的胡同里，以后的生意没法儿做。”

“没错，我说的是前几年的境况，现在公司松口了，也打算在这边开设部分门市供种业用。我没记错的话，你们选的位置靠近中间区域，挨着主干道，旁边的三个门市都让一家农药公司买走了，以后生意少不了。”

“价格呢？蒋总，你们这块是怎么做的？”

“辛总，实话跟你说，因为我和杜总的关系，有些东西是可以协调的。我们做这个生意有个平衡点。公司给了我们一个最低标准，比如说八千一平方米，然后我们在这个基础上往上调价，卖两万一平方米都行。我的意思是，我们放宽对你们的最低标准，可以做到七千一平方米，剩下的钱我们可以在其他门市里找回来。你明白我的意思吗？”

“明白、明白，苏总做事儿雷厉风行，合我口味。你这样说，我就懂了。我最近就把这事儿敲定。”

“你还是尽快在月底之前把手续都办完，因为我们月底要合账，到了下个月我就没有办法给你让价了。到时候上面的领导会下来，有些事儿就不好做了，你懂吧？”

“好、好、好，明白、明白，我这几天就抓紧时间付款、办手续。蒋总有空的话，咱们聚聚，我要多向像你这样的精英学习学习。”

“辛总过奖，有事儿再交流，我这边事儿太多，就不留你了。”

“好，你忙你的，我这就回去准备。”

辛威与其说是来谈事儿，不如说是来走个流程。蒋苏苏在辛威来之前就已经把这些事儿考虑好了，也就是等他来领一下结果而已。辛威又何尝不知。他本以为到这儿来要费尽口舌地折腾一番，没想到自己倒成了传声筒，没起到半点儿作用。更让他难堪的是，杜德松这么一个大公司的老总，居然为了十多万块钱自掉身价，跑来跟朋友砍价了。这种事儿要是传出去，辛威都觉得丢人。

不过杜德松的做法没有毛病，商场较量本该如此。羊毛出在羊身上，对商人来说，不挣钱就是赔钱，所以能省下一分都等于赚了。

从华南城回来之后，辛威按照杜德松的意思，在公司总部给三十位销售代表开出发前的动员大会。

“作为金怀的一员，我想大家是幸运的，你们赶上了咱们事业腾飞的绝佳时机，你们的销售业绩也会在接下来的三五年中给你们带来超出想象的回报。虽然咱们的实力不输别人，但目前的种子市场很混乱，到处都是虾兵蟹将，你们的任务就是将这些扰乱市场的零碎销售给我赶出去。具体方案我稍后细说，你们作为地方销售经理，也听说了我们在诸位负责的区域增设了品种示范点，这也是在当地政府的扶持下做的事儿。多余的话不用我说，怎么利用好这个点，你们比我有经验，但有一条要注意，你们签的销售订单就是一纸保证书。我要的是结果，怎么去实现那是你们的事儿。杜总说了，今年的差补每天多二十块，可以说很有诚意了。事业是大家一起干的，我就代表公司先谢过大家了。”

众销售代表自知压力巨大，但既然签了保证书，再大的压力也要想办法扛过去。他们首先要消除的便是“北川稻 1 号”在老百姓心中留下的印象，这个印象不消除，市场就腾不出空子来容纳他们的“林育稻 1 号”。在这方面，公司虽有宏观部署，但具体怎么实施仍要靠大家亲力亲为。

负责天源县的销售经理何胜利此刻是最为纠结的。他离开公司便上了火车，一个背包、一个水杯、一盒香烟，足够他闯荡世界了。天源县之所以让他感到纠结，正是因为那起秋天发生的种子收购纠纷。辛威对天源县痛下杀手，导致老百姓辛苦种出来的东西卖不出去。现在那里的老百姓最恨的就是金怀种业，何胜利想要在老郭的地盘把种子卖出去，难度可想而知。

开弓没有回头箭，谁让何胜利自己选了天源县这个地方做市场呢？而此时此刻，老郭已经做好了万全准备，只等何胜利前来。

所谓知彼知己，方能百战百胜。何胜利虽然心有顾虑，但也绝非等闲之辈，上火车之前他已经在心中拟出了一个大概的营销方案。此战胜利的关键在于拿下老郭。

距离火车到站还有半小时，何胜利才联系上金怀种业驻天源县的种子经销商小王。小王生了一身猴骨，瘦得只剩下毛皮，但做起事儿来从不软弱。

接完何胜利的电话，他便驾着车到了天源县最大的宾馆，先订了一间上房，然后要了包间，点完菜之后，才到车站将何胜利接过来。

"何总辛苦了，小弟准备了一桌菜，好好为你接风。"

何胜利把手提包往车上一放，仰起脑袋道："来根烟。"

小王赶紧掏出一包烟递了过去，又掏出打火机帮其点上。

"何总，房间我暂时给你订了一周的，你先住着。"

"别、别、别，你叫我何经理就行，何总可担不起，我就是一个销售代表。"

"那也是代表咱们天源县，何总就何总嘛，我看很合适。"

"好了、好了，别废话了，我问你，让你提前办的事儿弄得怎么样了？"

"何总，你是说种植大户？"

"没错，这件事儿很重要，你要是办砸了，咱们今年就等着喝西北风吧。"

"哈哈哈，何总放心，老弟我在天源县摸爬滚打十多年，从一开始的农药销售到化肥销售，再到现在的种子市场，我是把三农事业看得清清楚楚的。该怎么办事儿，我清楚得很。"

"那就好，只要我们把种植大户拿下了，自然就打开天源县的市场了。今天都有谁过来呀？"

"按照你的要求，我在饭店摆了两桌，请了二十个种植大户，大家都等着你指示呢。"

“嗯，不错，到地方之后你别说话，事情交给我办，你伺候好场面就行。”

“那是当然，老弟我口舌笨拙，这种场合没有何总真不行。”

十分钟后两人便到了酒店，小王让何胜利先将行李包放到房间里，被何胜利推辞了。何胜利只顾着包间里的二十位种植大户，满腹经纶无发挥之地，正想要一吐为快。

推开门，何胜利在门前止步，打断了大伙儿的攀谈。大家没见过这个销售代表，眼光齐刷刷地投过来。何胜利将手中的行李包横在脚前面，先向大家鞠了一躬。

“让大家久等了，金怀种业何胜利给大家拜个早年。”

小王一看这架势，知道何胜利要开始耍手段了，故退居后面，当起了领掌的角色。

“大家快欢迎何总。哎呀，大家看看，何总果然不同凡响啊，大公司来的人就是不一样，快请何总入座。”

何胜利抬起手，让小王打住，顺便给了他一个眼色，止住了他的嘴。

“是这样的，我先做个自我介绍，我叫何胜利，金怀种业小小的销售代表，无名小卒。今天我受公司委托，也贯彻省里文件指示精神，下乡来送份温暖。难得大家赏脸，给何某人这个面子，今天就是简单吃个饭，认识认识大家。我呢，对咱们天源县水稻种植的事儿很关注，但大家也知道天源县的种粮人那么多，何某能力有限，只能将各位大腕请过来。你们也算是天源县水稻种植业的脸面，所以今晚咱们要畅所欲言，一方面我想深入地了解一下咱们天源县过去一年的情况，另一方面刚才也提到了，省里跟我们公司在惠农政策上出了新规，政府有意在扶农这块投入一部分资金。”

“何经理呀，你说的这些我们也听不懂，你就直接告诉我们，你能给我们带来什么？”发话的是一位精明的种植户，想必这样的演讲他们早就听腻了，所以打断了何胜利的讲话。

何胜利嘴角一咧，喜从心来：“好，痛快，这位大哥我喜欢，豪爽。既然这样我就长话短说，今年我们金怀种业在省里申请了一笔扶农款，也是种子购销的专项款。省里规定，凡是购买金怀种业的种子的农户，可以享受每亩地三十元的粮食补贴费。”

“哎呀，何总啊，你坐下再说，过来、过来。”小王看大家也不敢动筷子，只得将何胜利拉到座位上。

“每亩地三十元？你说的这费用不算在国家给我们的土地补贴里吧？”

“当然不算了，国家给的那是国家的意思，这笔钱虽说是我们金怀种业从省里申请下来的，但实际上出钱的一方还是我们，我们就是朝省里要了这么一个政策。你们领的国家补助一分不会少，我们额外给你们补贴。”

“真的？还有这种事儿？”

何胜利的话一说开，桌上的种植大户哪儿还有心思吃饭？一个个交头接耳，打起了自己的小算盘。何胜利看得出来，他的这番话算是奏效了。

“何经理，既然你们公司有优惠，我们也想了解了解具体情况。补助什么时候发？你们公司提供的是什么品种？”

“哈哈哈，今天先不说这个，后天下午我会在县文化馆报告厅进行具体的报告，到时候大家再过来了解详细情况。”

何胜利的心思恐怕只有小王能猜中，这招欲扬先抑的手段可谓吊足了种植户们的胃口。何胜利打着政府的旗号来到天源县虚张声势，其阴损之处令人发指。

宾客散去，小王才凑到何胜利跟前。

“何总，省政府真的给金怀种业惠农政策了？”

“哼，你这瘦猴子倒是机灵！不过我提醒你，有些话最好不要乱说。这一周事情要是成不了，‘林育稻 1 号’在天源县的市场基本就没戏了，我要是公关失败，看你还怎么卖种子。”

“是、是、是，何总说得是，这一周很关键，需要我做什么尽管说，我一定尽力配合。”

“晚上你到复印社给我打印五百份宣传单，带到后天下午的会场去。”

“五百份？要得了这么多？”

“说你精，看来是抬举你了。你想想看，今天桌上的种植户回家后会干什么？”

“干什么？”

“他们会逢人就说，把我说的话夸大，然后讲给别人听，一传十十传百，我让你印五百份宣传单都是保守估计。后天你等着看热闹吧，成不成功就看后天了。”

“何总果然了不起呀，不愧是金怀种业的销售王牌。你放心，只要你把老百姓说动了，我就能让天源县的市场快速转起来，不出十天，所有种子全部放出去。”

“话不要说太早，有些事儿不像你想的那么简单，咱们要做好和人竞争的准备。”

何胜利有些累了，虽然肚里的话没说完，但第二天还有件重要的事儿要去办，所以早早地就将小王打发走了，然后顺着县城主街找了家烟酒行，买了两瓶酒、两条烟。

第二天正好是周日，按照临行前辛威给他的地址和电话，何胜利联系上了县植保站站长许三金。

两人转到文化公园附近简单交流之后，许三金拿着东西便溜回了家。

报告厅不算大，但也能容纳三四百人，何胜利早早地换上了正装，打了领带，手提电脑，来到了发言台上背稿。

小王领着门市的伙计负责在门口接待，很快陆续进来的人便挤满了报告厅，小王手中的宣传单也所剩无几。何胜利看了眼座无虚席的盛况，拿起发言台上的话筒，站到了中间，很谦卑地向大家鞠躬，做自我介绍，然后才打开电脑里的公司宣传片和品种推介的相关资料。

“谢谢大家，真的十分感谢，没想到金怀种业有这么多支持者，我为公司感到骄傲，也为大家的选择感到值得。为什么我会这么说呢？相信大家也都看到我们的宣传单了，没错，今年金怀种业拿出了我们集十年努力选育出来的高产优质香型水稻——‘林育稻 1 号’。我相信在我来之前，大家或多或少听过这个品种，也做过一些了解。我今天来就是要全方位地将‘林育稻 1 号’介绍给大家，相信听完我的汇报，你们会做出不让自己后悔的明智选择。”

何胜利在说完开场白之后便进入了正题，所用的报告正是于向知在三亚市做品种推介时的那份，连一个字都没改过。

细心的农户已经发现了，首页上明晃晃地打着三亚市的标语。小王一看这张 PPT（幻灯片），心想：这下坏了，何胜利如此精明的一个人怎么会这么粗心，连报告地点都没有纠正过来？

“大家看到了，这份 PPT 有多宝贵，可以说我们的品种已经跨出林海省，名声已经传到海南岛了。我就是要让大家真真切切地知道我们公司做的事儿，我们一直在坚持优质稻米路线。过去一两年里，大家吃了普通稻子的亏，虽然国家有保护价，但市场价上不来，大家照样赚不到钱。我们正是为了解决这个问题才拿出‘林育稻 1 号’来的。”

两个小时过去了，何胜利觉得自己已经拿下了这场胜利。在演讲场合，他从来没让下面的观众失望过。

“何经理，你说了半天，还没说粮食补贴什么时候发。”下面的观众估计早就憋不住了，趁着何胜利的嘴巴停下来的工夫即刻发问。

“你看看，我一高兴，把大家的大事儿都搞忘了。是这样，我们现在有两套方案供大家选择，其一，你们在买种子的时候，我们会根据一亩的播种量折算相应的补助，从单价上给你们优惠；其二，大家丰收的时候，我们会在天源县设置收购点，到时候大家带着购买种子时开的票据前来交粮，我们直接发放现金，一次性结清费用。”

大家听完何胜利的话，又开始议论起来。绝大多数人还是能接受这两个方案的，但在这众多种植户里面，有一小批人对此不满意。

何胜利听过老郭的大名，却从未见过。老郭的突然出现，让他胜券在握的情形一下子变得不可预知起来。

老郭进到报告厅后，找了最后一排靠边的角落一坐，随便翻了翻他们的宣传册，然后直接垫到屁股底下，抱着肚子睡起了大觉。等何胜利演讲完，老郭才慢慢点上一根烟，咳嗽两声站了起来。

“喂，台上那小子，你说你穿得人模狗样的，怎么尽做缺德事儿呢？”

由于老郭的声音过大，喧哗的报告厅一下子陷入了可怕的平静当中，与此同时，台上的何胜利就像挨了一闷棍，被这突发状况弄得慌乱起来。

“乡亲大哥，我怎么……没太明白你的意思？”

“哼，你就吹吧，别人不清楚，我还不清楚？你说说，你口口声声说的‘林育稻1号’是怎么来的？”

“啊，原来是这个问题，宣传单上都写了，我们公司从省育种所的于向知手里买来的。”

“呸，于向知就是个大盗，你现在就回去问问他，他要敢说‘林育稻1号’是他培育出来的，我现在就到凤凰城扇他耳刮子。”

“这位大哥，请你说话注意点儿，话可不能乱说。”

何胜利哪里知道于向知干过什么事儿。他不过是替金怀种业卖命而已，于向知就算是杀人放火也跟他没关系。何胜利的职责是把东西卖出去，至于东西怎么来的，那不是他该管的事儿。但老郭可不管这个。

“乱说？哼，林海省的老百姓懂不懂我不管，但你要敢在我们天源县推广‘林育稻1号’，我第一个不同意。别的还好说，只是你们金怀种业去年差点儿把我合作社的稻子毁了，你还敢跑回来嚼舌头？你回去跟你们姓辛的小子说，天源县不会买金怀种业的种子，让他别打我们的主意了。”

小王站在门口，一看这局势显然失控了。下面坐着的老百姓也被老郭的话牵动起来，一个个指着何胜利嘀嘀咕咕起来。

何胜利麻爪了，一跺脚，将小王招呼了过来。

“这就是老郭？”

“看样子就是他了。何总，现在怎么办？我找人把他架出去？”

何胜利倒吸一口气，闭上眼睛，无力地摆手说道：“来不及了，我疏忽了。来的时候我还在考虑这个人，都怪我急于求成，光想着卖种子的事儿。天源县这么大，偏偏让他撞见了，我真是倒大霉了。”

“何总，想想办法呀。”

何胜利拧开水杯喝了一大口水，冷静了半分钟，重新拿起话筒。

“我以为是谁呢，原来你就是辛总监提到的老郭。我们企业处处为你们考虑，没想到最后倒成了我们的不是。去年你的情况我也了解，我们之所以不收购你的粮食，是因为你没有按照产购合同里提到的样品标准种植，你违约在前，我们自然没有义务收粮，咱们得讲道理不是？”

“少废话，你赶紧离开天源县，这些年我们种‘北川稻1号’也没饿死。”

“老郭，你看看你，明摆着是在这儿报私仇。你不愿意跟金怀种业合作没关系，我们公司从不强求别人，但你不想过好日子，也别挡着乡亲们的路，你这个人太自私了。我们的品种市场价比‘北川稻1号’低，你却在这儿说风凉话，戳我们的脊梁骨。依我看，想要破坏市场的人是你，谁知道你那合作社收了省水稻所什么好处，偏偏替他们的‘北川稻1号’说好话？老郭，你这样可不厚道哪。”

“你……姓何的，你血口喷人！”

老郭还要挣扎，让同村来的几位大哥劝了出去。何胜利的营销活动自然是受了影响，但老百姓实在没有办法拒绝粮食补贴的诱惑。

所以何胜利并没有完全失败，只是跟预期相比打了个九折。他在销售生涯里还从未创过这么低的业绩，这也算是被老郭拉下了水。

接下来这一周，小王的门市前可谓人山人海，从凤凰城连夜开过来的大货车装满了种子，都进了各分销点的货库。

距离小王的门市不足五十米的地方，便是“北川稻 1 号”的经销商店铺。这两年，“北川稻 1 号”在政府“消除品种霸市”政策的影响下，销售量逐渐下滑，现在冒出个“林育稻 1 号”，又是省局主推的品种，其销售压力不可谓不大。

店铺老板名叫柳多一，算是“北川稻 1 号”在天源县的老经销商，以前归片区销售员董安平负责。现在董安平不在天源县干了，但他和柳多一数年的交情还是在的。

本来董安平不该插手天源县种子市场的事儿，现在又受张玉祥所托，秘密地替崔挽明搞特种稻的市场运营。但这件事儿关乎“北川稻 1 号”的名声问题，所以一接到柳多一的电话，董安平便在微信群里跟以前天源县的老经销商们开起了视频会议。

会议中心思想就是让大家团结起来，一致对外，想办法留住老客户，不管是送米还是送油，都不能把这么多年来辛苦打拼下来的客户资源拱手让给何胜利。董安平之所以这么说，是因为还想把这些客户拉到特种稻种植的道路上来。虽然有老郭在背后支持，但仅仅一个合作社是不够的，董安平需要大范围地扩充市场。因此，天源县要是丢了“北川稻 1 号”的客户，就等于没了特种稻市场的敲门砖，二者相互帮衬，缺了谁都不可。

但眼下的情况不是董安平所能控制的，最近市场上风传的价格战已经有迹可循。金怀种业为了加快“林育稻 1 号”的推广速度，居然压低市场价，对其余水稻种子实施价格打压。其做法已然令大家心生不满，但谁的种子好，谁卖得便宜，老百姓就会倾向谁。

所以这场看似刚刚开始的战争，事实上已经定了结局。

这段时间董安平为了这件事儿，几次跑到天源县和经销商们碰面。大家的反应都不乐观，业绩已经跌到了历史新低。董安平坐在柳多一的店铺门前抽着烟，看着五十米外门庭若市的场面，感到时代就要交替了。

一根烟没抽完，几位穿着制服的人拿着本子和相机走了过来。董安平一眼便认出许三金，在心中狠狠地骂了一句：许胖子怎么来了？

“谁是柳多一？”

董安平站起来，把烟头扔到地上，用脚尖使劲踹碎，道：“哟，什么风把许站长吹来了？”

许三金一开始没看出他是谁，仔细打量一番才想起来：“是你？你不是不在天源县干了吗？怎么又跑回来了？我可跟你说，你们这行我不懂，但现在这里不归你管了，你不要跑来瞎添乱。我找柳多一，他人呢？有人举报他卖的种子有问题。”

董安平一听这话，只觉大事不妙。许三金赶过来，说明这里肯定有问题。董安平随口大叫了一声：“多一，快出来，许站长找你。”

柳多一正忙着给客户开票据，连忙跑出来。这时候许三金见一个老乡从后面的仓库里拿了一袋种子正要离开，赶紧将人劝下。

“老哥，他家的种子有问题，你还敢来买？”

“啊？许站长，不可能！我们卖了十多年的老品种，怎么会出问题？你一定是搞错了。”柳多一惊诧地说。

“错没错我不知道，一会儿质监局的人就到了，到时候一查便知，希望你配合一下。”

董安平一把将柳多一拉到一旁，问道：“怎么回事儿？这批种子有问题？”

“没有哇，哥，这么多年来货源都是从一个地方出的，不会出问题的。”

董安平递了根烟过去，被许三金推了：“我在办公，不要来这套。”

“啊，是、是、是，不过许站长，就算是死你也让老弟死个痛快，你来了半天也不说问题所在，我们实在不知道哇。”

“不知？哈哈哈，好、好、好，我就实话实说了，我们接到举报，你们卖的种子掺假了。”

“不可能，一定是弄错了。”

“不可能？你们怎么知道？举报人说你们借着‘北川稻1号’的名，卖的却是‘林育稻1号’的种子，难道还有错？”

董安平一听这话感到可笑至极。他不踏实地看了柳多一一眼，回复许三金：“家丑不可外扬，今天我就跟许站长明说了，自今年‘林育稻1号’入市之后，我们两家就水火不容。我们怎么可能卖他们的种子，那不是砸自己的招牌吗？”

“那就不归我管了，我这里虽然不是执法部门，但有义务替老百姓把好关卡。等质监局的人到了，自会查清事实，到时候能不能自证清白就看你们自己了。”

半小时后，质监局的工作人员拿着两个品种的标准样品，来到柳多一的种子库取样比对。结果让董安平跌破眼镜，他做梦都没想到会出现这么一个结果。柳多一满脸无辜，这批货是前天刚进来的，因为对送货方实在太放心了，所以他这几年几乎都不怎么验货就签收了。

“柳多一呀柳多一，赶紧联系送货人，弄清楚是怎么回事儿，要不然谁也救不了你。你要是不能自证清白，‘北川稻1号’几十年的牌子就砸在你手里了，你想想后果吧。”

抱着一丝希望，董安平不敢放弃，但明白这件事儿肯定被人动了手脚，加上许三金和自己结过怨，自己要想彻底抹掉此事，几乎不可能。

果然，柳多一联系到省水稻所的库房销售主管询问，证实他们并未发过这批货。董安平两腿一软，坐了下去。

“好哇，柳多一，现在什么年代了，你还这么大意？什么时候送货，你都不问问？”

“都是按老套路进行的，如果没有特殊情况，一周发货一次是两边不成文的约定。”

许三金看了半天热闹，哈哈一笑道：“看见没有？什么叫不见棺材不落泪，这就是。”

“北川稻1号”遭受如此重创的事儿，很快便传到了张玉祥和李国华的耳朵里。省水稻所上下鸡飞狗跳一般，马上成立了调查小组调查此事。

不过在所有关心“北川稻1号”的人里，最难过和悲痛的莫过于秦怀春了。接到李国华的请罪电话时，秦怀春几乎跌倒下去。秦怀春本来打算让“北川稻1号”退市的，几年前发现该品种开始发病，就已经有了将其废掉的想法，但又觉得可惜，故而继续留在省水稻所维持经营。只是他做梦都没想到，红了几十年的品种却成了战场的牺牲品。这件事儿对秦怀春来说，其内心产生的复杂情绪和追悔莫及，只有他自己能体会。

此时此刻的于向知正端着手里的红酒杯，跟杜德松庆祝这次小小的斗争得来的胜利。他们已经忘记了自己的龌龊和无耻行为，胜者为王的心态慢慢湮灭了他们的良知。

崔挽明虽然对此事感到愤怒，不过不想参与其中，只给老师秦怀春打了电话，简单地安慰老师就算了事。因为在林海省育种界，没有人比他更懂得被人宰割的痛苦，所以他明白事事皆注定，事事皆有属于各自的结局。就好比现在的他，韬光养晦，先把有意义的事儿做好，然后再谈别的。

插秧已经结束两个月了，崔挽明本想着回家看看儿子，但学校的徐处长打来电话，说学校的书记要来试验基地考察，让他做好接应准备。

崔挽明做梦都没想到，自己简简单单的诉求居然把校党委书记招来了。但接待一事也够难为他了，平日里和朋友吃吃喝喝倒是好办，让他接待正厅级干部，对他来说却是人生的第一次经历。他怎么接待？用什么样的规格接待？书记喜欢吃什么？生活习惯有没有需要避讳之处？这类问题皆在他的考虑范围内。

崔挽明实在没办法，只得跟钟实先商量个大概办法。

“有多少能力办多少事儿，你不要勉强自己。书记是来解决问题的，不是来看你如何接待他的。”

“钟叔，您说的我懂，不过人家是领导。这么大的领导下来办事儿，咱们要是怠慢了，恐怕说不过去。”

“挽明啊，这些年你是彻彻底底地变了。记得你刚工作的时候，对这种事儿嗤之以鼻，现在反倒成了效仿者。你成熟了。”

“钟叔别取笑我了，赶紧想想办法。书记来了，咱们得找辆车负责接送啊，总不能让书记靠两条腿到处走哇。”

“嗯，也是，这的确是个问题。你在这边人脉广，还能借不到一辆车？”

“也不是借不到，关键我不是怕给别人添麻烦嘛，但现在没有别的办法了，下午我去一趟河北省南繁指挥部。”

“你就是野路子多，放着林海省南繁指挥部这么多熟人不去找，非要找外人。”

“钟叔，您错了。天下育种一家人，别忘了咱们的目的都只有一个。”

“知道，保障国家粮食安全嘛。快去吧。”

钟实一回到田间地头，心情就好多了，对崔挽明目前的状态也十分满意。他现在很少干涉崔挽明的决定，就像当年秦怀春对他嘱托的那样。现在他能够心平气和地退居二线，好好辅佐崔挽明把事业干起来。

两天后书记如期而至，崔挽明开着借来的轿车先带着书记环海南岛转了一圈，然后请他到海边吃海鲜。

书记尽兴后把脸一沉，道：“挽明同志，我听你们院长说，你这个人为人高尚、勤奋踏实，怎么到了我这里尽是些虚头巴脑的把戏？”

崔挽明一听这话，才知自己犯了书记的“清规”，赶忙解释道：“书记，让您失望了！我这么做没有别的意思，您为了咱们学校的科研事业专程跑来办公，我们就算请您吃几顿饭也不为过。我们不怕过苦日子，再难的科研条件我们都经历过，但书记办公也要先吃饭。书记可以放心，您要是让我崔挽明天天请你，我还真请不起，也就是您来三亚的这几天我有机会向书记学习学习，这对我来说机会难得，书记就别怪我了。”

“老徐，看见没有，什么时候咱们老实巴交的育种家也变得这么口齿伶俐了？你手下的兵你要带好哇，出了问题我拿你是问。”

书记一句诙谐的玩笑话便将此事带过，接下来便是直入正题了。第二天，崔挽明将书记从宾馆接到试验基地，先给书记介绍了北川大学的育种家们，然后带书记下地视察田间的种植情况，随后才来到他们的住处。

书记抬头看了面前这栋公寓楼一眼，语重心长地说：“让咱们的育种家住这么个地方，大家受苦了。”

“书记，条件好不好倒无所谓，关键是寄人篱下，心里不痛快。”

“具体的困难老徐已经跟我说了，我这次来就是想听听大家的意思。你们都说说看。”

书记话毕，大家看看彼此，无一人敢发表意见。崔挽明站了出来，直言道：“书记，我想咱们北川大学应该有属于自己的南繁基地。育种这项工作是持久战，中华人民共和国成立以来，到我这里已经有了四五代育种人的累积成果，以后还会继续下去。没有长效可行的机制和南繁的条件，恐怕困难会越来越多。只有咱们独立出来，才能抛开生活上的不便，把心思全部放到育种上面来。”

书记把手一背，摘下眼镜，看了看眼前的稻田。

“我们做得不好、不够哇，难为咱们的育种家了，你们坚守和忍耐了这么多年，背后竟承受了那么多。今天，挽明说出了大家想说而不敢说的话，我先代表自己答应这件事儿，筹划基地建设牵扯到多方面规划的问题，这是学校的大事儿，我们需要协商。大家放心，回去之后我马上提议此事儿。目前学校有一笔钱来办事儿，但这事儿办起来很难，能不能啃下这块硬骨头我不敢说，但我向各位保证，改善南繁的居住条件势在必行。”

听完书记的话，钟实难以自控，握住崔挽明的手，身子不住地颤抖起来。这位老育种家等这句话已经等了几十年，没想到能在退休之前听到这句话。

短暂停留后，书记便匆匆离去。书记雷厉风行的办事风格给大家吃了颗定心丸，但正如书记所说，一切只是个开始。基地的选址、规划，中间遇到的土地问题、饮水问题等，都需要从零开始。

崔挽明知道，在林海省，校领导不管是部署还是协商，均是“纸上谈兵”，顶多能拿出个大概的方案，具体怎么实施，不待在海南岛，恐怕是办不好此事的。

意识到这个问题，崔挽明马上有了个大胆的想法。他决定替学校先吃下一城，近水楼台，现在又是闲暇时节，有大把的时间可以用来考察。基地选址是大事儿，结合他对当地情况的了解，崔挽明在接下来的一个月时间里，基本奔跑在外。

不过这里居住的多数是少数民族居民，其中以黎族居多，语言不通成了沟通此事的难题，加上人均耕地面积少，要想替学校买下大面积成片的农田用地，涉及多户人家，左右协调不是他这个外地人应付得来的。

因此崔挽明想到了一个人。每年耕地、耙地，他都会请黎哥过来帮忙。黎哥姓黎，熟悉他的人都叫他老黎。老黎膝下有两个儿子，都不到二十岁，辍学回家多年，一个开收割机，一个开旋耕机。农忙时节是老黎挣钱的大好时机，南滨附近的育种单位的活儿基本让他给包了。

当崔挽明找到老黎商谈北川大学购买试验基地一事的时候，老黎表现出极高的热情。要知道，像老黎这样的中介，如果能促成动辄千万的买卖，少说也能捞个二三十万的好处费，而老黎需要做的无非跑跑腿、拉拉关系。作为本地人，老黎又是常年干这个的，手里的资源有的是。

可这是公家的事儿，后续涉及的麻烦手续可不是老黎一个人做得来的。虽然老黎答应帮崔挽明留意一下，但前提还是学校这边要有十足的意向，换句话说，还是要等书记在学校里的协商结果。

但崔挽明知道，这件事儿不会一拖再拖，既然书记亲自跑来海南，说明他信心十足。现在崔挽明只有耐着性子等学校走完程序，等老黎寻觅到好的地块，方能进行下一步工作。

工欲善其事，必先利其器。要想发展北川大学的育种事业，必须建立起一个属于自己的基地。崔挽明相信在不远的将来，这个梦想定能实现。

在崔挽明忙着跟老黎跑腿的时候，董安平在张玉祥的陪同下，一起来了三亚。

本来和董安平碰面的事儿，应该崔挽明主动才是。没想到“北川稻 1 号”在天源县出了状况，董安平作为销售经理，对问题的解决起不到半点儿作用，还不如退出来，让上层领导解决，自己也好抽出时间来研究崔挽明的特种稻的事儿。董安平很清楚，这件事儿的发生是一场阴谋，金怀种业要想把“林育稻 1 号”炒作起来，必须将“北川稻 1 号”按倒才行。所以无论从哪方面来说，这种事儿都不是他所能控制的。

过了二月份，三亚的温度一天比一天高起来，冬的寒慢慢地从地表蒸发殆尽，春的暖从植物的身体里渐渐弥漫开来，欢唱着胜利的赞歌。

崔挽明叫上廖常杰和刘君陪同，加上张玉祥和董安平，五个人找了个小饭馆，进行了简单的沟通。面对董安平的抱怨，崔挽明没有过多的话要说。

“市场总是存在竞争，不管是什么方式，都是很残酷的。祥子，你们这些年也算挣够了。秦老师跟我说过，‘北川稻 1 号’前几年就有病害的迹象，现在销售量下滑，对老百姓反而是好事儿，可千万不能为了业绩而不顾老百姓的死活，出了事儿谁也承担不了。”

“明哥，这个还用你说？我们省水稻所做事儿向来都是想老百姓之想。只是这次太窝囊了，杜德松是个什么玩意儿，一个混社会的半路出家，混迹到育种行业，靠的都是手段和阴谋。我就是看不惯他们忽悠老百姓的那一套，简直恶心。现在大家都看到了，金怀种业野心勃勃，谁挡了他们的道，谁就没好下场。你看着吧，照这样下去，周边的小企业都得让他们收拾了。”

“企业之间的竞争本来就是你死我活，这个我们管不着，怕就怕他们霸占了市场，任意妄为，侵犯老百姓的利益，那样就麻烦了。”

“你都不用怀疑，市场真要让他们夺走了，老百姓就成鱼肉了，这不明摆着的嘛。”

“唉，人各有命，咱们也不是菩萨，心怀天下又如何？咱们能做的事儿有限。本来嘛，我应该回一趟林海省跟董老哥好好请教一下，没想到你们先来了，这件事儿我没做到位，先赔不是了。”

崔挽明把话题扯到自己身上，避开了眼下的烦心事儿。

“这位是廖哥，刚开始在海南做米业生意，很多想法不错，大家可以多交流。我打算把优质米引种到这边，帮廖哥把米业生意做起来，这样兄弟们也多条路子。”

“明哥，你不是说做特种稻吗？怎么又要搞优质米？”

“啊，没错，我虽然对优质米市场不太乐观，但现在看来不做不行。廖哥有这个心，他也帮过我的大忙，正好就合作了。特种稻是针对林海省目前的状况提出的想法，能不能成还不好说，所以我才请董哥出山帮忙，没想到董哥这么仗义，爽快地答应了。”

“见外了，一方面有玉祥这层关系，帮你也是帮他；另一方面，你说现在做什么不是做？林海省的粮食产业近两年很难做，鱼龙混杂，以假乱真，谁都不敢保证自己能赚。现在金怀种业借着‘林育稻 1 号’搞优质米市场，我看情况未必乐观。”

“怎么说？”

“挽明，且不说今后的价格如何，大家也在水稻行业摸索了这么多年，都知道优质米除了品种本身特性达标，重要的还有栽培管理技术，化肥、农药怎么合理地配制和使用，水分管理怎么控制，年份不同的情况下怎么把握成熟期等。这些细节都决定着大米的口感和品质。所以说，要想做好优质米市场，有好品种只是其一，关键要看老百姓有没有这个种植水平，否则再好的品种也白费。”

崔挽明听了董安平的话，一下子眉头紧锁，接过话来：“你提醒了我，这个问题我怎么没想到？唉，你说得对！这些年来，老百姓种粮都形成惯性思维了，要的是产量。如果他们将以前的管理模式搬到‘林育稻 1 号’上来，肯定保证不了品质，市场肯定就完蛋了。”

“没错，优质米最怕用肥过多，一旦肥料多了，品质肯定上不去，但你不让老百姓施肥，他们还不干。所以说，市场没有那么简单。据我了解，现在金怀种业还没有做统销统购，老百姓把粮食种出来，卖给谁还不知道。金怀种业到处吹嘘优质米价格高，可市场在哪儿？”

崔挽明看了看刘君，刘君只好把话接过来。

“挽明，其实今天你不该找我过来，你知道我们单位跟金怀种业在合作这个事儿，你让我发表看法，不是为难我吗？”

“哈哈哈，我这个老同学还是这么谨慎，放心，不耽误你发财。再说了，董经理跟我说的这些话，也是对你们的一个提醒，你应该感谢才对。过后你可以跟于向知反映一下这个问题，要想可持续发展，就必须为老百姓创造市场。你说说看吧。”

刘君慢慢地掏出一根烟，不紧不慢地点上：“说实在的，我们把两年的经营权卖给了金怀种业，从原则上来说，市场怎么样就跟我们没有半点儿关系了。虽然金怀种业今年放出消息称他们已经有了一个可观的订单量，但据我所知，那都是上层对销售经理分发的业务指标，能不能完成任务还不好说。你们现在讨论的问题也很现实，如果来年老百姓得不到应有的回报，这个品种很可能就是昙花一现了。”

“所以说，金怀种业接下来一定会有动作，他们花了那么多钱购买经营权，不可能不做市场终端。”崔挽明突然反应过来。

“好了、好了，还是说说特种稻的事儿。就我目前掌握的情况来看，天源县做这个是最适合的。现在老郭正在那边闹事儿，虽然‘北川稻 1 号’遭了重创，但金怀种业要想在那儿大展拳脚，不会那么轻松。纵观全省，这个地方是‘林育稻 1 号’市场最薄弱的环节，特种稻从这里开始做，正是最佳时机。你手里要是有种子，我马上回去想办法联系种植户，咱们可以先试一年看看效果。”董安平扭转话题道。

“销售的事儿我来做，我在珠海、深圳那边有朋友，可以把热度炒起来。”廖常杰接了一句。

崔挽明点了点头，歪着脖子看了刘君一眼：“看见没有，别看你们现在热火朝天，我也没闲着。怎么样，怕不怕我抢了你们的市场？”

“挽明，你真会开玩笑。你干得好，我也替你高兴。你是为自己干，我就是个马仔，领导让干什么就干什么，跟你比不了。”

大家你一言我一语，事情就这样一点点地促成了。从饭店走出来的时候，何峰骑着摩托车正好赶来，见他们五人出来，赶紧迎上去打招呼。

崔挽明一看是何峰，突然皱起眉头，心中不免责怪起刘君来。其实董安平出现在这里，不应该让外人知道，更何况是和金怀种业扯上关系的人。但既然都被何峰看见了，崔挽明也没有别的办法，只希望何峰能管住自己的嘴巴，别到处乱讲才好。

刘君坐着何峰的摩托车离开之后，才开始问何峰：“峰哥，你怎么跑来接我了？我没让你来呀。”

“你不是说在这儿吃饭嘛，正好我出来买点儿东西，顺便把你带回去。怎么，我还不该来了？哈哈，放心，你和崔挽明是老同学，朋友之间喝个酒很正常，我不会跟于所长反映的。”

“什么意思？我又没做什么不光彩的事儿，还怕你反映不成？”

“你看你，怎么尽跟我抬杠呢？不过你们怎么和省水稻所的人扯到一起去了？那个董安平我可认识，了不得呀。要是他能帮咱们推广一下品种该多好，我回去跟于所长建议一下。现在‘北川稻1号’出了丑事儿，他们那些销售代表估计都等着找下家呢。”

“峰哥，损人利己的事儿咱们还是别做的好，这叫落井下石，咱们不能乘人之危呀。”

“你小子，学起高尚来了。我告诉你呀，出来混，不长几个心眼，早晚让人给生吞活剥了。”

何峰的话让刘君隐约有些担心，崔挽明跟董安平在一张桌子上喝酒，看似平常的事儿到了小人那里，很可能被做成一个庞大的陷阱。

果然，崔挽明和刘君担心的事儿还是发生了。董安平在返回林海省的途中，突然接到所长李国华的电话。李国华开门见山，毫不客气地对董安平提出了批评。

“安平，有人跟我说，你趁单位有难的时候跑到海南散心去了，还跑到了崔挽明的饭桌上。这是什么原因？”

董安平哪里有时间准备应付，别看平时牙尖嘴利，在领导这里再长的舌头都发挥不出余地。

“李所长，我留在单位也帮不上忙，和崔挽明见面也算机缘巧合，没有你说的那么严重。”

“我不想听你说，让张玉祥接电话。”

董安平看看张玉祥，无奈地将电话递给了他。

“李所长，您说。”

“说什么说？！玉祥，你搞什么鬼？不是让你组织人调查吗，你怎么还伙同董安平跑到三亚去了？你知道于向知怎么跟我说的吗？他说崔挽明要打董安平的主意，你给我解释解释。”

“怎么可能？李所长，我和安平出来就是为了调查此事。出事儿的那批货您也看到了，用的包装全是海南本地产的。我们推测这批货早就在海南打好包，然后直接被发到林海，所以才过来调查。崔挽明是我的亲师兄，我们顺便吃个饭而已。于向知现在在同行眼中就是个强盗，李所长不能听信这种人的话。”

“你说的是真的？那调查出什么了？”

“李所长，我回单位后再当面向您汇报具体情况，电话里不便说太多。”

张玉祥机敏地避开了李国华的追问，同时也吓出了一身冷汗。他没想到只是一顿饭的工夫，事情便传到了李国华的耳朵里。现在他们还有时间思考应对的办法，只是这个突然的电话让张玉祥感到接下来的事情将会困难重重。于向知在李国华那里还说了什么，他猜不到，但李国华生性多疑，从今以后他们要想在他的眼皮底下把事儿运作明白，不拿出十倍的细心是不可能的。

一旦把崔挽明扯进这次的品种掺假事件中来，林海省就真要煮一锅大杂烩给于向知等人吃喝了。

尽管张玉祥在电话里跟李国华解释了此事，但他清楚事情不会这么结束。张玉祥回到所里，一刻也不敢耽搁，直接找李国华汇报了调查结果。

这时候的李国华已经被外界舆论压得喘不过气，急需一个空子钻出去。因此他对张玉祥此次的调查结果可谓满怀期望。

为了保住董安平，解除李国华的怀疑，张玉祥在走进李国华的办公室的前一分钟终于找到了一个替死鬼。

“李所长，这次我俩上三亚调查了这批货的情况，一般来说，这几年长途发货用的都是德邦物流，而三亚市崖州区唯一的一家德邦物流点便在南山花园小区对面的胡同里。我们查过了，过去一个月内，从这个物流点流向林海省天源县的单子一共就两单，但物流点对发货方和收货方的信息完全保密，所以查不到具体是谁发的货。不过可以肯定的是，这两个单子有一个确实是水稻，因为那批货的数量很大，德邦给了发货方很大的优惠，所以工作人员印象深刻。”

“就这些？”李国华两手一摊，感觉没听到自己想要的答案。

“还有一点值得怀疑，听物流小哥说，那批货用了两个颜色的包装袋，一个是红色，一个是黄色。”

“出事儿的那批货的包装就是红色的。”

“没错，李所长，我敢断定，问题就是那批货牵扯出来的。不过想要查出具体的收件人，目前还想不出好办法。”

“这还不简单？上天源县的物流点，给大家意思意思，我就不信连个信息都查不到。”

李国华的话点醒了张玉祥。不过张玉祥在心中盘算了一下，如果真要查个水落石出也不是不可以，问题是现在假种子的事儿已经成了定局，即便查出真相也无济于事。老百姓不会管你是怎么被人诬陷的，只知道柳多一的店里出现了假货，“北川稻1号”开始掺假欺市，而且他们会把这件事儿迅速传开，使其恶劣影响由点及面地铺开。

“李所长，查肯定是要查的，不过这件事儿最好秘密进行。咱们既然吃了亏，就更不能把事情挑明，现在只有躲在暗处才是最安全的，养精蓄锐，瞄准目标，才是最明智的做法。”

“你是说不要声张？那咱们岂不是吃了哑巴亏？”

“李所长，也不完全是。您别忘了，这件事儿有一个人咱们可以好好利用。”

“谁？”

“许三金。”

“他？”

“李所长可能不知道，许三金这个人仗着自己在天源县做植保站站长的权力，这几年可没少为难咱们的销售代表和经销商，动不动就来店里查品种检疫证书。董经理这些年都是报喜不报忧，实际上没少被许三金动脑子使坏。”

“有这种事儿？他一个搞植保的，怎么跑到种业市场指手画脚了？你的意思是他参与了这件事儿？”

“八九不离十。许三金这种人，您给他五斗米他就能把主子卖了，什么事儿做不出来？”

“要真是这样，我得找农委领导谈谈了。正好何菲的父亲你也认识，他在市农业局干了这么多年，天源县这点儿小地方的领导他还是能说上话的。”

“李所长，您要动许三金？这个人咱们可以拿来用用，但千万动不得，咱们要是有动作，您想想看，金怀种业会坐以待毙？李所长啊，做种子最怕的就是出事儿，现在咱们要想翻身，恐怕要做好打持久战的准备了。”

“你这么说，咱们岂不是要做缩头乌龟了？”

“李所长，趁现在事情还没在全省造成大面积影响，咱们尽量把精力用在这边，能挽回多少损失是多少吧。”

张玉祥站在一个很高的角度，替省水稻所、替李国华做这么一个长期而理智的规划，绝不是随便说说的。别人他不了解，但他了解于向知是什么人。只要让于向知逮着你的尾巴，不管你钻到多深的洞里，他都要想办法把你拽出来，你越是挣扎，他越是来劲。

李国华接手“北川稻 1 号”这么多年，从来没像今天这么挫败过，但最难以释怀的便是愧对秦怀春。听了张玉祥的一席话，李国华冷静地思考了几天，慢慢地接受了张玉祥的一些观点。然后李国华才亲自上秦怀春家登门请罪。

尽管这件事儿对秦怀春的打击很大，但李国华的来访让他有些意想不到，其来意他心知肚明。

李国华此次前来，给秦怀春带来了一个意想不到的大礼。秦怀春的小孙子秦勉转眼快两岁了，一直都留在秦怀春身边。前一年秦怀春请了保姆照料秦勉，现在秦勉基本上能走路，能说简单的几个词，整天在秦怀春身边咿咿呀呀的，让秦怀春的心情别提有多好了。

但李国华放在茶几上的这张银行卡好比塞进喉咙的骨刺，让秦怀春疼痛难当又不得下咽。孙子扶着秦怀春的膝盖，亮闪闪的大眼睛里带着童真童趣，看着秦怀春的眼睛。

秦怀春摸了摸孙子的头，转过脸来对李国华说：“我这么多年来对省水稻所做的事儿算是白做了，竟然养出你这么一个人。你把我秦怀春当什么了？我是吃老百姓的粮食长大的，知道良知，也自持清廉。你赶紧拿着东西出去。正好品种出了这种事儿，我会向省种子管理局提出申请，把推广权撤掉。你不要再有歪心思，给自己也给水稻所的同志们留点儿清白。”

秦怀春的动怒是李国华未曾想到的，李国华还一句话都没说就遭此批评，可见秦怀春对此事有多介意。

“秦院长，您听我说，这件事儿都是我工作上的疏忽所致，但不管怎么说，这个品种是您老的心血之作，别说您自己，我们这些小辈也不能看着它就这样退市呀。所以我才代表大家前来求您，您想想办法，到省里走动走动。您也听说了，这件事儿完全是金怀种业在背后搞鬼，还有那个于向知，都是他们——”

“李国华！”秦怀春大吼一声，恨不能将水杯捏碎，“你难道要让我在孙子面前做龌龊之人？赶紧走，这件事你想都别想。”

秦怀春说着便将银行卡扔了出去，然后端起水杯砸了过去。李国华吓得拎起包就走，慌忙之中拾起他的卡，仓促而逃。

小孙子秦勉也被秦怀春的一声叫骂吓得哇哇大哭，孩童纯真无邪的世界突然被泼进这么一盆恶臭弥漫的脏水，秦怀春岂能由着它扩散？一看见这个孩子，秦怀春便想到了儿子秦志杰。秦志杰出国攻读博士学位也快回国了，但理疗院的苏玉还没醒过来，他一个老人只能靠着孙子秦勉带给他的快乐度日，说难熬，但也有幸福的一面。

不过想到这里，秦怀春才发现自己已经有半个多月没到理疗院看望苏玉了，正好现在有点儿时间，顺便就去一趟。

到了地方，秦怀春才发现苏慧也在。为了给姐妹俩留出足够的空间，秦怀春站在门外足足等了一个小时。苏慧出来的时候，看见秦怀春怀里的秦勉，忍不住伸手摸了摸他的脸蛋，却没跟秦怀春说半个字。

苏慧前脚刚走，楚一茹便从里面跑出来跟秦怀春搭话。秦怀春一脸阴沉，说道：“跟你强调多少次了，不要让这些人随便跑来打扰苏玉，这样不利于她康复。”

楚一茹连连点头，说道：“秦先生，我不是没拦着，但她们是亲姐妹，我再怎么拦也无济于事呀。”

秦怀春也知道楚一茹的难处，移到玻璃门前，看着躺在床上的苏玉道：“这半个月她怎么样了？”

“唉，秦先生，她还是老样子，一点儿好转的迹象都没有。”

秦怀春把眼一闭，叹了一声，咬牙切齿地道：“老样子、老样子，怎么可能？苏玉生秦勉的时候，你不是说看见苏玉流泪了吗？转眼两年都快过去了，苏玉怎么还这样呢？”

“秦先生，你要相信苏小姐是有福之人，她要是知道你这么对她，肯定会感动的。你家儿子远在国外，你一个老人照顾晚辈，很不容易的。照我看哪，秦先生，以后你该多领孩子来看看他妈。都说母子连心，说不定苏玉经常跟孩子待在一起，反而能快点儿醒过来呢。”

秦怀春扶了扶眼镜，慢慢垂下眼皮，冰冷地说道：“她什么都做不了。我虽然老了，但起码能教孩子说话、识字，等她醒了我再把孩子还给她。”

楚一茹不敢再说什么，每次秦怀春用这种眼神看她的时候，她便知道自己又说错话了。

秦怀春待了半小时便离开了理疗院，临走的时候把秦勉交给了楚一茹代管。因为他着急上一趟省种子管理局，关于申请撤销“北川稻 1 号”品种推广权的事儿，他还要找一下谢正言。

为水稻事业奋斗一生的秦怀春怎么也没想到，到头来竟然因为“北川稻 1 号”惹了一身骚，成败都在这个品种上，也算是有始有终。他不想因李国华等人的过错而将品种的问题牵连到自己身上。但他清楚，这件事儿如果他不来擦屁股，日后老百姓谈论起“北川稻 1 号”种子掺假的丑事的时候，还会捎带上他这个品种育成者，到时候就得不偿失了。

第十一章

另辟蹊径

此时的谢正言正在召开局里每周的例行会议，秦怀春不得不在谢正言的办公室外面等着。这个时候的秦怀春看起来十分憔悴，犹如一棵腐朽的老树，失去了活力。

局里稍微上岁数的干部都认识秦怀春，会议结束后也都过来跟他打照面儿，但大家只是见面点头的交情，没有真正意义上的情谊。谢正言见秦怀春来了，赶紧把手里的文件夹在臂下，伸出手将老院长请进了办公室。

还没等秦怀春说话，谢正言就把话题先抛了出来。

“秦院长，天源县发生的事儿传得很凶，局里的同志都知道了。这不是什么大事儿，毕竟发现得及时，卖出去的种子都收回来了，没有给老百姓造成直接的经济损失。听说你为这事儿着急上火，其实没这个必要。你在岗位上干了一辈子，现在退下来了，操心的事儿就留给年轻人做，你呢，好好在家享受享受生活。”

“我来呢，不是听这些的。我早就想好了，‘北川稻 1 号’

还是别再推广了，有好东西出来，该让位就要让出来，咱们做这个都是为了让百姓的利益最大化。你这边支持支持，明天我写份申请书送过来，你走走程序，撤销推广权吧。”

谢正言做梦都没想到秦怀春前来竟然是为了这个事情。秦怀春的这个决定，可以说关乎林海省绝大多数水稻产业链上的从业者的利益，一旦取消推广，意味着所有跟“北川稻 1 号”有关的企业都会随之改革，种子经销商、大米经销商、副食品产业链等都会被牵连。这么多年围绕“北川稻 1 号”建立起来的生产链条必定会受到冲击，利益受损的一方肯定接受不了这个结果。

但对育种家来说，这可算是天大的好消息了。五年前，在董俊芳先生的追悼会上，就有人抱怨“北川稻 1 号”的霸市行为。现在他们终于等到这一天了，“北川稻 1 号”一走，市场马上就会腾出一个巨大的空间，众多觊觎已久的育种家就有更大的空间来推广自己的品种。

不过这样一种假设完全是在“林育稻 1 号”出世前才能成立。凭借金怀种业的推广能力，和“北川稻 1 号”相比，“林育稻 1 号”的影响力恐怕有过之而无不及。

“老院长，怎么这么突然？这件事儿我一个人决定不了。你也知道，这个品种牵扯到很多家单位，二三十年扎下的根，你要想一下子拔出来不太现实。我只能把你的想法往上反映，让省农业委员会来做决定。”

“这些我都考虑过，但这件事儿必须做，不能再耽误下去。我会配合省农业委员会方面给出详细的运作环节，就像你说的，不可能连根拔除，要是硬来，恐怕只会给大家带来很多工作上的不便。”

“没错，咱们本着做好事的态度，怕的就是再生出不好的事情。老院长请放心，省里如果拿出方案来，局里会积极做好这个工作的。”

秦怀春没想到事情会这么难办，尽管在谢正言面前夸下海口，但走进这栋楼之前，他并未想好具体的策划方案。为了不在谢正言面前露怯，秦怀春一张口就把此事应了下来。本来很轻松的事儿，到头来却成了麻烦。

秦怀春走后，谢正言马上给于向知打了电话，这个消息对于向知来说简直比中了彩票还要让他高兴。

“好哇！谢局，你每次给我打电话都有好事儿发生，没想到这次带来这么大的消息。你放心，这件事儿有需要我们育种所或者我个人帮忙的，尽管开口。老院长的心愿，咱们得帮他完成，作为老部下我责无旁贷。”

“于向知呀于向知，你现在可谓如鱼得水，‘北川稻1号’完了，林海省就是你一家独大了。”

“哟，谢局，你可不能往我于某人头上戴高帽哇，会害死我的。省里这几年一再强调不准搞品种霸权霸市，你怎么还鼓动我呢？小心让外人听到，不妥、不妥。”

“能者多劳嘛，你要是真能把林海省的优质米做起来，我就不信省里会出来干涉。你没看见吗？现在很多地方在搞农田改革，农业发展的一个重要前提就是精准化和规模化。咱们现在走的就是大农业路线，小打小闹、你家一点儿我家一点儿的种植模式已经不符合时代的发展需求了。这个思想放在品种市场上也符合逻辑，你说呢？”

于向知虽然在心里不赞同谢正言的观点，但谢正言毕竟是领导，于向知不好反驳，就顺着他的话说道：“既然谢局长都这么说了，我还是有信心做好的。现在推广的事儿刚开始，以后很多方面离不开领导的指导和支持，谢局长今后要费心了。”

“你们按规矩办事儿就等于帮我们省心了，好好干吧。你们做优质米的决心，省里是看得到的，相信相关政策也会配套出台。秦院长的事儿着急，我先把这头忙完再说你的事儿。”

在这个紧要关头，大家都忙碌在各自的战线上，老郭也不例外。

何胜利在他这儿吃了亏，自然也就结下了梁子。现在“林育稻1号”势头正盛，老郭吃了辛威的亏，不可能再种金怀种业的品种了。现在他已经和董安平取得了联系，崔挽明在海南繁殖的特种稻马上就要迎来收获，等老郭和董安平这边做好动员工作，就可以发货过来。

不过经历了李国华的怀疑，董安平自是不敢直接来天源县和老郭接触了，所以这件事儿只能交给柳多一来代管，让柳多一专门负责天源县特种稻的秘密推广。

老郭名下的合作社自是他说了算，崔挽明告诉他，为了保险起见，建议小范围种植。但老郭脾气上来后谁都劝不住，他相信崔挽明，执意要将流转的土地全部种上特种稻，把优质米和常规稻全部清出去，做一次高风险投资。

面对老郭的固执，崔挽明压力倍增。虽然老郭是出于好心，想要帮他把市场搭建起来，可一旦市场垮掉，合作社里的老百姓也得倒霉跟着赔钱。不过崔挽明也想过了，目前他手里的销售途径除了廖常杰和方旭之外，并没有别人。这两年他和方旭来往不多，但这个人早在几年前就开始琢磨林海省的大米市场，现在已经轻车熟路地渗透进来，出手途径应该少不了。再加上廖常杰在南方开拓的部分市场，应该能消化掉不少货。

但老郭心里清楚，秘密运作这件事儿不是长久之计，要想成功，就必须敞开来做，偷偷摸摸不是办法。

依照崔挽明之前定下的意思，做价值营销的话，他们目前还不具备这个实力；会展营销倒是可以，但会暴露自己的产品。特种稻包装模式容易被实力强的公司复制过去，得不偿失。

开连锁店就更不用想了，现在他们只能回到老一套的促销卖种模式。以老郭的合作社为辐射点，柳多一从董安平手中拿客户资源，然后负责拉动客流量。所有种子储存在合作社的库房里，派专人看守。种植措施由崔挽明全权负责，并以文字的形式汇成小册子发放到客户手里。最后走售后服务，崔挽明亲临指导具体的栽培细节。

这一套流程下来虽然工作量不小，但崔挽明知道，和金怀种业相比，他的付出只是沧海一粟，在没有资本支持的前提下，他只能靠名声和信誉维持下去。

老郭明白崔挽明的顾虑，因此在种子推广这件事儿上，决定把崔挽明定好的促销规格进行一个大升级，由原来的“凡是购买种子满一百斤，赠送有机肥五斤”改为“凡是在这儿购买种子的农户，他为其提供水稻全生育阶段的化肥、农药”。这么大的补贴力度所需资金可不是一笔小数目，但老郭很了解老百姓，化肥、农药是种植成本里很重要的一部分，老百姓一年到头坐在田间地头算账，算到头也不一定能把成本赚回来。如果他解决了他们的后顾之忧，增加了他们的利润率，营销绝对会成功的。

带着这样一种想法，老郭自掏腰包开始进肥进药，安排合作社的农民参与到活动中来。崔挽明的种子刚从三亚发过来，老郭便组织大家到村社进行秘密探访和情报输送。十个人出去，每人每天跑下来十五户人家，就算是成功了。

柳多一看出了老郭的想法，有些不解其意，便跑来问他。

老郭笑眯眯地对柳多一说：“崔老师对我有恩，对合作社有恩，重情义，有担当，最重要的是正直。花点儿钱不算什么，咱们不亏待老百姓，还为他们铺开了销售渠道。现在做销售，最重要的就是客户的稳定性。老百姓的思想多难改变啊，咱们要想打动他们，没有诚意肯定不行。这样做不用担心客户量的问题，好在崔老师今年的种子量也有限，否则我也垫付不起那么多优惠福利。”

怪不得老郭能成为农民企业家，人家就是有远见，能一眼看到事情的真相和突破点，对老百姓的心理琢磨得很透彻，做的事儿都能直达人心。崔挽明有这样的朋友，可谓三生有幸。

而今天的崔挽明破天荒地坐上了飞机，这得益于尹振功去年申请下来的国家自然科学基金。如果没有这笔经费支持南繁差旅费，崔挽明不可能有这样的机会。崔挽明坐在飞机上，多了分紧张。他的手看上去不像是一个大学教师该有的样子，粗糙而厚实，但他的思想和情怀远远超出了一般人，仿佛和这飞机一样蹿到了云霄之上。

经历了一个多月的地下工作，老郭终于把崔挽明寄来的种子售罄。老郭虽然在尽量避开金怀种业的关注，但总有疏忽的时候。

李国华自打从秦怀春那里回来后，整个人的精气神就没恢复过来。当他收到省局下达的关于“北川稻 1 号”推广权撤销通知的时候，感觉自己的事业已经走到了尽头。为了彻底将这个品种清出市场，省局给各地方种子管理处下达了任务推进书，不到一周时间，各村各户都接到了这个通知。

这个消息一下子将老百姓的情绪点燃了，各种声音浮出水面。“北川稻 1 号”驻村零售点的负责人被前来闹事的老百姓围得水泄不通。

“好好的怎么说退就退？我们种了这么多年的品种，说不让种就不让种了？你们必须给个说法。”

“通告上都说清楚了，从明年起我们的种子才退出市场，今年的种子都卖出去了，怎么可能不让大家种？请大家放心，不会有问题。”负责人忙解释道。

“不会有问题才怪！要不是品种出了问题，为什么你们以后不让种了？我们要退货，有风险的东西我们可不敢种。”

零售商一听要退货，情急之下只好联系当地的经销商。货是从经销商那儿拿的，上面具体发生了什么，他一个小小的零售店负责人根本不清楚。

董安平作为地区销售经理，在这件事儿的处理上也很果断。此事涉及的老百姓太多，省局的这道指令等于直接将“北川稻 1 号”杀死了，还将老百姓引来食他们的肉。但卖出去的东西没有收回来的道理，种子本身没有问题，虽然如秦怀春所说存在稻瘟病的风险，但并未出现大面积病发的案例。这种情况下，销售方完全没义务接受老百姓的退货。说到底，老百姓之所以恐慌，是因为被这道指令吓坏了。

虽道理如此，但董安平还是决定下去做一下安抚民心的工作，他知道老百姓是惊弓之鸟，唯有好好引导才能让大家平静下来。

向李国华请示之后，董安平便带着所剩无几的销售代表开始了下乡工作。在大巴上，董安平突然有了一个大胆而冒险的想法：

现在看来，“北川稻1号”算是彻底告别种子行业了，省水稻所下面的销售代表也面临解散的局面，这个时候正是他推广特种稻的绝佳时机。种子没了，但客户资源还在，如果不好好利用起来，他这些年的销售工作就等于白做了。

途中休息的时候，他马上联系了崔挽明。

“绝对不行！安平，你肯帮我，我很感激，但这件事儿涉及你的个人名誉，你最好不要在明面上做。北川大学和省水稻所的关系是秦老师一手建立起来的，我不想就这样毁在咱们手里。实在不行，这件事儿你别参与了，让老郭他们做就行。我后来想了想，把你拉进来本身就不合适，当时欠考虑，忽略了你的个人名誉问题。”

“挽明啊，你想太多了。我们搞销售的你还不知道吗？跳槽就跟吃饭那么正常，跳槽不涉及名誉问题，这个东西是竞争产物，谁都理解，也认同。省水稻所肯定也不需要我们了，我们想做什么完全可以自己做，虽然李所长没有直说，但大家都清楚离开是迟早的事儿。像我这样的已经算忠心了，有的机警的同事早就溜之大吉了，你完全没有顾虑的必要。”

董安平把话说到这个份上，崔挽明也不好再说什么。李国华虽然不会对董安平有什么想法，但保不齐会对他崔挽明有看法，因此崔挽明还是有戒心的。

就在这时候，张玉祥给崔挽明打来电话。

“明哥，老董把情况都跟我说了，你的顾虑我能理解，但这是特殊时期，也是老天给咱们的机会。你要想做市场，不下一点儿狠心根本搞不定。你放心，李所长这边的工作我来做。单位现在有很多销售来闹事儿，都想让所里帮忙解决就业问题，你这个时候需要人，正好能解燃眉之急，李所长感谢你还来不及，怎么会怪罪？”

张玉祥的来电太及时了，一下子就解决了横在崔挽明心坎上的那个做人原则问题，给了他一个圆满的理由和借口。

就这样，董安平的想法得到了认同。他下乡之后，一面安抚人心，一面将特种稻的未来市场和统购统销的原则进行了细致宣传。

老百姓刚刚吃了“北川稻1号”的亏，董安平又来搞特种稻推广。近几年种业公司的迅速崛起带来了五花八门的营销手段，老百姓看得是眼花缭乱，却往往无从下手，面对董安平的推销，无不提起了戒心。

但天源县的老百姓算是比较中立的，加上老郭在何胜利的宣传会上搞臭了“林育稻1号”的名声，谁的品种在这里都难站住脚。考虑到这种状况，崔挽明明白这场战斗注定是持久且艰难的。

对金怀种业来说，一个小小的天源县构不成什么威胁。但老郭在村镇大搞促销活动，特种稻的名声一下子就传开了。何胜利为报一箭之仇，很快把情况上报给公司。辛威和于向知机警地察觉到了崔挽明的野心，但特种稻已经卖到了老百姓手中，他们将其追回的可能性不大，就算想痛下杀手以绝后患，那也是下一个销售季的事儿了。

不过于向知绝不会让崔挽明轻易得逞，他的“林育稻1号”刚出来，还没站住脚，崔挽明就有动作，其针对性可想而知。三思之后，于向知私下里给李国华打了电话。

接到于向知的来电，李国华差点儿没把电话摔了。

“我以为是谁呢，原来是于所长。真是没想到哇，你还能想起我来。”

“李老哥说的什么话？老弟我早该登门拜访的，只是近两年实在太忙，你要见谅啊。”

“拜访就不必了，有什么事儿你直说吧。”

“哈哈，李哥，听说天源县现在在搞什么特种稻推广，你知道？”

“知道又如何？”

“嚯，那就是知道了。崔挽明这小子可真有两下子。你说说看，老百姓现在也不缺营养，他搞什么功能米、特种稻，还挖了一些销售代表？据我所知呀，你们那儿的好几个销售代表已经跑到崔挽明手底下去了。”

“啊？有这种事儿？”

“老哥哥呀，上次我就提醒过你，你呢，也没把老弟的话放在心上。我早就说过，你们那董安平早就和崔挽明勾结在一起了，不知道在密谋什么。现在我算是弄清楚了，搞了半天的玄机，原来就整出特种稻这点儿把戏来，可笑。”

“董安平？不可能，前几天他还下乡去了，我批准他去的。”

“没错，他的确下乡了，但你知道他去哪儿了吗？天源县。想必你也听过天源县的郭达，他和崔挽明简直就是打断骨头连着筋的亲人，也不知崔挽明施了什么妖术，把这个农民企业家收拾得服服帖帖。他们正在下面破坏市场呢，再这样下去，老百姓都快被他们宠上天了。”

李国华想了想，紧皱的眉头一下子展开来，心中堆起了一团重重的疑云：董安平如果和崔挽明早就接触上了，那么他在三亚跟崔挽明的见面就不是偶然。如果董安平的确背叛了省水稻所，那这次假种子事件很有可能是他俩联手搞出来的把戏，那批秘密从三亚邮寄过来的假种子极可能出自崔挽明之手。

一想到这种可能性，李国华的脑子仿佛突然炸开，他猛地挂掉于向知的电话，开车到董安平家楼下准备兴师问罪。

董安平掂量了李国华在电话里的语气，判断会有不好的事儿发生，心中已有七八分猜测。果然，李国华没有给董安平辩解的机会，直接把话说死了。

“所里给了你这么好的事业平台，没想到你给我来了这么一下子，你行啊董安平。崔挽明给了你什么好处，你居然干出这种事儿来？”

“李所长，既然你都知道了，我就不必隐瞒下去了。没错，我现在的确在帮崔挽明推特种稻。现在所里的经营活动基本没了，大家走的走散的散，我也该为自己重新做个选择。这没错吧？”董安平也不怕李国华，大胆地表露胸臆。

“你少给我装蒜，我说的不是这个。假种子的事儿是不是你干的？”

董安平一下子定在原地，这么一个罪名从天而降，他怎么受得起？

“李所长，这都是谁编出来的？我的为人你最清楚，这么多年来我在所里尽心尽力，就算再不懂得知恩图报，也不会做卖主求荣的勾当。假种子的事儿我一点儿都不清楚，李所长，请你相信我。”

“哼，算了吧！你以为我是傻子？种子刚出事儿，你就跑到三亚跟崔挽明见面，紧接着就到了他手下干销售。这还不是你干的？你要是不想让我动手，马上跟我到派出所交代清楚，‘北川稻1号’不能死得不明不白。”

“李所长，就算我跟你去，也交代不了什么。不是我干的事儿，我怎么交代？”

面对董安平的这种态度，李国华显然无可奈何。要不是上次张玉祥劝他从长计议，他早就展开调查。上次许三金作为怀疑对象被提出来，李国华本来要借助何菲父亲的关系好好查查这个人，但张玉祥的劝解导致这件事儿被搁浅了。

这一次李国华再也坐不住了，想用自己的方式把这件事儿查清楚。在他心中，“北川稻1号”盈利与否已经不重要了，重要的是名誉，他不想在自己任职省水稻所所长期间，有这么大一顶失败的帽子来玷污自己卓越的职业生涯。

董安平不会理解李国华的内心，也不明白他气愤的真正原因。其实不管是谁在背后使了坏，李国华要的只是真相，而不是针对谁。

崔挽明担心的事儿还是发生了，但董安平的暴露也算是一件好事儿，所谓夜长梦多，李国华迟早会知道他们俩的合作关系。得知事情暴露之后，崔挽明找董安平聊了很久。那晚在老郭家，老郭下厨弄了一条春江鱼，三人侃侃而谈，开始思考眼下天源县的发展和全省经济气候大环境下的农业创新问题。

端午节一过，崔挽明就接到老黎的来电，那边寻觅到的农田用地目前有两个选择。其中一个靠近南滨农场，和众多国内的育种单位成为左邻右舍，但承包费用高。另一块地则来自一位村主任的手中，十年前他便将村里十几家的农田承包过来种植槟榔，可以一次性转给北川大学，费用也不算高，唯一的缺点就是离镇里远，相对偏僻。

崔挽明虽然有自己的想法，但必须将情况反馈到学校，没有做决策的权力。

徐处长接到消息，很快去了书记办公室。书记见了崔挽明一面，让秘书帮崔挽明订了机票，令他当天便赶过去进行实地考察。崔挽明自己的事儿还没办完，但领导有要求，他不得不接令。

在飞机上，崔挽明没有心思干别的，一直在琢磨书记的想法。因为他得知道书记内心倾向于哪个选择，否则没有办法回话。万一他把书记喜欢的那块地毙掉了，那岂不是惹了大麻烦？就算猜中了书记的想法，他还要考虑如何表达才能让书记满意。

崔挽明干工作这么些年，做事情从来不敢马虎，“仔细”二字那是刻在骨头里的。每天晚上睡觉前，他一定会想好第二天的具体工作安排。下面的人需要干什么，他必须下达到位；上面的领导需要什么，他也要做到心中有数。但有一点，原则问题很重要，他办不了的事儿，即便是领导的要求，他也不会去碰。

但眼下这件事儿关乎北川大学科研育种的未来大计，每一个细节都不能遗漏，他甚至没给自己在这件事儿中所扮演的角色定位，也顾不上这些。

崔挽明见到老黎之后，两人先后来到两块农田进行了现场考察。老黎手里拿着图纸，详细地为崔挽明介绍着农田的基本情况。

崔挽明看农田只有两个要点：首先，土地要平；其次，适合搞育种。第一个要点相信书记能想到，但第二个要点恐怕就不是书记能考虑周全的了。在崔挽明心中，搞育种很重要的一点就是界限问题，倒不是要和谁划清界限，也不是关起门来一个人搞育种。育种可以交流，但试验地绝不是外人可以随便参观的地方。说白了，科研育种存在竞争，每个育种家都有自己的育种目标，但也因水平高低而造成目标差异现象，这一点，从地里种的试验材料就看得出来。行家一眼就能看出地里的东西是什么类型的材料，即便不伸手碰稻穗，也可能从中得到启发和灵感。所以崔挽明觉得，北川大学的育种基地必须远离各个单位，杜绝频繁的来往和所谓的参观学习。这样才能保证科研育种的安全性，也给育种家提供了一个清静的科研环境。

这几天他最怕的就是徐处长的来电。他知道只要那边一来电，那准是问话来了。他还没想好怎么表达自己的想法。他是想把书记的思路引到自己这边，但这件事儿要是处理不好，后面的工作很难顺利开展。

为此，他坐立不安，既盼着徐处长来电，又不希望来。他想了想，决定先从徐处长那儿探探口风。

徐处长说话也很谨慎，只说领导有自己的想法，但具体是怎么个想法，他就没往下说了。但徐处长告诉崔挽明，书记很快就会带队赴三亚，随行人员主要是科研处和基建处的同志。科研处负责协调承包一事的具体细节，包括可能存在的利益纠葛和土地权纠葛；基建处负责地貌勘察和用地评估；另外，涉及政府干预的问题，书记会通过政府途径加以解决。总之，这件事儿一定要做成，而且是漂漂亮亮地做成。

有了徐处长的这番话，崔挽明心中有了决断。既然书记兴师动众，说明他已经有了决定。自己只需等书记前来，依情况而定即可，不必顾虑太多。

腾出了时间后，崔挽明马上联系廖常杰，商量秋末优质米和特种稻的市场运作事宜。

廖常杰也一直在等崔挽明腾出手，现在正有空，两人一起去了趟深圳，和与廖常杰做大米市场的朋友进行一次碰面，这也是廖常杰答应崔挽明的事儿。

没想到这次碰面，崔挽明居然在深圳遇到了好久不见的方旭。之前方旭帮崔挽明消化掉郭达手里的稻子，这笔恩情崔挽明一直欠到现在。

“方旭，这也太巧了。怎么是你？”

廖常杰一眼看破，道：“怎么，你们俩认识？”

“岂止认识，方总还帮过我的大忙呢。没想到搞了半天，还是离不开方总的照顾哇。”

“哎呀，我多问一句就好了，早知道你们认识，就不用大老远地跑来谈这事儿了。”

“老廖哇，我说林海省哪儿有这么好心的育种家，居然热心肠地帮你在海南搞优质米生产，原来是挽明。我可告诉你，你选人算是选对了。我这个老朋友，别的不敢说，行业眼光和专业能力绝对是顶级水平。”

“方总过奖了，哪儿有的事儿？你看，这不还是来找你帮忙了嘛。对了，前两年你不是在林海省做吗？怎么一下子跑深圳来了？”崔挽明道。

“虽然林海省水稻多，但尖端市场不在那里。我这个人入行晚，那时候就告诉自己，要做就做最好的品牌。我在林海省摸索了大半年，还是觉得没有突破口，索性放弃，来了深圳。去年年初我有幸和老廖建立了业务往来，也算投缘，没事儿的时候就研究研究市场创新的事儿。年后老廖跟我说要合作开发特种稻，那时候我还没有这个概念，现在算了解得差不多了。这个想法很有创新性，可以说很吸引我，你们不来我也要去找你们。这两天我带你们出去转转，目前的高端米市场已经初见端倪，国际市场在缩水，泰国大米和印度大米今年首次出现销售量下滑的情况。这是个信号，说明国内的高端米市场已经有了基础，我们抓住这个时机，就有可能把事业做起来。”

“好哇，方总，就等你的这句话呢！你具体有什么想法吗？”

“这个不急，咱们先看看深圳的情况再说。”

崔挽明想要得到方旭的建议，但没想到方旭并未敞开心扉，明显对崔挽明有所保留和顾虑。廖常杰也不是等闲之辈，一眼便识破了方旭的心思。作为商人，利益最大化是前提，崔挽明的确是提出特种大米概念的人，但毕竟没有市场运作能力，那想法就形同虚设。但方旭不一样，只要有材料，借助手里的资金和人脉，很快就能把东西变成现钱；就算他手里没有特种稻资源，也能通过花钱的办法搞定货源问题，不一定非得跟崔挽明合作。

廖常杰想到了方旭可能存有的心思，不禁为崔挽明捏了把汗。他们吃完晚饭散去后，崔挽明躺在方旭安排的高级宾馆里，翻来覆去地睡不着。他怎么想都觉得不对劲，半夜两点多出门买了盒烟，路过廖常杰的房门口的时候，听到里面有人在谈话。

他走近一点儿，发现方旭在里面。

"老廖哇，咱俩直接合作多好，崔挽明就是个大学教师，哪里有经商头脑？他不就有点儿特种稻嘛。只要你想做这个，我马上联系北京和昆明的朋友，他们手里有的是特种稻，不缺崔挽明一个。"

"方旭，不是说好了吗？怎么，你对挽明有想法？"

"不、不、不，想法倒没有，但老廖，据我所知崔挽明这个人在林海省可是树敌不少哇。他把省农科院育种所的于向知得罪了，现在林海省水稻的大头儿让于向知抢去了，崔挽明就算名声再好，也翻不出什么大浪来。跟这种人合作风险太大，咱们没有必要为了这小小的生意自找麻烦。"

"方旭，你想多了吧？据我所知，于向知可是偷了崔挽明的品种才有今天的成绩的。"

"那有什么用？人家照样不把他当回事儿。你看着吧，今年年底于向知就会成为继秦怀春之后的又一个大品种获得者。"

虽然廖常杰始终站在崔挽明的立场上和方旭辩论，但方旭的言辞实在让崔挽明寒心。崔挽明本以为方旭是个正义的商人，没想到还是高看他了。

第二天，崔挽明配合方旭在深圳的几个大市场转了几圈，又到知名的会展商区看了下国际大米的现状。回到酒店，崔挽明便不辞而别了。

方旭还没反应过来，崔挽明就已经到了机场。等准备好晚宴，方旭才发现人没了。崔挽明的脾气一上来，谁都没办法。崔挽明没有必要再讨好方旭这种势利眼，同时告诉自己，总有一天自己要做出能代表林海省的大米品牌。崔挽明也不想让廖常杰夹在中间，就像方旭说的那样，崔挽明不过是个育种家，距离商人还有很远。

这次短暂的碰面让崔挽明发现市场竞争的残酷，还没等他开始，事业就已经被人扼杀掉了。如果他不亲自跑市场，他的特种稻事业永远都是一具空壳，这样的压力让他感到极其痛苦。几个月后就要迎来收获，天源县的特种稻市场该怎么解决？他答应老百姓的事儿能否如期完成？种种担忧涌上他的心头。

崔挽明和董安平的关系暴露，导致李国华将矛头直接对准崔挽明。尹振功虽然这几年不参与水稻育种工作，但对崔挽明的具体工作还是很清楚的，李国华的到来也让他心中有了定论。

“李所长，本来我一个搞学术的，对你们育种的东西不是太清楚，但你要说我的人做了对不住你的事儿，我就得说两句了。崔挽明是什么人？于向知盗用了他的品种，这么大的事儿他都没往上闹，还会坏你的事儿？再说了，你卖的‘北川稻1号’是秦老师的品种，你想想看，崔挽明怎么可能坑害自己的恩师？所以你今天过来问责纯属多余。”

“那他也不该私下里挖走我的员工，总之这个人的品行有问题，我不认可。”

尽管李国华找不到回击的理由，但还是尽量往崔挽明身上安罪名。不管怎么说，李国华和崔挽明的敌对关系算是暗中确立了。尹振功立场中立，既不得罪李国华，也不让李国华恣意妄为，做到了游刃有余的程度。

接二连三地碰壁逼着李国华只能从许三金身上入手调查。李国华终于下定决心碰一碰地方农业系统这锅粥。

崔挽明也没有闲着，陪着书记一行人在三亚开了一周的现场会，又和当地的农业局、土地局、三亚市国土资源厅等相关人员进行了现场详谈，就选地、用地一事进行磋商。

“挽明啊，你说说看，咱们该选哪块地？”调研结束那天的晚宴上，书记还是把这老大难问题抛给了崔挽明。

在座的都是北川大学主管部门的领导，崔挽明要是说错话，最后做的决定很可能给自己带来大麻烦。为了不凸显自己，崔挽明想到了一个绝佳的回答方式。

“书记，这件事儿关系到在座的所有育种家们，我觉得选地的事儿可以参考大家的意见。你看，不管是搞蔬菜育种、水果育种，还是搞农作物育种，大家其实各有需求。”

“那你呢，我就想听听你们搞农作物育种的人的意见。”

崔挽明还是没避开这道难题，无奈之下，只好将自己最初的想法分享出来。

“好，崔挽明同志把问题分析得很透彻，虽然他选的这块地偏僻，但无论从价格还是实用性来说，都要比南滨那块地合适。大家可以考虑一下。”

听书记这么一说，崔挽明心里的石头落下了。他原以为领导不好沟通，现在看来，是他多虑了。

一行人回到北川大学之后，马上研究农田租用合同的具体事宜，经学校安排，这件事儿全权交给了崔挽明负责。说实在的，对一个专门从事科研育种工作的老师来讲，让他去策划、沟通这些事儿，有些勉为其难了。但这也是没有办法的事儿，学校不可能再派专人到三亚去协商。崔挽明对当地的情况熟悉，又有半年时间在那边工作，此事交给他来办最合适不过。

崔挽明一面要着手特种稻市场开发的事儿，一面要沟通南繁基地的建设事宜，对家里的事儿一点儿都顾不上。尹振功乃至整个生命科学学院的人都清楚崔挽明的家庭关系已经到了紧要关头，特别是上次崔挽明和海青吵架后搬到办公室住的事情，到现在都有人拿来闲谈。

眼看孩子就要三岁了，在过去的两年中，崔挽明没有尽到一个父亲该尽的责任，也没有成为一个好丈夫。一年下来，他在家的时间寥寥无几。眼看又要出差，路过玩具店的时候，他进去给孩子挑了几个玩具。

现在的海青和崔挽明基本没了沟通，丈母娘过来住的次数也渐渐变多了。崔挽明把玩具给孩子的时候，孩子高兴得满屋子打转。趁着海青下班没回家，丈母娘实在忍不住，问了崔挽明几句。

“挽明啊，你实话跟妈说，你们俩分居多长时间了？”

面对丈母娘的责问，崔挽明只觉羞愧难当。他把孩子从地上抱起来，表情凝重地说：“很长时间了。妈，我们的事儿你不要过问了，我们自己会处理。”

“处理什么？要等到什么时候才处理？我知道你工作忙，可海青那头你多少要顾及一下，她是女人，不是——”

“妈，你别说了，我们之间的问题没你想的那么简单。”

“我不管简单还是复杂，今天你别出去了，等她回来后，咱们把话说清楚。”

“妈，海青是你的女儿，你比我了解她。我不想多解释。”

“怎么，你的意思是我女儿做得不好了？我说挽明，咱做人可得摸着良心，海青辛辛苦苦地给你生了个儿子，而你呢，成天不着家，换成谁都得有意见。”

崔挽明不知该说什么。他曾在内心质问自己，到底选择什么才是对的。他每次离家出差前都会把冰箱塞得满满的，都会检查水电费够不够，生活用品更不用说了。所以说他一直都在尽可能地弥补对家庭的亏欠。为了让林海省的优质米崭露头角，他放弃了陪伴家人的时光。对崔挽明这样的人来说，陪伴家人成了奢望。

他不想跟海青吵架，给孩子喂完饭后就出门了。廖常杰给他打了好几个电话他都没接，但出于礼貌，他最后还是回了电话过去。

“挽明啊，你搞什么鬼，上次在深圳怎么不辞而别了呢？事情还没谈你就跑掉了，到底出了什么事儿？你跟我沟通啊。”

“哥呀，实在抱歉，我临时有点儿事儿走掉了，一定给你添麻烦了吧？”

“你也别瞒着我了，你一走，我就猜到七八分了，那天晚上你是不是听到方旭跟我的谈话了？”

话说到这份上，崔挽明没必要再藏着掖着，跟廖常杰交代了事情的原委。

“挽明，这事儿我考虑过了，离了他方旭咱们照样能做，他不支持你，还有我。”

“哥，还是算了吧。我自己想办法就行，不麻烦你费心了。”

“崔挽明，你说的什么混账话？别忘了咱们两个在三亚还有合作开发优质米的项目。怎么，你要和我彻底撇清关系吗？”

廖常杰的突然发火让崔挽明意识到自己在为人处世上的短见，就算是要硬气，也不能是在这个时候，如果拒绝了廖常杰，再想找一个这么忠实的合作伙伴恐怕比登天都难。

“好，哥，既然这样，咱们订个君子协议。”

“你说你整什么协议？咱们是为了同一个目标努力，这件事儿少了你、少了我都成不了，还签协议？不签。”

“哥，你听我说，最近省里传出消息，农委这边要开发一个特色农业创新项目。咱们可以试试，要是能得到省里的支持，以后的路不就好走多了吗？咱们之间的协议主要是明确一下分工问题，无规矩不成方圆，过去咱们办事儿讲的都是兄弟情谊，凭的都是一股子干劲，现在这套方法行不通了，要讲究原则和规矩。所以立法是为了成事儿。哥要是同意，咱们继续往下谈。还有一点，今年的这批稻子赶不上政策路线了，要想办法找好买家。”

“好吧，就按你的意思来。说说你的打算，这批货怎么处理？”

“一个月前我让老郭准备了两台精准收割机，都是合作社现成的东西。现在咱们的特种稻里包括绿色有机大米，今年插秧你没看到，我没有用化学肥料，都是从畜牧所进的农家肥。我现在想将生产标准化，从育苗方式上开始创新，过去的机器插秧都是一穴多棵苗，那样太浪费种子。有人调研过，林海省每年因育苗造成的粮食损失有十几万斤，浪费现象很严重。咱们要杜绝浪费的问题，所以我想联合工程学院的农机系，请他们设计开发单株插秧机。同时我向省里申请项目开发资助，争取把这件事儿办成。到时候咱们有了专门针对特种稻的农机，产业链就会完善，推广自然不成问题。今年的话，咱们只能自己来做一线销售的事儿。我想明白了，不做到一线，就没有办法打开市场。虽然事情有难度，但这两年我在三亚积累了不少人脉，这点儿大米不愁卖。”

“那就好，但你说的配套插秧机技术呢？就我目前了解的情况来看，单株插秧机的设计难度很大，而且市场不需要这个。现在都是大农业，要想高产，水稻插秧必须一穴多棵苗，少了怎么分蘖增产？”

“这就是我为特种稻生产定的第一个标准，如果咱们做不到节约种子，还谈什么绿色，谈什么粮食安全问题？节约不仅体现在餐桌上，也体现在田间地头里。”

“挽明，你的出发点很好，但难度很大。要设计出这样的机器，育苗技术也需要创新才行，只有具备合理的育苗方式，才能配套设计出满足一穴一苗的插秧机。”

“对呀，所以我连育苗方式也要创新，相信省里会关注这个项目的。”

廖常杰劝不住崔挽明放弃天马行空的想法。崔挽明打破常规玩突破的想法充满了挑战性，中间涉及多家单位合作的问题，没有几年时间根本做不下来。虽然廖常杰口头上允诺了崔挽明，但他明白，这件事儿十有八九成不了。

第十二章
腹背受敌

转眼间时间进入九月份。崔挽明受学校之托赶去三亚接洽基地建设的前期事宜，一切问题都由老黎负责联系解决。学校拿出了基本方案，十月份就会进行基地围墙和道路硬化的工程招标。崔挽明期盼已久的工程终于有了实质性的进展。

可还没等他从喜悦中回过神来，从林海省北川大学试验基地的老梁那里传来了坏消息：试验地昨夜遭了贼，位于西边的三分水稻地里的水稻全部被人收割走了。

一听到这个消息，崔挽明感觉世界都塌了。丢种子这种事儿在三亚时有发生，在林海省却很少出现，而且他刚被于向知算计了一把，现在又在同一个地方以更糟糕的方式被人宰割，实在令他气愤。

没有人比他清楚那块地的重要性，那里有他刚刚选育出来的五个高产品种，准备明年申报试验用的。什么人这么精准，上百亩的水稻地不偷，偏偏针对这块地下手？

地里的编号除了他，没有第二个人知道，所以不会有其他人清楚这些东西的价值。蹲在三亚的烈日底下，崔挽明仔仔细细地在脑海里寻找“凶手”，排查了好几遍，终于在心底找到一个人。

他早就怀疑妻子海青了，特别是上次看见她翻看自己的实验材料账本的时候，就对她有了很大防范。这次丢失种子，让他坚定了这个猜想。

情急之下，他先让老梁上街道派出所报案，然后马上联系市交警大队的同学，将附近街道的监控录像调出来一起排查，无论如何都要把这批稻种追回来。

这边挂完电话，他即刻对海青发飙。

“我问你，我地里的水稻被人盗了，是谁干的？”崔挽明的态度不像是对妻子，更像是对仇人。

“我哪儿知道？我连你的试验地都没去过，怎么知道是谁偷的？你丢什么试验材料了？”

“海青，趁现在事情还没酿成严重后果，你赶紧告诉我真相，这不是开玩笑的事儿。他们这么做是犯法的，你应该知道事情的严重性。”

“你让我告诉你什么？我根本不清楚你说的事儿。”

“好，好哇！既然你不肯说，我也不逼你，但如果这件事儿跟你有关，你记住，我不会原谅你。”

“原谅我？这话应该我来说吧？崔挽明，跟你结婚这么些年，你对家庭付出过多少心里没数吗？”

“是，我承认这点，但只要我在家，哪一次不是我带孩子出去玩？我每个月拿出大半的工资来支撑这个家，为的是什么，还不是让你和孩子少受委屈？我的工作改变不了，南繁的事儿必须坚持，所以每次过年我省吃俭用，为你买机票到三亚和我团聚。这些我都做错了吗？”

崔挽明说完便挂掉了电话，工作的不顺遂连同所剩无几的夫妻情分全部塞进崔挽明心中，让他难以喘息。

他顾不上那么多，此刻恨不能即刻飞回林海，但领导交代的事儿还没办完，所以他很痛苦，也很担忧。他一直没敢睡，到了半夜还在给老梁打电话，但那边的调查结果很不如人意。

好在监控摄像头抓拍到了一辆翻斗小货车，车上载有两人，两人于凌晨一点摸索到水稻地里，一小时后再次出现在监控画面里。货车拉着收割完的稻子一直往东边的绕城公路行驶，越开越远，最终拐进了乡镇匝道，再也没出现过。

尹振功接到派出所的通知，从事发地顺着警方提供的路线一直追到乡镇小路，行驶了约一个半小时，终于在道边的阴沟里发现了丢失的稻子。不幸的是，五个品种混在一起，已经分不清了。崔挽明听说情况后，马上让尹振功将稻子全部收回去然后晾干，等他回去处理。

尹振功劝崔挽明算了，这么乱，一定是混杂了。崔挽明不同意尹振功的想法，在他的脑海里，这五种稻子的样子他记得清清楚楚，如果他在现场，很快就能把它们区分出来。但现在他回不去，只能让尹振功先将其收藏起来再说。

半个月后，三亚的事儿才处理完。崔挽明回到林海省的第一件事儿不是处理小偷留给他的稻子，而是直奔天源县，在收获季到来之前，组织合作社的农户下田劳动，把特种稻种植区里的杂株全部清理掉，为保证特种稻的质量做好准备。

廖常杰已经联系厂家开始做大米包装袋。经过这段时间的努力，崔挽明已经把几款特种稻推到了市里的一家食品保健公司，包括富硒稻和低谷蛋白稻也签订了大批采购订单。廖常杰这边虽然订单不多，但他通过互联网开通了电商平台，这批大米马上就能上市出售。

因此崔挽明要亲自到天源县监督工作，从收获时间、磨米时的水分含量、加工环境等方面进行监督。如果不努力做到最好，之前的工作就可能付诸东流。他没有金怀种业那样的家业，这几年攒下的钱近半年来全投在了这个事情上，如果失败，他将无回旋之地。

沿途公路两边的金黄色稻海吸引着崔挽明的眼球，他一眼便认出，这些遍布林海的稻子基本是“林育稻 1 号”。虽然功劳被于向知窃取了，但一想到自己培育的品种被老百姓认可，他的心还是感到很满足，毕竟老百姓受益了。

这样一想，他突然不那么记恨于向知了。崔挽明有时候也在想，如果没有于向知这么死皮赖脸的人，没有他跟金怀种业策划的霸权营销策略，说不定“林育稻 1 号”就没有这样的市场成绩了。

那稻田埂子上插着五彩旗，打着金怀种业的广告标语。“林育稻 1 号”成功了，已经是林海省的巨星品种，没有谁撼动得了它的地位。

省农业委员会和省种子管理局为了这个品种，八月份的时候专门成立了调研小组，深入下面实地考察了它的推广面积，据说数据已经出来了。崔挽明从侧面找芮静打听过，他无法想象一千万亩是什么概念，林海省这几年的水稻种植面积稳定在五千万亩左右，而仅用了一年的时间，“林育稻 1 号”就取得了非常大的成就。

崔挽明的内心既激动又惶恐。“林育稻 1 号”就像从天而降的蛋糕，强行塞进了林海省的土地里，不让它有半点儿反应和适应的时间。崔挽明感到这绝对不是正常现象，照这个速度发展下去，“林育稻 1 号”来年的推广面积还要往上涨。

一想到这里，他突然回想起刘君跟他提过的事儿：金怀种业在林海省扩繁了一万五千亩“林育稻 1 号”，其目的已经很明显，就是想在来年冲击整个林海省的水稻市场。崔挽明想想都觉得后怕，赶紧联系刘君。

“挽明，你从三亚回来啦？”刘君正在繁种地做收获前的准备工作，见崔挽明来电，马上接听起来。

“刘君，有件事儿问你一下，今年你们真的扩繁‘林育稻 1 号’了？”

“是呀，为了来年的市场考虑嘛，这也是领导的意思。”

“我问你，你们今年卖出去那么多种子，怎么可能还有剩余？你们居然又扩繁了一万五千亩，这些种子从哪儿来的？”

"这个……于所长定的事儿，我们也不是很清楚。"

"刘君，你还跟我撒谎？你忘了两年前于向知在三亚雇了两夫妻干吗了？他把我当瞎子，你也不把我当回事儿？"

"挽明，这件事儿你听我说，不是你想的——"

"行了刘君，我不是来兴师问罪的，我也理解你的处境，于向知是你的领导嘛。我今天打电话就是想告诉你，这一万五千亩的'林育稻1号'绝对有问题，你最好调查一下。我敢打包票，这么短的时间内，于向知根本拿不出那么大的种子量，除非用了别的品种。"

"不会呀，挽明，我看地里稻子的长势跟'林育稻1号'没有区别呀，是不是你多心了？"

"你尽快调查吧，我没有别的意思，就是不想看老百姓吃亏上当。"

挂掉电话之后，崔挽明把情况反映到了秦怀春那里。秦怀春雷霆震怒，差点儿把手机摔掉。

"刘君这小子越来越不长脑子了，于向知不是东西，他也稀里糊涂地跟着乱来？这么大个人了，一点儿主见都没有，照这样下去，我看迟早要出差错。每个品种的推广面积是有限度的，海拔每上升一百米，种植风险就会上升一倍。于向知想把这个品种在全省大面积推广，海拔差至少有三百米，这个风险，老百姓承受不起。一旦成灾，局面根本难以收拾。"

秦怀春早在于向知推广品种之前就提醒过他，那次两人吵得很凶。秦怀春已经指出了推广的风险问题，但那时候于向知不予理睬。没想到于向知贪得无厌，居然有独占市场的野心。

"老师，我想这件事儿必须和省农业委员会沟通，否则一旦出事儿，谁都承担不起后果。'林育稻1号'的推广面积必须严格控制，前几年省里还在搞消除品种种植单一的问题，现在却开始搞明星品种，这明显在和前几年的决定唱反调。"

"挽明，省里自有他们的想法。据我所知，他们之所以这么支持'林育稻1号'，是因为要出台种植政策，意在扶持优质米，你也知道，咱们国家的优质米市场一直是个问题。咱们这个时候去碰钉子，不合适吧？”

“省里是想帮扶老百姓还是想树立林海省的水稻标杆，我不知道也无权过问，但这么做太过草率。刘君手里的那一万五千亩水稻肯定有问题。金怀种业野心勃勃，不会错过这个大好机会，谁敢保证他们不会见钱眼开？”

“这个问题还是少安毋躁的好，我找个机会去一趟农委。我的几位老部下还在推广处任职，等我和他们碰碰面，摸摸底再说。”

秦怀春嘴上没说，但心里明白，农委之所以这么做，肯定是因为金怀种业下了血本。他这个时候跑去农委办公室表态，别人只会拿他当绊脚石。虽然他在那儿当过副主任，但时代不同了，即便自己有想法也很难再实现。

老伴儿走了之后，秦怀春始终一个人过。秦志杰回国的日子越来越近了，秦怀春的心也越来越焦急。省内行业的形势不容乐观，他门下的两个得意弟子也相继陷入这场斗争中。这样一种状况，令秦怀春焦灼不安。

利民食品保健有限公司的质检员最近已经入驻天源县，对订单范围内的大米逐一进行抽样测试，从氨基酸成分到组蛋白含量，从微量元素到农药残留都进行了详细的理化检验。

张玉祥受崔挽明之托，跟刘君要了两斤大面积扩繁的“林育稻 1 号”，然后才到天源县帮忙指挥晾晒和建临时仓储的事儿。崔挽明见了张玉祥，突然想起李国华来。

“祥子，你们所长现在怎么样，还在调查呢？”

“唉，哥，你不了解李所长，他对‘北川稻 1 号’是有感情的。想当年这个品种的推广如果没有李所长的努力，不会有这些年的成绩。这两年我们所的业绩下来了，一方面是个别地区出现小范围发病，另一方面就是优质米市场遍地开花，琳琅满目的品种把市场给搞乱套了，但最重要的还是‘林育稻 1 号’，有省局和省农业委员会在背后支持，谁也阻止不了它的发展。李所长心里明白，但情感上难以认同，才会钻进死胡同里。种子市场一直存在竞争，这次的事儿明眼人一看便知是金怀种业在暗地里给我们来了这一招，我们是一点儿防范都没有。但就算他们不在背后搞鬼，‘北川稻 1 号’也迟早会退出舞台。”

“是呀，外面传闻很多，箭头都指向了金怀种业，但李所长实在没必要再查下去，既定的事儿，何必再自寻烦恼？”

“没错，君子报仇十年不晚，更何况林海省就这么大圈子，犯不着把人都得罪个遍，毕竟未来是年轻人的，老一辈的人应该少给晚辈带来负担才对。不过，哥，李所长这个人确实较真儿，我女朋友的父亲已经从农业局那边查过了，许三金确实收了金怀种业的好处，这说明掺假事件就是金怀种业整出来的。现在李所长也不怎么来单位了，自从销售团队解散之后，大家都在传省水稻所要改革的事儿，目前我们都在等省院的通知。”

“没想到这件事儿对你们所的影响这么大！李所长干了一辈子，到头来却没落个好归宿，就这么退了，实在是委屈他了。”

“委屈倒谈不上，我是觉得挺憋屈的。唉，一朝天子一朝臣哪，谁也不可能顺风顺水地过完一辈子。他们的恩怨咱们就不管了，眼下还是把你的事儿研究明白再说吧。”

“嗯，事实已改变不了，咱们是该把注意力放到有意义的事儿上。祥子呀，这次叫你过来我是有顾虑的，倒不是怕李所长有什么想法，但你也知道，我这个人在林海省不招人待见，你要是离我近了，我怕对你影响不好。”

“哥，你别忘了，我能有今天是因为你。现在你需要人手，我肯定要一马当先。”

崔挽明没有看错张玉祥。虽然张玉祥有些变了，变得喜欢炫富，但品性没变，至少对朋友是这样的。

交代完这边的收获工作，崔挽明便赶回凤凰城忙活育种材料的收获。近半年来，尹振功都没怎么和崔挽明沟通过工作上的事儿，难得崔挽明老老实实地在凤凰城待了一个月，尹振功便也放下实验室的项目，穿上工作服陪崔挽明一起下了地。

“尹老师，您那头忙，就不用顾我这边了，我找几个工人和研究生就能忙得过来。”

“挽明哪，当初秦老师把水稻育种的重担交给你的时候，我还有些不放心，但这几年下来，我要对你竖大拇指了。”

“哟，尹老师，怎么还表扬起我来了？别忘了，我可是犯过大错的人。”

“你那不叫犯错，是被小人算计了。这几年来你和钟实很辛苦，一年四季没有歇的时候，搞得家庭也很不和睦，这些院里都看在眼里。所以你看，院里面的教学任务一直没下发给你，也算是对你的工作的支持。你也不负众望，这几年审定了四个品种，虽然成果没有转化，但也算给院里立功了。现在林海省在调整育种目标，大家都跟风往优质米上靠，我看不是好兆头。”

“尹老师，没想到您成天坐在实验室里，居然对外面的事儿这么清楚，看来我还得多向您学习。”

尹振功扶了扶眼镜，故弄玄虚地说道：“真想学？”

“想啊，怎么不想？”

“好，那我今天就没白来。”

崔挽明见尹振功一脸得意，马上回道：“尹老师，您太不厚道了吧？我以为您今天是诚心来帮我干活儿的，搞了半天您在这儿等我呢？”

“哈哈哈，挽明啊，别忘了，再怎么说我也是你的硕士导师，搞定你还不轻松？不开玩笑了，跟你说点儿正经事儿。这几年我在这边哪，也在做一些育种方面的事儿。你是从常规育种的角度出发，我呢，从分子育种的角度进行研究。咱们实验室这些年发表了好几篇不错的文章，里面有几篇是研究抗性基因和高产基因的。我通过分子育种的方法，已经把这几种基因导入几个优质品种里，改良了它们的抗性和产量。现在我想把这些改良后的品种交给你来做，想让你从常规育种的角度再选择一下。毕竟有的品种现在世代低，性状不纯合，分离还很多。这方面你的经验和实践都比我多，品种交给你来做是最适合的，就看你有没有精力做这事儿。”

“分子改良？我也听说了，现在呀，有很多像您这样的学术型专家，也在搞这件事情。尹老师，您也知道分子育种现在还不被人看好，您费了这么大的精力，我担心出不了好材料。”

“是呀，你们搞常规育种的专家多数不认同我们搞分子改良这一套，但挽明，你不太了解这方面的东西，现在水稻基因组测序已经完成。将来改良某个水稻性状，很可能会精细到单个核苷酸的变异。你想想看，这是多么可怕的事儿。过去咱们在地里育种，凭借什么？一双眼睛、一杆秤、一把测量尺，得到的都是宏观的东西，现在能深入到具体染色体上的单个碱基来研究，那可是从本质上破解性状的遗传特性啊。”

“尹老师，我常年在地里，脱离学术太久了，听您一说我感觉自己落伍很多。没问题，不就是几个分子改良的材料嘛，只要不是转基因材料，种在大田里绝对没问题。您也知道，国家对转基因植株的种植是严格要求隔离的。”

“哈哈哈，不是、不是，我做的是分子标记辅助选择育种，和转基因无关，你尽管放心。”

崔挽明之所以没继续跟尹振功讨论下去，不是因为他被尹振功说服了，而是因为他尊重每个科学研究工作者的成果。不管尹振功的那一套他认不认同，都不能过激地表达自己的观点。正所谓没有调查就没有发言权，他想将尹振功改良的品种种一年之后再做定论。

不过他已隐约感觉到了尹振功的想法。自秦怀春退了之后，他们的实验室就没有正教授了，尹振功这两年虽然发表了很多文章，但要想在北川大学获得正教授资格，还缺一个专利或成果。他之所以来找崔挽明，也是想弄一个品种审定权在手里，但碍于崔挽明是自己的学生，便不好意思直抒胸臆。

好在崔挽明心里明白，把他的这个老师看得透透彻彻。但即便这样，崔挽明也没觉得尹振功有什么歪心思。尹振功不直言是可以理解的。况且这些年来，崔挽明搞育种所需的经费，但凡尹振功手里有，都会提供给他，可谓竭尽全力了。

考虑到这些细节，崔挽明在心里有了定论：来年的品种申报，他要挑两个潜力最大的品种，以尹振功为第一育种人进行申报，也算是报答尹振功这几年来的支持。何况他现在开的车都是当年尹振功留给他的，没有这辆车，他的不便之处可想而知。

利民食品保健有限公司的车陆陆续续地进入天源县，收上来的特种稻经过选种机清选之后，马上被拉回公司厂部进行加工包装。富含花色苷和原花色素的特种稻只进行糙米加工，因为这两种化合物基本附着在糙米外层。其余类型的特种稻均被加工成精米，抛光后加精包装，方算完事儿。

崔挽明亲自跟着第一批货，从入厂房到包装礼盒的形成，都亲自参与其中。虽然这批订单的成交价没有达到他的心理预期，但相比普通水稻的价格，老百姓已算打了胜仗。

这些天老百姓络绎不绝地赶到老郭的合作社，都来感谢崔挽明。老郭拿了条凳子坐在合作社的大门口，一边抽着烟，一边跟大家说："崔老师看到大家有钱挣就很高兴了。你们都回去吧，人家崔老师早就不在天源县了。哪儿像你们一样？收完地里的庄稼就到处闲跑。人家崔老师还有很多事儿，马上就要到三亚南繁。你们都回去吧。"

大家能不能见到崔挽明都无关紧要了，对崔挽明来说，老百姓能认可他，就证明他的出发点是对的。崔挽明的特种稻大卖的事儿也从小小的天源县传到了各大育种单位。大家正愁怎么摆脱"林育稻 1 号"的阴影，看到崔挽明另辟蹊径的做法，都醍醐灌顶般醒悟过来了。

好在现在的于向知腾不出时间顾及大家的动向。在他眼里，林海省的水稻育种家一下子成了小鱼小虾，他这只大鳄鱼可以肆无忌惮地在这片水域强势地生存下去，就算身边的鱼虾吃点儿他嘴里剩下的残食也无关紧要。

谢正言最近一直不敢往办公室跑，只要局里没事儿，就尽量在外面待着。谢正言的电话卡已经换了两张，但于向知还是能想办法联系上他。

无奈之下，谢正言只好找了间早茶小馆接待于向知的来访。

店里开门比较早，谢正言赶在第一壶水沸腾的时间过来，泡上了自己带的茶叶。这是多年来养成的习惯，再忙的事儿也阻挡不了他喝茶。一来二去，他和老板也就混熟了。所以别看外面的人越来越多，他还是能靠着这点儿老宾客的关系，赢得一间相对安静的包间。

于向知风里来雨里去的行事风格，哪里享受得了这个，进到包间的第一句话便是："哎呀，我的谢大局长啊！我都火烧眉毛了，您还有闲心品茶，真是不管老百姓的死活呀！"

谢正言一言不发，脸上不露任何表情，只端起一盏茶喂到嘴边，轻轻吸了一口，再闭上眼三两秒钟，才徐徐睁开。

他一伸手，道："于所长请。"

于向知一屁股坐下，给自己倒了一大碗茶水，咕咚咕咚地灌进了肚子里，一抹嘴说道："谢局长，我的好领导，这些天您跑哪儿去了？您没听说呀，省里下发了科学进步奖的申报通知，您倒是赶紧给我想想办法呀。"

谢正言放下茶盏，不紧不慢地说："于所长，有时候别怪我说话难听，省里、局里都已经这么帮你了，你还想要什么？人哪，不可贪得无厌，报奖你就报呗，跟我说也没用。我又不是决定者，也不是项目评审专家，你找我干吗呀？"

"哎，领导，少了您可不行啊。我们这种小单位没有领导的支持，省里的指标怎么会落到我头上？我看这次呀，还得借谢局长的面子用用。"

"面子？面子能当饭吃？这都什么年代了？幼稚。"

于向知当然明了谢正言的意思，当即便掏出一张卡，塞进谢正言的上衣口袋里。

"领导，您教训得是，买菜还得花钱呢不是？更何况这么大的事儿。下边的兄弟跑腿盖章，也该有喝水、吃面的零钱。”

“嘿，于向知，你这是干什么？拿回去，听见没有？你把我当什么了？我告诉你，报奖的事儿真不是我能决定的，也不是花钱就能办妥的，你别把什么事儿都往钱上靠。你要是这个态度，我现在就走。”

“谢局长，好、好、好，您息怒。是我不对，是我不对，好吧？报奖的事儿咱们不说了，今天我来呢，也是代表单位感谢省局对‘林育稻1号’的扶持。虽说‘师父领进门，修行在个人’，但省局不同，省局是我于向知的再生之地。谢局，您想想看，我能让别人骂我忘恩负义吗？不能。‘林育稻1号’今年赢下了市场，这不是我一个人的功劳，一大半功劳是依靠省局得来的。说实在的，我拿出这点儿心意，连我自己都觉得惭愧。但谢局长您得理解，我们现在的摊子铺得太大，来年运营成本还要往上加，只能说以后再补上，就是委屈了省局这边，还望谢局长不要责怪。”

谢正言眼珠子一转，咂了咂嘴，一巴掌拍到桌上，说道：“你看看、你看看，要是全省的育种家都这么理解我们省局的工作，那我们还用这么操心？每年的种子交换、试验部署、大田鉴评，哪一样我们不费尽口舌？不是我对林海省的育种家有意见，你放眼看看，现在的中流砥柱都是些什么人？首先一点，学历就不达标，一半以上的人是半路出家，正经科班的有几个？寥寥无几。你们这批人什么时候退了，我们的工作也就轻松了。现在的年青一代都是硕士出身，起点就比你们那时候高出一大截，遇到问题一沟通人家就能理解。”

“是、是、是，谢局长的话句句在理。我们老一辈虽然文化底子薄，但肯吃苦、能下地。年轻人也有年轻人的缺点，别的不说，你就说那崔挽明，放着好好的育种不干，偏偏跑去搞什么特种稻，这就叫不务正业，典型的脑袋钻到钱眼儿里了。”

“行了，于向知，人要学会知足。崔挽明是给老百姓解决问题去了，原则上是没有问题的，还轮不到你在人后面指手画脚。有的事儿该放就放，抓得太紧容易把自己也拽进深水区。”

谢正言的话点到为止。于向知留下的卡里具体有多少金额，谁也不知道。但于向知方才的那段话着实让谢正言听着顺耳，似乎收下这钱是理所当然的。

拜访完谢正言，于向知才回到所里，主持申请书撰写的分工事宜。曹海亮这几个月可谓干劲十足，自“林育稻1号”的转化奖金下来之后，他才终于尝到少数育种家才能品到的滋味，因此对于向知交代下来的事儿相当用心，以至于常常忘了自己的身份，从一个科室主任变成了一个普通员工。为了拿到最新的“林育稻1号”推广面积的具体数据，他一连跑了市推广站、省农业委员会、省种子管理局三个地方。回到办公室后他又开始整理数据，查找文献，列提纲，做图表。当然，具体的数据都由刘君计算，他还算科室里办公软件用得较好的一个。

于向知走进所里，转了一圈后脸色突然沉了下来。

“都放下手里的活儿，我怎么没看到何峰？人呢？”

大家互相看了看，谁都不敢回答。于向知盯住刘君：“小刘，何科长呢？我前几天已经嘱咐过大家，这次报奖对咱们所意义重大，如果不好好整理材料，一旦错过了，问题出在谁身上，我就拿谁是问。”

刘君看了曹海亮一眼，曹海亮赶紧避开他的目光。

“问你呢，看别人干什么？”于向知又逼问道。

“品质检测中心的徐主任那边三缺一，何科长好像在那边。”

刘君此话一出，所有人都把目光投向他，那种目光充斥着敬佩和藐视，刘君却不当回事儿。他在这儿混了这么些年，好歹也坐到了主任的位置，在何峰面前也不用再点头哈腰。领导提问，他不说又不好，只能实话实说。

“徐丽的胆子也太大了，上班时间组织大家搞娱乐活动，院里党支部就不管管？品质检测中心真是越来越不像话，走了一个腐败的白露微，又来一个不务正业的徐丽，照这样下去还得了？我就不信了。”

于向知火一上来便冲了出去，众人抬起头对着刘君竖起大拇指：“刘主任，你牛大了，何主任都敢得罪，你可真行。”

曹海亮走过来拍了拍刘君的肩膀：“唉，小刘呀，祝你好运。”

“一个个的干吗呀？我这也是为咱们所着想。再说了，刚才你们一个个装好人，坏事儿都让我做了，还要我听你们的风凉话，你们太不讲究了。”

那边，于向知已经坐着电梯到了品质检测中心的员工活动室，二话不说便推开了门。进门后，于向知直接走到麻将桌跟前，站到了何峰的背后。

徐丽见于向知脸色不对，有恃无恐地对何峰说：“何主任，你的领导来了。”

何峰哪里顾得上徐丽说什么。他今天牌运不佳，总想摸一手好牌，注意力都投到了桌子上。

“徐主任，你什么意思？赢了钱就撵我走？太不地道了，再怎么说你也得让我捞回点儿啊。”

“哟，何主任，你还差这点儿闲钱？我们可听说了，你们所今年单靠一个‘林育稻1号’就分了八百万。你在这儿跟我们叫穷，谁信？”

“哎，你们别不信，所里有钱是没错，但分到我手里的可没几个了。”

“何峰，你给我站起来。”于向知不来不知道，一来吓一跳。他怎么也想不到，何峰居然会在背后这么中伤他。

何峰这次算听清了，情急之下将手里的麻将一推，转过身来。

“于所长，你怎么来了？”

于向知不想在外人面前出丑，故转身走了出去。何峰将零钱从桌布下面翻出来，赶紧跑了出去。

于向知在一楼门口等他，准备了一肚子的话。何峰算是把于向知得罪了，诋毁领导，还是在外人面前这么说，这可犯了大忌讳。

“何峰，你嫌奖金少的话，从今天起你自己去挣。你们科室独立出去，我去院里帮你申请，建一个属于你们科室的账户，以后花钱自己想办法。”

于向知的这个决定不像是开玩笑，别人不了解于向知，何峰还不了解吗？这种人抓住机会肯定会清除身边对他有威胁的人，而在他们所的三个科室里，何峰的水稻育种资质是最老的，也是于向知在所里最大的威胁。这个时候选择将何峰踢出团队，在于向知看来最合适不过。

尽管后来何峰又是烟又是酒地赔礼道歉，但于向知已经对这些东西不在意了。每次所里开例会，于向知都当何峰不存在，就算何峰赖着不走，于向知也懒得理会他，完全采取了冷暴力方式对待他。

身陷困境的何峰有气无处撒，只得找曹海亮喝闷酒。但就连他自己都不知道，这顿酒居然成了刘君的命运转折的一个关键点。

崔挽明虽然成功地将特种稻高价卖了出去，帮老百姓获得了利润，但一点儿都高兴不起来。妻子海青出卖他的事儿，到现在他都没有回过神来，不管她是出于何种动机，崔挽明都不可能原谅她。

但为了给海青留下起码的尊严，他并没有细查此事，也算是为夫妻情分保留最后一点儿余地。

忙完地里的收获工作，崔挽明像往常一样来到理疗院看望苏玉，这是秦志杰离开时秘密嘱咐崔挽明的事儿。崔挽明每次来见苏玉都很费劲，秦怀春雇的保姆楚一茹还是那么难沟通，每次都和崔挽明周旋半天才放他进去。

“大姐，我就不明白了，怎么每次我来你都不让进去？苏玉是志杰的妻子，我来看望朋友生病的妻子，你应该通情达理些才对嘛。”

“妻子？哼，我可没看出她还有什么丈夫，自从我来到她身边，秦志杰就没回来过。这种人不配做她的丈夫，你们男人都一个德行，不是什么好鸟。”

崔挽明何尝不知秦志杰的性格？秦志杰大学的时候虽然叛逆，凡事都跟秦怀春对着干，有时候还挺有主见，但一遇到人生大事，便没有主心骨和话语权了。老师秦怀春又有极强的控制欲，对儿子做的事儿，十件有九件不放心。就拿秦志杰出国留学这事儿来说，和妻子的安危相比可以说不值一提，这一点也是崔挽明想不明白的地方。在他的印象中，秦志杰不是无情无义的人，可怎么突然就变成了这样？这中间到底发生了什么他不知道的事儿？

“人家夫妻之间的事儿，咱们外人哪儿懂？你干好本职工作就行，最好别过问。”

说来也巧，崔挽明每次过来时都能碰见苏慧，两人已经很久很久没坐在一起说说话了。

苏慧依旧不爱闲聊。自离开秦志杰之后她一直没找别人，虽然工作上很如意，但感情生活几乎空白。看着这位老同学难挨的境遇，崔挽明心里也不痛快。

“你应该走出来。当年你和志杰不是没有感情，那时候我不理解志杰的决定，经历了婚姻生活后才明白，那时候你们确实在沟通上出了问题。他那时候像一匹野马，渴望能有一片草原，但你求的是安稳生活。”

“没想到连你都替他说话，你也觉得是我的错？”

“不，苏慧，我是说你们两个人不适合，你明白吗？我不想让你这么痛苦，你姐的事儿已经让人够难受的了，我们都希望你能过好。”

苏慧沉默了半天，端起咖啡喝了一口，突然问道：“崔挽明，你和老师最亲，你觉得他这个人怎么样？”

“老师对我有恩，对咱们几个都很照顾，你和刘君能上省农科院还不是老师的功劳？怎么这么问我，看来你是有意见咯？”

苏慧把头转到一边，神情有些无奈。她看着外面的树叶一片片往下掉，树叶枯死后还能翩翩起舞，苏玉一个大活人却只能躺在病床上。

“怎么不说话，还在为你姐难过？”

“崔挽明，她为什么会这样，你难道就没怀疑过？”

“你到底想说什么？”

“哼，我姐肯定是被人害的，她不可能平白无故地就大脑出问题。”

“你也看到医院当年出的检查报告了，没有问题，不要给自己这么大的负担。”

“说不定医院也有问题。还有秦志杰，你说他还算人吗？妻子昏迷不醒，他却跑到国外深造，我是想不明白的。”

“嗯，苏慧，这一点我和你有相同的感触。以我对志杰的了解，苏玉算是和他比较投缘的人，按理说志杰应该会把她看得很重才对，可偏偏他没有。这个问题的答案恐怕只有等他回来才能知道了。”

两人在短暂的闲聊之后就散了。关于苏玉突如其来的病症，崔挽明一开始就不得其解，不过随着工作的繁忙，这个问题便被他忘得一干二净了。现在提到秦志杰，他又不得不重新把这个问题翻出来思考。

那段时间发生的事儿总是那么奇怪，紧接着他的品种就被于向知盗了，这些看似毫无关联的事情能否找到共同的结点，还是一切都是他想当然了？所有的衔接点都缺乏关键的信息，所以一切猜测都站不住脚。

站在理疗院的大门口，崔挽明看着二楼朝南面的窗户，总觉得有些不对劲。秦怀春的退休金虽然不少，但他实在没必要将苏玉安置在这个地方，还专门雇了保姆来看护。三五个月的费用还行，但这个状态已经持续两年多了，如此大的开销，不像是秦怀春能负担得起的。

崔挽明想到这里，身子战栗起来，随即将这个想法扼杀在内心里，再不敢轻易地拿出来揣测。

崔挽明本想找楚一茹再了解一下苏玉的情况，但刘君的突然来电让他不得不提前去一趟省农科院。人还在路上，他就着急忙慌地给刘君打去了电话。

“我说你怎么那么糊涂？你都工作几年了，还犯这种错误？

何峰是什么人？你去招惹他？”

“我也不知道于所长会生那么大的气，现在于所长提出让何峰独立出去，我看是早就预谋好的事儿了。”

“你以为呢？于向知借你的手砍掉一个分羹的人，何乐而不为？你这个大善人做得可真好。”

“不至于吧？大家在一起共事这么多年，怎么能因为这点儿小事儿说踢人就踢人？太不近人情了。”

“行了，等我到了再说。”

通过对事情经过的了解，崔挽明十拿九稳地下了结论。

“你的这位何峰同事犯错犯得不是时候，以我对于向知的了解，何峰这次是翻不了身了。”

“就因为这点儿事儿？”刘君觉得于向知小题大做，有些过头了。

“当然不是。你想想看，何峰以前也经常在工作时间打麻将吗？”

“打呀，他以前也打。你知道的，我们单位一闲下来，根本不知道干什么好。”

“既然这样，为何于向知以前不拿他问责，偏偏这个时候拿出态度？”

刘君想了半天，没有确切的结论。

“过去你们所的三个科室之所以抱在一起，是因为省水稻所压着你们，还有我们北川大学也在你们之上。你们相互取暖，犯点儿错当然不算什么，谁也不会追究。现在不一样了，你们成了大红人，自然就成为焦点，稍有不慎就会有把柄落在别人手中，所以于向知不会允许你们在这个时候犯错误。另外，你也清楚何峰在同行眼中是什么人，鸡鸣狗盗的事儿对他来说是家常便饭，谁都知道他根本不会搞育种，手里的材料都是到处偷来的。这样的人在过去是于向知的得力助手和爪牙，但现在于向知首先要注重的就是形象问题，所以为了长远考虑，不会让何峰这样大大咧咧又不守规矩的人留在身边。”

崔挽明的一番话让刘君听得瞠目结舌。崔挽明竟然能把问题想得那么透彻，而刘君跟在于向知身边好几年，居然还不及崔挽明对于向知了解得多，真是让刘君羞愧不已。

“你真这么觉得？”刘君虽然觉得崔挽明的思路无可挑剔，但还是有一丝疑虑。

“刘君，现在‘林育稻1号’成了林海省的明星品种，你留在这里至少可以好好挣点儿钱。要不是因为这个，我早就劝你离开于向知了。你跟着他，迟早要出问题。”

“挽明啊，我知道你对于所长的成见很大，但这些年不管他在外面怎么为人处世，对我一直都不错。咱们今天就事论事，不谈于所长。”

“那好，咱们说说何峰。得罪谁也别得罪小人，这么简单的道理你都不懂吗？何峰找你都说什么了？”

“他能说什么？他把我堵在单位门口，就差动手了。”

“曹海亮这个人以前挺老实的，怎么现在也学会在背后嚼舌头了？”

“曹哥？怎么还有他的事儿？”

“你们所就你们三个科室主任，我跟你说，于向知不想让何峰留下是因为怕给自己的事业发展带来麻烦。曹海亮呢，别看他成天不放一个屁，何峰一走，你就是他最大的竞争对手。于向知升上去之后，你们所谁来主持工作？你不想这个问题，自有人来惦记。所以曹海亮巴不得何峰在走之前捅你几刀呢。”

“挽明，你把大家想得太复杂了，不至于吧？曹哥一直很照顾我的。”

“那是之前，以后就未必了。既然你得罪了何峰，挽回关系是不可能了，就看于向知怎么收拾他，要是给他留口气在，你们的日子都不会消停。不过何峰这个人爱财，实在不行你就意思意思，就当是赔罪了。见钱眼开的人，你就得这么对付，虽然不见得他会领情，但多少能起点儿作用。”

刘君知道，崔挽明但凡能给他好建议，肯定不会憋着。现在看来，他实在没有好办法了。刘君也清楚，如果不跟何峰把问题解决掉，今后在工作上肯定会被何峰下绊子，毕竟人家在这里的时间比他久，人脉关系网比他牢固，想收拾他也不是什么事儿。

何峰做梦都没想到，在刘君订好的包间里居然会出现崔挽明，陪同的还有苏慧以及省局的芮静。

“哟，这是什么局？我怎么糊涂了呢？刘君，我是不是走错屋了？”

见何峰走进来，崔挽明带头站了起来：“何主任，快来、快来！没有错，等的就是您。这一晃四年过去了，咱们也一直没时间聚聚，今天刘君把您请过来，我们才有机会再聚在一起。”

何峰看了看大家，平日里大家根本不怎么接触，坐在一起把酒言欢实在有些别扭。他把手一抬，道：“刘君，你什么意思？别给我耍花招啊。我跟你的关系还不到吃这种饭的地步，要谈事情咱们单独找地方，这些人我不熟，要吃你们吃，我先走。”

何峰刚抬脚，就被崔挽明拦了下来。

“怎么，还不让我走了？”何峰脸一沉，狠狠地盯着崔挽明。

“何主任，您真是想多了。四年前我去海南，您还请我喝过酒，我啊，那时候穷，也没钱请您喝酒。今天刘君做东，我算是来蹭吃蹭喝的，喝不喝酒你来定，大家聚在一起就是缘分，进来了还走什么走？”说着，崔挽明便把何峰按到座位上。

崔挽明一边倒酒一边解释：“何主任，今天呢是我们唐突了，本来是您和刘君的事情，我们做外人的不好插手，但说到底都是咱们水稻行业的事儿。您说您辛苦育种这么多年，大家都看在眼里，没有功劳也有苦劳。我这个兄弟不会做事儿，没承想得罪到你头上了。您看这样行不行？我先喝两杯白的，一是向何主任学习育种精神，二是替我兄弟刘君道个歉。他怎么表示我不管，但这两杯酒我必须喝。”崔挽明说着就把倒出来的水井坊白酒喝了下去。刘君抬手想要拦下，被崔挽明一把推开了。

何峰嘴里叼着烟，乜了崔挽明一眼，嘴角一撇，笑道：“怎么，欺负我不会喝酒是吧？”

“何主任，哪里敢？在您面前我们原来是不敢喝酒的，只是我们做弟弟的不拿出态度来，让你这当哥的怎么举杯发言？再说了，今天有省局的朋友过来，也都是来向何主任学习的。”

何峰一听到“省局”二字，用眼睛把他们扫了好几遍，还是没看出来。

“何主任，怎么，连芮主任都不认识了？你要知道，品种审定的生杀大权可都捏在她手里，今天不多喝两杯怎么行？”

崔挽明边说边用眼睛瞥了一下刘君。

“峰哥，挽明这么说话，我只能先喝再说了。”刘君赶紧应下，也是连着两杯酒下肚。

一旁坐着的苏慧和芮静看到眼下的场景，心里起了一层疙瘩，站起来赶紧给他们二人倒温开水。

刘君把杯里的开水倒掉，对苏慧说：“这是我峰哥，我能端着开水敬我峰哥酒吗？你让开。”

苏慧瞪了他一眼，小声嘀咕道：“不识好人心的东西，喝死你活该。”

芮静一把将她拉下来，赶紧给她夹菜，示意她不要管。

“峰哥，今天把您请过来呢，没有别的意思，就是专门给您赔罪的。千错万错都是我的错，我这张嘴生错了地方，该好好说话不好好说，结果让您在领导面前栽了跟头。这件事儿是我——”

崔挽明一听刘君说话的口气就感觉不对劲，赶紧把话接过来。

“领导也分很多种，有的通情达理，有的呢，你再怎么付出他也看不到，也不会跟你讲情义。不怕何主任笑话，其实呀，我早就想让刘君离开育种所了。别的不说，自他进了育种所，凭真本事把曹海亮的科室带到了育种事业上，领导倒满意了，但你问问刘君，这些年他回过家吗？根本没有机会，为什么？还不是领导私心重，逮到一只蛤蟆就恨不得将它捏出尿来才罢休，不好伺候哇。”

何峰吐了一个烟圈，端起酒杯闷了一大口，将其重重地放在桌上。

“刚才我是气糊涂了。芮主任实在太漂亮了，走出办公室就是不一样。说真的，我刚才都没敢多看两位美女。既然今天芮主任在这儿，我就不绕弯子了。”

“何主任，今天我们就是来听你说话的，放开说。”芮静像是发号施令一样，别看她是个女同志，但气场很稳。

“他妈的于向知，给他脸不要脸，真以为老子这么好欺负？老子这些年走南闯北就差没下地狱了，为的什么？我还不是为了给所里跑效益？现在他走狗屎运上去了，想一脚把我踢开，这种忘恩负义的小人，我不会放过他。”

崔挽明的话果然奏效，不但带动了何峰的情绪，将他的注意力从刘君身上扯到于向知这边，还彻底激发出何峰心里的不满情绪。听他这么说，崔挽明知道，真正让何峰犯恶心的人是于向知，何峰也看清了于向知的丑恶嘴脸。刘君在此事中顶多起导火索的作用，崔挽明对于向知的一番推测无疑是正确的，于向知早就准备收拾何峰了。

趁着何峰情绪高涨，崔挽明又来了个火上浇油。

“何主任，就凭你的能力，自己干就自己干，于向知没了你是他的损失。他半夜睡不着的时候也不起来想想，这些年育种所审定的品种，哪个不是你何峰弄出来的？你留在那儿反倒耽误自己，不如走出来自己起家。”

“没错，要是没有我，他于向知什么都不是。我走的时候，手里的育种材料一份都不会给他留。”

“那些品系都是你多年的心血，当然不能留给他了，带走是应该的。”

那天晚上崔挽明和刘君都喝多了，为了他的好兄弟，崔挽明可谓仁至义尽。从饭店出来的时候，崔挽明打了一辆车，把何峰往车里一塞，拎着他的手提包将他送回了家。

出租车一走，刘君就蹲在路边吐个不停，恨不能将五脏六腑都给吐出来。他的心似被烈酒烧焦了，他的大脑也似浸泡在酒精里。芮静双手拽着他的胳膊，怎么都扯不动，但又不能让他瘫在地上，就只好用脚背垫住他的脑袋。苏慧十分钟后才从药店回来，买了好几瓶醒酒药。说实在的，她从来没见刘君和崔挽明这么凶地喝过酒。也许她不常出入这样的酒局，所以难以理解他们这么拼命的原因。

醒酒药进入刘君嘴里，刚碰到胃黏膜，胃就猛烈地抽搐，喝进去的药不得不被逼出来。他抱着脑袋，咬着牙，他的世界在一页页地翻腾，错综复杂，来回穿插。每次喝完酒他都会想起崔小佳，然后开始挣扎、痛苦。五年前他将育种作为一生的事业去追求，五年后的今天，他跌跌撞撞地往前走着，买了车，存了钱，过上了平平常常的日子。前几天，于向知又给他发了厚厚一沓的奖金，为他的事业加油助威。他体会到了追逐理想的感觉，这种感觉跟喝醉酒一样，同样是天昏地暗，同样是五味杂陈。

他太难受了，在地上来回打滚。他难以放下那段校园爱情，每当身体和精神脆弱到极点的时候，就不觉得理想有多值得。过去五年，他活在一个冷冰冰的世界里，听命于领导，期待上天少有的眷顾。他忘记了温暖是什么，曾以为那团温暖可以放在身体的某个角落里好好储藏，时机到来的时候再用以取暖，但不是这样的，有的东西一旦被藏起来，便再也找不到了。

苏慧和芮静搀扶着他走在路灯下，光影像一把温柔的筛子，将他们的身影割裂成一个一个圆孔。刘君闭着眼睛，感到了光的存在，但没有办法享受，胃黏膜已经被破坏，直到他终于压制不住内心的烦闷，吐出一口血。

崔挽明是第二天才得知刘君胃出血的事儿的，到医院看他的时候，他的嘴唇有些发紫。刘君不愿看到崔挽明，只要见到他就想流泪。站在刘君面前的是他一生都值得信赖的兄弟，崔挽明做了能做的所有事儿。

“挽明，昨晚……”

“放心，你准备的心意我都给何峰了，只要今后他不来找麻烦，一切都是值得的。”

"嗯，这样就好。挽明，你知道吗？我突然有些想家了，这几年太忙，一直没时间回去。等我出院了，我想回一次家。"

"你小子也有感叹的时候，怎么，你不是硬气吗？顶不住啦？"

"咱们不是钢铁铸的，是有血有肉的，虽然现在不能说衣锦还乡，但也算马马虎虎了。不知道为什么，这顿酒让我想到了很多事情。也许我该重新做一次选择。"

"啊？你有病吧？选择什么？选择崔小佳？"

刘君把眼睛闭上，没有回答崔挽明的问题。崔挽明看着刘君的背影，深深地感叹道："既然相离，又何必相依？五年了，我一直在劝你，可你呢？你一直不听我的话。小佳已经结婚了，你还是放不下她。"

刘君背对着崔挽明，听到这些话，眼泪簌簌地淌了下来。

崔挽明看着刘君，除了心疼没有别的感觉。有时候他很羡慕刘君和妹妹的爱情，相识在青葱岁月，可以细水长流地想念对方，爱情该有的样子不会随时间的流逝而消失，时间的流逝只会加深思念的重量。而他呢？他和海青在茫茫人海中相遇，未能相知便错爱一场，还没来得及尝够爱情的滋味，就转而被脆弱的家庭拖进了深不见底的黑洞，爱情因缺氧而熄灭，剩下的无非漫长的精神分解和无尽的痛彻心扉。

粮战

下册

洛明月 著

青岛出版集团 | 青岛出版社

第十三章

销售战

崔挽明没在刘君面前提及，那晚他喝醉回到家后的境遇——海青让他在卫生间睡了一晚上。所以第二天去医院看刘君之前，崔挽明做了一个重大的决定——他要把房子还给秦怀春，因为这个屋子里没有爱了。到目前为止，崔挽明的银行卡里只有一万来块钱。他把自己的积蓄全都给了海青：她的化妆包，她的衣柜，她的大小假期。他不曾给自己留下什么，甚至每月只能给老家的父母邮寄三百块钱，因为他想把所有的爱都留给家庭，以此来赎他没有时间陪伴家人的罪过。他一直认为，自己能在省城安置个家就算这辈子最大的赚头了，其余得到的东西都算额外收获。他把自己放在很卑微的位置，换来的却是更为卑微的下场，就连被妻子出卖，被戳破底线，他都可以忍受。

现在看来，他的付出成了泡沫，这一切并没有在他人生的画卷里留下哪怕精彩的一笔一画。他除了忧伤地沉默，就是沉默地忧伤。

秦怀春联系了政府大院里的幼儿园，把孙子秦勉送了进去，每天上午他都会到省老干部活动中心下下棋、打打乒乓球，累了就跟大家泡壶茶喝。到了中午，他便散步去接孙子。

这天他茶水喝得太快，提前来到了幼儿园门前。当他看到崔挽明也在的时候，脸一下子就绷了起来。随后他笑了笑，抬手跟崔挽明打招呼。

“老师，您过来了。”

“你呀你，越来越精了，什么时候把我的底摸得这么清？”

“主要是不敢打扰老师休息，他们说您和退休干部一起待在活动中心，我没敢去打扰，只能在这儿等了。秦勉上幼儿园的事儿，我从楚一茹那儿知道的，前几天我刚去看了看苏玉。”

“是吗？志杰有你这样的朋友，值了。他这几年到国外进修是我的主意，我知道外面的人在说什么，我对志杰可能有些严格了，但将来他会理解我这份苦心的。我一个老头儿该得到的东西都有了，别人怎么骂我都无所谓了。我就是多了一份心，你师母在世的时候总说我是操心的命，没想到让她说中了，她撒手一走，我不操心志杰，谁还来管他？以前你师母总怪我没多帮帮志杰，没利用手里的关系给志杰找个好去处，有一段时间我挺后悔没听你师母的话，后来想想，我要是真那么做了，恐怕只会害了志杰。”

“老师，您和师母是严父慈母，我相信志杰终究会理解的。您千万注意身体，志杰回国后肯定能自食其力，您就不用再操心这些事儿了。他还有我们这些同学、朋友，大家将来都会互助互爱，每个人的日子都会好起来的。”

“有你这句话就够了。挽明啊，你不来找我，我都想上门找你一次。”

“老师找我有事儿？”

“你小子偷偷地搞出个特种米，听说在市里卖得还挺好。我当年一眼就看出你的与众不同，你有种啊，顶着那么大的压力往上冲，于向知刚把你的东西夺走，你还能做到心神不乱。挽明，好好干，你一定能成大事儿。”

“老师呀，我这也是没办法。您知道我在北川大学自行组织了一个专家团，配合新农村研究院共同组建了一个三农帮扶梯队。我也是下去之后才发现了问题，然后才有了解决问题的想法。”

“所以你就想到了特种大米？”

“大米注重品牌，特种稻较普通稻子虽然有它的优势，但还是太小众化，目前的创新还远远不够。我现在把特种稻定义为营养功能型大米，但和市场上众多营养类产品相比，大米一点儿优势都占不到。现在市场能接受它，是因为它带着新鲜的元素，但这不是长久之计。我想了想，要是没有更好的创新点，这件事儿也只是昙花一现。”

“你想太多了，市场的东西谁能说准？你不要太悲观，至少现在看，市场反应是良好的。”

“看看吧。老师，今天我来是要向您交代一件事儿。”崔挽明和秦怀春谈了半天，终于抛出了来意。正值幼儿园开园时间，两人先把秦勉接上，才开始谈正事儿。

秦怀春已经感到崔挽明心里有事儿，故走了几步便停在了路边，摘掉眼镜，掏出眼镜布擦了擦。

“有事儿就说吧，挽明。我看你憋在心里半天了。”

崔挽明从来没在秦怀春面前抽过烟，但此时抽了一根出来。

秦怀春看了看手里牵着的孩子。崔挽明赶紧将烟放了回去：“老师，志杰马上要回来了，我想把房子还给您。您也知道，当年志杰因为这事儿跟您闹得很不愉快，别为了我一个外人激化你们父子之间的矛盾，这样我就成罪人了。借您的房子住了这么些年，我崔挽明就算肝脑涂地也无以为报，尽管现在我也不宽裕，但跟刚毕业那时候比，生活改善了很多。”

“你等等，怎么会有这种想法？我给你房子的时候就跟你说过，什么时候你有能力买房了再还给我就行，志杰那边你不用有顾虑，我有我的想法。”

“不、不、不，老师，这件事儿说什么也不能听您的，您对我已经做得够多了。这辈子能跟着您学习育种，是我的福分。自从您第一次带我下地，咱俩就算结下师生情了。作为老师，您把毕生所学倾囊相授，学生深感荣幸；作为长辈，您帮我解决了生活的一大难题。但老师，我终有一天要自己站起来的，所以请您同意学生的请求。我这几天就把墙刷一遍，给您重新换上马桶和橱柜，到时候志杰回来就可以入住了，省得你们还为这事儿操心。”

秦勉有些饿了，他的小手一直被拽在秦怀春手里，眼睛死死地盯着这个耽误他吃饭的叔叔，有了些小情绪。

“爷爷，回去，爷爷。”

秦怀春一把将秦勉抱起来，指着崔挽明问：“秦勉，你告诉爷爷，你长大以后要不要像叔叔这样当个科学家？”

秦勉还小，不懂得科学家是什么，有些不耐烦，将头转过去，用手挠秦怀春的头。

“挽明，搬出去可以，但你上哪儿住去？丈母娘那儿？”

“我昨天联系了学校家属区的一栋老楼，那边租房子便宜，我打算搬过去，离学院还近，干什么都方便。”

“挽明啊，都怪我，那些年我在北川大学的时候一直不想让大家搞品种经营，一门心思只想把育种干好，没有照顾到你们年青一代的感受。要是我当时带着你们卖点儿种子，把审定的品种都转化出去，大家的日子也能好过一些。我一直没跟你说，尹老师在我离开北川大学之后就再也不干育种了，也是这个原因。他现在有了自己的一摊事儿，其实挺好。我现在对你们没有任何要求，不管你们做什么，只要能把日子过好——当然犯错的事儿咱们不做，责任可以扛，但别给自己太大压力。”

秦怀春能说出这样的话，足见他内心那道不可穿越的铁墙在慢慢打开。过去他把事业看得很重，也看得很纯净，容不得半点儿金钱的介入。但现在他理解年轻人了，理解他们干事业不但是为了理想，也是为了养家糊口。纯粹地为事业献身本身就会带来失衡，没有回报的付出就等于无止境地掏空家底，秦怀春不认为这样做有什么好处。到现在为止，让他耿耿于怀的便是老伴儿的过早离世，当年家里要是有足够的钱，李婉琴也不至于到了癌症晚期才进医院。李婉琴对病情的隐瞒直接给秦怀春造成了不可挽回的人生遗憾，单从这件事儿来看，金钱的重要性不言而喻。

而正是秦怀春的一生清誉，才带来这样一种遗憾，叫人悲叹，也叫人钦佩。但忠于事业还是忠于亲情，二者孰轻孰重，似乎成了秦怀春和崔挽明共同面对的问题。只不过，秦怀春走在前面，做出了自己的选择。崔挽明似乎也有了选择，但这个选择会不会让他老来后悔，一切还不得而知。

得到了秦怀春的默许，压在崔挽明心口多年的石头终于放了下去。崔挽明把这个消息告诉海青之前，已经找丈母娘谈了半天，丈母娘尊重他做的决定。

海青得知消息的时候，感觉一下子天旋地转起来。崔挽明如果不说这件事儿，她甚至忘了自己住的地方还不是自己的家，忘了这只是个借居地。她瘫坐在沙发上，任由儿子崔卓满屋子跑。

崔挽明抱起儿子走到窗户边，一句话没说，等待着海青的回应。

“这么重要的事儿，你应该跟我商量之后再做决定，为什么要私自找秦老师？”

“海青，你觉得咱们之间还有爱吗？这里已经没有爱了，这些年你忍受着婚姻的折磨，我也活在折磨当中，你有你对生活的期许，想让崔卓受更好的教育，我也想，但我现在做不到。”

“你当然做不到，你把所有精力都用在了外面。”

“但起码我做了我能做的全部事情，而你呢？你私下里做了什么？”

“没错，我就是偷看你的田间记录了，那又怎么样？你现在越来越像你那老师，典型的死要面子活受罪。我嫁给你快三年了，到现在根本看不到希望。你手里那么多好的水稻品系，为什么不往外卖几个？一个品系能卖几十万，你非要讲究原则。”

崔挽明听到这里，藏在心里的伤口一下子被撕开，怒火喷涌而出。他从来没对海青生过这么大的气。

“真的是你？前段时间丢稻子的事儿有你的份？”

“没错，就是我。实话告诉你，你那些品系我卖了七十万，要不是他们的车开到半道翻到沟里去了，这笔钱足够咱们家好好改善生活了。”

崔挽明把崔卓抱到卧室，关上窗户，将他锁在里面，然后出门直接走向海青。

“我要跟你离婚。”崔挽明说得很是干脆利落，已经没有必要再客气。

海青愣了半天，道：“什么？离婚？”

“没错，离婚。”

“凭什么你说什么就是什么？我不同意。”

“你不配做崔卓的妈妈，我崔挽明也没有你这样的妻子。你明知水稻育种对我的意义，却干出这种事儿来。你卖的不是品系，是我身体里流淌的血，把我的心血卖给别人，这就是你所说的改善生活的办法？这件事儿没有商量的余地，这婚必须离。”

崔挽明说完这些话，进屋抱着儿子就要出门。海青还没反应过来，脸色苍白，感到天要塌下来了。她以为自己的做法能为家庭解决很大一个问题，但没想到会事与愿违。她以为这件事儿会神不知鬼不觉地过去，但今天崔挽明把她逼到了死胡同里，她不得不道出来。

这一道，意味着她和崔挽明短暂的婚姻彻底结束。

崔挽明的离婚无疑是令人伤感的，但在他看来，这恐怕是唯一让彼此解脱的方式了。

凤凰城的冬就像一片长满冰凌的铁片，铺在了崔挽明的脚前，他想跨过去，却连抬脚的力气都没有。

秦怀春得知崔挽明婚变的消息后，在大厅的阳台上坐了整整一下午。他望着窗外的阳光，那么温暖，那么舒坦。但他相信，外面的风一定是凛冽的。外面的人的心在凛冽的风中来回摇摆，有的人撑不住，不得不倒下，最终成为季节的陪葬品，只有为数不多的人才能在风雪中挺过来。秦怀春坚信崔挽明能跨过这道坎，重新拾回他的灿烂人生。

他没有给崔挽明打电话。他知道，内心的坚韧让崔挽明没有办法脱离理想的负担和崇高的职责。尽管崔挽明知道这样做会牺牲掉大半部分家庭生活，但同时又明白，家庭生活也好，工作生活也好，都是他人生的一部分。所谓的家庭生活不过是一种难得的放松和享受，如果不是这样，那家庭生活将走向萧条，谁也无法挽回。

崔挽明担心，儿子跟海青一起生活会给儿子的成长带来消极的影响，但刘君的意见正好相反。

“挽明，没想到你和海青的关系到了这个地步，我们以为……”

“刘君，看见了吧，这就叫‘道不同不相为谋’，得亏你没跟我妹妹在一起，要不然你们也……”

“少给我扯别的，在这儿说你呢，先把自己的问题解决好再说别人的事儿。你以为现在你很光彩？”

“不光彩又如何？你是了解我的，虽然婚姻值得尊重，但人在婚姻中也是需要被尊重的。反正孩子不能给她，实在不行，我只好走司法程序。”

“算了吧，挽明。好歹夫妻一场，海青虽然做了对不起你的事儿，但人家在你最困难的时候嫁给了你，足见她本意不坏。”

“你体会不到我的感受。你知道吗？自结婚之后，每天我都害怕回家，因为我挣得少，心里没底呀。我越是着急地想给她好的生活，越是抓心挠肝地难受。直到她第一次跟我谈到孩子的教育问题，我真正感觉到了压力，意识到金钱的重要性。一个女人能把心思放在孩子的成长上面，我其实应该感到庆幸，但她太咄咄逼人了，我回家之后连头都不敢抬起来，害怕看她那双眼睛，只要她看我，我就恨不能躲起来。”

“你就知足吧，你还有个家，我呢？光杆司令。”

"要我说，你就跟省局的芮静发展发展，我看她其实挺好的，这几年没少帮北川大学的忙，有什么消息都第一时间通知我，很够意思的一个人，关键是她从不伸手拿东西。"

"哟，你对人家的评价这么高，难不成你有想法？"

"我跟你说正经的，少给我戴帽子。我现在浑身大包，还不知道找谁挠去，你就别挖苦我了。说说你的想法吧。"

"这种事儿，我们外人不好提建议，孩子是你们俩的，跟谁过我们外人无权干涉。从情理上说，孩子跟着你合适，不过……"

"不过什么？"

"从现实的角度来看，孩子跟着你恐怕不太合适。"

"刘君，你就这么给我提建议？我是让你支持我的，有你这样的朋友吗？"

"挽明，我说的就是很现实的事儿。别的不说，我就问你一点，孩子眼看就要上幼儿园了，你有时间接送孩子吗？孩子的生活起居你有时间管吗？你有过周六、周日、节假日吗？你是打算背着孩子工作，还是找个保姆帮你看？这些问题你要是能解决，我举双手支持你。"

刘君的问话让崔挽明哑口无言，崔挽明光想着如何得到孩子的监护权，却忽略了细节和关键问题。不用让他来回答，答案就摆在那儿：崔挽明当然做不到这些，除非他辞掉工作或者找个保姆。

"你犹豫什么？保姆就不用想了，你那点儿工资请不起保姆。再说了，你成天出差，别说让保姆照顾孩子，就算是亲戚朋友，恐怕你也不会放心。反正现在事已至此，你结婚的时候我就觉得你有些冲动，没想到离婚的事儿你也草草了事，欠考虑是当然的了。我劝你还是别走司法程序了，就算你们打官司，最后法院还是会把孩子判给海青。"

"刘君，过去我欠孩子太多，这次无论如何我都要争取，我可以在工作上少花些时间，我真的需要陪伴他成长。"

"你说得容易。我就问你，现在你们徐处长让你马上去三亚处理试验基地建设的事宜，你说你去还是不去？孩子交给谁？”

崔挽明又一次哑口无言，不得不正视自己的处境。钟实等不及崔挽明处理完婚姻变故的事儿，提前去了三亚。

特种稻的成功也让崔挽明的工作量翻了几番。今年南繁的工作重心是特种稻制种，为了解决这件事儿，老黎专门给他找了四十亩水田。崔挽明跟尹振功商量后，决定这笔承包费由课题组来出。虽然老郭的合作社今年挣了钱，但在前期的宣传工作上，他已垫付了十几万的成本，对崔挽明可谓仁至义尽。现在老郭又提出付水田的承包费，崔挽明说什么也不同意。只是现在崔挽明腾不出手，只能麻烦老郭亲自去三亚替他跟老黎完成交接。

老郭还没怎么见过曹海亮，到了三亚才弄明白，老黎弄的这块地和曹海亮新承包的地挨在一起。冤家路窄的局面让老郭心头很不爽，他几次要跟崔挽明反映都被钟实拦了下来。

“挽明家里出了变故，心里已经很不痛快了，这点儿小事儿就别让他操心了。”

“可你知道的，崔老师最不喜欢跟别人凑热闹，他跟于向知一直势不两立，现在曹海亮在这儿，这不明摆着要干仗嘛。”

“忍忍就过去了，咱们特种稻刚起步，不能意气用事，凡事都要忍耐。”

老郭和钟实虽然这么想问题，但曹海亮可不这么认为。以前的曹海亮还算本分，就连让他搞育种这件事儿刘君都跟他沟通过十来次。当年见何峰做品种转化挣了大钱，曹海亮心里痒痒难受得没处说，一直憋到今年。

“林育稻 1 号”挣了大钱，曹海亮自然跟着沾光，二十万的奖金可不是小数目，干工作二十多年，他从未在领导手里接过这么多钱，这个梦想终于让于向知帮他实现了。他现在除了感激于向知，在别人面前还有种强烈的优越感。

自从知道崔挽明承包的地和他的挨在一起，不管有事儿没事儿，他基本上天天要过来晃荡一趟。他来了就背着手，站在田埂上，看着地里的工人，稍有不对的地方便开口训话。

"你们几个都小心点儿弄，知道我要种什么品种吗？整地整不好，影响到我们制种，谁也负不起这个责任。"

骂完工人之后，他便转过来看看那边的钟实和老郭。老郭眯着眼看着曹海亮，吐了一口痰在两块地的交界处，随后瞪了他一眼。没想到这一眼居然把曹海亮的兴趣勾了起来，他竟然走了过来，表情严肃，活像个大领导，双手还舍不得从后背放下来。

"我说这边怎么这么热闹，原来是老朋友哇。钟哥呀，我前段时间听说你退休回老家了，怎么又回来了？还跟崔挽明干哪？"

钟实把手里的锄头收回来，转过头道："曹科长好眼力，还能认出我？"

"哪里的话呀，在林海省混水稻业，不认识钟哥行不通啊。"

"你忙你的，我们还有事儿，不说闲话了。"

"嘿，老哥，咱们大老远来到这儿做了邻居，这个缘分可不一般哪。晚上你到我那儿，我还有不懂之处想请教老哥呢。"

"曹科长见笑了，你请教谁也不如请教你们领导，他可是大育种家。"

"嗯嗯，这个倒是没错。现在我们正在写一个项目，听说上面已经批了，到时候我们于所长当了项目首席，一定会把项目子课题分给你们来做的。到时候你们想要做哪方面的项目，直接找我就行，我去帮你们跟于所长谈。"

钟实做梦都没想到，曹海亮作为于向知的走狗，升天后还不如狗，重重地憋了一口气，说道："曹科长，我们做不做项目还轮不到你们指手画脚。我可以很负责任地告诉你，只要于向知在任，我们北川大学水稻研究所是不会接受他的任何好处的。"

曹海亮怎么也没料到钟实这么憨厚的一个人竟然会说出这等挑衅的话来，眼睛里的光线瞬间聚拢。他摘掉眼镜，吹了几口气在镜片上，掏出纸巾擦了擦："没听说风水轮流转吗？北川大学已经成为过去了，既然你们不接受，我们也不能强求。"说着，他将擦眼镜的纸巾随手扔到了钟实的水田里，"不过咱们可以成为好邻居。”

曹海亮得意扬扬地转身离去，还没走出五米远，老郭俯下身体将那张湿透的纸巾捏成一团，砸到了曹海亮的后背上。

曹海亮感觉后背冰凉，把眼一闭，牙齿咬得咯咯直响。旋耕机轰隆隆地从他面前呼啸而过。他以前从没发现自己如此敏感，但自他有了那二十万奖金，他的自尊心居然多出了一层金贵的薄膜，但凡有风吹草动，他都会觉得心神不安。

曹海亮转过身的刹那，钟实知道事情已经升级了。

“谁？谁扔的？”曹海亮的白衬衫刚穿出来一天就被涂了鸦。

老郭笑了一声，从水田里拔出腿，毫不客气地看着曹海亮道：“我扔的。”

曹海亮咧着嘴，不服气地叉着腰：“什么意思？我好心过来打个招呼，你们就这个态度？今天不把事情说明白，谁也别想走。”

“曹海亮，你一个生态研究室出身的人，凭什么站在育种田里指手画脚？要显摆也轮不到你。”

“郭达，你把话说清楚了，生态研究室出身的怎么了？我们照样出了‘林育稻1号’。再说了，你一个老农民大字不识几个，还好意思自诩农民育种家，你有什么资格说我？”

“我郭达虽然读书少，但读的都是民生国法，跟你们不一样，偷鸡摸狗的事儿我可做不来。”

“嘿，我说你怎么回事儿？有个崔挽明给你撑腰，你就牛气成这样？搞了个不疼不痒的特种稻就以为自己能翻上天了？不知天高地厚。”

钟实在一旁早就听不下去了，把手里的锄头一扔，大骂道：“曹海亮，你喝两碗肉汤就不知道自己是谁了？刘君到你们科室之前，你们一个品种都没审定过，你是个屁呀，被人家何峰玩得团团转。现在你得道升天，跟老子装人来了。告诉你，别这么轻飘，能趴下做人尽量别站着，小心闪着腰没人给你扶正。”

钟实不提刘君还好，一提曹海亮就来气。曹海亮怨而生怒，眼珠子都快被气出来了，两片嘴唇开始微微发抖。

“英雄不问出处，以前是以前，现在是现在，没有刘君我照样能行。这片水田今年我说了算，别人管不着。别以为就你们北川大学出来的人有能耐，我曹海亮照样不差！”

“哼，曹海亮啊曹海亮，你自作主张的脾气还是一点儿没改，看来你们领导没调教好你，现在的你性格是越来越犟了。”

“是你们欺人太甚！”

钟实一听这话，眼睛亮了起来：“这话从你嘴里说出来怎么那么别扭呢？你真是贼喊捉贼，不知廉耻。”

曹海亮一听，非但没动怒，反而笑了起来：“那又怎么样？有能耐你做给我看看。”

郭达也算看清了曹海亮的人品，拉着钟实道：“没必要跟这种人费口舌，你别理他。”

钟实想想也是，好好的一个人因为二十万奖金一夜之间变成了一条癞皮狗，谁能有办法？

不过他们知道，今天的几句争执，埋下的恐怕是一个很大的隐患，得罪谁也别得罪小人，但今天他们不但得罪了，还把曹海亮羞辱了一番。如果崔挽明在，双方可能不会这么冲动。现在是特种稻发展的起步阶段，他们的地又跟曹海亮的挨在一起，今后的烦心事儿想想都够了。通过李国华的遭遇，大家就知道于向知连同金怀种业的手段有多卑劣，他想要集中力量整崔挽明，还不是易如反掌的事儿？

但钟实也明白，于向知手里的这几个人里，何峰已经被他踢出团队，即便不敌对也难成为朋友，剩下的就只有曹海亮和刘君了。如今的曹海亮变成了一个跋扈张扬之徒，这种人必定将成为于向知事业发展的隐患，倒是刘君一直表现得很沉稳。虽然刘君是秦怀春培养出来的得意弟子，但在于向知手下干了这么多年，钟实也不敢掏出全部心窝给他看。再者，于向知在用刘君的问题上，也一直让钟实不得其解。于向知明明知道刘君和崔挽明的关系非同寻常，却还是对刘君委以重任，可以说一点儿都没把刘君当外人。最让钟实理解不了的是，于向知居然让刘君接触“林育稻1号”的制种和推广。于向知不是不清楚同行对他的评价，居然还顶着“贼人”的帽子大张旗鼓地继续做贼，这种魄力和眼界绝不是一般人能有的。

这样一想，钟实觉得于向知这个人实在太恐怖了。如果崔挽明要拿于向知当对手，最起码要先断掉其左膀右臂，否则没有胜利的可能。崔挽明要做的是打破林海省粮食育种的生态格局，是来革新和挑战行规的。

钟实是一个本分的育种家，从来没想过要陷入斗争当中。但自秦怀春离开北川大学的时候斗争就已经开始了，想要停下来恐怕不可能了。

就在他们为这点儿鸡毛蒜皮的小事儿起了争执的时候，林海省新一轮的人事变动消息再次传来。省农科院院长姜维的退休，成为于向知近年来遇到的又一件大喜事儿。自秦怀春退了之后，于向知便对院长一职觊觎许久，当时还费了很多心力，谁知道让玉米所的姜维任职坏了他的大事儿。

但现在的于向知不同于往日，如果没什么差错，就凭“林育稻1号”在林海省的影响力，他足以被提名院长候选人。

秦怀春虽然退了，但对这些动向还是很关注的，没有人比他更清楚姜维退下去的具体原因。在省老干部活动中心下棋的时候，他就耳闻姜维这个人品性有问题。姜维任院长之后，不带领大家好好搞科学研究，尽琢磨怎么挣钱、怎么钻空子。现在姜维被拿下，多半是被人递了材料，也属罪有应得。秦怀春在任的时候非常注重此方面的影响，没想到才短短几年时间，姜维这个院长就这么名声扫地了。

整个冬天，崔挽明没有参与南繁的工作，中间只是为了基地建设的事儿来过一趟，其余时间都在处理离婚后孩子的归属问题。

法院已经接受了海青递交的起诉书，这种由婚姻破裂导致的孩子归属问题，属于很常见的问题。作为判决方，不管把孩子判给被告还是原告，法院考虑的都是孩子的成长问题。父母双方在身体健康和条件允许的前提下，谁更适合孩子成长，就把孩子判给谁。

崔挽明虽然据理力争，但正如刘君所说，他缺乏抚养孩子起码的时间，所以最终法院把孩子判给了海青。

就连崔挽明都没想到，自己的事业刚刚起步，刚从于向知带来的阴影中走出来，却又陷入家庭的变故中。

崔小佳已经好几年不主动联系崔挽明了，还是苏慧给她打了个电话，她才知道崔挽明离婚的消息。这也是崔挽明这几年来头一次接到妹妹的电话。电话接通的刹那，崔挽明差点儿没控制住情绪。

“哥，你还好吗？”

崔挽明的手紧握着，他激动又毫无准备。这些年来，崔小佳一直都将他拒之门外，一直把她和刘君的爱情破裂归咎于他，所以一直不肯跟他联系。虽然崔挽明在春节的时候会抽空回老家看看父母，但一次都未见过她。因此这个来电显得很有意义。

“小佳，真的是你，哥很好、很好。你怎么样，也好吧？”

崔小佳在电话那头笑了笑：“听说你离婚了，你怎么搞的？在我的印象中，你可是很有能耐的，结果到头来媳妇、儿子都跑了，你是倒了多大的霉？”

“唉，我就是这命，自己的路自己走，事到如今都怨我。谁让我总不着家，换成别的女人也忍受不了我这样。只是让孩子遭罪了，我——”

“你还知道给孩子带来了影响？哥，这件事儿你太不冷静了，以后孩子没有爸爸，你让他怎么健康长大？就算海青背叛你，你也该三思而后行。”

“谁都想过好的生活，但通过非法手段获取钱财就等同犯法。我在法院没提这件事儿，已经把夫妻情分考虑进去了，算是给她留极大的面子了，剩下的责任我一人承担。孩子日后的生活费我会支付。”

崔小佳沉默了半天，不知该如何继续交谈下去，一方面对她哥有些心疼，一方面又觉得他应该为自己的选择买单。

“就这样吧，哥，既然你考虑好了，我没意见。”

“谢谢你，小佳，你那边……”

崔挽明还想继续了解崔小佳的近况，但那边的人已然挂了电话，不愿再谈下去了。

对这个电话，崔挽明道不出其意。他发现崔小佳对他的态度有所好转，也隐约发现这种好转的背后隐藏的可能是对他的同情和慰问。他没想到自己的婚姻在别人眼中居然这么不值当，到了最后居然以“同情”二字收场。

他没把崔小佳来电的事儿告诉刘君，不想让这二人再有任何瓜葛。

离开林海省之前，崔挽明到省里替钟实办理秸秆还田项目的验收工作。这是当年秦怀春申请的项目课题，全省好几家单位一起来做这事儿。现在各家单位的汇总资料都送到了他这里，由他去进行项目资料的验收交接工作。

为了这件事儿，崔挽明特地起了个大早，来到省政府大门口的时候，公务人员还没开始上班。门岗的两位执勤警卫拦住了崔挽明，不让他往里进。

“政府八点上班，请上班后再进。”

崔挽明看了看表，还有半小时，摸了摸肚子，决定找地方吃口早饭。他在政府大门外绕了一圈，走到大院后面的胡同里，本想在那儿找地方吃饭，却发现里面既不通车，也无餐饮商店，只有一个专供政府人员吃早餐的食堂敞着大门，进去吃饭的人脖子上挂着工作牌。大家精神焕发，衣着讲究得体，崔挽明一眼就能看出自己和他们的差距。

他没有多停留，从胡同穿过去，再回到主街上，走了五分钟才找到一家包子铺，随便吃了几口便回到省政府门口。

不料他又被拦下：“请问找谁？”

“同志您好，我去农业农村处找赵处长。”

“请出示通行证。”

“我没有通行证，这个东西上哪儿弄啊？”

“没有通行证不能进，左拐一百米处是省政府收发室，带证件上那儿可以办临时通行证。”

崔挽明哪里想到会这么麻烦。果然省部级单位就是不一样，连安保规格都上升了好几个级别。

崔挽明花了半小时办了个临时通行证，终于如愿到了四楼的农业农村处。

屋子不大，里面摆了三张办公桌，进门的时候崔挽明扫了一眼门牌，上面列着三个处级部门的名称。这么大点儿的办公室里坐着的三个人居然全是处级干部。

没想到林海省政府班子还挺注意廉洁形象。崔挽明心中响起这样一种声音。

他没见过赵处长，所以对着屋里的三位领导分别鞠了一躬："领导好，我找赵处长。"

靠北边桌子的位置坐了一位四十多岁的男子，穿了件毛衣，蓝色衬衫的领子被翻了出来。听到崔挽明找自己，他一扭身子，椅子转向了崔挽明。

"材料都带来了？"赵凌伟作风利落，看都没看崔挽明就伸手接他的材料，拿过去随便翻了不到三秒钟就打了回来。

"按类分好，你们这个项目是哪几个单位负责的？每个单位的结题材料放在一起，项目申请审批表、中期考察报告、项目结题申请书、结题相关材料、获奖证书、发表论文情况，按顺序逐个整理好再给我。"

崔挽明一下子木在原地，把材料接过来，不知道该站着还是坐着。赵凌伟就在他面前，却一句多余的话都不跟他说，场面弄得很尴尬。

进门的位置有张三人沙发，崔挽明本想到沙发上整理材料，一来是避免在赵凌伟面前尴尬，二来是提高工作效率。但赵凌伟不说话，他也不好意思坐人家的沙发，故把材料放在赵凌伟的办公桌一角，开始整理。

赵凌伟一边看电脑，一边指了指门口："你去那边弄，不用一直站着。"

崔挽明这才舒了口气，整理完资料之后，不敢耽搁，又呈上去。

赵凌伟拿起一支铅笔，根据项目申请书中的研究内容，开始一页页地核对结题材料。崔挽明没怎么接手过秸秆还田项目，所以对这部分内容很生疏，虽然昨晚熟悉了一遍，但如果赵凌伟问起细节，他还真不好交代。所以崔挽明的心一直悬着，他生怕赵凌伟找出什么纰漏来。

赵凌伟一边看一边画圈，拿起几本已发表的论文问道："你作为项目的主要负责人，发表的论文呢？"

崔挽明赶紧接过来翻了翻，果然一篇都没有，这些论文都是合作单位发表的。

"赵处长，我们也在写论文，但您看，合作单位也一起做这件事儿，他们发表的论文和项目内容是契合的，数量也够，跟当时我们的预期目标基本是一致的。"

"我不是问你够不够的问题，你没听懂我的话？"

"是、是，赵处长，我听懂了。"

"那你说，作为项目的主要负责人，你们单位为什么一篇论文都没有？你这样就申请结题，让我怎么批？你想让我肯定你的项目工作，就要拿出真凭实据来。"

"赵处长，您看，我们确实发表论文了，合作单位也是项目组成员，只要成果达标，是没有问题的。"

赵凌伟一听，把手里的铅笔往桌上一扔，说道："你如果是这种态度的话，那我就换种方式跟你谈了。"

崔挽明听了这话，马上意识到赵凌伟转变态度了，也对方才自己的据理力争感到懊恼，连忙解释道："是、是、是，赵处长，您说，听您的，我明白您的意思。"

赵凌伟站起来接了杯热水，头也不回地出了办公室。崔挽明看了办公室里的另外两位处长一眼，其中一位伸出食指指了指沙发。崔挽明笑了笑，赶紧坐下，等待着赵凌伟的归来。

后来的谈话崔挽明也是在紧张的氛围下度过的，虽然项目书被赵凌伟挑了遍地的毛病，但最后赵凌伟还是说了这么一段话。

“本来省里后期是不打算给这个项目投钱的，你也知道，秦怀春当时是这个项目的负责人，但没干到一半他就退休了，要不是省农业委员会那边帮忙协商，省里是绝不会更换负责人的。这在省里的自然科学项目里还是第一例。考虑到你们的完成度基本达标，该有的东西也都有，我们会酌情考虑，但事后需要你们单位补充一份论文发表情况的详细说明，后面我们会定期追踪。”

赵凌伟的一席话基本定了此事的基调，什么定期追踪，什么详细说明，到最后还是因为秦怀春的面子——他在省农业委员会做过副主任，好歹也是副厅级干部。

走出政府大院的时候，崔挽明给钟实打了个电话。

“钟叔，你的事儿办完了。那边收获情况怎么样？我还用过去吗？”

钟实脸上沾了一层泥，嘴角有些红肿。他听到崔挽明的捷报，心情一下就好多了：“通过啦？没遇到什么难处吧？”

“没有问题，省里对咱们做的工作很满意，特别是降解菌的成功筛选很被推崇。赵处长说了，如果合作单位研发的生物菌剂真能在低温环境下快速降解作物秸秆，省农业推广中心会马上进行全省范围内的布点推广，还会跟咱们新农村发展研究院探讨产品市场的拓展问题，到时候说不定会在会展中心展出。”

“太好了，挽明！咱们做基础研究的能为国家和老百姓解决这么大的问题，也算是没白折腾。你不用过来了，我这边收获工作马上就结束，等我回去，咱俩一起找秦老师汇报这个喜讯。”

崔挽明没有提及背后发生的事情，是想让钟实把精力放在育种工作上。和领导沟通不是钟实的强项，也不是他愿意干的事儿，正好崔挽明替他把事儿做了，两人也算分工明确了。

钟实也是个报喜不报忧的人。崔挽明不在三亚的这几个月里，曹海亮没少过来找麻烦，之前鸡毛蒜皮的小事儿也就算了，但就在崔挽明打电话前的半小时，钟实还跟曹海亮发生了严重的争执。

“狗仗人势”这个词用在曹海亮身上一点儿不为过，之前他哪儿有闲钱来海南搞育种，更别说带帮手过来了，而今年的曹海亮可谓得意忘形到极点了。

钟实按照崔挽明的意思联系到苗姐过来帮忙收获，已经到了最后的收尾阶段。曹海亮那边也紧随其后地开展着收获工作。为了给省局提供符合要求的参试品种，经脱粒机出来的稻粒还需要除渣和除杂。苗姐将成片的稻子脱粒之后，便拿着自家带来的簸箕站在埂子上开始筛选，借着风力一遍遍地扬稻子，空壳的稻子和零碎的稻叶顺着风就飞到了曹海亮的地里。

这一幕恰好被曹海亮看见了。本来大家井水不犯河水，这下子可好，他二话不说一脚就把苗姐手中的簸箕踢飞了。稻子随风撒了一地，苗姐吓得一句话不敢说，俯身捡起簸箕，瞪了曹海亮一眼。

钟实还没反应过来，这一切就发生了。

“曹海亮，你要干什么？这是我们今年准备参加预备试验的材料，你疯了？”

“谁让你们的稻子飞到我们地里了？我们这边也是参试材料，飞过来这么多，我们还怎么参试？”

“曹海亮，你给我把稻子捡起来，否则今天我跟你没完。”

“不捡，是你先不厚道，不怨我。”

“你欺人太甚，你们农科院育种所的脸都让你丢尽了，今天我就代表林海省的育种家教育教育你这个没素质的东西。”

钟实以前是多么老实和善的人，刚带崔挽明来三亚的时候曾三番五次地嘱咐崔挽明，最怕的就是在这儿闹事儿，所谓身在他乡，做事情必须以安全为先。可经历了种子丢失事件之后，钟实原本柔软的心成了硬核桃。

他趁曹海亮不注意，一拳头抡了过去。曹海亮没稳住，一屁股坐进了稻田里，下半身沾满黄泥。科室的两个小弟见状后即刻过来，一个将曹海亮扶起，另一个按住年迈的钟实就开始拳打脚踢。钟实哪里是小年轻的对手？他几下就被打倒在地。苗姐四下扫了扫，从地上捡起一把镰刀，将小年轻一把扯开，自己横在钟实面前。

她不会说普通话，但用行动表明了她的用意。曹海亮敢得罪钟实，却不敢轻易对当地人动手，更何况是个女人。他今天要是对苗姐动了手，说不定晚上的时候就会被人找上门来算账，到时候就不是简单的拳打脚踢了。

曹海亮挨了一拳，钟实也挨了一顿打，两人谁也没占到便宜。但水稻种子算是被毁了，只要掉到地上，肯定会混杂其他品种，也就意味着不能再参加品种试验了。

钟实躺在床上摸着自己的嘴角，还有些疼。他干育种几十年，从来没遭遇过这种事儿，这一次算是体会到什么叫老不中用了。

钟实回到凤凰城的时候，嘴角的瘀伤已经好了，崔挽明自是不知道钟实的遭遇。钟实也考虑到崔挽明近来的遭遇，故没对他言明。

钟实回来的第二天，崔挽明就接到省农科院办公室打来的电话，邀请他参加于向知的升职答谢宴。

尹振功坐在办公室里，听到崔挽明的电话里传来的声音，知晓了事情原委，还没等崔挽明说话，尹振功便说道："挽明，我觉得你没必要去了，于向知居然厚颜无耻到这个程度，我真是没想到。我要是你，刚才在电话里就破口大骂了。"

"尹老师，话虽如此，但我崔挽明怕过什么？我要是不去，全省搞水稻育种的同行都会笑话我。这次我一定要去，我倒要看看他于向知有什么好显摆的。"

"唉，挽明啊，我早就跟你说过，不要参与斗争，自己做好自己的事儿。粮食安全问题不是你一个人的责任，你也没有那么大能耐扭转整个林海省的局面。现在风气不正，育种家如果不考虑挣钱的事儿，那岂不是白白付出辛苦？市场经济时代，没有办法。"

"尹老师，我不是反对育种家搞私营，也不是违背政府规定。我总觉得咱们做事情的动机对了，就不会犯低级错误。只要把老百姓的利益考虑在前，就是正确的选择。但有的人手段不正经，把获得利益建立到了无视他人的付出之上，那就是在破坏市场规则了，我是坚决反对的。”

“行了，你没必要整天反对这反对那的。咱们就是科研工作者，按照政府导向做事情就行，实在没必要操心那么多。”

“没错，我说的话没分量。但老师你要知道，现在林海省多数育种家的状况很不乐观，他们抛家舍业地为单位奉献着，结果呢？市场的绝大多数利益被企业和几家科研机构垄断了，现在滚雪球效应很严重，老百姓的分辨能力有限，再这样下去，会有一大批育种家倒在行业一线上。你看看我，我就是最好的例子，媳妇嫌我挣的钱不多，又抱怨我不入手市场，搞得妻离子散。”

尹振功接了杯水递给崔挽明：“每个人都要经历自己的人生，不管顺利还是坎坷，都是一笔可观的财富。我不觉得你失去了什么，反过来想，你失去了一些东西，就会得到一些。当年秦老师把你留下来是正确的选择，北川大学需要你这样的人站出来说话。我是不行了，早就离开了育种行业，现在唯一能做的就是帮你搞搞分子改良的事儿，外面的人际沟通早就不在我的工作范畴里。既然你坚持自己的选择，我也不再劝你，只能说你的选择没错，但你选择的这条路会走得很艰难。作为你的老师，我看着很心疼，只是希望你能有个愉快的工作环境。还是那句话，事业不是靠你自己就能完成的。”

尹振功的话句句扎心，但崔挽明坚持自己的选择。七年前国家开始针对种子产业搞政企分家，两年前又加大了对企业的扶持力度，林海省在短短几年中完成了粮食产量的巨大提升，总体来看，崔挽明觉得企业的存在是谁也无法取代的。可林海省目前的粮食仓储量已经达到了一个饱和点，如再不拓展新思路，下一步很可能会走下坡路。

因此他认为自己着手进行的优质米和特种稻生产在未来市场中仍然能占得一席之地。这样一想，他便觉得一切都是值得的，就算参加于向知的升职庆功宴，他的心态也比之前好不少。

于向知的答谢宴安排在凤凰城郊区的一家农家乐里，这里环境安静，大家可畅所欲言。崔挽明来之前接到省局品种审定科芮静的电话，两人沟通后搭伴前来。

芮静开着她的车，从北川大学接完崔挽明之后，一直开了一个半小时才到达目的地。他们下车后，大老远便看见刘君在门口迎客。崔挽明整理好心情，拎着手里准备的礼物，从容地过去跟刘君打了招呼。

刘君抱了抱崔挽明，又和芮静握了握手。

"于院长呢？"

"省农业委员会的领导刚到，他在里面陪着呢。"

"好，那你忙，我进去道贺一下。"

刘君一把拉住崔挽明："兄弟，今天可千万别惹事儿，农业口的很多领导在这儿。"

崔挽明拍了拍刘君的胳膊，摇了摇头："放心，最起码也要给你个面子。"

进去之后，崔挽明把手里拎着的东西交给了后厨，和大家打完招呼才进了大厅的包间。于向知和省绿色发展中心的吴宏波谈得正酣，见崔挽明进来，于向知即刻站了起来，眼睛一亮，露出笑脸。

"呀、呀、呀，挽明，我这个答谢宴就等你来了，快、快、快，挨着我坐。"

崔挽明没接于向知的话，而是扫了在座的各位一番。谢正言和付京就不用说了，屋里还坐着市种子管理处处长周兰、省农业推广中心副主任江连州、北川大学新农村发展研究院副院长章元革，还有金怀种业董事长杜德松及销售总监辛威。不过让崔挽明做梦都没想到的是，方旭居然出现在这个包间里。

看着一张张熟悉的面孔，崔挽明感到自己掉进了龙潭虎穴里，这个屋子里的人，除了他自己，都是跟他唱反调的。除了省绿色发展中心的吴宏波，其余几人都跟他打过照面。

"领导，来、来，我给您介绍一下，这位是北川大学的将才之后——崔挽明老师。他当年拜在秦怀春老院长门下，如今自己执掌北川大学的育种事业，也算后生可畏。”

崔挽明谦虚地笑了笑，伸出手跟吴宏波握了握。

“我可听说过你呀，今年你搞的特种稻在凤凰城刮起了不小的风啊。不过我要提醒你呀，做绿色有机大米生产最好做个认证，哪天抽空上省绿色发展中心，咱们一起研究研究这事儿。”

吴宏波简单的一句话，看似在提示崔挽明补充手续，其实是在给他下马威。林海省谁人不知崔挽明和于向知针尖对麦芒的关系，当着于向知的面，吴宏波说这种话既是对于向知的一种支持，也正式表明了立场。

崔挽明还没来得及接话，便被方旭抢过了话头。

“领导哇，您说得是，这一点我们汇德集团就做得很好。您看，我现在也打算做咱们林海省的绿色有机大米，相关手续已经在办了，这个您可以放心，我们是不会遗漏手续，更不会违规操作的。”

“好、好、好，方总年纪轻轻就事业有成，不容易。”

话说到这里基本上把崔挽明内心的猜测证实了，方旭的一番话无疑也是在向崔挽明示威。深圳业务合作告吹之后，两人的矛盾关系算是正式形成了。但崔挽明没有预料到方旭会一个回马枪杀回林海省，跟他抢起了有限的市场资源。这样一来，他来年的处境可想而知。更要命的是方旭今天来到了于向知的答谢宴上，意味着他和于向知有着说不清、道不明的关系。

这样复杂的局面摆在崔挽明面前，让他意识到林海省粮食产业这潭水深不可测。在他搞清大家姓什么之前，任何草率的动作都可能带来全盘皆输的结果。

简单闲聊之后，崔挽明把话题拉到了于向知身上。菜还没上来，他先端起茶水站了起来，意味深长地对于向知和杜德松说道：“于院长、杜总，今天能有幸参加这个业内的聚会，我崔挽明荣幸之至，‘林育稻 1 号’实至名归，林海省稻农的幸福就拜托二位费心了。”

崔挽明此话一出，在场的人无不惊叹。在崔挽明把话题扯出来之前，谁都不敢提‘林育稻 1 号’的事儿，但既然他主动表明了态度，不管是真心还是假意，大家便顺着他说了下去。

“听到没，于院长、杜总？你们两位可任重而道远哪。我们省局和江主任没有看错这个品种，今年开创了一个大的市场口子，希望来年更上一层楼。”

“谢局呀，你这样说，我和杜总的压力都很大呀，我们科研单位和企业其实做不了什么事儿，关键有你们的支持才行。市场虽然打开了口子，但能不能倒进去足够多的粮食，现在还不好说。”于向知表达了自己的顾虑。

“于院长，今天你是主角，有话直说，有问题大家一起解决嘛，都是为老百姓服务的，就别藏着掖着了。”

“好吧，既然今天领导都在场，我这个育种家也适当地给政府提点儿建议。目前来说，销售终端的事儿一直没得到解决，过去一年我们的种子销售额创了新高，但最后粮食回收量没有达到预期标准，杜总这边也在尽力解决问题。但总的来说，林海省的大米产业还没有大批量进入国内市场，我认为咱们应该让政府知道林海省这块宝地的意义，省里应该在宏观上搞搞营销，建立一个可行的市场网络，这对咱们林海省米业的未来很有意义。”

于向知这话明显是说给省农业推广站听的。江连州笑了笑，回道：“你们省农科院能为老百姓考虑这些，相信政府会看到的。金怀种业跟农户签粮食回收订单本身没有问题，但我认为这事儿不能一碗水端平。你们‘林育稻 1 号’打的是优质米旗号，但现在省内市场没有那么大的消化量，省外市场又停留在打游击的状态，想要把它消化干净，你们必须放弃一部分利益。林海省那么多米业可都盯着这个品种哪，把资源分给大家一点儿嘛。做的人一多，路子自然就变多了，整个市场运行脉络也就活过来了。这样的话，你们和老百姓之间就能建立一个相对稳定长效的合作机制，不管是对你们企业本身还是对政府来说，都能减轻不少压力。”

江连州的话让于向知和杜德松陷入了沉思，他们在事业之初的想法也因为江连州的这几句话产生了动摇。

当着这么多人的面，于向知和杜德松不得不应下江连州的建议，但若真让他们放弃手中的部分销售额，说实话他们二人是接受不了的，毕竟他们在这件事儿上投入了大量的精力和资金。

酒喝到一半的时候，服务员开始上主食，问于向知吃什么。于向知红着脸，拍着桌子道："你说呢美女？我们这里的人都是搞水稻的，你说吃什么？"

服务员点了点头，随即上了大米饭。人手一碗饭摆在面前，还没开吃，一股幽香便扑面而来，大米的整齐度好，每一粒都晶莹剔透，外观品质无可挑剔。

于向知端起饭尝了一口，一挑眉毛道："哟，没想到这小小的农家院里居然有这么好吃的大米。诸位，你们尝尝看，这会是谁家的东西？"

谢正言尝了一口道："从口感来说，和以前的'北川稻1号'差不多，但这东西还很香，目前还没发现哪家单位出了这么个品种。"

"是啊，莫非又是什么进口香米？"于向知不解地道。

"不可能，你当这农家乐老板是菩萨呀，能让你吃上进口大米？"

就在大家伙儿不明所以的时候，旁边站着的服务员指着崔挽明插了一句："各位领导，你们别争执了，这大米不是我们的，是这位领导给我们拿的，说是特意做给大家吃的。"

崔挽明这才把话接过来，矛头指向于向知："于院长，今天怎么了？喝了酒舌头就不好使了？这是你的'林育稻1号'哇，你怎么就尝不出来了呢？"

崔挽明略带玩笑意味的一句话，激起了于向知内心的强烈不满。崔挽明当着这么多人的面折损了他的面子，于向知的心一下子就沉了下去。

这就是崔挽明此番前来的真正目的，他就是要让大家再次看到于向知的丑陋之处。一个育种家居然连自己培育加工出来的大米都尝不出来，无疑是专业技能不足的表现，也从侧面印证了于向知盗取崔挽明的品种的传言。

这次聚会对崔挽明来说没有白来，他看清了于向知身后的利益链，也看清了于向知强烈的自信。于向知居然当着崔挽明的面露出自己的软肋，如果没有足够的实力，他敢这样？因此于向知邀请崔挽明前来，也是想在崔挽明面前示威。于向知没有那么天真。他通过非法手段夺走了崔挽明的品种，应该知道崔挽明不会就此罢休。虽然崔挽明目前把注意力放在了特种稻上，但于向知还是保持着戒心，不会让崔挽明有机可乘。

不过江连州在饭桌上的态度是于向知没预想到的。虽然答应了江连州会适当控制‘林育稻 1 号’的市场，但对渴望成功的于向知来说，要做到这点谈何容易？刘君已经繁育了一万五千亩的种子，正等着出手盈利呢，让于向知分羹给别的企业，等于从他碗里抢食吃。

开春之后，老郭已经在合作社周围进行了特种稻种植的拓展工作。去年他们还挨家挨户地跑客户，今年却反客为主，老百姓得知老郭这边有销路，还能挣更多的钱，纷纷跑来购种，眼看天源县的种植大户就要被老郭收割光了。

何胜利上次就吃了郭达的亏，这次又在同一个地方折戟，可谓怒火冲天。他几次向辛威反映情况后，辛威终于坐不住了。

“去年我腾不出时间收拾他，今年他倒变本加厉了。你这样，咱们今年在天源县的种子价下调五毛钱，再追加每亩五块钱的地补，我就不信他一个农民企业家能翻到天上去。”

何胜利很清楚辛威的这个动作将带来的后果：调价都是小事儿，每亩地五块钱的地补，天源县有一百多万亩水稻地，就算只有五分之一的农户接受这个营销手段，那金怀种业就得少挣一百多万元，这可不是一般的市场竞争手段。

对崔挽明那小家小业的底子来说，他和金怀种业竞争无疑是鸡蛋碰石头，加上今年种子销售没有了去年的赠肥赠药福利，竞争力一下子削弱了不少。好在方旭现在没针对天源县动手，否则崔挽明的这点儿资源优势将荡然无存。

林海省很多县市的农业口没有想象中那么简单，金怀种业即便再有钱，“林育稻1号”即便再出色，一旦使地方利益受损，推广起来就没那么容易了。特别是于向知“一夜成名”之后，业内的很多同行对他持反对态度，现在已经有人向省里递了举报信，指明于向知有意在林海省搞品种霸权一事。加上农业农村部和科技部批下来的三千万科研经费，直接把于向知捧上了项目首席的位置，现在的于向知想不出名都难。

这个名为“水稻优质高产栽培公关与集成示范”的项目到了于向知手里，就像一枚随时可能爆炸的炸弹一样。虽然以前他也承担过项目，但都是子课题参与者，这次他成了于首席，将对整个项目的规划布置负全面责任。他尚缺这方面的经验，但又不能打退堂鼓，只得硬着头皮往前冲。

拿到项目之后，他马上组织省内专家针对项目申请书成立子课题，完善项目头年的实施计划。正当他头疼的时候，手里的电话开始响个不停。省内的就不说了，邻省的几家农业院校也纷纷过来应援，搞得于向知不知顾哪头好。

于向知在省农科院连续开了一周的研讨会，才基本敲定这件事儿。其间他给崔挽明打了电话，想让北川大学承担优质米公关的子课题，有三百万经费，没想到被崔挽明一口回绝了。尹振功得知此事后很不高兴，对崔挽明加以抱怨。

“挽明啊，你知不知道这三百万对咱们来说有多重要？咱们要做分子改良需要大量的资金注入，不然项目课题怎么实施？现在已经进入生物信息时代，手里有钱就能保证高水平文章的产出，就能保证专利的含金量，对咱们今后的发展有很大意义。”

“尹老师，说实在的，于向知的项目我真不敢接，出了问题我可不想陪葬。”

“他哪儿敢乱来呀？这是科技部批下来的钱，每一分都不能乱花，有国家监督，你还怕出事儿？”

“怕，怕得要命！尹老师，别忘了我现在还是惊弓之鸟呢。”

崔挽明的固执让尹振功难以接受，但事已至此，他再怎么抱怨也无济于事，只是觉得错过了一个绝佳的机会。但崔挽明清楚，尹振功明知他和于向知的关系还力劝他与之合作，无非想借这笔经费搞自己那摊子科研项目。

这样一想，崔挽明心中泛起了一丝寒意，连他最亲密的人都肯为钱折腰，看来他的处境越来越困难了。

但他管不了这么多，他和廖常杰的合作事宜还要开展，董安平从年前就已经开始在全省范围内跑特种稻市场。崔挽明并没有把全部心力放在天源县，虽然这是他的根据地，但这地方太引人注目，现在又被辛威咬住不放，他只能和董安平沟通转移销售片区的事宜。

对崔挽明来说，目前的游击战虽然不成体系，却也是在夹缝中求生的不二选择。

第十四章
丧 钟

四月一过，这场销售战也终于熄火。在接下来的两个月里，于向知费尽心力地安排好项目的部署工作，上报科技部之后才稍微喘了口气。

就在他沉浸于首席专家的无上荣誉中时，一个来自省农业委员会办公室的电话让他顿时浑身起了鸡皮疙瘩。穿上外套，于向知不敢耽误，马不停蹄地去了省农业委员会。

省信访办把举报信调到了省农业委员会，让省农业委员会先内部处理此事，如果协调不了再由省里出面。

于向知来到主任石海明的办公室，神色慌张，一句话也不敢说。一根烟的工夫过去，石海明才开口。

“于院长，你行啊，才上任几个月就给我们省农业委员会送了这么大一个见面礼。说说看怎么回事儿？”石海明把举报信往桌上一扔，背过身去。

于向知捡起那几张纸，逐字逐句地读完后，咧着嘴道：“石主任，这简直是栽赃嘛，现在的老百姓怎么都开始胡说八道了？”

“你好好看看，那是平和县政府发来的，你们推广品种是好事儿，下面的人怎么还把人打了呢？影响多恶劣？这还不算，你们居然还打着政府的旗号到处吆喝。我问你，省政府什么时候帮你做宣传了？你这是利用政府欺瞒老百姓，玷污的是政府的形象。你看看怎么办吧！”

“还打人了？我怎么不知道？这……石主任哪，那销售团队都是金怀种业手下的兵，跟我农科院可没关系呀。”

“你还狡辩？你跟杜德松穿一条裤子，你以为我不知道？省里之所以把举报信发给我，就是因为不想撕破脸面，你还这种态度！你今天就代表杜德松了，说，怎么办？”

“我们也是为了推广品种嘛，可能着急了一些，所以出了些小差错。”

“小差错？别以为你在省城就可以耀武扬威。”

“是、是。医药费我们来出，另外我们会亲自过去一趟，当面跟患者协商，解决后续问题，不给政府添乱抹黑。”

“已经抹黑了。于向知，再给你透个底，现在不止一个人对你的品种霸权行为心生不满，你知道这样做的后果是什么吗？”

于向知沉默不语，不想妄加猜测。

“你们这样一来，下面的零售商就要开始动脑筋玩投机倒把了。据我所知，下面不少县市私下里留了不少种源，还有的种业顶着‘林育稻1号’的名，大张旗鼓地换品种套包。我跟你明说了，一旦出了问题，你和金怀种业都要站出来擦屁股，谁也跑不掉。”

“有这样的事儿？我们明明回收了水稻种。”

“林海省这么大，你有几双眼睛、几只手，能顾及过来？不管你们用什么办法，我们省农业委员会不想看到假种子横行，也不希望看到你通过非法手段来解决这些问题。你回去后通知杜德松，一来尽快去平和县一趟，把这事儿压一压，二来尽快还市场一个清净。”

于向知哪里想到问题会这么棘手。慰问患者还好说，但要清除市场上的伪劣种子，可不是凭他一人之力能够做到的。林海省出现伪劣种子的情况不是一年两年了，连省里这么多涉农单位都没能攻克的老大难问题，他怎么应对得了？所以他又想，这或许是石海明给他的一个小小暗示，那就是如果真出了大问题，老百姓找上来闹事儿，金怀种业要掏钱出来平事。

考虑到这些深层次问题，于向知终于醒悟过来，这么多年来他急于求成，一步都没慢过，现在功成名就，已经快到自己政治生涯的顶端。他再不收住脚，很容易冲进深水区溺亡。

接下来的三个多月时间里，金怀种业进入了休整阶段。杜德松和于向知从平和县回来之后，又去了趟省农业委员会汇报工作。至此，于向知的“林育稻 1 号”以及他的仕途基本进入了平稳阶段。

而就在这个阶段，他远在美国的儿子突然传来消息，称在美国发生了车祸，要他速赶过去处理，他赶忙往省里递交了事假申请。

刚接手整个省农科院，于向知就不得不告知大家自己要暂时离开。走之前，于向知找来曹海亮和刘君，把未做完的工作做了具体安排。

“老曹，你比刘君资格老，之前我也向省里提交了用人计划，育种所以后就交给你了。我现在到了院里主持工作，不能把所有精力用在这边。刘君，你在这边把好关。我给你们铺好了路，能不能走好就看你们了。”

曹海亮做梦都没想到于向知会给他一个天大的惊喜。两年前他还觉得这辈子顶多能当个科室主任，没承想居然能接于向知的班，简直捡了大便宜。

“于院长，没想到还是您关心老部下，这么重要的担子您都放心交给我，我曹海亮这辈子就算当牛做马也报答不了您这份恩情。”

“注意措辞，这是你通过自己的努力换来的，可不是我给你的，以后这种话坚决不能再说。”

嘱咐完曹海亮，于向知转向刘君。

“刘君，我让老曹出任所长一职，希望你不要有什么想法，毕竟他资历更长，对所里的情况比你了解得透彻。”

“怎么会呢？于院长，你放心吧，我会在曹所长的领导下把工作做好，不会丢了你的脸，也不会坏了你创下的事业。”

“嗯，别人我不放心，对你我还是心里有底的。我这次出国，不知道情况如何。开春的时候我让你把一万五千亩水稻种子卖出去，你做得很好。接下来你们要配合金怀种业做好售后工作，有时间多下去走走看看，学有所用嘛。现在省里都盯着咱们这块肥肉，哪里做得不好，马上会被拿出来做文章，所以你们以后办事儿要多长几个脑袋，小事儿你们自己决定，大事儿可以跟我商量。”

“于院长你放心，工作上的事儿我还是要多请教你的，你在国外有什么不方便办的事儿，就交代给我们。”

三个人你来我往地说了一番，于向知才离开省农科院主楼。省里的批假通知一到手，于向知拿着签证便登上了国际航班。此时已是九月末，林海省的稻子已染上了一层淡淡的金黄色。

于向知的突然离开在旁人看来无非是简单的事假，但崔挽明始终不这么认为：既然他儿子还能联系他，说明身体无碍。即便他儿子真的出了车祸，需要处理的无非交通事故的后续事宜，并没有于向知说的那么严重。

于向知到底为何这么着急出国，崔挽明揣摩不明白，也没时间顾及这么多。董安平已经开始在全省各地做稻子回收的相关安排。为了提高办事效率，董安平和崔挽明达成一致意见，决定在布点特种稻的地方招收种子收购员，费用统一从去年的销售所得里扣除。所有的账目在老郭手里，崔挽明不碰也不问钱的事儿，只负责宏观把控。

过去这个夏天，崔挽明跑了好几次省绿色发展中心，就为了把绿色有机水稻的认证拿下来，没有这个挂牌标识，产品就和“绿色、有机”沾不上边。但江连州那边迟迟不给回信，一度让崔挽明陷入焦虑的状态中。在他策划的特种稻里，绿色有机稻占了四分之一，如果拿不到认证，就意味着这批大米只能当商品粮低价出手了，也就意味着他们会亏本。

于向知离开林海之后，“林育稻 1 号”就由金怀种业一家说了算，什么时候收种子、什么价格、去哪儿收，都是他们自行决定。于向知远在海外，根本操控不了这边的事儿。虽然曹海亮领命监管“林育稻 1 号”的市场，但有辛威在，曹海亮肚里的那点儿东西根本不够用。

省里虽然给金怀种业提了醒，但林海省那么大，领导就算长了十双腿也跑不过来。金怀种业非但没把省农业委员会的话放在心上，反而变本加厉地搜刮市场，有针对性地压价收购。他们正是看破了林海省这锅粥早就乱成一片的事实，才敢这么肆无忌惮地干。

杜德松还是没有于向知能沉住气。为了解决大米市场的开发问题，居然秘密地同方旭达成了合作共识，专门针对“林育稻 1 号”开发国内和海外市场。

崔挽明知道自己已经没有办法抑制这股力量的迸发，只能尽力为老百姓做点儿实事。忙完这边的事儿，按照开春时签订的合同价，崔挽明如数收购了特种稻。特种稻的仓储工作完成后，他又去了一趟省绿色发展中心，还没等进去就远远地看见方旭拉着江连州上了越野车。崔挽明幡然醒悟，难怪自己办个认证这么费劲，原来是方旭在里面做文章。崔挽明不想打草惊蛇，决定另想办法。

他还能有什么办法？除了秦怀春，在林海省没有人能帮他在省绿色发展中心说上话，但崔挽明在心中发过誓，不会再因为工作的事儿向秦怀春求助，况且秦怀春也早就不问世事。崔挽明不想再把恩师牵扯进来，故放弃了这个想法。

跟利民食品有限公司完成订单交接之后，崔挽明突然接到了省外发来的几个订单，他们需要优质米，正好那边他也做了有机认证，故把库存甩给了他们。他后来才知道，这是廖常杰这两年打下的客户基础在起作用。

到三亚后，崔挽明让老郭把收益的百分之十打到廖常杰的账户里，剩下的钱用于工人开支和市场运营。如果还有结余，崔挽明委托老郭到平和县他帮扶的镇里发放点儿粮油。这两年他下乡的时间有限，很多事儿没做到位。除了留够来年的开销，他建议老郭给合作社建立一个基金会，专门用于解决合作社及农户的应急问题。

崔挽明感到自己的生活逐渐回到正轨。他用了六年的时间才基本找到自己的位置，确定了自己的奋斗目标。这一路走来历经磨难，失大于得，但总的来说他无愧内心，无愧百姓，无愧恩师。

十月的凤凰城已有了一层浅浅的寒意，秦怀春看着楼下那棵柳树，心中复杂的情绪随之平淡下来。金秋一过，白天越来越短。

最近外面有些不好的传言在沸腾，秦怀春的心情也受到了很大影响。

关上窗户，他看了眼坐在餐桌旁的秦勉。今天的饭菜很一般，难怪秦勉变得那么不情愿。三岁的孩子应该懂些礼数了，但秦怀春显然没抱太多希望。

"秦勉，每一颗粮食都来之不易，你看你，吃得满桌子都是，这样怎么行？"说着，秦怀春便走了过来。

秦勉放下筷子，看了保姆楚一茹一眼，眼睛里装满了对秦怀春的畏惧，迅速低下了头。

楚一茹把孩子搂过来，很诚恳地对秦怀春说道："秦老师，你搞了一辈子事业，我知道你心疼粮食，但秦勉毕竟还小，你这么说会吓到他的。"

"你给我闭嘴，我秦怀春的儿孙没有一个像他这样的，我教育孙子用不着你管。知道全中国还有多少人为口粮问题发愁吗？全世界呢？知道一天有多少人饿死吗？不教育怎么行？不教育他就不知道大米饭是怎么来的。"

"秦老师，没事儿啊你也走出去看看。你说你退休六年了，外面的世界一天一个样，国家现在不缺粮，去年统计的数据你也看到了，林海的粮食总产量比前年多了百分之十。领着知青开垦粮区的时代过去了。"

秦怀春扶了扶眼镜，鼻子里喷出一股愤懑之气：“过去了？粮食安全问题永远都是民生安全的重中之重，就算国储增加了，老一辈的开垦精神也不能被抛之脑后，这关系到一个民族的荣辱和德行。现在他糟蹋粮食，今后长大了就糟蹋国家。”

“秦老师！”楚一茹把头低下去，眼睛里含着一层热泪，“你言重了，孩子这么小，这些话等他大点儿再慢慢说给他听。你的儿子留学在外，本来就对孩子有所歉疚，你应该替你儿子多疼疼孩子。”

“少跟我提他。”

一说到儿子秦志杰，秦怀春心中便想起儿媳苏玉的不幸，这件事儿在秦怀春心中始终过不去。现在楚一茹再次提起，他不由得悲从中来。

佝偻着坚实的脊背，秦怀春摘下眼镜，擦了擦眼角的泪渍，徐徐走向秦勉，将他从楚一茹怀里拉到自己怀里。

正在此时，他的耳边传来一阵窸窸窣窣的声响，记忆的片段刮擦着他的耳膜，本来安静的屋子、屋子外面消停的柳树，又都闹了起来。

隔着两层防盗门，他听到了楼道里那熟悉的脚步声。不知怎的，这声音让秦怀春的心被拉扯着，一种不好的预感锁住了他的眉梢。秦勉抱着秦怀春的膝盖，秦怀春把手放在秦勉的脑袋上，死死地望着那道门，就像是望着一个深邃的黑洞。

不到一分钟后，急促的敲门声响起，咚咚，咚咚咚咚，咚……

“秦先生。”楚一茹看了秦怀春一眼。

“开门。”秦怀春紧了紧放在孙子的脑袋上的手，让楚一茹开门迎客。

当刘君慌张地跌进屋内的时候，秦怀春终于闭上了眼睛，倒吸了一口凉气：“不好好工作，老百姓找上门来了吧。”

刘君不知是从哪里赶过来的，气喘吁吁，面色惊恐。他虽然只是省农科院育种所下面的科室主任，但也是见过世面的人，若不是遇上了麻烦事儿，也不至于如此慌张。

刘君一直孝顺，不管大节小节，只要在凤凰城，都会过来坐坐。他没想到这一次一进门就被秦怀春劈头盖脸地骂了一顿，这不合情理。

“秦老师，这……”楚一茹看出了刘君有急事儿，故向秦怀春请示。

“这里没你的事儿，你带秦勉去小区转转。”

楚一茹一出门，刘君就双腿一颤，跪倒在地：“老师，救救我，这件事儿……我不知情啊！”

秦怀春背对着跪在地上的刘君，已是泪眼迷离，最让他感到痛心的是近些年来刘君的所作所为。

秦怀春料定刘君去年帮于向知繁育的一万五千亩水稻种出了大纰漏，外面的传言已经被坐实，否则刘君岂会语带哭腔？一气之下，秦怀春抓起茶杯砸了下去。

“自作孽不可活，我秦怀春没有你这样的学生，请你出去。”

刘君上前抱住秦怀春的腿，开始哭求：“老师一定要救救我啊！育种所外面全是找麻烦的老百姓，您要是把我赶回去，他们会要了我的命！”

秦怀春摇摇头，道：“找麻烦？你身系要职，承担着国家项目、省级项目价值上千万元的课题，不好好造福百姓，偏偏要跟着于向知经商。现在是什么年代，你还敢以假乱真，向老百姓卖假种子？你就是在要老百姓的命。现在老百姓来要你的命，这是罪有应得。你跟我说什么都没用，你没有对不起我，你对不起的是全国的纳税人。”

“老师，这件事儿我完全不知情啊，肯定是下面那些经销商搞的鬼，请您一定相信我！我手里有业务往来票据，可以证明我的清白……还有，老师，今年水稻发生大面积冷害，完全是水稻生长前期低温天气造成的，不能把所有后果算到我头上啊。”

“你少拿天气当挡箭牌，你这么想，老百姓可不认账。”

“那就请相关部门做鉴定，去评估哇，不能老百姓说什么就是什么呀。”

“好了，你别说了，我累了。有什么话你去跟老百姓说，去跟执法机关坦白，我退休了，让我过两天清静日子。”

秦怀春对刘君已是彻底死心了，想当年刘君可是秦怀春门下出色的弟子之一。秦怀春作为老一辈育种家，对林海省粮食增产做出的贡献不是能用钱替代得了的，光是“国家科技进步一等奖”就获得过三项，更别提省级奖项。从品种选育到推广，再到经济效益的转化，可以说他为林海省甚至是全国的粮食安全问题做出了不可磨灭的贡献。

这样一个响当当的人物，居然要给学生擦屁股，简直是对秦怀春一生功德的羞辱。其实在秦怀春心里，这倒是没什么，自己的名声怎样都是无关紧要的事儿，只是可惜了刘君的大好才华。刘君明明可以为林海的粮食生产发展贡献力量，现在却歪了心思，落得如此下场。尽管秦怀春对刘君颇为看重，但是容不得刘君犯原则性错误。

刘君心里的委屈只有他自己知道：虽然这几年秦怀春对他的工作并没有提过什么意见，但秦怀春和于向知向来有矛盾，这矛盾就连秦怀春退休之后也没解开。

“老师，记得您送我上省农科院的时候跟我说过，让我在那儿好好干，服从领导的指挥，您说过在那儿好好干准没错。我一直都按照您的要求在做事情，可没想到会发生这样的事情。”

“领导是领导，你是你，你已经不是孩子了，有自己的判断能力。于向知做过什么，你难道一点儿都不清楚吗？他偷了挽明的品种，你居然能坐视不理。所谓帮理不帮亲，你可好，揣着明白装糊涂。挽明把你当兄弟才不跟你计较，你以为人家是傻子？”

“老师，现在该怎么办？您给学生指条明路。毕业这么多年我没求过您什么，您就帮我一次。”

“你自首吧，把去年繁种到今年卖种的详细经过交代清楚。老百姓的损失你负担不了，政府为了平息事情，会想办法解决问题。但你难逃罪责，谁都帮不了你。”

刘君意识到了这是一场无法避开的灾难。好好的稻子怎么说不行就不行了？去年都还好好的。这个时候，他突然想起去年崔挽明提醒他注意这批稻子的话，当时他以为崔挽明只是出于对于向知的个人恩怨才这么说，没想到崔挽明一语成谶，这批稻子真的出了问题，真的掺杂了假种子。

如果真是这样，刘君作为制种人，肯定难辞其咎。这已经不是简单的违规行为，已经上升到刑事犯罪的等级了。

意识到这点，离开秦怀春的家后，刘君便马不停蹄地赶往机场，准备跑路。已东窗事发，趁还没有惊动司法机构，他现在离开还赶得上趟。坐在出租车上，刘君觉得于向知没有跟他透露实情，对他撒了弥天大谎，虽然奖金分了不少，但这种冒着生命危险的事业，他宁愿不要。看着外面的夜色，刘君感到事业已经走到了尽头，自己还这么年轻居然要背负这么大的骂名，今后在林海省肯定没有翻身之日了。

失望和痛苦写在他的脸上，窗外下起了秋雨。前面的路怎么走他不知道，但他绝对不能回头，不能去坐牢，不能就这么回去。因为他知道这件事儿他百口莫辩，回去就等于自投罗网。

要知道，现在“林育稻 1 号”正值火爆的时候，卖出去一斤种子至少能挣两块钱，“林育稻 1 号”的积温面积达到三千万亩，可想而知市场的需求量有多大。动辄几千万的利润可不是一般人抵挡得住的诱惑。虽然经营权已经被金怀种业高价买走，但毕竟只签了两年的合同，于向知这么精明的人会没有私心？

过了今年，经营权就到期了，于向知一看目前的形势，决定自己先把种子量搞上去，万一来年跟金怀种业的续约谈崩了，他也好拿回经营权自己经营。但不管市场前景多好，前提是手里要有足够的种子量。为了解决这个问题，由辛威操控，花一百二十万从下面的科研单位买了一个品种，然后胆大包天地将它当“林育稻 1 号”繁殖出来推向市场。当然了，这两个品种的长势、株形和粒形都差别甚微，只要不发生病害、冷害，一定能成功地蒙混过去。

但老天就是这么公正，老百姓眼神不好，老天爷眼神好。今年六月份短暂的十天强降温天气马上给了处在孕穗期的水稻致命一击，“林育稻1号”知名的强耐冷性一下子成了市场的笑话。刘君卖出去的种子涉及的农户累计达数千家，受灾率高达百分之九十，绝产面积达百分之六十五。面对这样的结果，老百姓岂能饶了他？事件的严重程度已经不是秦怀春压得住的。更何况涉及“三农”问题，涉及百姓利益，他不可能为刘君说半句话。

随着刘君的跑路，育种所所长也吓得躲了起来。说实在的，曹所长对此事完全不知情，但下属出了事儿，作为领导岂是一两句话能说清楚的？这不，装病在家的他很快就被请到了省公安厅协助调查。

曹所长刚上任就遇到这种事儿，也算是倒了大霉。老百姓一开始围在省农业科学院前，无非要拿回损失，但院里哪里出得起这么多的赔偿？这是刘君的个人责任，虽然院里也有监管责任，但他们毕竟不知情。老百姓看闹了数日无果，这才到了省政府大楼，也才惊动了司法机关。

这件事儿影响恶劣，情节严重，已经是严重的刑事犯罪行为，受害群体又是老百姓，各家媒体的争相报道已经严重损害了林海省的形象，因此省长即刻组织召开了紧急会议。曹海亮十分钟后就要去公安厅，这个时候电话响了起来。他一看是省农业委员会主任石海明的来电，眉头一锁，无奈地接了起来。

“曹海亮，你搞什么鬼？赶紧来省政府报到，天都塌下来了，你还有心情玩捉迷藏？”

石海明打电话的时候，人已经到了省政府大门口。省委要在这次会议上，对省农科院进行一次深刻的教育和批评，同时集思广益，讨论如何帮老百姓渡过难关，查明此次事件涉及的单位有哪些等，把问题全都搬了出来。

问题是在曹所长管辖范围内发生的，石海明可不想沾上半点儿关系。石海明要是单独提前去见省委领导，肯定要当这出头鸟了，所以，他给曹海亮打了电话。

“不行啊，石主任，我被带到省公安厅协助调查了，一时半会儿过不去了。”

"曹海亮你少跟我装蒜，现在公安系统的厅局级领导都在政府大楼候着，你去协助谁调查啊？你赶紧过来。"说着，石海明便挂了电话。

曹海亮赶紧给刑侦科的小张打去电话，问明情况。果然，那边原定的调查计划暂时取消，厅长真去了省政府大楼。

"小赵，前面左拐，去省政府。"

二十分钟后曹海亮的车到了，他一下车就被石海明一把揪了过去："曹海亮啊曹海亮，你们刚有点儿起色，你就这么张扬，都什么节骨眼儿了，你还带司机出来？这里是省政府，不是你们家大院。"

石海明的话不是没有道理。这两年育种所挣了不少钱，一个小小的副处级干部都敢配司机。虽然育种所做的都是正经经营，但在很多人眼中，事业单位一边拿着国家的钱一边又做着企业的事儿，这有失公正。再说，现在国家处在改革的关键时期，这些行为应该有所收敛才对。

石海明骂也骂了，但躲得了初一躲不了十五，这次批判大会他们不开也得开。

两人进了大楼，直接奔着三楼的会议厅去了。这地方石海明经常来，曹海亮还是第一次来，难免有些发怵，更何况是来接受组织审查的。

省长和各部门领导已经就位，就等两人登场。面对这么庄严的场合，曹海亮的心脏都快跳出来了。只要一想到门口聚集的老百姓和逃之夭夭的刘君，他就觉得现场的那一道道目光都在他身上剜肉。

农业厅厅长不高兴地从座位上站了起来："石海明，你们省农业委员会连最起码的时间观念都没有了吗？这么多人在这儿候着，就为了给你们擦屁股，你们还来晚了，成何体统？！这么多年来，你们就是这么干人民的事业的吗？"

"哎，老何，注意言辞，你的情绪激动了，你坐下。他们迟到有迟到的原因，今天不是追究时间观念的问题，是追究思想观念、道德观念的问题。人都齐了，开始吧。”

石海明和曹海亮看都没敢看省长一眼便匆匆落座了。

李松省长开始发言：“林海省作为我国农业大省，今天出了这么一件事儿，先不说谁应该负责任，我想问问在座的各位，谁敢拍着胸口说，在岗这么多年没有占过老百姓的便宜？谁有这份魄力和胆识敢自证清白？”

此话一出，大堂之上鸦雀无声。

“怎么了，不自信了？都有吧？在座的都是父母官，只要和百姓走得近，就会和百姓建立联系，吃顿家常便饭不算什么。怕就怕有些人不但不走近百姓，吃起饭来动辄是成千上万的席面，那不是在吃饭，而是在糟蹋百姓的血汗。我们有些领导就有这个毛病，请问谁给你的这个权力？难道是那些在一线辛勤劳动的百姓吗？他们会看着自己的血汗被糟蹋而不管不顾吗？今天发生的事儿就是最好的例子。”李松省长加重语气，让在场的人只能你看看我我看看你，没一个敢接话的。

“李省长，请放心，我已经让群众离开政府大门了。”公安厅厅长林伟接了一句。

“什么？让人离开了？谁让你自作主张的？他们不来，你们就意识不到自己的错误，人民是我们的镜子啊！同志们，今天他们的到来说明什么？说明他们对政府是怀有信心的，是把所有希望寄托到了政府身上。他们遇到了麻烦，而这个麻烦就是从我们的一些部门制造出来的。你把百姓请到哪儿去了？”

林伟听完省长的话，吓得脸都白了：“省长，我是担心事情闹大了给政府抹黑，所以派车将他们送回家去了。”

“已经给政府抹黑了！好了，说正事儿，谁是于向知？”李省长冷酷干脆的行事作风让林伟觉得简直难以应对。

石海明自然是聚精会神，哪里敢怠慢，听到于向知的名字一下子站了起来。

“省长，于向知院长的儿子在国外出了车祸，他出国料理事务去了。”

李省长把手里的笔一放，手指交叉在一起，撇了一下嘴角：“好嘛，作为单位最高领导，下面的科研所出了这么大的事儿，他倒跑了个没影，还把儿子整到美国去了。我不是针对谁，咱们有些同志一边谈爱国，一边搞美国绿卡，真不知道下面的百姓怎么看我们。好了，不说题外话，他既然不在，谁来交代这件事儿？”

“李省长，于院长下面的科研所出了事儿，我们省农业委员会责无旁贷，我来说。”

李省长抬手示意他坐下说话：“说说吧。省农科院每年从省财政拿走的钱还不够维持工作开展的吗？老百姓养着你们，你们不但不知足，还想方设法地挣老百姓的钱。这也罢了，今天还搞出这么大的事儿，你说该怎么办？农科院就不受监管了吗？”

一听这话，农业厅何厅长面色一沉，赶紧接过话来：“省长，这件事儿农业厅在监管上是有责任的，我们接受组织的批评。”

“省长，这件事儿性质恶劣，刘君到底如何运作这件事儿的，我们现在还不得而知。我们省农业委员会上下一定配合调查，找到问题的根源，给政府和百姓一个说法；一定让育种所的同志们好好反省。”

狡猾的石海明一下子便把省长打来的拳甩到了曹海亮身上。

曹海亮知道，这件事儿一出，自己所长的位置是保不住了，现在说什么都没用。说实在的，这些年来省农科院经济效益好的一大原因就是对科研成果的转化做到了市场化，获得了品种经营权。老百姓有需求，自然就激发了品种从生产到销售的转化热情。这是种正常的思维模式，不仅在林海省，很多省份也存在这样的事情。事业单位企业化的专利经营模式是唯一能让成果转化带动农业发展的渠道。当然了，如果单位没有经营能力，自然就会将品种专利卖给企业了。过去的“北川稻 1 号”属于自己营业创收，“林育稻 1 号”则走科企合作路线。

石海明发言完毕，曹海亮再也坐不住了，站了起来，向在座的领导鞠了一躬。

“省长，我是曹海亮，林海省农业科学院水稻育种所所长。这事儿我有直接责任，不管刘君做了什么，我都有责任把这件事儿查清楚。我相信我的下属也为老百姓的不幸感到痛心。如今林海省的种子行业有那么一些老鼠屎掺和在里面。虽然我们在监管上存在漏洞，但我还是希望相关部门对这次的灾情做一个客观的评价。关注农业的人都清楚，今年六月份林海省遭遇了极端低温天气，受灾品种不单是我们的‘林育稻1号’，所以我觉得这件事儿的性质还需要进一步确定。省长请放心，如果是我们品种本身的问题，那老百姓的损失我们会想尽办法来补偿，但如果是天灾造成的，我想这么大的责任，我们育种所是担当不起的。不论结果如何，等这件事儿结束，我亲自到省农业委员会辞职。”

石海明怎么也想不到，刚才还坐专车过来的曹海亮，进了政府大楼思想境界居然一下子提高了。不过曹海亮的态度还算让省长欣慰，至少曹海亮没有推脱责任，算得上是一个合格的干部。

不过李省长心中有数：“曹海亮同志分析得在理，这件事儿一定要调查个清清楚楚，如果天灾的成分占主因，那咱们需要换个解决方案。我的原则是，不让任何一个受灾百姓心寒，也不能冤枉了咱们的育种家。这次灾情，老百姓可以从农业保险公司那边获得相应赔偿，不能把所有压力都集中到育种所身上，包括省财政在抗震救灾上的预算也可以拿出来，实在不行还有维稳经费。这是在座的各位共同面临的问题，老百姓的事儿就是大家的事儿，这个时候大家不挺身而出，百姓还如何信得过政府？不过，这件事儿的关键在于摸清问题点并彻查。同志们，这给我们提了一个醒啊，农业的事儿从来都是大事儿。这句话一定要融入岗位职责中，不保住老百姓的饭碗，我们这些人还能坐在这里吗？何修成、林伟，你们二人替我跑一趟，一定要把政府的意思和决心带给每一位受灾的老百姓，一定要搞清楚事情的真相。林海省责任重大呀，搞好粮食生产的信心决不能因为这件事儿而有所消减。这件事儿处理不好，各位和我都无颜面对全省四千万百姓，更无颜面对党和国家的期望。”

曹海亮总算是放下了心中的石头，不管怎么说，问题有了解决的方案。会议结束之后，他谁也顾不上，上了公交车，急急忙忙地往所里赶，要把省里的意思传达给下属科室的十三位成员。这时候，电话又来了。

来电者是崔挽明。这个时候他应该刚去海南岛准备南繁事宜，怎么想起给曹海亮打电话？难道消息传到海南岛了？

负责刘君出逃一案的刑侦大队已经从机场处查到了他的去处，幸好这小子没有事先准备，否则手里有了签证，现在早逃到境外去了。不过刑侦大队的人要想在长沙将他捞出来，也不是件容易的事儿。监控录像显示，刘君从长沙黄花国际机场出来后，打车直接从外环离开了绕城高速，然后驶离了市区，进入监控盲区后便再无踪影。

大队长江涛带了两人即刻赶往长沙，期望找到那位出租车司机。这是目前唯一的线索。刘君到底在哪儿下的车，只有司机知道。

江涛在上飞机之前已经和长沙方面的人取得了联系，那边已经将相关监控资料和掌握的情况整理成案，就等江涛一行过来接手。

这个时候的秦怀春没有半点儿动作。按理说，自己的爱徒出了大事儿，秦怀春怎么也该有点儿反应。如此纹丝不动的他让楚一茹很是不安。

“秦老师，我陪你出去走走吧，别把自己憋坏了。”

“你说我是不是老了？要是放在十年前，我肯定要跑下去亲自查一下的，现在身体懒散了，竟然一点儿动弹的意思也没有。看来我是真的老透了。”

“秦老师，这些事儿你就不要多想了，你要相信组织、相信党，党会给刘君一个公平的说法的。”

“算了，你还是陪我到北川大学转转吧，五六年没回去了，听说他们建了不少新设施，去看看。”

“也好，我给你拿呢子大衣。”

秦怀春给秦勉穿上秋衣，戴上防风口罩，出门等了会儿公交车便去了北川大学。这是秦怀春教书育人的地方，他在这里工作了几十年，对这里是有感情的。在这里，他能在记忆中找回和学生们在一起研讨水稻育种时那些激动人心的画面；在这里，他的精神又回到了站在讲台和实验室时的状态，那是个充满激情和梦想的时代。

秦怀春在北川大学的林园里走了一圈，不少回忆被勾起了。这里以前是试验地，如今已经看不到五谷，变成了花园。听说学校在市郊买了块价值十亿的土地用作试验地，因此校园内的试验地便没有存在的必要了。

睹物思人，秦怀春站在林园边上，思绪禁不住被带回过去。他又想起昨晚崔挽明的来电。刘君和崔挽明亲如兄弟，对刘君的事儿，秦怀春不知该如何解释。

“挽明，好好工作，好好做人，把百姓的利益放在首位，其他的事儿和你无关。”

秦怀春就只说了这一句话便挂了电话，那头的崔挽明呆呆地立在窗口。第二天六点多崔挽明就要骑着电动车去镇里的市场找工人，还要把六千多份品系的种子播下去——农时不能耽误，更不能拖沓。可偏又传来这样的消息，他还怎么休息？

这真是一个折磨人的夜晚。海南岛的蚊虫多，烧好的蚊香也只能装装样子，根本没有效果。崔挽明在床上翻来覆去，和蚊子激战不休，心情糟糕到了极点。只要一想到刘君出了事儿，一想到老百姓遭了殃，他就觉得肠子都要绞断了。

秦怀春退休前，崔挽明刚来到海南岛时，在这片被当地人称为“南繁育种家园”的土地上，驻扎了来自全国数十个科研院所的育种科学家。这些年来，要不是有这样一群人和他一同坚守在一线，他不敢想象日子该怎么熬过去。这样一群捏着锄头把的知识分子走进地里的那一瞬间，便脱掉了知识分子的名头，变成了真真正正的田间劳动者，也就是农民。但你别看他们不拿身份当回事儿，仔细观察他们，他们还是免不了透着非同寻常的智慧。

崔挽明若不是这样一个人，秦怀春也不会将这么艰巨的任务交给他。崔挽明从床上爬起来，倒了一杯泡酒，一来是解忧，二来是蚊虫实在厉害，喝了酒，再怎么被蚊子咬他也能死死地睡过去，免去了被叮咬后的痒痒感。

他刚将一口酒含在嘴里，手机便振了一下。他实在想不到这大半夜的谁还会想起他来，从床上摸起手机看了眼——“黑子”。

“黑子”是大学期间崔挽明给刘君起的外号，工作后考虑到影响不好，就再没这么叫他。

嘴里的烈酒吱溜一下，就像蘸了润滑油的刺条，一个劲地往他的肚子里钻。他一下子就清醒过来，一股穿透心脏的烦闷之气终于从嘴里吐了出来。

整整一周了，他打过好几次电话，刘君那边始终处于关机状态，人是死是活全靠猜。现在好了，崔挽明不用担心了，人还活着。崔挽明将酒一口闷到肚子里，拉上窗帘，缩到床头，开始和那边的人交流起来。

不过崔挽明的脑袋也十分清醒，想到这个时候刘君的电话十有八九是被监听定位了，现在自己要说的话将来肯定会成为呈堂供词，心里突然戒备起来，而一想到自己针对的是同窗挚友，崔挽明又感觉自己像个狡猾的小人。到底是自保还是坦白公正，他难以抉择，这种感觉如万虫噬心。

他想起了秦怀春在私下里和他说过的一句话：男人必须做到三点才算是合格，一是有爱心，爱世界，爱众生；二是有责任心，心怀家国，心怀工作；三是有事业心，不懈怠，求进取。

众生面前，能实现平等也就只有靠法律的戒尺了。崔挽明选择众生，决定挽救刘君。

崔挽明编了条短信：“你在哪儿？为什么要逃？”

过了大约十分钟，崔挽明抽了两根烟，那边的人才回过电话来。

“记得有个人对我说过，如果有一天我在凤凰城混不下去了，就去找她。”

崔挽明听到这句话的时候，先是顿了一下，随后惊出了一身汗。这句话除了崔挽明，恐怕不会有第二个人知道其中的隐意了。

“你别乱来，刘君，我早跟你说过，你已经没有去的必要了。”

刘君岂会不留心眼儿？崔挽明刚问他在哪儿，刘君便意识到崔挽明可能被监控了。有这样敏锐的感知也正常，但他这次是将崔挽明对他的关心误解了。

话到这里，刘君便关了手机。

崔挽明恨不得即刻赶往五十里外的三亚凤凰国际机场，但他第二天还要播种育秧。真是屋破更遭连夜雨呀，越是忙得不可开交老天爷便越是给你找麻烦，不让你有喘息的机会，恨不得将你按在地上使劲摩擦，非让你将生活的辛苦劳累刻进骨子里才罢休。

“不行，就算天塌下来也要争取睡两个小时。播种是细活儿，一粒种子都不能出错，必须保有精力。”

崔挽明这样劝慰自己，尽量让身体空出一点儿余地去维持对事业的专注度。

出去招工的老板们一个个开着皮卡或轿车，当地苗族女工吵吵嚷嚷地奔着那些长着四个轮子的交通工具过去。老板听不出她们在说什么，但从行动上能够判断她们是准备跟轿车走了。老板见工人蜂拥而来，吓得赶紧下车。

“干什么、干什么？都给我下去，这么小的车，能坐下六个人吗？后来的那三个，都赶紧下去。”

女工们眼巴巴地看着穿花衬衫的老板，屁股就像涂了胶一样不愿离开。她们舍不得的是这一天的工钱，贪念的是来回接送的畅快，坐在老板的轿车里一来一回，中途摇下窗户吹着外面的风，那感觉就像是坐着自己家的车。但她们不知何时才会有属于自己的轿车，所以才会如此舍不得下去。

但老板也不是冤大头，用不了这么多人，只能将多余的人撵走。

一大早，崔挽明的电动车就熄了火停在路边的椰子树下，观察了半天情况。苗姐家里孩子生病，不能出工，所以他又跑到市场来。今天工人少，市场上他看得上眼的也就这三个了。她们年纪没过五十岁，算不得老辣，也没有十六七岁的年轻人的精明，基本是吃得了苦的人。别看她们一个个骨瘦如柴，真要干起活儿来绝对是一把好手。崔挽明跟工人打交道这么多年了，看人绝对一看一个准。

他见状便走了过去。

“播种干不干？”崔挽明打开轿车的车门，略带笑容地跟边上那个女工说话。

“你是老板？”女工一看崔挽明穿了件破衬衫、踩着旧拖鞋，根本没把他当老板看待。

“我问你干不干？”崔挽明加重语气，根本不解释什么。

女工把身上的挎包往车门外一扔，一条腿跨了出来。

“工钱多少？”

“多少？不是一百五一天吗？”

“大哥，你开玩笑，你说的是去年的价，今年一百五谁给你干工？加点儿。”

“这季节你们都没工可干，还嫌低？去不去？去就上车，不去就别废话。”崔挽明也是看准了市场上没有招工的人才敢这么硬气。

那搭话的女工扭头要走，被另一个同伴拉住了。

“我们干。车在哪儿？”

她们没有选择，而崔挽明也只能收起教师的那一套斯文。雇主和工人永远在博弈，谁妥协，谁就要折本。崔挽明兜里的钱是国家的，他不敢随便乱花，能省一分是一分。在市场和工人斗智斗勇的事儿对他来说已经是家常便饭了，因为只要省了一个工人的钱，一亩地的追肥的钱就出来了。育种是个漫长的过程，资金链不能断，所以他花每一笔钱都得精算明白，只要不亏待工人，他绝对会为节约成本不顾形象和多费口舌。再说了，站在这里，他不再是大学教师，完全成了地道的农民，怎能不说点儿接地气的话、干点儿硬气的事儿？

崔挽明把抽剩半截的烟往地下一丢，道："等着，车马上来。"

三个女工盯着崔挽明的后背，怎么看怎么觉得他不像是请得起工的人，而崔挽明随之招来的三轮摩托更是让三位女工大跌眼镜。

"上车、上车，不赶趟了。"崔挽明边说边将她们往车上赶。

"这就是你说的车啊？"

"这不是车是什么？有坐的就行了，瞎讲究什么？"

"师傅，走，北川大学南繁基地。"崔挽明交代完三轮摩托师傅，自己骑电动车先行一步。

这里的人都知道南繁基地，甚至对这里的每一家育种单位都熟知，根本用不着崔挽明带路。

坐上车之后，女工们还在喋喋不休。不管她们愿不愿意，钱一定是要挣的，至于条件，崔挽明能提供的也就这些。

三轮车到了基地大院，崔挽明见厨房里的包子刚刚蒸好，便站在椰子树下的活动房门口远远地朝三人招手。

"过来呀，傻站在那儿干什么？"

他把人叫过来之后，给每个人的手里塞两个大包子，然后又给每人盛了一碗鸡蛋紫菜汤。

"吃，使劲吃，吃饱了好干活儿。"

三人你望望我，我望望你。出来干工十多年，她们从来没吃过老板亲手递来的东西。从前她们在外干工都是自己兜里带点儿干粮应付，遇到崔挽明这样的老板还真是头一遭。

"吃呀，我包的山野菜馅包子，你们不喜欢吃吗？"

要说崔挽明的细心程度，绝不是一般人比得了的。他知道要想做好一件事儿，需要考虑的东西太多了。他眼里能看到的东西绝对是要多于常人的，这便是秦怀春中意他的原因。

吃完包子，喝了一碗汤，崔挽明便将昨晚从浸种药里捞出来的种子摊开来排序，一遍遍地检查，就怕顺序一乱将种子也搞乱了。工人见状赶紧将包子塞到嘴里，颠跑过来。

“来啦，听着啊，你们没干过这活儿，所以我说的话你们一定要听。知不知道听话是什么意思？就是不要有自己的想法，我怎么教你们就怎么做，一步都不能错。”

工人们手掐着腰，一副不屑的样子，心想：不就是农活儿嘛，有什么好嘱咐的？

“大家看着，我手里这一捆是从一到十的十个号，每个号两穗种子，这两穗种子和它们的标签绑在一起。播种的时候，先从小号开始播，将标签放在苗床上画好的方格里，一个方格一个号，标签永远放在你们的右边。播种的时候如果有散的稻粒掉下来，记住了，一定要捡起来扔在桶里不要了，这个很重要。”

“反正都是播，播完就行了，掉了就掉了，还捡起来干什么？”

“你看，我刚说完不让你有自己的想法，你就开始犯错误。因为这是我们很多年辛苦选育出来的材料，一粒都不能混杂，掉在地上的已经分不清是哪个号的种子了，所以不能要。给你，你试试看。”

崔挽明示范完一个号的播种，将剩下的九个号给了一个工人。

“不着急呀，一定要干好了，咱们不怕慢，但一定给我干仔细了。”崔挽明这话也就是安慰工人的，没有人比他更着急的了。几千份材料必须在今天播完，再来一天，算上路费和伙食开销，五百块又没了。而且一定不能拖到明天去，因为明天他还有另一件要紧事儿要做。

他带着工人干了一个小时，工人终于摸清了门路。

“我们干了这么久的工，从来没见过你这样干活儿的。”

“没见过就对了，干了这么久，我给你们换点儿新鲜活儿干，多好？你们又学到一门手艺，以后就跟我干了。”

崔挽明每次找工人来都希望她们能做回头工，毕竟每来一次新人他就要重新教一遍，如果都是固定的几个人，他能省心不少。但这样的情况从来没发生过，因为工人喜欢干不费脑子的活儿。同样是挣钱，他们在崔挽明身边干活儿却要时刻警惕着，稍有不慎，干错活儿就会被骂，一被骂便再也不敢来了，自然也就成了流水客。

崔挽明要对育种事业负责，他的原则性很强，该骂的时候绝不心软。就因为他这样的性格，在整个林海省水稻育种行业里，他深得大家敬重。

他就是这样一个将事业视为生命的人，外表冰冷严谨，内心真实火热。

尊重劳动和尊重劳动者，这是两个截然不同的概念，崔挽明能做到两不误。在他眼里，工人既是工人也是人，工人的职责是干好工作，同时拥有人权和平等地位。崔挽明很好地维护了这个观念。

只是过了今天，这个有情有义的人便要去做另一件让他热血沸腾的事儿了。

第十五章
撤　退

天还没全亮，崔挽明便已经收拾好，没有带多余的行装，骑上充满电的摩托车匆匆赶往机场。

他的手在兜里摸索着，里面这张卡里还剩两万块钱，是北川大学水稻研究所所长，也是崔挽明的直属领导尹振功亲手交给他的，二十亩育种基地一个季度的全部花销都在这张卡里。崔挽明自知这点儿钱是远远不够的，但买了机票即等于公款私用。

算了吧，他想了想，掏出自己的工资卡。谁让刘君是他的挚友？

机票倒不算贵，但也超出了他的消费水平。水稻研究所没有过多的经费，这笔钱只能是自己出了。

排队安检的人很多，崔挽明找了个人少的通道排队，但很快，身后的人便密密麻麻地挤过来。过了十来分钟，安检室那边传来女孩的争吵声，这一队前面的安检进度慢下来，队伍一直不往前推进。争吵声越来越大，排队的乘客伸直了脖子往里看。

崔挽明看了看手机，时间还早，也就不着急换安检通道，索性当了回看客，跟着队伍徐徐地往前挪动。

安检员是个小伙子，本来女孩的泼辣让他毫无还手之力，但面红耳赤之下，女孩又拉拉扯扯，终于逼得他出了手。小伙子伸出手将女孩拨到一边：“你别妨碍我工作了，我真的没看到你丢的东西。你去候机室注意听广播，失物招领信息里要是有你的名字，你就去找他们。”

女孩的火一下子便上来了：“干什么？你敢动手打人，你再动一下试试？”

小伙子表情无辜地呆住，扶了扶眼镜，道：“小妹妹啊，我哪里打你了？说话可是要负责的，没有的事儿别乱说，这儿可有监控拍着呢。”

可惜来不及了，女孩上去一把揪住了小伙子的衣领，伸出拳头就要砸过去。

“你干什么？”一只粗糙有力的大手握住了女孩的手。崔挽明通过安检刚进来便赶上这一幕，所以出了手。他观察半天了，对女孩的无理取闹早就心有不爽，这下她正好撞在他的手里。

“哎呀，疼，疼疼疼……”女孩眼睛一眯，噘着嘴巴看了崔挽明一眼。

“你是谁啊？我数到三，把你的手拿开。”

崔挽明没有回应，继续捏着女孩的细手腕，严肃地对负责安检的小伙子说：“同志，不行的话给机场协警打个电话，让他们过来处理。”

小伙子愣了一下，很有底气地掏出电话开始拨号。

“哎，你们两个大男人好意思吗，欺负我一个小姑娘？我走还不行吗？不许打电话，我才不要见警察。”

“你确定不想见？”崔挽明用一种教育的眼光看向女孩。女孩有些不自在，手使劲甩了一下，挣脱了束缚。

“多管闲事。”女孩突然平静下来，说着便转身走向候机室。

崔挽明跟了出去，看见女孩一直低着头，脚步极度不匀称，看来心事不小。崔挽明加快脚步追上去和她并肩走着。

“你丢什么了？”

女孩脚步一停，侧身一转，抬起眼睛来，不客气地道：“大叔，麻烦你走开，我丢什么和你有什么关系？你别和我一起走。”

“说不定我能帮你找到呢？”崔挽明的不依不饶完全是出于一番好意。

“好哇，你去找吧。”女孩冷冷地看向崔挽明。

“行，告诉我你丢什么了，在哪儿丢的？”

“身份证。安检完，我进到候机室就发现身份证没了，找去吧。”

“你总得告诉我你的姓名吧。”

女孩瞪了他一眼，不情愿地道：“林潇潇。”

“你在几号候机室？找到东西我就去找你。”

“十六号。”

“在那儿别动，等我回来。”崔挽明转身便走。

“哎，你回来。”林潇潇又把他叫住，“把你的登机牌给我，我怕你跑了。”

“什么？”崔挽明无奈地顿了两秒，“好吧。”

接过他的登机牌，林潇潇哼了一声，往十六号登机口走去，仿佛她的事儿已然成了崔挽明的事儿，方才还愁眉不展，现在居然从包里掏出耳机听音乐，进入了另一个世界。她看了眼崔挽明的登机牌：“好土气的名字。”

她随手将其扔在座位的一角，闭上了眼睛。

此时的崔挽明已来到候机室外的服务台。

“您好，你们的失物认领处设在什么位置？”

“您好，先生，我们这里没有特别设立失物认领处，请问您丢什么了吗？”

崔挽明想了想道：“那临时身份证明上哪儿办理？”

“你得出候机室，找机场警务了解。”

这可如何是好？还要再出去。要办理临时身份证明，本人不到场恐怕不好办，但崔挽明一想到那位小祖宗，即刻打消了这个念头。

服务台的小姐面带微笑地又问了一句："先生，您是丢了身份证吗？"

"对，丢了不到半小时。"

"失主叫什么？"

"林潇潇。"

那小姐从玻璃柜台的抽屉里取出一张卡，双手递给崔挽明："您看是不是您要找的东西？"

崔挽明接过来一看，名字倒是对上了，可这人怎么就对不上号呢？身份证上的女孩怎么看都不像刚才那位，但不是她还会有谁呢？

"差不多，我拿走让她看看，不是的话再送回来。"

"先生，东西需要本人过来确认，我不能交给您，麻烦您将当事人领过来。"

谢过服务台小姐，崔挽明觉得终于解决了这个麻烦。他本就一大堆事情，半路还给自己找事儿。认识崔挽明的人没有一个不说他是操心的命，看来他不但操心，还爱管闲事儿。

他能够做到对一个陌生人这般坦诚相待，这般仗义相助，实在难得。可当他怀着一腔热情走到登机口，面对他的却是一个仰面朝天、呼呼大睡的女孩。崔挽明的心似被攥成了一张皱巴巴的饺子皮，他在心中怒骂：我要是养这么一个女儿，早就一巴掌把她扇出门。

没有办法，他只能用脚踢了踢林潇潇。林潇潇倒是敏感，一下子便坐起身来，眼睛里火光四射。

"干什么你，让不让人休息了？！你不是找东西去了吗？怎么回来了？"

崔挽明把手插进裤兜，板着脸看着她："小姑娘，首先你我并不认识，我看你有困难，答应帮你，你起码该有些礼貌；其次，即便我是出于自愿帮你，但你就不应该感恩吗？你都二十三岁了，怎么连基本的礼数都没有？"

“你是谁啊，凭什么教育我？跟我爸似的，一个老古董，自觉多活了几年就多值钱似的。跟你们这种大叔交流真费劲。”

“你再说一遍。”面对林潇潇的蛮横，崔挽明从心里想好好教育他一番。

林潇潇冷静下来，一咬嘴唇，鬼精灵地指着崔挽明的鼻子道：“二十三？你怎么知道我的年龄？不对，不对、不对，说，你是不是找到我的身份证了？快拿来。”

“没错，我是找到了一张身份证，不过可惜，你们虽然同名，样子却不像是同一个人。”

“哼，你没听过女大十八变吗？快把身份证还我。”

“你态度不好，等你态度好了再说。”

“那是我的东西，你凭什么不给我？你想要流氓是不是？”

崔挽明听到这句话，差点儿没把肚里的饭喷出来。“流氓”这两个字在他过去的二十九年人生中从未出现过，他做过优秀少先队员，做过优秀团员、优秀党员，是精通学术、教书育人的园丁，怎么就成了流氓？

“跟我来。”崔挽明打算放弃跟这个“烦人精”交流，不想再听到任何一句关于自己的坏话。遇见这样一个刁蛮的女孩，崔挽明只能自认倒霉，别说得到她的一句感谢，只要她不诋毁和践踏自己的初衷就算是赚了。

来到服务台，崔挽明向方才那位友善的小姐点点头，示意他回来取东西了。

小姐再次将东西拿出来，道：“这就是你的女儿啊？”

林潇潇张着嘴巴，望了望面带笑容的姐姐，再望望崔挽明，恶狠狠地道：“你都跟她说了什么？”

崔挽明也是一惊，赶紧解释：“你误会了，我们不是父女。我……看上去有那么年长吗？”

“年龄倒差不多，气质差多了。”林潇潇一把将身份证抢过来，嘲讽了崔挽明一句，愤然离开了。

崔挽明尴尬地面对着服务台的小姐，指了指林潇潇：“我……

我明年才三十岁，好吧。我……我看看去。”

让崔挽明难以忍受的是，林潇潇和他买了同一班航班的机票。在得知她在十六号登机口登机的时候，崔挽明便在想如何尽快摆脱掉这个麻烦。虽说麻烦是自己招惹来的，怨不得别人，但他现在一眼都不愿再看到她。

这恐怕是崔挽明做过的最后悔的一件善事。但他和她选到了相邻的座位，这意味着简短的一段行程将会变得异常漫长。

上了飞机，他便开始琢磨刘君此时可能的动向。崔挽明有种感觉，自己的电话一定被监听了，因此出门前他便将电话卡扔在了家里，以防透露了行踪。

他不觉得这有何不妥。虽然刘君做了对不起老百姓的事儿，但要是让司法部门的人将刘君铐回去，对刘君这样一个心气高的人来说，必将是一个毁灭性的打击，所以崔挽明想通过自己的方式挽救刘君。但这些话他不能和司法部门表明，在法律面前，刘君难逃罪责，除非刘君能做点儿什么。

崔挽明正是那个雪中送炭的人。这段时间他没有一天不在思索补救措施，前几日他已经联系到中介老黎。但凡和农业挂钩的事情，只要合法，找老黎就一定能解决。通过北川大学建立南繁基地一事，老黎挣了二十多万的中介费，他对崔挽明那是相当感激了。当地人办事有自己的规矩，可只要能顺利解决问题，花点儿钱也没什么。崔挽明想让老黎帮着承包五十亩水田，先问好了价钱，等见完刘君之后再决定要不要承包。

飞机起飞后，林潇潇便开始睡觉。崔挽明将身体扭到另一边，静静地看着窗外的天，心里想的全是刘君的事儿。尽管担心这次行程，但好在他没携带手机卡，心里也稍微能安稳一些。昨晚秦怀春来电，告知他林海省刑警大队的人已经入驻长沙。这个消息让崔挽明开始有些担忧，这说明刘君到达湖南的事儿已经暴露。至于刘君具体去了哪儿、刑警队的人有没有掌握新情况，崔挽明一无所知。

面对这样一种模糊的情况就贸然前去，崔挽明心中一点儿胜算都没有，搞不好连自己都得搭进去。这是他最不希望发生的事情。头绪交织，让他一分钟也静不下来，口干舌燥之下，他一连要了好几杯水饮下，因此不久就从座位上被逼了起来。

林潇潇横在那儿，他没办法跨出去，只得将她叫醒。他用手碰了碰林潇潇的肩膀。

“喂，醒醒，我去卫生间，给让让道。”

林潇潇不情愿地睁开一只眼，慢悠悠地瞅了瞅他，嘴里蹦出一串字：“你这人有病吧？你是故意的吧？！我一睡觉你就要把我弄醒，怎么回事呢？”

崔挽明没有理会她，因为知道一旦回嘴，将是一场没完没了的斗嘴。这里是公共场合，他宁愿忍受也绝不反抗。借着林潇潇侧身的工夫，他一个大步跨了出去。

等他回来的时候，林潇潇却挪到了他的座位上。崔挽明也不说什么，坐在了林潇潇的位置上，从前排椅子的后背抽出一本时尚杂志开始翻阅。

过了几分钟，林潇潇开始用余光扫他。他假装没看见，继续看他的书。林潇潇冷笑了一声，让崔挽明不得不合上杂志。

“有什么好笑的？心情不好就自己老实待着，你欠我的人情也不用还。你就不能让我安静地待会儿吗？”

林潇潇的眼光柔了下来。阳光从窗外射进来，打在她白皙的脸颊和金黄的发丝上，让她仿佛变成一只裹在襁褓里偷懒的猫咪。

“你怎么知道我心情不好？”林潇潇认真地盯着崔挽明的眼睛，对这个无事不知的大叔有了种说不上来的崇拜之情。

既然话题说到这儿，崔挽明干脆放下杂志，道：“你也不看看自己的脸，都快扭出水了。你我素不相识，即便是我做得不对，你也不至于出口伤人，除非你心情不好。还有，我见到你的时候，你手里拿着两个护照，我没猜错的话，你刚从国际航班下来。现在说说吧，那个惹你不开心的人在哪儿呢？莫非被你卖了？”

林潇潇惊诧的表情证实了崔挽明的推测。内心的秘密被一个陌生人当场揭穿，林潇潇的安全感瞬间就没了。

“不要你管。”她显然接受不了自己轻易被别人看穿的事实。

“那最好。”崔挽明也表明自己的态度。

两人就这样下了飞机，但下飞机后林潇潇很大度地递了一张名片过去。

“有机会联系我，我欠你一个人情。我这人最烦欠人东西，尤其是人情，所以你一定要联系我。”

崔挽明接过名片，直接揣进兜里，什么也没说，自顾自地走了。

两人刚要走向各自的方向，崔挽明就在机场出口看见了刑警队长江涛一行人。江涛在林海省是破过大案的人，经常出现在各大媒体的镜头之下，崔挽明自然是认识他的。

敏感的崔挽明一下子意识到自己的行踪可能暴露了，来不及跟一旁的林潇潇打招呼，便想要夺下她的鸭舌帽掩饰自己。他刚要伸手过去，江涛小跑着过来了。崔挽明一个转身退了回去，根本不敢回头。

当他发现江涛没追上来，再回身的时候，却见林潇潇上了江涛的车。

他俩怎么会认识？崔挽明在心中嘀咕道，一回想林潇潇的身份证，地址正是林海省凤凰城。

他们是父女关系？崔挽明继续猜测，不对，一个江姓，一个林姓，不是一家。那会是什么呢？林潇潇刚从国外回来，江涛也刚到长沙，两人为何选择在这里碰面？

崔挽明将这些事儿全部串联起来，想要找到头绪所在，但终究未果。眼下他要做的要紧的事儿是迅速赶到清河县找到刘君，在警察到来之前把计划跟刘君商议后部署下去。

清河县地处山区，位于湖南省西部的偏远地方，交通问题一直未得到很好的解决，很难想象崔挽明当年是如何走出去的。下了飞机，他一刻也不敢耽搁，径直往老家深山赶去。他要见的人，十有八九在这里。

六年前崔小佳毕业返乡支教，这对一个女孩来说并不容易，作为兄长，崔挽明对妹妹的决定并不支持。他永远都忘不了毕业前夕，那次争吵彻底让价值观不同的兄妹俩踏上了各自的人生道路。他们一个誓死走出大山追求理想，一个则回归故里造福家乡，可以说都不是错误的人生抉择。不过当两人将个人的观念强行加到对方身上的时候，误解也就成为自然。

一想到这段往事，崔挽明的心就像扎满了剑麻，充斥着剧痛。

他到达村口的时候已经是下午一点钟，晨雾刚刚退去。由于海拔太高，这里的湿度和光线都很强。他碰见几个从村口出来的上学娃，一个个的脸都红扑扑的，像是冻过的苹果。

“孩子，你们背着书包是要去上学吗？”他蹲下来，向一对七八岁的兄妹问话。

哥哥将妹妹拉到身后保护起来，做出防备坏人的架势，眼睛里略带怯意，道：“嗯。”

崔挽明顺着村口的路望出去，什么也没看到。“学校在那边？”他指了指。

男娃又嗯了一声。

“你们能带我去学校吗？我是你们崔老师的朋友，过来看看她。”说着，崔挽明掏出他和崔小佳大学时的合影，“喏，看见没？我们以前一起上大学，是很好的朋友。”

见到照片之后，男娃才放心地挪开身子：“跟我走吧。”

他牵着妹妹的手在前面走，边走边回头打量崔挽明，对突如其来的陌生人，孩子做得十分得当。而崔挽明看着眼前的这对兄妹，一下子仿佛又回到了从前的时光，想起了他们兄妹小时候也是这般亲密。时光荏苒哪，多年后的今天，崔挽明却是带着未解的心结来见妹妹，心中滋味可想而知。

半小时的山路对孩子来说算不得什么。那三间教室远远地看过去就像是点缀在山腰的一只白鸽，透着奔走的力量和崭新的风貌。

崔挽明的脚刚踏入学校院子，最外面的一间教室里便传来“老师好”的上课声。兄妹俩回头看了眼崔挽明，站在教室门口看着崔小佳，不肯进去。

“李三娃，你怎么不进教室？快进来。”

李三娃侧身，伸出手一指：“崔老师，有人找。”

崔小佳闻言，脸色变得刷白，感觉心里那根绷着的弦被使劲拉扯了一下，发出不合氛围的调子，双腿颤抖了一下，慌忙跑出来。

前来找她的是手里提满东西的亲哥。崔小佳看了他一眼，不耐烦地道：“你怎么来了？这里不欢迎你，请你离开。”

“小佳，这么多年了，你还在怪我？”

崔小佳犹豫了一下，意识到崔挽明不会无故到来：“等我下课再说。”

崔挽明走到院子边上的篱笆旁站住，点了根烟，看向脚下成片死去的茅草。茅草在秋风下摇曳，一根根针芒般冲着天空，好像在说，就算死去，也要在这片土地上站稳。

崔挽明很久没有这么亲近自然了，即便是在试验田里，也是在忙碌中度过，精神上根本没有闲暇的时候。现在好了，抛开工作和车水马龙，和自然交融在一起，他才懂得风的冷冽和草的荒芜，竟是这般让人心生敬畏之情。

脚下的烟头堆积了五六个，下课铃才响起。崔小佳收拾好课本，不情愿地走了过来。

“你怎么乱扔烟头？这里到处是草，比不上大城市，引起火灾谁都负不了责任。”

崔挽明蹲下身捡起烟头：“对不起，没注意这个。”

崔小佳将脸转到一边，抱着手道：“有事儿快说，我一会儿还有课。”

“就不能让其他老师代一节课？我有要紧事儿问你。”

“这里就我一个老师。”

崔挽明无奈地皱了皱眉：“带我去见刘君。”

听到“刘君”这两个字，崔小佳像是被抽了一巴掌，一下子转过头来，惊恐地看着崔挽明，目光瞬间化作一根针刺了过去。

“你还有脸提他？！当年要不是因为你，刘君和我早就——”

“当年的事儿我没有错，刘君有自己的人生，是他没选你。”

“你还是不愿承认，你——”

“够了小佳，我来不是和你谈论旧事的，你要是想帮刘君，赶紧带我去见他。”

“我怎么知道他在哪儿？”

“好，你不说是吧？现在刑警队的人已经到长沙了，你是想让他们来这里把人带走，还是让我来解决问题？”

崔小佳终于掩饰不下去了，抡起拳头往她哥身上砸过去，每一拳都在宣泄不满和激愤。

“都是你！都是你！要不是你让他留在林海省，他也不会出这种事儿！这就是你口口声声讲的大好事业，哪里好了？崔挽明，你记住了，要是刘君进去了，我不会放过你！”

“我不跟你争论，现在还有时间，赶紧带我见他去。”

“你答应我，一定别让他出事儿。”

“小佳，这么多年了，你该放下了。你老是这么惦记他，自己的后半辈子怎么办？你总要找个人过日子。”

“用不着你管，你连自己的婚姻都守不住，凭什么对我指手画脚？”

崔小佳转身回到教室，给孩子们布置了课堂作业后，收好东西带着崔挽明从后山绕了过去。

他们在一间茅屋前停了下来。崔小佳的眼神带着一些焦急和期许，她不知道自己的行为给刘君带来的是灾难还是幸运，反过来说，她对崔挽明的到来信心不足。但目前她只能硬着头皮往前冲了。

“崔挽明看你来了，刘君，你出来。”崔小佳对着茅屋喊了一声。

下午两三点的秋风夹带着太阳的光波贴在皮肤上，给人一种很不痛快的滋味。刘君听到这句话，急忙从窗户间的狭缝望了望，迟疑了几秒后，才披上外套踏出来。

他见到崔挽明的时候，脸上露出了近日难得一见的笑容，有种旧友重逢的味道。崔挽明还以微笑，然后走了过去。

刘君抬起手，示意他站在原地。

“挽明，你现在走还来得及。你已经走错一步了，不要再往前走。我现在成了百姓眼中的祸害，你不能被卷进这件事儿中。”

“他是来帮你的。”崔小佳以一种商量的语气劝刘君。

“小佳，他是你哥，你替他考虑过吗？事情有多严重你不是不知道，你怎么能带他过来？”

刘君的责备让崔小佳哑口无言甚至是极度委屈。对一个女人来说，心仪的人遇到这么大的麻烦，唯一想到的就是能让他得到一些帮助，否则单凭她和崔挽明破裂的关系，她是不可能让他见到刘君的。

“刘君，你给我住嘴。我问你，你拿我的前途当回事儿，就没考虑小佳的前途吗？你知道你跑到这里来意味着什么吗？”

“我还能去哪里？难道回到我父母跟前去忏悔吗？”

“你想去哪儿都行，但就是不能来这里，你把小佳害了，知道吗？”

“崔挽明，亏你说出这种话，害小佳的人是你。要不是你，我早就和小佳在一起了。”刘君变得有些激动，开始和崔挽明翻起旧账来。

“好，刘君，今天咱们仨都在，你当着小佳的面把当年的事儿说清楚。是我逼你留下的吗？是我让你从事育种工作的吗？是你自己要这么做，你别再欺骗自己了。秦老师对你有栽培之恩，你说要留下来回报老师，要和老师一起干事业，将林海省的水稻育种事业壮大起来。你已经有了私心，所以才没跟小佳走。”

“要不是你跟我说了那么多美好前景，我是不会留下的。”刘君说这话的时候，根本不敢看崔小佳，这么多年来他从未对她承认过自己的想法。

“你后悔了？你现在挣钱了，有房有车有存款，大小是个科室主任，这难道不美好吗？我早就劝你找个女人成家，有了家你就有了约束，做事情也就能学会周全和舍弃，可你不听，现在好了。不管你是中了别人的圈套还是其他什么，现在要做的就是把事情的前后经过完整地告诉我，过去的事儿咱们今后可以解决，前提是你要先把这关闯过去。”

崔小佳听到这里，眼睛一下子红了。

“你干什么呢？”刘君一把将崔挽明推倒，失控道，“你不是答应我了吗？这件事儿替我保密，你怎么……唉……”刘君一脸无辜地看着泪如雨下的崔小佳，不知说什么好。

“刘君，他说的都是真的？”崔小佳那眼神恨不得从他身上剜走一块肉，“你跟我说你结婚了，跟我说你有孩子了，这都是你亲口跟我说的。这么多年了，我以为你不会骗我。为什么？为什么不告诉我？你怎么可以这么狠心？！”

崔挽明情绪一激动，将刘君没成家的事儿说了出来，这对崔小佳和刘君来说，可谓锥心刺骨般痛苦的事儿。

“小佳，你听我说……”

“住口！”

崔小佳捂着嘴，徐徐蹲下身子。她已经站不住了，神经被情绪堵塞住，血液似乎也不再流动。她只觉身体发麻，四肢筋骨全都纠结在一起。

快七年了，崔小佳一直在等一个消息，等着她爱的男人可以找到另一个心仪的人，以此来结束她对这份感情的追念。当她终于听到凤凰城传来的消息之后，纷乱的心才慢慢平静下来，不再激荡。她试着去一个人生活，陪着大山里的孩子，缓缓结束自己的一生，即便没有可以陪伴的人，也能从教育事业中捞起莫大的幸福感。就在她准备这样度过一生，并开始有了一丝感觉的时候，老天爷又告诉她故事的真相：那个男人没有结婚，没有孩子，他和你一样，孤单地度过了六年多光景。

崔挽明看着这对曾经的恋人，心中不免有些自责。当年他们的梦想是那么炙热，以至于可以将爱情焚烧殆尽，但其实他应该鼓励这对有情人走到一起的。那时候的心脏容得下一切激流闯荡，容得下任何情感挫伤；可以纵马天涯远走他方，也可以心无旁骛志在必得。但随着时间的积累，那些沉淀下来的伤痕已然使心脏不再坚强。

当“欺骗”这个词从冰冷的意境中走出来，就变成了一句可以温暖人心的话，说明这个人还爱着她。她不计后果的苦等换来了一个诚实的回答，所以她是幸福的，也是悲惨的。她幸福于爱情的忠贞，悲惨于时光的流逝。

崔挽明没有时间去回忆这些伤感的往事。他差点儿就被崔小佳的眼泪给弄迷糊了，赶紧拉着刘君的胳膊进了茅草屋。

“现在时间很紧，我来问，你来答。你手里还能拿出多少钱？”

“钱？这两年发了不少奖金，我都没舍得花，差不多有四十万。”

“你这一出逃，我想你的银行卡肯定被冻结了。”

“我把钱打在了小佳的银行卡里。大学那四年，和小佳有关的一切我都能记住，那时候我答应她要给她好的生活，挣钱之后，我就把钱存在这个银行卡里了。”

崔小佳一听刘君的话，眼泪又滴滴答答地落了下来。

“卡呢？”崔挽明问道。

崔小佳慌慌张张地摸了摸包，转着泪汪汪的眼睛想了好几遍才道：“在我以前的旧皮箱里，离开校园后，那些东西我都没动过。”

“好，刘君，把钱交给我，我来想办法。”

“挽明，你要干什么？你千万不能为了我做错事。”

“我想了很多种方法，现在唯一能救你的就是尽力挽回老百姓的损失。我在三亚承包了五十亩土地，我那里有‘林育稻 1 号’的原种，你如果相信我，我拿着这笔钱把品种繁殖起来，再以你的名义无偿捐给受灾百姓。”

“挽明，‘林育稻 1 号’真是你的？”

“说这个有什么用？现在要紧的是帮你脱身。”

“没有用的，挽明，我已经酿成大错，补救只是一方面，我得承担法律责任。”

“你给我住嘴。你别忘了，假种子的事儿，自始至终你都是不知情的。你现在给我想方设法地找到那个背后的操控者，只有这样才能救你。”

“挽明啊，你是知道的，所有的种子都是于向知给我的，我怎么会知道有问题？”

“你是说于向知有问题，对吧？那咱们就把他顶出去。”

“我手里没有证据，怎么顶？”

“怎么顶不用你操心，我来想办法。事情不是没有挽回的余地，事发的时候你该早给我打电话的。你怎么会这么傻？你跑路就等于认罪，现在你还怎么自证清白？”

崔小佳在旁边一字不漏地听着，对刘君的处境也愈加担心。

“哥，你想想办法，不能让刘君有事儿，求求你。”

看着这对曾经的恋人双双陷入痛苦之中，崔挽明也一样难受。他之所以要以刘君的名义繁种，不只是为了替刘君赎罪，更重要的是要保住林海省老百姓对水稻种植的信心。这件事儿如果处理得不好，来年水稻种植面积肯定要大幅下降，到时候挨批评的就不是曹海亮和石海明之辈了。

这件事儿的复杂性不是崔挽明一个人能解决的。那天晚上他一夜未睡，就解决方案思考到天亮，得出的结论是：刘君要想不被刑拘，除非种子不假，否则一切免谈。

这样的结论让崔挽明很难接受，也让他为刘君的遭遇悲痛万分。他心中有了些好的提议，但他还不能往林海打电话，有些事儿必须先弄清楚才行。

第二天一早，崔挽明把刘君和崔小佳叫了过来，让他们原地待命。

“省刑警队的人已经到了长沙，虽然我不确定他们知不知道你的动向，但无论如何你都不要下山。还有小佳，你正常上你的课，千万别请假，你这儿一点儿漏洞都不能有。我现在到市里想办法打听一下情况，小佳你给我找一部能用的手机，方便咱们联系。刘君虽然借别人的名办了电话卡，但也不能再用了。”

“挽明，我和小佳商量过了，实在不行我就回去自首，这么躲着不是办法。”

“好了、好了，别再说了，找到洗清你的罪名的证据之前，你不能回去。现在于向知在国外不回来，没人会相信你的话，你回去就等于认罪了。”

崔挽明拿着崔小佳借来的电话匆匆下了山。进入绕城高速的时候，他从兜里掏出了一张名片。

林潇潇这个人本来只是个过客，但她居然上了江涛的车，这就不得不让崔挽明动了心思。他虽然没抱太大希望，但还是要试试。林潇潇给他名片的时候说过会还他一个人情，现在崔挽明想把这个人情用了。

他掏出电话，编辑了一条短信：“林潇潇，你还欠我一个人情。一个小时后我到长沙市，有时间的话见一面，有事请你帮忙。”

“你是谁啊？有病。”不到一分钟，那边的人就回过来消息。

“你的身份证是谁帮你找回来的，忘了？”

“是你呀，你还真不要脸，我就是随便说说，你还真来要人情了。好吧，在哪儿见？”

“火车站售票厅。”

崔挽明发完这条短信，那边的人就没再回复。一小时后，两人先后到达售票厅那里。

“什么事儿非要在这儿谈？你快点儿说呀，我在这儿随时都可能走，能不能帮你还不知道呢。”

崔挽明看了看周围涌动的人流，决定换个地方谈。十五分钟后，两人走进了一家咖啡店。

“没想到你这个人还挺有心。”

“我问你，江涛和你是什么关系？”

林潇潇瞪大眼睛，放下手里的咖啡杯，不高兴地回道：“你怎么知道他？我发现你这个人挺奇怪，从我认识你到现在，我的事儿你怎么什么都知道呢？”

“你还没回答我。”崔挽明的态度一下子严肃起来。

林潇潇不服气地看了崔挽明一眼，仰着脖子，慢悠悠地说：“没有关系，他是他，我是我。他来长沙办案，我就是顺便到这儿玩两天。”

“办什么案，你知道吗？”

“我怎么知道？我说你问我这些到底是什么意思，难不成你就是江队长要抓回去的人？”

崔挽明知道，要想让林潇潇信任自己，只能对她坦白情况。他不得不把事情原委和盘托出，如果不这样，他就得不到说服江涛的机会。

“啧啧啧，没想到哇，这都什么年代了，还有为朋友两肋插刀的人。照你这么说，你朋友无罪咯？”

“我想和江队长见一面，现在刘君不能回去，你能帮我安排一下吗？我想私下跟他沟通一下。”

林潇潇喝了口咖啡，双手放到桌上，凑近崔挽明道：“你想干什么？收买咱们的人民警察？知道我是干什么的吗？”

崔挽明瞥了林潇潇一眼：“干吗的？”

“哼，听好了，本姑娘可是中国公安大学刑侦专业毕业的，你居然当着我的面想私通刑警，你这本身就在违法。”

“看不出来啊，既然是这样，那我只好跑路了，免得被你抓回去。”

崔挽明说着，故意起身，被林潇潇按了回去。

“行了、行了，崔挽明，我可以带你单独和江队长见一面。你的情况我也都知道了，如果事情真像你说的那样，我可以出面帮你先稳住刘君。”

林潇潇玩笑了半天，终于说出一句有用的话来，随即掏出电话打给江涛。半小时后江涛赶了过来和崔挽明见面。

“好了，江队长，你们聊，我逛街去了。”

崔挽明想要说声谢谢，但林潇潇没给他机会。

“你就是崔挽明？刘君的朋友？”

“是的，江队长，这件事儿给你们添麻烦了。”

“刘君人呢？省里还等着我们回去交差。我可跟你说，他现在的问题很严重，畏罪潜逃，你知道吗？”

“江队长你听我说，事情不是你们想的那样。据我了解，刘君虽然参与了那批种子的生产工作，但毕竟不是主要负责人。他就是一个单位员工，做什么事儿也不是他说了算的。”

“你的意思我明白，我们也了解了一些情况，他们的原所长，也就是现在的院长于向知，肯定是主抓这件事儿的人。我们也通过国际电话联系到了于向知，在视频会议中他明确表示对这件事儿不知情。育种所制种的事儿的确是于向知放的权，但实操者就是这个刘君。下属没有把好关，领导顶多算监管失职，主要责任还是要刘君来负。”

崔挽明一听这话就知道于向知已经把此事推得一干二净，现在如果没有实证，那刘君就等于百口莫辩。他没有跟江涛解释更多，而是把话题拉了回来。

“他这种情况，如果及时弥补老百姓的损失，会不会从轻处理？”

“这个不好说，有这种可能。”

“刘君现在可以跟你们回去，但江队长，我有个请求，希望你能考虑。”

“他回不回去不是你说了算的。你有什么就说。”

“我还是希望你们能考虑我先前的意见，对这件事儿的前因后果一定要调查清楚。我不相信刘君会明知故犯，他对假种子的事儿一定不知情。”

“放心，我们带他回去只是了解情况，在弄清楚事实之前，我们是不会采取任何刑事措施的。不过他既然心里没鬼，为什么要跑出来？”

“江队长，你误会了，刘君没有逃跑，只是来这边看一位老朋友。”崔挽明一听江涛的话，马上灵机一动，给刘君想了个绝佳的借口。

“行了、行了，少给我灌迷魂汤，不管什么原因，省里还等着他的调查结果。他在哪儿？带我去见他。”

崔挽明正要回绝江涛，省公安厅的电话打了过来。

“林厅长，我们马上就能带刘君回去，请您务必放心。”

“江涛，我打电话不是说这事儿，现在案子有了新变化。工商局已经到省种子管理局取到了‘林育稻1号’的备案种子，经DNA鉴定，与受灾群众提供的种子比对结果一致。”

“什么？林厅长，您的意思是这是一场天灾引发的冷害，他们卖的不是假种子？”

“现在可以这么认为，不过你还是要把人带回来，有些其他的情况需要进一步了解。”

崔挽明听到这个消息，既惊喜又疑惑。按理说这批种子肯定是被换掉了，但为什么鉴定结果会是这样的呢？这几天林海省发生了什么？难道有什么人在故意做文章？既然于向知把责任推给了刘君，那还会有什么人愿意冒险挺身帮刘君呢？刘君在这个圈子可没这么大能耐。

虽然解了燃眉之急，但崔挽明的心一点儿都不踏实。为了证实这件事儿，崔挽明突然想到去年秋天他让张玉祥在刘君那儿取回来的两斤扩繁种，于是马上联系张玉祥把这份种子和“林育稻1号”送到生物公司做一个DNA比对试验。

尽管江涛说刘君回去只是配合调查，加上现在案件性质已经朝着对刘君有利的方向发展，但崔挽明的心还是不踏实，他甚至怀疑这是省里为了顺利带回刘君而给刘君做的局。

这样一想，崔挽明又动摇了。就在这时候，手机来了条信息，他打开一看是林潇潇发来的：“怎么样，问题解决了吧？”

看着这几个简单的字，再想想刚才江涛接到的电话，崔挽明一拍脑袋，终于明白是怎么回事儿了。他抓住这个机会问了江涛一句。“江队长，林潇潇不会是林厅长的女儿吧？”

“别瞎打听，你要做的事情是配合我们把刘君劝返，知道吗？”

“明白，江队长。”

虽然崔挽明没有得到肯定的答复，但心里其实已经有了答案。林潇潇借故出门逛街，实则给老爹林伟打了电话，至于她在电话里说了什么就不清楚了，但林潇潇的话一定是站在崔挽明的角度说的。

有了这样一个判断，崔挽明突然对这个公安大学毕业的女学生有了一丝感激之情。江涛已经联系分队的人，那边正驾车往这里赶来。去见刘君之前，崔挽明借机上卫生间给苏慧打了个电话，现在在省农科院里，他只能跟苏慧一人说上话。苏慧反馈的消息和林伟所述丝毫不差，崔挽明这才把心放了下来。

上了刑警队的车，崔挽明脑袋一直嗡嗡响个不停，林海省发生的一系列变故让他百思不得其解。借着刘君返回林海省的机会，崔挽明也决定回去一趟。

警车下高速后，就像匹跛脚的马，在凹凸不平的乡间小路上颠簸着，车上的人如同沸水锅里的饺子，左摇右晃。

车驶到山脚的时候，崔挽明伸着脖子对副驾驶座上的江涛说道："江队长，车就停在山脚吧，再往里就没路了。"

江涛将头伸到窗外看了看，山岳巍巍，野草茫茫，前面除了山再没有别的，只得随了崔挽明。

这个时候崔挽明的心还有些不踏实。关于带刘君回林海省这件事儿，他还来不及跟崔小佳沟通。他知道这件事儿沟通起来会非常复杂，稍有不慎，本就岌岌可危的兄妹之情可能就此断送。

走了二十多分钟，江涛先停了下来。

"不行了，大家休息一会儿，喘口气，这湖南的山可真不一般。刘君这小子居然躲到这么一个地方来，真是够狡猾的。"

崔挽明掏出烟发给大家，大家纷纷摆手，他只好自己点上。

"江队长，你看这样行不行？让大家原地待命，你跟我进山就行了。我担心刘君看到这么多人，万一起疑心再溜了就麻烦了。"

"他还能跑了？你的这个想法太冒险了吧，人多总比人少强。"

"江队长，你把刘君当什么大恶人了？他不过就是个普普通通的科研工作者，不小心犯了点儿错，又不是危险分子，哪里来的冒险？你多想了。”

江涛看了看大家：“就按他说的办，你们在原地待命，随时等我通知。”

“江队长，我们不能让你自己去。”

江涛摆了摆手：“好了、好了，我先去沟通，用不着这么多人。”

崔挽明没想到会得到江涛的同意，这样一来，可以最大限度地减轻带走刘君对他和刘君及崔小佳之间的情感的伤害。

崔挽明和江涛来到小学院子的时候，教室里正响起琅琅的读书声。两人站在院子里吸了根烟，崔挽明拍了拍江涛的肩膀：“江队长，走。”

“刘君不在这儿？”

“这是学校，他能在这儿吗？你也不想想。”

“他不在这儿，你带我来干吗？”

崔挽明没有回答江涛。十分钟前他还想见崔小佳一面，但还是放弃了这个想法。崔小佳要是知道他带着刑警来找刘君，不管他有何种理由，她都不会相信和接受，到时候场面失控，对劝返刘君没有好处。所以抽完一根烟后，他决定跳过崔小佳直接去见刘君。

但这样一来，崔挽明就不得不承担日后崔小佳怪罪他的风险。这也是没有办法的事儿，有时候人太讲究情理，往往办不成事儿。

今天的刘君没有躲在屋里，而是在茅草屋外面的小山头上找了块空地，就懒懒地躺在那儿。秋末的风将他的头发一根根地拨弄起来，像一片刚长出的仙人掌，柔中带刺。

“看什么呢？”崔挽明慢慢走了过去。

刘君噌一下蹿了起来：“市里是什么情况？”

崔挽明笑了笑，没有回答刘君，而是把身子侧开，让江涛站了出来。刘君一看见陌生人，脚不自主地往后退了两步。

“挽明，这是？”

“刘君，咱们进屋慢慢说。”崔挽明说着就要去拽刘君的胳膊。

江涛一直盯着刘君，这让刘君感到不适。刘君拨开崔挽明的手，指着江涛，声音略微提高地道：“挽明，我问你他是谁？”

“刘君，你别多想，他是来救你的。省里对你的事儿已经做了重新调查，初步认定为自然灾害，不是假种子引起的，你可以放心地跟江队长回林海。”

“江队长？什么队长？”刘君眼里的光线突然聚拢，发出微微的颤动。

“刘君，我们需要全面了解你的情况，所以你必须和我回去一趟。你们单位和金怀种业在‘林育稻1号’的运营上到底出了什么问题，现在还不好说，就算是自然灾害所致，你也要交代好具体情况，毕竟事关民生。”

“不是我，江队长，这件事儿跟我没关系，是于院长，‘林育稻1号’的事儿都是他在管，种子也是他给我的，我希望你们能多方核实。”

“可于院长跟省里不是这么说的，他现在还没回国，只有你能配合我们处理这件事儿。”

“如果是自然灾害，我可以配合你们；但如果是假种子，我要跟于院长当面核实。在见到于院长之前，我是不会跟你们回去的，也不会交代任何东西。”

刘君知道自己很有可能被于向知卖了，甚至于向知有可能动用省里的关系，要让他做这个替死鬼，因此他考虑得非常仔细，一丁点儿错误都不能犯。

“刘君，你不信别人，还不信我吗？这件事儿我跟苏慧核实过了，省里的调查结果确实是自然灾害的原因，你可以安全地回去。

“走哇，难道你要让受灾百姓亲自来请你？即便是自然灾害，你就没有要对百姓说的话吗？”

“没有，我没错。”刘君说什么也不相信这个江队长，至于对崔挽明，刘君也陷入了将信将疑的状态，甚至怀疑这是省里为了将他弄回去而特意做好的一张网。

“刘君，省里已经对你够宽容了，你再有这种抵抗情绪，我们只能强行将你带回去了。”

“谁敢动他一下试试？”

江涛的强硬态度无意间引出来一个毛头小子。这年轻人看上去二十岁出头，一脸正气，面对眼前的江涛，一点儿都不胆怯。他握着拳头，裤腿被风吹得四处摇摆，整个人就像一根坚挺的木电线杆。

谁也没见过这个年轻人，看他的样子是不打算让江涛带走刘君了。

“老弟，你这是？”崔挽明不得其解，问了他一句。

“哼，他是崔老师的朋友，你们谁也不能带他走。”

“中秋，别胡闹，这里没你的事儿，走。”刘君有些着急，不想让他被卷进来。

“刘大哥，他们是什么人哪，要带你到哪儿去？”

“不用你管，赶紧走。”

江涛一看情况有些复杂，只好掏出对讲机，让在半山腰待命的队员赶过来。

“江队长，我们不是说好了吗？你怎么……”崔挽明也着急了。

“你看到了，靠我自己，他能乖乖跟我回去？我没时间跟你们玩游戏，省里都等着我们回去，希望你理解。”

那位名叫夏中秋的年轻人一个箭步拦在江涛前面：“不能带他走。”

江涛失去耐性了，咬了咬牙，无奈地对刘君说：“让他快走，别耽误办案。”

江涛心里清楚，无论如何自己也不能对一个毛头小伙子动手，除了相劝，没有别的办法。

“你叫中秋？今年多大了？”崔挽明想换个方式跟中秋沟通。

夏中秋看着崔挽明，不客气地说：“跟你没关系，反正今天你们不能带走崔老师的朋友。”

“你说的是崔小佳？”

“是又如何？”

“看来你和她关系不错，为什么这么维护她？”

“挽明，夏中秋今年大四了，正在准备硕士研究生入学考试。当年小佳来到这个山区的时候，他刚刚上高一，但那时候家里出了变故，是小佳一直在供他上学，所以他拿小佳当亲姐姐一样看待。我也是这两天认识的中秋，他很孝顺，你们不要为难他。既然情况如你所说，那我还是跟你们回去一趟的好。”

刘君的一番解释让江涛和崔挽明惊住了。

“刘君，你说的是真的？”崔挽明未曾想到自己的亲妹妹居然一直做着这么伟大的事情，心里的激动情绪一时按捺不住。

刘君点了点头，示意江涛下山。

“刘大哥，崔老师还不知道你要走……”夏中秋立在那儿，知道自己的坚持已于事无补。

崔挽明走了过去，拍拍他的肩膀，关切地问道：“你要考研究生，怎么还回老家了？你应该在学校好好复习。”

夏中秋把头扭到一边，那边远处的山坡上立着一座黄黄的小土堆，土堆旁升起袅袅青烟，刚有东西烧过。

“今天是他们逝去的日子，我回来看看就回学校。”

夏中秋每次看见父母的小土堆就异常悲伤。每年这个时候他都会请假从学校回来一趟，一来是给父母烧纸，二来是看望他的恩人崔小佳。这次回来他又认识了刘君，所以但凡谁要伤害崔小佳身边的人，他的第一反应便是站出来维护。

刘君摸了摸夏中秋的头，对崔挽明说：“这几天我跟他说了一些北川大学的故事，中秋说要跟咱们一样，搞水稻遗传育种。你觉得呢，挽明？”

“有这种事儿？”

崔挽明很惊讶。说实在的，虽然去年他刚被评上副教授，但一直没招收学生，其中一个很重要的原因就是现在的学生几乎没有愿意下地吃苦的，别说市里出身的孩子，就算从农村出来的孩子，也很不希望再下地搞工作。崔挽明倒是没觉得他们非得下地，只是一想到育种行业可能面临后继无人的局面，就会觉得很寒心。

但现在他身边就站了一位自告奋勇者，还是一位很有义气、懂得感恩的人。夏中秋的品性和人格一下子和自己对上了，崔挽明嘴上不说，但心里特别兴奋。

"我不会给任何意见的，特别是他们年轻人，理想和事业一定要自己来做选择。刘君，我已经错了一次，你说呢？"

崔挽明的这句话无疑是指当年他劝说刘君留在林海省搞水稻育种的事儿。这件事儿到现在都横在崔小佳心中，成为阻碍他们兄妹修复关系的一层隔膜，因此崔挽明即便想给夏中秋意见，也不会多说一句。一朝被蛇咬，十年怕井绳，说的就是这个道理。

但崔挽明反过来又想，这样做真的就是为夏中秋好吗？不是的，他只是害怕再次成为别人口中的那个"误导派"。他忠于工作，忠于人民，但也有缺点，有时候是个太爱惜自己羽毛的人。这样的人，会在适当的时候失去原则，以至于忽略他人感受。

刘君的决定是对的，尽管他对整件事儿的变化持怀疑态度，但除了崔挽明，他没有别的可以相信的人。崔挽明也将刘君存到崔小佳的卡里的一部分钱打到了老黎的账户上，让老黎全权负责"林育稻 1 号"的制种工作。

不过刘君的突然离开，让还在教室上课的崔小佳始料未及，甚至是倍感绝望。夏中秋把崔挽明向她借的手机带给她的时候，她扔下手里的课本就夺门而出，顺着山坡的羊肠小道连跑带颠而下，像一只孤独的袋鼠。她极力想要把刘君追回来，但留给她的只有两排无情的车轮印记。她大口地喘着气，目光越过山川，不停地捕捉那个久别重逢又转瞬即逝的旧友的身影。

山里孩子的读书声还在继续，她往前迈了几步，然后又不由自主地停了下来。那个前来相会的人终究还是不属于这里，他竟然不辞而别了。即便告辞更显残忍，她也愿意承受那样的残忍，可刘君没给她这样的机会。

一切都不明朗，没有人知道在林海省等着刘君的是什么，这种担心同样在崔挽明心中飘荡着。崔挽明刚刚起死回生，刘君又陷入绝境，这一切就像是上天安排好的剧本，轮到谁上场，谁都躲不过。

曹海亮这段时间可没少遭罪，石海明在省里挨了批，一回来就三天两头地传唤曹海亮，搞得曹海亮相当头疼。

“看来你这个育种所所长也干不长了，刚上任就碰到这种事儿，谁也没想到。”石海明说这句话的用意很明确，就是要让曹海亮做好心理准备。

“石主任，不是说是今年气温低引发的自然灾害吗？”

石海明一听这话，眉毛一下子竖了起来，拍着桌子道：“曹海亮，到现在你还抱侥幸心理？怎么，是自然灾害你就没责任了？全省那么多水稻，怎么就‘林育稻1号’发生灾情了？这个问题你们要进行深刻反思。”

“石主任，你是不是太敏感了？既然不是假种子的问题，省里应该不会责罚下来吧？”

“我说你是真糊涂还是假糊涂？老百姓之前为什么来闹事儿，难道是空穴来风？既然省里主持了整顿会议，说明下面有关部门已经核查了这件事儿，后来又说是什么自然灾害，这不明摆着有人在搞鬼吗？”

“不能吧？这前后两次的调查结果不同，省里就不核实一下？”

“你希望省里核实？曹海亮，知道省里为什么要这么做吗？实话跟你说，这事没你想的那么简单。”

“既然这样，说明我暂时不会有事儿？”

“曹海亮啊曹海亮，你的政治觉悟就这么点儿？就算省里不拿你们做文章，也会杀鸡儆猴。”

“杀鸡儆猴？”

“你想想看，老百姓跑到省政府门口闹事儿，事情都传到省外了，省里要是不拿出处理意见，一来难以说服老百姓，二来对媒体也无法交代。这种情况下呢，省里肯定要充分考虑大局，所以不能让假品种事件毁了林海省多年辛苦树立起来的标杆形象，但也不能轻饶了你们。”

“这么说，省里这次是要拿育种所开刀了？”

“哼，你小看政府的办事格局了，这次针对的恐怕不仅是育种所，还有整个林海省农业系统。”

在石海明的指点下，曹海亮终于搞清楚了自己的处境。不管这次事件跟他有没有关系，他育种所所长的位置十有八九是保不住了。从省农业委员会回来之后，他在电脑上写好了辞职书，想想又将其删掉。他还是不甘心就这样从岗位上下来，等了二十年才等来这么一个位置，可以说很不容易，可还没等屁股坐热乎，就被一棍子赶了下去。换作任何一个人，也接受不了这样的变故。

正好刘君从长沙回来，曹海亮将内心的不满全算到了刘君头上。刘君回来后，被公安分局扣留了两天，把逃离林海省的前因后果交代清楚，这才回到所里负荆请罪。

曹海亮准备了一肚子的话，等刘君一到，他就在所里主持了批评大会。

刘君当然知道曹海亮的用意。他本来是想好好跟大家道个歉，可曹海亮根本不给他说话的机会，所以没等曹海亮抱怨几句，刘君站起来就要走。

“你给我站住，自己做错事情，整个所都帮你擦屁股，说你几句怎么了，你还来脾气了？”

刘君转过头，无奈地看了看大家，身子一弯，给大家鞠了一躬。

“对不起，给大家带来这么多不便。”

留下这句话后，刘君便离开了育种所。他没有时间听曹海亮发牢骚，现在急需弄清楚两件事儿：第一，是谁上省里替他求的情；第二，省里对于向知将作何处分。他走在省农科院里，认识他的人都装作没看见他，平日里和他关系还算熟的人，也都隔着老远朝他投来勉强的微笑。他就像扫把星，没有谁想在这个时候接近他，都在尽量撇清和他的关系。

这是刘君工作七年来从未有过的挫败感。他可以想象他跑到长沙之后老百姓到这里来闹事儿的场面，大家一定是心有余悸，以至于将这种害怕转嫁到他头上。

他低着头，缩着脖子，把手插在衣兜里，快步离开了院内。他本来想直接上省里做检讨，但还没上车，秦怀春便来了电话。

这是刘君做梦也没想到的事儿。在这个敏感的时期，除了崔挽明，谁还敢主动跟他联系？未承想他的恩师在这个时候想到了他。秦怀春还约了他到家里见面。如果没有十足的底气和胸襟，秦怀春是不敢把刘君直接叫到家里的，如果想谈事儿，可以到外面嘛，可现在秦怀春不在乎这个。

接完电话，刘君的内心突然有了回暖的感觉，他在想，不管他走到什么地方，师生之情永远都不会断。"一日为师，终身为父"，刘君到今天才体会到其中的深意。想想他逃离林海之前拜访秦怀春的那天，跟现在相比，秦怀春的态度简直判若两人。

刘君虽然感激老师的恩德，但也对老师的态度的转变有些不适，其中缘由让他百思不得其解。

秦怀春算好时间，沏好茶等着他。见面后两人寒暄几句，刘君就开始忏悔，没说几句就被秦怀春止住。

"别说这些不高兴的了，事情既然已经平息，就不要再想它了。今天我特地买了菜，陪你好好聊聊，这些年咱们沟通不多，作为老师，很多事儿没有指点到位，是老师的失职。这次你出了这么大事儿，按理说我应该替你说说话，可这里有原则性问题，所以你别怪老师。"

"老师，是我自己太粗心，被人利用、陷害了。"

"你知道自己的错误就好。现在林海省育种行业水太深，你接触浅了就等于陪玩，接触深了又有风险。别人都动手脚走关系，你不闻不问就会被甩出圈子。所以这次你能起死回生，很幸运。"

刘君端起水杯喝了一口，皱起眉头道："老师，我也在想这事儿，怎么突然就变了？当时老百姓一口咬定是假种子，最后又变成了自然灾害，你不觉得奇怪吗？"

秦怀春眼神凝在一处，表情严肃地说："什么假种子？老百姓不知道，你还不知道吗？'林育稻1号'是优质米，对栽培管理要求很严格，金怀种业在销售种子的时候和老百姓签了订购合同，明确规定了用肥量。可这事儿老百姓会听吗？他们担心产量上不去，所以加大了用肥量，结果呢？营养生长期延长，导致后期灌浆不充分。省里找专家鉴定的结果为自然冷害，那是给老百姓台阶下，要我说呀，真要追究起责任来，他们也无话可说。”

尽管秦怀春把问题剖析得很明白，但于向知到现在都不肯回来，让刘君不得不怀疑事情的复杂性。如果情况真如秦怀春所说，那于向知为什么不敢回来接受省里的谈话？他一定有什么撇不开的问题，所以才躲着。

“可是老师，我还是不明白，你要知道，老百姓来省政府聚集，那可不是小事儿。影响政府形象的事儿被曝光了，省里还能不站在老百姓这边？”

“你说的这叫什么话？政府只相信事实，不会站在任何一边，懂吗？要我说你什么好？难不成真判个假种子事件，把你送进监狱里关几年你才满意？”

“我不是这个意思，我是觉得……”

“怎么，你信不过自己的种子？别再闹了，事情好不容易消停下来，就不要再折腾了。不过我也听说了，省农业委员会的意见估计这两天就会下来，你不要有什么负面情绪，就算有也不能再给政府添麻烦，离开省农科院未必是坏事。”

秦怀春话里话外都在劝刘君不要再火上浇油。刘君虽然理解老师的良苦用心，但也知道省里不可能为了育种所的形象问题而抛弃民生建设，一定是有人动了手脚，蒙蔽了省里。秦怀春所说的调查组专家很可能就是出问题的关键，什么样的专家团会做这种事儿？他不甘心就这样离开育种所，这个问题他一定要弄清楚。省里花钱止住了老百姓的血，但刘君知道，如果不把这件事儿背后的病根刨出来，今后类似的事儿恐怕还会上演。

现在他只等省农业委员会的处理意见，意见一下来，他就会离开这个工作了七年的地方。

从秦怀春家出来，刘君在小区碰见了保姆楚一茹。楚一茹拎着菜篮子，牵着秦勉，笑着对刘君说：“刘主任哪，你可真有福气，要不是你们秦老师帮你到省里说话，说不定你现在已经……不说这个了，我着急回家做饭，总之，你来看望秦老师就对了。”

刘君听了楚一茹的话幡然醒悟，原来那个一心坚守原则的老师还是为了他的事儿开口求人，但这是为什么呢？他回头看了眼秦怀春家的窗户，有一道影子退了回去。他拉了拉衣领，匆匆离开，去了省委。

崔挽明这次回林海省，完全是为刘君的事儿，回来后的第三天，张玉祥就把生物公司送回来的DNA比对报告交到了崔挽明手中。结果和他预想的一样，刘君出事儿的这批种子果真不是“林育稻1号”。这个惊天的发现让崔挽明坐立不安，本想带着问题找秦怀春商量对策，可当刘君把秦怀春的态度转告给他的时候，他知道，他那个为民请愿的老师已经一去不复返了。

秦怀春的变化让崔挽明再次开始怀疑他的这位老师，但他找不到理由将秦怀春和这件事儿联系到一起。直到刘君和曹海亮被开除的通知下来，他才有些头绪。

“刘君，你说秦老师为什么要这么做？他不可能不知道这是假种子，为什么要对老百姓隐瞒真相？”

“挽明，是从什么时候开始，咱们这位老师变了一个人，很难说清。”

“你也觉得老师变了？”

“是呀，师母在世的时候，秦老师很朴素，但你看看现在，家里多了个保姆。”

“那不是老师请来照顾苏玉的嘛，志杰不在家，老师不可能有那么多精力，一个孩子就够他操心的了。”

“不知道，我第一次看到楚一茹的时候就感觉这个人很奇怪，说不上来哪里不对劲，但她给人的感觉很不舒服。”

“那个人确实很怪，很听秦老师的话，外人想见苏玉一面很难。不知道怎么了，这些事儿很难说清。对了，你该给小佳打个电话，走的时候你可一句话都没留，她到现在还在为你担心。”

刘君揉了揉鼻子：“打什么呀，我现在成了无业游民，哪里有脸再联系她？这次跑去长沙我就后悔了。”

“但那里是你心之所向。别不承认，你小子居然骗了她这么多年，还说自己结婚生子了，你可真行。”

“我是不想耽误她，她又何尝不是骗了我七年？那时候你亲口跟我说她嫁人了，这笔账我还没跟你算呢。”

“打一个吧，现在看来，你们是冤家，谁也忘不了谁。小佳到岁数了，你要是有心就娶了她，别再让她等下去。”

“我现在一无所有……”

“别说这个了，七年前你同样一无所有，小佳也没说过什么。这件事儿关键在你。你离开省农科院之后想去哪儿？有想法吗？”

刘君望着远方，眼睛一动不动：“看机缘吧。这七年来我对于向知仁至义尽，没想到他会这么玩我，把责任全推到我和曹海亮头上，这笔账我迟早要跟他算。”

“哟，怎么，你终于看清于向知的嘴脸了？不因为他跟我急眼了？”

“他是什么人，我还不知道吗？但没想到他会出卖身边的人。听说他儿子的事儿早就处理完了。”

“是吧。不管他怎么躲，这次他因为‘林育稻1号’可算受了大伤，想要再爬起来，恐怕没那么容易了。金怀种业也不打算跟他谈经营权的事儿了，看样子是想尽快撇清关系。”

“这个不好说，但挽明，这次幸好有你，不管怎么说我还是要感谢你。以前因为于向知，跟你发生了很多不愉快的事儿，你为兄弟两肋插刀，我下半辈子会报答你的。”

“少来这个，德行。你抓紧找个工作，好好发展一下和小佳的关系才是正事儿。怎么样，我帮你联系一个去处哇？”

刘君摇了摇头：“从哪里跌倒，就从哪里爬起来，我想靠自己的能力走接下来的路。三亚制种的事儿就交给你了，种子回来之后告诉我一声，我要亲自给受灾百姓送去。”

“你变得有志气了，刘君，不错、不错。种子的事儿你放心，你给的四十万我花一半就够了，剩下的你拿回去。万事开头难，身无分文可办不了事儿。”

崔挽明掏出那张陈旧的银行卡塞给刘君。

“给受灾百姓吧，我就这点儿能耐，多了也没有。”刘君推辞着，看得出他很愧疚。

“给这点儿就够了？我给你钱是想让你拿去赚更多，这样才能最大限度地补偿你愧对的人，你说呢？”

崔挽明把卡留下，一个人走了。他明白，刘君的事儿看似结束，但一盘更大、更复杂的棋局才刚刚露出端倪。

现在他要去见一个人，准确地说，是去感谢这个人。

崔挽明之所以要感谢林潇潇，是因为她在长沙的时候给她父亲也就是省公安厅厅长林伟打了电话。若不是那通电话，江涛对待刘君的态度可就不是那么可商量了。

“呀，林海省的大育种家，怎么有时间请我吃饭哪？”林潇潇出门的时候简单收拾了一番，见到崔挽明就开起了玩笑。

崔挽明笑着起身：“请坐。你见笑了，算不上吃饭，主要是要谢谢你上次的事儿。我这个人最怕欠人情，再忙也要还上。”

“原来是这事儿，那你还是别着急还了，就你这百八十块的饭就想抹平欠下的恩情？你也太会算计了吧。”

“我一个月就那点儿工资，想请你吃好的也没那条件，手里的闲钱都投在特种稻上了，你就将就一次。”

崔挽明说着叫服务员过来点了菜，把话题重新扯了回来。

“说说看，为什么要帮我和刘君？”

“帮？那都不算事儿，我是看你仗义才出手相助的，算是你自己帮了自己吧。”

“可千万别这么说，我和刘君毕业后在凤凰城打拼了七年也没混出样子，要不是你说句话，刘君在公安分局交代问题的事儿不可能那么利索。”

“什么意思？你是说我们公安干警办事儿都在看人情吗？这件事儿我可决定不了，是我家老爷子不想夜长梦多。你那位朋友惊动了省里，省里领导一天八遍地打电话催我家老爷子，他能不痛快利索吗？只要不是刑事案件，执法范围内能简便就简便，提高办事效率嘛。”

饭吃到一半，崔挽明才突然想起件事儿，放下筷子问道：“你进市公安局工作了？”

“我都在那儿上班两年了，你遇见我的时候，我那是出去度假了。”

“真不像，记得在机场，你那样子可不像一名公安干警，还度假？你可是公安干警，怎么私自离岗呢？你说度假就度假，国家怎么放心把责任交到你这样的人手里？”

林潇潇一听，啪的一下把筷子拍在桌上：“会不会说话？狗嘴里吐不出象牙，我的事儿不用你管。你要再这样，可别怪我没提醒你，刘君那个案子还有一堆问题没理清呢，我要是心血来潮查他个底儿朝天，到时候别怪我不讲情面。”

“好哇，我举双手支持。林大警官，你赶紧好好查查吧。这个案子的背后确实有一堆麻烦问题，你要是能查清楚给老百姓一个交代，算你有本事。”

“哼，不跟你一般见识。”林潇潇也不知道哪儿来的火，崔挽明一句话没说对，竟把她气成那样，拎起包便走了。

崔挽明一个人在饭店坐了很久。他知道，林潇潇出国旅游，一定发生了什么不愉快的事儿，还有陪她一起出国旅游的人究竟是谁，也让崔挽明很是好奇。不过这么一顿简单的饭也让崔挽明收获不小，林潇潇居然看出了刘君那案件背后的问题，别看她古灵精怪，脾气不小，但骨子里的浩然正气依稀可见。崔挽明有种预感，这件事儿要想弄个水落石出，恐怕还真得让这个林潇潇来办。但他和林潇潇的关系还没熟到一定程度，既然省里把案情缘由断为天灾，就是明摆着不让林伟继续追查，如果自己出面让林潇潇直接入手此案，恐怕会给她带来不必要的麻烦。

这样一想，他又觉得这件事儿的复杂状况不是靠一人之力可以弄清楚的。他又喝了几杯淡茶，才走出饭店。

春风一缕一缕地从他的面上掠过去，他的脸就像筛子一样，经历岁月的摩擦，已经有了残痕。他像一个孤独的老人，没有依靠，唯一的牵挂就是不在身边的儿子。离婚后，崔挽明和海青有协议，他每月都可以去看孩子，但不能将其带回家。那可是他的亲儿子，却不能时时相见，想到这样的处境，他觉得自己真是活该。

崔挽明掏出手机给海青打了电话，想跟她约个时间看孩子，海青很痛快地答应了。他看着夜色，迷离的灯光将笔直的大街涂成了一幅油画，他每往前走一步都要看准脚下的路，生怕不小心落到下水道里。

他清楚地知道，于向知的全身而退已经说明了很大的问题，曹海亮跟刘君成了此次事件的替罪羊，真正的幕后者却毫发未损。这件事儿若不调查清楚，他眼下的育种事业将毫无意义，毕竟林海省那么大，他能做的事情很有限。尽管特种稻的推广面积在加大，但缺乏市场监管力度始终让风险在上空盘旋，说不定哪一天就会被人算计，而且这种可能性很大。他出手救了刘君，免去了刘君的牢狱之灾，就凭这一点，于向知就不会饶了他。

他这是“明知山有虎，偏向虎山行”，和于向知的对峙一旦开始了，就永远也停不下来。崔挽明咬咬牙，觉得“林育稻 1 号”遭此重创是老天爷在给他创造机会。这一次，他是时候出手了。

海青领着孩子从一辆私家车上下来，崔挽明隔着饭店的玻璃墙看得清清楚楚。虽然他不知道车上的男人是谁，但可以肯定，海青已经进入下一段感情生活了。他猛吸了一口烟，将烟头使劲捻碎在烟灰缸里，把二郎腿放下，若无其事地笑对母子的前来。

“爸爸。”孩子早就会说话叫人了。崔挽明听到这两个字，眼泪差点儿出来。

海青将孩子递给崔挽明，一屁股坐下，看了看窗外，又抬起手看了眼时间：“点菜了吗？我下午还有个会要开。”

崔挽明的脸色一下子就不好了，他将孩子抱在怀里，从包里拿出一瓶奶喂给孩子。

“就这么着急？我好不容易见孩子一面，你让我跟他多待一会儿，实在不行你先回去开会，我领他到游乐场玩。”

"崔挽明，咱俩可是有协议的，你不能单独把孩子带走，希望你可以按协议行事，别让彼此不愉快。"

"不至于，海青，他是我的儿子，你关心他，我也关心。"

"得了吧，这种话你就别对我说了。"

海青招来服务员，点了几个家常菜，开始喝她自己带来的水。

"什么会议那么着急？就不能——"

"行了，我不想跟你吵架，请你别介入我的生活，好吗？"

崔挽明盯着她，什么也没说。也许他真的什么都不该问，好好享受此刻跟孩子相处的时光比什么都强，毕竟协议是冰冷的。对海青这样决绝的人，他无计可施。

伺候孩子是很费劲的事儿，为了让孩子吃饱肚子，崔挽明根本没时间动筷子。他希望时间可以慢点儿流逝，这样留给他和孩子的时间就能多一些。

十分钟后，海青放下筷子，拿出手机来。

"你过来吧，我吃完了。"

海青对崔挽明诡笑了一下，伸出手朝他要孩子："他们接我来了，我们要走了，等下个月我的时间充裕了，你再多陪陪他。"

崔挽明很不情愿，但没办法。孩子在他手上脱离不开，他们僵持到外面的车鸣笛，海青才一把将孩子抢过去。

看着母子二人上了车，崔挽明的心一阵剧痛，因为来的不是别人，正是汇德集团的方旭。这样的结局是他意想不到的，几年前方旭跟海青就走得很近，那时候他出来警告过方旭，但没想到海青刚跟他离婚，便又搭上了这个男人。

崔挽明的眼睛挤成了一条线，这条线细而有力，恨不能将方旭勒住。他知道，那两人的结合不像是偶然，更像是早有预谋。他甚至怀疑那个跑到试验地偷他的品种材料的人就是方旭一手安排的，而提供品种编号信息的人正是海青。这样一来，整件事儿就捋清了，这样的分析再合理不过了。方旭近几年开始在林海省做优质米加工，专攻国内高端市场和海外市场，手里没有现成可行的种源根本不行。如果真如崔挽明所料，那自己可就四面受敌了。他本以为林海省除了于向知，不会有人再对自己落井下石，现在看来这样的人绝不在少数。

那天晚上崔挽明难掩心头怒气，一个电话打到了主管农业的副省长家里。

这位张副省长最近因为“林育稻1号”的事儿已经很头疼，好不容易事情过去了，崔挽明又来找他要政策。但面对百姓的诉求，张副省长不敢怠慢，故约崔挽明次日到办公室当面商议。

崔挽明终于不用受省政府警卫的安检，这一次坐上张副省长的车直接进了大院。

秘书端来茶水递给崔挽明，并请他入座。张副省长参加完常委会已经是两小时以后，回到办公室的时候，崔挽明正拿着笔和本子写着什么。

“哟，育种家也有读书精神。久等了，崔挽明同志。”

一见张副省长进来，崔挽明赶紧起身回话：“张省长，我怕一会儿说错话，把问题写在纸上有助于我发问。”

“你还要发问？哈哈哈。说说看你有什么想法？昨天你在电话里说要改革，具体改什么？”

崔挽明一个箭步凑到办公桌对面的椅子旁，情绪差点儿失控。要知道，反映问题的事儿应该找信访办解决，而这位张副省长不但没有推诿，态度还很热情。

崔挽明直接进入话题，说道：“张省长，您也看到了，最近省农科院出了这么大的事儿。那可是老百姓的公道问题，用钱是解决不了的，咱们需要做良心事儿，您说呢？”

张副省长之前没听过“崔挽明”这个名字，但今天过后，恐怕要把崔挽明彻底记住了。一个高校的科研教师，居然想方设法地直接把电话打到副省长家中，还来到副省长的办公室当面质问起省里的办事儿能力，这样的做法，在张副省长看来可不像一个普通科研人员敢干的事儿。

幸好张副省长这人幽默风趣，即便是面对这么尖锐的问题，也能够付之一笑。

"看来你这个同志是有想法了？没少做工作呀，你说说看，怎么个良心法？"

"张省长，那我就直说了，说错话您请多担待。既然您是林海省主管农业的副省长，应该知道水稻对我省的意义所在。省里的宏观调控我管不了，但我有个问题想要张省长给个答案。"

"你这个育种家还是个有个性的人，说说看。"

"既然水稻对林海省意义重大，那我们这些育种家是不是该有个相对良好的科研环境？"

"怎么，你们育种家的科研环境不好吗？据我所知，像你们高等院校，搞育种也好，做学术也好，那是有项目支撑的，那些项目经费不就是给你们创造的经济环境嘛。你说的良好环境，那要靠自己去争取，每个行业都存在竞争，能者多得嘛。"

"我说的不是这个。对育种家来说，最重要的事情有三点：首先是品种审定能公平公正，其次是品种推广能高效适宜，最后是成果转化能服务百姓。但目前来说，多数育种家的生存现状令人担忧，很多优秀的育种家没有得到公正的对待，尤其在品种审定环节，他们遭受了很多不公的待遇。这是导致咱们林海省品种霸权的第一步，这一步的问题如果解决不了，就别提什么推广和服务百姓了。问题已经很严重了，我希望张省长能重视这件事情。"

崔挽明的一番话让张副省长陷入了深思。

"品种审定归省种子管理局管，你的意思是，这些不公正待遇都是在我们队伍内部产生的？你对我们的品种审定很有想法嘛。"

"张省长，您在这个位置管控林海省的农业发展，应该清楚我说的问题的重要性，下面要是胡来的话，我们育种家只会跟着遭殃。我谨代表个人向省委提几点想法：目前形势下，必须建立起品种监管的执法机构，如果不重视，刘君逃跑的事件还会再次上演。同时，省里应该创新品种审定方式。技术在不断更新，我们应该制定新的品种审定模式，让更多的育种家能参与其中。最后一点我想也是最重要的一点，那就是民生问题。育种家是我省的一笔宝贵财富，尤其是老一辈育种家，他们为林海省粮食产业链做了最重要的一环工作，但有谁知道他们过着什么样的日子？育种家辛苦培育的品种到了商人手里，其价格摇身一变就翻了数百倍，这使得育种家的生活水平和工作付出的比例严重不协调。他们很多是知识分子，但在企业家面前连头都抬不起来，因为咱们没有给他们足够的待遇。如果不解决这些问题，不扫平育种环境的恶性障碍，恐怕今后从事育种行业的人会越来越少。”

张副省长对崔挽明提出的几个问题连连点头。一个副省长被一个副研究员当面提建议，心中滋味可想而知。张副省长面带微笑，给崔挽明加了杯水，从容地走了过来。

“你还是一个有思想的育种家。我很惭愧啊，农业是本很厚重的书，我在很多方面没熟读。你是第一个把育种家的幸福感提出来的人，你说的这个问题确实存在，毕竟这是我省的省情。问题都是从根源生出的，很显然我们没有把关注的重心放在育种家身上，你今天给我上了很有意义的一堂课，我要感谢你。请你放心，这个问题我会下去调研，只要情况属实，该处理的决不姑息，不能让刘君逃跑的事件重演。”

“有张省长这句话，我就先替林海省的四千万老百姓感谢您。张省长先忙，我不打扰了，如果没有特殊情况，我希望这是我最后一次来您的办公室。”

崔挽明之所以在张副省长面前毫不避讳，就是因为张副省长是主管农业的，加上刘君和曹海亮沦为行业牺牲品，崔挽明不得不横下心来。他没有别的选择，一开始想找石海明，但感到这条路可能早被堵死了，省种子管理局就更不用说了。所以他干脆一步到位，直接找到管事儿的一把手，行与不行就这么一次，就算输了也输个痛快。

好在张副省长在他面前没有摆领导架子，这才让他放松下来。上次替钟实到省农业农村处审核项目结题材料本已让崔挽明对省政府大院起了畏惧之心，但张副省长的慈眉善目又将他的信任感立了起来。

从政府大院走出来的时候，崔挽明心中敞亮了不少。林海省有这样贴近民心的副省长，是老百姓的福气。崔挽明想想方才跟张副省长说的话，不觉脊背冒冷汗。如果换作其他领导，听了他的话，恐怕早就雷霆震怒。他说的话直指政府工作的疏漏，也就张副省长这样的领导能包容他。全省那么多人，如果每个心里有怨言的百姓都跑来找张副省长，那他的办公室岂不是要被踏平了？想到这一层，崔挽明更加坚信张副省长的为人和度量了。

而这也是他回林海省在刘君事件里做的最后一件事情。

处理完刘君的事儿后，崔挽明便回到了三亚。对制种一事，钟实一直不太同意，毕竟这是育种所的麻烦事儿。本来北川大学和育种所这几年就井水不犯河水，崔挽明爱管闲事的毛病又改不掉，钟实担心崔挽明引火烧身，一直很有情绪，这也是崔挽明着急赶回来的原因。

工作七年，崔挽明和钟实沟通了七年，每一件事儿都要细细琢磨，这就是老一辈育种家和崔挽明的磨合。没有磨合，很多事儿没法儿推进，好在这次刘君没有犯罪，这才宽了钟实的心。

“挽明，不是我个人对你有意见，于向知抢了咱们的品种，你忍气吞声我也认了。现在他出了事儿，你还主动出来帮他擦屁股，我说你怎么想的？”

“钟叔，我现在想明白了，咱们干这行的真正目的是什么？还不是服务群众？既然是这样，那咱们帮刘君就是帮老百姓。钟叔呀，你要知道，这件事儿在老百姓心里留下了极其恶劣的印象，如果咱们没有补救措施，单凭政府的赈灾款，很难安抚百姓的心。一旦大家对水稻种植失去信心，你想想后果的严重性。老百姓最大的一个特点就是跟风，一家不种，就有第二家效仿，一旦形成局面扩散开，再想挽救可就来不及了。”

“你还替政府考虑好了？挽明啊，咱们就是普通人，老百姓的问题那么多，你能管过来多少？”

“至少在口粮上面，我不能坐视不理。”

崔挽明的固执让钟实无话可说，两人僵持了好久，钟实才回道：“秦怀春有你这个继承人，算是没白活。你就是生错了时代，要是早生二十年，林海省的百姓会更加有福。但现在是什么时代？英雄只能孤军奋斗。”

“我不想做什么英雄，只是不想失去信仰。钟叔，请你尊重我的选择，这是我毕业的时候对自己的定位和要求。”

钟实当年在秦怀春的引导下选择了水稻育种事业，算是秦怀春给了他这个饭碗，后来崔挽明入职，秦怀春又让他辅助崔挽明把事业做好。他可以不理解崔挽明的信仰和追求，但没有办法拒绝秦怀春。他原本只想做好自己的事儿，不偏离原则，不玩忽职守，但现在看来，要想在崔挽明身边干事儿，这些还远远不够。

老黎承包的地已经准备妥当，而崔挽明不仅要照顾好自己的试验地，还要负责基地的建设工作。国庆节期间，学校已经完成了对南繁试验基地建设的招标工作，工程队近期就会进入基地，所以很多事儿需要他提前做好准备。

因此为了看好制种田，他特地将苗姐请了过来。在三亚这么多年，苗姐对崔挽明的工作的支持无可挑剔，崔挽明也觉得她值得信赖，最起码会种地、能吃苦，还服从安排，不随便拿主意，这样的工人才能按照他的意思把事儿做好。

苗姐一下子揽了这么大一个工作，几个月之内再也不用跑到招工市场寻工。在崔挽明的建议下，由她负责监管用工方面的事儿，涉及花钱的地方就找老黎——崔挽明在老黎那儿有二十万，就算三亚的用工费再贵，除去承包费后，经费还算很宽裕。

有了这样的后盾，崔挽明很好地将钟实同制种的事儿分开，避免再次引发矛盾。

一周后，工程队浩浩荡荡地开了进来。大老板名叫黄达，有标准的老板身形，生得肥头大耳。宝马车紧紧地跟在校领导后面。北川大学书记特地抽时间过来见证这个开工动土的时刻，校基建处、科研处、审计处均参与了进来。

黄达下了车，远远地站在门口观望，这种时候他们这些大老板从来不凑到跟前去。崔挽明拿着草图，领着校领导逐一介绍了基地大楼的位置、方向，农田用水涉及的打井问题，排水沟和围墙的修建，基地绿化和道路硬化等详细情况。

两天后，基建处留下一人和建筑公司的监工一起负责工程建设的监督工作，其余人马纷纷退去。

黄达一看领导走了，马上嬉皮笑脸地凑到崔挽明身边来，又是酒又是肉，当天就在基地的杨桃树下的简易厨房开了锅。

要知道，学校花了好几百万做这件事儿，黄达能中标，说明他有这个能力，可还没等正式开工他便露出了滑头的一面。崔挽明知道，这又是一个难伺候的主儿。

“黄总，喝酒可以，但不能耽误工程质量和进度哇。”

“崔老师请放心，明天我们就动工，质量的事儿我比你看得都紧，出了问题谁都跑不了。但事先声明，我这个人有个爱好，就是没事儿的时候喝点儿小酒。你知道的，像我们这样的一年都回不去家，哪里有工程就往哪里去。四海为家，没有点儿酒日子过不下去呀，你能理解吧？”

黄达一开口就给崔挽明下马威，其用意很明确，就是让崔挽明摆正自己的位置，该管的管，不该管的就装作不知道。

但崔挽明可不是这样好糊弄的，随即回道：“黄总啊，不管是你还是我，都是替学校打工。学校把事情交给咱们，咱们就尽力做好，喝不喝酒都不重要。我也不懂工程建设，但能帮你解决除了工程之外的一切问题，也希望黄总能重视这件事儿。”

“重视呀，我必须重视。你没看到吗？为了你们这个基地，我专门找了三亚的建筑队过来。三亚嘛，你也知道，房屋建设的一个重点就是防台风，咱们内地的建筑队没有这方面的经验，我就必须考虑到这些问题。”

“你说的是章老板？”

“就是这个章富贵，他们两口子专门接二手活儿，在崖州一带是出了名的。还有哇，章富贵的老娘还是个厨子，工程队的吃饭问题也解决了。人家队伍完整，做事认真，工程用料完全按照你们学校的要求采购，不会有问题的。”

崔挽明再清楚不过了，黄达找了章富贵来做这件事儿，便可以退居二线。黄达成了大包工头，章富贵成了二包工头，涉及需要沟通的麻烦事儿，黄达可以甩手不管，完全由章富贵负责。

“黄总，你可真会做生意，把我们学校的钱赚了，还不用自己操心。”

黄达摆了摆手：“错了、错了，兄弟，我跟你说为什么公家的活儿是最难干的，因为它花的是纳税人的钱，每一分都要核算清楚。我们这些粗枝大叶的人，哪里受得了这麻烦事儿？所以我们干脆找个二包，落个清净。”

黄达算是对崔挽明交了底，也表明了自己甩手掌柜的立场。崔挽明知道，这个工程虽然有学校把关，但中间会出现什么问题还不好说，而且黄达和章富贵之间的转包协议到底是怎么安排的，他也不清楚。

一想到这些，他嘴里一下子起了一串水泡。要知道这是学校交给他的事儿，虽然他的职责只是反映问题和适当监督，但总有他看不见的地方，那些看不见的地方一旦出现大的纰漏，他很难向学校交代。

就在这个时候，一个振奋人心的消息突然从林海省传来，电话是谢正言亲自打来的。

“挽明啊，还在忙呢？”

“不忙、不忙，谢局长，您说。”

“是这样的，经局里考察决定，从今年起，恢复你们北川大学的水稻预备试验、区域试验和生产试验的承担点。所以你今年要提前给试验留好地，可不能忘了。”

崔挽明一听这话，感觉嘴里哧溜一下，凉风灌了一肚子：“啊？谢局长……您说……”

“哈哈哈，不管怎么说，你们北川大学也算是正规搞育种的单位，理论知识强，你又深得秦院长的真传，试验鉴定让你们来做，省里也很放心。没事儿，今后有什么解决不了的问题你们可以找我们，一切为了做好试验嘛。”

这件事儿来得太突然。自四年前省里把试验点取消之后就再也没有恢复的意思，怎么突然说恢复就恢复了？难道张副省长那边协调的？不可能，就算省里有意落实这件事儿，动作也不可能这么快。

他马上把电话打到省局品种审定科。

芮静一看来电就知道崔挽明想说什么，也早早地准备好了如何应对崔挽明的“咨询”。

“怎么样，老校友，意外吧？”

“别拿我开涮了，我就想知道发生了什么。你们省局的上层领导在唱哪出戏？”

“你这么聪明的一个人，会想不到？”

“哎呀，还跟我卖关子，你就告诉我得了。”

“告诉你有什么好处？”

“好处？你说你不收钱又不收礼，滴水不漏，我能给你什么好处？实在不行我给你介绍个男朋友吧。”

“打住，别忘了你现在也是孤家寡人。好了，说正事儿，‘林育稻1号’这次的影响很不一般，但于向知的情况你知道，人家是一点儿损伤都没有，倒是下面的人都被他卖了。不过你别看他高枕无忧，省里这次可能下决心了，剑锋直指‘三农问题’呀，咱们这里是问题根源，要是查起来准一锅端。”

“你是说，你们谢局长开始有顾虑了？”

“不是有顾虑，依我看，他是想和于向知彻底切断关系。在这之前他们之间的关系在业内那是众所周知的，现在有人力保于向知，但不代表省里看不见，最起码对这个人不会有好感了，就看想不想查。所以呀，树倒猢狲散，我们领导也不是一般人，这个时候不‘割袍断义’，以后于向知出了事儿，他必定会遭牵连。”

“所以他就恢复我们的试验点？”

“没错，你也知道当年你们的试验点是为什么丢的，还不是于向知一手操作的。”

“你这么说我就明白了。芮静，这次要谢谢你帮我理清了思路。不过芮静，我多说一句，你别嫌我多事儿，谢正言会不会出事儿不好说，但一旦有问题，你能不能自保？”

“崔挽明，你什么意思？你说我参与了他们的那些交易？”

“你误会了，我是说这些年谢正言一手遮天，品种审定的事儿基本上被他接管了，你的职位被架空倒没什么，问题是品种审定里存在的问题一经查出，你难免会受牵连，你可是直接主管人。”

“这个问题不用你操心，我自有我的退路。我也奉劝你一句，有些事儿不该管你就少管，做好人没错，但该有个度。”

芮静的话很有深意，在她看来，崔挽明虽然正直无私，但和现存的职场规则形成了强烈的对比和冲突，他这样的人很容易招来麻烦。她可是见证了崔挽明工作以来的种种经历，哪一件不是因为他多管闲事带来的？

崔挽明的心也算静了下来，这是他近些年来不懈的争取取得的成效。

“钟叔哇，你看见没？他们开始害怕了。”

“小人不可交、不可惹，挽明，我很担心你的处境。你跑到省里去反映问题，下面有多少人会视你为眼中钉，你想过没有？”

“放心，除了你，没人知道我去过省里。”

“你小子，我跟你说，以后要是出了事儿可别怨我，我可不会把事情往外捅。”

钟实知道崔挽明在跟他开玩笑，但在他看来这是件很严肃的事儿，崔挽明真要被人盯上了，后果不敢想象。崔挽明已然刺激到利益主义者的底线，他们必定不会放过他。

于向知从国外回来时，距离刘君事发已经过去一个月的时间。他的安然无恙让所有人震惊。于向知回到凤凰城的那一晚，杜德松秘密接待了他，但平日里关系密切的几个人均未到场。

“于院长，还是你有实力，出了那么大的事儿居然能稳如泰山，佩服佩服。”

于向知盯着空荡荡的包间，脸色很是难看。

“老杜，你们是怎么做的工作？这种事儿怎么能算到我们省农科院头上？经营权给了你们公司，出了事儿我们来承担，说不过去吧？”

“于院长啊，你是跑国外避难去了，不知道兄弟有多苦。为了配合政府安抚民心，我们掏出来六百万哪，真是要了我的命。”

“六百万多吗？你想想今年挣了多少，好几千万。”于向知使劲把酒杯蹾在饭桌上，酒水飞溅满地。

“谢局长呢？这个时候他怎么也躲在后面不出来？怎么，我于向知有瘟疫还是怎么的，他怕被我传染？”

“于院长，你消消气，你看你这么紧张干什么？事情不是过去了嘛。咱们以后该工作工作，还是要一如既往，不能因为被宰一顿就连肉都不敢吃了吧？谢局长今晚确实有事儿，否则他能不过来吗？今晚就是小聚，你也知道，这个时候场面整太大不好。都是为了你考虑。”

“少给我扯淡，老杜，今晚我把话撂在这儿，你们谁想跟我划清界限就趁早，别到时候说我于向知不讲情义。一个天灾就把你们吓成这样？”

浑浑噩噩地聊了差不多半小时，杜德松都没有找到话题的切入口。这个时候，没有人敢再跟于向知搭伙做买卖。六百万可不是小数目，但作为赔偿，杜德松找不到回绝政府的理由，而且政府若不是考虑到气候和栽培措施的原因，恐怕金怀种业在林海省的好日子也到头了。受了这么大的折损，于向知竟然跟没事儿人一样，这让杜德松很是着急。

“我的于院长啊，外面传闻你用了假种子，到底有没有这回事儿呀？你给我透个底。”

“假不假，工商局不是请人鉴定过了吗？”

“那老弟也信不过。”

“老杜，现在林海省的老百姓买种子，哪里管它是真还是假，看的是什么？是实用，是产量。林海省种子套包的事儿政府也都知道，老百姓也认可，这叫什么？这叫行业的微观调控。”

“绝大多数人还是在乎这事儿的，老百姓哪有愿意买假种子的？说白了，现在我们靠的是明星品种的品牌效应，但再怎么样卖个一两年之后就要开始换别的品种。挂羊头卖狗肉的事儿以后还是尽量杜绝吧。最近我这心脏很不舒服，搞得我寝食难安。”

“怎么卖那是你们的事儿，我们只提供品种。”

“问题就在你提供的品种上嘛。于院长，你跟我们的销售总监是多年的朋友了，过去你们的几次合作都很成功，你也给我们提供了很多有潜力的品种，可以说我很信任你，但这次你跟我来了这么一招，实在让老弟接不住哇。”

“怎么，我辛辛苦苦为你们制种还有错了？为了这件事儿，我手下的育种所折损了两员大将，现在的育种所成了摆设，这笔账我跟谁算去？”

两人的太极拳打得都很出色，谁也占不了上风，不过推脱责任毕竟不是解决问题的关键，对他们二人来说，怎么走好今后的路才是关键之处。

于向知在国外就想好了，这次回来也算是带着诚心想要把做事儿的风险降到最低，见杜德松进入迷糊状态，才开了金口。

“杜总啊，千错万错都是我的错，赔了钱咱们想办法再赚回来。以后哇，咱们不做有风险的事儿。政府不是严打品种霸权吗？咱们就杜绝这个，不做林海省的品种市场。我建议啊，你可以把这部分业务挪到其他省份来做，咱们换个方式做点儿别的。”

“于院长，你让我放弃林海省的品种市场？这怎么可能啊？我们金怀种业就是做这个起家的，放掉这个，不等于丢了饭碗吗。再说了，现在还不至于走极端。做别的我们也没这方面的业务和经验，丢了主业搞副业，这不是主次颠倒了吗？”

“老杜哇，我的意思是你可以把林海省的品种市场的模式挪到其他省份去做啊。林海省现在不适合做这个了，风险大的买卖谁都不愿意做。我建议你转到大米行业上，大米这个东西活动性还是很强的，最起码不存在假米的说法。”

“林海省的米业情况很复杂，大大小小的米业随处可见，都快成菜市场了。这种情况下怎么做，你告诉我？”

“当然不能跟那些小打小闹的米业论道，咱们要做就做最好的。回头我给你引荐一个人，他在林海省做米业不过三五年，但人家现在已经做到海外去了，可谓年轻有为，你考虑考虑。”

杜德松一想，于向知的话也不无道理，不过仔细琢磨又觉得不对劲。

“我说于院长，你一个搞育种出身的，为什么忽悠我去做大米？我不在林海做生意了，你怎么办？”

“哈哈哈，老杜哇，你这叫什么话？怎么，没了你的金怀种业，我于向知还活不下去了？”

“那倒不是，毕竟咱们这几年花了大心思搭建关系网，就这么散了，太可惜。这不是钱的问题，里面牵扯到很多人情，说走就走会得罪一大批人的。”

两人各执己见，很快就不欢而散了，但于向知清楚，杜德松迟早会来找他的。杜德松是个精明的商人，不可能察觉不出政府的剑锋所指。

第十六章

家　和

喝了一肚子的酒，于向知一回到家就开始发脾气。妻子柳敏早就习惯了于向知的脾气，故不搭理他。

“宪伟呢？刚回来就跑没影了？让他回来，我有话跟他说。”

“啊，就允许你见朋友？宪伟也有自己的圈子。你在单位专断惯了，别把恶习往家里带。最近你也不痛快，早点儿睡吧，儿子的事儿改天再说。”

于宪伟恐怕是于向知唯一放心不下的人了，家里就这么一个独苗，偏偏又是个惹事儿的主儿。这次于宪伟跟女友林潇潇在美国拍结婚照，本来是挺好的一件事儿，结果这小子驾车出了车祸，所幸没造成人员伤亡。但林潇潇因为此事一气之下便回了国，回国后两人就分了，婚纱照的事儿也就没了后续。

于向知正因为这事儿犯愁呢，儿子不懂事没关系，但他得罪的可是省公安厅厅长。要是林伟有意刁难于向知，于向知肯定没好果子吃，特别是在这个特殊时期，让本就心神不安的于向知越发难以度日了。

所以第二天一大早，他便去了趟林伟家。本来马上就成亲家了，但出了这么个差错，两人碰面后也是十分难堪。

尽管于向知和柳敏亲自上门，又带了一大堆的礼品，但还是没能见着林潇潇。

“向知呀，潇潇在局里办案呢，一大早就出去了。”

“啊，年轻人把精力放在工作上是好事儿，但也要有个度嘛，大周末的该休息就休息，你们不心疼啊，我和柳敏还心疼潇潇呢。”

林伟一听这话马上回道：“怎么还让您二位操心了呢？快别说这话，孩子想做什么咱们长辈只能劝着，行动权在他们手上，咱们不管、不管。”

于向知简单回了几句话，然后马上道明来意。

“林厅长啊，您看，我们家宪伟这次实在是不懂事，也是太粗心大意，犯了这么个错误，还差点儿酿成大祸。幸好潇潇没事儿，否则的话我们一家三口就算是赔上性命也弥补不了过失。我这个当父亲的管教无方，我和柳敏过来呢，一是诚恳地想向您和潇潇道个歉，二来呢是希望潇潇和宪伟可以回到正轨上来，毕竟他们从初中开始就是同学，高中那会儿就处了朋友，这一晃都快十年了，这么拖下去不是办法。”

“老于呀，我比你长一岁，你叫我大哥就行，厅长厅长的，那是在外面这么叫，回到自己家咱们不这么客套。是呀，宪伟是我看着长大的，当年他俩处朋友还是潇潇的母亲发现的，那时候孩子都叛逆，我们不敢管啊，也就是看她没影响学习成绩，才同意他们处下去。就像你说的，两人在一起的时间也不短了，本来事情应该推进，但这次事故确实不应该发生，事前潇潇是劝过宪伟的，但你也知道，你这个儿子谁也劝不住。我实话告诉你们吧，这件事儿咱们恐怕要先放一放，也让孩子都冷静冷静。”

于向知做梦都没想到林伟会说这样的话，这样一来林伟等于直接宣判了孩子的婚期的不确定性。这对于向知岌岌可危的政治生涯来说很不乐观。要知道，如果林伟站在他这边，农业口的领导在投票的时候多少会有所顾忌。但现在林伟的态度明显没有朝着于向知期望的方向发展。

碰了一鼻子灰的于向知从林伟家出来之后，便给于宪伟打了电话。

“你跑哪儿混去了？赶紧给我回来。”

于宪伟挂掉电话，在酒吧和朋友道了别。他相当了解他这个爹，如果不抓紧时间赶回去，他爹说不定会断了他的经济来源。调酒师这种职业虽然自由，但在于向知看来很不正经。在儿子的教育问题上，他和当年的秦怀春差不多。可于宪伟觉得调酒师没什么不好，林潇潇一直以来都支持他干自己喜欢的事儿，所以每次跟于向知讨论工作问题时，他就头疼得要命。

回到家后，于宪伟自然是挨了一顿骂。这次他犯错在先，故不敢回嘴，于向知怎么说他就怎么听着。柳敏在旁边听不下去的时候才插几句嘴。

“行了，少说两句，儿子比你还闹心，就不能让他放松放松？”

“他还要怎么放松？再放松下去，媳妇都没了。”

“没了就没了，你看林伟对你那态度，明显没把你当亲家看。咱们家也是要脸面的。再说了，宪伟一表人才，林潇潇算是捡着了宝。他林伟不同意这门亲事，我还不想跟他攀亲戚呢。”

“放屁，你怎么把事情想得那么简单？林伟是什么人？厅级干部。宪伟要是能跟林潇潇好，以后——”

“以后你的事业就会飞黄腾达。于向知，求求你了，好好过两年太平日子，不要再折腾了。”柳敏对于向知的心怀鬼胎自是有成见的。于向知攀龙附凤的心思她早就看得一清二楚，现在把话说开，是不希望他自讨没趣。

于向知起身，不再跟柳敏谈下去，走到了于宪伟的屋里。

“你应该找潇潇谈谈，好好认个错，女孩子嘛，多哄哄。”

于宪伟一翻身，正视着于向知：“我怎么没找？她现在根本不理我，总说自己忙着办案。自我们从美国回来之后，她就没联系过我。不就是出个车祸嘛，她至于这样吗？”

于宪伟的一番话也让于向知生出了另一种想法，加上林伟今天对他的态度，他很快意识到自己的处境已经发生了巨大的变化。他才出国一个月，形势就完全不受他的控制了。外面传闻省里会有大动作的事情难道是真的？否则林伟不会在这个时候翻脸不认人，单单拿一个车祸出来做文章，未免太过牵强。

想到这一层，于向知心里打了几个寒战。他从来都是自信的，可眼前的种种迹象表明，这一次他的自信很可能站不住脚了。

不过于向知这次之所以能起死回生，绝对跟林伟没有关系。要知道，这两年来“林育稻1号”能得到省农业委员会的支持，没有于向知独特的手段是不可能办到的。现在他又把眼光放到了省内的大米行业上，可见是准备放弃做种子了。

这条路他走了大半辈子，闭着眼睛都能猜到每一步会发生什么，说白了，对他来说已经没有挑战性了。现在“林育稻1号”遭了殃，他这个时候转型正是最佳时机。

方旭这个人的出现，对林海省大米行业的兴起可谓起到了很大的推动作用。凭着父辈殷实的家底，他从餐饮业直接跳到农业口，做的还是大米的高端市场，方旭这种眼光和谋略不是一般人能比的。于向知能够看到问题的关键所在，眼光也很独到，这也是他把方旭推荐给杜德松的最重要原因。

辛威作为金怀种业在林海省一手培养起来的销售总监，突然接到杜德松转战的消息，心里一时难以接受。他不可能放弃辛辛苦苦在林海省建立起来的客户资源，这是生钱的根本，是一个企业存活的基础，所以他拒绝了杜德松的提议。更何况现在的辛威又多了一名得力干将。刘君突然空降到金怀种业是谁也没料到的事儿，虽然他在事业单位犯了错误，但企业用人可不在乎这个，只要没有政治问题，用人只看能力。金怀种业虽然一直在搞自己的育种，但手里一直没有像样的育种家，培育出来的东西也经不起推敲，虽然他们的包装手段花样百出，但也想有一个自己的货真价实的明星品种。

刘君被杜德松带到金怀种业就是出于这样一种考虑。因为和于向知曾有过上下属关系，所以刘君夹在中间其实是不好受的。当然，这件事儿最近也在圈子里传开了，刘君好不容易被崔挽明和秦怀春救下来，却一转身加入了金怀种业，要知道这个公司和崔挽明有着不共戴天之仇，刘君的选择无疑是种背叛。

为了欢迎刘君的加入，杜德松特意为他举办了一场晚宴，考虑到刘君和于向知的关系，杜德松便没有邀请后者。不过在晚宴上，他倒是听了听刘君的心声，也算是对刘君做了一个清清楚楚的摸底。

近几个月来，刘君内心所受的折磨无人可知，但崔挽明和秦怀春已经帮过他一次，所以这一次他要自己来。和曹海亮一起离开育种所之后，他给远在长沙的崔小佳写了一封信，这封信的内容他想了足足半个月。在这个世界上，有些话他只能对崔小佳说，他内心积压的痛苦也只有通过这种方式来表达。他在信中说了很多，其中一条便是希望崔小佳可以尽早成家，因为自己的失足直接断送了他们未来本就屈指可数的幸福。

把信塞进邮箱之后，刘君亲自去了金怀种业，这也是他日思夜想之后做下的决定。

杜德松得到刘君可以说是如虎添翼。林海省有两名将才之后，一名是崔挽明，一名是刘君。前者杜德松可望而不可即，后者也能独挑大梁。所以这次欢庆宴对刘君来说，意义非同寻常。

“很高兴杜总能收留我，大家也都知道，我在育种所时运不济，不得不从事业单位退出来。我想过离开林海，但再三考虑后还是决定留下来，我是林海省培养出来的育种家，就算个人有再大困难也不能打退堂鼓。遗憾的是，没有一家科研院所肯接纳我，但好在还有像金怀这样优秀的企业，我才有机会留下来。因此我要感谢杜总和金怀种业对我的体谅和包容，既然留在这里，我定会把自己的本职工作干好。”

话毕，杜德松带头开始鼓掌：“说得好啊。大家看到没有，什么叫责任担当，什么叫先人后己？刘君走投无路之际还想着为林海省的水稻事业贡献力量，这叫什么？这叫无私，有气魄。这样的人我欣赏，更是大家学习的榜样。”

“辛总监，你站起来。”杜德松继续说道，“现在我把刘君交到你手中，你要好好带他，市场的事儿你负责，育种工作刘君来负责。你们俩给我好好配合，一个主内搞建设，一个主外谋发展，各尽其职，合作共赢。”

辛威这才知道，刘君是来接手金怀种业的育种团队的。换句话说，从今往后他们俩便是杜德松事业上的左膀右臂。林海省那么多育种家杜德松放着不用，为什么偏偏要了刘君，辛威固然参不透其中深意，但也表明了自己的顾虑。

“杜总，我听说咱们马上就不在林海省搞种子经营了，既然这样，跟刘老弟合作的事儿……”

杜德松摆了摆手：“嗳，不要听风就是雨，我早就跟有些人说过，咱们不能把看家本领抛之脑后去重新开疆辟土。我不年轻了，好不容易有点儿基础，说放弃就放弃？老本行还是要继续，至于米业嘛，可以一点点来，毕竟入市有风险嘛。”

这剂强心针让辛威的顾虑终于消了些，他就知道于向知不可能随随便便就说服杜德松放弃种子经营。不过刘君是于向知的老部下，杜德松这么用人，就没有顾虑？他这么做明摆着在跟于向知对着干，林海省谁不知刘君对于向知恨之入骨？但这帮领导玩的什么把戏，辛威实在不得其解。

即便担心，他也找不到恰当的理由说服杜德松，更何况事情是杜德松定的。有一句话说得好：当你和领导想法不一致时，请不要自作主张。

辛威正是凭借这句话才在金怀种业混得如鱼得水，因此他即便对刘君心有芥蒂，也很快就将刘君视为盟军。这边晚宴刚结束，他便拉着刘君，两人单独去了会所，来了个彻彻底底的放松。

过了这晚，辛威对刘君的戒心才逐渐放了下来。

石海明最近为了民生建设的事儿忙得不可开交，省里明确要求省农业委员会要做好来年春播的相关工作，看来是要严查种源，销售端存在的不良行为肯定也在警戒线内。为了起草相关条规，省农业委员会的工作人员已经连续加班好几周了。

在这样一种情形之下，崔挽明一个电话打到了石海明的办公室。石海明是清楚崔挽明这个人的，那可是给副省长提过建议的人，所以石海明轻易不敢怠慢。

“石主任您好，年前刘君的事儿给林海省造成了很不好的影响，为了弥补政府和百姓的损失，我和刘君商议后，在三亚繁殖了五十亩‘林育稻1号’，免费发放给受灾群众。我们想请省农业委员会来牵头做这件事儿，您看……”

“啊，难得你们有这份心哪，这是好事儿，省里一定是支持的。只是你这个品种现在老百姓还敢种吗？还有没有风险？”

“石主任您放心，这个是货真价实的‘林育稻1号’，我愿意跟省里立军令状，种子但凡出了问题，我来想办法弥补百姓。”

石海明正愁没材料写呢，正好崔挽明送来这么一个免费馅饼，完全可以用来交差，这可是货真价实、实打实的政绩呀，做什么工作都不如给老百姓送温暖。有了崔挽明免费赠送的种子，石海明第二天便给受灾区的地方农业推广站打了招呼，只要种子一到位，马上进行发放。

就在崔挽明如释重负的时候，刘君入职金怀种业的消息一下子就让他陷入了精神的绝境。他辛辛苦苦在一线为朋友两肋插刀，回过头来，朋友却早就跑到敌方战线安营扎寨。更要命的是，事先刘君没有跟他交流过任何意见，这样看来，刘君很可能做了违背崔挽明心中道义的决定。如果真是这样，崔挽明不敢想象这样一种结局意味着什么。

崔挽明就像一个被扔进开水里的山芋，尽管在里面不停地翻滚，慢慢地变得成熟，但站在锅炉旁的人很清楚，这个山芋就是拿来吃的。

崔挽明带着如此痛彻心扉的感觉来到灾区群众身边，自然少了几分自信，但他很清楚此次前来的重要性。在省农业委员会的提前安排下，地方推广中心已经按照崔挽明的意思做好了种子发放前的工作。崔挽明的第一站就是平和县，这里是他扶贫“三农”的起始点，在这里他做了很多想做的事儿，光是水稻精准栽培技术的讲座就开了近八十场，更别提亲自下地指导。

站在县推广站的种子发放点，崔挽明看着前来领取种子的农民朋友，脸上泛起了无法擦去的羞愧之色。他看着大家干涩的眼睛，看见他们的额头爬满岁月的痕迹，每一道都透着勤劳的影子。大家一步步往前挪，听说他们的农业技术员又从北川大学来了，都赶回来看望。

他们嚅动着嘴巴，想说什么又说不出来，只死死地盯着崔挽明的脸，希望从这张脸上寻找到可以信任他的理由。因为他们刚刚从惊恐中过来，还没有彻底摆脱“天灾”带来的阴影。对水稻种植一事，每个人都在观望和思考，轻易不敢做决定。

崔挽明经常下基层，岂能不清楚大家的心思？所以今天他要在这里做一个具有代表性和标杆性的动员大会。

推广站站长看人来得差不多了，想把崔挽明请上发言台，被崔挽明回绝了。

“今天我就和大家站在下面。主席台是留给领导的，我不是领导，就是个普通百姓，既然要谈心，就跟大家站在一起。”

崔挽明的话让推广站站长陷入尴尬境地，站长只好把话筒从发言台挪到这边，递到崔挽明手里。

接过话筒后，崔挽明又看了看面前那一颗颗脑袋。

“乡亲们、朋友们，我是崔挽明，北川大学一位普通的教职工，这几年里我和你们当中的一些人成了朋友，吃过你们的饭，喝过你们的水。今天我又来了，但此时此刻，我愧对大家的信任。‘林育稻1号’出了这样的事儿，是我们育种家的责任，是我们没有把好品种推广过程中的关卡，才给大家造成了损失。今天呢，我是代表前育种所刘君主任来向大家赔礼道歉的，我身后有一万斤种子，是我崔挽明亲手为大家繁殖的，今天就送给大家了。我不宣传，不搞破坏，不为任何单位和个人讲好话求情，但乡亲们，请允许我替林海省辛苦几十年创立起来的粮食体系说句话：林海省不能没有你们哪，大家如果放弃水稻种植，我省的粮食产量就会下降，世界上就会多一批饿死的人，请你们为了口粮安全问题把稻子种下去。”

“谁能保证安全？万一再发生天灾怎么办？”

崔挽明知道，肯定会有这样的质疑声。他看着大家的眼睛，说：“我不能保证没有天灾，但我给大家的种子，我敢用名誉担保没有质量问题。省里这次为了帮大家减轻受灾情况也是下了决心，行动上大家也都看到了，说明咱们的政府是想着百姓的。咱们林海省的育种家绝大多数能做到心系‘三农’，请大家一定要对我们有信心。”

崔挽明不知道还能说什么。其实保证的话不用说太多，老百姓能否信你，跟你说了什么关系不大，重要的是你这个人，而这一点，崔挽明无疑是能服众的。

“乡亲们，我知道大家的顾虑，你们可以放心，我正在跟省农业委员会这边沟通，我们尽量想办法，通过绿色通道帮大家成立一个水稻种植合作社。平和县一直以来都没有自己的合作社，有了合作社，大家可以参与入股，可以把生产风险交给合作社来承担，这样就大幅度降低了大家的风险。关于这方面的例子，大家可以参考天源县郭达的合作社，这两年我在那边的特种稻发展状况还算可以。平和县今天有农业口的领导在，你们回去可以把情况跟县里反映一下，我们这边也会通过省里直接和县政府搭桥联系，争取把这块硬骨头啃下。”

其实只要有人肯承担种植风险，对老百姓来说就是再好不过的事儿。崔挽明送来的这份温暖可以说相当有诚意，大家领完种子后都舍不得回去，纷纷围在崔挽明身边咨询合作社的事儿。

那天一直忙到下午四点多人才散去，简单和推广站的同志吃了口便饭，崔挽明便赶到了天源县。

方旭和金怀种业联手踏入高端米市场的消息已经在圈子里传得沸沸扬扬，只要一想到海青跟了方旭，崔挽明便有种尊严被践踏的感觉。

他也是忙昏了头，竟然忘了打一通重要的电话。本来这个电话他不想打，也觉得没必要打，但有些事儿他想弄清楚。

“挽明啊，你回凤凰城啦，哪天出来聚聚？”

“聚什么聚？刘君我问你，你怎么一句话不说就跑到金怀种业去了？你不是不知道这几年他们做的好事儿，怎么还跟他们同流合污？”

“我没办法呀，挽明，事业单位我进不去，企业的话，目前来说金怀是最好的一家，我没有选择呀。”

“我跟你说过，我可以想办法帮你解决这事儿，实在不行你就出省。你在杜德松手下做事儿，咱俩以后还怎么做朋友？”

“挽明，你想多了，我这样的人在哪儿都能搞育种。我看中的是平台，只要能发挥我的专长，到哪儿都一样，企业有自己的运营模式，昧良心的事儿我不参与。”

“但你没有办法阻止别人的口舌。另外，秦老师知道吗？”

“他知道不知道都不重要，挽明，秦老师已经退了这么多年了，我不想再让他为我的事儿操心。你们为我做的事情足够多了，剩下的路我想自己来选择。”

崔挽明对刘君的关心很大程度被刘君理解成一种逼迫。但崔挽明不想包办谁的理想和未来，只是单纯觉得事情该这样或那样操作才是对的，是站在道义的立场想问题的。不过有了刘君和崔小佳分道扬镳的前车之鉴，崔挽明不敢再固执己见，也不想再给刘君出什么主意了。

“好，刘君，你的路你来选，小佳那儿你自己去解释。不管怎么样，你我永远是兄弟，有困难记得找我。”

崔挽明感到这恐怕是他和刘君在未来数年中最后一通还能以兄弟相称的电话了，因为于向知和金怀种业的关系，他没有办法再跟刘君频繁接触了。

不过崔挽明是不甘心的，觉得刘君一定有什么难言之隐，否则的话，刘君刚被于向知一脚踹走，转身就去了金怀种业，等于又上了于向知的贼船。这不是崔挽明认识的刘君，刘君也不会这么没骨气。

但一切都来不及了，不管崔挽明怎么想，都改变不了现实。他所有的抱怨和不满都是出于对刘君的担心，因为他知道这条船迟早会沉没到大海里，不希望自己的兄弟跟着陪葬。

秦怀春当然知道刘君投靠杜德松的事儿。别看秦怀春离开农业口这么久，身边的信息从来没断过，外面发生了什么，他第一时间就能知道。

原本他想嘱咐刘君几句话的，但实在心力不足，加上秦志杰已经定好了回国的日期，他不得不把精力放在儿子回国的事儿上。

老伴儿走了之后，秦怀春一生的寄托都放在了秦志杰身上，这就是秦怀春费尽周折让秦志杰留学的原因。为此秦怀春背上了很大的骂名，他的冷血和无情便是从他阻止秦志杰照顾苏玉开始的，因为没有人理解他的做法。苏玉成了植物人，本该由秦志杰来照顾她，但秦怀春没有因为此事让秦志杰放弃求学。

这样决绝的做法背后隐藏的期盼，早就超出了望子成龙的心切。

秦志杰回国的日期，崔挽明还是从苏慧口里得知的。苏慧虽然记恨秦志杰的软弱无能，但考虑到姐姐的身体，有时候不得不和秦志杰保持联系。

“用不用跟刘君说一声，告诉他志杰回国了？大家毕业之后就没好好聚过，我想错过这次，恐怕以后不会再有机会了。”

苏慧能站在这样的角度看问题，显然已经不是当年在地里抱怨、撒娇的那个女生了。她在岗位上这些年，已经看透了人情世故，早就不在乎什么情爱得失，而是更看重当年的那段同学情谊。

“你来联系刘君吧，志杰在外面不清楚大家的状况，这个电话还是你打比较合适。”

崔挽明对刘君显然从心理上建立起了一道围墙，就连打个电话都感觉很不舒服。他没想到情感的衍生和变异会这么快，居然短短数日就滋生出那么多对刘君的不适。更确切地说，是距离感。

一周之后，由秦怀春带领的北川大学水稻研究所老成员全都赶到了机场出口。苏慧手里抱着孩子，秦怀春手里多了根拐杖，他的眼角爬满了鱼尾纹，面带微笑，笑容里却藏着无尽的岁月伤痕。这个家被他的教条折腾得够呛，今天他就要结束这一切。

尹振功扶着秦怀春，崔挽明、刘君、苏慧——2007年毕业的这批学生是秦怀春亲自在地里教出来的，虽然他们均拜尹振功为导师，但真正意义上的育种启发者是秦怀春。除了远在长沙的崔小佳，所有人都到了。

随着机场广播的播送，秦怀春藏在镜片后的眼珠在不停地打转，尹振功明显感到秦怀春的身体在发抖。秦怀春嘴里发出来的声音全部转为肢体的信号，在向久未见面的儿子呼唤。

一行人就像是一支整齐的队伍，在往来的人群中一动不动。机场出口蜂拥而出的人流从他们面前擦过，崔挽明手中举着的大牌子上醒目地写着“秦志杰”三个黑体字。

大约过了十分钟，一个穿戴整洁、头发干净利索的男人出现了，没有人会相信这就是三年前出国的秦志杰。那时候他虽然结了婚，但还是有些不稳重，再看看现在，留了满嘴的胡须，墨镜的反光中写满一个成年人的干练和沉稳。

秦志杰远远地就看见了迎接他的队伍，没有过多的激动情绪，只是轻轻举手挥了一下。秦怀春还来不及看清，秦志杰便将手放了下去。

秦志杰面部线条明朗。他一撇嘴角，轻松地笑了笑，除了手里的一个皮包，再无任何行李。

“秦老师，是志杰。”崔挽明指着前面过来的男人说道。

秦怀春眯着眼，实在不敢相信这是自己的儿子，伸出手指了指：“志杰？”

刘君和崔挽明主动走上前去，依次同秦志杰拥抱，曾经的兄弟再次见面。几年过去了，大家都变了样。

“志杰，真不敢相信你现在变成了这样。”

秦志杰眯着眼，不苟言笑道：“是吗，你也变了。”

秦怀春终于认出了儿子，把手从尹振功的臂弯里抽出，忙不迭地走了过去。

“志杰，快、快，咱们上车，回家。”

秦志杰又笑了笑，没有急着和秦怀春煽情，而是从苏慧手中接过秦勉。

“儿子，你爹我回来了。”

秦志杰把墨镜一摘，对儿子挤了个热情的笑容。秦勉在视频里和秦志杰见过面，但秦志杰刚把秦勉接过去，孩子就一个转身哭了起来，把秦怀春逗得哈哈大笑。这一笑，竟把泪水给笑出来了。

“秦勉，来，爷爷抱。爸爸刚下飞机，等他休息好了你再跟他玩。”

秦怀春知道孩子还不熟悉秦志杰，便伸手过去接孩子。秦志杰却一抿嘴，看了苏慧一眼。

“像她吧？一模一样的。”

秦怀春扑了个空，没有接到孩子。在场的几个人中，秦志杰唯独没有跟秦怀春说话，甚至连一个眼神的交流都没有。

这个细节被苏慧和崔挽明看在眼里，两人心中不禁生出疑团。

“志杰，秦老师跟你说话呢。”苏慧有些过意不去了，故意提醒了一下秦志杰，想看看父子二人的反应。

“回去再说，大家也都辛苦了。”秦志杰根本不接话，把话题扯到了一边。

秦怀春没有想到会是这样一种场面，这与他朝思暮想的场景完全不符。他以为秦志杰回国后会异常感激他，会来个父与子的拥抱，会紧紧握住对方的手，诸如此类。但这些场景一个都没出现。

尹振功载着秦怀春三人，刘君载着苏慧和崔挽明，两辆车从机场飞快地驶向市区。秦志杰已经很久没有见过家乡的样子，抱着儿子秦勉一直望着窗外。秦怀春坐在副驾驶座上，时不时地从后视镜里偷看儿子。他准备了很多话，但方才在机场时秦志杰的态度让他的嘴巴似紧紧地粘在一起，不知该从哪儿撕开。

父子俩就这样一直僵持着。有尹振功在，秦志杰不好说什么，但他对秦怀春的态度的转变早就已经发生。秦志杰永远都忘不了苏玉出事后他回国探望的那次，正是那一次，让他和秦怀春的关系一下子降到了冰点。

车走到一半的时候，秦志杰让尹振功拐弯去了理疗院。楚一茹此时正在帮苏玉梳理头发。她知道苏玉的男人要回来了，所以特地给苏玉打扮一番。

这是楚一茹第一次见秦志杰。看见苏玉的丈夫回来了，楚一茹的眼睛充满了猩红的血丝，她恨不能将其生吞活剥。

楚一茹冷冷地看了他一眼："苏玉还给你了。"

秦志杰没有回应，站在玻璃门外静静地看了会儿苏玉。他没有半点儿悲伤的情绪，从眼睛里透出的光坚硬而冰凉，这种压抑的神情下面就好像覆盖了一层不透明的薄膜，让他喘气都异常费劲。

推门进去后，秦怀春示意楚一茹出去候着。

"你也出去。"秦怀春还没迈出步子，就被秦志杰止在了外面。

不知道从什么时候起，秦志杰对秦怀春说话变成了一种命令，没有商量，没有尊重。秦怀春竟也不反驳，变成了逆来顺受的老头儿。老伴儿的离世、儿媳的重病，加上自己退休后的百无聊赖，彻底让秦怀春从原来的工作面貌中脱离出来，变成了一个无助的老人。他不再是什么院长，也不是什么老师，现在甚至连做一个父亲的底气都没有。

没有谁清楚中间发生了什么，一切就像封存在了他们父子二人的身体里一样，成了无人知晓的秘密。

秦怀春望着儿子，楚一茹过来想将他搀走，他不依，想站在那儿看看秦志杰的归来能否唤醒沉睡的苏玉。他站了足足十多分钟，苏玉都没有醒来的意思，他终于没了耐性，回到了尹振功的车上。

秦怀春好多年不抽烟了，上次抽烟还是年轻的时候，现在主动朝尹振功要了一根。

"老师，您的身体……"

"不碍事儿。"秦怀春伸出手去接，伸着脖子让尹振功帮他点燃烟。

他从来没有这么烦躁过。他感觉到了秦志杰的变化，感觉到了他和儿子的内心在较量着。

“志杰变了，振功？”

“是啊，看上去稳重多了。”尹振功附和道。

秦怀春摇了摇头，朝窗外吐了口烟：“以前我总觉得他不务正业，你也看到了，现在的他多有主见。他妈要是在世的话，一定会欣慰的。”

他继续小口小口地抽着烟，每一口都像在品尝着生活的苦乐。

秦志杰把苏玉从床上抱起来放到轮椅上，拿了条洁白的毛巾盖住她的下半身。苏玉已经能睁开眼睛了，但没有行为能力，甚至连思考都还不会。秦志杰抚摸着她的头发，眼神尖锐得像一把刀。

“苏玉，我回来了，你张嘴跟我说说话。这几年我不在，你一定在怪我，别人都说我不配做你的丈夫。我是个自私自利的人。你也看到了，我把你抛弃了，在你最需要我的时候，我不在你身边。你放心，我欠你的我会还给你，这次回来，我就是要来补偿你的。你要是不想醒来就再睡睡吧，我不想你看到我现在和以后的样子，你可能接受不了现在的我了，毕竟以前那个天不怕地不怕的秦志杰死掉了。你放心，再也没有人会欺负你。我知道你能听见，只是你不想醒来，更不敢醒来。秦勉每周都来看你，我希望在他长大之前我能把这些问题都解决掉，你说好吗？”

秦志杰看着窗外的阳光，他的胡须像是一根根仙人掌刺，紧紧地包裹着他，令谁也不敢靠近他。

秦怀春没听到秦志杰对苏玉说的话，但清楚秦志杰对苏玉的感情一点儿都未减少。秦怀春的面色变得凝重，儿子回国带给他的欢喜一下子化为了泡影。

执意让秦志杰出国似乎是个早已安排好的阴谋，而现在，这个阴谋成了笑柄。

听从秦志杰的安排，那天晚上大家都赶到秦怀春家里聚会。

今天说是为秦志杰接风，但对崔挽明来说，更多的恐怕还是要解决这几年来留在心里的疑问。

应了秦志杰的要求，楚一茹也把苏玉接回了家。当年毕业之后，大家便再没有机会相聚在一起，现在好了，齐聚一堂。秦怀春心里最得意的一届学生都在这里，不敢说桃李满天下，但大家都在为林海省的粮食产业恪尽职守，作为引路人，他无比骄傲。

他看着大家，心中有很多话讲不出口。楚一茹做了一桌子菜，桌上摆满了酒水。

“以前我不让你们浪费，现在你们自力更生了，我的话站不住脚了。”秦怀春泪眼迷离，心中感慨万千。

“没有老师就没有今天的我们。”刘君先站了起来。

秦怀春往下压了压手，让刘君坐下。

“你们哪，什么都好，专业过硬，基础扎实，但在过去的七八年里，也都犯过错误。你们当中有人肯定在背后埋怨过我。我呢，已经是个老头子了，很多事儿不是我想帮就能帮上的，但在林海省，谁要是敢不按规矩办事儿，敢欺负我秦怀春的学生，我决不会坐视不管。今天志杰回国，将来林海省的事儿你们师兄弟商量着办，很快你们就是行业骨干了，要坚持住最后的原则。”

秦怀春这样的一种请罪方式让几个学生不敢承受，纷纷站起来表决心示弱，唯独崔挽明坐着没动。苏慧瞟了他几眼，他还是没动。

“挽明今天不舒服？”秦志杰把话题转到了崔挽明这边。

“志杰呀，你回来了，我怎么敢不舒服？我是感慨啊，想当年老师把房子借给了我们家，让你和苏玉出去租房子住，说实在的，现在想想，我真不是个东西。我怎么那么厚颜无耻呢？给我什么都敢要？要不是因为这件事儿，你和苏玉可能会更好，说不定她……”

话到嘴边，崔挽明又咽了下去。

“喀，我爸什么人你还不知道？胳膊肘往外拐，对自己的亲人永远都跟仇人似的。你们几个可算是享福了，我就不同了，跟你们比，我就是最差劲的那个。不过挽明，你说得不对，我爸这么对你是因为爱惜人才。学校把你留下来，没有条件给你分配房子，正好他手里有就给你了。我这个爹呀，可不是一般人。”

虽然秦志杰的话带着玩笑的意思，但在场的各位都笑不出来，因为这玩笑话是秦怀春的真实写照。秦志杰出国之前，秦怀春的家教他们是有目共睹的，用“苛刻”一词来总结一点儿都不为过，这也是秦志杰的母亲临走前希望秦怀春能够有所改变的地方。

崔挽明咧嘴一笑，摇了摇头：“不管怎么说，现在房子是你的了，周末我们过来帮你搬家。”

“周末我要出去一趟，约了北京一所大学的面试，搞不好还能在北京弄一套住房。我爸的房子先放着，谁有福就给谁住。”

秦怀春一听儿子要往北京走，脸色一下子就变了。

“你好不容易回来，怎么又出去呢？好好在林海省待着。我前几天帮你联系了几家单位，你有时间过去跟人家见个面，人家说了，海外留学回来的人，他们会优先考虑。”

秦志杰放下酒杯，对秦怀春讲道：“我的事儿你就别管了，秦勉以后我也会专门找人陪他。你辛苦了一辈子，该歇歇了。”

秦志杰的话一点儿都不客气，在场的人也都听出了其中的深意，秦志杰这是想将他老爹从他的生活里赶出去。此时此刻，大家心中的想法恐怕都是一致的：秦志杰这么做很有可能在报复他老爹曾经对他近乎变态的家教。

崔挽明知道，这件事儿没有这么简单，只有这个原因还不至于让父子俩的关系走到这一步。因此他现在更加明确秦怀春应该是有些问题的。他曾经几度怀疑这点，后来又都将念头抛开了，但这一次他确认了自己的猜疑。

秦怀春没吃几口菜就从桌边退下去了，由楚一茹搀着回了屋子。秦怀春很清楚，他的时代早就过去了。他只是不甘心，想要再在人群中找点儿威严，但这次失败了，败给了自己的儿子。

秦怀春一走，刘君就有了情绪。要知道，秦怀春可刚刚到省里帮他求了情。

"志杰，不是我多嘴，你刚回来，不该是这个态度，老师年纪大了，受不了你这样对他。"刘君之所以这么说，完全是因为感恩秦怀春。他把筷子往桌上一放，身体往后一靠，抱着双手，等着秦志杰表态。

秦志杰早就感觉到大家异样的眼光，呵了一声，眼睛里跳出几缕光影。

"这是我的家事，不用你来管。"

刘君噌一下站了起来："志杰，我只是好言相劝。你们的关系一直不好，不管老人对你做了什么，你是儿子，该体谅的地方尽量体谅。"

"体谅？刘君，首先哪，在场的这些人当中，你是最没有资格说我的人，知道为什么吗？"

"你说说看，我怎么没资格了？"

"这还用我说吗？一个忘恩负义、吃里爬外的人，凭什么对我指指点点？"

"秦志杰，你什么意思？把话讲清楚了！"

"挽明和我爹好心帮你求情，你这次才得以大难不死，但你是怎么回报他们的？啊，跑去金怀种业了。刘君，你怎么能干这种事儿呢？"

"去什么地方是我自己的选择，我凭自己的能力得来的东西，不觉得有什么不光彩。"

刘君边说边看着崔挽明和苏慧。他知道，秦志杰刚回国，屁股还没坐热乎就知道了他的丑事，如果不是在座的人拿他开涮了，还能有谁？

"志杰，刘君的事儿你不清楚，少说几句。"

崔挽明一看情况不对，赶紧出来打圆场，没想到被刘君推了回去。

"行了，都别说了，你们都对我有看法，是不是？好，我刘君现在是一泡臭狗屎，你们怕沾上，我呢，以后离你们远点儿，省得臭味熏到你们。"

刘君说着拎着外套就要走，被崔挽明拦了下来。

“大家好不容易聚聚，无非说几句玩笑。不知者不怪，志杰不清楚国内的事儿，你要体谅。”

刘君推开崔挽明的手，表情僵硬地说：“用不着你们可怜我，现在我走的路和你们没有半点儿关系，以后出了事儿也连累不到你们。”

秦怀春一个人躺在床上，听着他的这几个学生的争吵，心中一阵酸楚。他已经没有力气去劝说他们了。

刘君走向门口，刚要拉开门，只听外面传来敲门声。他的手即刻缩了回来。

“谁？”

刘君还有些情绪，说话声带着一股火药味。外面的人又敲了敲门，但没有回答他。

“我说谁他妈的在敲门？”刘君本想开门出去，但现在就和这个敲门声杠上了。他觉得有人堵住了他的去路，就像堵住了他即将爆发的情绪一样。

外面的人不再敲门了。刘君骂了两句，猛地将门拉开。

他终于看清了敲门的人，屋里所有人都把脑袋探了过来，也都看到了来人。

崔小佳的突然到来对崔挽明和刘君来说非同寻常，要知道当年她离开林海省的时候可是发过誓的，说这辈子再不会回到这里。但显然，她做不到。

崔挽明看了崔小佳一眼，眼里对她唯一的一丝期盼终于断了。他明白崔小佳为谁而来，但面对这个时候、这种情况下的刘君，他怎么可能由着她来？没等刘君跟崔小佳开口，崔挽明便闯了过来。

“小佳，你怎么来了？”

崔小佳的眼神十分锋利，她死死地盯着她哥的眼睛：“哥，我要谢谢你救了刘君。但现在你们都不要他了，我要，以后刘君的生活就是我的生活，他的命也是我的命。我不许你们这么轻看他，他是什么人，你们根本不懂，所以请你们以后离我们的生活远一些。”

“小佳，你这是何必呢？回去吧，这里和以前不一样了，没有什么值得你留恋了。”刘君低着头，不敢看她。

崔小佳什么也没说，拉起刘君的手就往外走，全然不顾崔挽明的阻挠。她走出去几步后，回过头看了崔挽明一眼，那种眼神充满了委屈、孤独和悲壮。

崔挽明接受不了这些，尤其是现在的刘君。他已经不再认识刘君，刘君变得跟以前不一样了，背离了自身的信仰。虽然崔挽明不愿承认，但他们的友谊已经有了裂缝。

“崔小佳，你给我站住。”崔挽明追到了楼下。

刘君把手从崔小佳手里抽出，转身面对崔挽明，不客气地回道：“七年前我听了你的话，做了这一生最错误的选择，现在老天爷允许我再选择一次，我要感谢上天。所以请你不要再干涉我们的事情，这一次我选择自己的事业，选择自己的爱情。”

“刘君，你这是自私，你会害了小佳的。”

“你错了挽明，害了小佳的人是你。当年你跟我说小佳结婚了，一直都在骗我，为了让她忘记我，你居然对我说谎。”

“你们那时候已经不可能在一起了，我是为你们好，所以才——”

“所以你才百般阻挠我们？所以你不希望我们在一起？”

“刘君，你听我说，你不能跟杜德松和于向知——”

“行了、行了，这也不能那也不能，崔挽明，你以为你是谁？什么都想掌控，你省省心搞好你的民生事业吧。”

秦志杰站在窗户边看着楼下对峙的三人，脸上透出不自然的微笑，随后转头对苏慧说：“我爹手底下的这几个学生里面，崔挽明是最像他的，控制欲强、专横、跋扈、说一不二、自以为是。这种人，我不喜欢。”

“秦志杰，我不管你回来要干什么，但我提醒你，我姐还躺在床上，希望你能够做到对我的承诺。”

苏慧说完这句话，也在这场不快的争执中退了下来。这两年来，为了姐姐苏玉，她和秦志杰联系了几次，一遍一遍地嘱咐秦志杰，希望他尽早回国。因为她信不过秦怀春，信不过楚一茹。秦志杰答应她回国后会履行承诺，所以她把这个没有保障的承诺看得比什么都重。虽然只有一丝希望，但她还是坚守着。

崔小佳的选择虽然让崔挽明难以接受，但这么多年过去了，崔挽明也意识到自己不该再插手他们的感情问题。虽然结果不是他所希望的，但事已至此，他只能默许了。

崔小佳不是空着手回来的，在过去几个月的研究生入学考试当中，她资助的学生夏中秋最后选择了崔挽明为硕士导师。初试成绩早已经出来了，眼看就要进入面试，所以她抽了一天时间带着夏中秋来见崔挽明。

崔挽明去年刚被评上副教授，夏中秋如果能被崔挽明看中，很有可能成为崔挽明的第一个弟子。

崔挽明听到这件事儿的时候，心里犹豫了很久。要知道像他这样的育种家，虽然也熟知科研，但毕竟不拿它当主业，真要是带了学生，很可能误学生终身。

这也是夏中秋第二次跟崔挽明见面，他显得十分拘谨，而之所以选择崔挽明，正是因为崔挽明的人品和作风在生命学院都是值得称赞的。最重要的一点是，他想跟崔挽明学习育种，将来进入育种行业。

对夏中秋的想法，崔挽明不知该说什么好。其实，有一个能把心思放在育种上、能够静下心来投身育种行业的学生，对他来说是种幸运，对行业发展也是种希望。毕竟到了他这代人，后面的学生基本不干这行了。但从夏中秋的个人发展来说，崔挽明更希望他选择学术科研，像尹振功那样做点儿学科前沿的东西，从事理论创新和研发。

毕竟育种这行，不是一般人能干的，从事者不仅要有责任心，还得有无私精神、舍己精神。如果不理解透“吃苦”二字，夏中秋选这个方向人生很容易出现偏差。

“你还是很能坚持的，我问你，你选这个是为了感恩崔小佳老师还是什么？实话实说。”

夏中秋把头抬起来，眼神坚定地看着崔挽明：“上次在长沙老家的时候，我跟您表达过想法。我还是坚持我的观点，就是想跟着您学习育种，将来培育出好品种。”

“像袁隆平那样？”

夏中秋脸一红，道：“他搞杂交稻，咱们搞常规稻，方向不一样，但精神可以效仿他。”

“你还真做功课了。那你说说看，咱们为什么不搞杂交稻，杂交稻产量那么高？”

“这个嘛，我也不是特别懂，但文献上说，粳型杂交稻之所以不好搞，是因为很难找到它的恢复系材料。它不像杂交稻的三系制种那样资源丰富，可以随便拿来用。”

崔挽明眼睛一亮，对崔小佳说：“你看看，一个本科生能有这些认识，不容易呀。现在的本科生能有几个认真学专业的？他能够懂这些就不错了。”

“这么说，你是铁了心想跟我了？”崔挽明最后再确认地问道。

“老师，我想成为您的第一个弟子，您收下我吧。”

崔挽明依稀记得自己当年拜尹振功为导师时的场景，虽然比不上夏中秋这般，但也算极其热情了，毕竟那时候秦怀春不带学生了。崔挽明拜在尹振功门下，完全是冲着秦怀春去的。再想想跟前的夏中秋，崔挽明感慨良多。

离别的时候，崔挽明把崔小佳叫住：“你那边有什么需要，来找我。”

崔小佳笑了笑，什么也没说。她恐怕不会再来找崔挽明了。她知道自己选择了什么，刘君加入金怀种业的事实已经无可扭转。没有人能够原谅一个背叛友情的人，刘君的背叛对崔挽明来说是种极大的伤害，同时她的选择也更让崔挽明难以接受。

所以说，她这样一个人，要么不选，选了之后就绝不会后悔，就算中间出了差错，也会自己受着。

秦志杰的回国虽然不是什么大事儿，但还是让于向知挂念上了。他忘了自己是第几次到秦怀春家了，每次来秦怀春的态度都不是很好。所以这次他不想再冲撞秦怀春，直接找了秦志杰。

秦志杰带着苏玉在公园里散步，虽然苏玉听不到秦志杰说什么，但秦志杰还是不厌其烦地对她说着话。

于向知远远地站在他们前面，面带笑容，手里拎着东西。秦志杰早就看到了于向知，故意放慢脚步，根本不往他身上瞅。

秦志杰的从容让于向知很意外。

秦志杰和苏玉在距离于向知十米外的地方停了下来，很明显，秦志杰是想让于向知自己走过去。

这是于向知做梦都没想到的情形，心里也因此有了不快，不过他还是尽量保持着笑容走了过去。

“志杰，你回来怎么不告诉大家一声呢？你看，我现在才知道。苏玉的情况还好吧？”

秦志杰把头转过来，没有半点儿惊讶之色：“原来是你。放心吧，总有一天苏玉会醒过来的，你说呢，于院长？”

“那是、那是，我看现在她的气色就不错，用不了多久她会好起来的。”

“是呀，苏玉好几年都没张口说话了，不知道她肚里藏了多少想说的话，我真怕把她憋坏了。”

于向知不自然地扶了扶眼镜，把话题岔开：“本来想去你家里的，可你父亲对我一直有成见，所以我特地过来跟你见一面。”

“有什么好见的？于院长，如果我没记错，咱俩之间还有一笔账没算，是吧？”

“咯，那都是陈年旧事了，还提它干吗？那时候你年轻气盛，我呢，也功利心使然，你父亲身居要职，我那么用心他都不提拔我，我也是一时来气。”

“一时来气？那可是我大学毕业后第一次创业，是我白手起家开的大米商店。你要的那是什么手段？说让我下来就下来。你这个人太卑鄙了！”

于向知怎么也想不到秦志杰回国后居然像变成了另外一个人，对自己完全没有了惧怕之意，更没了尊重。秦志杰当面这样骂他，也让他心中很不爽快。

“秦志杰，你别给脸不要脸，我好歹也是个院长，你怎么能这样说话？”

“我说什么了？我已经很注意影响了，于院长。我不跑到省农科院主楼骂你，已经算给你颜面了。所以说，从今往后你最好别惹我，否则别怪我跟你翻旧账。”

“秦志杰，我要不是看你爹的面子，你以为你算什么？你爹托关系找人，让我给你在省农科院安排一个人才引进的待遇职位，看你今天这态度，幸好没把你引进来。”

秦志杰一听这事儿跟秦怀春有关，轻轻地笑了笑，推着苏玉离开了。

回家后，秦志杰自然是要兴师问罪的。秦怀春干涉秦志杰的工作的事儿已经触及秦志杰的底线了，所以秦志杰不得不提出来。当然，这样一来秦怀春的脸面也算是彻底没了。

“志杰，不管你有什么想法，我认为上省农科院对你有百利而无一害。你想想，你是搞农业的，国家项目往下发的时候，首先受益的就是省属的农科院，然后才是省属涉农专业的高校。我是想让你找准发展平台，如果未来你手里没项目，你怎么干事业？空想主义可不行，现在各行业竞争激烈，资源优势比什么都强，大学教师虽然听上去不错，却是一块鸡肋。高校教师的含金量已经降低了。据我所知，北川大学不少知名教授辞职下海了，你还要往里钻，那不是自讨苦吃吗？”

秦志杰停顿片刻，一边喂苏玉喝水，一边回道：“时代在变，人也在变，可我们上学的时候，你是怎么教育我们的？让我们投身所爱，让我们报效祖国、服务百姓。你听听你现在说的话，不是项目就是名利。你变了，爸，你让我很失望。你的原则呢？你的信仰呢？”

秦怀春没料到秦志杰会说这样的话，但正是这样的话才让他再次认清了自己的变化。他在心中想：我是什么时候变成这样的？那些乱七八糟的想法怎么会钻到我的脊骨里去？

他想了想，终于找到了原因。

“你妈走的时候对我触动很大。她在世那会儿，一直在抱怨我对你不好，说我对你太苛刻、不近人情，搞得父子不像父子，仇人不像仇人。她怪我没帮你找工作，没给你一个好的去处。志杰，爸爸这么做没有别的想法，就算是弥补你妈妈的一个愿望。”

“你少拿我妈当挡箭牌，我妈不是你丧失原则的借口。以后我的事儿你少管，明天我就出去面试，苏玉我也要带走。”

“你要带苏玉走？你面试就面试，带着她干什么？你跑省外去，她这个状况多不方便？我让楚一茹照顾苏玉不是挺好吗？”

秦志杰没有回应他，将苏玉推进卧室，重重地摔上了门。

秦怀春的眼睛一下子像着了火。不知为什么，他们父子二人只要一靠近就火药味十足，谁也不对谁客气。屋里的气氛已然不适合秦怀春待着，他披上外套，匆匆下了楼。

在暮色中的北川大学里走着，秦怀春想起了很多陈年旧事，想起了当年领着崔挽明他们一起下地干活儿、喝酒吃肉的日子，那时候多辛苦，但又很幸福。现在他老了，身边的人一个个离他而去，就连身边的亲人都把他当作了仇人。他为林海省干了一辈子的事业，却没把家庭事业干明白。

他抽着烟，佝偻着后背，看着一对对年轻男女在路灯下晃荡，心中凉意阵阵袭来。

回忆毕竟是回忆，秦志杰的改变给了秦怀春一个强烈的信号，秦怀春很清楚他的儿子要做什么。前半生他把秦志杰看得很紧，后半生很可能要为此付出代价了。

第十七章
残　喘

秦怀春越想越觉得自己的人生可笑，越想越觉得自己成了别人的一颗棋子。他掏出电话，狠狠地骂了于向知一顿。

“谁让你跑去找志杰的？你都跟他说什么了？于向知，有些事儿你最好不要碰。”

“老领导哇，我能说什么呀？不是你托人想让志杰进农业系统吗？我想这种事儿我就主动点儿，没想到……”

“轮不到你出来卖人情，他到哪儿都有人要。你记住了，别怪我没警告你，秦志杰的事儿你最好不要再管，这是我的家事。如果你再插足，别怪我翻脸不认人。”

于向知似乎体会到了秦怀春如今的悲苦和无奈以及活到生命尽头时的无力。这种时候他知道该怎么做：永远不要去惹一个失无可失的人，否则狗急跳墙就不划算了。

随着秦志杰带苏玉出省的事儿传开，秦怀春父子关系的破裂也不再是秘密。以前的秦怀春要颜面，很注重影响，现在的他已经不看重这些了，或者说就算看重也无力挽回了，也就默许了大家在背后讨论这件事情。

当然，对刘君来说，他已经不关注这些事儿了，他背负的压力和责骂也不允许他再接触秦怀春的圈子。虽然他的选择一直让崔挽明难以理解，给出的理由也难以服众，但他毕竟这样选择了。人就是这么奇怪，你永远不知道他会在什么时候发生改变，会变成什么样。

崔小佳的归来，对刘君来说无疑是最大的安慰，有些话只有两人关起门来才能讲。辛威考虑到刘君的感受，特意跟杜德松申请，帮崔小佳解决了工作问题，把她安排到华南城的种子商店坐班，也算是一个闲差事。

这样一来，刘君就可以专注地投入到公司的育种工作中。虽然于向知跟杜德松谈过公司转型的事儿，但杜德松在林海省投了太多资金，现实根本不允许他转型。所以这对刘君的事业发展是个绝佳的机会。

金怀种业一直殷切期望有个属于自己的明星品种，所以这个夏天公司也做了不少工作。刘君入职不到三个月，金怀种业便从北京引进了两位分子育种方面的专家，说是跟刘君配合着工作，其实是要另起炉灶。

这几年分子育种被炒得很火，行业内专家也各执己见。刘君的态度跟崔挽明差不多，基本不太看重这个方面。虽然分子育种能定向精准地改良、控制性状表达的基因，但到目前为止，水稻性状绝大多数受多基因控制，且存在基因互作的现象。改良一个或者几个基因虽然能引起性状改变，但很大程度上会产生其他变异。

刘君觉得常规育种依据自然变异来选择，看重的是环境适应性，而分子育种则忽视环境影响，夸大了基因的改变的作用。所以对北京来的这两位专家，他尽量不去接触，也不发表任何意见。作为金怀种业的高级农艺师，刘君管理着几百亩育种基地，可以说统领着金怀种业的育种方向和目标，影响公司和谐的事儿他尽量不去做。所以他干脆分给他们几块地，给他们配置好工人，便由着他们自己去搞了。

不过，杜德松虽然否定了于向知的意见，但最近频繁地跟方旭接触，也表明了杜德松的态度。

刘君虽然不说，但心里很清楚自己的立场。他没有办法决定公司战略的走向，做好本职工作才是最聪明的选择。

虽然“林育稻1号”在过去一年遭受了重创，但因为政府出面稳住了民心，加上崔挽明的慰问、补救，事情算是过去了。就连于向知自己都没想到，“林育稻1号”还能死而复生，这是林海省粮食发展史上没有过的事情。

没有谁比杜德松更清楚，在这件事儿上金怀种业投入了多少人力和财力，虽然“林育稻1号”没有死去，但其价值也算大打折扣了。所谓瘦死的骆驼比马大，杜德松原本想放弃这个品种，但现在又改变了想法，故打起了于向知的主意。

于向知老谋深算，当然知道金怀种业在想什么，而且本来经营权去年就到期了，既然金怀种业想继续做，他又何必抱着这个烫手山芋不放呢？经过了这次事件，于向知的胆子小了不少，就像他说的，改做大米行业才是风险极低的投资。

不过金怀种业想拿走“林育稻1号”的使用权，没有足够的诚意，于向知肯定不能如他们所愿。杜德松何尝不知于向知的心思？故他拉着方旭一起过来见于向知。

“于院长，你要知道，大难不死必有后福哇，这个品种命不该绝，咱们可不能浪费了老天给的这个大好机会。趁着老百姓对它还有点儿期望，咱们也赶紧把事情提上日程，不能把老百姓的幸福给耽误了，你说呢？”

于向知抿抿嘴，轻轻地吸了口烟，顺便看了看方旭。

“方总是我给金怀引荐的，我还是保持我的观点，种子的事儿我坚决不做，做大米经营的话，可以谈，否则就当我们今天没见过。”

“哎，于院长啊，你急什么？话还没说完呢。你放心，你这只惊弓之鸟我可算看清了，这次呀，我就成全你。这个品种你给我，五年时间，金怀种业给你四千万。你把经营权给我，制种的事儿不用你管，从签订合同之日起，这个品种的任何商业行为都跟你无关，就算以后品种出了事儿，也不会找到你头上。况且这东西在你手上也没用了，你要知道，它刚刚出事儿，老百姓的伤口可都还没好呢。我们如果吃不下这个品种，林海省也没有人能吃下了，怎么样？”

于向知很清楚，四千万可不是一笔小数目，杜德松如果没有长远的计划安排，是不可能冒险做这件事儿的。但话说回来，杜德松怎么计划跟他于向知有何关系？反正在林海省，除了金怀种业，没有谁敢轻易碰这个品种。

“杜总，你是想拿我的这个品种做大米市场吧。”于向知一语中的，切中杜德松的要害。

方旭一下子站了起来：“你看看，要不怎么说于院长是最会做生意的育种家呢，有战略眼光啊。”

“你先坐下，”于向知不想听方旭在这个时候夸大其词，“好，方旭，当初我让你接触杜总，想法跟现在一样，你在国外有市场资源，能够把优质米带出国门，这是好事儿。‘林育稻 1 号’有这个实力，品质没的说，但你们俩要想合作把事儿做好，恐怕没那么容易。”

“愿闻其详。”杜德松把话接了过来。

“好，既然金怀想继续做这个品种，那我就把话说透了。省里一直在打压品种霸权的事儿，‘北川稻 1 号’怎么垮的，不用我说你们也知道，接下来就是‘林育稻 1 号’，这一点你们要有心理准备。”

“于院长，不可能啊，这个品种是省农业委员会主推的，政府怎么会撤下来呢？你多虑了。”

“哼，你们记住了，现在是一个创新的时代，发展最离不开的就是创新，就算‘林育稻 1 号’再好，但如果长期霸占市场，市场就会失去平衡。政府虽然看重 GDP（国内生产总值），但也会考虑市场健康问题。这个是大方向，市场一旦发生倾斜，就会得不偿失。所以我劝你们要早做打算。”

“于院长，你的意思是不想让我们接着做了？”

“不、不、不，做你们肯定是要做的。”

“又要优质米，又要国外市场，还害怕违背政策导向，那你说怎么做？”

“哈哈哈，杜总啊，你就别拿我开玩笑了，怎么做你还不知道？你那个销售总监一肚子主意没地方用呢，在林海省谁人不知，只要是你们金怀想主推的品种，有哪个不成功的？”

于向知的一席话道出了行业的潜规则，杜德松也明白于向知所指，拍了拍方旭的肩膀。

“看来咱们还得创新品种，‘林育稻 1 号’该做还得做，什么时候市场给信号了，咱们也能拿出新品种来。”

“这些事儿就让杜总费心了。”

“唉，这事儿嘛，要感谢人家于院长。于院长，这事儿咱们还是说开了好。我首先申明一点哪，刘君是主动给我们金怀投的简历，我也是惜才，不忍他……”

于向知一听到刘君的名字，赶紧摆手道：“杜总不用解释这个，刘君这个人我清楚。你也知道，他跟崔挽明是朋友，但这些年来我没亏待过他，该给的都给他了。我是从没把他当外人哪，也就没有防范他，但后来的事儿你们都知道，那批种子出了问题，刘君具体做了什么我不知道，离开农科院那是省农业委员会的决定，我保不了他。但现在他来到金怀种业，我只说一句话，杜总，人可以用，但不得不防。”

“哟，于院长，多谢提醒，我主要是怕他对你有想法。咱们日后还要合作呢，别搞得大家不愉快。找个机会大家把话说开，一切都捋顺了，岂不是更好？”

“不用了，杜总，既然金怀要拿‘林育稻 1 号’的品种权，你们拿去之后，咱们的合作也就到此结束了。我没有那么多精力操心这些事儿了，现在育种所的人事关系还等着我解决，那么大一个所，全省的人都盯着我，这件事儿要是办不好，我就等于给省农科院抹黑了。”

何峰、曹海亮和刘君先后离开，育种所俨然成了一具空壳，省农业委员会也等着于向知安排人事，报送用人计划。

但如果没有合适的人选，随随便便把人招进来，砸了育种所的牌子，于向知可就成千古罪人了。

告别杜德松和方旭之后，于向知也算把“林育稻1号”甩给了金怀种业。现在的他一身轻松，自然也就有时间考虑用人计划的事儿了。

他之前也想过几个人，但觉得都不靠谱，想来想去只有一个人能让他满意。

李国华这个人在省水稻所的时候可是养出了脾气的，虽说最后因“北川稻1号”的下台而郁郁寡欢，但他和他的整个团队在过去这些年做的事儿足够他吹一辈子了。单从这点来看，李国华的心气儿是很高的。

于向知想把他请过来主持育种所的工作，从院里的发展来看，确实可行，但让“北川稻1号”倒台的罪魁祸首不是别人，正是于向知。现在于向知居然把这件事儿忘得一干二净，还亲自跑到省水稻所跟李国华谈起了建设和发展的问题。

虽然于向知是院长，是李国华的领导，但李国华从心里就没服过他，即便于向知亲自过来，也不受李国华待见。

“于院长，育种所是林海省水稻育种的领头羊，我李国华没有这个能力接管，你选错人了。”

“怎么会？虽然育种所名字响亮，但要论成绩，哪有你们贡献大？所以还要你来主持工作。”

“今非昔比了，如今你的品种遍布林海省，‘北川稻1号’早就退市了，相比之下，我们要向育种所学习。”

“嗐，都是民生事业，比什么比？省水稻所的人员相对成熟，张玉祥他们也能独当一面，让你来育种所呢，主要是带带年轻人，好好地把团队组建起来，打了这么多年的基础，不能说扔就扔啊，就当是为了林海省的粮食产业发展考虑，你也义不容辞呀。”

"于院长，实话跟你说吧，育种所的一摊子烂事儿我可管不了，也不想管。我呢，打算今年年底就退了，把机会都留给年轻人，总这么占着位置也不是办法。你就另请高明吧。"

于向知作为院长，居然被李国华当众拒绝，心里的滋味可想而知。他以为李国华把自己的一身羽毛看得很重，将李国华放到一个有挑战性的位置会让李国华有实现价值的感触，看来他理解错了。李国华对"北川稻1号"的情有独钟决定了他从此以后都不会再碰别的品种了。他的这一生已经足够辉煌，名声有了，财富累积了，后辈也培养起来了，何必再给自己找麻烦呢？李国华就是想明白了这些事儿，才会不顾虑于向知的想法。

不过这样一来，于向知可就难堪了，现在他身边一个说得上话的人都没有。以前在育种所的时候，工作人际关系处理得最好的人都被他开除了。何峰的离开对育种所是一个损失，这个人虽然是个滑头，但处事能力强，很多事儿交给何峰，他便无须操心。当时于向知之所以开除何峰，其实是因为起了嫉妒之心，确切地说，他害怕何峰日后会超越他，所以才做出快刀斩乱麻的事儿。现在想想，于向知有些后悔。

但他没有办法，如果不把何峰请回来，工作真的没有办法开展。下面的人对各方面业务都不熟悉，没有一个能被提上来主持工作的。

在这件事儿上于向知不敢耽搁和怠慢。何峰离职后去了凤凰城的一家米业做技术顾问，从长远来看，没有发展空间。何峰虽然痛恨于向知的绝情和自私，但因能力有限也没有办法做出改变。

当他接到于向知亲自打来的电话时，想都没想就同意了。他的心情和当年曹海亮得知自己当了所长时是一样的。辛辛苦苦干了那么多年，几经辗转又回来了，而且还升为育种所一把手，这对何峰这样有想法和执行力的人来说，可谓绝佳的机会。

至于当时于向知毫不留情地将他踢出队伍的旧账，他想都没想就翻过去了。何峰当时是那么痛恨于向知，现在呢，于向知给他一颗糖，他马上便服服帖帖地回来了。

尽管于向知不想用这样的人，但需要何峰目前的热情劲儿，也就不管何峰是什么样的人了。

相比之下，崔挽明的事儿就没那么复杂了。过去一年里，特种稻的推广虽然取得了一定成效，老百姓也纷纷受益，但至今还停留在打游击的状态，仅凭借网上微薄的销售额和利民食品公司的市场份额，根本消化不了那么多大米。

随着稻子一天天长大，崔挽明做出了一个重大决定。崔挽明来到天源县时，郭达正组织工人下地除草。为了种植绿色无污染水稻，崔挽明一点儿药都不许用，除了生物肥和杀菌剂之外，其余药剂一律不能入地。

崔挽明把老郭和董安平叫来，把自己的想法拿出来分享了。

“今年的推广面积又加大了，咱们可是立了军令状的，秋收之后，老百姓是要拿着订购合同跟咱们算账的，咱们可不能效仿金怀种业，不能做言而无信的人。”

“崔老师，道理我们都懂，但现在的情况你看到了，市场还是个问题，网上销售渠道也打不开，实体店基本没有回头客，靠着这么几个人，咱们的货根本卖不动。签这么多订单，搞不好咱们今年要出大麻烦了。”

“是，这半年来我一直想解决这个问题。你们也知道，三亚那边在建试验基地，学校把任务都交给了我，我不去也不好，这边也就被耽误了。现在终于有了点儿时间，所以我赶紧过来跟你俩碰面。我的想法是这样的，你们看，特种稻也好，优质米也好，咱们的根据地在天源县，别的不说，这里的老百姓信任咱们。大米要走向市场，单靠政府方面的努力远远不够，我觉得呀，咱们应该尽快在天源县成立一个特种稻协会和相应的品牌推广协调机构。”

“然后呢？”老郭迫不及待地问。

“接下来的事儿就靠天源县各大企业的努力了。”

“靠他们？怎么可能？他们有自己的市场和推广流程，凭什么跟咱们一起做？”

"凭什么？就凭咱们特种稻在天源县的推广面积和影响力。别看这些小米业不搭理我们，其实他们都在打咱们的主意。这段时间我就接到不少电话，那些人都跟我谈合作、搞包装，被我否了。"

"哎呀，崔老师，多好的机会，你怎么拒绝了呢？"

"哼，跟这些人合作只有一个下场，他们是什么人，你还不知道？天天挂羊头卖狗肉，一年时间就能把市场给你败坏了。后来我想了个办法，要合作可以，咱们提供货源，提供包装，他们的作用只有一个，那就是拼命地往外跑市场。我要让天源县大大小小的米业抱在一起，把咱们特种稻项目里的几个品牌米推出去。"

"嗯，崔老师，这个办法倒是可行，就怕他们不肯合作啊。"

"这事儿不强求，一定要找有想法的米业，道不同不相为谋，咱们尽力而为。另外，老郭，你准备准备材料，我打算把天源县特种稻的地理标志证明商标和农产品地理标志登记证书拿下来。"

"这样就可以把分散的销售渠道拧在一起了？"董安平终于明白了崔挽明的用意。

"没错。县政府那边的工作我来做。你们要知道，咱们是在天源县的地盘上搞改革，不跟政府打招呼肯定不行。所以呢，我明天就去一趟县政府，晚上跟县农委的人约好了，你们俩也过去，去县政府之前，咱们需要通通气。"

"咱们做自己的生意，找县政府干什么？我觉得是画蛇添足了。"郭达显然不太赞成崔挽明的做法。

"老郭呀，给你交个底吧，我这次是带着材料过来的，知道我上县政府要干什么吗？"

"通气嘛，打招呼嘛，示弱嘛。"

"哈哈哈，安平，你看咱们郭叔好像不太高兴了。说实话吧，我这次去县政府，是去要钱的。"

"要钱？什么钱？"

"老郭，过去几年里咱们一直在做特种稻的推广工作，你在这件事儿上搭进去不少物力、财力，这些我都清楚。这样虽然也有效果，但始终不温不火。过去咱们挣的钱都给合作社了，但以后咱们不能把眼光放得这么近。要知道，需要共同富裕的还有整个天源县，还有整个林海省。”

“所以你想让政府出资搞推广？”

“没错。”

“崔老师，这怎么可能？县里怎么可能随便把钱投到咱们的项目里？我觉得你还是别去吃闭门羹了，别再把咱们搭进去了。”

“你们就等着吧，这件事儿我一定办下来。”

崔挽明的信心极为坚定，晚上见了县农委的领导，他把想法大致跟对方沟通了一下，第二天一大早就坐着老郭的轿车来到了县委大楼。

崔挽明做事儿从来不给自己留余地，既然是来要钱的，那就直接找县委书记。

县委书记梁民生看上去像个读书人，衣着样貌本分正经。崔挽明敲门进去的时候，他正在看晨报。

见县农委刘主任领人进来，梁民生赶紧站起来跟崔挽明握手。

“您好，您好。”

“您好哇，梁书记，我算是不请自来了，冒犯之处还请见谅。”

梁民生没见过崔挽明，便看了看刘主任。

“梁书记，我自我介绍一下，我叫崔挽明，北川大学的一位水稻育种工作者，今天冒昧前来是要跟您商谈一件有关民生的大事儿，希望能得到您的支持。”

“哟，老刘，快请崔老师坐下。崔老师真是北川大学的老师？”

“哈哈，梁书记，您不是第一个怀疑我的身份的人，我呀，一年到头都在地里度过的，皮肤颜色深了点儿，确实不符合教师形象。”

“哎，别这么说，我倒觉得你这个皮肤颜色不错。我这里好几年没有来过大学老师了。你们北川大学以前和我们也有过合作，后来我们的技术跟不上，项目也就终止了。再之后我们也没到北川大学搞过人才引进，说来也惭愧，这两年人才空缺很厉害，你不来，我冬天都要去一趟。”

“梁书记，那您看看，您还去什么？您需要的东西我都帮您带来了。”

“是吗，崔老师还是个会开玩笑的人，带的什么啊？”

崔挽明把包里的材料往梁民生桌上一摞，道：“书记，天源县是林海省的水稻种植大县，我在下面的桃花镇搞了几年的合作社，发展了一点儿特种稻，收益还可以。我今天来呢，主要想请书记给我们把把关、提提建议，多支持支持。”

“特种稻？”

“没错，我们现在做的主要有绿色有机米、降糖米、营养功能大米和婴儿米，针对的是不同的消费人群。”

“是这样，现在县里的主要推广工作都在优质米上面。这两年优质米被炒得很火，我这边去年也成立了两家合作社，人家搞的是优质米。特种稻倒是新鲜，但不知道这个东西的市场认可度如何？适不适合天源县种植？具不具有持久性？”

梁民生话音刚落，崔挽明就把过去两年的财务报表递给了他：“书记可以大致看看，我们在过去两年里做的事情可以说很认真也很辛苦，取得的效果呢也很显著。天源县的水稻田面积，今年特种稻占了三分之一。”

“什么？”梁民生听到这句话，才算是真正被崔挽明打动，“怎么可能？崔老师，你可不能开这种玩笑，真要照你说的，依照去年你们的回收价格，老百姓获得的利润可是要翻番哪。”

“理论上是这样的。”

“那真要这样，我这个县委书记就得去北川大学感谢你一番了。”

“不、不、不，梁书记，我来这里不光是汇报成绩的，也是来解决问题的，希望天源县政府能重视这件事儿。”

“好，崔老师，你坐下来，有什么问题你说说。”

“还能有什么问题？梁书记，别怪我心直口快，我今天就是来要钱的。现在老百姓种了那么大面积的特种稻，但我们不是企业，也没有市场运作资本，要是市场的推广跟不上，今年的特种稻难免会沦为杂粮市场的尘垢秕糠，这样一来，过去几年的工作我们就白做了。”

“你是说，市场还没有完全打开，你想政府帮你们解决市场的事儿？”

“就是这个意思，只要政府能支持我们的想法，天源县老百姓的收益绝对不是现在这样。”

梁民生想了又想，脸色沉了下来，对刘主任说：“情况都核实了？”

“书记，崔老师说的这事儿我们县农委都知道，前年他跑来跟合作社谈推广的时候，我们还参与过呢。”

“既然这样，怎么不早点儿上报情况？这是民生工程，知道吗？”

刘主任赶紧点头，一句话不敢接。但崔挽明一听到梁民生对刘主任说的话，心里的石头便放了下来。

“这样，这事儿我们县里会考虑的，毕竟推广面积这么大，且事关百姓，不是小事儿，我们县委需要开会研究。”

“梁书记，能给个期限吗？如果不行，我好另想办法。”

“怎么不行？等不及了？你就这么不相信政府？”

“没有，我们总得做好万全准备嘛，现在不抢时间就来不及了。”

“崔老师，时间我能定，事情能不能成我不敢说，但请你放心，我们尊重知识，尊重产权，更尊重老百姓的选择。请你先回去，有消息我亲自联系你。”

从县委大楼走出来的时候，崔挽明总觉得不踏实，不知道梁民生的话哪句真哪句假。

“刘主任，这事儿……”

“崔老师，放心，梁书记作风硬派，只要他认可的事儿，会给你一个答复的。这件事儿急不得。”

崔挽明知道县委有县委的办事流程，又要上会讨论，又要调研考核，又要市场评估，等这一套流程都下来，不一定拖到什么时候了。

为了保险起见，回去之后他马上委托学校里的新农村发展研究院，以学校的名义申请全国范围内的推介会参与名额。得到学校允许之后，他即刻让董安平组织人马，亲自带着电饭锅和标准米样来一次全国巡回展出，哪里有推介会他就去哪里。北京、广州、深圳、上海，均在他的名单里面。

但这样一来，费用就是个大问题。本来想让天源县出这笔钱，但崔挽明性子急等不了，而自掏腰包的话又难以承受。崔挽明也知道，不能再让老郭往里填钱了，更不能让廖常杰出这笔钱。

崔挽明的每次动作都会引起于向知的注意，也意味着金怀种业在关注崔挽明的事儿。刘君自然知道了崔挽明的难处，同崔小佳协商后，决定给崔挽明拿十万块钱出来。

崔小佳来到崔挽明的单身教职工宿舍，把钱摆在了他的面前。

“哥，刘君说这是他欠你的人情，这个时候不还，可能你以后也不需要了——你的特种稻推广成功后，也不需要这点儿钱了。”

“什么人情？他的钱我不要，没钱我可以做没钱的事儿，不用你们来帮我，这些钱留着你俩过日子用。”

“你自己跟他说去，你们的事儿我不管，我就是来送钱的。刘君说了，你拿了钱，你和他之间的账就一笔勾销。”

崔挽明一听这话顿时火了：“什么？他是什么意思？把我当什么了？你赶紧走，不要再来我这儿。”

崔挽明当然不能要这钱，刘君想感谢他帮自己渡过难关的事儿，但也不能以这样的方式感谢。

崔小佳一走，崔挽明越发觉得现在的刘君已然不可救药了。他狠狠地抽着烟，看着外面的柳絮，一团一团的，简直糟糕透了，好好的空气被这些东西搞得乌烟瘴气。

他从兜里摸出几张小广告，随即拨了一个电话出去。

“二手车要吗？”

就这样，当年尹振功留给他的二手车被他卖掉了，一万块不多，但够崔挽明跑几个地方了。

尹振功得知此事后很是恼火，那是课题组的公共财产，崔挽明怎么能说卖就卖呢？崔挽明背着电饭锅，带着董安平来到北京的途中，已经好几次拒接了尹振功打来的电话。他明白现在接电话会影响心情，既然事情已经做了，就不怕担责任。

推介中心的位置给崔挽明早早地留了下来，这笔钱学校来出，崔挽明搞的特种稻也算是学校的科研成果，在推广上加以扶持是应该的，更何况这些品种已经有了一定的消费人群，不扶持就可惜了。

崔挽明到了展台，算好推介会的开放时间，提前淘好米，拿出一排电饭锅，分别装上不同类型的大米，清香、浓香、不香，白色米、紫色米、棕色米，围着展销台摆了满满一圈。市民和众参与单位一拥而入，很快就被崔挽明的大米的香味吸引了。面对围观的市民和米业负责人，崔挽明将准备好的销售卡片一会儿就发完了。

这样的机会崔挽明当然不能浪费掉。他将电饭锅里的米饭全部盛出来，将准备好的咸菜分发到大家碗里，一边让大家品尝大米，一边现场吆喝。

“大家放心，过后我会联系大家，有需要的个人或是厂家，我们都能在秋收后提供足够量的大米。品质决定价格，口感由大家来评判，大家喜欢就买，不喜欢也给我们提提意见。也欢迎大家到林海省做客，林海的水煮出的大米饭比这还要好。”

市场反应这么强烈，这是崔挽明想都不敢想的。这件事儿发生得太突然，就像昨天他才决定要做这件事儿，今天就实现了一样。

推介会结束后，米饭散发出的香味还在空气中萦绕，电饭锅躺在地上，像一个个筋疲力尽的战士睡着了。

一场推介会下来，崔挽明累得蹲在地上，过了好半天才站起来。他没有理由不为这小小的成功奖励自己，紧绷了许久的神经也终于迎来了放松的机会。

“安平，走，喝一杯去。”

董安平摆了摆手："要不到了广州再说？"

"你看你，高兴了就该庆祝。我跟你说，'人生得意须尽欢'，有钱就多吃几口，没钱就看别人多吃几口，何必亏欠自己？"

崔挽明对待生活的态度一般人接受不了，要紧的事儿他比谁都认真，但该放松的时候绝不亏待自己，就好比现在。董安平心中的负担自然重，如果这一次的事儿成功不了，秋收后老百姓的订单解决不了，那就等于害了他们。他不知道崔挽明哪里来的这么大的自信和心胸，事情刚有点儿起色就沉不住气了。

"我不去，要喝你自己喝。"

董安平自顾自地收着电饭锅，准备拿到洗手间清理一番，也好打包发到广州去。

就在这时候，崔挽明的电话响了，他以为是天源县县委来电话了，没想到居然是林潇潇。

"喂，林大警官，什么事儿？"

"好事儿，想不想听？"

"别卖关子，我这儿忙着呢，有事儿快说。"

"你让我查的事儿有线索了。"

崔挽明一听这话，赶紧走出去。他不是信不过董安平，但这件事儿绝不能让外人知道。

"什么情况？"

"没找到具体的证据，但我们查到秦怀春当年陪李婉琴去北京化疗的消费情况了。"

"多少？"

"六十万。"

崔挽明听到这个数字，心跳顿了顿，方才的大好心情现在却一丝也无了。

"见面细聊，你在哪儿？"

"我在北京啊，上午刚拿到结果。我可是动用了我老爹的关系才搞到情报，到时候你得请我吃饭。"

"正好，我也在北京，你把地址发过来，我去找你。"

崔挽明没想到会在这个时候得到有关秦怀春的消息。李婉琴一走，秦怀春整个人就发生了很大的变化，崔挽明也正是从那时候开始注意秦怀春的。最近几年，崔挽明见证了秦怀春不断违背原则的过程。他变得凡事可以商量了，凡事也都顾虑重重，在很多事儿上当断不断，该维护的关系不维护。

不过让崔挽明疑心加重的便是，秦怀春明知苏玉身体有恙还强行将秦志杰留在国外，这不合乎情理。加上这次秦志杰回国后对秦怀春的态度，崔挽明几乎敢断定，在苏玉患病前后，秦家一定发生了什么不可告人的事情。

所以，他私下请林潇潇帮忙查探，从李婉琴的突然病发开始查。没想到真查出了这么大一笔钱，崔挽明感到手脚冰凉。

放下手机后，他重新走到董安平身边，身体一下子就没了力气。

“安平，你收拾完东西先回酒店休息，钱你拿着，找地方吃一口。我本来想带你一起出去的，但有件私事儿需要处理一下。”崔挽明掏出五百块钱塞给董安平，忧心忡忡地离开了推介会现场。

坐了一个半小时的地铁后，崔挽明才见到林潇潇。两人相见次数不多，也无深交，但林潇潇对崔挽明始终有种信任感。换句话说，和于宪伟相比，崔挽明的稳重和个人魅力远远超出前者。

“你还真来查了，真是没想到。谢谢你。”崔挽明也不知该怎么开场，只好言谢。

“没想到什么？是没想到我这么仗义，还是没想到我的调查结果？”

“都有，没有你的仗义就没有现在的结果。说吧，你想吃什么？”

“吃什么你都请？”

“当然，你帮了我这么大的忙。”

“得了吧，我可听说你这次出门把二手车都卖了。行啊崔挽明，我在你身上完全看不到一个大学老师该有的样子，你说说你是怎么混进人民教师队伍的？”

“连这些事儿你都知道？消息挺灵通啊。没办法呀，不把车卖了，我哪里有钱出来搞推介？也算老天有眼，今天的订单量不错。”

“那也不能让你请客，听说你在天源县干了挺多好事儿，我可不能敲诈人民英雄，这要让老百姓知道我欺负他们的财神爷，不得撕了我呀？”

两人推让了半天才在一家菜馆里坐了下来，崔挽明倒了两杯白开水就开始聊正事儿。

“林警官，你怎么看这件事儿？”

林潇潇白了崔挽明一眼：“别这么叫我，生怕别人不知道我的身份？根据你提供给我的资料，秦怀春这辈子应该很清贫才对，不可能有这么多钱给李婉琴看病。”

“万一是借的呢？”

“借的？如果我没记错，李婉琴的病确诊后，秦怀春马上就带她去了北京，就算是借也不可能那么快。”

“你们没排除这种可能？”

“根本不用排除。你想想，后来苏玉在疗养院里花了那么多钱，他都没向别人借钱。你认为李婉琴看病的钱是借的吗？不可能的事儿。”

林潇潇的这个推断是站得住脚的，秦怀春确实没有这么多钱同时用在李婉琴和苏玉身上。也就是说，这笔钱的来路很有问题。

“那现在怎么办？你们接着查？”

“查秦怀春的事儿不是我们公安的责任，那是检察院的工作，我只负责刑侦案件。这次调查行动，纯属个人行为，与公家无关。”

尽管林潇潇说得在理，但崔挽明的好奇心已经被勾起来了。他觉得这件事儿的背后一定有个大阴谋，就这么放弃会很可惜。但要是继续追查，秦怀春身上可能会漏洞百出。从情理上讲，崔挽明不愿继续查下去。

“楚一茹是秦老师请来照顾苏玉的保姆，现在已经被秦志杰辞退了，你可以找她了解了解情况。”

“对我有什么好处？”

林潇潇还是很有原则的，不归她管的事儿尽量不参与。

“我知道你有底线、有原则，这样，我给你介绍一个人，她或许能帮你的忙。”

“谁？”

“苏慧，苏玉的妹妹。”

“你是说她和这件事儿有关？”

“不瞒你说，苏慧私下里找过我很多次。苏玉的暴病让苏慧难以接受，她认为有人在背后动了手脚。”

“你也这么看？”

“可以查查，搞不好真能找到你感兴趣的东西。”

崔挽明说完这句话就后悔了。因为他再一次想到了秦怀春，担心这件事儿跟秦怀春有关。

可林潇潇已经默许了，并且被崔挽明吊足了胃口，看样子这件事儿不查个水落石出是不可能的了。

饭后崔挽明将林潇潇送走后才打车回酒店，董安平已经睡着，第二天的行装已经收拾妥当。

前面是形势大好的事业，身后却刮起了狂风暴雨，崔挽明被这冰火两重天折磨得喘不过气，一夜没睡好。

第二天他刚到广州，天源县县委办公室就传来了好消息，经过组织调查和开会商议，县委同意就天源县特种稻的推广工作组建立项小组，推广经费两百万元，交由推广站全权负责发放，联合郭达的合作社共同推进，并由县里成立监督小组，对经费花销做好监督工作。

有了这样一个后盾，崔挽明顿时心情大好，感到天源县老百姓的机会来了。想到这里，他一拍脑门，赶紧联系郭达。

“我说老郭，赶紧趁现在不忙，你带队去一趟平和县胡同镇，把咱们合作社的模式带过去普及普及，顺便调查一下，看看他们具不具备搞合作社的地理条件。我前段时间跟省农业委员会通过气，他们很支持这种农业模式，要实行的话，等我回去咱们就把事儿办起来。”

崔挽明的雷厉风行完全是受了天源县两百万元推广经费的鼓励，接下来的几天行程里，他再没有心理负担。来到深圳后，崔挽明同廖常杰见了一面，洽谈了一下来年的深圳市场生意。一路下来订单不断，可谓喜事连连。

然而就在他如鱼得水之际，于向知和杜德松、方旭的三方合作协议在凤凰城索菲特酒店商务会议室里正式签订。

美酒佳肴，贵宾如云，杜德松还特意请来了十多家媒体报道宣传，也算是光明正大地拿下了“林育稻1号”的五年经营权和生产权。

于向知一夜暴富的事儿也随着林海省《晚间新闻》的播放在全省乃至全国范围内被曝光，这个爆炸性的消息让林海省的无数育种家一下子失眠了。他们干了一辈子的育种工作，别说是千万，就算百万都没见过，于向知却凭着一个偷来的品种一下子获得那么多利润，让人愤愤难平。

于宪伟站在林潇潇家的小区门口，并未对父亲取得的成绩感到多自豪。他一直在等林潇潇从北京回来，已经等了两天，每次下班就过来候着。

林潇潇在回林海省的路上就看到了于向知的新闻，不觉浑身发抖。当看到于宪伟的时候，林潇潇一度觉得他是跑来炫富示威的。她已经躲了于宪伟好长一段时间，因为父亲的反对和个人对于宪伟的失望，所以一直不想再和他见面。

但这一次，林潇潇决定将问题交代清楚。

见林潇潇向自己走过来，于宪伟赶紧跑过去，把手里的鲜花递过去。

“潇潇，你可算回来了，我等了你好几天。”

林潇潇看了眼他手里的花，没有去接：“等我干什么？你忙你的事儿。”

“潇潇，你就别闹了，咱俩的事儿应该坐下来好好谈谈，这样下去不是办法。”

“没什么好说的，于宪伟，咱俩已经回不到过去了，你回去吧。”

“哎，潇潇，你怎么说变就变呢？出国之前我们还好好的。我有什么不对的地方可以改，但你不能这样对我啊。”

“宪伟，你不是小孩了，知道我是什么意思。你以前怎么跟我保证的？你说凡事都会跟我商量，会征求我的意见，但哪一次不是你自作主张？你生性张扬，潇洒惯了，这样下去早晚会出事儿。”

“我能出什么事儿？我不做违法乱纪的事儿，本本分分。再说，我有自己的工作，能养活自己，自己能决定选择什么生活。”

“真能吗？要是没有你爹，你哪里有潇洒张扬的资本？还有你在酒吧鬼混的事儿，别以为我不知道。你最好有点儿自知之明，看在咱俩认识那么多年的分上，我给你留点儿面子。”

“不是潇潇，你这都从哪儿听说的？这简直是无稽之谈嘛。”

林潇潇一说到这事儿就一肚子火，见于宪伟不承认，她也犯不着再顾忌什么。

“好，既然你不要脸，那我问你，从国外回来的那晚你跟谁在一起？”

于宪伟歪着脑袋装作回想：“还能去哪儿？在家待着呗。”

“到现在你还跟我撒谎，你忘了你们酒吧那驻唱？要不要我拿出证据？”

于宪伟脑瓜嗡的一响，感到事情败露，马上开始翻脸。

“林潇潇，你居然调查我？你什么意思？”

“哼，调查你？于宪伟，你想多了，我可没那份闲心。下次带女人开房的时候注意点儿，别撞在熟人的枪口上。忘了跟你说了，全季酒店的前台经理是我发小。”林潇潇扮了个鬼脸，给了于宪伟致命一击。

“好哇林潇潇，真有你的，我告诉你，咱俩走到今天这步，跟你有直接关系，你必须对咱俩的事儿负责。”

林潇潇一听这话，扑哧一笑道：“幼稚，来，你说说我要负什么责任？”

“就你现在这态度，每次有点儿小事儿你就夸大其词，屁大点儿事儿你就怕这怕那，谨小慎微，这样怎么过日子啊？！”

“我夸大其词？我怕这怕那？是，没错，我当然怕了。你现在可是‘富二代’，你爹现在一夜暴富，又是林海省水稻的首席专家，我当然怕了，我怕给你们家抹黑惹事儿，所以啊，提前撤出，免得给你家添麻烦。”

林潇潇说着就要进小区，于宪伟还想挽回两人的感情，伸手去拦，林潇潇在警队的时候可是练过的，于宪伟刚把手伸过来就被林潇潇按倒在地。

“不送，‘富二代’。”

看着林潇潇就这样走掉，于宪伟知道也许这一切不是他的错，此事很有可能和他父亲于向知有关。林伟在调查假种子事件的时候一定是牵扯到于向知了，所以才会在林潇潇的感情问题上阻拦，一定是这样的。

一旦有了这样一种想法，于宪伟便很快将矛头指向他亲爹。他一拔腿，开着车就气冲冲地回家问责去了。

于向知显然还没从丰收的喜悦中回过神来，于宪伟回家的时候，柳敏和他正在搞烛光晚餐，排场相当隆重，地上撒满花瓣，葡萄酒、高脚杯、佳肴、音乐，应有尽有。但这难得的大好时光还是被儿子破坏掉了。

“你们俩这是……妈，我没进错屋吧？”

于向知一看儿子进来，泄气地放下手里的酒杯。

“今天是你妈和我的结婚纪念日，年年说过，年年没时间。去拿杯子，陪我们喝一杯，爸今天高兴。”

柳敏哪里有过这样的待遇，儿子的突然回家让这对老夫妻一下子陷入尴尬状态。

“喝什么喝，爸，你管管你儿子的人生大事吧，就知道挣钱，你儿媳妇都跑了，你们还有闲心谈浪漫。”

柳敏一听这话，赶紧过来安慰于宪伟。

“儿子，你跟潇潇还没和好啊？”

“和好什么？不和就不和，不就是个公安厅厅长嘛，有什么大不了的？宪伟，听爸跟你说，男儿志在四方，别总把感情问题挂在嘴边。不就是一个林潇潇嘛，既然林伟是那个态度，咱们还贴冷屁股干吗？重新找一个。”

于宪伟一听这话，眼珠子都快掉出来了：“爸，我跟潇潇相处这么多年了，不能就这么算了，你想想办法呀。”

于向知头一歪，脸沉了下来。

“这种事儿怎么帮？我和你妈都上林家登门道歉了，可人家根本没拿咱家当回事。所以这事儿咱就不去想了。”

“不是，爸，你不是答应我好好协商嘛，怎么……”

“宪伟，你爸爸在这件事儿上是做过努力的，现在的问题是你和潇潇之间出现了状况，你们自己不处理好关系，我们家长也不好沟通。”

柳敏夹在中间，既要稳住儿子的情绪，也要考虑于向知的压力。她也隐约意识到了于向知对林伟的态度的转变，上次去林家，他还口口声声地叫着林厅长，现在居然提出放弃这门亲事。其中原因柳敏心里有数。

于宪伟没能如愿，转身走了。

“这个不孝子，早晚给我惹出祸来。”

“向知，别怪我多嘴，现在很多双眼睛盯着你，你最好低调点儿。”

于向知刚拿起筷子，听了柳敏的话又放下。

“我哪里不低调了？再说我的钱来路正当，我不心虚。”

“你是不是觉得现在用不上林伟了？”

“不是，你什么意思？”

“没什么，我就是提醒你，别有了钱就不知道自己姓什么了。‘林育稻1号’出事后，林伟可一直盯着你，要不是省里有人给你支着，你现在还能有这闲心？”

“没错，林伟这个人油盐不进，面子我都给他了。以前我什么也不是，现在不一样了，咱们没有必要再夹着尾巴做人，那个阶段过去了。”

于向知点了根烟，放下筷子，起身回了屋。

“哎，我说你这个人，还吃不吃饭了？”

柳敏还没有享受够，一桌子的美食、满屋子的景就这么浪费掉实在可惜，但于向知已经没了心情顾及这些事儿。现在的他更想做一个甩手掌柜，如果继续在这浑水里玩游戏，很可能将现有的东西全部搭进去。

于向知现在可谓事事小心，做事儿尽量不给别人留把柄，什么事儿都落在明面上，不像以前那样阴损。换句话说，现在的于向知身份已经不同往日，大可不必像以前那样，格局和眼界可以放大更多。

然而他真的就能全身而退吗？这个时候想从游戏里抽出身来，真的来得及？

林潇潇从北京回来之后，心情虽然受到于宪伟影响，但并没影响她工作。平时除了局里的事儿，只要不加班，她便会将注意力放到楚一茹身上。

不过这个楚一茹被秦志杰辞退之后便回了乡下，林潇潇想找她一趟还得开四个小时的车，所以这件事儿只能放在周末去做。虽然她是为了帮助崔挽明，但最主要的是事件本身引起了她的兴趣。凭借她的理论功底和初步实践能力，她基本可以断定秦怀春有问题。这个楚一茹必须查明白。

回到老家后的楚一茹不再像从前那样下地务农了，而是在村口开了个杂货店，也算是轻松自在。林潇潇把车停在杂货店门口，一群孩子立马跑过来围观。林潇潇从副驾驶座上拎下来一兜橘子给他们分了。

下午两点钟的太阳正照在门脸儿上，楚一茹坐在太阳伞下剥着瓜子壳，手机放着电视剧，她一边笑一边往嘴里塞瓜子。

“楚一茹？”林潇潇走过来，直呼大名。

“买什么？”楚一茹头都不抬，用手指了指里屋，“自己进去挑，出来付钱。”

林潇潇无奈地摇了摇头，用手敲了敲太阳伞把：“看什么这么入迷？我是凤凰城来的，找你了解点儿情况。”

一听到“凤凰城”三个字，楚一茹手里的瓜子马上掉了一地，她赶忙抬头看了林潇潇一眼，又伸着脖子看了看车牌号码，这才起身道：“了解什么？我什么都不知道。”

楚一茹说着就往商店里走，没有半点儿欢迎林潇潇的意思。林潇潇走进去，四处看了看：“哟，楚大姐，你这个小店不错嘛，东西还挺齐全，开这个店花了不少钱吧？”

楚一茹一回头，不高兴地说道：“你是谁啊？花多少钱跟你有什么关系？这是我在凤凰城打工挣的钱。”

楚一茹的无故解释让林潇潇马上起了疑心：“大姐，你急什么？我又没问你哪儿来的钱。再说，我也不关心。”

楚一茹站在柜台后看着林潇潇，打量了半天，指着旁边的凳子说：“坐。”

林潇潇坐了下来，没有做任何铺垫，直入主题：“说说你照顾苏玉的事儿吧。”

楚一茹突然脸色一变，从柜台后走出来：“什么苏玉？我不认识你说的人。你找错人了。”

“楚一茹，凤凰城新民家政公司的黄金保姆，于2008年就职，于今年六月突然离职，在过去四年多时间里，你被秦怀春雇为私人保姆，专门替他照顾儿媳苏玉。这是你之前的工作证。”林潇潇把楚一茹的工作证往桌上一扔，挑明了来意。

楚一茹呆若木鸡地看着林潇潇，露出慌乱的神情。林潇潇笑了笑，知道其中大有蹊跷。

第十八章

感情牌

楚一茹从冰箱里拿出两根冰棍，自己先吃了起来，另一根刚要递给林潇潇，突然想起个问题，便把冰棍缩了回来。

“对了，你到底是谁啊？”

“哈，我不告诉你是因为怕吓到你，你还是别知道了，你说呢？”

楚一茹把冰棍往冰箱里一扔：“去、去、去，没事儿别耽误我做生意。”说着她便要赶走林潇潇。

“楚一茹，不配合是吧？既然你不配合我也不勉强，到时候我们凤凰市公安局还会再来找你，直到你配合为止。”

“公安局？你是……哎呀，这……我怎么……我可什么都没做啊。”

林潇潇一把拉住楚一茹的手，安慰道：“放心大姐，我就是来问几个问题，只要你如实回答，我不会难为你的。”

“你问吧，我把知道的都告诉你。”

林潇潇知道，像楚一茹这种老实人拿钱干活儿，根本不会想太多，被人拿去当枪使可能都不知道。

“苏玉是你负责照顾的，秦怀春给你开多少钱一个月？”

“六千，秦先生有钱。这活儿除了我没人干得了，我跟你说，我在家政公司的时候可是金牌职员，很多人抢着让我去我都没去，我——”

“好了，跑题了。我问你，为什么只有你能干？同样是照顾人，还是个植物人。”

楚一茹仰着脸，骄傲地说道：“知道我为什么是金牌职员吗？就是因为顾客让我怎么干我就怎么干，从来不偷懒耍滑，也不问原因，这是职业素养。我跟你说，做什么都讲究素养和操守——”

“哎，怎么说着说着又跑题了？你说说你是怎么个听话法呀？难道秦先生给你提要求啦？”

楚一茹顿了顿，出门看了看外面，确认没人之后才说：“可不是嘛，秦先生工资开得高是有原因的，我除了日常照料苏玉，每天帮她擦洗身体，喂她进食，还要带她出去散步，最重要的是，秦先生不让外人见苏玉。”

“不让见？她是病人，为什么不让外人见呢？”

楚一茹摇了摇头：“那我就不清楚了，除了秦先生自己，谁都不能随便来看她。你不知道，好几次她那个妹妹来探病都让秦先生碰到了，把我骂惨了。后来你猜怎么着？秦先生给我买了摄像头，让我安在理疗院的房间里，全天监控苏玉。”

“啊？有这种事儿？他监控一个植物人干什么？”

“不知道，秦先生很关心苏玉的身体状况，每隔两天就要问我一次。安装摄像头之后，他在手机上就能查看了，也就很少问我她的状况，我也算解脱了。”

“那你想想，这几年你照顾苏玉，有没有发生过什么特别的事儿？”

“特别的事儿？”

"对，比如说秦先生有没有什么反常之处，或者其他方面的问题。"

"没有，就是每次有外人来看苏玉，我都要跟他们解释一次。要不是我护理做得好，秦先生早就不让我干了。"

"真的没有？你好好想想。"

楚一茹又想了想，脑海里冒出一个场景："对了，我记得苏玉生完孩子那天，我看到她流眼泪了。后来我把这件事儿告诉秦先生，秦先生很生气，还跑去看了苏玉一眼。那次他特别生气，对我大吼大叫，也不知我哪里做错了。那次过后，我都很仔细，一旦苏玉有什么变化，都会第一时间通知秦先生。"

"看来秦先生很关心他的儿媳妇的身体状况了？"

"依我看，比他的儿子都要关心。你不知道，理疗院的很多人在背后说秦先生和苏玉的闲话。你是没听见，这话要是传到他的儿子的耳朵里，还不得闹个家破人亡啊？"

"好了、好了，你又扯远了。最后一个问题：你为什么不接着在凤凰城干了，跑回来做什么？"

"我也是有家有孩子的人，去年儿子刚考上大学。秦先生在我走的时候一次性给了我十万块钱，加上在他家做了四年保姆挣的钱，够我回来开个小店了。这里是我的根，我不想一直在大城市忙碌，所以就回来了。"

"楚一茹，不对吧，我怎么听说是秦志杰把你解雇了？"

"对呀，就是被解雇了我才回来的嘛。秦先生是个好人，那十万块钱是他奖励给我的。"

"他给你十万块钱的时候，没跟你说什么吗？"

楚一茹把目光从林潇潇身上移开，坚定地说道："没说什么，我都说了，那是给我的奖励。"

林潇潇从上学那时候起就具有敏锐的观察能力和分析能力，否则也进不了刑侦科。从楚一茹交代的情况来看，秦怀春的问题没有想象中那么简单。楚一茹对秦怀春的事儿可以说一无所知。但从摄像头、高额工资、高额奖励来看，秦怀春在苏玉这儿做出的牺牲很不一般，如果其中没有别的原因，很难让人不怀疑他的举动。

但现在一丁点儿证据和线索都没有，林潇潇要想取得突破性进展，恐怕还要另辟蹊径。不过这次她也绝非一无所获，秦怀春的种种怪异举动本身就是最大的疑点，想让人不关注都难。

临走的时候，林潇潇从后备厢里拿出了两箱牛奶，递到楚一茹手中。

“我来找你的事儿，别跟外人说，公安局办案需要你配合保密，你要是泄露了，可是要负责任的。”

林潇潇说这话就是想让楚一茹有意识地管住自己的嘴，如果此事让秦怀春知道，但凡他真的做了什么，林潇潇的一切努力都有可能白费。

回到凤凰城的时候天已经擦黑，但林潇潇一点儿休息的想法都没有。她必须找到苏慧，把掌握的情况都告知苏慧。

苏慧自离开秦志杰后便再也没处过男朋友。一方面她因秦志杰的背叛而伤心欲绝；另一方面她又为苏玉的不幸遭遇而痛不欲生。她也亲眼见到了崔挽明婚姻的不幸,慢慢地就把结婚的事儿看淡了。

不过他们的师弟张玉祥就不一样了，找了个有钱人家的千金，配他那是绰绰有余。林潇潇回来的那个晚上，苏慧和崔挽明一行人正从张玉祥的婚宴上回来，因为师出同门，关系又很亲密，所以就喝了点儿酒，以至于林潇潇给苏慧打了好几个电话苏慧都没接。实在没办法，林潇潇只好联系崔挽明。

崔挽明他们走在空无一人的马路中央，踏着地上的光影，就像踏着他们逝去的青春。崔挽明接起电话后，将地址告诉了林潇潇。

林潇潇从电话里听出了崔挽明的醉意，心里十分不爽，开车过来的途中，肚子里憋了不小的火。

崔挽明拉着苏慧坐在马路边，看着林潇潇从车上走下来，像一缕丝带，清凉而柔和，又好比眼前的夜色。

林潇潇重重地摔上车门，过来就开始发飙。

“崔挽明，你可真有良心，我出去替你办事儿，你倒好，跟老同学轧马路。你们两个老光棍有什么好聊的？都给我起来。”林潇潇掐着腰，恨不能一脚踹到崔挽明的脸上。

林潇潇要是不出现，崔挽明险些忘了她还有任务在身。想起正经事儿，崔挽明才清醒了，随即站了起来。

这件事儿他还没跟苏慧谈过，只让林潇潇自己联系苏慧，现在三人都在，崔挽明只好来个现场办公了。

他伸手将苏慧拉起来。苏慧直愣愣地瞪着林潇潇，鼻孔喷出一股浓烈的酒精味。

林潇潇也不怀好意地看了她一眼。

“看什么看，刚才你说谁是老光棍呢？你哪儿来的黄毛丫头？没教养。”

“哎，你骂谁没教养呢？！”林潇潇说着便做出动手的架势，被崔挽明拦了下来。

“好了、好了，你们都貌美如花，你们都年轻，行不行？我是老光棍，我是。”

“哼。”林潇潇这才觉得心理平衡一些。

“她就是你说的‘官二代’啊？”苏慧借着酒劲，指着林潇潇问崔挽明。

崔挽明将她的手指按下去，叹了口气：“苏慧，这是林潇潇警官，咱们凤凰市公安局刑侦大队的。正好你也在，有件事儿我也不瞒你，也想跟你商量一下，听听你的意见。”

苏慧轻笑了一声：“你们俩要说什么自己找地方说去，老娘可没时间听你们的事儿。”苏慧还在为方才林潇潇的冒犯而不爽。

不过苏慧还是被崔挽明留了下来：“都别闹了，找个喝茶的地方解解酒，头脑不清醒怎么谈事儿？”

半小时过后，两壶热茶已灌进了几个人的肚子里。崔挽明的额头渗出了一层汗，身体里的酒精开始往外冒，很快他便清醒了过来。

“苏慧，今天我要跟你谈的是咱们老师的问题，想必这也是你一直感兴趣的东西，怎么样，有没有兴趣聊聊？正好林警官这里带了一些资料过来。”

听到要聊秦怀春，苏慧一下子便精神起来。她早就对秦家有了怀疑，这一点跟崔挽明是不谋而合的。想到市公安局参与到这件事儿里，苏慧不禁在心中猜测：崔挽明背着她都干了些什么？

苏慧端起茶水，目光变得柔和了许多，不再像刚才那般尖锐。她偏过头对林潇潇笑了笑：“我们的老师还引起你们的注意了？他真的有问题？”

“有没有问题不好说，不过我这里有些东西，我想你会感兴趣的。”

苏慧看了崔挽明一眼，崔挽明很坚定地朝她点了点头。

“什么东西？”苏慧做出伸手的动作，想要朝林潇潇要资料。

林潇潇喝了口水，微笑着摇了摇头：“你们俩可要做好准备了，你们的这位老师很有可能腐败了。”

崔挽明曾在心里想过这个可能，但随即便否定了这个想法，他无论如何都难以在情感上认同这样一种可能。但他让林潇潇去彻查此事，就是心里没底的体现，林潇潇说出这样的话对他来说也就不足为奇了。

“腐败？你说秦老师腐败？别闹了，这怎么可能？”苏慧自然没有考虑到深层次的问题，很多细节问题她未能想到，才会如此诧异。

“先不说这个。你们知道吗？秦怀春在过去的四年时间里一直监视着苏玉。他让楚一茹在理疗院里安装了摄像头，谁来看过苏玉，他一清二楚。”

“监控？为什么？”

“崔老师，连你也想不到吧？你的老师可是林海省水稻界数一数二的人物，这种事儿自然和他的身份不匹配。不过这是事实，楚一茹已经交代了，至于为什么，我还没想明白。”

苏慧一听这话心里马上燃起了怒火，将手里的杯子一推，眼一斜，用手指敲了敲桌面，看着崔挽明。

“这次谁都别拦我，他们秦家欺人太甚，我必须要个说法去。”

苏慧站起来转身的那一刻，被崔挽明按了下去。

“你可以去，但现在我们对事情一知半解，贸然问责只会适得其反，不利于咱们调查。你冷静点儿，咱们再等等林警官的消息。我和你感受一样，都难以接受这个事实，但现在不是冲动的时候。”

“你们这位老师呀，深藏不露。都说他一生清贫，但我没看见，只知道他每个月给楚一茹开六千工资。六千是什么概念？崔老师现在是副教授，工资还不到四千吧？你呢，苏慧姐，你做了这么多年的科室主任，跟崔老师差不了多少钱吧？秦怀春开的这个价，远远超出了普通工人的工资。秦怀春自己才有多少退休金？他哪儿来那么大的底气？就凭这点就值得怀疑。”

林潇潇的一番话将秦怀春可能涉嫌贪腐的事情扯了出来，苏慧的脸顿时绿了。

“难怪他不让我去理疗院。可我不明白，他为什么要这样对待我姐？她已经是个植物人了，他还死死地盯着她干吗？”

林潇潇听到苏慧说的这句话，脑子触电一般，一个令人不寒而栗的推测出现在心头。

“对啊，我怎么没想到？他这么在乎苏玉的身体康复状况，甚至费尽心思地安装摄像头，如果不是心里有鬼，还能是什么？他不是关心苏玉的身体健康与否，而是关心她何时醒来！”

林潇潇说这话的时候看着崔挽明，眼神里传递出更深层的含义。崔挽明和苏慧看了看对方，把心里所惧之事从嘴里吐了出来。

“老师害怕苏玉醒过来？”

林潇潇又笑了笑：“嗯，不错，两条老光棍的脑子还算灵光。接下来的事儿我去挖掘，你们等着看戏吧。”

崔挽明感到了事态的严重性，或者说，这件事儿本身就疑点重重。他作为学生，在没有任何证据的前提下暗查自己的老师，本身就是以下犯上。加上秦怀春对他有恩，这让他心里更加为难。

不过崔挽明在乎的并不是别人会怎么看他，他更在意的是别人眼中秦怀春的形象。万一查到最后，问题没指向秦怀春，对秦怀春造成的恶劣影响将无法弥补；万一查到秦怀春身上，让全省四千万老百姓如何接受？他可是彻底改变大家的饭碗重量的人，将老百姓的粮食单产量提高了数百斤，是林海省粮食业的英雄。

崔挽明的为难之处正在于此。他不敢去想事情的真相会是什么，害怕这位德高望重的老师就此身败名裂，这对秦怀春的伤害将是摧毁性的。年迈的秦怀春如何承受得住这一切？

但从良知和正义来看，崔挽明又认为自己未免太没有维护公道人心的觉悟了。他的心虽然坚守正义，行动上却有了偏倚。

“林警官、苏慧，答应我一件事儿。不管你们查到什么，不要把事情落在明面上，还有别让第四个人知道。”

“崔挽明，你什么意思，要包庇你的老师？”

“林警官，等你查清楚再说。你可以放心，我有我的原则，但这件事儿我想换个方式处理。”

崔挽明清楚，这一次他恐怕要做最坏的打算了。

苏慧是个没太多主见的女人，平平淡淡的生活就能让她安静下来，但这件事儿她实在忍受不了。她在恋爱中吃尽苦头，身边没有一个能交心诉情的人。不过好在崔小佳回来了，这是苏慧能想到的唯一一个可诉衷肠的人。

忙完手头的事儿，苏慧给崔小佳打电话的时候，刘君正好不在家，崔小佳也就应了苏慧的要求，出来见了一面。

这对苦命的姐妹当年在北川大学的时候，关系不是一般的好。课题组里只有她们两个女生，多数时候两人还是很吃香的，虽然那时候崔挽明对崔小佳管得严格，但能伸手帮她做的事儿，都尽力帮她。

可谁能想到，毕业后的离散和各自爱情的失败，让她们同为天涯沦落人。

苏慧这次约崔小佳，也是崔小佳从长沙回来之后她们的第一次正式见面。虽然心里有太多话急着表达，但苏慧最想问崔小佳的是她和刘君的感情问题。

“真是想不明白，你离开刘君七年。这七年来，刘君勤奋工作，踏实上进，这样你都不回来。现在呢，他跑到了金怀种业，和你哥闹得那么僵，你倒跑回来了。你知道外面的人怎么说刘君的吗？说他是个忘恩负义的叛徒。于向知是北川大学的敌对者，这件事情从秦老师他们那代人一直延续到现在，刘君不是不知道。后来于向知又跟你哥闹成那样，就在这种情况下，刘君还去金怀种业出力。你们俩苦苦等了对方七年，既然心里有对方，你为什么不劝劝刘君？他有技术、懂业务，到哪儿找不到工作，为什么非要跟你哥作对？再说，金怀种业的名声一直不好，他去那儿，明摆着是给自己抹黑嘛。”

崔小佳笑了笑，这笑容意味深长，既不是讽刺，也不是无奈，而是藏了一种不可告人的情绪在其中。

“苏慧，你了解我这个人，原则性很强，我认准的事儿轻易不会放弃。刘君是我七年前就选好的人，既然他没有在情感上对不起我，我就愿意相信他，也支持他做的选择。”

“金怀种业现在就是林海省的恶霸公司，这你也能接受？”

“苏慧，每个行业、每个集体都会有老鼠屎，但我相信他不是。”

苏慧拗不过崔小佳：“你现在的智商为零，我不跟你理论，等你清醒的时候我再来跟你谈谈。现在说说正事儿。”

苏慧在崔小佳面前说出了秦怀春可能涉嫌腐败的事儿，事无巨细，把她知道的消息全都讲给了崔小佳听。

“不相信吧？我就知道你是这个反应，你哥跟我说的时候，我和你的反应一样。”

“我哥？他怎么知道的？看来这些年他在林海省没少管闲事呀。”

“那是，别看你哥老老实实的，也是个八面玲珑的人哪。你想想看，原则这个东西可以不违背，但要想在行业里混出点儿名堂，不守规矩肯定会被淘汰出局。”

“他确实变了不少，但私下里查秦老师不合适吧？秦老师对他有大恩，他居然这么对恩师。苏慧，单凭你说的这些情况还不能说明什么，现在你们没有直接证据。还有，那个林潇潇是什么来头，怎么和我哥搞到一起去了？他离婚是不是跟这个女人有关？”

“师生之情也在情怀范围内，但人的欲望远远在情怀之上，崔挽明要查秦老师是为老师好。至于林潇潇，你就别操心了，我可以很负责任地跟你说，你哥和海青离婚，里面有太多东西被牵扯，一方面是感情破裂，还有观念不同，另一方面就是海青的背叛，但你哥绝没有做出格的事儿。”

崔小佳没有应答，仔细地思考了苏慧的话，赞同了苏慧的说法。

“你姐的命太苦了，你们姐妹俩造了什么孽，怎么都跟他秦志杰纠缠上了？当年他把你害了还不够，又去骚扰你姐，现在弄成这样，秦家脱不了干系。”

苏慧叹了口气，微笑着说道：“我跟秦志杰是因为各自走进死胡同了，那时候他觉得我没有风情，我呢，也对他的纨绔习气失望了，两人也就散了。至于我姐，那是合了秦志杰的意，一个文学系出身的女人，做事、想问题自然比我感性多了，秦志杰那时需要的就是这个。一开始我恨透了他们两个，以为是他们抢走了属于我的爱情，但后来我想通了，我要感谢他俩啊，是他俩让我解脱出来了。”

崔小佳嘴里啧啧不停，冲着苏慧竖起大拇指：“既然这样，带我看看她去？我回来后一直没过去。”

“真的要去？不怕秦老师在监控录像里发现你？不过他们已经搬了出去。”

崔小佳感到世事无常，曾经多么和睦的一个大家庭，现在却各自散了，丧钟之声仿佛已经从地心传来，让她的耳膜发出一丝丝轻微的震颤。自己的归来到底是不是一次错误的选择，她不知道。她所清楚的是，林海省粮食产业链上的所有从业人员恐怕就要看到一场惊天动地的大戏了。

秦志杰回国后不久便从秦怀春那儿搬了出去，住到了崔挽明之前住的屋子里。

两人来到楼下的时候，苏慧顿住了脚步。崔小佳看出了端倪，拉着苏慧的手道："怎么，还没释怀？"

"不是，我是觉得秦志杰和以前不一样了。我们的关系我早就不去计较了，但这个电话你打比我打要好。"

崔小佳没有推托，很快联系到秦志杰。今天是周末，秦志杰正好在家，尽管他和两名女同学没什么好说的，但她们毕竟是冲着苏玉来的，他不好推却，也就让她们进了门。

崔小佳穿着裙子，扎着马尾，整个人看上去十分得体。她见到秦志杰的时候只是礼貌性地笑了笑，随即指了指屋内。

"苏玉在？"

秦志杰看了苏慧一眼。苏慧没有理会他，先进了苏玉的屋，崔小佳也跟了进去。

秦志杰泡了两杯冰柠檬水放在客厅的茶几上，一个人在沙发上坐着。过了十多分钟，苏慧和崔小佳还没有出来，他有些按捺不住了，起身敲了敲门。

"你们先陪着苏玉，我着急出一趟门。"

没等里面的人回应，秦志杰背起包就要走。崔小佳听到脚步声，看了苏慧一眼，很不高兴地走了出来。

"秦志杰，你等等，我和苏慧有话要问你。"

看着崔小佳严肃的表情，秦志杰料到了她的来意，笑了笑，抬起手腕看了看时间："我真有事儿，下午约了面试。"

崔小佳一听，火一下子就上来了，走到秦志杰跟前，将抱着肚子的手抽出来，照着秦志杰的脸就是一下。

"你还是不是人？"

秦志杰上一次挨打还是秦怀春打的，面对突如其来的一巴掌，他的确没想到。

"不是，你什么意思？"

崔小佳将秦志杰手里的包一把抢过来扔到地上："人模狗样

的，出去装什么装？”

秦志杰回国后确实变得斯文了不少，但崔小佳这么一闹，又将他内心的野兽放出来了。

“你要干什么？！崔小佳，这里是我家，你跑这儿打我来了？”

“打你都是轻的，我应该上公安局举报你。苏玉是你的合法妻子，你怎么忍心丢下她一走就是四年？谁给你的权利？”

秦志杰脖子一梗，道：“怎么，我干什么还要你们来管？我的家事跟你们没关系，请你们离开。”

“秦志杰，我和苏慧过来，一来是看一眼苏玉；二来就是想看看你的心到底长什么样，你是有什么样的铁石心肠才做得出这种无良的事儿来。”

秦志杰俯身将地上的包捡起来：“我说了，这是家事。”

“没错，是家事，你们秦家真是够不要脸的，上梁不正下梁歪。”

秦志杰听到这句话，突然把眼睛抬起来：“你胡说什么？请你注意措辞，别出口伤人。”

“伤人？我看伤人的应该是你们父子二人才对。秦志杰，我问你，秦老师为什么要监视苏玉？苏玉在理疗院这么长时间，一直受到秦老师的监视，请你告诉我，你们秦家在玩什么把戏？”

秦志杰回避着崔小佳的目光：“请你不要再胡言乱语，更不要诽谤他人。”

“我们调查过了，你还狡辩？我就纳闷了，当年秦老师让你出国，你头也不回地就走掉，苏玉那时候刚刚患病，你不知道她需要照顾吗？”

“够了，苏玉的事儿不用你们管。”秦志杰的确生气了，一再将崔小佳抛过来的问题推掉，就是不想谈及这些事儿，或者说不想让她们介入其中。

“真是好笑，自己做错事情不敢面对，等苏玉醒来后，她不会原谅你的。”

苏慧原本在里屋拉着姐姐的手，此刻终于忍不住冲了出来。

“小佳，你让他走，赶紧走。”

苏慧捂着嘴哽咽起来，示意秦志杰赶紧消失。

崔小佳冲上去要拦秦志杰，被苏慧一把抱住。苏慧声嘶力竭地喊道：“你让他走吧！让他走！”

秦志杰一走，崔小佳一屁股坐了下去：“看见没有？他心虚了。如果他心里没事儿，为什么不敢直视我？苏慧，你要还苏玉一个公道，这个公道我和你一起找。”

“可是……”

“没有什么可是，你是我的姐妹，你被秦志杰抛弃的时候我不知道，我当时要是知道了，说什么也要从长沙回来给他几个大耳光。”

“算了，和姐姐比，我已经很幸运了。咱们带她出去转转吧，小佳。”

崔小佳喘了几口气，站起身来：“苏慧，把苏玉的东西收一收，咱们带她走。”

“走？你要把姐姐带走？不行，这样做不好吧？”

“不好？难道把她留给这个不负责任的冷血男人就好吗？让开，我来。”崔小佳对整件事儿的态度十分明确，她和崔挽明流淌着同样的血液，都爱打抱不平。

苏慧这么安分守己的女人当然拗不过崔小佳，只得服从了她的安排。

带着苏玉到植物园转了一个小时，又找地方简单吃了点儿东西，崔小佳才将姐妹二人往家送。

苏慧还是有些顾虑，一边开车一边问崔小佳：“你说秦志杰要是来找我要人，我该怎么办？”

“怎么办？你就告诉他，再来骚扰你你就报警，看他还敢不敢来。苏慧你放心，秦志杰做贼心虚，不敢硬来。”

“可是……”

“不要怕，有我呢，他要是不听劝，你就联系我，我来收拾他。”

苏慧咬咬嘴唇，默许了这个决定。因为苏玉在车上，所以苏慧把车速降得很低，能把车外的行人看得很清楚。就这样低速行驶了十多分钟，在十字路口等红灯之际，苏慧从主驾驶座的位置看到了刘君。刘君不是一个人，边上伴着一个女人，女人戴着帽子，苏慧认不清是谁，两人边走边笑，像是要赶去什么地方。

“小佳，你家刘君今天不在家吗？”

“应该在吧，不清楚，你怎么想起问这个？”

苏慧抿了抿嘴：“小佳，你看那个人是不是刘君？”

顺着苏慧指的方向，崔小佳凑过去看了一眼，足足看了有五秒钟。此时绿灯亮起。

“快、快，苏慧，跟上去看看。”

“你确定？怎么，不相信你家刘君？”

崔小佳没有回答她，眼睛像扎进了刺条，脸上透出一抹红晕。她看着外面的那个女人，看见了那个女人的笑容，用女性的直觉揣摩到了那个女人内心的不安，然后她的手慢慢攥紧。

车和那个女人擦身而过的时候，崔小佳吓得趴了下去。等车过去后，她又从后车窗看了一眼，随即把眼闭上。

“没想到会是她。”苏慧把车开远，停在了一个僻静的地方。

“谁？”

“芮静，省种子管理局审定科主任。”

“哼，我说呢，原来是领导，难怪刘君会跟她出来，一定是去吃饭吧。”

“我不知道。也没有别的事儿吧？刘君在农科院的时候，他们经常有工作上的接触，吃个饭很正常。”

崔小佳知道这不正常。她读懂了芮静的表情，读懂了芮静的内心。打开车门，崔小佳走了出去。

“你们回去吧，我过去看看。”

“哎，干什么？小佳，你这是干什么？”

“干什么？他写信给我让我回来，结果他却……你知道我这些年隐忍和等待的心情吗？”

“那也是你心甘情愿的，就算刘君和她真有事儿，你能怎么办？给自己留点儿面子，咱们不是二十岁出头的小姑娘了，不要动不动就学人家和‘小三’撕扯，吃亏的人是你，犯不着。等刘君自己跟你开口吧。上车，我自己没办法把姐姐弄下车。”

崔小佳只好又上了车。她的心从没这样乱过。她看着苏玉。苏玉睁着眼看着窗外，不懂思考，不懂交流，看待世界的态度是那么一致，坏人或是好人，苏玉都能放进眼里去。此时此刻，苏玉在崔小佳眼里是那么伟大，崔小佳却因着这小小的疑惑痛苦着。

崔小佳当然不是苏慧希望成为的那种人，刘君前脚刚踏进家门，崔小佳便上来兴师问罪。

“今天跟你在一起的女人是谁？”崔小佳不想做无用的试探，那既是浪费自己的时间，也是浪费别人的生命，还不如直截了当的好。

“啊？”

“啊什么？刘君，我再问你一遍，今天你和芮静出去干吗了？”

刘君脑海里翻腾了好几下才回过神来。他一边脱鞋，一边嬉皮笑脸地跟崔小佳说道：“你怎么知道她叫芮静？你看到了？还是谁跟你说的？”

“还用人跟我说吗？你是不是跟她有一腿？”

刘君把鞋子往鞋架上一放，扑哧笑了出来，指着崔小佳的额头道：“亏你想得出来，我在你心里就这点儿分量？你太小看我了吧？我跟你说，今天我带她出去是要见一个人。”

“什么人？你的帮凶？”

“啧，你怎么老抬杠呢？芮静和苏慧差不多大，也算大龄剩女了，我呢，刚好身边有个不错的资源，想介绍他们认识一下。”

“刘君，你别不务正业，工作还没干好，就忙着搞人情往来，你行啊你。”

“小伙子是我们公司的，人长得帅不说，关键人家就对你们这种大姐姐情有独钟。我跟他把芮静的情况一说，凌风这小子就屁颠屁颠地同意了。这不，今天我就牵头让他们见面了。”

“真的？”

刘君拿出手机，翻出相册给崔小佳看："瞧瞧，我给拍的，郎才女貌吧？"

"以后少操心别人的事儿，别忘了你答应我的事儿。"

"忘不了，等我办完事儿，咱们就离开林海。"

崔小佳不敢奢望刘君能做好答应她的事情，但不管怎样，都会默默地站在他身边。因为这次选择回来，崔小佳也算是彻底放下了这么多年来的心魔，准备打一次有去无回的仗。她如果胜利了，在他乡欢庆；如果战败了，也在他乡战死。

那天晚上，崔小佳偷偷地给苏慧发了条微信："还是老战友。"

苏慧回道："如此甚好。"

崔小佳倒是好了，但苏慧没有对任何人说那晚她是怎么度过的。那晚她回家不到半小时，秦志杰的电话就打了过来，苏慧没有接听，秦志杰干脆找上了门。

他哐哐地敲着苏慧的门。苏慧被敲门声吓得浑身发抖，想到了很多可以打电话求助的人，但又不想再把外人牵扯进来，没有参考崔小佳的意见，将秦志杰放了进来。

秦志杰进门后并没有理会苏慧，而是直接进屋把苏玉抱了起来。他要带苏玉走，可苏慧不同意，挡在了门口。

"秦志杰，你现在照顾不了姐姐，求你把姐姐还给我好吗？"

"让开，我和你姐的事儿还没有结束，有些事儿你不懂，也别参与进来。"

"我是不懂，但我知道自己能照顾好她，至少比你强。"

"让不让？"秦志杰有些失去耐心了，准备强攻。

"我不让。"

"我不想跟你解释，她在你这儿我不放心。"

"在你那儿我也不放心，特别是秦老师——"

"住口，别提他。"

"你紧张什么？我提秦老师怎么了？秦志杰，莫非监视我姐姐的事情是你交代秦老师干的？"

"你放屁，走开。"秦志杰快速腾出一只手，一下子将苏慧推到一边，手劲过大，把苏慧推倒在了地上。

秦志杰瞪了她一眼，那眼神就像在警告她。

苏慧被秦志杰的鲁莽行为吓到了。她以为秦志杰留学回来会绅士不少，但她错了，秦志杰并没有变得多绅士，反而越发不像样子。

崔小佳得知此事的时候，已经过去三天了。刘君对这件事儿的态度很保守，现在他和崔挽明的关系已经走到了冰点，他的原则就是少管闲事，所以劝崔小佳不要再干涉这件事。

但很多时候刘君是没有时间过问这些的，凌风作为他在公司物色的得力干将，现在已经将他手里的很多工作接过去了。金怀种业要想通过自己的育种团队出品种，必须要有过硬的技术和团队管理。但刘君知道，目前这种形势下，光靠技术恐怕还远远不够。要是没有不要脸的精神，有些东西真就争取不来。

入秋前的这段时间，凌风的工作稍微轻松点儿。刘君看他无事情可干了，就提点了他几句。

“我说凌风，杜总好不容易把芮科长介绍给你，你小子也不懂珍惜呀？没事儿的时候你倒是去跟人接触接触啊。”

“刘哥，你就别拿我开玩笑了。人家是什么人，我是什么人？我们根本不在一条线上，怎么接触哇？没有必要。我看哪，这纯属浪费时间的事儿。”

刘君瞥了一眼凌风，摇了摇头：“没出息的样儿。你怎么了，缺胳膊还是少腿？一个大男人，人家女方都没嫌弃你，你倒是先轻看起自己来了，不明智。”

刘君点到为止，本以为凌风会领悟到什么，没想到这小子油盐不进，就是不去见芮静。刘君只好使出撒手锏，给芮静打了个电话。

“芮静啊，这周末有空吧？凌风的意思是大家出来聚聚，放松放松。”

凌风一听刘君这么说，急得原地打起了转，连连朝他摆手。

“是他的意思还是你的意思？”芮静也在那边奇怪呢，凌风如果真有意愿，为何不自己联系她？

“当然是他了，你也知道我们育种家有多忙，凌风你也看到了，跟你一样，没有这方面的经验。有时候男人腼腆起来比女人都厉害，我再不帮他说说话，你们怎么发展嘛。”

芮静一听刘君这么说，也就明白怎么回事儿了：“没想到他还是个害羞的人，没看出来。”

“哈哈哈，芮主任哪，这就是内秀，典型的内秀。那就周末见啰，还是老地方。”

挂了电话，刘君拍了拍凌风的肩膀：“看你的了，我能做的就这么多。”

凌风生气也不是，不生气也不是，被赶鸭子上架的感觉真是不太舒服，但刘君是领导，他能有什么办法?

周末说好一起去的，但刘君临时有了别的聚餐，索性将凌风这边推掉了。

两人在饭店包间坐了足足十分钟，凌风都不好意思开口说话。芮静将手机在手上翻来翻去，就等着他有所表示，直到服务员进来点菜，他才开了金口。

“芮主任，你来点，你点什么我就吃什么。”

芮静将头发往耳后面一别，把手机放到桌上，接过服务员手中的菜单一页页翻了起来。她没有跟凌风客气，点了几个下酒菜。

“凌风，你上次出来可没有这么紧张。怎么，害怕我吃了你？”

“不、不、不，芮主任，上次不是有刘君在嘛，你说这种事儿我也没经历过，难免会……”

“我跟你一样，也没有经验。这样，一会儿吃完饭，咱俩去唱歌。你这个性格放在工作上可不行，你们搞育种的人可都是油腔滑调的，怎么你偏偏不是呢？刘君跟我说你人不错，工作也出色，他不会骗我吧？”

“这个……芮主任，我……”

“别张口闭口主任主任的，你这样咱俩就没法儿继续下去了，叫我芮静就行。”说这话的时候，芮静稍稍把头低了下去。

“对了，这么多年你怎么不找女朋友呢？光忙着干事业了？”芮静看他有些拘谨，马上把话题拉到他熟悉的事儿上。

"事业也干得一头雾水，现在刘君带着我们，感觉才稍微有点儿规范。一事无成地去找女朋友，谁敢跟我？"

"说到规范，我不得不跟你说说，虽然国内很多种业在搞育种，但真正把事情做好的有几家？很多企业铺开摊子不干事儿，别的不说，育种团队人员的素质参差不齐，最重要的是大家心不齐。你们金怀种业从入驻林海省时就开始搞育种，我说句不好听的话，据我所知，你们审定的品种都是从别人手里弄来的，真正出自你们团队的成果没有吧？"

芮静在省种子管理局品种审定科干了这么些年，对行业内的老鼠屎自然是心中有数：谁的手段多，谁跟他们领导的关系近，谁总往领导的办公室跑，谁一到品种试验报告书上交之前就四处跑腿做工作。这些事儿、这些人，芮静可以说是最清楚不过了。如果省里下决心整顿这些不良风气，找她了解情况绝对是找对人了。

"什么事儿都瞒不了你们省局。不过几年前国家对企业搞育种就放开了限制，政府是希望我们搞好的，我们也做了很多努力。但公司要发展，很多时候也是没办法的事儿，育种周期那么长，谁等得起？整个行业都睁一只眼闭一只眼，伤了谁都不好。"

"这么说你们还有理了？"

"倒不是有理，我们过去的确是从别人手里弄品种，但你要知道，公司做这些事儿都是要投入资金的，我们是在等价交换，没有贪腐，也没有滥竽充数。"

"没错，你们的确是花钱买痛快了，但也破坏了市场。"

"有买就有卖，你们也都清楚，现在的育种家没几个是正经的，别把他们想得高高在上。说到底他们也都是肉体凡躯，他们有技术，手里有好的品系，但他们的家底薄哇，没有资金，品种怎么审定？他们还不如直接卖给我们去审定，一举两得，最重要的是品种还能流向市场，服务百姓，不是挺好的一件事儿吗？"

"好吗？很多优秀的育种家就是因为有这样的不良环境，一辈子都审定不了品种，对他们来说，是不是不公平？"

"没有办法，这就是优胜劣汰。"

“这不是优胜劣汰，这是恶性竞争。”

“这么说也不为过，但我们挣的都是良心钱。一直听省里说要改革企事业单位，到现在也没消息，所以我们现在下决心先改革了，这回我们是真的要投一部分精力到育种上了。”

芮静点了点头：“嗯，我相信省里希望看到这样的结果，只有大家都把精力花在实实在在的地方，才能真正还市场和行业一个公平环境。”

“我同意。”凌风举起杯，和芮静碰了一下。

这次短暂的饭局就在这样一个行业话题中草草结束了，两人站在不同的职位上分别表达了自己的见解，也通过这样一种交流了解彼此。

“走吧，带我到你的试验地看看，你不是说有决心做好这件事儿吗？敢不敢让我检验一下？”

“你不是要去唱歌吗？”

芮静弯腰一笑：“你可真有意思，我是觉得咱们不熟悉，学学小年轻找个方式放松一下。但现在我看挺好的，不去唱了。我到你的试验地看看。”

“好哇，你们省局的人到我那儿，可是要按领导规格接待的。”

“少整这个，我今天到你的地里没有职务、身份，就是单纯闲聊。”

“那好。”

凌风很绅士地替芮静打开副驾驶座的门，将她请上车，提醒她系好安全带，又替她拧好一瓶水递到手里，然后才发动汽车。

两人到地里的时候，太阳的余晖已经洒满金灿灿的稻海，初秋的晚风一阵一阵地摇摆着芮静的落地裙。凌风走在前面，每到一个地方都细致地进行介绍，将他所谓的要干事业的决心和排面全都给捋了一遍。

他仍然把芮静当作领导，芮静却早已不在工作状态。在此之前，芮静对企业里的育种家的印象不是很好，但凌风是一个典型的想要做出改变的人，芮静看到了一股正直的能量从他英俊的外表下渗出来，死死地抓着她的心。

刘君一个人坐在试验地二楼的休息区里，静静地喝着茶，透过玻璃墙看着这对可能即将成为情侣的人，眉宇间燃起了一种难以捉摸的情绪。他笑了笑，随即安静下来，拉上窗帘，锁门回了家。

芮静跟凌风突然恋爱的消息很快由苏慧的嘴传到了崔挽明的耳朵里，这原本是件好事儿，但崔挽明只要想到凌风是金怀种业的人就很不舒服。

“怎么连她也跟金怀的人搞到一起了？实在不明白。”

“崔挽明，我提醒你呀，别用你君子的那一套标准来衡量别人。芮静是什么人你会不清楚？再说了，她都多大了，以前让她相亲她都不去，现在不排斥了，还找了个心仪的人，这不挺好嘛。别因为自己的婚姻失败了，就看谁都不顺眼。”

“苏慧，别说什么都往我身上扯，我跟你说正经的，金怀种业没有几个好人，你赶紧劝芮静擦亮双眼，别吃亏上当了。”

“行了，崔挽明，你现在越来越像管家婆了。怎么，最近你那位小女朋友没来找你吗？”

“什么小女朋友？别瞎说。”

“哟，这时候怕我瞎说了？别怪我没提醒你，现在的小年轻可不好伺候，别把你的一把老骨头给搭进去了。”

不过话说到这里，崔挽明突然想起有件事儿要提醒林潇潇。

林潇潇正在开会，手机处于静音状态，崔挽明打了两个电话她都没接。

“怎么样，我说什么来着？小年轻不好伺候。”

崔挽明扬起手：“当年怎么不把你累死在地里？现在跟我嚼舌头，有本事你怎么不去跟秦志杰辩理？”

这一招果然好使，一提秦志杰，苏慧立马闭嘴，想起了那天的遭遇，摸了摸肘关节——倒在地上的时候磕到了桌腿，到现在还疼得厉害。

“别提这个混账东西，等姐姐醒了之后，我一定要让他们离婚。你知道秦志杰是个什么东西？”

“我不知道，苏慧，一切都要拿事实说话，无凭无据，咱们最好什么都别说。”

“好，赶紧让林潇潇把事情查清楚，到时我看秦志杰还如何狡辩。”

“唉，别忘了，这件事儿没有立案，人家没有义务非做这事儿，别一副命令的口吻，咱们是在求人，所以别抱太大希望。”

“那不是你的小女——”

“还来？”崔挽明伸出手，恨不能一巴掌拍死苏慧。

苏慧缩了缩脖子便走了。

她前脚刚走，后脚林潇潇的电话就过来了。

“什么事儿？刚才在开会。”

“没要紧事儿，给你提个醒，现在别碰秦志杰，他那头没有任何线索，咱们就是想还苏玉一个说法，重点在秦老师身上。”

“行，但这件事儿不能完全脱离秦志杰，你难道在担心什么？”

“没有，现在说不好，总之你先忙自己的工作，别引起别人的注意就行，秦志杰已经知道苏玉被监控的事儿了。”

“什么？你说出去的？苏慧？”

“她和崔小佳太想替苏玉出气了，所以……”

“不是说好要保密的嘛，怎么还传到秦志杰的耳朵里了？咱们调查的可是他爹。你们真是猪队友。”

“啊？什么？”

“没什么，懒得理你，赶紧下地干活儿吧，累不死你。”

林潇潇既气愤又无奈。即便她把事情计划得再好，也避免不了突发事件。

应对完林潇潇，崔挽明决定再摸摸芮静的底。

“怎么你也关心起我的事儿了？我这八字还没一撇呢，不要开我的玩笑了。”面对崔挽明的逼问，芮静赶忙解释。

“那太好了，这个八字还是别着急写了。你是有多想不通？你是科室主任，怎么跑去跟一个公司职员谈朋友呢？自降身份。”

“哟哟哟，你还有资格说我？忘了你妻子，不、不，你前妻，她不也是个企业职员嘛，你作为一个大学老师，不也是屁颠屁颠地跟人家结婚了？所以说，看人不要戴有色眼镜，崔挽明，这种话从你嘴里说出来，拉低了你在我心中的分数，真的，你现在越来越势利。”

“所以我现在离婚了嘛。道不同不相为谋，我就是走在前面吃了亏才好心提醒你，别当驴肝肺了。作为朋友，我只是善意地提醒。”

“谢谢你，我不是三岁小孩。”

挂断电话，芮静便开始给凌风发微信，两人你一句我一句的，很快就聊到了后半夜。在这之中，凌风跟芮静聊到的一件事儿让芮静对他刮目相看。她觉得在这个互联网飞速发展的时代还能抽出时间用笔杆子写日记的人实在不多见，且很难得。可以说正是因为这一点，芮静的心在她青春的尾巴上开出了属于她的最后一季花。

谁能想到她这个老姑娘还会有这么一天？重要的是，凌风逐渐开始对她主动了，这很难得，也让她很意外。这段时间凌风一下班就跑到芮静的办公大楼下面等着，有时候他会走进大厅转悠。大厅的门卫王大爷眼光独到，他在这座楼住了二十几年，凡是到这儿的人，不是巴结领导就是上门求情，特别是这个闲暇季，很少有人来办正经事儿。

大爷坐在门卫室看了凌风几眼，端着茶杯走了出来。他披着衬衫，脊背有点儿弯，把目光盯在凌风身上。

“你，哪个单位的？”

凌风把手从裤兜里抽出来，眉毛挑了一下：“金怀种业。”

大爷瞪了他一眼：“找谁？”

“不找谁，等人。”

“我看你没来过这儿，你等谁？”

凌风一直被大爷追着问，心里开始烦躁起来，故瞪了大爷一眼。

“我说你这个人什么态度？我问问你怎么了？这是我的本职工作，作为外来人员，你有义务配合我。”

“真有意思。”凌风继续将手插回裤兜，身子转了过去。

王大爷一跺脚，索性将茶杯放回门卫室，拿出登记本塞给凌风："姓名、单位、联系方式。"

凌风一咬牙，刚要骂人，芮静从电梯里出来了。

"王大爷，明天见。"芮静看着凌风，眼睛眯成了一条线。

"你还真来了，不是说好我去找你吗？"跟大爷打完招呼，芮静便走向凌风。

"芮主任，你认识这人？"大爷的语调充满怀疑。

芮静点了点头："认识呀，怎么了王大爷？"

"哼，芮主任，这个人有问题，以后尽量别让他来了。"

王大爷的脾气芮静是清楚的，在外人看来他是个老顽固，但在这座大楼里，每个人都知道他尽职尽责的品性。

要是平时，芮静肯定要问个清楚，但现在这个人是凌风，她自然顾不上这些，竟然当着王大爷的面咧着嘴拉着凌风便走了。

王大爷举着茶缸，意识到他眼中那位不苟言笑的芮主任变了，在心中嘀咕道：芮主任是中邪了还是怎么了，怎么找了这么一个晃荡鬼啊？

芮静的变化确实很大，旁人对她和凌风的相交多少有些不赞成，但从情理上来讲，芮静这么多年终于遇到了自己的爱情，大家也就接受了她的选择。

入秋后，崔挽明就迎来他最忙的日子。三亚南繁基地大楼的施工进展一直很顺利，所以他不用在那儿值班。平和县农业合作社的动员工作在老郭的努力下已经取得进展，崔挽明带着资料，一来是做最后的筹备工作，二来是制定合作社章程，再定一下理事会和监事会候选人，等工作机制组建完成后，他便把合作社交由董安平接管，由董安平去工商局登记备案。

这是崔挽明在林海省发起的第一个合作社，借用的完全是老郭的合作社的运营模式。

合作社成员早早地便来到了村部大门口等待送崔挽明来的车。大约八点半，崔挽明一下车就被镇领导引到了会议室。

这个合作社虽然不是崔挽明的，但凝聚着他的思想和心血，他这样一个灵魂人物一定要第一个发言。崔挽明清楚，这不是推辞的时候，这个时候多说话就等于多给老百姓争取利益，所以他的兴致极好。

村部会议室的桌子漆面已经掉得差不多，十几把椅子也都咯吱直响，大家坐在椅子上，谁的屁股一动，椅子就会发出刺耳的声音，不动呢，又显得过于拘谨。

崔挽明扫了大家一眼，把手平放在桌面上。

“张镇长、各位村部领导同志，欢迎你们前来参加这个合作社碰面交流会。我呢，是老面孔了，来到平和县胡同镇工作也有些年头了。每年哪，我都给大家推荐一些我认为不错的品种，也都搭配栽培措施来与大家分享，可以说这几年的努力，咱们是看到成效了。我刚才进村口的时候还说，当年我来的时候这个村是整个镇最穷的，别说是水泥路，就连平整的土路都少有。没有办法呀，经济不发展，拿什么修路？但今天我一看，你们村铺上了水泥路，真是了不起呀，我很为大家感到高兴。说实在的，谁都知道老百姓的日子苦，老百姓也想脱贫致富，还想更快更好地脱贫，那到底有没有捷径呢？‘捷径’这个词我不喜欢，我认为捷径也需要汗水和智慧。咱们这个合作社呀，从去年就提出来了，跌跌撞撞地走到今天，终于有了基本方针。这件事儿首先要感谢天源县郭达同志的合作社，人家把特种稻和优质米做起来了，还倾囊相授，也要让咱们平和县的乡亲们跟着走一走创新模式。我觉得这是好事儿，也是当下农村面临改革的必经之路。”

“是呀，崔老师说得没错，咱们这个村出了名地穷，但自从去年和前年引进了崔老师的特种稻和优质米，那利润可真不错。关键是崔老师说话算话，跟老百姓签订单从来不耍赖。不像有的企业尽干投机倒把的事儿，老百姓现在只要一听到这些单位的名字就浑身发凉。现在好了，咱们这儿也要把合作社搞起来了。就在刚才我还接到了省外大米商的电话，问我们订单的事儿。大家想想，这种事儿放在几年前谁能相信？就算咱们有再好的大米，还不是烂在仓库里？现在崔老师通过天源县合作社，已经把林海省的特种稻和优质米市场发展到了省外，所以咱们等于是捡了个便宜。所以呀，不管有什么困难，都要想办法克服过去，改革成果的取得凝聚着创造者的心血，咱们一定要珍惜。”

张镇长发言完毕，大家开始鼓掌，频频点头称赞，对合作社的未来可谓信心满满。但崔挽明知道，越是这个时候越要注意不能松懈，还要注意市场中出现的恶性竞争。他知道，于向知的“林育稻 1 号”已经完全被金怀和汇德两家公司纳入旗下，一家是林海省的种业老大，一家是林海省的米业新星，这两家一联手，想要在粮食市场上做点儿文章简直易如反掌。

崔挽明一想到这个问题，心便又揪成一团。

合作社和收获的事儿一结束，崔挽明便去了三亚。他这七八年就像是坐上了环城地铁，有事儿的时候偶尔下车，忙完事儿便又抓紧上车，根本没有歇息的时候。说实在的，就算是螺丝，这样折腾也该松动了，更何况是个活生生的人。

但他早已不会去思考这个问题，已经将它当成了生活的一部分。对他而言，这与其说是工作，不如说是生活。

离开凤凰城的那天，崔挽明提着大包小包，就像个逃难的民工。当他快要过安检的时候，有只手在后面拍了拍他。

林潇潇的出现让崔挽明感到十分意外，或者说，林潇潇是不该出现在这里的。但这种意外同时带着一丝惊喜，至少在他生命中的此时此刻，这个人给他送来了温暖。

从来没有人以这种方式给过他惊喜，一直都是他为别人制造惊喜，所以他才会不习惯，也就忍不住说了林潇潇几句。

“你专门来送我？不是吧？”

林潇潇用脚尖踢了踢地面，抬起头捋了捋头发，说：“你行啊，把任务交给我，一句话不说就走了？有你这样的人吗？”

“啊，这个……林潇潇，你以自己的工作为重吧，我让你关注的事儿现在看来没那么简单。我原来只想知道事实，但最近发现，人生还有很多重要的事儿要去做，事实是什么不重要，毕竟它已经发生了。现在两个合作社压在我头上，市场的事儿不能得到有效解决，老百姓就始终提心吊胆，我不能顾此失彼呀。试验基地的工程出了点儿问题，所以我走得着急。你还特地来送我，没有必要。”

崔挽明在林潇潇面前极力隐藏着内心软弱的一面。他觉得林潇潇确实不该来，特别是他这种人，更不值得哪个女人为他送行。

林潇潇没有接他的话，从背包里拿出一顶普普通通的遮阳帽戴到崔挽明的头上。

“人家育种家下地都戴帽子，你再晒下去就真的成煤球了，给你大学老师的称谓留点儿余地吧。我走了。”林潇潇简简单单地表达完自己的想法，就头也不回地走掉了。

崔挽明整个人愣在原地。他用粗糙的手指头摸了摸帽子边缘，心里蹿出一股令人窒息的气流，从他的鼻孔里逃了出去。

他不知道该如何表达自己的心情。更无法对林潇潇表达什么。对他来说，这个时候不好表达也不能表达，崔挽明太有自知之明，太明白自己的处境和地位了。虽然在他心中早没了人与人之间的贵贱尊卑，但事情发生到自己头上，他很难再坚持原则。他知道林潇潇在向他示好，而他只能不停地奔逃。

崔挽明将帽子从头上取下来，整整齐齐地放到行李箱中，离开了凤凰城。

飞机刚落地，他就将注意力放到试验基地工程建设的事儿上，马不停蹄地开始联系黄达。

“黄总，怎么搞的？章富贵怎么说施工继续不下去了呢？你们没给他打工程款啊？”

“崔老师呀，我们哪有这个胆子？这个基地大楼是给你们大学建的，白纸黑字写着，要是按期验收通不过，我们是要负责的。”

“那章富贵的意思……”

“崔老师，我们现在也没办法呀，当时跟章富贵签合同，明明白白地写明了工程项目承包金。现在工程干到一半，他跑来跟我说钱不够了，你说说这能怪我吗？”

崔挽明一听黄达的话就知道章富贵被黄达给玩了。这工程造价具体哪里出了问题，黄达又是在哪些项目中做了手脚，只有黄达自己知道。但章富贵当时没发现这些漏洞就签了合同，自然是吃了哑巴亏。

章富贵也不是好欺负的，几次跑去找黄达要钱未果索性带着工程队撤了。既然预算和实际情况对不上，章富贵自然不能继续干，也赔不起这些钱。

他不干倒是行，但学校现在等不了啊。不管当时黄达把工程二包给了谁，但工程停下来就是不行。崔挽明一到三亚便把黄达从崖城的酒店请到基地，找老黎托渠道备齐了一桌当地的特色菜，又整来花样百出的海鲜，就是想撬开黄达的嘴，让他抠点儿钱出来作为章富贵的补贴。

“黄老板，你看这事儿本来跟我没有一毛钱关系，但你说学校把事情交给我，你们工程出了事儿，我肯定要把情况报给学校。你和章老板的事儿我不清楚，但根据章老板的意思，你好像没有把项目款跟他说明白，所以……”

“崔老师打住、打住，今天你这一桌的特色菜我怕是吃不下去了。我呢，痛风，海鲜一口不能吃。章富贵和我是有协议的，总不能让我违背，是吧？当时说好的那么多钱，现在他跑来跟我多要钱，我手下也养了不少人，全国各地地跑工程，很不容易的。”

既然说到这个份上了，崔挽明知道，黄达这种奸商不是他摆弄得了的，章富贵吃了这么大一个亏，也不是他弥补得了的。

好在学校这边给黄达施压，他尽管不愿意，但还是亲自去把章富贵请了过来，拿了两千块钱让章富贵先干着。

章富贵接过钱，刚要揣进兜里，就被他媳妇一把打掉在地上。

“中间差了十几万工程款，给你两千块你就接了？不许要。”

章富贵这段日子可谓异常难熬，媳妇和他吵，老妈对他念叨，他一天都不得安生，好不容易从黄达的牙缝里抠出点儿钱，又被媳妇给打了回去。章富贵终于爆发了，当着崔挽明的面，当着他那做饭老妈还有黄达的面，和他媳妇在地上扭打起来。两人一开始像两根坚硬的刺条，随着扭打和翻滚，变成了两根交缠在一起的麻花。

骂声惊天动地，哭声响彻云霄。黄达点了根烟，上了司机的车回到崖城酒店继续打牌，只剩下崔挽明看着年迈的老人在一旁抹泪。

他没有选择，将两口子撕开，他们又合拢，合拢后又被撕开。果真是两口子，生活让他们变成了两块关系密切的磁铁，不管是痛苦还是幸福都要缠在一起。

到了晚上，崔挽明才拎着烟酒来到章富贵的房间。他不敢保证什么，留下烟和酒，说："这么大个工程，总有能找回来的地方，学校这边会跟黄总谈，希望你们不要因为个人问题耽误了进度，这个是原则。"

崔挽明知道这样一句话对章富贵的压力有多大，但还是要说出来，同情从不是解决问题的方法，在这件事儿上，只有法律才能起到作用。黄达做了手脚，章富贵又拿不出证据，而且章富贵的确签了合法有效的工程承包合同，的确认可了里面提到的金额数量，所以只得硬着头皮赶工。这正是最折磨章富贵的地方，他明知自己被暗算了，却没有破解之法，其受煎熬程度可想而知。

章富贵还是在媳妇那儿占了上风，代表家庭做了决定，第二天搅拌机的声音便隆隆响起。

崔挽明也伴着这个声音开始了他的又一次播种。

一周以后，播种事宜也结束了，钟实骑着电动摩托从镇里回到基地，满脸笑容地来找崔挽明。

"挽明，我看中一辆车，咱们买了吧，才一万五。"

"啊？钟叔？我没听错吧，你要买车？在这儿？"

"咱们俩来这儿已经八年了吧？一开始的时候大家都骑自行车，后来买了电动车，但手里没有机动车干什么都不方便，别的不说，接工人做工就很费劲，要是咱们有辆皮卡，拉点儿农资也方便。正好我在崖城看到一辆二手车。考虑考虑？"

崔挽明自然知道钟实说的这些难处，也知道有车和没车的区别。其实他早就有这个想法，但有的困难能克服就尽量克服，争取不给公家增加负担。但他没想到钟实会把问题提出来，也算是顺便代他做了决定。

“钱可以花，但钟叔，这笔钱你不能出，我来掏。”

“绝对不行，咱们的课题名义上是尹振功老师、你和我的，但在崖城这个地方实际上就咱俩，我比你年长，我六你四，就这么决定了。”

“尹老师咱们不管他，但钟叔，这辆车到手也是我用，你不用出钱。都是为了工作方便嘛，过几年你退了，车还是留给我，所以呀，不管怎么说我来出这笔钱最合适不过。”

钟实没能改变崔挽明的决定。崔挽明这两年在特种稻的推广和销售上挣了点儿钱，但碍于钟实这个人节省惯了，崔挽明不好主动提出买车的事儿，怕钟实有想法。早知道钟实支持这件事儿，崔挽明肯定早把事儿办了。

不过在联系车主之前，崔挽明还是照例给老黎打了个电话。二手车的安全性有待考察，他不能光凭着便宜就随便买下，这也是出于稳妥考虑。

上午接到电话，下午老黎就把事情落实了，车没有问题，可以买。

第二天崔挽明便带着身份证，在老黎的牵线下办理了二手皮卡的落户手续。崔挽明开车回到基地的时候，很多课题组的老师从屋里走出来。他们有的站在远处指指点点，有的走过来和崔挽明谈天论道，有的伸出腿在车轱辘上踢几脚，然后打开车门往里打量。

大家倒不是没见过车，只是在南繁基地，普普通通的科研人员是很少有自己的车的，而崔挽明在科研工作者队伍中，经济情况也只是紧挨着平均水平，但就是这么一个水平，他以超出常人的气魄把车搞了回来。

不管众人是羡慕还是议论，都改变不了崔挽明对生活的选择，就像他从前坚定不移地选择献身水稻事业一样，现在他又坚定不移地选择了自由无拘束的生活。

第十九章
较　量

崔挽明从不在乎别人怎么看待他，但有的老师已经在私底下磨嘴皮子了，说崔挽明花的钱都是学校里的工程款，他在这儿主持工程建设，肯定从中捞了不少好处。章富贵的老妈是工程队的大厨，偶尔听到这话的时候，就对这些嚼舌根的人解释一遍："你们不要乱说，人家崔老师操的心最多，钱都到了黄老板的腰包里。钱都是学校直接打给黄老板的，崔老师怎么可能接触到工程款？"

可大家依旧在议论，他们的目光开始有变化，自这辆车开进基地大院，一切都不再和从前一样了。

崔挽明的心情完全不受影响，他开着车，带着钟实到大东海吹海风，到亚洲湾烤肉，到荔枝沟赏风景。他终于开始享受生活了。

从大小洞天回来的时候，崔挽明的手机突然响了起来，他一看是芮静打来的，赶紧一个刹车将车靠边停下。

"喂，领导哇，有什么指示呀？"

"得了、得了，你怎么也学别人耍滑头哇？！三亚的风景怎么样？什么时候带我去看看哪？"

“随时呀，你现在来，我现在就带你去看。”

“不怕同行说你贿赂领导哇？”

“怕呀，怎么不怕？但没有办法呀，这么多年，你铁面无私的作风深得我心，我想不跟你沾边都难。”

“好了、好了，不逗你了，跟你说吧，我到三亚了。”

“啊？什么时候的事儿？你来之前怎么不提前通知我呢？我好去接你呀。”

“不用，有人陪我来。你不是对三亚熟悉嘛，想让你推荐推荐旅游线路。”

崔挽明一下子就猜到是谁陪她来的，便换了种语调继续说道：“哟，佳人陪伴，那到处都是美景啊，上哪儿都行啊。你说你这个人，我到海南这么多年，每年都叫你来玩，你就陪苏慧来过一次，现在好了，凌风一句话你就屁颠屁颠地来了。芮主任，你还是我认识的那个一本正经的审定科主任吗？”

崔挽明略带玩笑的话把芮静气得直咬牙：“你这个人怎么满嘴没好话？不用你帮忙了，我们自己研究。”

“哎，听我说呀，既然来三亚了，海景别墅一定要住一晚，多的咱们没有，就住一晚，花个三五千，体会体会什么叫生活，这样浪漫的机会，你们两个人可不要错过。然后再去吹海风接着搞浪漫。你要问我美食，我没什么推荐的，投其所好就行。”

“崔挽明，你脑子里都装什么了？我们还没……哎呀，你真烦人，挂了。”

等崔挽明挂了电话，钟实把话接了过来：“芮主任一向作风严谨，这次怎么会跟金怀种业的人搞到一起去了？”

“谁知道呢？人家小伙子有魅力呗！你以为都像咱俩这样，成天灰头土脸的，你没看见我媳妇都跟别人跑掉了吗？”

说到这里，崔挽明的情绪稍微低落了一点儿。他微微喘了口气，犹豫半天，终于给刘君拨了电话过去。

“我问你，凌风和芮静到底是怎么回事？”

“什么怎么回事儿，两人正常谈恋爱。”

“刘君，不管你要干什么，我劝你不要过分。芮静是什么样的人你不知道？你怎么能让凌风接触上她呢？”

“崔挽明，我就纳闷了，人家谈恋爱你都能扯到我身上？实话告诉你，那是我们杜总的意思，就是想把凌风介绍给芮静认识，他们现在不是挺好的吗？你又发什么神经？！”

“杜德松？”

崔挽明虽然没继续据理力争，但清楚杜德松在这个时候把凌风介绍给芮静认识，很可能是居心叵测。钟实对他的判断持保留意见。崔挽明是一个过于敏感和爱管闲事的人，就连人家谈恋爱他都会往阴谋上靠，实在让钟实觉得有些说不通。

“挽明啊，省种子管理局的人哪，能不接触就不接触，你又不是不知道省里现在想做什么，可别被抓住把柄。”

“我能有什么把柄？再说了，今年春天我已经找过张副省长，很多话我直接跟他挑明了，我想他会在某些方面做出调整的。”

“崔挽明啊崔挽明，说你胆大包天你还不信，你当时居然跑到副省长的办公室发表言论去了。你是遇见了一个好领导哇，否则你这短短的科研生涯恐怕就结束了。听说你干这事儿的时候，我脊背都在发凉。”

“言论自由嘛，就是要把群众的声音反映上去，既然没人当出头鸟，我就只好自己来了，总不能看着林海省的粮食事业被一点点蚕食吧？当年逝去的董俊芳先生不允许，秦老师不允许，林海省的四千万老百姓更不允许。”

“行了、行了，我不想听你唱高调。”

不过一提到张副省长，崔挽明突然想起当时给省里提改革意见的事儿。既然现在芮静到了三亚，他就想当面找她谈谈品种审定改革的一些想法，但这事儿不能让凌风知道。可对一对如胶似漆的情侣来说，该找个什么样的办法来分开他们呢？崔挽明知道，在海南沟通一些事情，远远比回家要隐秘。

接下来的两天时间里，崔挽明从侧面打听了芮静的具体行程和打算，终于将她约到了北川大学试验基地来参观做客。

“你可真是一尊菩萨呀，说你原则性强你还不承认，怎么，跟我们这些育种家私自接触都不敢？你还真怕我们赖上你，找你办事儿？”崔挽明的这些话是说给院里其他课题组的科研工作者听的，因为全省的作物品种审定工作基本跟芮静有关，所以她的到来自然引起了大家的注意。

“崔老师，你胆子真大呀，这么多人看着，你不怕别人私下议论哪？”

“管他们干什么？这些人平时不把心思放在工作上，成天琢磨怎么耍滑头，都没少往你那儿去吧？”

“那当然，但去归去，你也清楚我的原则，他们能从我这儿得到什么？无非一顿训斥。唉，以前的老一辈育种家可没有这样低的素质，林海省育种队伍的整体水平在严重下滑呀！”

崔挽明看了凌风一眼：“凌风，你们金怀今年没来三亚南繁吗？”

“来了，今年的基地选在陵水那边，过段时间刘君会亲自过来一趟，到时候崔老师可要过去给我们指导指导。”

“哼，我哪儿敢哪！刘君可是你们公司请去的高级农艺师，种稻子、搞育种他是一把手，我有很多东西都跟他学。一会儿啊你陪我喝两杯，不管怎么说，芮静也是我的老校友，你们能走在一起不容易，我祝贺你们。”

“崔老师现在也学会拍马屁了，你和刘君哪，都挺有干劲和想法的，都值得凌风好好学习。凌风啊，你难得跟崔老师接触，要不是来到海南岛，都没有这样的时机，所以呀，今天来到他这里，你该请教就请教。”

凌风微笑着点了点头：“那是、那是。”

这个时候，钟实拿着车钥匙走了过来：“挽明啊，上崖城买点儿菜去？”他把车钥匙用两根手指捏住，在崔挽明眼前晃了晃。

“买呀，领导来了还不好好伺候？不过……哎呀，你说你也不会开车，我这儿陪着客人，脱不开身，这……”崔挽明说话的时候看了凌风一眼，意思很明显。

凌风也机警：“这好办，我开车去，但地方我不熟，让这位钟叔陪我去吧。”

“好哇，太好了，你带驾照了吧？”

芮静从手提包里掏出凌风的驾照：“这就是企业里练出来的悟性，人家到哪儿都带着。”

看着凌风开着他的皮卡驶出院子，崔挽明便马上换了个话题。

"芮静，走，带你上我的育苗圃参观一下。在咱们林海呀，搞的是旱育苗移栽，这里呢搞的是水育苗，你给指导指导。"

"走吧，我也学习学习。"

到了育苗圃，崔挽明站在埂子边上，语重心长地说道："芮静，说实在的，咱们这些育种家一年两头跑，可以说没有歇的时候，真的很不容易。家里支持的呢，拖家带口地干；家里不支持的呢，只能是自己干。但我就说现在的品种审定存在很多缺陷，你们省局这么多年还是老一套的审定模式，是不是该改一改？我觉得创新很重要，要考虑多数育种家的现状嘛。"

"怎么没改？崔老师，你忘了？于向知的'林育稻 1 号'就是省局这些年走的第一次改革示范，绿色通道就是省局改革的第一步。"

"你们是搞绿色通道了，但恐怕是有针对性地搞吧？"

"崔老师，我知道你对这个品种有心结。你也不要有思想负担，假如你站在我们的位置，对一个好品种的问世，是不是该做出些改变？就像你说的创新。我们省局可没有徇私，完全是公事公办。"

"你们怎么说都对，反正事情不是你定的，听领导的嘛。我也不是对你们的工作有意见，你想啊，现在省里也支持搞优质米，我想省局应该在品种审定试验上做些改变，比如说成立一组优质米试验，将优质米和普通米分开来评估，同样也把香稻和不香的品种分开，这样一来，在评估比较的时候更具有针对性。"

"你的意思是成立香稻组和优质米组，到审定的时候，直接审定为香米和优质米？"

"可以这么认为，这只是一个点。这样做呢，既可以让育种家在育种目标上将层次划分开，也将审定平台放宽了，对你们的工作也是种释压，否则像以往那样，把不同类型的品种混在一起评估，很难拿出一套适合的机制。"

听了崔挽明的话，芮静突然觉得自己这么多年的工作白干了，身在要职，居然从来没想过在理论改革上下功夫。单位把机制定在那儿，自己除了严格执行外，没有半点儿自己的想法。她以为很多东西是合理的，用不着大动干戈，但现在看来，不适合时代的东西确实该被淘汰，人不应该成为工作机制的傀儡，要时刻想着创新的路子。

从育种圃绕回来之后，芮静才开始发表看法。

“你说得没错，但林海省的情况你也知道，像你们北川大学就不说了，本来底子厚，手里的品种材料也的确占优，审定的时候省里不可能完全闭上眼睛来，所以你们每年都能出品种。但有的单位现在就是在陪跑，多年也不出一个品种，是他们的东西不行？不完全是吧。你看看现在省里每年审定的品种，哪几家单位的最多，就最能说明什么。所以你说要改革审定机制，这些想法恐怕还远远不够。”

“当然不够了。说实在的，很多单位现在已经干不动了，别的不说，资金跟不上，常年没有品种，那就没有转化，单位也没有奖励，这是个恶性循环哪。在缺乏经费的情况下，他们只能放弃。但你说这批育种家甘心吗？他们也想继续搞下去，但环境不允许呀，没有钱是干不了育种的。”

“那就没办法了，省局可帮不上这个忙。你想想，审定一个品种要花多少钱？每个品种都要交试验费、米质分析费、转基因检测费、DUS测试（植物新品种测试）费，从预备试验到生产试验，不算栽培上的投入，光是这些审定流程上涉及的费用，一个品种就超出五万块。有的单位每年报好几个品种，最后都没被审定上，那钱不是打水漂了吗？”

“所以说机制有问题，当然，钱的事儿也改变不了。但我是说育种家没有钱，咱们省局得想办法创造钱哪，不能让大家就这么闲下来。”

“崔老师，怎么想办法，总不能让我们掏钱吧？试验费好多年都是这个价了，再下降是不可能了。”

“这个问题我想了很久，所以今天把你叫过来，也是想听听你的意见。我是这么觉得的，你看哪，咱们林海省的品种走的是什么路线呢？审定之后就是转化，有能力的单位自己来经营，但绝大多数还是转给了企业。在这之前，风险由育种家自己承担，很多企业呢，想争取品种的经营权，但好品种都让某公司抢占了。市场霸权的问题提出好几年了，到现在都没得到解决。所以导致的局面就是，有经营能力的企业没有像样的品种，市场的运行机制严重受阻。”

“你说的某家企业是指金怀种业吧？”

“我可没说呀，是你自己承认的。芮静，可不可以这样？比如说让企业和科研单位携手来做育种这件事儿，把二者捆绑在一起，审定费用由企业来掏，把育种家从经济压力中解放出来。然后企业每年给育种家提供一定额度的育种经费，如果品种通过审定了，经营权和生产权就给企业。这样在双方都盈利的情况下，事情就好推进了。”

“说得轻巧，你以为企业都是傻子呀，万一育种家不出品种呢？那企业岂不是亏大了，投进去的钱怎么拿回来？”

“我也想到了，所以我说让一家企业联合多家育种单位来做这件事儿，这样一来就降低了企业的投资风险，怎么选择由他们自己定，责任落实到他们自己身上，这样就跟省局没有关系了。”

“怎么可能没关系？品种最后的审定还是要由省局来把关吧？”

“芮静，不、不、不，把关不是干涉，你们完全放开，不要限制他们的脚步。我刚才说让他们抱团不是无限制地放开他们的手，而是在互利共赢的情况下，形成相互监督的局面。企业要拿到自己想要的品种，就会对育种家进行监督。什么样的品种能通过审定，省局这边的审定标准可以成为他们的参考，只要他们几家协商出一套被认可的评审标准，在企业认同的前提下，就可以审定。”

“可是这样不是等于完全脱离省局管辖了吗？”

“不能这么说，谁的品种能最后通过审定，是他们自己协商和认同的结果，这是最公平的做法，省局只需要审核品种试验报告就行。你放心，有企业替你们监督呢，你想想，企业的眼睛多贼，他们在这件事儿上比你们还要较真，劣质品种他们会让它过审？”

崔挽明的一番话让芮静目瞪口呆。她在省局待了快十年了，品种审定过程存在不公的情况一直是行业里的热门话题，也一直都没得到解决。但崔挽明的见解和想法，可以说一举解决了这个老大难问题。这不单单是创新的问题，而是从根本上给育种家和企业提供了某种合作上的便利，解决的是公平和育种经费的双向问题。

“崔挽明，看来我真是低估你了，你当时跟张副省长也是这么说的？”

“当然没有，人家哪有时间听我讲那么细？所以我才跟你细谈嘛。反正省里也要改，倒不如我把想法交给你，你回单位后跟领导协商一下，看看能否执行。”

“我跟领导协商？谢局长？算了吧，你又不是不知道，谢正言一向霸道，怎么可能允许我们有想法？再说，过两年他就退了，估计只想平平安安地下船，这些年他在这条船上可没少打鱼，能安全登陆就不错了，我看他是不想再折腾了。”

“不对，我倒觉得越是要退休，他越是想干出点儿什么来。你可以先试试嘛，这毕竟是利民工程，总要有人充当螺丝钉。”

“崔挽明，你就不怕你的想法被谢正言独占了？你要知道，他要是想做这件事儿，那可就没你什么事儿了。”

“芮静，你太小看我的胸襟了。我是什么人？岂会为了蝇头小利而斤斤计较？只要这件事儿能成，只要育种家得到一个相对公平的平台，这到底是谁的想法还重要吗？”

芮静笑了笑。她觉得像崔挽明这样的人简直就是珍稀动物，现在哪儿还有这么大公无私的人？今天她算是领略到了。

凌风开着车回来的时候，两人正坐在杨桃树树荫下喝茶。崔挽明站起身来，从车上把菜拎下来。

“有劳了，凌风，女朋友交还给你了。你们四处转转看看风景，我和钟叔去做饭，一会儿咱们好好喝几杯。”

芮静想要撸袖子帮忙，被崔挽明拒绝了。

这真是历史性的一天，和崔挽明的谈话让芮静一下子重拾了工作的热情。在这之前，她的热情都被谢正言的权力消磨了。通过这次交谈，她认识到真正想干事的人，只需做到问心无愧就行，但绝不能碌碌无为，绝不能缺乏思考，绝不能视百姓民生如无物。她也清楚，想要让谢正言接受这件事儿不是那么容易，但崔挽明都跑到副省长的办公室谏言去了，她有什么理由拒绝为民请愿的机会？

几杯酒下肚，凌风自然说出了他在金怀种业的一些不痛快之处。崔挽明从不接他的话，对他的抱怨就一句话："企业嘛，都对员工要求严格，毕竟是以利润为目的，不养闲人就对了。"

芮静太明白崔挽明的用心了，崔挽明之所以把凌风支出去，就是不想让凌风知道崔挽明提出的改革意见。否则消息一旦传到杜德松那儿，让他得了先机，恐怕这个所谓的科企联合育种又要变为他一家独大了。

回到一夜五千块的海景房里，凌风已然没有了赏景的闲情逸致。这是芮静和他待过的最舒适浪漫的屋子，但凌风因为喝醉酒，只能瘫坐在落地窗旁边的沙发上昏昏欲睡。

这样也好，毕竟芮静还没有做好准备。前几次凌风对她提出要求，都被她有意无意地拒绝了，这次他喝多了，芮静也就放松了警惕。

她拉了一张毯子盖在凌风身上，拿了睡衣便去浴室冲澡。因为凌风睡着了，芮静没有把浴室门锁死。澡洗到一半的时候，凌风突然冲了进来。他像一只猛兽，让芮静难以脱身。芮静挣扎了几秒钟，便再无还手之力了。

"你会娶我吗，凌风？"芮静看着海平面上升起的太阳，感觉它像是昨天的自己。她的表情平静了许多，她确实变成真正意义上的老女人了。

凌风趴在床上，光着脊背，阳光晒得他睁不开眼。他还没完全清醒，但明白昨晚发生了什么。

"当然会，你这个老女人霸占了我，难道还想赖账不成？"

一阵嬉笑打骂之后，芮静便从那丝难以忽略的哀伤中走了出来，接受了这样的自己。她明白，从昨晚开始，她的人生失去了选择。她就像一个旋转的陀螺，突然停下旋转之后，心里变得空落落的。

那几天她走到哪儿都挽着凌风的手臂，脸上既有幸福女人该有的样子，也有一种无法言喻的不安。她夹在这两种感觉里荡来荡去，不知道脚下的小船是否能到达彼岸。

回林海省之后，两人便住到了一起，这是两个人尝到爱情甘果之后的连锁动作，不难理解，也可以接受。

芮静在距离市中心两公里的地方买了房子，去年刚把尾款结清，也算在凤凰城立足了。凌风的到来让这个屋子真正有了家的感觉。他们打算情人节的时候就回家见见父母，然后商量结婚领证的事儿。

一切都是那么合理地发生着，不管是冲动还是真心实意，至少情感上不会欺骗自己，这是芮静对自己内心的劝言，也是对自我归途的肯定。

她决定就这样把自己交出去，就像崔小佳对刘君的执着，可以不畏时间、不恐未来。

林海省这边，郭达和董安平正忙着订单的事儿，崔挽明不用再亲力亲为，终于有时间写写这些年来的工作总结。这个总结更多是这几年来在平和县帮扶的心得，也就是他在平和县一直搞的优质米栽培技术。这项成熟的技术为优质米种植提供了一个全新的标准和参考，他打算在林海省定一个优质米生产标准，由尹振功在家整理他需要的素材，根据以往大米的国标，结合林海省自身区域环境，将优质米的地标给定下来。

白天他到施工地走走，和监工、校基建处的同志进行工作进展的沟通，晚上便静下心来写材料。海南岛的冬渐渐临近，这时崔挽明自入职以来头一次感到身体不适。最近习惯性地手脚发麻已经引起他的注意，但因为时间紧张，所以他一直没空去检查身体。

钟实发现他的时候，他坐在椅子上动弹不得，颈椎发麻，是因为严重睡眠不足，长期高强度劳作，精神得不到充分缓解。三亚市人民医院神经科的诊断报告出来了，将病情定性为高血压引发的神经压迫。

“挽明，你以后必须把酒戒了，再喝下去，身体可就坏了。”

崔挽明躺在病床上打着点滴，看着外面密密麻麻的细雨，不由得心事重重起来。

“钟叔，这几天雨下个不停，你要注意预防稻瘟病啊，我看先把药准备出来，晴天的时候抽空喷上。”

“都什么时候啦，还想着你的稻子，你就不能关心关心自己的身体？地里的事儿不用你操心，我回去弄就行。我跟你说，你的身体要是坏了，这摊子事业谁来干？我怎么跟你的老师秦怀春交代？”

崔挽明知道，身体坏不坏不是他能预料到的，至于秦怀春是否会对此挂心，恐怕还不能确定。

这个时候正是省局审定科工作最紧要的时间段，从凌风的老家回来之后，芮静便把心思收回来，开始统计各试验点报上来的数据。因为拖了太长时间，所以她不得不开始加班加点地干。凌风下班早的话，就提前回家做好饭等她。有了这样一种依靠，芮静感觉一切都不像从前那样累了。

好不容易到了周末，却没有休息的时间，芮静带着 U 盘从单位回来加班，凌风就自己上市场买鱼买肉。直到这阶段工作结束，两人才终于有了点儿谈论生活的时间。

然而在写试验总结报告的过程中，芮静发现了一个问题，金怀种业在省区域试验里的三个品种数据跟之前她整理时相比出入很大。这三个品种明明被淘汰了，怎么会晋级生产试验阶段呢？报告文件已经找谢正言签完字盖完章，如果这个时候回过头去更改，谢正言很可能会起疑。要知道，谢正言现在已经警觉了许多，自“林育稻 1 号”在于向知手里出了事儿，谢正言基本不跟这些育种家接触了，更别提在品种审定过程中做手脚。

芮静自知问题的严重性，一个人在办公室里坐了一下午，一句话没说，一直在想问题出在哪里。一直想到下午五点钟，凌风的电话打过来，她盯着来电显示，眼睛里似钻出了一颗钉子。

她没有接听电话，合上文件，拎着包便往家里赶。凌风在厨房做饭，见芮静进门的时候情绪有些不对，洗洗手走了出来。

“给你榨了果汁，放在桌子上了，你先喝点儿，我做了你喜欢的鱼。”

芮静没有回答凌风，显然已经开始怀疑凌风，现在只需一根火柴来点燃导火索。凌风见芮静心里有事儿，故到她身边坐了下来。

“你不用管我，我自己安静一下。”

“出什么事儿了？”

“没事儿，你快去厨房忙，别管我。”芮静把脸转了过去。

她不敢把问题往深处想，如果一切真的是凌风做的，她的人生或许将跌进深不见底的深渊。她的新奇人生刚刚开始，难道就要因此而结束吗？这一切的背后到底是阴谋还是意外？

接下来的几天，没有人知道芮静是怎么度过的，她回家后基本不和凌风交流什么，吃饭，洗澡，睡觉，上班。

她一时间仿佛又回到了以前的生活状态，直到接到谢正言的办公室打来的电话。

“芮主任，你过来一趟。”

芮静喝了口水，预料到有可能发生的事儿，整理了一下衣领，昂首挺胸地走了出去。

谢正言右手手指间夹着一根烟，面部表情十分严肃，左手拿着芮静上交的省品种试验报告书，心中充满不解。

“谢局长，什么事儿？”

谢正言使劲抽了口烟，把手里的文件往桌面上一拍：“你说什么事儿？芮主任，现在可以呀，胆子越来越大了，金怀种业的那几个品种是怎么回事儿？”

芮静早就做好了回答的准备：“谢局长，我早该过来跟你澄清的，但我担心你这边对我有想法，所以……”

“所以你就没找我？这次要不是别人给我传消息，我还被你蒙在鼓里呢。芮主任哪，事情很严重了，明知故犯的事儿你怎么能做呢？”

“谢局长，这件事儿我真不知道是怎么回事儿，之前我做的结果不是这个。”

“不是这个，你就拿来找我签字？你不再仔细检查检查？”

“我没想到哇，那天晚上检查的时候还好好的，找你签字以后，我拿回来一看才发现不对劲。”

“那你为什么不来找我？就因为怕被我批评？现在好了，试验结果已经给参试单位发下去了，你说现在怎么办？万一有人知道情况再来闹事，这个责任谁来负？”

“我负，谢局长，这件事儿是我失职，责任我来负。”

“你？你负得了吗？你这是严重失职！你先回去吧，等待局里的处理意见，手里的工作先停下来。”

“谢局长，我……”

“出去吧，局里会根据情况处理这件事儿。”

芮静没想到事情会这么严重，以前这种情况在谢正言那里就是习以为常的事儿，私自篡改数据、决定谁的品种能通过审定已经是大家对谢正言的统一认知。现在芮静不小心犯了个小错，却被谢正言一棍子打死，自然不服，但她没有办法。

芮静停职回家的事儿很快传到了苏慧的耳朵里，苏慧特地买了一个巧克力奶油蛋糕，从品质检测中心赶到芮静家中。

“你家那位不在？”苏慧在屋里绕了一圈，没发现凌风。

“别提他，我现在不想提这个人。”

“哟，怎么，甜蜜期这么快就过去了？不会吧，你这个老女人好不容易遇到了真爱，新鲜感保持得也太短了吧？”

“是不是真爱还不知道，这两天我心情不好，他也没过来。”

苏慧切了块蛋糕递给芮静：“说说你工作的事儿？到底怎么回事儿，谢正言凭什么让你停职？”

“风气使然，我能有什么办法？”

“不对呀，芮静，你坚如磐石的一个人，难不成你也被攻下了？要是这样，我今后可得离你远点儿了。”

“人在做天在看，总之我没有做对不起自己的事儿，这个你放心。”

“那问题到底出在哪儿？总不能你平白无故就被停职吧？”

芮静大大地咬了口蛋糕，心中的那个疑惑又冒了出来，她半天不说一个字，时间就像是静止了一般。

“芮静，你老实告诉我，这件事儿是不是跟凌风有关？”

“没有，是我自己的事儿。”

“真的？算了吧，你从来不会撒谎。我就感觉你谈恋爱之后整个人都变了。以前你做事说一不二，坚守原则是在岗位上练出来的，现在变得犹犹豫豫，哪像一个工作快十年的人？你呀，有时候就是心太软，我跟你说，有的人就不该宠，特别是男人。我不是对凌风有意见，但这件事儿和金怀种业有关，别说你们领导，换作外人也会联想到凌风身上，你和他的关系太特殊了。”

“或许吧，我可能真的变了，不知道什么原因。你说这是不是缺乏安全感的老女人才会做出的退让？我怎么变得这么没骨气？”

苏慧听到这话，噌的一下站了起来：“芮静，真的是凌风干的？你怎么这么傻？为什么不跟领导说明情况？你跟我走，现在就上单位找你们领导。”

“你别拉我，苏慧，这件事儿怪我，跟凌风没有关系，是我自己不小心。”

“到这个时候了你还想着这男人？你倒是菩萨心肠，他呢？他要是算个男人，怎么不出来替你澄清？口口声声说爱你，到头来就是想利用你的工作之便办事儿，他太不是东西了！”

听苏慧说到这里，芮静也情不自禁地流下了眼泪。虽然没有证据，但这件事儿除了同一屋子里的人，还有谁会做？她之所以不愿承认，是因为接受不了这样的事实。她宁愿这是自己的一次粗心大意，也不想把问题抛给让她全心投入的爱情，因为那样会毁了她苦心建立起来的爱情圣殿，会毁了她对爱情和生活的希望。她知道自己的劣势，也具备心理压力，所以才会对此事避而不谈。

可现在苏慧逼着她把事情道了出来，情感一下子也崩塌了。

气急败坏的苏慧马上掏出电话联系刘君。

“刘君，你在哪儿？”

“单位呢，怎么了？”

苏慧挂掉电话，拉着芮静就要找刘君说理去。

芮静捂着嘴拼命地摇头，多么希望凌风在这个时候可以站出来说明一切，多么希望这些耻辱能够有人来替她抹平，然而凌风就像是一道风，消失得无影无踪，就像不知道她此时经历了什么似的，全然置她于不顾。

“你怎么这么没用，真是气死我了！”

苏慧带着杀气夺门而出，没有人比她更清楚被欺骗情感意味着什么。她从秦志杰的阴影里走出来，花了这么多年时间，从懦弱到坚强，错过了人生的重要时刻，错过了青春的美好。而这些经历再一次在她身边的人身上上演，她岂会坐视不理？！

刘君似乎预料到了苏慧的来意，为了不给公司带来影响，所以提前到单位门口等着她。苏慧可不是好惹的，见到刘君，上去就要动手。刘君赶快闪到一边，径直往后退。

“你疯了？”他调高音量道。

“凌风那王八蛋呢？叫他出来，今天我非修理他不可。”

“你这是哪儿来的火？凌风怎么你了？”

“刘君，别在这儿装得一无所知的样子。我问你，凌风是不是你安排到芮静身边的人？你可真有心机，一下子就有三个品种进了生产试验阶段，你这样做事情，不怕半夜鬼敲门吗？”

“你胡说什么？我安排什么了？我不明白你的意思。凌风就在育种基地，有事儿你自己去问他，别在我这里发疯。”

两人争吵的声音让二楼的崔小佳听到了，现在是淡季，她被从销售店调回了公司上班。她把手里的事儿交给同事后，赶紧下了楼。

“怎么还吵起来了？刘君，怎么回事儿？你一个大男人跟苏慧吵什么呀？”

苏慧瞪着眼，恨不得吃掉刘君。

“崔小佳，管管你的男人，有些事儿不要做得太过分。人可以追求名利，但君子爱财，取之有道，不要在背后伤及他人。”

“苏慧，发生了什么？你好好跟我说。”

“让他自己跟你说吧，教训他的事儿不归我管，但这件事儿调查清楚之后要是真跟你刘君有关，你看我怎么收拾你。”

苏慧一走，崔小佳就开始给刘君上思想课：“你当时在信里怎么跟我保证的？这就是你干事业的方式？这就是你给我的未来和承诺？”

“小佳，你别听风就是雨，凌风认识芮静是杜总安排的事儿，跟我有什么关系？简直莫名其妙。”

“那也是你的兵，你的兵出了事儿，你也有责任。”

崔小佳追了上去，见刘君顿在原地，回头骂了他一句：“愣着干吗？走哇！苏慧那脾气不得跟凌风撕打起来啊。”

苏慧先打车走的，两人来到试验地的时候，苏慧和凌风已经对上了。

“你可真不要脸哪，吃芮静的，用芮静的，到头来还出卖了她？你还是不是男人？是的话你现在跟我回去，当面向芮静道歉。”

“你是谁呀，凭什么上这儿说三道四？我不知道你在说什么，请你离开科研重地。”

“我呸，就你这儿还科研重地？你不知道你们单位是干什么出身的？流氓强盗出身，专门偷别人的、抢别人的，我说你怎么也贼眉鼠眼的，原来都是一锅老鼠屎，干净不了。”

“把你的手拿开，我不想跟女人动手。”

苏慧的手死死地掐着凌风的脖子，就像要取他的性命。

“别说得冠冕堂皇，你就是个小人，有什么是你不敢做的？我告诉你，你不但要道歉，还要赔偿芮静的精神损失。”

凌风把情绪控制下来，问道：“她现在怎么样了？还好吗？”

苏慧无奈而愤怒地看着凌风，回道：“你怎么这么没脸没皮？你不知道自己做了什么吗？从今往后不许再提她。”

“苏慧，你先把人放开，问题不能在地里解决。”崔小佳也看出了事情的严重性，赶紧上来劝架。

苏慧慢慢地放开凌风，转而对崔小佳说：“小佳，今天我苏慧把话放到这儿，如果哪天我查出事情跟刘君有关，别怪我不讲情面，你们金怀种业太欺负人了。”

其实苏慧到这儿来也就是单纯替芮静发泄情绪，怎么可能让凌风再见到芮静，恨不能让他离得远远的。但现在谁也没有证据，谩骂也许是唯一的处理方式，即便这样做对解决问题起不到任何作用。

“凌风，到底怎么回事儿？”苏慧一走，刘君便当着崔小佳的面，想要让凌风证明他的清白。

“还不是杜总，让我多和她接触接触，说是以后于院长不跟咱们合作了，咱们要有自己的内部关系。”

“什么？真的是你？这么说杜总让我带你见芮静也是故意安排的？”

凌风羞愧地点了点头，根本不敢看崔小佳。

“刘君，你们做的事儿太恶心了，我要辞职，这种地方我不能待。”

“小佳，你听我解释，这件事儿我真不知道，是杜总……”

崔小佳急匆匆地走掉了。刘君回头看了凌风一眼，指了指他：“你给我小心点儿。”然后刘君才去追崔小佳。

“小佳，请你相信我，我向你保证过的，出格的事儿我不会做，这件事儿真的不是我安排的。”

“刘君，咱们走吧，离开林海，这里的环境实在太恶劣了，咱们去一个相对公平的地方。”

“哪有绝对的公平？公平需要咱们努力创造。我答应你，等我做完想做的事儿就带你一起走。”

“刘君，这件事儿的风险太高了，搞不好会把你自己搭进去的。”

“那我也要去做，我这人从来不欠人东西，该还的情一定会还给别人。”

崔小佳和刘君到底有什么不得公开的秘密谁也不清楚，但不难看出，刘君的每个决定似乎都和这个秘密相关，也就让人能理解他在很多时候的不得已。

一周后，芮静的处理结果出来了。崔挽明知道芮静被降为科员的时候详细询问了苏慧。他料定了这件事情是金怀种业在搞鬼，至于刘君参没参与不好说。但对这样一个事实，崔挽明是很难接受的。芮静这个时候被谢正言以这种理由拿下来，可以说没有回旋的余地。关键在于芮静替凌风顶了锅，把整个金怀种业的暗箱操作扛在了自己肩上，实在让崔挽明难以接受。

四月份从三亚回来之后，崔挽明第一个找的就是她。两人见面的时候，芮静瘦了一大圈，那个干练得体的女人不见了，一下子从主任降为科员，心理压力就不用说了，光是楼上楼下的同事的眼光就够她受了。

所以她决定离开这个单位。

“芮静，我支持你。说实在的，谢正言迟早会出事儿，你早点儿离开不是坏事儿，这种人不管怎么伺候，他都不会记你的好。去市农科院吧，我有同学在那儿，以你的工作经历，你去那儿没有问题的。”作为朋友，崔挽明能做的事儿有限。

芮静微笑着摇了摇头：“不去了，这个行业我干够了，成天接触这领导那领导的，生活没滋没味。我不是在过日子，是在炼狱里挣扎。”

本来崔挽明想谈一谈凌风的，但考虑到芮静的感受，也就岔开了话题。

“有好的打算吗？”

“暂时没有。我想先回家待一段时间，这么多年没好好在父母身边待过了。”

崔挽明点了点头。他明白，对芮静来说，大好前途就这样被毁掉了。她还来不及跟谢正言谈品种审定改革的事儿，便中了圈套，直接被人从圈子里扔出去了。想到这儿，崔挽明感到无比寒心，他身边的人一个个倒下，从何峰到刘君，到曹海亮，再到芮静，没有一个幸免。

他突然想起了工作之初秦怀春对他讲的话，那时候秦怀春告诉他林海省的育种环境很复杂，让他一定要适应下来。现在一看，秦怀春的话是对的，而且这个环境中的恶劣行为从来就没有间断过。

凌风得知芮静离职之后，心情也受到了影响。他已经知道自己犯下了错，不但害芮静丢了工作，还夺走了她珍贵的女儿身。从某种意义上来说，他就是个诈骗分子，他的罪不可饶恕。当然，因为这次立功，三个品种进了生产试验阶段，杜德松单独奖励了他五万元。

但钱真正到手的时候，凌风才觉得这笔钱有多么烫手。一开始让凌风接触芮静确实是杜德松的安排，因为谢正言这个老狐狸不跟他们玩了，这种情况下想要审定品种，杜德松只能另想办法。不过杜德松的做法也激怒了刘君，虽然杜德松是公司的总经理，但刘君还是在公司高层会议上表达了自己的观点。

“杜总，你既然把我请到金怀，就应该对我有信心。你一方面把育种工作交给我，让我替公司做实事，一方面又安排人到省局做工作，这样的话我存在的意义是什么？金怀种业过去走的路现在还在走，我实在想不通。”

辛威作为金怀的销售总监，从来没在这种场合顶撞过总经理，见刘君如此冒犯杜德松，立马把话接了过来。

“刘君，你怎么跟总经理说话的？公司所有的运作都是为了发展考虑，我们确实要发展育种，但也要做到稳妥起见。”

“何为稳妥？就是走关系破坏规矩？”

“刘君，你少在这儿装清白，你跟于院长干育种的时候，不是照样这么干吗？现在你在这儿论清高，何必呢？大家都是明白人。这就是行规，不遵守规矩，那就什么也得不到。”

杜德松当然知道自己的底线在哪儿：“行了，都少说两句。刘君哪，谁抢占了资源，谁就获得了优先权，没有人会在乎失败者，大家只会把目光投向那些成功的人。在这个世界上，每天都会有无数人成功，也有无数人失败，试问平衡被打破了吗？并没有，在被打破的平衡上会很快建立起新的平衡。社会的愈合能力太强了，小心翼翼没有错，但时间不等人哪，对咱们商人来说就更是如此。”

刘君还想说什么，被辛威拉住了胳膊。会议结束后，两人才走到大楼后院的空地上展开理论。

刘君先去了一趟卫生间，出来的时候故意将手机揣进了上衣兜里。

“辛总监，杜总这么做迟早会出事儿的，咱们必须让公司回到正轨上来。”

“出什么事儿？你多想了。这几年我帮公司物色了不知多少好品种，哪一个不是从育种家手里买来的？这叫各取所需。为了杜总，我辛威可以说做了所有能做的事儿。杜总对我不薄，我不能忘恩负义。我儿子毕业的时候没工作，他一个电话就帮我解决了，我媳妇现在是你们北川大学后勤处的副主任，这都是杜总给办的。你说公司需要我的时候，我能不冲在前面吗？今年我去了趟医院，医生明确告诉我不能再喝酒，说我随时可能出事儿。我就不信，我这个人命大，年轻的时候脖子开过刀都没死，所以说有酒不喝那就是犯罪，我求什么？杜总的钱我随便花，给我奖金我都不要，我早就想明白了，该吃吃、该喝喝，人就那么回事儿，浑浑噩噩一辈子就过去了。但我跟你说，我辛威这几年在林海省销售界打下的名声足够我吹一辈子，在这片土地上，我谁都不服。有人说我用手段，用手段怎么了？

我把业绩搞上去了，公司盈利了。”

刘君半天没回话，他清楚企业文化对一个人的成长影响有多大，这不是辛威的本意，这是他长期在金怀种业养成的惯性思维。

“不说这个了，方旭那边的情况怎么样？他在林海做的优质米销售情况还好吧？”

“唉，别提了，你的那个老同学呀，真是动作快，在天源县跟平和县搞了两个合作社，专门推他的优质米和特种稻。那几年我们在搞‘林育稻1号’的时候，他就开始运作这方面的市场，现在搞得不错。”

“‘林育稻1号’好歹也是国家一级米，凭金怀的销售能力还能有办不好的事儿？”

“今非昔比了，现在全省种业的信心都在下滑，崔挽明比我们早两年开拓市场，虽然动静不大，但他这个人在林海省也算得上是个人物，做了不少轰动业界的事儿。现在呀，只要老百姓拥护，很多事儿都好办了。”

“总得想办法把坎迈过去呀。”

辛威发觉今天刘君对销售的事儿关心得过多，顿时起了疑心：“再说吧，我还有点儿事儿，先去忙了，改天再聊。”

四月底，天源县和平和县的最后一批优质米已经包装并统一运到老郭的合作社，准备五一假期之后便走铁路运输发货。廖常杰那边已经催了好几次，市场价在一个月之内调高了三毛，崔挽明不得不抓紧时间。

起伏不定的温度让出行的人不知该怎么穿衣了。天源县的百姓菜馆里传来崔挽明一行人举酒杯碰撞的声音，就像是为庆功而放的鞭炮声。崔挽明掏出手机看了看天气预报，未来一周都是晴天，可以说是运大米的最佳时机，一高兴就多喝了几杯。

第二天中午一过，大挂车便装上了一盒盒包装精美的大米，货车司机加满油箱，拿着崔挽明买的香烟和水果，踏上了去往凤凰城火车站的路。此时已是下午四点多，太阳已经西斜。

三个小时后，天开始变暗，本来晚上行车就危险，加上拉了那么多货物，就更应该小心驾驶。大货车选择这个时间段出来，就是怕凤凰城的交警突击检查，所以赶在晚上到达车站，恰好能避开交警执勤的时间段。

但谁料到二十分钟后，在一个急转弯背后，十多个身穿制服的交警突然出现在那儿。大货车听从安排，将车靠边停下接受检查，司机们也都下来配合交警。跟着前来押车的是董安平，所以他得去跟交警沟通具体事宜。

“拉的什么？”交警大哥拿着手电筒照了照车厢。

“大米，往省城送的，明天上火车直接发广州、深圳。”

“大米？什么大米？”

董安平不知他什么意思：“就是我们合作社做的优质米。”

“打开车检查。”

董安平赶紧招呼司机配合行事，十辆大货车拉了快两百吨的货，董安平让司机打开了其中三辆车配合检查。

“全部打开，听不见吗？”交警大哥显然要对他们搞事情，不给他们留余地。

“同志，您看我们确实是合作社送大米的，没有问题的。”

“什么没有问题？不全部打开，我们怎么查？”

董安平没有办法，只得服从。当把所有的车厢门和顶棚打开之后，他又被要求就地卸货。董安平有些不高兴了，按理说打开车厢看一眼就行，怎么还要卸货呢？这大半夜的怎么卸？对方分明是欺负人嘛。

“交警同志，不能卸货呀，我们好几十个人装了一下午，你让我们怎么卸？”

“不听话是不是？信不信揍你？”

董安平一听这话感觉有些不对劲。他也见过交警执法，没像他们这样不讲道理的。他以为拿两箱大米给他们就能解决问题，谁知道大米刚递过去就被交警直接摔在了地上。

“兄弟们，给我上车卸货。”

说话间，十来个“交警”便猴子上树般蹿到了车上。他们哪是卸货，分明是将货往下砸。

董安平一看这情况顿时急眼了：“你们这是违规执法，不能这样啊！我们合理运输，没有违反交通法规，你们凭什么这样？都给我住手！”

带头的“交警”走过来，二话不说一棍子打到董安平的后背上，让他差点儿一口气没上来。

“让你再回嘴。”

大货车司机一把将董安平抓过来，意识到很可能遇上了黑社会，想报警，但手机已被他们搜刮走了。这地方黑灯瞎火的，虽然对方人数跟他们差不了几个，但董安平不能指望司机跟他同仇敌忾，每个人都懂得安全的重要性。这个时候，以静才能制动，否则他很容易引火上身。

从边上路过的车辆上的人都会好奇地探头看看，但看清状况后都加足马力开车走了，没有一个人敢停车看热闹。

看着这么多大米被“交警”掀到地上，董安平急成了热锅上的蚂蚁。他不知道该如何跟合作社的老百姓交代，万一货毁了，他可成千古罪人了。

他就这样苦苦地看着，远处的山脚闪着星星点点的灯光，空气中开始生起一丝凉意。大家紧了紧外套，都背对着风向，望着天，望着人。

突然，不远处跳出一道光亮十足的闪电，就像一张巨人的脸，直击人心。那闪电的光照射在“交警”们的脸上，他们一个个脸色煞白煞白的，就像一只只厉鬼，上蹿下跳。随即闪电带来了一团厚重的云，就像从地心给拉扯出来的一样，有力而迅速。

“不是说晴天嘛，怎么说变就变，可千万不能下雨。”

尽管董安平在祈祷，但老天爷已经为这些可怜的大米伤心坏了，咆哮着，想要将这群可恶的人驱赶走，不知人间疾苦地带来了密集的大雨。

这场雨是从凤凰城的方向飘过来的，像是不欢迎车队的驶入。“交警”们骑着摩托车飞快地逃窜了，让一箱箱大米在地上迎接大雨的浇淋。董安平和司机们的眼睛都快掉出来了，这得赔多少钱哪？！他们飞快地补救着，将棚顶的雨布架上，然后开始一箱一箱地往车上扔米。但一切都太晚了，雨太大了，地上的纸盒子再精美也受不了雨水的冲击，很快便都湿透了。

董安平瘫坐在地上大吼了一声，这是他从业以来遇到过的最棘手和最无助的事儿。他的手机进了水，整个人都湿透了。他躲在驾驶室里，像一个失去家园的孩子，鼓足勇气给崔挽明打了电话，然后抱头痛哭。

崔挽明听到这个消息时，简直如遭五雷轰顶。他马上联系林潇潇到凤凰城的高速出口处拦截这伙假扮交警的凶徒，自己则开车赶往事发现场。

雨越下越大，很快就和崔挽明碰上了面。他看不清前面的路，雨滴织成了雨雾，让他寸步难行，整个世界就像对他拉上了一道半透明的门帘，他只能摸索着往前去。

焦虑、不安、气愤，所有的坏情绪汇集到一起，仿佛要将他吞灭。这不是灭顶之灾，但足以让他元气大伤。这次事故带给他的不仅是金钱的损失，还有对整个行业的信心的缺失。

崔挽明还没赶到现场，事情便已经在凤凰城传开了。秦怀春一个人坐在客厅阳台上，望着远方交织的闪电，听着噼里啪啦的雨声，心情极为沉重。秦志杰回来之后，秦怀春基本就没怎么见过孙子秦勉，虽然现在秦怀春衣食无忧，但有种从未有过的忧伤和孤独感。

也许是爷孙俩心心相连，也许是雨声和雷声太大，秦勉在苏玉的房间里突然惊醒，扯着嗓子大叫起来。一个闪电映在窗户上，那光亮照在苏玉的脸上，秦勉看见那张脸动了动，并朝他笑了笑。

苏玉在这电闪雷鸣的夜里，在这让崔挽明哭泣的夜里，醒来了。

秦勉被吓到了，想大声叫出来，但怎么都叫不出来。他想从床上跳下去，到隔壁房间找秦志杰，却被苏玉一把抓住了脚掌。她不知道为什么要去抓秦勉。她已经足足昏睡了五年，根本不可能知道秦勉的存在，但她感受得到孩子的眼睛里那不同寻常的温情。不过这丝温情被苏玉惊恐麻木的脸颊吓没了，秦勉紧紧地闭上眼睛，用双手捂住耳朵，不敢看也不敢听。

苏玉把眼睛闭上，艰难地翻了个身。面对身边的孩子，她竟有种莫名的触动，那张纯真的脸蛋印到了她的心上，一种无形的引力拉着他们向同一个地方走去。

第二天，崔挽明的大米被劫案正式在市公安局立案，林潇潇在高速路出口处等了一夜都没等到结果，看来对方早就做好了准备。

苏玉的突然清醒让妹妹苏慧长达五年的等待终于有了结果，除了崔挽明，所有人都赶过来看她。

大家齐聚一堂，站在苏玉的床边。因为长时间不运动导致身体肌肉萎缩，所以苏玉还不能站起来行动。

她微笑着，还像五年前那样年轻，再看看她原来的朋友，一个个都被生活磨得伤痕累累。大家问她话，她什么都不说，除了微笑没有别的表情。

“志杰，我看苏玉的情况不太正常，她好像不认识我们了。”崔小佳发现了这个问题。

事实证明，苏玉确实处在失忆状态，但对每一个关心她的人来说，她能够醒过来已经是最大的安慰了。

秦怀春以前的老同事听闻苏玉醒来的消息之后，都给秦怀春打电话祝贺。

“爸，你应该过来看看苏玉，她醒了，这是好事儿。”秦志杰高兴之余，想着告诉秦怀春一声。

秦怀春坐在床边，看着外面的太阳，就像看到了暮年中的自己。他举着手机，半天才回道：“我收拾收拾就去。”

秦怀春从家里出来的时候，身体里的力气仿佛被抽空了一般，他的脚不受控制，每踏出去一步都像踩着空气，借不着力道。这种不踏实感折磨着他，他磨蹭着到超市买了点儿水果，又上理发店剪了个精精神神的头发，望着理发店镜子里的自己，感觉那张脸透着扭曲的迹象。

他勉强笑了笑，拎着东西出了理发店。本以为收拾好自己就能精神焕发，但秦怀春依旧找不到当年的那种精气神。他看着四周流动的人群，感觉每个人都盯着他，他们的眼睛好像会说话，笑着的、哭着的、冷酷的、热情的，将他紧紧包裹住。

突然他兜里的手机响了，将他从周围的压力中解救出来。他看了看来电显示，不情愿地接起来。

电话两头的人谁也不愿先开口，都等着对方的态度。秦怀春持手机的手有些发抖，他的嘴唇像两只停泊在死水中的木筏，安静得可怕。

十多秒钟的沉寂之后，秦怀春挂掉了电话。谁也没说话，但电话两头的人都知道对方心里想说什么。

自从接了这个电话后，秦怀春便开始浑身冒汗，走了一百来米就喘个不停。他想蹲下来，又想继续往前走，矛盾得不知该如何是好，最终蹲了下来。他的每一次呼吸声音都是那么清楚，他的耳膜只接收来自他的声音，他已经感受到来自他内心深处的那股猛烈的震动。随着脑海里不断闪现的记忆片段，秦怀春一下子难以承受，扑通栽倒在地。

秦志杰这边还陪着苏玉，那边医院就把电话打过来了。

“你去吧，秦老师要紧。”苏慧对秦志杰说这话的时候显然是带着情绪的。她对秦怀春一直就有成见，现在就更不用说了，林潇潇调查出的一系列事实证明秦怀春和苏玉的患病肯定有着千丝万缕的关系。

秦志杰把手放在苏玉的手上，想要安慰她一下，但苏玉下意识地将手缩了回去，随即把脸转到了另一边。

“秦志杰，医生说苏玉的记忆还没恢复，请你控制好自己。”崔小佳在一旁提醒道。

苏慧本想将苏玉生病期间秦志杰的表现通通讲给苏玉听，也一度想要在苏玉醒来后带她远离秦志杰，但此时此刻，苏慧发现自己无权干涉这些事儿。不管怎么说，那是苏玉自己的选择，在苏玉的记忆恢复之前，苏慧觉得还是把事情压下来的好，不想让苏玉处在压力和负担中，这样不利于苏玉康复。

秦志杰站在医院的病床边上，秦怀春还没清醒过来。医生嘱咐秦志杰，千万别再刺激老人，别再给他任何精神压力，秦怀春因长期患有高血压，现在已经出现很多并发症。

秦志杰望着病床上这张暮气沉沉的脸，上面的每一道刻痕都清晰可见。他细细地打量着，揣摩着自己的父亲。他仿佛看到了一只沉睡的野兽，也仿佛看到了一棵将死的枯木。他不好评判自己的父亲，但也无法放下内心对父亲的成见。

秦志杰留学回来之后，本来是想到省外发展的，但秦怀春还是将他死死地留在了北川大学。考虑到苏玉的身体状况，秦志杰这次没有再顽抗到底。

只是一想到自己的人生一次次被安排、被决定，秦志杰的内心便又陷入崩溃状态。更何况他跟秦怀春之间还有着一个彼此心照不宣却又不愿谈及的秘密，这个秘密让他在无数个夜晚惊醒过来，让他忍受着巨大的痛苦和折磨，但他还是做出了选择，因为清楚不管怎么选，对他而言都将是痛苦的折磨。

此刻他恨不能伸出手将秦怀春掐死在床上，以此来结束他不可选择的失败人生。但他不能，也不敢，每个人都觉得他变了，但只有他自己清楚，在秦怀春面前，他还是他。

医生让家属留下来照顾秦怀春，但秦志杰不想留在这里，也没时间留在这里。北川大学的工作刚刚开始，苏玉也需要人陪，儿子秦勉马上就要上小学，所有的事儿都赶到一个点上，恨不能将秦志杰活活挤死。

秦志杰放下从家里带来的换洗衣物和生活用品，掏出电话联系了被他撵走的楚一茹。

楚一茹虽然已经在家乡开了个杂货店，但一听说秦怀春生病住院需要人照料，想都没想就答应了。不管怎么说，她和秦怀春认识那么多年，尽管只是雇佣关系，但秦怀春对她的关照非同寻常。

崔挽明还在配合林潇潇做案件调查的梳理工作，监控录像显示，冒牌交警暴力卸货后，在距离案发地点八公里的地方下了高速，之后就各自分散，不知去向。警方初步怀疑是地方黑势力搞的破坏，但具体动机尚不清楚。

案件停在这儿，崔挽明只好先去看望苏玉。苏玉的清醒对崔挽明和林潇潇一直关注的事儿意义重大，秦怀春到底和她的突发事故有没有关联，一问便知。但偏偏苏玉没有了记忆，这让崔挽明刚生出的信心一下子又没了。

他和林潇潇一起来到苏玉家中，正好秦志杰上班不在家，所以想说什么话也就不用受限。

“苏玉，你还认识我吗？”

“你们都是秦志杰的朋友吧？真是不好意思，我的这个情况，给你们添麻烦了。我行动不便，你们自己找凳子坐吧。”

“我叫崔挽明，和志杰是大学同学，我们的关系一直很好。还有苏慧，也是我的同学。”

“你就是崔挽明？今天我看了报纸，说是你的大米让人抢劫了，找到元凶了吗？”

“还没有，谢谢你关注这事儿。对了，你怎么样？现在腿脚活动还好吧？”

“这两天志杰下班后就带我出去转转，可以站几秒钟，但还是走不了路。”

“这是个好现象，有进步就行，过不了多久你肯定能下床。”

苏玉微笑着说：“谢谢。”

她又看了看林潇潇：“这位是？”

“噢，这是林潇潇，我的一个朋友，在市公安局刑侦处工作，是个优秀的女刑警。”

“你好，苏玉姐，我听他们说起过你的遭遇，你太伟大了，在那种情况下还把秦勉生了出来，真不容易。”

“你们都这么说，我就接受你们的赞美吧，反正我什么也记不得。”

“没关系的，苏玉姐，不管怎么说，你有个很负责任的公公。秦怀春老师在你生病期间给你那么好的护理条件，你能够醒来呀，跟他的付出分不开。”

苏玉笑出声来，眼睛里噙着几点泪花：“是吗？他们都不跟我说这事儿。听说他住院了，正好你们来看我，要不你们带我去医院看看？我让秦志杰带我去，他就是不肯。”

林潇潇看了看崔挽明，想知道他的意思。崔挽明洞察到林潇潇的意图，叹了口气：“唉，志杰就是太忙了，那我们就带你过去，顺便出去散散心。”

“真是谢谢了。”

林潇潇让崔挽明先出去候着，帮苏玉穿好衣服后，三人才下了楼。一路上林潇潇指着路边的建筑挨个儿给苏玉介绍，尽量给她的大脑多提供一些信息。

到医院后，崔挽明推着轮椅上了住院部。当他们走到秦怀春的病房外面的时候，楚一茹突然从侧面的楼道里走过来，手里托着替秦怀春洗好的水果。她看见苏玉，下巴都快掉下来，大叫了一声“苏玉”。

三人的注意力都被吸引过去，当林潇潇看见楚一茹的时候，心里一下子紧张起来。她对崔挽明说：“她怎么会在这儿？不是在老家卖杂货吗？”

崔挽明没回答林潇潇，而是看着苏玉的表情。苏玉还是微笑着，像对待每一个来看望她的友人那样。

“她是？”苏玉问崔挽明。

楚一茹小跑过来道：“苏玉，你不记得我了？你昏迷的那几年一直都是我在照顾你，没想到你真的醒了，真是太好了，终于等到这一天了。”楚一茹稍显激动，没有人比她更了解苏玉的状况。在过去的这几年中，她每天都陪在苏玉身边，负责苏玉的卫生和饮食事宜。对她来说，苏玉与其说是一个病人，不如说是她的孩子，每一分照顾都包含着情感在里头。

看到这样的场景，崔挽明和林潇潇忍不住有些酸楚，这种酸楚既是对苏玉悲惨经历的怜悯，也是对楚一茹重情重义的感动。但接下来要发生的事儿，恐怕就不能用酸楚来总结了，不管怎样，林潇潇和崔挽明都做好了准备。

苏玉眨了眨眼，让楚一茹走过来，握住楚一茹的手不停地抚摸着。

“谢谢你，大姐，真的谢谢！”苏玉永远都对帮助过她的人道谢，永远都报以微笑。

林潇潇一把将楚一茹拉到旁边，小声地问道：“楚大姐，你不是在家乡吗？什么时候又来凤凰城了？”

“这不是秦先生病了嘛，他的儿子打电话叫我来帮忙照顾几天。你说我也是个重感情的人，不来吧不好，来了吧，我家里那头又——”

“好了、好了，秦先生醒了吗？”

“早上刚醒。”

“好，那我问你，上次我交代你的事儿，你没搞砸吧？”

“什么事儿啊？”楚一茹就像一根木头，脑子里很少会把别人的事儿放进去。

“你说秦先生监控苏玉，我让你保密，忘了？”

楚一茹这才想起，突然捂住嘴，瞪大眼睛道：“哎呀、哎呀，幸好你提醒我，秦先生今天还问我在家怎么样呢，不过我没告诉他。再说了，我把他的秘密告诉了你，他肯定会责备我，我可不想让他知道我在后面打小报告。你们也来看秦先生？”

林潇潇转过来给了崔挽明一个肯定的眼神，崔挽明的情绪这才舒缓下来。如果让秦怀春知道他们在查他，到时会出现什么状况就说不准了，为了安全起见，每一步他们都要格外小心。

“苏玉，前面就是秦先生的病房，你准备好了吗？”林潇潇问道。

苏玉保持微笑，眼睛里闪出一丝细微的阴郁之色，她点了点头。

秦怀春躺在床上，戴着他的老花镜。他已经能看看报纸、读读书了，只是不能长时间劳累，还是要多休息。他刚吃完中午饭，这不，楚一茹赶紧给他准备水果。

崔挽明推门进来的时候，秦怀春还盯着报纸。他应该感觉到有人进来了，可就是不把头转过来，好像在刻意回避着什么。直到崔挽明叫了他一声老师，他才放下报纸。

秦怀春的目光定格在苏玉身上的时候，他就像被速冻了一样，僵在了那里。林潇潇观察着秦怀春这一细微的表情变化，心里有了一番猜想。

“爸，谢谢你的照顾，我给秦家添麻烦了。”苏玉的轮椅离秦怀春只有一米的距离，她就那样坐着说出这句话来，就像一枚炮弹直击秦怀春的内心深处。

秦怀春的嘴半天才动了一下：“醒了就好，醒了就好。”

他的目光在苏玉身上停留了三五秒便迅速移开。楚一茹赶紧把纸巾递给秦怀春：“秦先生这几天总是莫名其妙地流眼泪，我问他他也不说原因。你们好好跟他聊聊，别让他有那么大压力。”

苏玉的眼睛一直盯着秦怀春的泪眼，她的笑容渐渐黯淡下来，就像融进了秦怀春的泪水中。她的脸上有了一丝冰冷的气息，整个人看上去像是一个胸有成竹的谋略家。

“走吧，咱们出去走走。”苏玉用手掐了一下林潇潇，示意她不想留在此地。

“你们先到楼下吧，我陪老师聊聊。”崔挽明道。

林潇潇虽然不清楚苏玉和秦怀春之间到底发生了什么事情，但明白苏玉看秦怀春的眼神充斥着恨和痛，对秦怀春说出的每个字都像是裹挟怨气的利剑，从胸膛中有力地挥出来。

秦怀春擦了擦眼睛，重新把眼镜戴上。

“老天有眼哪，我的这个儿媳妇可是遭了大罪。”

“是呀，好在志杰回来了，也能多照顾照顾她。”

“挽明，我问你，在你心中老师是个不称职的父亲吧？”

“没有，老师，你一直都是我的榜样。”

“你就别在我面前说假话了，我知道你们在背后怎么看我。不过那都过去了，现在志杰跟苏玉搬出去住，秦勉我也不常看到了。志杰对我的成见很深，我想啊，志杰是在报复我。”

“老师，你多想了，好好养病。师母在世的时候你作风硬派，看看这几年，你整个人的精神面貌都变了。你要调整好心态，师母要是在的话，也不想看到你这样。”

“每个人都要经历这些离别，我同样没有选择。怎么样，你和金怀种业还斗气呢？我看了报纸，你的大米让人给劫了，有没有眉目？”

“不清楚对方的来路，对方的意图就是搞破坏，我暂时猜不出是谁干的。”

“你不是立案调查了吗？警方早晚会给你交代的。我记得我提醒过你，不要过于锋芒毕露。你呢，在我的学生里头是最有主见的，人家不收拾你收拾谁？所以呀，有的事儿当停则停。你现在带动的两家合作社的经营模式就很好，想办法拿到省里做全省的推广示范，对我省的粮食产业的创新发展很有意义。不要总把矛头对准金怀种业，至于于向知，你就更没必要再与他为敌了，自己干自己的事儿，井水不犯河水，不是挺好的吗？”

“老师，我毕业的时候你可不是这么跟我说的。我记得你常常强调的是原则和事业心，我不敢丢了原则呀。你也看到了，‘林育稻1号’把刘君害成什么样了，于向知为什么把它卖给金怀种业？就是因为他害怕了。所以有损百姓利益的事儿，我是一件都不敢做。粮食是老百姓种出来的，养民才能粮丰。”

“好哇，你有自己的原则是好事儿。刘君可惜了，听说他在金怀干得也不痛快，你们兄弟之间应该放下成见，没有过不去的坎，以后还有很长的路要走。”

“不说这些事儿了，老师，过段时间就是师母的忌日，我们这届学生呢也都回来了。我想组织一次扫墓，所以来征求你的意见。”

“不用、不用，你知道我不讲究这些，凡事简单就行。”

“老师呀，其实当年对师母的病故，我们作为学生一直很惭愧。那时候我们手里没钱，你也一生清贫，否则的话，她老人家跟我们在一起的日子兴许能多些。我们从来没问过你那时候你是怎么扛过来的，化疗费用那么高，你肯定承受了太多痛苦。”

秦怀春扶了扶眼镜，嘴角一抿，安静地笑了笑，什么也没多说。

“行了，你带苏玉回去吧，希望她尽快恢复记忆。我这里不需要人，有楚一茹就行了。”

突然被秦怀春撵了出来，崔挽明没觉得有什么意外。当他提到化疗费的时候，秦怀春显然露怯了，否则不可能马上将他支走。

三人在楼下会合后，一起朝医院大门走去。不巧的是秦志杰居然也来了，他牵着儿子秦勉的手，看见苏玉和崔挽明他们在一起的时候，脸色一下子就变了。

崔挽明刚要跟秦志杰打招呼，秦志杰便不耐烦地对苏玉说道：“不是让你在家好好待着吗，怎么还跟他们出来了？”

“他们是你的朋友，我想让他们带我看看咱爸。”

“没什么好看的，过几天他就能出院。跟我回家。”

秦志杰一把夺过苏玉的轮椅，不客气地对崔挽明说道：“苏玉还在康复期，还是少出来活动的好。”

秦勉躲在秦志杰的背后，不敢看苏玉，像是在害怕什么。

崔挽明将苏玉交给秦志杰，和林潇潇漫步在医院的林荫道上。

经过这次简单的探病，两人可以说是收获颇丰。

“注意到了吗？你第一次在苏玉面前提秦怀春的时候，她的表情就有些不对劲；刚才在病房里的时候，秦怀春看苏玉的表情也很不寻常。”

“没错。我倒是没怀疑他们之间存在某种关联，我想说的是，苏玉既然失忆了，为什么还会对秦怀春产生情绪反应？除非……”林潇潇若有所思。

“除非她记得秦怀春？”

“不是记得他，我感觉苏玉的记忆很可能没有缺失。”

“什么？你是说她有意隐瞒自己的病情？”

“不清楚，但除了这个，我找不到更好的理由。还有你看见秦勉看苏玉的眼神了吗？他为什么这么怕他的妈妈？是因为没有感情基础吗？恐怕不是的。”

猜测归猜测，但所获得的信息已经足够他们解析秦怀春这个人了。现在崔挽明关注的不是这个，平和县和天源县的那批大米现在成了泡影，这么大的一笔损失该怎么来弥补？加上这次打劫事件的发生，大挂车司机再也不敢帮崔挽明拉货了。

所有的不利形势都聚焦在崔挽明身上，这次他真的没有办法了。虽然他一度将怀疑对象定为金怀种业，但在没有半点儿证据的前提下，这样的假设只能是空谈，没有任何意义。

好在之前销售了不少大米，扣除这批货的损失费，崔挽明今年等于白玩了。他不可能让合作社承受损失，合作社是老百姓一起创建起来的，凡事都要以集体利益为重，才能保持长效持久的发展。

秦怀春出院后，又把楚一茹派到了苏玉身边，让楚一茹继续照顾苏玉的起居。同时他去秦志杰家的次数也增多了，而且每次去都赶在秦志杰不在家的时候。他拿着水果，看一眼苏玉，跟她说几句话就走，没有人知道他想干什么，似乎几天不来看看苏玉，他的心就静不下来似的。

楚一茹拿着秦怀春的钱，这一次并没有出卖秦怀春，他到家里来的事儿，她一次都没告诉秦志杰，而且这件事儿苏玉也从来不说。所以这段时间，秦志杰可以好好地将自己的工作安排开来。

回到北川大学的秦志杰马上将分子育种的新思想引了进来。虽然也从事水稻方面的研究，但他刻意跟尹振功保持着一定的距离。他清楚像他这个岁数才开始科研之路，其实有些晚了，这种情况下只能是快马加鞭地往前冲，否则根本赶不上学校的职称评定。既要出论文，也要出品种，好在他借着海归身份留在北川大学，直接拿到了副教授头衔，也能带研究生了。

水稻学科团队本来就缺兵少将，秦志杰回来又另起炉灶干起了自己的事业，这和尹振功之前的预想不太一样。本来他对秦志杰这个人是有抵触情绪的，在他的印象中，秦志杰还是多年前那个放荡不羁的年轻人，丝毫没有做学术的心态和精气神。这样的人留在团队里，尹振功很担忧团队今后的发展。秦志杰提出自己单干之后，尹振功就没多说什么了，但是在分子育种是否可取的讨论会上，两人当着全院科研人员的面起了争执。

本来这个讨论会是学院请秦志杰做专题报告，重点讲他在海外的学习经历，可尹振功对其中的一些观点提出了质疑。

“秦老师，你说的这些，从学术的角度来说都是可行的，但缺乏严谨性。要想通过分子手段定向改良品种特性不是不能完成，但我想你是不是夸大了分子育种在实践指导中的作用？”

“是吗？不会呀，这个技术在国外已经很成熟了，咱们拿回来用绝对没问题的。”

“未必，我已经做了很多年分子育种的研究，一开始我跟你的想法差不多，但通过改良的东西只要一种在地里，还是会发生其他性状的改变，还是要通过自然选择和人工选择的步骤才能发现优异株系，说到底，分子育种又回到了传统育种上面。既然这样，为什么要投入那么多的财力、物力去研究一个可能性不大的东西呢？”

“尹老师，我想是你的方法过时了吧？请不要把你理解的东西放在我这边。我敢保证，我的技术是目前全世界最先进的，不会出现你说的情况。”

“你的意思是，通过分子改良就能直接获得优异品种？”

“没错，直接从基因层面改良。随着水稻基因组的解密，很多基因可以直接拿来用的。”

“用倒是可以，但多数人没考虑自然变异，改良后品种也会变异，不经过自然选择，如何判断遗传稳定性？所以说你的这个东西恐怕还要想想。”

“那咱们都保留自己的意见吧，科研嘛，没有假设就没有创新，我不否认你，你也别干涉我。”

秦志杰的态度十分强硬，他不可能在这种会议上向尹振功低头，否则他这个海归的面子往哪儿放？下面坐着的可全是院里的科研专家，这个脸他丢不起。

回家之后，秦志杰的情绪还没恢复过来。苏玉一个人在屋里看书，秦勉在他的屋里关着门，始终躲着苏玉。

“你跟孩子多沟通沟通，这样下去不是办法，你们需要建立起感情基础。”

苏玉一听，将手上的书合上：“我行动不便，他也不来找我，我没办法跟他很好地沟通。”

“那也不能一直这样下去，你是他妈，好好想想办法。”

秦志杰突然提高音量对苏玉吼了出来，可刚吼完他就后悔了，赶快过去道歉：“对不起、对不起，我不该吼你，是我自己的事儿。”

苏玉又打开书，微笑着说道：“没事儿。”

她的安静让秦志杰很不放心，就算是失忆，面对别人的正面攻击，最起码应该有情绪上的回击，但苏玉一点儿情绪都没有。

秦志杰洗完澡，把秦勉拉到苏玉的屋子里：“这是你妈，怕什么？”

秦勉看了苏玉一眼，又退了回来。秦志杰顾不上这些，上厨房做完饭，端到苏玉的身边，又帮秦勉盛了一大碗米饭，自己则收拾收拾准备出门。

“你去哪儿？”苏玉问道。

“上爸那儿，过段时间要帮妈扫墓，有些事儿需要商量一下。”

苏玉没有回应，端起了饭碗。等秦志杰一走，苏玉便从床头摸出一个玩具木偶递给秦勉。这是秦勉一直念叨的东西，秦志杰一直没时间给他买，苏玉只好联系苏慧偷偷把东西带过来。

秦勉看着苏玉手里的玩具，手指伸了出来，但又不敢去拿。

“你真的是我的妈妈？”

“你说呢？我当然是啦。那天晚上是不是吓到你了？妈妈向你道歉，好不好？”

秦勉的确被那个雷雨交加的夜晚吓到了，苏玉苍白的脸就那样映入了他小小的眼帘里，从而在他内心建立起了难以挥去的恐惧感。苏玉也一直在找机会跟孩子沟通，但绝不会在秦志杰的面前做这些事儿。

秦勉接过玩具之后，终于在苏玉面前露出了微笑，这便是一个孩子的童心。苏玉拿出手机，拨通了苏慧的电话。

“你在哪儿？”

“在家呢，怎么了姐？”

“秦志杰去找秦怀春了，我要你跟过去确认一下。”

“跟踪他干什么？姐，是不是他欺负你了？”

“你照做就行，记住，不要打草惊蛇。”

苏玉知道以她现在的身体状况，什么事儿都做不了，只能让苏慧替她跑腿办事儿。

秦志杰当然没有去找秦怀春，而是到了会展中心的地下咖啡店，等待他的不是别人，正是沉寂了许久的于向知。

于向知站起来和秦志杰握了握手，招呼服务员点了咖啡。

“怎么样志杰，回国还习惯吧？”

“习惯倒是习惯，就是这学术氛围呀，很不乐观。”

“哈哈，是吧？不要紧，做学术嘛，重要的是有经费支持，有了经费就不愁想法和做法，完全可以购买嘛。你也知道，你父亲是我的老领导，今天叫你出来呢，也是他老人家的意思。我们省农科院最近从国家那里要了点儿转基因专项课题，正在建子课题团队呢，想让你参与进来。”

“是他？他让你来的？”

“志杰呀，别总是一副苦大仇深的表情，你父亲对你要求严格是事实，但关键的时候他也想着你呀。就说这次你留在北川大学，要不是他——”

“别说了，我清楚，说课题吧。”

于向知脖子往后一仰，松了口气。既然秦志杰肯放下态度，那事情就好办多了。

“趁年轻，你多做点儿科研项目，最起码像你爸爸那样做个教授嘛，秦家不能后继无人不是？”

“谈何容易呀，科研不是那么容易做的。”

于向知摆了摆食指，笑道：“这你就不懂了吧？这几年国内各行各业在飞速发展，我刚才不是跟你说了嘛，只要你有经费，什么样的科研都能搞，就看你想不想。”

“哦？怎么搞？”

于向知掏出手机：“我给你推荐个人，你联系一下他，就说是我介绍的，回头我约他出来，你们聊聊。”

秦志杰凑过去看了看联系人列表：“薛为民？这个名字我好像有点儿印象。”

“有印象吧？他以前是创世生物的技术总监，常年跟尹振功合作。前年他自己跳出来创业搞了一家生物公司，内部消息呀，从课题设计到发表论文，他们可以全包。”

“全包？”

“别奇怪，有钱能使鬼推磨，有需求的地方就有市场。怎么样，了解一下？”

“先看看项目资金怎么预算吧，到时候再聊。”

秦志杰把话说到这种层面，于向知当然明白他的意思，也就不再多说。不过虽说是看秦怀春的面子，但于向知从来不做赔本买卖，故试探性地想挑战秦志杰的底线。

“不过志杰呀，为了安全起见，苏玉这边你要盯着点儿，万一她——”

“住嘴！”

秦志杰的火一下子就起来了，从他回国后这件事儿他一直压在心里不去提及，在秦怀春那里就更是一句不提。因为他清楚，这个秘密搁在他心里这么多年是何等痛苦。自从当年他在苏玉病倒的出租屋内发现了那盘录音卡带并做下决定，就意味着他将永远失去做好人的机会。他将卡带和信件匿名邮寄给秦怀春的时候，苏玉承受的是不公、背叛和极度的伤害。没有人告诉他该怎么去选，他也不能让任何人知道这个秘密。因为那时候母亲刚刚去世，他不能再将父亲送出去，只能选择离开，将苏玉置于不闻不问的境地。

现在于向知想要拿此事做文章，对秦志杰来说无疑又是致命的一刀。秦志杰虽然丧失了底线和做人的原则，但绝不同意被无限制地利用。

“不要再提起这件事儿，你让我觉得恶心。想想当年你和他干的龌龊事儿，足够你们死上千百回了，你要想好好活着，最好把嘴闭上。”

秦志杰抓住于向知的软肋，一点儿面子都不给。

“没问题，你高兴就行。我就是提醒你一下，怕苏玉哪天想起点儿什么来，这样你爸和我还有你，咱们谁也跑不了。”

秦志杰没有再接话，起身离开了咖啡店。他从一开始对秦怀春的排斥和反感到现在的顺从和无所谓，已经将他的人生推向了另外一种可能。他知道这件事儿的结局早在当年他包庇秦怀春的时候就已经定了下来，现在想回头已经晚了。

第二十章

全面反扑

苏慧并没有等到秦志杰。给苏玉回电话的时候，苏玉已经关机，因为她已经知道结果，不需要再开机等信。

而崔挽明这边大米被劫的案件也随着时间的推移，仿佛没了音信。

整个七月都阴雨不断，水稻灌浆进入成熟阶段的时候，崔挽明下到试验地开始了一年一度的调查。张玉祥婚后就没怎么跟崔挽明联系过，自李国华退了之后，省水稻所便迎来了它的低谷期，所以可做的事儿少了很多。张玉祥也就想起了他的这位老学长，跟着崔挽明跑起了试验点。

崔挽明在张玉祥面前的自卑感早就没了，现在他已经有了属于自己的车，不再羡慕张玉祥，也有了自己的事业，还能带领大家伙儿一起干。这就是一个好的预兆，他为自己的事业打开了一扇天窗，和老百姓紧密地联系到了一起，切断了老百姓和种业公司的联系，建立了农户和育种家的合作关系。

一路上张玉祥对崔挽明多年来取得的成绩大加赞赏，但这种痛快的心情并没有持续很长时间，还没等他们到达试验地，崔挽明就接到了下面的试验员的电话。

他的脸色一下子就沉了下去："怎么可能？不可能的！"

"出什么事儿了，明哥？"

"他们说我的品种在下面出现了白叶枯病。"

"啊？白叶枯？明哥，这可不是闹着玩的，林海省这么多年从来没发生过这个病害。"

"是呀，今年三亚也没发生疫情，是什么原因呢？"

他们也来不及想源头了，白叶枯病作为水稻检疫性病害，其危害性和传染性极大，而且植株一旦患病，基本无药可救，因此质检部门对它是有严格要求的。省农业委员会对该病害的发生也制定了防范措施，一旦出现发病点，必须采取就地焚烧的措施，方圆两百米内不得再种植水稻。

如果情况属实，这件事儿将对崔挽明个人造成很坏的影响。

当他站在试验地里，看着自己生产试验的品种被病斑层层覆盖的时候，差点儿晕倒在地。几乎在同一时间，崔挽明接到了从各地方试验点打来的电话，都反映了相同的情况。

"崔老师，怎么搞的？有病菌的东西怎么能上报呢？你倒是无所谓，我们的这块试验地可要遭殃了。我听说质检部门马上就会来核实，省农科院和省农业委员会专家也随后就到，这件事儿实在太不应该了。"

面对地方试验员的抱怨，崔挽明只能尽量抚慰。他很确定眼前发生的正是白叶枯病，也意味着相应的责罚马上就会到来，一系列的恶性连锁反应将会从地方试验点波及凤凰城和三亚的试验基地，这个秋天，他注定要陷入大麻烦中。

省里的调查组刚到，老郭的电话就来了，相比试验点的事故，这个爆炸性消息让崔挽明的血压一下子就上来了。平和县刚刚在他的帮扶和带领下走上健康绿色的农业发展道路，白叶枯病怎么会出现在那儿呢？

崔挽明的状态已经不适合开车了，张玉祥拉着他连夜赶往平和县胡同镇，打着手电筒下地进行确认。若不是董安平在旁边，崔挽明很可能倒在水田里。他是被人从水田里拖出来的，他的颈椎开始剧烈地疼痛，浑身上下不受控制地颤抖起来。

“快、快去查，问题出在哪儿？”

崔挽明还是没扛过去，被连夜送回了省医院进行治疗。林潇潇接到消息的时候已经是第二天上午，推掉了党组会议，跑到了医院。

这一次她生气了，看着张玉祥、老郭、董安平等人，张嘴就开始数落：“你们这些人太自私了，偏偏搞什么经济带动，搞什么绿色农业，你们要搞自己搞，以后别拉着崔挽明一起受罪。他为你们做的事情还不够多吗？我求求你们，让他好好休息，不要再有什么事儿都找他了。你们这些当长辈、兄弟的平时把他捧这么高，现在他摔下来了，你们高兴了？”

郭达知道，崔挽明的身体状况和这些年的劳累分不开，他的全心投入让林海省的部分老百姓改善了生活，却也给自己留下了一身的毛病。每一次成功都会有相应的代价陪同，而这一次，崔挽明这个铁人终于被打倒了。

作为崔挽明的竞争对手，这恐怕是于向知最想看到的结果。质检部门的鉴定结果出来了，各试验点都发生了不同程度的病情，平和县的特种稻受灾面积总计达一百亩。根据省里的实施意见，对种源提供方北川大学水稻研究所在制种过程中的重大失职处以五万元罚款，同时为了彻底抑制病菌的传染并杀死病菌，责令平和县水稻合作社三年内不许种植水稻，改种禾本科之外的其他作物。

这一重大责罚意味着平和县刚刚迎来的希望被一棍子打死了。这是崔挽明花了多年精力才建立起来的新生力量，那里面包括了农民信心的建立、健康绿色化栽培体系的搭建以及产销一体化的后勤保障体系。

现在一个检疫性病害就让所有的努力付诸东流了，崔挽明这病算是好不了了。他从没像现在这样消沉过，他的精神从来不曾倒下，但事到如今，他不认命不行。

这几个月以来发生在他身上的种种事故让他隐忍了数年的仇恨重新生长出来。他心里明白，在林海省，类似的事儿不是没发生过，“北川稻 1 号”为什么突然倒下？刘君为什么会在“林育稻1号”的制种一事上折戟？还不都是于向知一手为之？

芮静听闻崔挽明住院的消息，特地从老家赶回来看他。作为行业的牺牲品，芮静平静地看着崔挽明，不知该从哪儿说起。

“没想到你也有倒下的时候，我以为你会成为林海省的下一个首席专家，现在看来你是没希望了。”

夏中秋从学校赶来，已经在医院连续照顾崔挽明半个多月了。他给芮静倒了一杯开水，放了几片茶叶，忧心忡忡地讲道：“崔老师是被人陷害的，这么多试验点的稻子得病了，唯独我们北川大学试验点的没得病，这说明什么？肯定有人在种子上做了手脚。”

“夏中秋，这里没你的事儿，回学校上课去。”崔挽明显然不想再谈这个问题。问题出在哪儿他还不清楚吗，但现在说这些有什么用？

“难道是省局把种子换了？”芮静逮着这个点开始替崔挽明捋头绪。

“只能是这个原因，还有平和县的特种稻，哪里来的这么多病原菌？肯定有人在背后搞鬼。”

“难道还是他？”

“不清楚。可能性有，但不大，他现在拿着几千万，一辈子都花不完，恐怕不至于再和我作对。”

这个时候林潇潇走了进来，脸色很不好看，进门就白了芮静一眼：“这里不是谈工作的地方，不知道病人需要休息吗？”

芮静感受到林潇潇强大的气场，笑了笑：“崔挽明，你好福气，我走了，这个姑娘不错。”

“哼，崔挽明，我警告过你，别让这些工作上的伙伴随便来这儿，你是要命还是要工作？自己选。”

崔挽明还没回答，一个男孩跑了进来，进门就朝着崔挽明跑过去，被林潇潇一把拽住：“你是哪家的孩子？小心撞到病人。”

海青走了进来，手里拿着墨镜，整个人干练而精致，看得出她脸上的化妆品价值不菲。和林潇潇相比，她的气场不知强了多少倍。

“我家的儿子。”海青站在门口，直勾勾地看着林潇潇，鼻孔呼出蔑视的气息。

“那麻烦你看好了，别让他到处乱跑，这里有病人。”

“哟，长时间不见，居然还有人替你说话，真是怪了。”海青转向崔挽明道。

崔挽明将崔卓一把拉过来，对海青说：“请你注意言辞，这是我的朋友。”

“管她是谁呢，无所谓。听说你住院了，我带崔卓来看你一眼，顺便告诉你一声，孩子上了全市最好的小学，我买了学区房。”

崔挽明一只手摸着崔卓的脑袋，一只手还在打点滴。他没有理会海青，对儿子说道：“儿子，好好学习，好好做人，听到了吗？”

海青一听这话，一步跨过来将孩子拉了回去：“一见面就教育，你以后还想不想见孩子了？”

林潇潇听说过海青，也知道她是何人，看崔挽明被她欺负得哑口无言，便走了过去。

“我说这屋子怎么一股酸味呢，原来是你身上的穷酸味。别以为穿上体面的衣服你就富贵了，像你这种女人满大街都是，你算不得什么。”

海青早就想针对林潇潇了，这下可不得了，一脚踹在地板上，气愤地回道：“小狐狸精，你算老几？毛都没长齐就学别人出来勾搭男人？我身上随便撕一块布料，都能换你好几套衣服，你有什么资格说我穷酸？咱俩谁穷，一目了然。”

“老女人，你骂谁小狐狸精呢？”林潇潇可是在警校练过的，对海青这种得意忘形的女人，不教训教训，不是林潇潇的性格。说着她便一把将海青推到墙上，用胳膊肘将海青的脖子顶住。

“你干什么？还想打人？”

“打你？我怕脏了我的手。”

“别闹了，都给我住手！海青，我和你在法律上已经没有关系了，你过什么日子跟我也没有关系。你可以显摆，这是你的权利，但你不能侮辱人。”崔挽明忍无可忍了。

“是这小狐狸精先说我的。”

“海青，你经常在孩子面前这样吗？你知道这会给崔卓造成多么坏的影响吗？麻烦你为了孩子收敛一点儿。”

“听到没，这里没你什么事儿，你可以走了。”林潇潇挑眉道。

海青一把推开林潇潇，气得直跺脚，拉着崔卓走了。孩子三步一回头地看着他爸爸，却早就没了享受父爱的权利。

林潇潇的态度证明了一切，但崔挽明不但不领情，还把她骂了一通。

“以后这些事儿你少管，别自作主张。”

“怎么？那个老女人都骑到你的脖子上了，你是忍者呀，还是石头，就不能反击一下？我真是看不起你。”

崔挽明知道，海青再可恶、再势利，毕竟在他最艰难的时候选择了他。那个时候的情谊是珍贵的，虽然现在变质了，但过去的事儿无法改变。婚姻的选择在双方，既然走到了尽头，双方和平地分开比什么都强，又何必拿住对方的弱点去攻击呢？

到了晚上，崔挽明收到芮静发来的一条消息。

“最近凌风联系我了。”

看到这条消息，崔挽明的怒火一下子上来了，趁着林潇潇回了家，他把电话拨了过去。

“芮静，你怎么一点儿骨气都没有呢？你是软体动物吗？凌风是什么人，你不知道哇？你是什么意思，要重新接受他？”

“不，他找了我几次都被我拒绝了，最近一次他跟我说想谈谈盗取我的电脑信息的事儿。”

“让他滚蛋，你还想给他机会？简直愚蠢！我告诉你呀，他要是再骚扰你，马上报案。”

这段时间，在崔挽明的朋友圈里，除了刘君，所有人都来医院看过他，包括苏玉和秦志杰。

崔小佳来的时候并没有交代刘君为何不过来。虽然她跟崔挽明是亲兄妹关系，但关于刘君的事儿，崔小佳从来不跟崔挽明提。

制种场收回来的“林育稻1号”现在正紧锣密鼓地进行着精装米的加工，辛威来到车间，手里拎着一个破袋子，打开袋子后嘱咐刘君道：“去年的包装不用了，今年换个新的，所有的袋子上印上咱们单位的官方二维码，注明品种的基本信息，我们冲击明年的种子市场。另外，我从邻省拉回来的三千吨商品粮，跟‘林育稻1号’以七比三的比例混合，精米抛光之后让方旭马上拉走。”

刘君挠了挠头：“辛总监，你想把大米混样后卖给方旭？”

辛威瞪了刘君一眼，不高兴地说道：“你懂什么？优质米纯度太高的话，吃进嘴里会发腻，我给他专门配点儿料，改善改善口感。”

“万一方旭看出来，我们岂不是……”

“刘君哪，你跟我装糊涂还是真不知道？我替方旭混了大米，他感谢我还来不及呢。我告诉你，就算我不混，他拿去之后照样混。”

“咱们自己多回收点儿‘林育稻1号’多好，何必到邻省去收购？”

“你傻呀，邻省是什么价，咱们省是什么价？在这儿回收，算上加工费和包装费，一斤米的价赶上邻省三斤的价，我为什么不去邻省买？刘君哪，你还要好好学呢，干育种你是行家，但要论做生意，我是你的师父。现在崔挽明躺在病床上成了废人，趁这个时候，你好好搞搞优质米选育的事儿，等哪天我下去调查，给你选几个好品种回来种。”

“辛总监，你又要出去顺手牵羊啊？”

“难听，说话太难听！我那叫快速实现产业化，你懂什么？！对了，董事长交代了，让凌风最近出去躲躲，市局那边还咬着崔挽明的大米打劫案不放，别出什么事儿。不过，刘君，你这个主意是真绝呀！那天晚上我本来想开车去看热闹的，谁知道下起了大雨，把老子浇了回去，真是扫兴。都说秦怀春的学生把老百姓当家人，我看你没有这种气质呀。你呀，浑身上下透着一股坏劲。”

“辛总监，我还不是为了公司在市场竞争上有空间可占？平和县跟天源县这两年太显眼，再这样下去，咱们金怀的优质米市场还怎么做？我听说省农业委员会那边准备推崔挽明的特种稻了，也不知道真假。以后咱们的压力都不小哇。”

“嗯，还算你有点儿心，这次计策用得不错，搞得崔挽明是措手不及呀。对了，听说他那边出白叶枯病了，不会也是你这个坏蛋干的吧？”

“不、不，我哪有这本事，不是我。”

“行了，好好干吧，杜总亏待不了你，包装袋的样品给你了，让大家包起来吧。”

“辛总监，求你个事儿。这些事儿别跟崔小佳说，替我保密。”

“你小子，一看就是妻管严，行吧，我能做的事儿就这么多。”

尽管如此，刘君还是不放心，因为他清楚要想人不知，除非己莫为。为了安全起见，他马上联系凌风。然而此时的凌风已经追着芮静在去她老家的路上，手机换了卡，谁也联系不上他。

芮静探望完崔挽明后，又找苏慧叙了叙旧才往家赶。谁知长途客车在半道停下的时候，凌风突然走了上来。

看见这张面孔，芮静就快愈合的伤口又被撕开。她以为只是巧合，所以将头低下，不让他看见。但他显然早有预谋。

“芮静，我错了，再给我一次机会。”

听到凌风的话，芮静马上站了起来，拿着自己的挎包冲到驾驶员的位置:“师傅，麻烦你停一下车，有人骚扰我，我必须下去。”说着，她指了指凌风。

司机看了看两人，无奈地摇摇头，打开了车门。芮静快速跳下去，司机并没有立即关门，而是给凌风留了两秒钟的时间。

“现在的年轻人哪，出门就吵架。”客车司机一边把门关上，一边在右侧后视镜里看他俩争吵。

凌风下车后，马上跟芮静坦白自己在金怀种业犯下的事儿，并向芮静保证再也不会回去了。

“你伤害我的时候，怎么不想后果？你别跟着我，我不想再见你。”

“芮静，我承认一开始我被公司利用了，接触你不是我的本意，但后来跟你在三亚的每一天，和你在一起做过的每一顿饭，都对我之前的生活造成了强烈的冲击。事发之后，我一度很后悔，但那时候没有勇气面对你，也没有勇气博取你的原谅。但后来我发现自己已经陷入爱情之中了。芮静，再给我一次机会好吗？我不能没有你。”

“你走不走？再不走，我报案了。”

“我不走，你报案吧，我不怕承担法律责任，但害怕失去你。”

芮静转过身，眼睛有了一丝湿润。她知道凌风对金怀种业来说就是一颗棋子，虽然他罪不该死，但欺骗感情对她来说不可原谅。

“别说了，你走吧。”

芮静大步走开，想要摆脱凌风，被凌风从后面一把抱住：“我错了，我真的错了！你原谅我这次吧！”

“把你的臭手拿开，听见没有？！”

凌风死死地抱住她，芮静挣扎不开，用手指去掐去掰，久久对抗之后，对方终于无力地放开了她。芮静这才看到，凌风的手背被她抓得全是血印，她的指甲盖里沾满凌风的血。

她拉开这双满是血印的手，捂着嘴蹲到了地上。在感情上她是一个脆弱的女人，也是一个卑微的女人。她爱凌风，但现在又多了一层恨，所以她在爱恨交加里几近崩溃。

那是他们分开之后的第一夜，和世道的不公相比，和残酷的行业的冷暴力相比，情感上偶尔的错误也许不算什么。她不知道自己在爱情中到底有没有底线，但这次原谅了凌风。

她劝凌风回去上班，不要成为金怀放走的隐患，一旦成为隐患，就会把危险吸引过来；她劝他把劫持大米的事儿告诉崔挽明，让他将功补过，不要惊动司法部门。

就连她自己都不明白自己为什么一时间想出来那么多主意，是她太在意凌风，还是太痛恨金怀的卑劣？

半个月后，崔挽明从病床上爬了起来。过去半年里发生的事儿就像是一场噩梦，现在梦醒了，他必须从正面来结束一切争端。

崔挽明约刘君出来的时候，刘君已经知道是怎么回事儿。刘君很坦然地承认了自己做下的事儿。

“让林潇潇抓我吧。”

“为什么？我想知道为什么？！你以前的良知呢？你现在怎么变成了这个样子？金钱真的那么重要吗？”

刘君站在北川大学的国旗台下，望着上空飘扬的五星红旗，笑道：“不重要吗？”

崔挽明一拳打了过去，将刘君放倒在地，刘君站了起来，又被他放倒。刘君后来干脆不起来了，就那样安静地躺在地上望着蔚蓝的天空，天穹在他的脑海里不停地旋转。他不需要崔挽明懂得他的人生，也不在意崔挽明的拳脚。

他终于爬了起来，抹了抹嘴角的血痕：“不要再和金怀斗了。”

“刘君，我不会放过你的。你记住了，崔小佳追随你来，不是想看到你这个样子。”

夏中秋远远地站在樱桃树的后面，把事情的来龙去脉听得一清二楚。他从来不知道他的导师经历着什么。在他眼中，崔挽明就是个单纯的育种家，但这简单的三个字背后，居然有着这么多痛和泪。难道每一个合格的育种家都要如此落魄和低贱吗？绝不是，只不过是他的这位导师的原则性太强。

平和县的市场就这样被放空了，刘君回去之后，快马加鞭地准备好种子，装车后发到了全省的各经销点。因为这批种子多数是辛威从邻省买来的，所以质量不敢保证。根据辛威的意见，今年卖种子不卖包装袋，农户来买种子需要自己带袋子，否则不卖。

忙完省内的事儿，刘君拉着十吨种子又上了邻省的种子批发市场，开始试水省外市场。大卡车在事先预订好的摊位前摆正位置，车厢朝外。刘君背着包，拿了个小凳子坐在车厢里，旁边站了两个力工，专门负责卸货，下面有公司的人拉客、发传单。

早上八点一到，市场大门便被打开，从四面八方涌来的农户挤了进来，他们的小货车都停在市场的不远处，只要看中了种子，马上用平板车运出去。

凌风重新回到了刘君的身边，刘君自然不清楚他的背叛，所以像往常一样信任他。

刘君看到了一大群人齐刷刷地走进市场，一看就是一个地方的，大有种植大户的风范。凌风小跑了过去。

“大哥，买水稻种吗？到我们金怀种业看看，什么粒形、什么香味的都有，价格便宜。”

一行人背着手、仰着头，就像一只只企鹅，摇来晃去，神气得不行。

“哪儿的种子呀？”

“林海的优质米，听过‘林育稻 1 号’吧？那是我们金怀种业从省农科院买过来的品种。买点儿种种看？”凌风一边说，一边从手里的小袋子里掏出一把稻子递给众人看。

走在前面的胖子大哥大腹便便，瞄了一眼那稻子，用手指搓了搓，然后挑了两粒扔进嘴里就开始嚼。凌风盯着胖子的嘴，等他给予回应。胖子把嘴里的稻壳往地上一吐，又拈起几粒稻子喂进去，这次他闭上了眼睛，仿佛这样就能把大米的好坏给评个八九不离十。

“嗯，水分还行，口感也不错，就是不知道产量好不好。”

凌风把袋子递给他：“你抓一把在手里捏捏看，绝对有产量，发轻的稻子一捏就能感觉出来，我们的这个稻子饱满不说，还有硬度。”

胖子将嘴里的大米吞进肚子，对同来的伙伴点了点头：“你们的货在哪儿？过去看看。”

“哟，您果然是行家呀，一看二摸三尝就知道这稻子的水准，不简单。稻子在这边，跟我来。”

刘君是一个育种家，卖种子的活儿一直是辛威在负责，但今年刘君跟杜德松申请想要跑跑市场，多方尝试一下。可没想到种子市场的旺季简直堪比城郊接合部的大早市，人多不算，关键到处飞扬着砍价的声音，搞得他很不适应。他见凌风领着一大票人过来，也从小凳子上站了起来。

“来、来、来，都过来看看，这就是我们公司的育种家兼高级农艺师，有什么专业上的东西尽管问他。”凌风招呼着。

胖大哥看了刘君一眼，瞅了瞅包装袋上的单位落款：“你们真是金怀种业的？金怀什么时候也开始在我们省卖种子了？”

“大哥呀，你这就不专业了，咱们虽然是两个省，但一个在东一个在西，纬度上没有差别，适合林海种植的水稻，在你们那儿也能有足够的积温保证成熟。我们就是没有太多精力，要不早就想过来了，这不，头一年过来卖。”

“啊？没在我们这儿试种过呀，那我们哪里知道能不能行？不看了、不看了。”

“哎，别走哇！大哥，话还没说完呢，你看看我们的包装袋上写的什么？”

刘君拿起一个空袋子，指着最下面的一行字说道：“梧河省农科院特引品种，看到没？这个品种我们早就在你们梧河省做了引种备案，在你们这儿的试验鉴定结果我也有，你要是相中了，我拿出来让你看看。”

作为农民，胖大哥哪儿懂什么叫引种备案，但感觉刘君说得很在理：“东西看着不错，但没看见在我们这里的表现，不敢买呀。”

“我就知道大家有这个顾虑，那有什么办法，我们搞推广的总不能砸了自己的牌子吧？这样，每斤稻子我给你便宜五毛，就当是我们第一年做的市场优惠价，你要是感觉不错，来年也算是我的回头客了，怎么样？”

刘君的嘴皮子也不简单，很快就把这伙人给拿下了。但对不卖包装袋一事，大家伙儿就不干了。

“为什么不给包装袋？”

“请你们理解吧，我们也怕包装袋落到别人手中啊。你们想想，到时候心怀鬼胎的人把我们的包装袋随便装上种子，冒名顶替再卖给别人，岂不是坏了我们的市场？”

刘君的这个说辞也是辛威早早就想好的，如果不这样，到时候地里的庄稼出了事儿，老百姓拿着袋子去监管部门评理，他们还怎么脱身？

所以最好的做法就是让老百姓没有抓住把柄的机会，不给他们留任何余地，只要把种子给他们，他们付完钱，至于种子的好坏，那就说不清是谁的责任了。

在这儿停留了足足一周，还剩十来袋种子就卖完了，刘君突然接到小道消息，说当地工商局会来突击检查。他一合计，干脆打道回府，省得到头来落个不干净。

后来被证实，这个小道消息确实准，听说那晚粮食作物中的假种子被没收了好几吨，加上杂粮和经济作物的假种子，加起来恐怕十吨都不止。刘君想想都觉得后怕，好在他提前撤出了。

就在刘君卖种子之际，辛威早就瞄准了林海省的另一块肥肉。崔挽明在平和县折戟，恰好给了辛威一个讨好百姓的机会，他知道，今年平和县老百姓的种子因为崔挽明的合作社的事故，基本滞销了。所以他带了好几张银行卡过去，就是要趁火打劫一番。

董安平知道辛威到平和县之后，已经抽不出精力打这场贸易争夺战了。他总不能妨碍老百姓卖粮吧？所以那半个月时间里，辛威四处布点，单价完全凭心情定，老百姓不愿意卖，他立刻就走。可以说，他在平和县的二十天里，那里被搞成了一锅糨糊，老百姓辛苦种植的粮食被他以低于市场价八毛的价格全部收走，跟抢劫没有区别。

崔挽明得知此事后自然难受，甚至将责任归到自己头上。

“钟叔哇，平和县的水稻要是不得白叶枯病，大家的粮也不能被辛威劫走，我这次犯大过错了。”

“得了吧，世界离开你就转不了啦？别以为自己是救世主。我可跟你说，这次来的时候，林潇潇把你交给我了，让我看着你，不让你再出去喝酒。你自己也多注意一点儿，不要再一味地透支身体了。”

“她说的不算，听我的。”

“挽明，别怪我话多，林潇潇这姑娘确实不错，你是不是该主动一点儿？我看她对你可是很有意思的。”

“打住、打住，钟叔，你多大岁数了，还跟我开这种玩笑？不过话说回来，白叶枯病这事儿还是要查清楚，不能就这样算了。”

“还要查？你不怕再被他们整？谁都知道这是个阴谋，但你也看到了，执法部门可不管水稻是怎么发病的，上来就查咱们的制种地和选种地。我跟你说，这次人家没把咱们的地封掉就已经很不错了。”

“那也要查，咱们可以吃哑巴亏，但现在不仅搭进去一个合作社，还让辛威占了平和县老百姓的便宜，这笔账一定要记上。”

“换个角度想吧，辛威为什么要冒险去平和县收稻子？还不是为了跟你较劲？他一去，把你在那边的客户全抢走了，但人家毕竟收购了老百姓的粮食，救了他们一场。如果他不去，老百姓的损失更大，你要知道，白叶枯病成了平和县的一条红线，没有哪家种业敢随便碰的。”

"这也不能成为他趁火打劫的理由，我甚至怀疑这件事儿就是金怀种业在背后搞的鬼。前段时间我找刘君谈过了，上次大米被劫的事儿是他安排的。他们这些年一直干着违背行业规定的事儿，到现在却成了所谓的不成文规定，简直是笑话。"

"刘君真的陷进去了？真是可惜了。你打算怎么办？"

"能怎么办？这件事儿针对的是我个人，他是我的兄弟，我可以让他欺负，但这是有限度的。如果他继续执迷不悟，我不会再容忍，有些事儿我想他会去思考的。"

"刘君遇见你这样的朋友真是幸运，不过挽明，有时候你也该保护好自己。现在北川大学里都在传消息，说你带着学校的知识产权在外面搞自己的产业。"

"学校已经跟我谈话了，他们纯属扯淡。当时特种稻和优质米的推广是咱们学校新农村发展研究院推的项目，挣的每一分钱学校都要分去一半，他们现在反过来咬我一口，还不是因为白叶枯病的事儿？我是北川大学的老师，这件事儿跟我有直接关系，省里调查我就是在打学校的脸，你想想看，他们能不给我压力吗？"

林海省的这场风波什么时候才能过去？国内的优质米市场何时才能崛起，让每个中国人的碗里都装上高品质大米？这样的梦想还有机会实现吗？崔挽明清楚，要想解决这一层一层的问题，必须将问题背后的根源肃清，而这样一条路已经让他付出了惨痛的代价，美好的未来或许就在前方，或许还遥不可及。

很快，针对白叶枯病一事，学校的意见也出来了。崔挽明主管的水稻育种工作将暂停品种推广，必须马上切断对有关合作单位的种子供应，具体的推广开放时间待定。

这样一个决定可以说一棒子将崔挽明打回了原点。崔挽明知道，学校这是在向他发出警告，不想让他参与行业的斗争，因为这涉及学校的利益问题，学校不可能坐视不管。

但话又说回来，老郭和董安平他们跟着崔挽明干了这么多年，对制种、扩繁、清选去杂等工作已经相当娴熟。重要的是，跟杂交稻不能留种相比，他们搞的常规稻是可以留种的，这就意味着这些年崔挽明推出去的特种稻和优质稻已经完全在市场上放开了，不是学校想收回就收回的，这不现实，学校也没有那么强的执行力去处理好这件事儿。况且崔挽明也清楚，老郭他们肯定还会把事业做下去，换言之，崔挽明已经把这套东西慢慢地交给了一批普通老百姓，这东西不再是他育种家才有的本事和特权。

这样一想，崔挽明反倒觉得学校的处分没什么了，不过对禁止他管理、招收硕士研究生的决定他可就很难接受了。他没有学术不端，没有玩忽职守，也没有耽误学生的发展，凭什么要接受这样的处分？！

他联系了学校研究生处，又联系了主管科研教学的副校长，得到的答复是：崔挽明同志因常年投身育种工作，在研究生的课题设计上缺乏时间和精力的投入，不具备北川大学硕士生导师的基本条件。

面对这样一种决定，崔挽明可谓哭笑不得。

“钟叔，你看到了吧，这就是咱们学校干的事儿。当年跟我说学校退休了一批老学者，需要人来带研究生，把我这个副研究员给顶了上去，现在又说我条件不符，真是……”

“这就是事件的连锁反应啊，你手下就只有夏中秋吧？”

“是呀，这孩子是根苗子，受过小佳的资助，非要跟着我学育种。”

“那就好好带带，我看哪，你这批育种家之后，没有几个真正想搞育种的了，不能后继无人哪！”

“我的原则是宁缺毋滥，咱们又不是搞生产，批量加工那样可不行啊！这东西完全靠个人，不能为了培养而培养，在放开培养的前提下，他们的兴趣和勤奋才是关键。”

“可谁又能断定谁好谁坏呢？像刘君那样优秀的人，谁能想到他会走到今天这样的地步？要我说，当年他扩繁‘林育稻1号’出事儿后，你就不该帮他。这小兔崽子回过头来就咬你一口，专门挑熟人下手，不是东西！”

“别提他了。我在想，要不让尹老师把夏中秋接手过去吧，学校不让我带，我也不能再自作主张。”

“嗯，尹振功这个人没有坏心眼儿，这些年大事儿小事儿都不跟你计较，表面上不参与育种工作，但他在背后真是支持了咱们很多。交给他，你也放心。”

话虽如此，但崔挽明是清楚的，求人办事儿倒是可以，现在他关心的是夏中秋过去之后的成长问题。夏中秋到人家的手底下，多少会受点儿委屈，别的不说，尹振功自己的学生肯定会拿他当外人。而且现在水稻团队里又多了个秦志杰，很多事儿被人盯着，并不是那么痛快。

作为导师，给学生带来这样的坏影响，崔挽明不敢说自己没责任。考虑到方方面面的问题，他给夏中秋打了个电话。

“中秋呀，我的事儿听说啦？”

“啊，是，崔老师，那天听尹老师说了说。”

“嗯，这件事儿是老师的错，跟你没关系，我需要向你道歉。”

“崔老师，那天你和刘君在学校里的谈话我都听到了，我没想到你承受了那么多东西。应该道歉的是我，作为学生，没能替你分担这些事儿，我很自责。”

“那不是你该管的，总之别让这些事儿妨碍到你，我就怕给你造成不好的影响，再把你耽误了。尹老师那边我已经跟他打过招呼了，你直接过去就行，和同学们一定要处好关系，有难处也一定要跟我说。我这不还在学校工作嘛，等春天我回学校，咱们还跟以前一样，你无非换了个环境做试验。再说了，我跟尹老师这些年一直没分开过，说到底也都是一家人，你可千万别有其他想法。”

“我知道了，崔老师，我听你的。”

夏中秋读的是专业硕士，其实还有半年就毕业了，崔挽明完全没必要顾虑那么多。他现在就是一个纯粹的育种家和一个临时的工程监工，其他的事儿再也不用操心了。事业已经转交给老郭他们，平和县停下来的合作社把水稻地改为了旱田地，统一种起了国产大豆，并没有停止生产，所以他没有任何精神压力。

但崔挽明怎么也想不到，等他四月份回林海的时候，夏中秋已经去了企业的米质中心实习，还是方旭的汇德集团。本来崔挽明已经帮夏中秋想好了出路，等夏中秋一毕业，就让他到张玉祥的手底下干活。毕竟李国华退了之后，省水稻所就一直没像模像样地发展起来过，那边正是缺人才的时候，夏中秋去了以后，将来能成为他这代人的中流砥柱。

然而夏中秋居然走了，前妻背叛自己嫁给了方旭不算，现在连自己的学生也跑去了汇德集团。崔挽明怒火中烧，从没这样失望过。在他的印象中，夏中秋不像是能做出这种事儿的人。面对这样的现实，他一个电话打了过去。

“你干什么呢？谁让你去汇德了？赶紧给我回来！”崔挽明用霸道的口吻就是想让夏中秋知难而退。

“崔老师，你就不用管我了，我知道你在想什么，但我不是那样的人，我来汇德是帮你报仇的。”

“报仇？你瞎说什么？少给我添乱了，赶紧回来，这件事儿没有商量的余地。”

“崔老师，我都打听清楚了，白叶枯病的事儿就是汇德集团跟育种所的何峰策划的。”

“什么？何峰？怎么还有他？我现在过去接你，你先出来，这件事儿咱们当面谈。”

崔挽明怎么都没想到事情会以这样的方式重新展开。他把车停在离汇德集团三百米开外的街道口，等待夏中秋的出现。此时的崔挽明心中有无数个想法，也有无数忧虑。

夏中秋上车之后，崔挽明给了他的脑袋一巴掌。

“你小子胆子越来越大了，什么事儿都敢干呢？你知道汇德跟我的事儿吗，你就敢去？”

“老师，你就让我去吧，现在汇德集团在咱们林海省搞优质米市场霸权，一个‘林育稻1号’就毁了半个市场，我必须打入内部，把他们的老底给挖出来。”

“你毛都没长齐，瞎添什么乱？！这里面的水太深，你给我老实点儿。市场霸权那是要落到省里的宏观调控上解决的，你师爷爷当年就在做这件事儿，到现在都没成功。你还打入内部？别让人抓起来打一顿就不错了。”

夏中秋把头一低，没有回话。崔挽明带着夏中秋去了一家海鲜自助餐厅，当年他结婚之后，好几次跟海青路过都想进去，但那时候没有条件哪，所以一直没去成。

夏中秋遇上崔挽明是幸运的。自夏中秋来到这儿，崔挽明都会把他下地干活儿当成劳务，然后给他开劳务费，加上国家对硕士生的补助，他已经能攒下钱了。

通过谈话，崔挽明明白了夏中秋之所以说白叶枯病和汇德有关，是因为了解到去年何峰在三亚的繁种基地出现了大面积病害，这事儿当时都上地方新闻了。

“我怎么没看到新闻？”

“崔老师，你这个老古董从来不玩手机，你那手机呀，除了接打电话一点儿用处没有。你哪儿有机会了解这些事儿？”

“你说得是，不过后来我也听说这事儿了，这能说明什么？跟汇德有什么关系？”

夏中秋拿出自己的手机，把他收藏好的视频翻了出来。

“崔老师，你看看这段视频，里面有什么？”

崔挽明盯着视频看了半天都没发现什么异常：“地确实是何峰的那块地，这我可以确认。嗯，不错，记者就应该多关注关注农业。”

“崔老师，你真是老花眼了，你没发现方旭在里面吗？”

“方旭？”崔挽明又看了遍视频，还是没发现。

夏中秋把视频拉到一个时间点，指着画面里的一个人：“看见没？”

只见画面里的那个人回头不到两秒就又转了回去，但就是这个瞬间，摄像机把方旭的脸给录了进去。

“绝了、绝了，行啊夏中秋，你也有立功的时候。不过这个视频只能作为一个推断，不能当作证据，方旭出现在这里说明不了什么问题。”

“老师，金怀和汇德联起手来就是想搞垮你的优质米市场，这么推断，他们做出这些事儿完全有可能啊。”

“咱们要的是实证。”

“所以我才要打入内部嘛。”

“行了啊，这件事儿到此为止，剩下的我来做，要是以后破案了，军功章有你的一半。”

其实，对崔挽明来说，这个巧合的画面足够他将整个事件还原出来了，其背后涉及的人可能是谁，也都很清晰地出现在他的脑海中。他刚刚经历了一场失败，现在又要开始为自由而战。

然而等崔挽明从睡梦中醒过来的时候，发现金怀种业已经将“林育稻1号”重新炒作起来，推到了高纬度地区种植。

无比愤怒的崔挽明不得不再次对刘君发出警告：“你们这样做会出大事儿的，你忘了当年的事儿了？这个品种不能再扩大积温区，秦老师当年就警告过于向知，他没听，到了你这里你也不听，我不想看到你步于向知的后尘。”

“行了，挽明，我知道你现在的处境不好，但你也不能阻碍我们发展哪！人还是要有胸襟的嘛，这也是咱们秦老师常说的话，你怎么也记不住呢？”

“我问你，你这么干事业，良心不会不安吗？还有，崔小佳也让你这么做？”

“别跟我提小佳，我俩的事儿轮不到你管，怎么选择是我们自己的事儿。上次大米的事儿我道歉，但那是杜总的意思，我没有办法。”

“你当然没有办法了，你的良知都被人攥在手里了，你能有什么办法？！”

崔挽明讽刺完刘君就挂掉电话，气得长时间喘不上气。

而刘君这边也很不顺心，崔小佳已经就这个问题跟他谈过很多次，但每一次两人都越吵越凶。

“你和辛威的事儿我都知道，刘君，有些事儿差不多得了，我不想你把自己搭进去，你懂我的意思吗？”

“放心，我不过是个执行者，事情都是上面的人决定的，一切服从安排就对了。”

“刘君，我现在跟你谈的是民生问题，不是让你怎么做人做事。你当初怎么答应我的？”

“当初、当初，你又提这事儿，既然知道，为什么总来质疑我？”

“不是质疑，你现在做的事儿和你答应我的性质不一样了。”

“我们搞霸权怎么了？不好吗？让老百姓认可我们的品种有错吗？国家要发展大农业，我们这是在为国家做贡献。你想想林海省这么多年为什么粮食产业竞争不断，竞争背后的受害者是谁？是老百姓。咱们金怀要做的就是消除竞争，让林海省在水稻种业上统一起来，形成一个大局面。在这个局面下，恶性竞争就会最大限度地降低，只有那样老百姓的种植风险才会降到最低。”

“你们现在本身就在搞恶性竞争，贼喊捉贼。”

“不跟你理论，这是杜总的想法，我说了，我只是执行者。”

“那也不能拿咱俩的幸福做赌注！刘君，咱俩还能走到一起不容易，如果你如此轻视这份感情，那接下来的路还怎么走完？我不想看到你出事儿。”

没有人知道刘君的痛苦，所以也就没人能理解他现在的做法。就算他跟崔小佳保证过，也消除不了崔小佳对他的担心。

可他已经做出选择，从他进入金怀的那天起，就在按照自己设下的路一直走。他已经没有退路，不管成功还是失败，都必须走到底。

现在杜德松对手下的两员大将可谓信心满满，将于向知的“林育稻 1 号”买过来之后，使其在辛威手里摇身一变，成了好几十个品种。换汤不换药的做法，对辛威来说简直易如反掌，但现在他有了更进一步的想法，所以还要找刘君研究。

“你要把各地方的主推品种买过来？辛总监，这可是一笔大数目，杜总知道吗？”

“他有这个初步想法，让我找你研究研究，看看可行性。”

“目的呢？现在咱们手里的品种已经够用了，再多就累赘了。”

辛威搂着刘君的肩膀，凑近他的耳朵，道：“公司出钱的事儿，咱们办完不就行了？”

刘君这才恍然大悟，辛威之所以要坚持买品种，是因为想从中捞钱，可见以前他在这种事儿上得到过多少好处。

“辛总监，省里可都看着呢，这样大张旗鼓地搞，恐怕不合适吧？”

“嗯，上有政策下有对策嘛，咱们可以找两个小公司做这件事儿，买来的品种不放在咱们金怀的名下，很容易办的。”

“这样就不会引起注意？”

“引起注意又如何？反正最后有人顶缸，咱们是安全的。”

辛威的这番操作简直绝了，不但能替金怀办成这件事儿，还能很好地避开省里的关注，省去不必要的麻烦。难怪他在杜德松面前提要求，杜德松总是答应得那么痛快。

这恐怕就是金怀种业在“林育稻1号”遭受重创的前提下，还敢将它买过来做市场的原因。

刘君当然不能反对了。他太知道辛威在金怀的地位了，虽然外人看来他和辛威是杜德松的左膀右臂，但恐怕他这只手的分量没有他人想象的那么重。

七月一过，地里所有的事儿都停了下来。刘君带着凌风开始和辛威联系好的傀儡公司着手购买品种的相关事宜，辛威则负责谈判和制定具体协议。不出两个月，林海省各地方主推的十多个品种便成了金怀的囊中物。

这件事儿整整花了杜德松两千多万元，但这笔投资是值得的。他作为一个生意人，头脑不简单，这些品种在地方已经有几年的推广时间了，所以他表面上是在买品种权，实际上是购买了品种已经搭建起来的整个市场，可以说为他扩大林海省的种植区和市场营销省去了很大一笔开支。相比之下，拿过来就能用的市场，价值远远不止两千万元。这就叫商人不做赔本的买卖。

辛威这次可赚了一大笔，当然了，他不能让刘君白辛苦。所以他亲自登门来给刘君发福利了。

崔小佳见辛威来，收拾东西便打算出去。

“小佳，你出去买点儿菜，辛总监头一次来家里，好好招待招待。”

崔小佳皱起眉头打算骂人，刘君无奈地给她使了个眼色，她这才不情愿地应下来。

“看不出来，你媳妇还挺有个性。”

“让辛总监见笑了。”

“哈哈，家家都有本难念的经。刘君哪，看我给你带什么来了？”辛威说着便从包里掏出好几捆百元大钞，粗略一看，至少有一二十万。

"辛总监，你这是干什么？"

"你也不能光干工作不生活呀，咱们拼死拼活是为什么？还不是为这个？拿着，这是哥哥的一点儿心意。"

"不、不、不，辛总监哪，咱们都有年终奖，那就算是公司对我的奖励了。这个是你辛苦赚回来的钱，我怎么好意思要？！快收起来。"

"你看你这个人，我把你当兄弟，你倒是还挺见外，怎么，不敢拿？你闻闻这钱是什么味道？这里面有我的汗味，放心吧，不会坑你的。"

"那也不行，我这个当弟弟的平时不孝敬你就算了，还让你费心想着我。哥哥有这个心，老弟我已经很感动了。"

辛威拿着一沓钱晾了半天，又放回包里。

"还有件事儿跟你说啊，钱不要可以，但我觉得吧，你应该把小佳弄到一个好的岗位上，在那种子商店待着多没意思？你要是同意，我在下面给她找一个区域经理干干，这样你们家的日子不就过起来了嘛。指着公司这点儿死钱，能干什么？"

"哟，辛总监还有这份心，一会儿我得多敬你几杯。不过这事儿得问过她才行，她这个人你不了解，没有什么大的理想抱负，能安稳地过日子就行。做区域经理呀，我估计她不是那块料。"

"市场是现成的，有成熟的客户、成熟的体系，具体的事儿都是下面的小销售在干，她不用操心什么，等着年终拿钱就行，简单。"

刘君能不知道吗？但这浑水他不可能让崔小佳蹚，所以没等她回来，就直接替她拒绝了这份好意。

"你这个人哪，天生苦命。这可是你说的呀，别怪老哥不提点你，过了这个村就没这个店。该干的活儿还得干。杜总说了，省绿色发展中心那边他已经在搞平和县的绿色农产品认证，趁现在崔挽明还没缓过来，咱们得尽快动手，把平和县先拿过来。"

"真的要做这块市场？"

"这不是废话嘛，去年我冒险去给老百姓收粮送钱，你以为我真是菩萨呀？那可是白叶枯病，政府盯着不让动的东西，我去给买回来了，好不容易收买的人心，可不能白白浪费掉。”

“哎呀，辛总监，你这一说，我才终于明白呀！你可真是运筹帷幄，你的眼界我这辈子是比不了了，你一眼都看到天外去了，我还在这一亩三分地里打转转呢。了不起的营销家呀，将来林海省的粮食公关历史上会留下你的大名的。”

辛威被刘君的这番夸赞逗得相当愉快，既然钱没送成，区域经理也没送成，那只好喝两杯酒了事而归。

“小佳，你看到了吗？金怀的野心有多大。不过你不得不承认辛威这个人的能力不是一般人可比的。”

“幸好你没把我卖出去，否则我跟你没完。不管他们做什么，你最好别直接参与。”

“好了、好了，我还不知道？”

刘君清楚地意识到，林海省又要变天，或者已经变天了。近两年来金怀的连续动作，已经让他这个主管育种的农艺师看到了问题的实质，同时他在这个巨大的旋涡里已经被牢牢地卷住，至于怎么安全上岸或者还能不能上岸，已经成为他目前最担心的事儿。

有一件特殊的事儿，在今年年初的时候已经在提醒刘君该注意了。省品质检测中心回来的米质分析报告没让他的品种通过，这有可能就是苏慧在背后针对他。这也算是苏慧替芮静做出的小小反击。

要知道，现在的苏慧在品质检测中心主管鉴定工作，话语权自不必说。以前的品质检测中心乌烟瘴气，乱收费用，不办事儿或者瞎办事儿。测一种大米的食味值，科室的几位同志居然随便煮几锅尝尝就了事，打分全看心情，私下给钱的就多打几分，不给钱的连及格线都过不去。

现在好了，苏慧虽然不是品质检测中心的一把手，但很多事儿是能做主的。去年测试的时候，她是亲自到收样台视察监督的。而且她的办公室里有监控摄像头，当她发现金怀种业来送米样的时候，很快把编号要走，到了实验室一煮便开始评分。

国家二级米的标准是八十分，那苏慧就照着七十九分打。这就叫“以其人之道，还治其人之身”。

刘君明显感受到了压力，尽管这几个品种在杜德松的暗箱操作下还是审定了，但事不过三，总不能一直让老板出面解决，这不是长效的办法。

苏慧现在是没任何顾虑了，姐姐苏玉醒来之后，她唯一挂心的事儿也就放下了。一般情况下，秦志杰在家的时候苏慧是不会到他家里去的，她对现在的秦志杰只有强烈的恨意。她多么想让姐姐脱离苦海，但苏玉现在处于失忆状态，很多事儿苏慧不便与之细说，所以只能把痛苦放在心里。

但最近她总感觉姐姐有些不寻常，尤其她们单独见面的时候就更是如此。作为受邀嘉宾，本来她是要去参加林海省大米节的，但突如其来的一封来信让她不得不婉拒这个邀请，转而去了苏玉家中。

她一边开车，一边想着信里的内容，不觉惊骇不已。苏玉基本上可以拄拐行走了。苏慧进门时情绪已经失控，刚要开口，苏玉朝她使了个眼色，示意其出去再谈。

苏慧搀扶着姐姐，拿着她的拐，姐妹俩下了电梯。

本来苏慧打算在小区里转转就行，但苏玉想到市里去一趟，确切地说，是要到以前她和秦志杰租住的那间屋子去。

"姐，原来你没有失忆，可为什么不说出来呢？你知道我们多么着急、多么在乎你吗？你到底经历了什么？"

"妹妹，原谅姐的隐瞒，等到了地方，我再告诉你。"

是什么样的遭遇让苏玉变得那么隐忍？苏玉不敢宣布记忆恢复的原因是什么？这一切的背后，难道真如苏慧和崔挽明怀疑的那样？

苏玉在半路联系了房东，来到小区，领了钥匙之后便上了楼。

打开门的瞬间，一股发霉的味道扑面而来，苏玉仿佛又闻到了当年那股可怕的气息。她扫视了一圈，屋里的格局和装修一点儿都没动过。六年了，六年前她还是个如花似玉的女人，现在却成了这般模样，而所有的痛苦都从这里开始。

她走了进去，慢慢地坐到客厅的椅子上，不知怎的，突然觉得那么累。她看着厨房，死死地盯着，气息越来越粗。她把手从膝盖上抬起来，指着那边说："厨房的天花板上，我放了东西，你去拿来。”

苏慧把包一放，从客厅拖了把高脚凳垫在脚下便爬了上去。她弄了半天都没打开天花板。苏玉拄着拐走了过来，从厨具里挑了一把刀递给苏慧。

“东西在中间的位置，划开。”

苏慧将刀尖伸进去使劲一撬，一块天花板就裂开了。

东西被一层厚厚的橡胶带裹着，密不透风，苏玉看着这东西，眼睛通红。

苏慧将东西打开，在铁盒子里发现了一盘录音带。

“以前我有个复读机，但后来不知去向了。那是房东留下来的老式录音机，我住这儿的时候经常用它听歌，你去试试。”

这是苏玉从原来的录音带翻录出来的录音，随着齿轮的转动，一段吱吱声过后，里面传来了两个人的声音，和六年前秦志杰坐在这里听到的一模一样。

“姐，这是……”

苏玉抑制住情绪，这个对话声仿佛是刺痛她的神经的药剂，让她浑身颤抖起来。

“当年秦怀春用我的复读机录下了这段话，后来我发现有一盘卡带不见了，结果在客厅沙发的底部发现了。秦怀春怀疑我发现了他们的秘密，后来找上了我，没有跟我商量，也没有想商量的意思，直接对我用了药。后来的事儿我就不知道了。”

“他们怎么可以这样？秦老师怎么忍心做这种事儿？姐姐，他们这是在谋杀，咱们现在就报案去！”

苏玉带着泪笑了笑：“现在没有证据，六年前的事儿没有办法查了。”

“那就揭发他们盗取‘林育稻1号’的事儿！没想到崔挽明这么多年遭遇的不幸全都拜秦怀春所赐，秦怀春真是个人面兽心的东西，他会不得好死的！”

“苏慧，别着急，留给他们的时间不多了。我知道你们在调查秦怀春，现在我怀疑秦志杰也不干净，但没有抓住他的把柄，所以这件事儿别打草惊蛇。家里可能被装了监控摄像头，所以我只能装傻。崔挽明的大米被抢的那晚，我被秦勉的哭声惊了起来，也许是老天在叫我吧，它也想把我叫醒，想让我收拾这帮畜生。我醒来后不敢联系你们，那时候我就想该如何瞒过秦怀春，最后选择装失忆来骗过他。后来你也知道了，这个老狐狸根本不放心，三番五次地来我家，就是想从我身上找破绽。”

听完苏玉的这些陈述，苏慧的泪水喷涌而出。她紧紧地抱住姐姐，就像抱住一个受伤的孩子。苏玉把手搭在苏慧的肩上，两行热泪淌了下来。

“还有一盘卡带，在我原来的卡带盒里，但最近我翻遍了家里都没找到。我怀疑它被秦志杰发现了。”

“什么样的卡带？”

“张信哲的一盘专辑带，我出事儿的时候还在这间屋子里放着，可能是后来他们替我搬家的时候弄丢了；还有一种可能，就是让秦怀春找到了。”

“张信哲的？”苏慧觉得好像在哪儿见过她说的这盘卡带。

“对了，姐，我想起来了！秦志杰，是他！你昏迷住院之后，秦志杰从国外回来了一趟。那天下午风不是很大，但我在楼道里就已经闻到了塑料烧焦的味道，上楼的过程中我和秦志杰撞上了，我记得他手里拿着的那盘卡带就是张信哲的。”

“苏慧，你说的是真的？”

“千真万确，后来我进屋发现他把其余的卡带全烧了。就是那股难闻的塑料味，我到现在都记得。”

苏玉一下子明白了，难怪秦志杰对秦怀春的态度那么古怪，原来六年前他就知道了父亲和于向知狼狈为奸的事情。而且秦志杰拿走的那盘卡带里录了苏玉的一段话，她在那段话里陈述了自己被他们发现这件事情。

这么一推导，苏玉感觉到了秦志杰的可怕：“他包庇了秦怀春，所以才逃走。他宁愿选择做一个抛妻弃子的人，也不想面对秦怀春。”

“可你是他的妻子，他怎么可以不管不顾？”

“可那是他的父亲，别忘了，那时候他的母亲刚去世，他肯定没有办法接受失去两个亲人的事实。”

“那也不能成为他丧心病狂的理由。姐，我终于明白你这段时间让我跟踪秦志杰的原因了。我记得他刚回国的时候对秦怀春的态度还不是很好，但现在不一样了，他还跟于向知走得很近。看来他还是站在了秦怀春那边。姐，咱们走吧，离开这个可怕的家庭。我只要一想到你跟他同处一个屋檐下就受不了，万一他发现咱们今天的谈话，肯定不会放过我们的。”

“今天的事儿对谁都不能说，苏慧，记住了，这是咱们姐妹的事儿，不要把任何人牵扯进来。在这之前我只是怀疑秦志杰，但现在看来，他比秦怀春还不是东西。”

“包括崔挽明？”

“我现在除了你不相信任何人。苏慧，咱们的机会只有一次，如果失败了，很可能就什么都没了，所以我不想冒险。崔挽明想自己查秦怀春那是他的事儿，你不要再参与。我听说林潇潇查到了一些东西？”

“没有什么实质性的进展，但她手里掌握的东西足够秦怀春进去了。这次他肯定逃不掉了。”

“让崔挽明不要乱来，等我这边的消息。”

“姐，你还在犹豫什么？咱们不能再耗下去了。”

苏玉将拐拎起来，架在身上走了出去：“这屋子我租了一年，去找人装修一下，我以后能用到。”

苏慧感到她这个姐姐跟以前不一样了。六年前的苏玉是那么单纯，那时候她还是文学系的一名教师，浑身透着一股干净的气息。但现在的苏玉就像一位城府极深的谋略家，不管是说话做事还是面部神情，都已没了原来的样子。

这让苏慧不禁感到难过，她不知道什么样的姐姐才是她所希望的，但至少现在这个不是她想要的。

她是多么痛苦。她们姐妹二人相继毁在了这对父子手中，她恨不能冲到秦怀春的家里将他碎尸万段。但就像苏玉说的那样，这条贼船上还有于向知。如果留下一只老鼠，它就会把你辛苦积攒的粮食糟蹋干净。所以她只能忍受着，等待着苏玉给出发起攻击的信号。

秦志杰从薛为民的生物公司回来的时候，浑身带着酒气。秦勉和苏玉早就睡着了，他回来的时候动静太大，导致苏玉被吵醒了。秦志杰在卫生间吐了有十多分钟才爬到床上，衣服、袜子脱得满地都是。

苏玉再也睡不着了，秦志杰那边却打起了呼噜。她走进客厅打开灯，从地上捡起秦志杰带回来的一份材料袋。她一边听着秦志杰的呼噜声一边打开材料袋，迅速看完之后，准备回到床上。但就在这时，她发现儿子站在屋门口看着她。

苏玉半捂住嘴，看着秦勉："宝贝，你要尿尿？"

秦勉一只手摸着自己的裆部，一只手挠着脑袋，困意十足地跟着苏玉上了卫生间。

那一夜苏玉的心脏跳得很快，秦志杰和薛为民签订了数据分析协议书，其实质是学术论文买卖协议。她心想，照这样发展下去，不用她出手，秦志杰很快就会出事儿。她心里突然有了一丝开心的情绪，但一看到秦勉，她的心又变得沉重起来。她还没想好以后怎么跟秦勉解释他有个怎样的父亲，还没想好如何让他健康快乐地长大；她不能光想着心里的仇恨，也要想着孩子的未来。

她心里终于有了一丁点儿温暖，这心灵的角落是留给儿子的，否则她大可不要这点儿温暖。

崔挽明闲下来的这半年，整个人的气色都好了不少，虽然金怀种业在平和县发展优质稻的事儿还是刺激到了他，但他现在已经想明白了。老百姓有自己的选择和活法，世间有无数种让人幸福的方式，而他做的只是其中一种。金怀种业想要做林海省水稻市场的统领者，这本身就是件不合常理的事儿，这是种理想状态，可以尝试，但不能陷入太深。

崔挽明知道，物极必反是迟早的事情。他已经打完了所有的子弹，现在他为了北川大学的面子，让自己变成了一个老实本分的育种家，每天开着车下地。他每个月会去小学接崔卓两次，与崔卓共享周末。这是他和海青早就定下的规矩，谁也不必见谁。

更何况现在的海青已经成了方旭手下的市场主管，崔挽明真是不敢想象，曾经和自己同床共枕了那么多年的女人，身体里居然藏着一颗梦想征服世界的心脏。这真是应了那句话：给你足够的舞台，你便能让世界转动。

不过令崔挽明不快的是，夏中秋还是没听他的劝，到海青手下做起了优质米的海外市场，专门负责组货。

这是汇德集团近两年才开始做的事儿，海青接手的时候，流程已经很成熟，所有相关手续和材料都在国家市场监督管理总局完成了备案，一切只要按部就班地进行就可以。

方旭这两年已经在凤凰城附近的厂子建立了清杂、烘干、检测和检疫等质量安全控制设施，并做好了出入库台账及物流信息平台，所有的仓库也建立有害生物监控体系。总之，一切设施和机制都是按照我国出境粮食生产加工有关条例来准备的，可见方旭没少下功夫。

今年是海青接触海外市场的第一年，同时也是货运量最多的一年。金怀种业在过去两年中的努力为他们汇德集团的市场开发打下了雄厚的基础，不管是品种类型还是库存都不会有问题，只要他们有市场，金怀那边就能提供货源。

但海青到达厂子不久便发现很多报检的材料都没送上去，国内外的双边协定、贸易合同书等东西都还没准备好。因为去年负责报检的员工突然离职了，所以这些事儿迟迟没有落实。

国家对林海省的出境粮食检验有效期的规定是三十天，如果货物在这期间不能完成报检，或者超过报检期限，出境前还需要重新报检。

从时间上来算，海青知道可能来不及了，检验检疫还需要时间。他们首先要通过林海省的检验检疫，拿到出境货物换证凭单，然后才能向出境口岸检疫部门申请查验，查验项目合格才能拿到出境货物通关单。这之间无论哪一步出了问题导致检疫不合格，都会耽误大米的出口，一旦耽误了，就会超出跟国外收货方协定的时间。海青知道，这样的情况最好不要发生，做生意最讲究的是信用和时效性，她不想刚上来就出这么大洋相。

“方旭，快给我想想办法，这边急得不行，你以前用的那人死哪儿去了？报检材料现在都没送上去。”

“有这事儿？我怎么不知道，报检有效期还有几天？”

“不到半个月了，怎么办啊？”

“好了，你那头先准备材料，我这边帮你联系人。”

方旭很明白，光靠海青的话，这件事儿十有八九办不成，所以抓紧时间买了机票，到了海棠市才给老同学赵亮打电话。

方旭大学毕业那年，作为同班同学，赵亮很幸运地考入了林海省检验检疫局，三年后又被调到了海棠口岸任职。他现在也算是个小小的“检疫官”，对基本的检疫工作那是相当娴熟了，哪个材料需要准备，哪个材料需要什么单位盖章，他记得清清楚楚。

“老同学，你可是好多年不和我联系了，怎么样，工作还顺心吗？”

“不是我不联系你，实在是混得什么都不是，哪敢联系你方总啊！”

“你看你说的，你现在可是大权在握呀。”

“你小子就别取笑我了，我记得两年前你给我打过一次电话，后来就没再联系过。说吧，什么事儿？”

“你还是这么痛快，好，你也知道我这几年在做大米生意，前年开始往国外发货，但一直没找你办过事儿，现在实在没办法了，一个小小的报检工作都弄砸了，再不过检就到期了。你那儿有没有什么快点儿的办法？花钱也行，现在就是想抢时间。”

“你开什么玩笑？！这都什么时候了，还敢整这个？你成天不看新闻哪。现在啊，就是按规矩，该怎么办就怎么办，进出口关系到安全问题，谁敢在这个上面动歪脑筋呀？这根本不是钱的事儿。”

“都这么严重了？我的货在林海省是出了名的好，去年往新加坡发了好几千吨高端米，一点儿问题都没出，我们的东西绝对安全。”

“对呀，既然你都说了安全，你还怕什么？”

“关键是时间不够了嘛，要不怎么来找你呢？你的办公室在几楼？”

“什么？”

“我到海棠口岸了，你的办公室在几楼？还是你出来见我？”

“你怎么说风就是雨呢？还跑到这儿来了，你可真是个疯子。”

赵亮很清楚地意识到，方旭的到来绝没有他在电话里说的那么简单。这么简单的走程序工作居然让公司的一把手亲自跑过来，事情肯定小不了。

可人都追到门口了，他不出去一趟也不好。但他出去吧，有些事儿就不好办了。

见到赵亮的时候，方旭几乎认不出来了。站在方旭面前的是一位白净的胖子，这个人的脸和盘子差不多圆，眼镜镜片十分厚重，头发却没有几根。

赵亮从办公楼出来，把手背在后面，小小的眼睛朝这边打量。他看见有人在向自己招手，确定了是方旭，才上了自己的车。赵亮把车开出办公大院后，没摇下车窗，只按了两下喇叭，示意方旭和海青上车。

“哎呀，老同学，搞得这么紧张，脸都不敢露，至于吗？”说话的是海青，当年方旭追海青的事儿，系里的人都知道。

赵亮一开始没注意到她，听她这么一说才有了兴趣。

“老同学？”赵亮往后视镜里看了看，啪地拍了一下方向盘，“你们两个真的在一起了？海青啊，我是真没想到，当年方旭掏心掏肝地追你你都没答应。我很好奇呀，你这个铁石心肠的女人是怎么回头是岸的？”

“赵亮，你这张嘴和大学的时候一样损，我们的事儿以后再跟你讲。看到了吧，我们夫妻多够意思，双双来到海棠看望你，从来没有过这待遇吧？”

赵亮摇了摇头，把车拐进一个街口，停了下来。

“少整虚的，我都跟你们说了，这事儿很难办。怎么，难不成你们这黑白双煞今天非要拿下我？”

方旭哈哈大笑，一拍大腿，说道：“赵亮，你太不老实了，是难办还是办不了？”

“你……唉……你这是逼我犯错误。”

“老同学呀，事情不怕难，就怕办不了，只要露个缝儿，我就能把缝隙填满。”

“真能填满？”

“我像是开玩笑的人吗？”

赵亮眯着眼睛，指着方旭道：“害群之马，国家早晚要跟你算总账。”

“走吧，老同学，今天让我这个害群之马感受一下海棠人民的热情。”

“方旭，要不等赵亮下班再说吧？”海青还替赵亮的事业前途考虑起来了。

赵亮把眼镜一推，一脚油门踩下去：“班就不上啰，带你们感受一下什么叫超级海鲜宴。”

“看见没有，海青，他还是以前那个老同学，够意思，够爽快。”

方旭知道，同学归同学，办事儿归办事儿，规矩他都懂。这次的货足足有两百多吨，数量不算少了，这件事儿要是办不下来，大米被关在了国内或者检疫出了麻烦，损失之大可想而知。所以没有一笔可观的费用，他怕是填不饱赵亮的胃。

海鲜宴方旭是吃不进去了，主要是要把事情给落实下来。

饭吃到一半，赵亮张口就要十万，方旭怎么也没想到，就算看在同学的情面上，也不能开这么大的口哇。但方旭明白，要是回绝的话，事情很有可能泡汤。既然事情已经在赵亮这儿露出底来了，他就不可能再找别的渠道，否则保不准赵亮之后会给他穿小鞋。

“老同学，你不怕撑死呀？！”海青当然忍不了，怎么也得说赵亮几句。

“怎么？你们以为这钱都给我哇？我一分钱都捞不着。你们现在什么都没有，不花钱怎么办事儿？出境货物换证凭单你们没办下来吧，我是不是得联系你们林海的海关给你们抢时间？我们这边还要办理通关单，都是求人办事儿，别把事情想得那么简单。你们把钱给我了事，我呢，还要挨个儿打电话给人解释、补办手续。你们以为我愿意呀，还不是看在多年同学的情分上，为了这点儿钱冒这么大风险，换个人谁愿意干？”

方旭一听，知道赵亮不高兴了，马上把话接过来。

“办事流程你比我们清楚，怎么整你说了算，只要半个月内能让我出货，花钱的事儿不用你操心，就是让你受累了。我们实在是没有办法，你看我俩创业也挺不容易的，每花一分钱都得考虑考虑。”

“呸！方旭,你小子跟我说不容易？你一出生就是‘富二代’，你老子是搞地产的，你花十万块还叫钱？我跟你说，我刚才就是没想起你爹这茬，要不然我还得朝你要十万。”

“老同学，人家都坑爹坑妈，到你这儿怎么成坑同学了？”

“别怨我好不好，是你们自己找上门来的，既然你们非要办，那我就把规矩先给你们立好了。方旭哇，我这也是帮你的忙，要不是看你是个老实的生意人，这忙我敢帮才怪。或者呀，你们可以去找人伪造检验证单、印章、标识和通关单，一旦被我们发现，就上缴与货值等价的罚款，你们自己选吧。”

“还能伪造？胆子太大了吧。这违法乱纪的事儿咱们还是别干，赵亮啊，就按照你的办法走流程。”

“哎，我先声明，这不是我的办法呀，这是正规流程，你出的十万块钱哪，也就够买个加班时间。你们抓紧时间回去，我让那边尽快检疫,然后给你们出具证明,手续齐了,你们再上我这儿，我把通关单给你们留着。”

方旭和海青终于把他们这老同学的嘴脸研究透了，总结起来就是：无耻、无底线、无德行，是个彻头彻尾的老狐狸。

不管赵亮是狐狸还是老鼠，事情也只能这样了。回到林海之后，方旭第一个要收拾的人就是无故离职的员工，打听后才知，那小子去年在办理通关手续的过程中与办事人员搞砸了关系，直接被拉进黑名单了。出了这样的事儿，他当然不敢跟方旭交代，只能溜之大吉。

方旭气得直咬牙。正好此时海青带着夏中秋过来，方旭一眼就相中了这个小伙子。

“你的人？”他问海青。

“对呀，去年七月份刚招的大学生。”

“好好培养培养，回头送到赵亮那儿去学习学习、接触接触。外面的人我是不想请了，门路都不清，用着不放心，关键都是些老滑头，还爱贪便宜，我怕给我惹事儿。以后咱们要改变思路，应该多培养年轻人，他们现在正是需要事业的时候，相对要靠谱保险得多，起码会规规矩矩的。”

“谢谢方总提拔，我会努力学习的。”

夏中秋一走，方旭便问：“屁大点儿的孩子，你就敢拿来用？”

“小伙子头脑够用，关键对大米行业了解得一清二楚，不是绣花枕头，放心吧。”

“哪儿来的？”

“他说是林海省农业大学，但据我所知，他是崔挽明的学生。”

“什么？”方旭刚喝进去一口水，马上吐了出来，“你疯了？他的人怎么往公司招呢？这不是引狼入室嘛。”

“急什么？我这叫将计就计。崔挽明想做什么我不知道，但有了夏中秋，谅他崔挽明不敢乱来。”

“都说女人狠心起来吓人，你这是要前夫不好过啊。不过我提醒你，凡事别玩大了，咱们好不容易拿下了林海这块肥肉，以后做事情尽量回到正轨上，别给自己找麻烦，否则以后都得还回去。”

海青瞪了方旭一眼：“你要是敢对我不好，我比这还要狠。”

二十天后，出口的大米一斤都没剩，全部进了集装箱，搭货轮走了。

自苏玉能走路之后，送秦勉上学的事儿就由她负责了。最近她又联系了师范大学，准备回去教课，所以白天在家备课，晚上做好饭等秦志杰回来吃。

一开始秦志杰还不知道她有这个打算，但那天下班后他发现了苏玉忘关的电子版教案，心里生出了一丝疑虑。

“苏玉，你准备回学校啦？”

“我也不能一直待着，能回就回去，也不知道学校还接不接受我。学校想看看我的教课情况，要做个试讲，所以我就准备准备。”

“啊，以前的东西你想起来啦？我是说你的专业。”

秦志杰一下子把问题抛出来，把话堵在苏玉的喉咙里，苏玉顿时傻眼了。她以为自己已经很小心了，但还是出了这么大一个漏洞。

“那天我翻看以前的书，一看就找到感觉了。我对专业还是很敏感的，大概是这东西印在骨子里的缘故吧。”

秦志杰冷冷地看了她一眼：“好好讲，你会成功的。”

不管秦志杰怎么认为，但刚才他看她的眼神带着一种很强的攻击性，苏玉这么敏感的人不可能察觉不出他的想法。如果秦志杰开始怀疑她，那么这之后的每一天她都有危险。苏玉在想，她或许该早点儿行动了，就算秦志杰察觉不出来，可一旦她回到学校，以秦怀春的头脑一定能想到她在玩把戏，到时候再想脱身就难了。如果她放弃回学校，更会引起秦志杰的怀疑，所以事情已经到不得不改变的时候了。

但在行动之前，她需要通过苏慧和崔挽明联系，再借助林潇潇的力量，才能彻底解决问题。

而这个时候的崔挽明依旧在为夏中秋担忧着。夏中秋进汇德不到一年的时间就混到了海青身边，这种概率太小了，崔挽明推断夏中秋很有可能被海青识破了。现在夏中秋又离开林海去了海棠市，电话也打不通，一种不好的预感席卷而来。

崔挽明借着送儿子回去的时机，和海青在市文化公园见了一面。

“你现在可真是大闲人哪，像你这种人能闲下来可真不容易！”

“是呀，那得费多少心思才能让我闲下来？不过呀，我还是要谢谢那些让我放长假的人，他们绞尽脑汁也不容易。”

到了这种时候，崔挽明犯不着再跟海青藏着掖着，什么话挑明了说反倒痛快。但谁知海青警惕性很高，并没有接他的茬。

“哈，今天天气不错，下月见。”海青将崔卓送上车，跟崔挽明挥了挥手。

“哎，你等等，我问你件事儿。”

海青摇下车窗：“啊？什么？”

崔挽明往后退了几步，犹豫地摆了摆手。他退却了，回想了一下和海青在一起的日子，似乎还没有为了一件正经事儿求过她。

即便是为了自己的学生，他也开不了这口。

不到五分钟，他的电话响起，是海青打来的。

“喂。”

“知道是你的学生，特地给你面子，我们送他出去培训了，放心。”

海青的精明是崔挽明未曾想到的，她情商这么高，他居然没发现。但海青的话也间接告诉了崔挽明，夏中秋已经被识破了。

崔挽明在想，海青敢这么不避讳地把事情挑明，一定是手里有什么把柄，否则不可能直言相告。

他这边的事儿还没彻底解决，苏慧又将他约了出去，过了一会儿林潇潇的电话也打了过来。

“苏慧说找我有事儿，联系你了吗？”

“我正往那边去，正好离你的单位近，我去接你？”

十分钟后，崔挽明接上林潇潇，赶往苏慧订的包间。

“金怀种业涉嫌严重的商业犯罪，我们这边正在整理材料，可以收网了。”

“嗯，林潇潇，你们的动作比我想象的快，没想到你有这个本事，说查他们就真查了。”

“说实在的，自第一次在飞机上遇见你，后来又亲眼见证了你的遭遇，我心里就很气愤，那时候我就想好好查查他们背后的事儿。但就像你跟我说的，这里面错综复杂的事儿太多。”

“毕竟没有发生重大案件，他们的手都是隐形的，没有敏锐的眼睛和极高的关注度是看不到的。再说了，他们在拉动林海省的 GDP 增长上做出了不小的贡献。”

“崔挽明，你分析得对，不当刑警可惜了。有时候地方政府也要靠这些企业来带动发展，干涉太多确实不利于企业发展。可金怀种业也太过霸道了，林海省都快成他们一家的了，老百姓叫苦的时候他们看不着，企业也要讲良心的好不好？”

“先看看苏慧那边有什么事儿吧，看样子很着急。”

“过去半年多，她都没联系过我，对秦怀春的调查也早没有下文了。”

崔挽明看了眼外面的天，刚才还好好的，现在却又阴上了。

他在心里嘀咕道：可不能下雨了，这里不能下，三亚也别下。整整三年了，北川大学的南繁试验基地从开工到现在，终于等来了竣工的消息。这中间出现了太多的问题，能解决的、不能解决的，他都想办法解决了。但前几天那边又来了电话，说基地的生活用水重金属含量超标，这样一来崔挽明又得想办法了，是要跟邻近村子借用自来水呢，还是安装多功能净水设备？但不管哪一条都涉及花钱，只要一花钱，他就不得不再去找这个处长、那个书记。

他知道新楼马上就会建成，但林海省的天到底能不能在这场雨过后迎来艳阳，就看接下来这段时间了。

苏慧一开始坐在包间等，但每隔三分钟就站起来一次。她心急如焚，等不了那么久，只好来到饭店门口张望。直到崔挽明出现了，她才慢慢静下来。

"什么事儿这么急？"

"崔挽明、林潇潇，今天我要说的事儿关系到很多人，你们要有思想准备。"苏慧显然做好了和盘托出的准备。

崔挽明倒了杯茶，慢悠悠地喝进肚："我都准备好几年了，说吧。"

"我姐的失忆症是装的。"

崔挽明设想过无数种可能，却没想到这点，苏慧的第一句话便激起了他的好奇心。

"为什么？让我猜猜，她是在保护自己？"

"没错，崔挽明，秦怀春涉嫌犯罪。你端好茶杯，接下来的话我怕你接受不了。"

"快说，你想急死人哪？！"

"2010 年，秦怀春背着所有人，把你地里的品种，也就是现在的'林育稻 1 号'送给了于向知，换取了咱们师母治疗癌症的费用。后来这件事儿被我姐发现了，秦怀春便和于向知合伙对我姐用了神经致死药剂，导致她脑部出血，做了六年的植物人。"

崔挽明听完苏慧的话，手里的茶杯咚一声坠到地板上，碎了一地。他曾经怀疑过秦怀春，但后来海青联合汇德的人盗取他在凤凰城试验地的品系的时候，他又一度认为那个人是海青。没想到他最初的直觉是对的。因为在这个世界上，当时了解他地里品系的特征的人只有秦怀春、钟实和他自己，能够接触到地里品系相关资料的人就只有海青一个，除此之外，崔挽明想不到还能有谁。但那时候他不可能在心理上接受将秦怀春视为嫌疑人的事实，所以才造成了今天的局面。

他使劲抹了一把脸，眼睛里渗出惋惜和痛苦的情感，这是种万念俱灰的感觉。那个教导他要做一个对得起老百姓的育种家的人，那座林海省水稻界的大山，今天在他心里轰然崩塌了。秦怀春在崔挽明的心中树立起来的价值观一直让崔挽明发光发热，可此时此刻，一切都不复存在了。崔挽明感到自己的身体正在一点点冷却，就好像那个形象倒塌之后，把他身体里的精神也带走了一样。

“有证据吗？”林潇潇问道。

“今天我就把东西交给你们市公安局保管，这个东西在我身上，我一天都安心不了。”苏慧拿出那盘卡带交给了林潇潇。

“里面牵扯到于向知和秦怀春交易‘林育稻1号’的具体细节，是铁打的实证。我要求市公安局马上拘留他们并立案调查，还我姐姐一个公道。还有，秦志杰可能涉嫌包庇罪，你们也要一并查处。”

“我们会的，只要证据确凿，马上就能立案。”

“先等等。”崔挽明沉寂了半天终于开口。他显然不想这么做，至少不想在现在行动。

“既然是实证，就不急于一时，林潇潇这里有金怀种业的一些证据。这些年来，被卷进这件事儿的人太多，但有的线索我还在找突破口，比如省种子管理局。如果现在立案刑拘，很可能惊到外面的那几条大鱼，我想咱们应该把思路调整过来，从外到内，先把外面的鱼吃掉，这样谁都跑不了。”

“没错，我同意这个想法，但这件事儿要保密，绝不能泄露。”林潇潇附和道。

“还等？崔挽明，你知道我和我姐心里承受了多大压力吗？现在我姐随时可能有危险，万一被秦怀春发现问题，出了事儿谁也负不了责。”

“好，苏慧，这事儿我来想办法，三天内我帮你解决。但请你以大局为重，咱们等待了这么多年，这时候更加需要有耐心先平静下来。”

他和苏慧强调平静，但他自己的内心早已是波涛汹涌。现在不办秦怀春，他只说出了一个理由，最重要的一个他并未说出口，因为这不能被称为理由，或者说这是在给自己找某种释压的方式。秦怀春对他的恩情传遍整个林海省，没有秦怀春，他可能连媳妇都娶不上，也就没有现在的崔卓；没有秦怀春，他住不上房子，受到的关爱要少得多；没有秦怀春，就没有他如今的事业，是秦怀春慷慨地将毕生保留下来的水稻育种材料全托付给了他。当时在林海省这算是一件轰动的大事，可谓羡煞旁人，他一工作就含着金钥匙，在林海省是古今第一例。

基于这样一种厚重的情感基础，他怎么可能狠下心说办就办？他需要时间来慢慢消化这件事儿。但他不能将这些理由讲给任何人听，更不能伤了苏慧、苏玉，甚至林潇潇的心。

苏玉没有其他选择，带着准备好的课件，在秦志杰的陪同下来到了师范大学文学院进行入职前的试讲。

秦志杰坐在教室的最后一排，聚精会神地看着台上的苏玉。他好像又看到了当年那个透着知性的女教师，那个能与他擦出心灵火花的人。他的记忆被拉回从前的时光，一切都是那么清晰。她的谈吐和风貌、她的精神气质和面部微笑，仿佛从未离开过他的记忆。

他突然不忍心再去怀疑苏玉，这么一个经历惨痛的女人，难道连回到过去找回自己的权利都没有吗？她难道就活该生活在暗无天日的环境下吗？

渐渐地，秦志杰的思想有了一丝波动，他从来没想过抛弃苏玉，但也从来没想过要失去父亲。他无从选择，既想保护苏玉，也想保护秦怀春。

但他现在明白，只能选择其中一条路走下去，否则他将会在两难抉择中被撕成碎片。这么多年的精神压力他实在扛不住了。他又看了一眼台上的女人，吸了吸酸溜溜的鼻子，起身出去了。

崔挽明已经在教室门口的长椅上等了秦志杰半个多小时。秦志杰看见崔挽明的时候，脑子是糊涂的。他对崔挽明的突然到来没有做好准备。

崔挽明笑着起身，搂着秦志杰的脖子来到了学校的球场边。

“苏玉现在恢复得不错，真是为她高兴，没想到她还能回到讲台上。志杰，你要好好珍惜她，她为你付出了太多。”

“是呀，她就像一个惊喜，给我的生活带来了很多色彩。”

“她在那种情况下给你生了个儿子，志杰，你不觉得她很伟大吗？”

“别说了。”秦志杰捂住脸，不敢看这个充满阳光的世界，感觉眼前的阳光已经照不进他的内心世界了。

“你来这儿有事儿？”秦志杰的脑子并没有完全糊涂，他知道崔挽明这个人不会无故找他。

“是呀，我和小佳还有苏慧商量过，想征求你的同意，让她们姐妹出去走走，别急着工作。她的身体还没有完全恢复，多出去走走对康复有好处。”

秦志杰认真地看着崔挽明：“没想到这么多人关心她，她是幸运的。”

“所以我们不能辜负了这份幸运，让她离开林海吧！这里的气息对她来说太过陈旧，给她换个新的环境。”

“去哪儿？”

“让她们去三亚吧，就住在咱们学校的南繁基地，离三亚市不到一小时的车程，我在那儿有辆车，苏慧可以带她四处走走。”

秦志杰顿了好半天，仿佛在思考着什么，然后点了点头：“如果她愿意的话，我没意见。”

这恐怕是秦志杰能够为苏玉做的最好的事儿了，从某种意义上来说，他要感谢崔挽明在这个时候过来帮他解除思想上的痛苦。不管怎么说，让苏玉远离秦怀春，他的心里就不会有那么强烈的压迫感，就好像这样做之后，他的负罪感就会减少一样。

他暂时不用被困在情感的夹层中备受煎熬了。

苏玉去三亚的消息还是传到了秦怀春那里。他现在成了真真正正的广场大爷，就连看报纸的心情都没有了。他每天都会到小区广场坐坐，跟大家下下棋，散散步，仿佛将自己禁锢到了这有限的空间里，没有争吵，不需要操心任何事儿。他真的解脱了，完成了老伴儿的遗愿：他活到老时终于替秦志杰开口办事儿了，让秦志杰留在了北川大学。就连他自己都搞不清楚，他身体里原有的那些原则是如何失去的。

有时候他一坐就是一下午，太阳落山了都不知道回去。他的听觉似乎也出现了毛病，别人跟他说话，他往往要多问几遍才能弄明白。

苏玉离开的消息让他变得沉默了许多，他这样折磨了自己整整一周，才将秦志杰叫过来。

“志杰，你现在长大了，学会自作主张了。”秦怀春微笑着，满脸透着叫人不安的神色。他不再觉得秦志杰手握他的把柄是件多么不堪的事儿，因为秦志杰安然地接受了于向知提供的项目及薛为民为之打造的学术论文，秦怀春觉得此时此刻他和儿子是平等的。

“崔挽明提出来的，我没有办法拒绝，毕竟苏玉是我的妻子，这么多年我亏欠她太多，这小小的要求我应该答应。”

“那你七年前就该拿着那盘卡带去公安局揭发我，既然你做了选择，就没有回头路。我跟你说了多少次，不要让苏玉离开视线。我这么多年一直监视她，就是怕她醒过来。”

“这样你不觉得累吗？你活着的意义就是为了监视她吗？”

“我没有办法，当年你妈那种情况，只靠我微薄的工资什么也做不了，我不能看着你妈等死。我跟于向知通话时录了音，后来发现找不到那盘带子了。即便苏玉是你的妻子，我也不能让她知道我的秘密。”

“那你为什么不干脆了结了她？你不是害怕吗？为什么还要给自己找麻烦？”

“我不能连做人最后的底线也丢了，我不能要了她的命啊！”

“别假惺惺地把自己说得那么善良仁慈，恐怕是为了秦勉，你才对她手下留情的吧。”

“你给我住口，不许你这么侮辱我！你实在太放肆了，不要忘了，在这件事儿上你负有一半的责任，所以你没资格教训我，懂吗？”

父子俩争吵过后，沉默了很长时间，秦怀春才站了起来：“今天在我这儿吃饭，你来帮我打下手。”

不管他们怎么争吵，都改变不了他们做下的错事；不管他们如何谴责自己，都难以消除内心的痛苦。他们曾经把对方当作仇人一般看待，现在却不得不重新坐在一起，为了眼前共同的利益，吃起了同一锅米饭。

这是血浓于水才有的默契，也正是血脉相连，才注定了如今的局面。

将苏玉从秦家父子身边调走之后，崔挽明终于有心力来处理久积心中的一件事儿了。

芮静跟凌风和好的消息引起了苏慧的不满，但其中缘由，她并未与之说明。芮静因为离开了省种子管理局，所以想要在凤凰城的同行里混口饭吃很不容易。既然她要摆脱这些事儿，崔挽明只好将她介绍到利民食品保健有限公司做市场规划工作，这么多年的工作经历让她和林海省的几乎所有育种家打过交道，这对做市场的人来说至关重要。

芮静从来没有像现在这样感觉到自己的价值所在，崔挽明来找她的时候，她正忙着给客户建档答疑。

简单的一次碰面引出了一个不同寻常的计划，这是芮静没想到的。本来这件事儿她不想管，因为涉及前单位，但这件事儿和崔挽明有关，她又不好拒绝。

“说吧，你要我做什么？”

“我知道你们单位有个仓库，专门用来堆放每年育种单位送来的标准样品和参试品种。”

“没错，为了便于今后查验品种真伪，原则上我们是要进行留种备案的。你是什么意思？”

“帮我找一个品种的标准样品和参试样品，好找吗？”

“哪年的？”

“就白叶枯病那批品种。”

“你怀疑有人动了手脚？”

“不用怀疑，是肯定有人动了手脚。如果出问题的话，那问题只会出在你们那儿。标准样品肯定没问题，你们收上去之后直接入库了，但参试品种的话，我们上交之后，你们还要统一编号再分发到各试验点去，这个环节最容易出问题。”

“我明白你的意思，你想看看这标准样品和参试样品的区别。标准样品肯定不能丢，我们一般都会保存好多年，但参试样品还能不能找到就不敢保证了。如果当时分样的时候全分出去了，那参试样品就没了。”

“找找吧，我记得当时提供了足量的种子，应该会有剩余。”

“行吧，我来想办法，虽说我不在那儿上班了，但这点儿小事儿还是能办成的。不过最好选周末过去，到时候我联系你。”

回去之后，芮静就和前单位的仓库管理员取得了联系，给他发了两百块的烟酒钱，很轻松地就拿到了钥匙。对管理员来说，仓库里的种子没有一点儿价值，单位领导也从没来视察过，说白了就是一堆用剩的废品，还不如换点儿烟酒钱。

进库之后，芮静打开大灯，堆积如山的五谷杂粮都会聚在这儿，玉米、水稻、小麦、大豆、高粱、谷子全都堆积在一起。他们要想找出目标犹如大海捞针。

“看样子，你要在这儿待一天了。”

“待两天也要把它找出来。”

好在每堆品种都有年份标签，崔挽明用了半天时间就把东西找出来了。

下午三点钟，他亲自将两份种子送到市检测中心，检测中心的工作人员让他回去等结果，但他不放心。

“我们现在有两种鉴定方法，一种是噬菌体侵染培养，一种是酶联免疫间接检测，你用哪种？”

“最简单方便的就行，要快。”

“那你就选噬菌体，但这个方法最快也要明天上午出结果，我们需要对培养基进行十二小时的培养。”

“那我就在你们的实验室门口等着，你们现在就取样脱壳做准备，我要亲眼看着。”

“你这人真是的，你在这儿，我们怎么操作？”

“那我到外面等。”

崔挽明对这件事儿的重视程度可想而知。他带来的每一粒种子都关系到他的命运，他想重新回到老郭他们身边，重新和老百姓打成一片。

他趴在玻璃墙外看着实验员的操作，下班后门卫大爷请他出去，他不听，要守在这里，不允许任何的人员失误，要保证结果的真实性。

好在苏慧跟检测中心的人熟，一个电话就帮他解决了问题。门卫大爷给他拿了条毯子，他就在走廊的长椅上度过了一宿，就像等待一个婴儿的降生，当年崔卓出生的时候他也不过如此吧。

当拿着电子显微镜拍下的病斑回到学校的时候，他感觉浑身上下没有了任何束缚，这样一个可喜的结果让他看到了重生的希望。

他了解到，当时负责分发这批种子的人正是付京。崔挽明把证据往林潇潇那儿一交，市公安局马上采取了行动。

“咱们先拿下个小的。这些粮食产业链上的蛀虫要一个一个揪出来。他们趴在这块肥肉上太长时间，钻到了很深的位置，必须精准有力地一个个铲除。”

“我们市公安局这边早就做好准备了，开始吧。”

付京怎么也没想到，屁大的一点儿小事儿居然引火上身了，面对审问，拒不交代。

“我不知道，你们得拿出证据来，不能随便抓人，否则我起诉你们。你们这样做，对我造成多大影响？我要你们赔偿名誉损失。”

“要证据是吧？好，我问你，2015 年 3 月 12 日那晚，你和谁在一起？”

“哼，两年前的事儿谁能记得？”

“好，那我就好好帮你回忆回忆。那天你开车到机场接了一个人，你还记得吗？”

“不记得，没印象。”

“付京，你最好老实点儿，给你坦白从宽的机会，你最好抓住了。”

“身正不怕影子斜，随便。”

“你真是不见棺材不掉泪。”说着，警察就把那天晚上付京等人在一起吃饭的监控录像截图拿了出来，扔在付京的面前。

“怎么？总不至于我跟朋友吃个饭都不行吧？”

“你还狡辩？那年的白叶枯病就是你跟何峰搞的事儿。”说着，警察给他听了一段手机录音。

录音正是来自那场饭局，付京在脑海里仔细搜索了一圈，把那天晚上饭局上的人挨个儿捋了一遍。

“录音是谁给你们的？这是诬陷，纯属诬陷！”

“谁给的我们能告诉你吗？录音我们已经做了技术鉴定，这个你可以放心，我们绝对公正。怎么样，还不肯交代？”

意识到自己的谎言被戳破了，付京再没有还手的余地，因为清楚这份录音的曝光意味着何峰、方旭等人都难逃法律制裁。他只能老实交代了具体细节。

崔挽明总算是舒了一口气。何峰在于向知的指使下配合方旭把带菌稻草偷运回林海省，然后通过将稻草粉碎掺入崔挽明的品种中的方式，导致后期病菌侵入种子，引发水稻大面积受灾。

崔挽明恨透了这帮人，但同时又觉得一切根源在自己身上，如果他没有跟对方较劲，也许对方就不会有这些动作，更不会伤害到老百姓的利益。他一个人导致了平和县合作社的全盘崩塌。

当他以这样一个角度审视事情本身的时候，觉得自己真的不可饶恕，但好在问题得到了解决。不管他如何纠结，该他承受的，他必须说服自己承担，这种心理负担，没有人能帮他分担。

市公安局虽然对付京参与破坏生产的事实定了性，但并没有将消息外传，就连谢正言都不清楚付京突然被逮起来的原因。他怀疑是那件事儿露了马脚，这几天怕得要命，想方设法地打听付京在拘留所的情况。

但林潇潇何等精明，早就将付京转移到了其他地方，使得这件事儿就跟没发生过一样，就连她的父亲林伟对此事也一概不知。

谢正言没有参与白叶枯病这件事儿，但身在其中的于向知和方旭等人可就不那么从容了。付京进去之后，何峰好几天都不敢来上班。何峰当年和于向知搭档的时候干过的那些事儿，可都一笔一画地在付京那儿记着呢，如果付京是因为这方面的事儿进去的，那何峰迟早会被吐出来。

市公安局之所以按兵不动，就是为了让他们自乱阵脚。

于向知对这件事儿的镇定态度是何峰所不具备的，他明知背后已经波涛汹涌，每天还是镇定自若地上班开会，不同的是，他将用了十多年的电话卡停用了，用儿子于宪伟的身份新办了一张卡。这个时候，他不敢随便出去走动了，就算想打听消息也不和人正面接触。

方旭接到于向知的电话的时候，就知道于向知坐不住了。

“于院长，急什么？！里面的具体情况谁也不知道，别慌！”

“怎么不慌？你不知道，我在付京那儿有一屁股烂账，他要是吐出来，我就完了。”

“那就跟我没关系了。于院长，那是你自己的事儿，作为朋友，我也替你着急，但这种事儿我也帮不了你。”

“方旭，你什么意思？别忘了，白叶枯病菌是你带回来的。”

“我只是帮何峰邮寄，可你别忘了，东西是从你三亚的育种地里取的，邮费是何峰出的，警方怎么也查不到我头上。我对这件事儿一无所知。”

“方旭，你怎么——”

“好了好了，多大点儿事儿？总不能因为他进去了，咱们就不活了吧？想想办法嘛。”

说这话的时候，方旭明白，是时候跟于向知切断往来了。

于向知答应给方旭几个省里的科企联合项目，到了这节骨眼儿上才主动送上门，但方旭这个时候已经不需要了。

第二十一章

告　捷

距离上一次和于宪伟见面已经三年时间了，那次争吵过后，林潇潇也终于从他们不成熟的爱情中撤了出来。

于宪伟也不在酒吧厮混了。于向知暴富之后，花钱给他在一家外资企业安了身，他也开始了自己的事业，逐渐走向了成熟。

但他没想到有生之年林潇潇还能来找他，这对他来说恐怕是人生里的最后一次弥补机会了。

他们没有去饭店，也没去酒吧，而是在于宪伟公司的活动室里坐了下来，一人泡了一杯柠檬水，聊了聊过去三年各自的经历和往后的打算。

林潇潇知道，这个时候打断于宪伟对美好生活的向往是残酷的，可没有办法，面对当年差点儿成为自己的亲人的于宪伟，她不得不将一些事儿告诉他。

“宪伟，猜到我为什么找你了吗？”

"我以为你就是简单地跟我谈谈大家的生活，看来不是。"

"很遗憾，宪伟，我们市公安局打算对你爸立案了，因为多年参与市场非法运作和品种非法运营，他可能要接受调查了。"

于宪伟脸上的从容一下子缩进体内："有这么严重？"

"可能比这还严重，我今天来就是想亲口告诉你这件事儿。不管怎么说，咱们有过一段美好的回忆，谁也没想到老天会安排我来面对你们一家人，抱歉。"

于宪伟对自己父亲的所作所为不是不清楚，近十年的时间里，父亲从一个所长变成院长，从名不见经传的小人物变成名声响彻林海的首席育种家，这些名利和父亲付出的努力严重失调。于宪伟只是没料到会这么快事发。

"什么时候？"

"最近。"

"谢谢你，潇潇，我替我父亲谢谢你。"

于宪伟拿着自己的水杯，把林潇潇送上了车。他变成了一个有涵养的男人，再不是三年前那个玩世不恭的年轻人。事实证明，于向知的努力没有白白浪费，尽管他的钱不干净，却让儿子从人生的低谷中走了出来。这是何等讽刺呀！这恐怕也是于向知在世界上的唯一一丝安慰了。

林潇潇之所以敢把传唤于向知的事儿提前告诉于宪伟，不是不担心他走漏风声，而是因为想把选择命运的机会交给他们自己，让他们重新选择一次。

"你不怕于向知逃掉？万一于宪伟……"崔挽明还是不放心。

"他不会的，虽然当年不务正业，但跟他爹不是一样的人。他骨子里没有长那些不干净的东西。"

"潇潇，别忘了秦志杰的教训，他就是活生生的例子，葬送了苏玉的大好人生。"

"如果真的是那样，也是他自己的选择。我相信人性有光辉的一面，这种光辉可以不受亲情的束缚，你信吗？”

“我当然相信人性的光辉，那我们就拭目以待吧。”

林潇潇不清楚自己的选择是否正确，但还是以这样一种方式和于宪伟彻底告别了。她感觉到了来自内心深处的浓烈伤感，也感觉到了这份伤感带给她的沉重。

接下来的整整一周，她都在煎熬中度过。她本可以不去顾及这些，这些过去的感情早就没了踪影，但她刚强的外表背后是一颗柔软的心。

然而当她手握证据来到省农科院办公大楼的时候，却被告知于向知已经三天没来上班了。这个突发状况让林潇潇对自己的冒失感到无比沮丧。她站在办公大楼的楼道里久久不能平静，不相信这件事儿和于宪伟有关，但于向知确实没了踪影。

也就是在同一时间，柳敏在儿子于宪伟的陪同下来到市公安局报案，请求市公安局帮她找人。

于向知的突然失踪引起了省里的高度重视，林伟从省厅亲自带人过来，从林潇潇手里取走了于向知涉嫌犯罪的证据。从那天起，于向知的案件彻底公开，也正式被拿到明面上来，成了家喻户晓的新闻。

崔挽明对林潇潇掌握的这些线索十分好奇，但林潇潇没有告诉他东西是如何弄到手的，只说是一个熟人相赠的。

苏玉在三亚收到于向知落马的消息，脸上有了一丝光亮。但崔挽明告诉她，在秦怀春接受调查之前，不希望她回来。因此几乎在于向知暴露的同一时间，崔挽明便拜托老黎将苏家姐妹从崖城送到了海口。他不希望秦怀春在受惊后再做出任何错事。

在这调查进入白热化阶段的时候，崔挽明坐在办公室里，心情久久不能平静。于向知到底去了哪儿？他们根据事后于宪伟的表现，排除了他泄密的可能。

这个时候秦志杰走了进来，打断了崔挽明的沉思。

"挽明，想什么呢？还在想于院长的事儿？你应该高兴才对，他对你做下的那些事儿不可饶恕。"

崔挽明看着秦志杰的脸，心想：你怎么好意思说出这种话？

"没想什么，我好长时间没去看老师了，今天下班跟你回去一趟吧。"

"老爷子最近迷上了围棋，今天晚上啊，他们老年社团正好有一个围棋比赛。等哪天有空你再过去，叫上他们几个一起。老爷子估计也想你们了。"

秦志杰的刻意拒绝让崔挽明感到有一丝失望，看来老爷子最近确实太忙，连见个面的时间都没了。

要知道正是因为崔挽明，林潇潇在提交于向知的罪证的时候，才刻意拿掉了于向知和秦怀春的那些勾当的相关资料。对崔挽明的要求，林潇潇大可不必顺从，在她那里，只有证据和事实，没有情谊可言。

"潇潇，这是我求你的最后一件事儿，先别动秦老师，他受不了这个。他是一个知名育种家，是一个优越感极强的人，一生光辉。我想看到他反省的一面，等那时候你再按自己的方法来。"

"反省？怎么可能？于向知失踪了，你觉得秦怀春还坐得住？我怕耽误了时机，不想再错过了。"

"他怎么坐不住？他照样每天出去活动，什么都没——"

"你等等，我怎么没想到？我知道于向知在哪儿了。"

"你知道？"

"你难道没猜出来？秦怀春从容镇定，很有可能……"

"你是说于向知在他的手里？"

"十有八九，如果真是这样，你不让我拘捕他就对了，否则这辈子都不见得能找到于向知了。"

"那又如何？你手里有录音带，他到哪儿都跑不掉。"

"可他不知道哇，他到现在都不知道苏玉多复制了一份录音出来。他要是知道，早狗急跳墙了，我就不信世界上真有那么淡定的人。”

接下来的事儿就交给司法系统处理了。崔挽明从办公室走出来，对秦志杰意味深长地笑了笑，开车朝省农业委员会的方向去了。

石海明两个月前刚从省里开会回来，有一大堆材料等着要写。崔挽明进来的时候，他根本来不及招呼，让崔挽明在办公室等了一个多小时才返回来。

“你有什么事儿？”石海明一边继续整理材料，一边喝着水。

崔挽明站了起来，走到办公桌跟前：“石主任，我是崔挽明……”

“我认识你，说你的事儿。我最近实在太忙了，省里要对农业系统进行整顿，有很多材料等着整理。我没有时间顾着你，有事儿你就说。”

崔挽明看石海明这么忙，不想打扰他，但不说呢，事情又一再往后推，所以干脆把想说的话都一起讲了。

“石主任，上个月我给你发了邮件，不知你看没看？”

“邮件？没有，实在没时间看。你直说吧，是什么事儿？”

“啊，就是咱们林海省农作物品种审定方案改革的一些提议，我以为你看了。”

石海明一听，放下手里的材料，眨了眨眼睛：“不是，崔挽明，你提议？经过省种子管理局了吗？他们知道这事儿吗？”

“那倒没有，我想让你先把把关，要是可行的话，再——”

“行了、行了，你就别给我添乱了。这些事儿归省种子管理局弄，具体哪些方面不合理需要改革，他们自己最清楚，咱们都是局外人，看问题不如他们深刻。正好哇，省里要改革林海省的农业体系，你们也研究研究，要是觉得可行，拿出一套最终方案，咱们再讨论。”

“石主任，可是……”

“好了、好了，你先回去，好不好？”

石海明站起来就要请他出去。崔挽明知道，石海明现在是臭毛病又犯了，也不能因为时间紧就这个态度哇。

崔挽明只能无奈地先回去，但要让他找谢正言讨论这些事儿，他绝对做不到。现在付京因为白叶枯病的事儿进局子了，谢正言用脚指头想都知道和崔挽明有关，这个时候崔挽明去省局无疑是自讨没趣。

而石海明这边可没闲着，等崔挽明一走，他马上打开邮件将崔挽明的想法复制下来，然后总结问题点，对省种子管理局现存的不良制度进行提议和修改。

“老谢呀，我是石海明。”

“啊，石主任，你好、你好！石主任哪天来我这儿视察视察工作呀？”

“还视察什么，我不用去就知道你们的问题。老谢，不是我说你，你们管理局近十年来在种子审定工作上面就没做过更新变化呀，这样下去怎么行？现在发展太快了，制度不创新，就追不上发展的脚步哇！你们得改呀，尽快拿出方案。跟你透点儿消息，省里现在要对林海农业系统大洗牌，很多岗位和部门可能会被撤掉，相关人员的安置问题还没落实，你们单位也要做好思想准备。”

“啊？动作这么大呀？是、是、是，我们不是不改呀，关键没有石主任的监督，我们也不敢随便改呀。现在你提出来了，我们肯定当大事儿来办。”

“你这样，晚上过来我这儿一趟。我呀，这段时间想了想，对你们单位提出了几点意见。咱们碰个面，具体谈谈，好不好？”

“好！当然好！非常好！”

“行了、行了，我可听说了，你们单位的试验科主任进去了，你不会有事儿吧？”

“石主任，小问题，不会有事儿。”

“我没别的意思，晚上再说，到我单位楼下的清真馆等我。”

谢正言知道，石海明作为省农业委员会的一把手，是正厅级干部，轻易不会找下面的人“开会”，况且还替他把工作做了，不管从什么角度来看都不正常。不过他也是一点就通，再不懂表示怕说不过去。

谢正言去之前反复琢磨石海明说的每句话。石海明为什么会无端提起付京，还关心起自己的仕途安危来？难不成他是想帮自己办这件事儿？可这样做对他有什么好处呢？

带着一连串的疑问，谢正言特地赶回家准备了厚厚的一份惊喜。

谢正言带着十足的诚意来跟这位领导取经，可谁知道一上桌子石海明就一本正经地跟他谈品种审定制度改革的事儿，其余的事儿一句不提。

“老谢呀，我可听说有人去张副省长那儿打小报告了，重点哪，就是要改革你们单位的品种审定制度，看来问题是相当严重了。”

“有这事儿？”

“还‘有这事儿’！我跟你说，要不是三年前我替你压着，省里早拿你问话了。”

“三年前？您说三年前有人找过张副省长？”

“现在是省委书记。”

“对、对、对，去年张副省长调到了一把手的位置。石主任，我不明白，我们到底哪里做得不好了？怎么还惊动上面了呢？这不是小题大做嘛。”

“哪里不好？谢正言，你们干的事儿以为我不知道？从品种参加试验到田间鉴评，再到试验结果审定和汇总，哪个环节你们不动小脑筋？我要不是为了大局考虑，早就想收拾你们了。你们很不像话，不少育种家在背地里议论你们，影响很不好。”

“是、是、是，石主任，在农作物品种审定这一块，我们省局是所有农业系统里最不好干的单位。您想想看，全省那么多育种单位，前些年还好，现在国家放开政策后，什么样的企业都要来插一脚。其中有懂理论不懂技术的、不懂理论也不懂技术的，还有的企业全靠着腰杆硬，品种都没法儿看还硬要往上冲。您是不知道，每年的一月到二月，我们那儿都成信访办了。这帮育种家呀，硬是把我们的好同志给带坏了。”

“听你这意思，还要怪育种家了？你们要是一碗水端平，谁还来找你们开小灶？”

“关键是有的育种家就不想让我们端平这碗水呀。”

“那也是你们的原则不坚定。”

“唉，石主任，这个岗位真的是难干。以前我们审定科的主任芮静，多好的小姑娘，因为在试验数据上动了手脚，被其他育种家发现了，人家上我这儿反映了。我没有办法，只能忍痛割爱。还有付京，进去这么长时间了，也不知道犯了什么事儿，一点儿消息都没有。”

“没有消息就是好消息，自己的屁股先擦干净。谁的工作都不好干，有些人是专门钻制度的空子，所以呀，你们得改。”

石海明说着，从文件包里拿出一份材料——其实就是把崔挽明给他发的邮件几乎一字不落地打印出来了——递给了谢正言。

“按照这个好好改，意见我都帮你们提好了，如何让更多的育种家参与到公平的竞争环境中，里面我写得清清楚楚。”

谢正言赶紧起身，双手一伸，就像接圣旨那样将这份宝贵的改革意见书纳入囊中。

“石主任，您平日工作那么忙，还要操心我们下面的事儿，林海省有您这样的干部真是老百姓的福气。您放心，回去之后，我一定组织单位的同志从头学习您的这份意见书，争取字字入心，让他们把它当作教科书来学习。”

“不是要记住，是要落实，千万别再搞形式主义的事儿，也不要光搞面子工程。省里这次可没开玩笑，一旦你们再让某些人抓住辫子捅到张书记那里去，我可要负连带责任的，清楚了？”

“某些人？石主任，您说的是找张书记打小报告的人？谁啊？”

石海明瞥了他一眼：“不该问的别问，怎么，你还想找人算总账去？”

“那倒不敢，好奇嘛，好奇。”

“好奇心害死人，自己回去想想该怎么调整工作状态吧。”

石海明吃饭吃到一半就要走，谢正言赶紧从桌子底下拎出一个黑色塑料袋塞到石海明手中。

“石主任，刚才进来的时候，我看外面的水果挺新鲜，您拿回去尝尝。”

“你这老谢呀，说你滑头你还不承认。行吧，我提了半天意见，吃你两个水果也是应该的。”

“应该！应该！”

石海明根本不看塑料袋里面到底是不是水果，因为清楚谢正言如果连这点儿情商都不具备，还真拿水果来糊弄他的话，接下来单位改革的事儿恐怕就没有那么顺心了。

有了石海明的这份亲传“圣旨”，谢正言也算是抓住了改革的风向标，只管按照上面写的修改审定制度，反正有石海明替他兜着。

崔挽明还在苦苦地等着石海明抽出宝贵的时间看邮件，却不料自己根据多年工作经验和行业发展眼光凝聚而成的册子，居然成了石海明捞外快的一纸文书。

崔挽明从省农业委员会回来后，并没有急着回单位，而是去了秦怀春的家。秦志杰越是不让他去，他就越要去，不亲自去探探口风就永远不知道事情的真相。

崔挽明知道，这次见面或许会成为他和秦怀春的关系的一个转折点。但即便如此，他还是要冒险一去。

秦怀春一个人坐在小区的石凳子上，面前除了一只空杯子什么都没有。崔挽明看见他的时候，他正对着杯子发呆，像是一段沉默的枯木。

崔挽明从他身后绕过去，坐到他的正前方，打断了他的沉思。

“你来了，挽明，怎么有空了呢？走，去楼上坐。”

“不了老师，咱们就在这儿说会儿话吧。我听志杰说，你最近的精神状态不太好，过来看看。”

“噢，也没什么，最近哪，我总是梦见你师母。秦勉不常来，苏玉上三亚也很长时间了，这个家呀，没有团聚的时候，不是你走就是他走。”

“我以后多过来看看你，你不要多想。”

秦怀春笑了笑，笑声含混。崔挽明听得出秦怀春内心的那份伤感。

“听说省里要对农业系统进行改革了，挽明，你赶上好时候了。这么多年过去了，我们老一辈人留下来的东西就快过时了，是该好好调整调整了。”

“老师，你们那辈人的奋斗精神是不会随时间的流逝而消失的，好的东西值得保留下来。”

“不好的东西呢？”秦怀春笑对崔挽明，眼神中充满考问。

“不好的东西，该淘汰的自然不能保留。”

“是呀，挽明，我离开省农科院之后，于向知在院长一职上是干的时间最长的一位，但最近都传他失踪了。志杰回来跟我说，于向知的老婆、孩子都跑市公安局闹去了。人哪，真是禁不起考验，稍有不慎就容易失足。”

“于院长在任的时候，确实和一些企业来往密切，市公安局那边也找到了他的犯罪事实，可谁想到人先跑了。现在市公安局那边还在绕圈子，不知道问题出在哪儿。老师，你说于向知是跑路了还是出什么事儿了？”

“当年他还是育种所所长的时候，就觊觎我的‘北川稻1号’，也因为品种权的事儿几次跟我吵起来。这个人哪，那时候思想就不端正了，出事儿也不足为奇。我得到消息的时间比你还晚，这个人心思细腻，要是真躲了起来，恐怕就不好找了。”

“反正事情查清了，于向知的问题牵连太多人，现在市公安局还在整理资料，省厅也插手这事儿了。我听说这次省里要改革农业系统，就是被于向知的事儿闹的。”

“不大可能。挽明，你记住了，省里是为了发展考虑，在布局上下功夫绝不是因为某个人或者某种现象，而是因为原有的生态格局被打乱了才不得不重建。”

“生态格局？”

“没错，国家现在主张大农业，主张现代化，过去几年为什么省里这么支持农村合作社，就是要让农业在管理上变得简单。咱们林海省的粮食生产对国家粮食安全具有不可取代的作用。大农业是一个必然趋势，但现在的单位体制很多是存在问题的，比如事业单位参与企业活动；有的人既有事业编制，又拿着企业的工资。有时候界限很模糊，办起事儿来层次也就不清晰。过去林海省强调事业单位和企业要严格区分开，但实施力度一直不大，现在到了不得不改的地步了，再不改，这个平衡点还会继续歪下去。你要知道，长时间达不到平衡，老百姓的日子就不好过了。举个简单的例子，老百姓买了假种子，然后回头去找经销商，经销商推给育种单位，育种单位又推给代理企业，这是什么原因？一粒种子，从育种家到下面的零售商都在打它的主意，这还能好？”

“老师，你说得在理，我也感同身受。就拿金怀种业来说，这几年没少做缺德事儿，于院长之所以出事儿，一大半是因为这家公司。”

“金怀种业的野心太大，我当年向省里提出粉碎市场霸权的主张，最后还是让这些人想方设法地避开了。这就是一场博弈，永远没有结果。大家能做到不偏离平衡位置太多就算成功了，大起大落不行，只落不起更不行。挽明，你记住，历史总会定期来清理它埋下的种子，那些结不了好果子的种子注定会被回收。不过你要知道，没有这些企业家的头脑和竞争，市场这块磨盘是拉不动的，我们需要借助企业的手段来带动经济，但有时候呢，我们又痛恨他们的这些手段，这个时候你怎么选？”

“选择对的。”

“何为对错？对错是相对的，我说过，要维持着平衡往前走，这是全局观，否则人容易偏激。在这根平衡木上，很多人会失足掉下，但这些人是坏人吗？不尽然，有的好人也失足了，你以为他们愿意充当牺牲品？我是敬重这些人的，因为他们做出了贡献。我从不会因为他们做错一件事儿就否定他们，所以我从不评判一个人。”

崔挽明听了秦怀春的这些话，心里阵阵发怵，秦怀春的思想意识的改变完全超出了他的想象。秦怀春居然从“相对”的角度将自己的人生观进行了割裂，居然将自我的原则丢失说成是对人性的一种包容。如此荒唐的见解让崔挽明感觉到了秦怀春内心深处的心虚。他敢断定，于向知肯定是落在秦怀春手里了，否则他不可能一边心虚一边从容自在。

自从于向知出事儿之后，于宪伟便暂时从单位离职，回家陪母亲了。柳敏天天以泪洗面，林潇潇三天两头派人来了解情况，弄得柳敏极为烦躁。

“潇潇，你就别再问了，该说的情况我都说了，你们到底什么时候能把老于找回来呀？”

“阿姨，请你配合，有些细节我们需要核实，这是案情需要。我想再次确认，于院长消失的那天，他说没说过什么话？或者有没有不同寻常的表现？”

“没有，这个问题你们问过我好多遍了，要说有什么不同啊，倒真有一件。他上班走的那天，我给他做了小米粥，他这个人从来不喝粥的，但他一宿都没怎么睡着，我想让他暖暖胃，硬逼着他喝了两碗。”

“他有什么心事吗？为什么不睡觉？”

“他一有事儿就那样，睡不着就到书房练毛笔字、看书，我一点儿办法都没有。”

“带我去书房看看。”

“看去吧，都是些与书法相关的东西，老于不喜欢别人翻看他的东西，要不是出了这事儿，我也不会让你随便翻看的。”

林潇潇没有理会柳敏，走了进去，翻看了一遍桌子和书架，没有发现任何有价值的东西。但书架下方有个上了保险锁的抽屉。

“里面是什么？”

“老于的私人物品，我从不过问，也不看。”柳敏站在门口，黯然伤神地回道。

“怎么打开？”

“那可不行，他要是知道我让你们开了他的抽屉，又要跟我吵了。”

“又要？你是说你们因为这事儿发生过争吵？”

“没有、没有，我记错了，没有的事儿。”柳敏开始闪烁其词。

“阿姨，到了这个时候你还不说实话？我问你，你是想让于院长回来，还是要这个破抽屉？”

“我当然是要老于了。”

“打开。”

林潇潇往后一退，上来两个刑警，不到十分钟便将抽屉给打开了。

抽屉里面并没有什么贵重物品，连一件像样的东西都没有，都是些纸质文件，像是合同一类的东西。林潇潇将其全部取出，放到书桌上一件一件过目。

“你们家老于可真是什么事儿都敢干哪，背着同事卖出去这么多品系，你都不知道吧？”

说话间，林潇潇发现了一封信，打开信封后，她的表情呆住了。

里面有两封不同时间段写的信，一张是七年前写的，一张是于向知消失前的那天写的，从字迹看，出自一人之手。

“来人，备车。”

“潇潇，让我跟你去吧。”于宪伟站了出来，想尽快弄清事情的真相。

“你可以去，但要服从安排。”林潇潇是理解于宪伟的。

从信的内容来看，写信人约于向知到市郊的一处家庭农场，那里属于采摘园。林潇潇觉得于向知不可能在那儿了，但还是要过去看看情况。

大家离开环城路，再往东行驶三十公里，穿过一片柳树林就到了地方。

风轻轻吹着，柳叶夹带着淡淡的黄色从树枝上一片一片地飘下，靠近农场门口的两棵柳树间拴着一个秋千，看样子农场主的年龄还不大。风一吹，秋千伴着夕阳下的斜影摇晃着，农场大门的左边挂着一个风铃，叮当叮当，一切都这么安静。

林潇潇把车熄火，和于宪伟一起下了车。

“看样子里面没有人，门口的树叶好多天没清理了。”

“你回车上等我，这里太安静了，我感觉不太好。”

林潇潇对周围的环境警觉起来，但于宪伟执意留下。这时候，在他们身后的丁字路口，一辆越野车疾驰而过，林潇潇一转身，看到了车里的人。

“快追。”说着，她便驾车去追。

两辆车一直在林子里穿梭着，追出去十里地后，越野车突然消失在视野中。林潇潇的车一下子掉进深坑，四个轮子全部被卡死，进退不能。

“快下去。”林潇潇大叫一声。

于宪伟一脚将车门踹开，然后把林潇潇拉了出去。

周围仍旧空荡荡的，树木密密匝匝地生在地面上，拉起了一道密不透风的屏障。夕阳还剩最后一丝光，林潇潇从腰间拔出手枪，开始四处探察。不管她承不承认，他们二人已经陷入了别人的包围圈。

但对方的位置她还没搞清楚，敌暗我明的处境让她开始紧张。这是她入职以来第一次拔枪作战，也是头一次陷入如此惊险的状况中。

于宪伟的脑袋上已经渗出了不少汗水，加上精神高度紧张，他喘着粗气，大声咆哮起来："有本事都出来，你们把我爸怎么了？"

"给我蹲下，不想活了？"林潇潇猜测，对方不出现就是不想发生正面冲突，但又为什么把她引到这里？

"潇潇，我爸肯定不在这里，这地方一个人都没有，咱们走吧。"

"给我闭嘴，他们引咱们来这里，不可能什么都不留。你在这儿等着，我上前面看看。"

林潇潇说着便往前走，刚走出差不多五米的距离，于宪伟在林潇潇东边二百多米的位置发现一个移动的光点。他把视线挪到那光点的位置，马上反应过来，拔腿就飞快地往林潇潇那儿跑去。

"潇潇，小心！"

于宪伟扑了上去，一发子弹从那光点的位置穿林而来，击中了于宪伟的右肩。林潇潇爬起来要去追，那人却发动摩托车撤走了。

要不是于宪伟上来挡一下，林潇潇恐怕凶多吉少了。

林潇潇将于宪伟送到急诊室之后，马不停蹄地联系了父亲林伟。

"爸，于宪伟中弹了，有人想对我下手，看来于向知狗急跳墙了。"

“潇潇，你现在在哪儿？”

“你派人把柳敏阿姨接到医院，我回局里马上研究抓捕方案。”

“潇潇，不是不让你管了吗？我们省厅已经把案子接过来了。”

“时间来不及了，这个案子我跟了好几年，比你们了解情况，现在我来不及跟你说这些。你们可以马上传唤金怀种业的杜德松，于宪伟中弹之后，杀手就退了，说明于向知还在凤凰城，他要杀的人是我。”

“所以你更不该再接手这个案子了。”

“好了，我们这边马上在全城布网，一定不能让杜德松跑了。”

崔挽明得到消息的时候，人还在天源县合作社。平和县合作社的特种稻和优质米停止生产后，他便忙着进行天源县合作社的供给侧结构性改革。虽然目前他们的大米在全国很多城市销售，但并没有达到农业资源的合理优化。过去几年，他从供需关系的角度瞄准了国内市场优质米紧缺的状况，在国内普通大米过剩的前提下，搞起了优质米栽培技术。平和县在过去几年的摸索中，在北川大学水稻生理和遗传改良团队的帮助下，基本完善了优质稻栽培技术体系，以绿色无污染和高投入产出比为目标，依靠肥力和水分条件改进水稻对光温的适应性，探索土壤氮素转化及水稻氮素利用效率的调控途径，从植物生理、土壤微生物和遗传的角度制定了优质米生产各阶段配套的农艺措施。

崔挽明这次下去是要将这套体系多布几个点的，可没想到刚来几天，林潇潇那儿就传来这么重大的紧急事件。不管怎么说他都必须回去，于宪伟已经受伤了，他不能再让任何人受到牵连。

杜德松对于向知的失踪很清楚，虽然市公安局那边已介入调查，但一直没将于向知犯罪的事实对外公布，因此杜德松才会放松警惕，并没有选择撤离。这次枪击事件一下子改变了事情的性质，当他清醒过来的时候，已经来不及逃跑了。

崔挽明一边开着车，一边给凤凰城那边打电话，联系完林潇潇之后，第一个想到的就是崔小佳。尽管他无心过问她和刘君之间的事儿，但毕竟杜德松出事儿了，这个时候刘君的状况关乎他妹妹的终身幸福。

“小佳，刘君怎么样？市公安局来找他了吗？”

“目前还没有，但刘君这几年没少帮杜德松做事情，我担心……”

“我早就提醒过你，让你看着他，你就是不听。万一刘君真被人做了实证，你怎么办？”

“我不知道，刘君现在不在林海，都出差十天了。”

“出差？他上哪儿去了？”

“他说去了海棠市，要谈一个项目。”

“辛威呢？杜德松出事儿了，辛威不可能脱身。”

“他俩一起去的。”

“那就好，你赶紧联系刘君，把这里的情况告诉他。如果他有事儿，让他尽快回来交代。这次不会有人救他，让他别再抱侥幸心理。”

崔挽明挂掉电话，想要向林潇潇打听刘君会不会出事儿，但觉得这么做不太妥当。作为刘君曾经的好友，他需要尽量回避。

崔挽明知道，杜德松和于向知的倒台意味着林海省粮食产业链上的一枚顽固的钉子被拔掉了。林潇潇怎么会对他们的犯罪事实掌握得那么精准？难道她在金怀或是省农科院有眼线？她上次说的保密难道就是这个？还是省里早就盯上了他们，派人进行了暗中调查？

一路上他绞尽脑汁地想各种可能，但不管怎样，于向知还是没被找到。只要于向知没被抓到，杜德松在很多非法合作的项目上就可以不开口。现在崔挽明手里还有秦怀春这最后一颗子弹，秦怀春的泰然自若显然是装出来的。崔挽明也知道，自己的这位老师是绝不会走的。秦怀春就算死也要死在林海这片土地上，因为他把一生都留在了这里，包括他曾经极为爱惜的尊严和羽毛，以及如今他丧失的原则。

刘君和辛威来海棠市的用意是明确的。杜德松常年不到下面来，企业的钱让辛威吃了不少。自两年前辛威帮杜德松完成林海省水稻种子销售覆盖的任务之后，可以说，金怀种业在这两年里掌握了极大的市场主动权，别的不说，在价格上面就能做到一言堂。品种权的重要性可想而知。

当资源掌握在少数人手里的时候，无疑会出现两种情况：一种是变本加厉地勒索市场，将资源当作权力来用；一种是以发展带动经济，从良性发展的角度来发挥资源优势。

海青作为汇德集团的海外市场主管，有了和赵亮打交道的经验后，心中的那堵墙一下子就打开了。这一次趁着杜德松放松警惕，她私下里便约辛威和刘君来海棠市协商合作一事。

到了海棠之后，海青自是按照方旭的那一套来，把能吃能喝的都请了个遍。三人一周下来也没谈什么正经事儿，海青让夏中秋领着辛威二人到处转悠，她自己则忙着跟赵亮套近乎。

刘君看着夏中秋，记得第一次见面的时候还是在崔小佳支教的那座小山头上，那时候的夏中秋一身青涩，转眼几年过去，如今他穿戴整齐，眉宇间透着一种商人才有的可怕沉稳劲。

“小夏，没想到你从崔挽明那儿毕业之后就上这儿来了，他介绍你来的？”

“没有、没有，你们也知道我老师这个人，总把过去的事儿看得很重。海总是我的贵人，知道我和老师的关系还重用我，所以呀，海总还是很大气的，这一点我老师可比不了。”

“你小子，一毕业就翻脸不认人了，敢看不起你老师？我跟你说，在咱们林海省，你能做崔挽明的学生是你的福气。早年间天源县的郭达每年都跑三亚去跟崔挽明学水稻育种，你呀，连一个农民企业家都不如。”

虽然都是玩笑话，但夏中秋清楚，在他和刘君之间，真正背叛崔挽明的不是他。反正今天他是代表海青来搞接待工作的，只要不耽误业务来往，开几句老师的玩笑也无伤大雅。

吃饱喝足之后，海青才正式露面。辛威是何等人物，要不是为了自己，他能忍受海青如此怠慢自己？早就拍屁股走人了。但就算是为了自己，他也要杀杀海青的威风。

“咱们的方夫人现在是真忙啊，做海外市场就是不一样，接触的人多事广，越来越招人喜欢了，把我们找来当皇帝供着，你可真行啊。”

海青听出了辛威的不爽，遂解释道：“我说辛总监，你们也太不善解人意了吧？我好不容易把你们从水深火热中救出来，请你们吃喝玩乐，你们反倒责备上我了。”

“哪里来的水深火热？我们在林海省有做不完的市场，要不是看在方总和杜总的关系上，我们哪有时间过来享福？你不是不知道，我们干这个的，什么时候休过假？”

“哼，于向知都不知去向了，我就不信杜德松还坐得住。一旦他乱了阵脚，你们哪儿还有什么事业？还敢说我没救你们？”海青说这话的时候怎么也想不到，一周之后杜德松也被省公安厅拘捕了。

“说说咱们的事儿吧，杜总自有杜总的福。我们两个跑过来可是冒了大风险的，你要是不拿出十分诚意，恐怕不好向我俩交代吧？”

“刘君说得没错，海青啊，你也是个痛快人。我和刘君手里有的是客户，不管你想做国内还是海外市场，跟我俩合作，那就选对人了。今年想怎么干？”

“你们还真是大胆，刘君我就不说了，你辛威可是杜德松一手培养起来的，现在你居然跑来和我做生意，不怕我把你俩的事儿告诉杜总？”

辛威微笑着晃了晃脑袋：“海青啊，咱们不开玩笑了，好吗？一百万斤的高端米先给你准备着，只要你出价合理，我们是很有诚意的。”

“辛威，话可不能乱说呀，你办事儿我还是清楚的，当年天源县的老百姓吃了你多大的亏？我可不是普通老百姓，不要拿你那套糊弄我呀。十一月中旬先交二十万斤，咱们货到钱到，剩下的明年二月之前分三批给我，要是没问题，咱们可以马上签协议。”

辛威看了刘君一眼，刘君坚定地给予回应：“对我们有利呀，可以签，没问题。”

“好吧，二位翘楚，我可不想看到你们拿着违约金见我。祝咱们合作愉快。”

“愉快不重要，顺利最重要。”辛威站起来和海青握手，算是达成合作。

本来两人是要一起回林海的，但不知怎的，辛威告知刘君他有事儿要去一趟三亚。刘君已经感到辛威有事儿瞒他，但这种时候不便多问，所以自己上了回林海的飞机。但谁知他下飞机不久，便接到崔小佳的电话。

“你暂时不要回来，我看金怀要出事儿，我听我哥说市公安局那边正在整理金怀的财务流水信息，我怕……”

“我不会出事儿，放心。”

“刘君，我这辈子没求过你什么，上次你逃到长沙去找我就已经吓到我了，我不想类似的事情再发生。”

“那你还让我躲在外面？我都说了我没事儿。”

“可你为杜德松做的那些事儿……”

“我会想办法处理和解释的，不会让自己陷进去的。”

“刘君，最近我感觉很不好。有件事儿我一直瞒着你，崔挽明和苏慧他们早就发现咱们的老师有些不对劲，可能和苏玉七年前的事儿有关。加上于院长失踪了，最近林海又闹着事业单位改革，我总觉得会有大事发生。”

“秦老师？你说他和苏玉的病有关？你怎么不早说？你哥是不是早就入手调查了？”

“没错，他和苏慧早就开始调查秦老师了，市公安局的林潇潇也关注这件事儿了。而且最近苏慧和苏玉去了海南，还是我哥把她俩弄走的，我担心我哥是拿到秦老师的什么证据准备对付秦老师了。”

刘君听到这样一个惊天动地的消息，脑袋仿佛一下子炸开了，无数的信息开始在他的脑海里流窜，但没有一件能够让他联系起崔小佳提到的事情。

“为什么要让苏慧和苏玉去海南，你哥在怕什么？”

“我不知道。如果苏玉患病真和秦老师有关，我想会不会是担心她们的安全？”

“不可能，咱们的老师能做这事儿？这两个女人都和他的儿子有关系，其中一个还给他生了孙子，他怎么可能做这种事儿？你哥一定是弄错了。你别多想，等我回家再说。”

刘君没听崔小佳的意见，毅然回到了家中。为了弄清楚事情的真相，第二天刘君就告别崔小佳，去了当年林潇潇去的地方，再一次找楚一茹确认去了。

可他没想到，楚一茹早已不在村里，那个小卖店已经大门紧锁。刘君跟村里人打听，大家都说她上省城做保姆去了，一直没回来。刘君马上联系苏慧，对此事进行核实。

“楚一茹回去了，我姐姐清醒之后过了一段时间她就走了。”

“苏慧，她说没说去什么地方？”

“刘君，你问楚一茹的事儿干什么？你跟小佳不会是有了孩子需要找保姆吧？”

“不要闹了，你好好想想她会不会去什么地方？”

“当时她说回老家，后来我们一直没联系过。”

“她没在家。苏慧，秦老师是不是出事儿了？”

苏慧想征得苏玉的同意，看了苏玉一眼。苏玉叹了口气，无奈地朝她点了点头。

“崔小佳跟你说的？这个臭丫头。刘君，你不要添乱，现在崔挽明压着这件事儿，你千万别去找秦老师。”

“秦志杰呢？他有没有牵扯进去？”

“你别问了，你自己都满身虱子，还有心管别人？”

刘君在楚一茹的老家附近找了三天，又在凤凰城的好几个家政中心找了三天，都没有结果。直到于宪伟中弹和杜德松被拘的事儿传出，他才清楚地意识到，秋末的凤凰城即将迎来最为严寒的一个冬天，他能否顺利走出这片波涛汹涌的大海还是未知数。家中崔小佳还在为他担心，金怀种业目前是不是已经崩溃了……所有的疑问都在他心里盘旋着。

不过刘君经历了上次的逃跑事件，经历了一次重生，现在能够面对自己选择的人生。他从来没有后悔过，也许在外人看来他变成了一个道德沦丧的浑蛋，但他不在乎，早已将自己的位置和使命定格在了四年前写给崔小佳的那封求和信中。

他没有回去，而是又买了机票，重新回到了崔小佳老家的小山村，去看了看崔小佳的父母，然后坐在四年前山顶的那片茅草坡上，听孩子们那儿传来的琅琅读书声。他碰见了李三娃，李三娃已经十二岁了，不再牵着妹妹的手上学，而是拿起了锄头和背筐，在瓜藤绝迹的半山腰刨起了红薯。李三娃不再上学了，照这样推算，他的妹妹到时候也会像他一样背着背筐刨红薯。

突然，刘君觉得崔挽明和崔小佳是何等幸运，居然从这样一种环境中走了出去。顿时他对崔挽明这个人有了全新而深刻的认识。他不再觉得崔挽明是个多管闲事的人，因为在他们这几个同学中，没有任何一人比他们兄妹懂得什么叫无助。他能想象崔挽明在这大山的一角经历了怎样的人生，所以崔挽明才会在别人无助时变得那么主动和热情，才会变成一个爱管闲事的人。

刘君从茅草坡上爬起来，走向李三娃，接过他手里的锄头。

“来，我跟你一起。”

李三娃用脏兮兮的袖口擦了擦额上淌出的汗水，洁白的牙齿藏在他裹满灰尘的唇后，那一根根立起来的头发像是对命运的抗拒，也是对命运的顺从。这样一个画面，就像一幅陈年的油画。

李三娃笑了笑，拿出腰间的小刀削了一个红薯递给刘君。红薯是甘甜的味道，也是收获的味道。刘君已经好多年没有过这样一种感受，一直处在高度紧张的生活状态下，居然忘了人是需要歇息的。

面对这突如其来、直达他灵魂深处的感受，他突然想去做一件大事。他好像这辈子从来没有像崔挽明那样轰轰烈烈地存在过，一直都活在于向知的阴影下，活在辛威的阴影下，活在杜德松的阴影下。

可现在，他要做出改变了。

崔小佳知道刘君去找楚一茹了，可杜德松都被捕一周了，刘君还是没回来。她一直打电话，那边一直没人接听。

情急之下，崔小佳只好来找崔挽明。

崔挽明靠在家中的墙上，一边抽着烟，一边看着窗外的天。

“这么晚了，他能去哪儿呢？小佳，刘君干净吗？”

“我不知道，他一直在跟我保证，但我不知道他的保证有几分真。”

“杜德松进去了，刘君会不会也跑了？”

“他不是那种人。他已经从海棠市回来了，因为秦老师的事儿才又出去的。”

崔挽明狠狠地吸了一口烟，烟头的火光照在他的胡楂上，每一根都那么有精神。

“你怎么什么都跟他说？苏慧不是交代过你不能乱说吗。他要是去找秦老师……唉……”

"他说楚一茹失踪了，找了半个月都没有这个人的音信。我现在根本联系不上他，很担心……"

"楚一茹失踪了？怎么会？难道……"

崔挽明不敢承认心中那顺理成章的推断，将眼睛使劲闭上，握着拳头朝墙上打了过去，两根手指的关节擦破了皮。

"一定出事儿了。小佳，刘君从海棠市回来之后，还跟你说什么了？"

"没说什么，我记得那晚他跟我说了下他们在海棠市的经历，办完事情之后他和辛威就分道扬镳了。"

"分道扬镳？不可能啊，那时候杜德松还没出事儿，辛威没有理由不回林海呀。"

"不清楚，刘君说辛威去了三亚。"

"什么？！"崔挽明大叫一声，一算时间，刘君回来已经快半个月了，也就是说辛威一直留在三亚那边没回来过。

崔挽明的手有些颤抖，他勉勉强强地掏出电话，给远在海口的苏慧拨了电话。

电话响了三声，那边的人才接通："崔挽明，想起你的老同学了？你可真够意思，把你的朋友往海口一扔就不管了，要不是我来看她们，她们都寂寞死了。"

崔挽明听到辛威的声音，瞳孔一下子收缩："辛威，苏慧和苏玉人呢？你别乱来，有什么话我跟你谈，千万别乱来。"

"我不着急，有的是时间。我等你。"

辛威没等崔挽明接话就把电话挂了，转而对屋里被捆绑着的苏慧和苏玉说："你们俩可真是麻烦精，要不是为了你们，老子早跑到国外去了。都给我老实待着，敢给我不痛快，我让你们好看。"

"辛威，我们和秦怀春的事儿跟你没关系，你没必要进来蹚浑水。趁现在没陷进来，你把我们送回去还能被从宽处理。"苏玉抓住辛威内心的焦躁情绪，开始展开心理攻击。

“闭嘴，从现在起，谁再说话，我割了谁的舌头。”

苏家姐妹在海南的突发状况是崔挽明没想到的，这么紧要的情况他必须马上通知林潇潇，让她无论如何先去救人。对杜德松的审讯工作可以先停下来，目前于向知、刘君和楚一茹相继消失了，辛威又手握人质，战斗已经到了最紧要的关头。

“跟秦怀春摊牌吧。”林潇潇提醒崔挽明，生怕他忘了他还有个老师。

崔挽明摇了摇头：“不行，他们几个消失的消失，出事儿的出事儿，秦怀春肯定采取行动了。万一人都在他的手里，咱们摊牌的话就被动了。”

“但我们没有选择，秦怀春到底想要什么？”

崔挽明抱着脑袋安静了一会儿，给秦志杰打了个电话：“在哪儿呢，志杰？出来谈谈？”

“我在学院加班呢，你过来吧。”

崔挽明不敢相信，外面都狂风暴雨了，秦志杰居然还能稳如泰山地坐在办公室里搞学术，单从这点来看，秦志杰和秦怀春如出一辙。

“我跟你去，你自己去我不放心。”林潇潇知道，最近发生的事儿太蹊跷，种种迹象都指向秦家父子，崔挽明这个时候去见他们，有一定风险。

“你的任务是把苏慧和苏玉救出来，咱俩分头行动，两边都不能耽搁。我这边没事儿，你那边自己小心。”

两人明确分工后，就各自开始行动。崔挽明来到北川大学生命学院的时候，已经是晚上十一点多了。他在外面敲了敲门卫大爷的窗户，让大爷把学院大门打开。

秦志杰正在修改他的SCI（科学引文索引）论文，崔挽明进来的时候，他几乎没察觉。

“你可真用功啊，照这个速度，马上就要被评为教授了。”

“哎呀，难哪，现在科研可不好搞哇，尤其是水稻，咱们起步晚、基础差，到现在都追着前沿问题的屁股在后面跑，永远都落在别人后面。”

“志杰，看到你这样，我很替你高兴。但今天我来是想告诉你一件事儿，请你做好思想准备。”

秦志杰抬起头来，将眼镜戴端正，往后靠了靠，表情一下子变得严肃了。

“出什么事儿了？”

“苏慧和苏玉在三亚可能被辛威劫持了，你收到消息了吗？”

“什么？”秦志杰噌的一下站起来，惊恐地看着崔挽明的眼睛，“怎么回事儿？怎么搞的？报案了吗？”秦志杰看了眼手表，“凌晨两点还有趟飞机，我过去。”

“志杰，请你冷静，这件事儿你不知道，对吧？”

“我怎么会知道？我天天在办公室，我……”

“你知道谁会拿她俩做文章？因为什么？”

“辛威？他不是金怀种业的销售总监吗？怎么还……难道……难道是杜德松？不对，杜德松进去了。”

“志杰，你就没怀疑过秦老师？”

崔挽明的这句话让秦志杰的脸一下子就白了：“你说什么？我爸？怎么会？他现在连门都不出，这种事情怎么会跟他有关？”

“别紧张，志杰，我就是随口问问。既然和秦老师无关，我就放心了。苏玉那边林潇潇会带人过去解救，你不要担心。”

“苏玉跟金怀种业从没来往过，辛威为什么要这样做？”

“这也是我来找你的原因，看样子你也没头绪。既然这样，咱俩再联系吧，要不你明天请个假去三亚一趟？”

“好，我是应该去一趟。”

秦志杰的不坦诚无疑让崔挽明痛心，崔挽明帮不了秦志杰任何忙，只想在苏玉陷入危境的时候，还能看一眼秦志杰的良知，但显然他没看到。

林潇潇到三亚之后的第六个小时，秦志杰也赶到了。根据电话定位追踪，苏家姐妹目前被困在桃园小区。三亚是一个候鸟群居的地方，冬天一到，北方的候鸟会到这里过冬。尽管崔挽明已经很小心了，苏家姐妹的踪影还是被人发现了，看来她俩刚到三亚就已经被人盯上了。

然而林潇潇到的时候，留给她的只有一部手机。她不禁在心中想到，一定是消息泄露了。这件事儿他们市公安局是严格保密的，除了崔挽明，没有其他人知道。

直到秦志杰出现，林潇潇才恍然大悟。不过，这个时候的林潇潇已经没有耐心和秦志杰周旋了。

“秦志杰，崔挽明让你来的？”

“没错，苏玉是什么情况？你们这边有没有解决办法？辛威提出条件了吗？”

“秦志杰，你装什么装？！昨晚你不是把消息告诉辛威了吗？苏玉是你的老婆，你还是不是人？！”

“林警官，你说什么我不清楚，怎么成我通知的了？”

“我问你，七年前苏玉的出租屋里的那盘卡带是怎么回事儿？”

秦志杰方才还一副大义凛然的姿态，听到这句话后，突然变了脸色。

“什么卡带？我不知道你在说什么。”

“从现在起，你有二十四小时的时间，我等你的消息。二十四小时之后你若还是这个态度，那我只好用我们的方式‘问候’你了。”

秦志杰知道，这件事儿除了他爸，没有任何人知晓。林潇潇是从什么渠道得知此事的？她既然知道卡带的事儿，为什么没对他爸动手，而是先来“问候”他？就算是这样，那能说明什么？谁能证明他听过卡带里的录音？再说，录音里说的事儿跟他没有半点儿关系，真要查到他身上，他可以推得一干二净。

"林警官，既然你不信任我，那我只好等你来'问候'了。不过我提醒你，你最好有证据，否则你要赔偿我的名誉损失。"

秦志杰刚甩着胳膊离开，林潇潇就责问崔挽明。

"你怎么什么都跟他说？现在辛威跑了，你说怎么办？"

"跑了不是更好吗？这说明咱们的猜测对了，至少秦志杰直接参与了这件事儿。"

"证明有什么用？现在要尽快找到苏玉她们。"

崔挽明当然不会打无准备的仗。他之所以敢把消息透露给秦志杰，就是因为能随时掌握辛威的位置。

第二十二章

永远的战斗

夏中秋到了海棠市之后，便将辛威和刘君找海青非法倒卖大米的事儿告知崔挽明了，但谁也没想到辛威会跑去三亚。

夏中秋岂能放过这个消息？马上告诉了海青。

“海总，你说辛威和刘君真能凑出来这么多货？咱们可跟外商签了订单的，万一出了岔子，咱们可就自断门路了。我可听说辛威跑三亚度假去了，林海那边说好的二十万斤大米到现在都还没动静。”

“他这个时候跑去三亚干什么？时间那么紧，我以为他真把事情放心上了，这个老狐狸。”

海青一怒之下便给辛威打了电话过去，这是辛威走之前特意给她留的私人电话，没有几个人知道。

“辛总监，你挺自在呀，跑海南岛度假去了？”

“哟，这事儿你都知道，消息挺灵通的嘛。”

“少跟我嬉皮笑脸的，你赶紧准备货，到期见不着东西，以后别在圈子里混了。你们家老杜可进去了，今后我不跟你合作，就没人敢找你了，你好自为之。”

“海总啊，你先把定金给我打过来，我这边也好给工人开钱，要不大家怎么帮你筹货？”

“定金我在准备，但现在杜德松被抓了，你没事儿吧？”

“杜总是决策者，我怎么可能有事儿？我要出事儿了，还有心情跑三亚来玩？你今天就把钱给我打来，账号我稍后发给你。”

“今天不行，我还有别的事儿。”

“海总，你这样我怎么给你准备货？总之，定金什么时候到，工人就什么时候开工。”

辛威知道海青着急，他也着急呀。收到秦志杰的消息后，他连夜撤退，现在躲进了海口市乡镇里的一片槟榔林里。杜德松落网的时候，辛威的账户已经被冻结了，刘君也联系不上，辛威现在急需海青的那笔定金。只要有了这笔钱，他就可以筹划跑路。

林潇潇虽然通过海青的这通电话定位到了辛威，但要想将他和苏家姐妹分开，夏中秋必须发挥作用。而目前唯一的方式就是让辛威的那笔定金尽快到账，只要辛威出去取钱，林潇潇就有机会将人救走，并对辛威实施抓捕。

海青挂掉电话便开始骂人：“辛威算什么东西！一个丧家之犬，我要是不可怜他，他一口饭都吃不上，居然要挟起我来了，真是气死我了。”

夏中秋早就准备好一肚子的话等着海青：“海总，依我看，定金早晚都要给。你也知道辛威这些年没少瞒着杜德松在外面捞钱，说白了，他是公司的销售总监，掌握的可是公司所有的客户资源哪，所以他手里肯定差不了东西。咱们的时间太紧张，不能再耽误了，万一检疫时间再耽误，就更麻烦了。”

海青想了想，觉得也有道理：“海关这边需要的手续抓紧时间去办。你下午把钱给辛威打过去吧。这段时间方总出国考察学习，后天就回国，这件事儿先别跟方总汇报。我明天坐飞机回林海，具体事宜亲自跟他说。打完钱之后，你带库房的兄弟出去吃个饭，马上就要开工，让大家打起精神来。”

得到了海青的吩咐，夏中秋马上去办这件事儿。钱打过去之后，他给海青回了个话，然后联系崔挽明。他这头的任务也算完事儿了。

辛威收到海青发来的短信，马上将苏慧和苏玉捆在了两棵槟榔树上，自己骑着租来的电动摩托车迅速赶往银行。

而这个时候，林潇潇已经在槟榔地外面等了足足七个小时。辛威的摩托车刚出来一公里，他就被道路两边埋伏的刑警给捉住了。

林潇潇不敢耽搁，马上将人送回林海省。

苏玉安全到家后，出于安全的考虑，林潇潇给她配了两名便衣民警进行保护。

秦志杰从单位急急忙忙地赶了回来，办公桌上散乱着未修改完的论文稿。

他从两名便衣民警的中间穿过，打开自己的家门。苏玉抱着秦勉，教他读书上的英语句子，画面是那么温馨。

秦志杰放下外套，就那样看着妻儿，嘴唇就像涂了层胶水，怎么都撕不开。

苏玉回头看了秦志杰一眼，笑了笑：“你回来了。”

秦志杰冲了过去，紧紧地抱住苏玉，眼睛里充斥着恐惧。他的手是那样紧，掐着苏玉的后背，他恨不能跟她合为一体。

苏玉轻轻拍着秦志杰的背，眼里的笑意一点点失去温度，似凝成了一根冰针。

“你走吧，志杰，快走。”

“我能去哪儿？我哪儿也不去了。苏玉，有件事儿我要跟你说，我——”

秦志杰想在此赎罪。苏玉把眼一闭，泪水还是流了出来。她使劲咬住秦志杰的肩膀，手用力堵住秦志杰的嘴巴，拼命地摇头。

她不想让秦志杰说出来，也不要再听，就好像每一次提起这件事情都会让她对这个世界绝望一样。

夫妻俩把手放在儿子身上，那是他们唯一的希望，好在还有希望。

崔挽明打印完品种申报书，关上电脑，将秦志杰的电脑桌上散乱的纸张整理到一起，关门走了。

他终于等来了这一天。当年于向知将他的品种盗走后，他并没有彻底放弃这个品种，而是进行了深入改良。在保留“林育稻1号”原有的优质高产特性之外，崔挽明又找到了它的一个矮秆多分蘖的变异株。于向知下台后，依靠对该变异株的改良和“林育稻1号”的推广，他终于能理直气壮地走进省种子管理局了。

想当年，他在这个地方受到了极为不公的待遇，他一切的智慧和劳动成果都在那时历经打压。但如今，他迎来了胜利的时刻。

然而，现在的省种子管理局里，品种试验科的付京不在了，品种审定科的芮静也不在了，就连局长谢正言也选择了内退。崔挽明拿着一摞申报书不知该交给谁。

门卫大爷咳嗽了两声：“你又来了，崔老师，你去市种子管理处吧。这里的人事问题还没解决，相关科室主任都不在任，省里暂时把今年的试验任务交给市处了。”

真的变了，曾经让人敬仰的一个地方，如今成了令人唏嘘的一座空楼。

他拿出手机看了看时间，还有两天就是老师秦怀春的生日了。

他给秦怀春打了电话。

“挽明，我想志杰的妈妈了，你们也一起去看看她吧，我怕以后没这个机会了。”电话那头，秦怀春提出了一个要求。

一行人站在李婉琴的墓碑前，旁边是一个大大的蛋糕架。苏玉和苏慧牵着秦勉，崔挽明和崔小佳站在蛋糕车边上，林潇潇手里捧着一束花。陵园的远方，秦志杰搀扶着秦怀春正徐徐走来。

2018年的春是那么冷，对秦怀春来说，这场特殊的生日宴仿佛一场无声的告别。秦怀春手里拎着一个普通的布兜子，他望着学生们给他准备的蛋糕，手指头抖动起来。

苏玉还是微笑着，看秦怀春就像看一个可怜的老人，尽管这个老人毁了她过去和现有的一切。

秦怀春皱了皱灰白的眉毛，望着墓碑上李婉琴的遗容："婉琴，孩子们今天陪我来看你了，他们还是像以前那么听话。你走之后，我做了一件错事，可孩子们一直没在我面前提起过。他们太包容我了，知道我犯了错还装作什么都不知道，你说，他们多可爱？今天哪，我是来通知你的，用不了多长时间我就会去看你，你再等等我，我把欠孩子们的东西都还给他们，然后就去找你。"

秦怀春的话就像是写给自己的一首挽歌，今天他来到李婉琴的面前，亲自唱给她听。秦志杰屏住呼吸，眼眶似炸裂般疼痛。他将父亲紧紧地搀在手中，感到父亲年迈的躯体中所剩无几的力量，生怕父亲从自己的手中滑落。

秦志杰不敢抬头看苏玉，他还没有做好面对的准备。

秦怀春看了看大家，撇了撇嘴："啊，今天刘君没到，他呀，什么热闹场都赶不上，不管他了。今天我这里有一份东西，这是我的儿媳妇苏玉的，我把它交还给你。这件东西在我这里放了八年，压在我的心头整整八年，每天晚上我都睡不好觉。它就像一把戒尺，横在我的心中。"

秦怀春说着拿出了当年秦志杰给他邮寄的那盘卡带以及原版录音，递给了苏玉。他俯身，深深地鞠了一躬。

"你自由了，苏玉。"

他把手从秦志杰的手中抽出。秦志杰想要夹住他的手，但怎么也留不住。

秦怀春走向林潇潇，把手伸了出去："走吧，林警官。"

崔挽明走向蛋糕车，切下一块蛋糕递给秦怀春，仿佛是在为他送行。秦怀春低下头咬了一口蛋糕，露出慈祥的微笑。

秦怀春转身的刹那，崔挽明难掩心头悲伤。崔挽明知道自己没有更多要说、要问的话。这个场景，崔挽明数月前已经想象过无数次，以为自己会和秦怀春有一次长长的对话，会让秦怀春给自己一个可以信服的理由，会为之叹息，也会为之哭泣。

但此刻他心里浮现出一种从未有过的平静情绪，这种平静带着一丝悲伤，就像谁从他心里强行而快速地撕去了一页纸，让他来不及疼痛就悄然接受一样。这页纸的前一半写满了他对秦怀春的爱，后一半写满了对秦怀春的惋惜。

林海省最后一位杰出的水稻育种家倒下了，和当年董俊芳老先生的逝世相比，秦怀春的倒下充满了诸多遗憾。此刻他不再是一个完美的学者，而是一位普普通通的老百姓；他不再是一个一成不变的铁人，有了各种各样的情感，就像大多数人那样，总会在人生的某件事儿上出现或多或少的原则偏失。

只不过他的这次偏失，没有挽回的余地；他的这次偏失，损害了无数育种家的梦想和对公平的追求。

苏玉将林潇潇手里的花放到李婉琴的遗像前，一只手拉着秦志杰，一只手拉着秦勉，走下了山。

“姐？”苏慧大喊了一声，仿佛在提醒着她什么。

苏玉回过头，泪水奔涌而出。她拼命地朝大家摇头，却只有崔挽明能看懂她的意思。

“你姐很可怜，到现在都护着秦志杰。秦勉是幸运的，只可惜他的父亲没树立好榜样。”

“我姐没有护着他，只是害怕秦勉失去纯真。”

崔挽明笑了笑：“这么说，幸运的是秦志杰了。她真的能原谅他？”

“当然不能，她这辈子最恨的人就是秦志杰。他没有做到一个丈夫应该做的，亲手毁掉了姐姐的幸福，是这场悲剧里最大的罪人。”

苏慧说这些话的时候，眼里噙着热泪。但不管怎样，这是苏玉和秦志杰的最后一次交集，过了今天，她和他势必走向各自的人生。

苏玉就像饶恕了一条犯错的野狗，拖着血淋淋的身体将秦志杰扔到荒郊野外。她浑身是伤，已经没法儿将他带回家。

望着苏慧独自下山的身影，崔挽明将崔小佳的肩膀搂了过来。

“这里是我梦想开始的地方，如今在我们眼前毁掉了。”

“不是你，是秦老师自己。”

“但这是一个全新的开始，省里正在对农业系统进行改革，从今天起，林海省大多数的育种家能有个公平的平台了。”

“我听说了，省局出了新规，品种审定制度发生了重大变化，增加了科企联合审定品种的模式，增加了特种稻审定小组、香稻资源组和优质米组，这样一来，会有更多的品种走上老百姓的餐桌。”

崔挽明会心一笑，知道一定是石海明把他的想法交给谢正言了，但他已经不在乎这个了。重点是他的想法得到了实现，他十年来对林海省粮食底层的探索和研究没有白费。

“林海省的种业做得还远远不够，告别种业‘多小散弱’的局面不能以牺牲市场的公平为代价，以此产生的市场霸权问题需要相应措施来加以规范。现在咱们需要提高品种研发的自主创新能力，看来呀，传统育种是时候退让了。”

“尹老师不是在搞分子育种吗？你们可以朝着这个方向发展。”

“平台还不是很成熟，这些年我们一直在尝试，但结果一直不理想。或许我们应该走出去看看。”

崔小佳没有回答，两只手掌合在一起，眼睛看着远处的山影重楼，思绪早就跑到了别的地方。

“你就不问我刘君去哪儿了吗？你们好像都不太关心这件事儿。”

崔挽明笑道：“他去哪儿了，你不知道吗？”

崔小佳踹了崔挽明一脚：“原来你们知道。”

“是呀，我没想到他会跑到咱们的老家去，听说他把这两年挣的钱捐给了山顶那座学堂。”

“他自愿的，我没干涉他。他这个人就这样，其实还挺好。”

崔挽明把脖子一缩：“林潇潇跟我说刘君在金怀种业有些账目不清楚，他……”

“等他从长沙回来之后，我就陪他去市公安局交代问题。”

“他真有事儿？”崔挽明以为崔小佳在刘君身边，至少不会让刘君做出格的事儿。

“怎么可能没事儿？他做了什么你又不是不知道。”崔小佳抬高音量，语气中透着对崔挽明的不满。

“小佳，那你……”

“不用你管。”

崔小佳方才还好好的，但一提到刘君，心情一下子就坏到了极点，也甩手走出了陵园。

大家陆续走了，一个接一个地走出了陵园，也像是退出了历史舞台。崔挽明点了根烟，浑身打起了寒战。他耸着肩膀，给夏中秋打了个电话。

对方关机。

海青从海棠市回林海的第二天，在机场等了足足一天都没有等到方旭。于向知和金怀种业的相继倒下，让本已打算回国的方旭知难而退了。

崔挽明下山，驾车来到省重点小学的门口。崔卓被一个陌生男人接上了车，随后车辆迅速驶离。崔挽明追了上去，两辆车在距离市区一百公里外的度假山庄停了下来。

海青从驾驶座上下来，摘掉墨镜，等崔挽明下车。

崔卓认出了他爸，在海青的手里挣了几下，眼泪滚了出来。八岁的孩子已经懂得父母之间的那些不愉快，他的妈妈今天显然要和他的爸爸说一些严肃的事情。

崔挽明打开车门，下车走了过去。

“站住，你别过来！”海青命令道，“既然你跟了这么久，我实话告诉你吧，我要带崔卓出国了，他应该去国外接受更好的教育。你以后不用来学校接他了。”

“你太自私了，我有孩子的抚养权，你没有权利私自做决定。再说，你以为你还能走吗？辛威最后给你的那批货都是混装大米，还没出公海就被截下了。你涉嫌行贿、违规出境、多次违犯《进出口商品检验检疫法》，林海省公安局马上就会对你实施抓捕，你哪儿也去不了。”

“胡说，那批货我亲自验过，不可能出问题。你不必为了孩子在这儿吓唬我，我不吃这套。”

“信不信由你，你最好交出夏中秋，否则还将涉嫌绑架。如果你还知道一个母亲、一个女儿的责任，请你为崔卓和你妈想想，不要再反抗，配合调查。”

“崔挽明，当年我把你的品种信息出卖给于向知和方旭，就想到了会有今天。但我不欠你的，我收了你的学生，对你不计前嫌，那么栽培他，你还回来阻止我？你既然知道我有事儿，为什么不让我走？”

“我不会做对不起人民的事儿。”

“好一句充满正义的话，是呀，你连你的老师都不放过，可真是人民的好榜样。”

“谢谢。海青，你走不掉了。我跟你出市区的时候，已经通知他们过来了。”

“崔挽明，你真是到死都改不了爱管闲事的臭毛病，我就没见过你这么无情无义的人。”

警车的警报声响彻山谷。海青腿一软，把手搭在崔卓的脑袋上蹲了下来。

夏中秋从度假山庄里被解救出来。

海青自嫁给崔挽明之后，便是一个自强独立的女人。作为母亲，她对儿子的关怀是无微不至的，但在品性上却存在缺失；作为妻子，她没有一颗坚韧的心脏，也没有理解家庭生活存在的意义。她为改变现状，出卖了崔挽明视为珍宝的水稻品系。

但不管她过去如何坚强，从现在起，她都必须进行反思。她的泪水说明不了她有良知，这两行泪水或许只是缘于对现状的惧怕。她把崔卓抓在手里整整八年，崔卓是她的一切，但现在她在儿子心中的形象终于崩塌了，她从情感上难以接受，无地自容。崔卓似乎已经明白了一切，抱着妈妈的脑袋，明亮的大眼睛成了一片风里涟漪不断的湖。

海青看了林潇潇一眼，从内心捞出一句绝不情愿的话："对崔卓要好。"

这句意味深长的话在海青上了警车后，成为崔挽明和林潇潇陷入尴尬的引子。崔挽明未去想林潇潇的脑海里游动的是什么，将崔卓叫上车走了。

夏中秋和林潇潇站在一起，他看着这对孤独的父子道："崔老师的婚姻很不幸，遇到这样一个女人。"

"你懂什么？不要随便议论你的老师，你的问题一大堆，回到局里好好配合调查。"

"我没什么好交代的，你们还是抓紧时间联系海棠市警方吧。赵亮那家伙不是好东西，海青出了事儿，别再让他狗急跳墙了。"

"用你说？早就抓了，还搜到了一些意外的惊喜。走，上车，咱们还要去接一个人。"

夏中秋知道林潇潇所说的惊喜是什么。其实早在去年的时候，他就发现了海青和赵亮的苟且之事，直到杜德松出事儿后，他才把事情告知方旭。也许海青这辈子都不会知道，方旭不回来见她，是这个原因。她把方旭费尽心思搭建好的海外市场给毁了，用她那贪得无厌的心毁了汇德的基业。

苏玉在高速路口等着林潇潇的车。她已经做了自己该做的事情，剩下的就交给警方了。在苏玉的指引下，车来到了她以前的出租屋。

苏玉伸手敲了敲门。

"谁？"里面传出一个中年妇女的声音。

"我。"

开门的不是别人，正是消失了好久的楚一茹。林潇潇看见楚一茹出现在这里，惊出一身冷汗。

“苏玉，你……”

“楚大姐，于院长的身体怎么样了？”苏玉没理会林潇潇。

“还是老样子。”说着，楚一茹将他们引到了卧室。

于向知躺在床上，睁着眼看着进来的人，一动不动。

“他怎么了？”

“林警官，那天我让人赶到市郊农场的时候，他就是这个样子了。”

“你是说秦怀春对他动的手？”

“那是你们的事儿，我现在把他交给你，你们自己看着办。”

“为什么要跟踪他？”

“从我醒过来的那天起，我就盯着秦怀春和于向知，比谁都清楚他们的一举一动。我不这样做，就保证不了自己的安全。”

“苏玉，没想到在你这么瘦小的身体里，居然藏着如此惊人的力量，你太伟大了。”

“不是我伟大，是我经历了常人不曾经历的痛和折磨。”

“但我不明白，你为什么不把难处告诉我们呢？”

“林警官，你不知道吗？有些事儿一定要靠自己才能完成，心灵的折磨不是你们消除得了的。”

是呀，有些人生的磨难需要靠自己的勇气去克服，只有经历过斗争，才能赢回身体里丢失的那股气力。

苏玉还是那么弱不禁风，回到家的时候，秦志杰已经不知去向。她看着秦勉，露出了会心的一笑。晚上她接到林潇潇打来的电话：“秦志杰来自首了，你要过来一趟吗？”

“不用了，他会处理好的。”

苏玉终于还是赌赢了。她相信人性本是善的，已经感受到了秦志杰内心遭受的折磨。她无意让秦志杰成为夹在中间的人，所以对他格外体谅和宽容。

好在秦志杰选择了用正确的方式去赢回他的人生，而随着他的自首，薛为民伪造学术论文和当年同于向知密谋的事儿也浮出了水面。

四个月以后，刘君在崔小佳的陪同下交代了金怀种业的所有问题。他因涉嫌破坏粮食市场、参与非法竞争而被传唤。但因为在金怀种业工作期间，他曾前后八次匿名向林潇潇提供于向知、杜德松和方旭试图垄断林海省优质米市场的违规操作证据，得到了从宽处理。

崔小佳陪刘君参加完最后一次开庭，把当年刘君写给她的那封信放在了崔挽明的办公桌上，一个人离开了林海省。

十月金秋，夕阳的余晖洒向一望无际的稻海，风一吹，稻香从地面扬起，被空气切成了一个个气泡。

崔挽明和林潇潇坐在田埂上，谁也没说话。刘君写的那封信在崔挽明的手里摇晃了几下就被风卷走了。崔挽明看着那张陈旧的纸，鼻子酸溜溜的。

“刘君很了不起，为了报答当年你对他的恩情，居然甘愿进入金怀以身犯险。他从进入金怀那天起就知道自己会有这么一天。不过最伟大的人是你的妹妹，她以后会是个好妻子和好母亲，她多么体谅和支持她所爱的男人的决定。崔挽明，现在看来，你是这个世界上最幸福的人。”

林潇潇的眼光很柔和，在夕阳的照射下，直接暖到了崔挽明的心窝里。

崔挽明把目光挪开，站了起来，转身朝远处走去。

老郭带着天源县合作社的人来到平和县胡同镇的大豆地，开着他们的联合收割机，哐当哐当，一片大豆就没了。

这片土地曾经被崔挽明的特种稻覆盖，三年时间终于熬过去了，白叶枯病的阴影已从这片土地上消失了。

来年，这里又将抛苗插秧，迎来久违的稻香。

崔挽明的心还在为这片不死的土地欢呼和呐喊，而此时此刻，国家发改委、商务部联合发布了外商投资准入负面清单，我国的种业企业正式进入了与国际市场全面竞争的阶段。为保住中国粮食、中国饭碗这个目标，改革开放以来，我国针对粮食产业发展，针对吃饱饭和吃好饭的问题，前后进行了六次改革。

崔挽明知道，林海省还在摸索着，还在为这次国际市场竞争的到来做着最后的准备。一个金怀倒下了，林海省的无数家企业将乘势站起来。随着农业系统的减负和归并，林海省已经做好了迎接挑战的准备。

秸秆还田技术让秋末的田野里再也见不到一道浓烟，可崔挽明清楚，在这平静的田野中，“战争”还远远没有结束，“战争”留下的火花随时可能形成燎原之势。